寒冬之心

Winter's Heart

罗伯特·乔丹（Robert Jordan）著
李镭 译

上

The Wheel of Time 9

中国出版集团
東方出版中心

图书在版编目（CIP）数据

寒冬之心 /（美）乔丹（Jordan，R.）著；李镭译. —上海：东方出版中心，2012.11（2021.10重印）

（时光之轮. 9）

ISBN 978-7-5473-0542-3

Ⅰ. ①时… Ⅱ. ①乔…②李… Ⅲ. ①长篇小说－美国－现代 Ⅳ. ①I712.45

中国版本图书馆CIP数据核字（2012）第245678号

责任编辑　刘　琼（284424934@qq.com）
封面设计　布谷工作室　高　蕾
版式设计　一步设计
地图绘制　苗　伸

寒冬之心

作　　者　罗伯特·乔丹（Robert Jordan）
译　　者　李　镭

出版发行　东方出版中心
地　　址　上海市仙霞路345号
邮政编码　200336
电　　话　021-62417400
印 刷 者　山东韵杰文化科技有限公司

开　　本　710mm×1020mm 1/16
印　　张　33.25
字　　数　575千字
版　　次　2012年11月第1版
印　　次　2021年10月第3次印刷
定　　价　58.00元（上、下册）

各界赞誉

甫一出版即登上纽约时报畅销排行榜冠军。《时光之轮》系列不仅在销售成绩上获得肯定,作者罗伯特·乔丹恢弘的笔触更让全球四千万读者为之疯狂。

《时光之轮》被誉为“正统奇幻”及“剑与魔法”的最佳典范,该系列每一部都是一段独特的冒险,又相互交织成宏大的故事情节,作者通过巧妙的构思,将带你进入一个完全不同的史诗世界。

“《时光之轮》……在英语世界,极少有其他的奇幻传说能与它相提并论,能超越它的就更是微乎其微了。”

——芝加哥太阳报

“宏大的、令人敬畏的、丰富多彩的故事情节,让人不由得想起托尔金的作品。”

——出版人周刊

“罗伯特·乔丹开始统治由托尔金一手开创的世界。”

——纽约时报

“《时光之轮》系列是唯一一部我致以崇高敬意的作品,与之相比,几乎每一部我读过的其他奇幻作品都黯然失色……这个系列有可能会成为有史以来最伟大的奇幻著作,时间将会说明一切。”

——Abby Goldsmith(评论家)

“罗伯特·乔丹写下了关于光明和黑暗的鲜明形象,有时又有孩子气的惊奇,这里面虽然有着淡淡的托尔金风味,但他也创造了鲜明的自我写作风格。”

——Pittsburgh Press

“《时光之轮》兼具文字的优美和情节的丰富,其中包含着格林兄弟的天真与魅力;赫胥黎的《勇敢新世界》的社会道德精神。这一切,再加上有血有肉的人物、隐秘晦涩的譬喻、趣味性的调剂、生动优美的自然风景,还有那种关于永恒的迷人感觉。作者借助一种语言创造了一个文学世界和这个世界可能具有的一切真实性。”

——布鲁斯特·米尔顿·罗伯森,默特尔海滩太阳报

“全方位感觉的史实。”

——星期日时报

“一场幻梦般的景象。”

——SFX(英国著名大型幻想综合网站)

“那些读奇幻的人可以欣喜若狂了,这是真正的艺术!”

——John Lee(奇幻作家)

the Wheel of Time
死
艾戴沙
达刚
班达艾班
阿拉多
亚库姆
卡达
托门首
派
黑
阿摩斯平原
法美镇
爱瑞斯洋
安达纳河
坦其克
塔拉朋
艾摩拉
阴影海岸
劲风岬
索马金
细岛

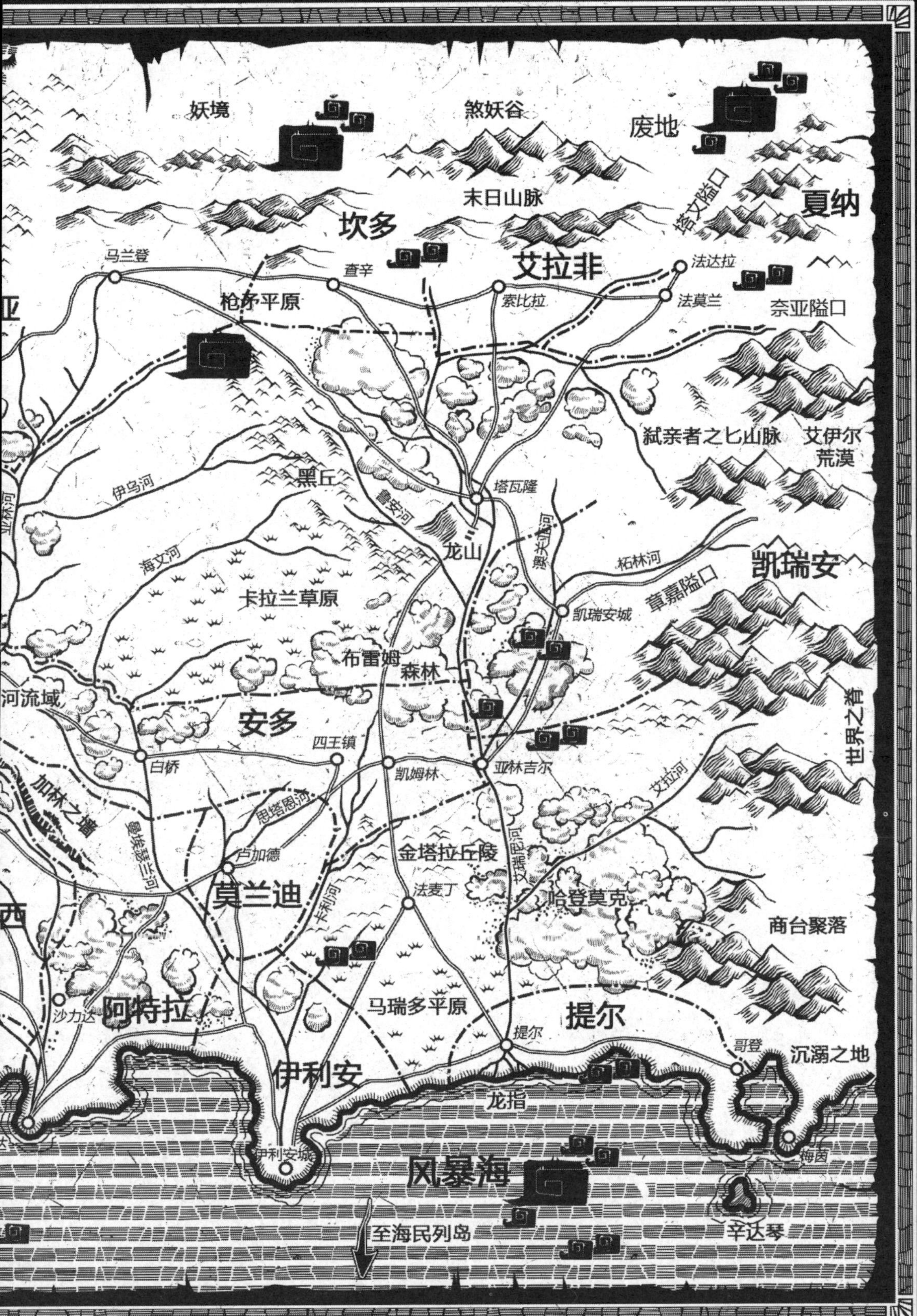

妖境
煞妖谷
废地
末日山脉
塔文隘口
夏纳
坎多
马兰登
查辛
艾拉非
法达拉
法莫兰
枪矛平原
索比拉
奈亚隘口
弑亲者之七山脉
艾伊尔
荒漠
黑丘
伊乌河
鲁安河
塔瓦隆
海文河
龙山
柘林河
凯瑞安
章嘉隘口
卡拉兰草原
凯瑞安城
布雷姆
森林
河流域
安多
世界之脊
四王镇
白桥
凯姆林
亚林吉尔
加林之墙
艾拉河
思塔恩河
卢加德
金塔拉丘陵
莫兰迪
法麦丁
卡利河
哈登莫克
商台聚落
阿特拉
沙力达
马瑞多平原
提尔
提尔
哥登
沉溺之地
伊利安
龙指
伊利安城
梅因
风暴海
至海民列岛
辛达琴

目录

时光之轮9：寒冬之心（上）

主要人物表

兰德·亚瑟：来自两河流域伊蒙村的牧羊人，现在被宣称是转生真龙。

麦特·考索恩：来自两河流域伊蒙村，兰德好友，一名时轴。

佩林·艾巴亚：来自两河流域伊蒙村，兰德好友，一名时轴。

艾雯·艾威尔：来自两河流域伊蒙村，目前被沙力达两仪师推举为新玉座。

奈妮薇·爱米拉：来自两河流域伊蒙村，已成为两仪师，擅长医疗。

伊兰·传坎：摩格丝女王的女儿，已成为两仪师，目前宣布继承狮子王座。

柏姬泰：应瓦力尔号角召唤而来的传说中的英雄，后意外成为伊兰的护法。

明：一名拥有判读人类周遭灵光能力的少女，目前跟在兰德身边。

艾玲达：塔戴得艾伊尔苦漠氏族的枪姬众，目前正与伊兰一起进入安多。

菲儿：沙戴亚元帅达弗朗·巴歇尔之女，嫁给了佩林，现被沙度艾伊尔俘虏。

爱莉达：白塔新任玉座，曾任摩格丝的顾问，拥有不稳定的预知能力。

埃拉娜·摩斯凡妮：一名绿宗两仪师，约缚了兰德。

凯苏安·梅莱丁：在世最年长的两仪师，属绿宗，在两仪师中具有传奇地位。

亚岚·人龙：马吉尔的无冕王、大将，原为沐瑞的护法，现娶奈妮薇为妻。

汤姆·梅里林：一名走唱人，曾是安多女王摩格丝的宫廷吟游诗人。

泽凌·散达：提尔人，是一名捕贼人。

摩格丝：安多女王，后出逃，据传已死亡，其实化名为麦玎，现被俘虏。

莉妮：伊兰及摩格丝幼时的保姆，相当善解人意，后陪伴摩格丝流亡。

马泰恩·塔兰沃：摩格丝女王的卫士副官，深爱摩格丝。

洛根：一名伪龙，被白塔捉获并遭受驯御，后被奈妮薇治愈。

马瑞姆·泰姆：一名伪龙，帮兰德训练殉道使，被称为米海峨。

贝丽兰：梅茵之主，拥有绝美容貌和强悍意志，也是很有手腕的统治者。

雅莲德：海丹女王，与菲儿等人一同被沙度艾伊尔俘虏。

图昂：霄辰女大君。

艾格宁：霄辰女战士，最近被提升为碧绿将军。

贝尔·多蒙：原为喷沫号船长，现为艾格宁的侍圣者。

莫瑞笛：也许是被暗帝从墓穴中唤醒的已死弃光魔使，力量强大。

大事记

时间之初

创世主创世：

同一瞬间，暗帝撒丹被封印在煞妖谷，他是所有邪恶的源泉。他许诺谁若帮助他获得自由，他将给予曾服侍他的人难以想象的力量和财富，以及永生。

此时，在这个世界上，还有极少数能够操控至上力的人，他们可以利用至上力施行常人仅能够想象的巨大能力和奇迹，这些人被称作两仪师。他们成立了自己的组织，分为男性两仪师和女性两仪师。

两仪师中有些人因为追求永生和力量，成为暗帝撒丹的崇拜者，试图将暗帝从牢狱中拯救出来，他们和暗帝的其他追随者被称为暗黑之友。

传说纪元时期（起始时间不详，结束于世界崩毁之后）

大约三千年甚至更久以前，暗影战争爆发：

这是暗黑之友为拯救暗帝撒丹而发动的，又称作至上力之战。暗黑之友中最强大的十三个叫做背弃者。

同时，暗帝创造出兽魔人——一种人类跟野兽混血的扭曲种族，它们和暗黑之友一起进攻人类。

就在暗黑之友几乎快要成功时，男性两仪师路斯·瑟林·特拉蒙带领一百位男性两仪师（百盟团，传说纪元中力量最强大的战士），到煞妖谷重新封印了暗帝和那些背弃者，并制造了七片心灵之石，放置在暗帝囚禁之处的七处焦点上，一旦毁坏了这些心灵之石，暗帝就能被重新释放。

暗影战争结束之后，疯狂的年代开始：

在暗影战争中，当暗帝被路斯·瑟林·特拉蒙等男性两仪师封印时，他也进行了还击，用邪恶污染了真源男性的那一半，使得所有从真源获取力量的男性引导者都变得疯狂。

被称为“真龙”的两仪师路斯·瑟林就找出了他所有的亲属，一个不留地全部杀死了,因此他得到了“弑亲者”的称呼。他最后毁灭了自己,但根据真龙预言,真龙将会在人类最危急的时刻转生,以拯救人类,不过转生真龙也将会再度造成世界的崩毁。这段时间就被称为疯狂的年代,其确切长度无人知晓,但据信几乎延续了一百年,直至最后一名男性两仪师死亡。

疯狂的年代结束时,世界崩毁:

在疯狂的年代中,男性两仪师因为陷入疯狂而开始了毁灭世界的举动,这个世界的许多疆域因此而不宜人居,幸存者如同风中的沙砾一般四散飘零。这段大毁灭的经过被以“世界崩毁”之名记载于故事、历史和传说中。

世界崩毁之后,传说纪元结束。

灭后纪元时期(元年不详,大约是世界崩毁之后数百年,结束于兽魔人战争之后)

灭纪 300 年左右,十国联盟形成:

这是在世界崩毁、国家再度形成后所组成的联盟,他们的目的是摧毁暗帝。

灭纪 335—336 年,出现伪龙罗林·灭暗者。

灭纪 1000—1300 年左右,兽魔人战争期间:

这是持续了超过三百年的一连串战争,在这段时间里,兽魔人的军队在全世界到处肆虐,他们的领袖是魔达奥,也是暗帝创造的生物。但最后,大多数兽魔人都被消灭或者赶回妖境中。

在这漫长的战争中,有许多国家被彻底破坏,还有些国家完全变得不宜人居。十国联盟也在兽魔人战争中被破坏,曼埃瑟兰就是在这场战争中灭亡的。

这段时间的历史都毁于战火,剩下的只有断简残篇。

灭纪 1300—1308 年,出现伪龙尤瑞安·石弓。

自由纪元时期(始自兽魔人大战之后,至百年战争结束)

自由纪 351 年,出现伪龙达维安。

自由纪 939—943 年,第二次龙之战争:

这是一场对抗伪龙桂尔·亚玛拉桑的战争。在这场战争中,一位名叫亚图的年轻国王有着非常突出的表现，他即后来的亚图·鹰翼。

自由纪 943—994 年，亚图·鹰翼统治时期：

这名传奇君王的帝国包括了世界之脊以西的全部疆域，甚至远达艾伊尔荒漠以外的一些区域。他还于自由纪 992 年派出大军横渡爱瑞斯洋，期冀完成世界与民族的统一。但在他过世之后，与这些远征军的联系就全都断绝了，而因为他的过世造成的权力虚悬，直接引起了随后的百年战争。

自由纪 994—1117 年，百年战争：

这一连串战争的起源都是由于亚图·鹰翼的去世所造成的权力结构转移和变动。它们造成了巨大的破坏，爱瑞斯洋和艾伊尔荒漠之间的土地大都荒废，从暴风海到妖境之间的人群几乎全都被牵扯进去，历史纪录几乎全部被毁灭。亚图·鹰翼的帝国也在战争中分崩离析，之后，近代各国才陆续建立。

百年战争期间，圣光之子组织建立：

其目的是对抗日益猖獗的暗黑之友，它在随后的战争期间演化成一个完全的军事组织，痛恨两仪师，并且将所有支持或是与两仪师友好的人们视作暗黑之友。

新纪元时期（百年战争后直至目前）

新纪 976—978 年，艾伊尔战争：

新纪 972 年，安多王女提格兰的兄弟路克消失于妖境之后，提格兰随即也跟着失踪，这一意外引发了安多的继承之争，从而间接导致了艾伊尔战争。凯瑞安的国王雷芒死于这场战争中。

新纪 997 年，出现伪龙洛根。

新纪 998 年，出现伪龙马瑞姆·泰姆。

新纪 998 年，真龙现世：

在两河流域的小乡村伊蒙村，三名年轻人——兰德、麦特和佩林——遭到黑骑士和兽魔人的追杀，开始了对抗暗帝、拯救世界的旅程。转生真龙原来就是牧羊人兰德，他和他的朋友们，又会经历怎样的传奇历险呢？

前情提要

时光之轮旋转不息，岁月来去如风，世代更替只留下回忆。在第三纪元，一个仿佛没有尽头的冬季，遥远两河一个叫做伊蒙村的地方，三个本过着平凡生活的乡下少年，兰德、麦特和佩林，被传说中黑暗的生物隐妖、兽魔人追捕，在两仪师沐瑞的引领与帮助下逃离家乡。在时光之轮的因缘中，他们是可以改变并拯救世界的时轴。

一番冒险后，他们来到妖境，在绿巨人的帮助下找到了“世界之眼”。身为转生真龙的兰德更是在“世界之眼”旁与暗帝展开了战斗。兰德等人从“世界之眼”带回了传说中可以让历代死去的英雄重生，成为世界主宰的瓦力尔号角，可是不久，号角即被暗黑之友帕登偷走，争夺号角之战因此拉开帷幕。

最终，麦特在法美镇吹响了瓦力尔号角，历代逝去的英雄们瞬间重生，佩林竖起了真龙旗，他们向着霄辰军队冲锋而去。此后，夏纳的战士目睹了兰德与暗帝在天空的战斗，聚集在了真龙旗下。在流散的真龙预言中，取得“禁忌之剑”凯兰铎，提尔之岩陷落，都是真龙转生的迹象。因缘的线索在提尔之岩编织交汇，兰德成为了提尔的统治者。此时，在能号令天下的两仪师聚集的白塔中却发生了巨变。红宗两仪师爱莉达策动政变，静断了当时的玉座史汪·桑辰和撰史者莉安，一部分两仪师被迫出走沙力达，白塔由此分裂。

兰德带领众人前往三绝之地，寻求时光之轮中的因缘变化，在进入鲁迪恩的中心时，他双臂上出现了龙形印迹，这也是艾伊尔人传说中随黎明而来之人的徽记。随后在冷岩堡，兰德得到了艾伊尔部族首领们的承认。佩林则潜回家乡，抵抗圣光之子与兽魔人对两河的入侵，最后成为了两河的领主。

凯瑞安城前，兰德与未归顺他的艾伊尔人库莱丁展开决战，轻敌的库莱丁最终被麦特杀死。进入凯瑞安城的兰德迅速平衡了提尔人和凯瑞安人的地位，赢得了他们的遵从。为保护兰德，沐瑞舍身将弃光魔使兰飞儿推入从鲁迪恩带来的门型特法器，两人消失在未知的世界中。以为伊兰之母摩格丝已死的兰德，率领艾伊尔人从通道来到安多王宫，遭到了弃光魔使雷威辛的伏击，困境中兰德使出了禁忌的招数——烈火，将雷威辛彻底消灭，抹去了他在因缘中的轨迹。

伪龙马瑞姆·泰姆为兰德建立起一支能够导引的男性队伍，人们称其为殉道使。奈妮薇在对被禁锢的伪龙洛根的治疗、研究中发现，静断其实是切断了火之力与魂之力的桥梁。她因此治愈了史汪与莉安。告别艾伊尔智者，艾雯冒险肉身进入梦之境特·雅兰·瑞奥德，急速赶到沙力达，随即被推选为新玉座，奈妮薇与伊兰被艾雯提升为两仪师。分裂的白塔分别开始了对转生真龙的怀柔与博弈，结果，兰德不慎被白塔派来的十三名两仪师屏障劫持。

佩林发现兰德失踪后，立即率领众人尾随营救，当他们就要赶上押送兰德的两仪师时，瑟瓦娜率领下的沙度人出现，混战开始了。此时兰德终于挣脱了束缚，在古代两仪师的旗帜下，在场的塔瓦隆和沙力达的两仪师都被迫向转生真龙兰德宣誓效忠。兰德和佩林率领两河人、梅茵人、凯瑞安人、艾伊尔人联军以及两仪师和殉道使，大败沙度人，回到了凯瑞安。

玉座艾雯决定率领沙力达的两仪师前往塔瓦隆。在她的要求下，麦特护卫奈妮薇与伊兰前往艾博达，并终于在艾博达找到了能够操控天气的碗形特法器。同时，海民承认了兰德是真玳预言中的克拉莫。兰德被帕登·范用煞达罗苟斯红宝石匕首割伤，生死一线之际，殉道使达莫用神奇的手法将匕首伤痕与圆形疤痕旧伤从兰德身上隔离，让伤口中的两种黑暗互相战斗。沙马奥交给瑟瓦娜一根能够控制两仪师的短杖，又驱使沙度部族通过通道前往世界各地战斗。兰德苏醒后，意识到沙马奥的异动，率领沙戴亚军队前往伊利安，又只身追击沙马奥来到煞达罗苟斯，用烈火将其消灭。征服伊利安的兰德被加冕为王，获得世界之王的称号，而他头上的伊利安月桂王冠从此被叫做“剑之王冠”。

坎多女王艾森勒与同为边境国的艾拉非国王培塔·奈齐曼、夏纳国王埃沙·托吉特以及沙戴亚女王泰诺比·卡扎笛会面，他们以鲜血和大地立下古老的誓言，结盟向南进军去找兰德，而在这之前，有十三名两仪师似乎偶然而分别地加入了他们的队伍。维林借着讯问被智者们奴役的白塔两仪师的机会，暗中对她们进行编织，下达了秘密命令。

在艾博达找到风之碗的伊兰等人率领女红社的家人和海民寻风手，从宫殿前往一个合适使用这件特法器的地点。艾玲达打开一条通道，让众人通过，此时，艾玲达发现了莫瑞笛的窥视。虽然并不知道窥视者的身份，但为了防止通道的残痕被人发现利用，当所有人通过后，艾玲达主动拆解了通道的编织。这令所有人惊讶无比，因为主动解开编织需要极高技巧，也异常危险，甚至没有一个两仪师能做到。到达家人农场边的山顶上后，在寻风手凯伊瑞主导下，十二名能导引的两仪师、家人和寻风手连接，通过风之碗特法器导正天气。导引结束后，他们发现霄辰人将要到来，于是由农场管理者亚莱丝组织，伊兰打开了逃往安多的通道。恰在此时，霄辰人大举进袭，伊兰也学着艾玲达的方法拆解通道的编织，却失败地引发了大爆炸，爆炸阻止了霄辰人。经过长途跋涉，伊兰等人终于到达了安多，伊兰决心取回狮子王座。

佩林和菲儿到达海丹，偶遇了化名麦玎的摩格丝一行人，并将她们收为仆从。智者们警告佩林，必须杀死狂热的真龙先知马希玛·达加。令人倍感惊讶的是海丹女王雅莲德亲自来到佩林的营地，向他宣誓效忠，以寻求庇护，对抗先知与霄辰人。

瑟瓦娜用沙马奥给的誓言之杖逼迫两仪师盖琳娜宣誓服从，同时，她也遭到了以赛莱维为首的智者们的挑战。古兰黛得知莫瑞笛就是耐博力，又在赛夷鞑·哈朗的命令下前往谒见莫瑞笛。凯苏安与索瑞林约定，要共同教导兰德。

艾雯率领沙力达的两仪师到达安多附近，加雷斯告诉她继续前进将遭遇一支安多的军队，艾雯决定会见率领这支军队的安多贵族，遂宣布停留三天。罗曼妲和蕾兰分别威胁艾雯，提出在会见安多贵族时必须提名自己为玉座的代理人。未曾想艾雯却利用这次会面的机会展露出自己作为玉座的威势，并在随后的评议会中引用战争律法，对爱莉达宣战，表示于一个月后进攻塔瓦隆。在此情况下，玉座将具有绝对权威。白塔方面，爱莉达在奥瓦琳的胁迫下签署了一份给予宗派处置其姊妹最终权力的文件，这无疑将拆散白塔。希安妮与佩维拉利用誓言之杖查找潜伏在白塔的黑宗时，发现了沙力达潜伏于此的两仪师，但她们并未告发，而是决定为己所用。她们这种做法意外得到几位宗派守护者的支持，同时发现绿宗守护者塔琳妮实际上是黑宗。被爱莉达派去攻击黑塔的托维恩失败，被活捉。

兰德聚集起多国部队向霄辰人以及被霄辰人占领的沿海国家塔拉朋人、阿玛迪西亚人、阿特拉人发起攻击。由于殉道使与罪奴的加入，战争变得异常惨烈。在付出了惨重的代价后，兰德决定使用非剑之剑凯兰铎，然而凯兰铎无选择地攻击着兰德的联军与霄辰人，双方两败俱伤。凯苏安告诉兰德，正确使用凯兰铎的方法是和两名女人连结，由其中一名女人控制能流。

智者释放了部分被奴役的白塔两仪师，她们向兰德宣誓效忠。而后，兰德的寝宫遭到了袭击，凶手竟然是殉道使达西瓦、葛德芬和罗查德。佩林找到马希玛，准备带他去见兰德时，菲儿、雅莲德和麦玎却被忽然出现的沙度艾伊尔人俘获，打乱了佩林的部署。

艾雯终于再次向白塔进发。此时，风之碗的效力开始呈现，冬日大雪，谣言四起。

伊兰的狮子王座能否夺回？麦特的微妙处境是否能够改变？九月之女何时何处现身？霄辰人究竟来自一个怎样的神秘国度？兰德的情感世界又将如何梳理？请看时光之轮第9卷：寒冬之心。

阻挡黑夜的封印将会削弱，
在严冬的核心中生出冬之心，
在哀悼的哭嚎和紧咬的齿缝间，
冬之心将骑乘一匹黑马，
其名为死亡。

——摘自《卡里雅松轮回》之“真龙预言”

序　言

雪

三盏提灯散发出忽隐忽现的光芒，但已足以照亮这个小房间里赤裸的白墙和天花板。而希安妮只是紧盯着那道沉重的木门。她知道，这不合逻辑，这对一位白宗守护者来说是愚蠢的行为。她在门框上用阴极力进行的编织，让她偶尔能听见走廊远处传来的脚步声，不过这些脚步声几乎也都是转瞬即逝。这种编织是很久以前，当她还是初阶生时，从一位朋友那儿学来的简单技巧。而现在，她借着这个小技巧，在有人朝这里走来时，可以立刻事先得到警示。虽然几乎没有人会到这么深的第二层地下室来。

她通过编织听见远处老鼠的叫声。光明啊！塔瓦隆是在多久以前有老鼠的？现在竟然连白塔内部也有老鼠了？它们之中有多少是暗帝的探子？她不安地舔了舔嘴唇。逻辑在这里已经没有用处了。实际上，逻辑还存在吗？她很想笑。她努力从歇斯底里的边缘爬回来，开始思考一些除了老鼠之外的事情。除了……一阵沉闷的尖叫声在她身后响起，又变成一阵喑哑的呜咽。她想捂住自己的耳朵。专心！

她和她的同伴被带进这个房间，因为各宗派的首脑们似乎正在秘密集会。她就亲眼瞥见菲兰恩·奈荷朗与结苏·比拉尔在图书馆隐蔽的一角窃窃私语。

结苏在褐宗内有很高的地位，也许就是最顶端的地位。希安妮相信与黄宗的苏安娜·达甘联手，自己的地位会更加牢固。她是这么认为的。但为什么菲兰恩又会跟苏安娜同时出现在白塔花园中的一个小角落里，而且两个人全都用朴素的斗篷裹住身子？不同宗派的守护者仍然在公开场合用冰冷的语气彼此交谈。其他人也见到类似的情况。当然，她们不会说出自己宗派的人，但有两个人提到了菲兰恩。这是一个令人困扰的谜题。这些日子里，白塔就如同沸腾的沼泽。宗派之间誓不两立，但却又在暗地里结党营私。宗派之外的人不可能知道是谁在领导宗派。但很显然，宗派首脑们是彼此知道的。她们想要干什么？很不幸的，希安妮不能直接去问菲兰恩，即使菲兰恩能容忍这样的问题，她也不敢贸然去做这种事。现在不行。

虽然努力集中精神，但希安妮仍然难以阻止自己去想这个问题。她知道，自己紧盯着门口，又去想这些事，无非是要让自己忘记回头去看的冲动。她不能去看那个不断发出呜咽和呻吟声的源头。

但就好像被这个声音强迫一样，她还是缓慢地回过头，朝她的同伴们看过去。当她的头一寸寸转动时，呼吸也跟着不稳定起来。在头顶上方远处，大雪正向塔瓦隆落下，而这个房间却充斥着不可思议的热气。她终于看了过去！

褐色流苏的披肩挂在赛尔琳的手臂上，她双脚分开站立着，手指正抚着插在腰带里的阿特拉弯曲匕首。冰冷的愤怒让她橄榄色的脸庞变得黑暗，下巴上的那道伤疤变成一条更加明显的白线。佩维拉显得更加镇静，但她用一只手紧紧捉住红色刺绣裙摆，另一只手握住白色光滑的誓言之杖，仿佛那是一根可以用来打人的短棍。她也许真的会用誓言之杖打人。佩维拉的内心远比她圆胖的外表更加刚硬。与她相比，赛尔琳似乎也变成一个胆小怕事的人。

在懊悔之椅的另一边，瘦小的尤缇芮用双臂紧紧抱住身子，她的披肩上，淡银色的流苏随着身体微微颤抖。尤缇芮舔了舔嘴唇，忧心忡忡地看了一眼站在她身旁的那个人。那是多欣。她看上去比较像个漂亮的男孩，而不是一位具有威信的黄宗两仪师。对于她们现在所做的事，她没有表露出任何情绪。延伸进这把椅子里的至上力编织，正是由她直接控制的。她盯着这件特法器，精神高度集中，一滴滴汗珠自她白皙的前额上渗出。她们全都是宗派守护者，包括正在这把椅子里挣扎的高个儿女子。

汗水浸透了塔琳妮的全身，让她的一头金发纠结在一起，亚麻衬衫因汗湿而紧贴在她身上。她其余的衣服则被堆在房间的角落里。她闭着的眼皮不停抖动着，口中不断传出窒息般的呻吟和啜泣声，还有含糊不清的哀求。希安妮感觉很难受，但她无法将视线移开。塔琳妮是她的朋友，曾经是她的朋友。

这件特法器被称作懊悔之椅，但它看起来完全不像一把椅子，反倒像一块灰色的大理石。没有人知道它原本是为了什么而被制造出来的，除了倾斜的顶部之外，它的其他部位都像钢一样坚硬。那名面容俊美的绿宗两仪师坐在上头，身子稍稍沉进去一点。而不管她如何扭动身体，懊悔之椅的顶部都会和她的身子贴合在一起。多欣的编织流入这块石头上唯一的缺口，那是侧面一个手掌大小的矩形孔洞，孔洞周围有着许多崎岖不平的小刻痕。塔瓦隆的罪犯都会被带到这里，在懊悔之椅上接受刑罚。根据罪行的不同，所受到的刑罚也会不同，但受刑后的人无一例外都会逃离这座岛屿。塔瓦隆的罪犯非常少。希安妮不禁想到，这块石头在传说纪元中是否也有同样的用途。这个想法让她感到恶心。

“她……看到了什么?”希安妮虽然克制着自己，却仍然不由自主地悄声说出这句话。塔琳妮不会仅仅是看到而已，对她来说，那所有的一切都和真实无异。感谢光明，塔琳妮没有护法，这在绿宗里几乎是绝无仅有的。塔琳妮说宗派守护者不需要护法，而现在，大概可以用别的原因来解释她为何这么认为了。

“老天，该死的兽魔人在鞭打她。”多欣嗓音沙哑地说道。她的声音中流露出些许凯瑞安乡音，除非是在极大的压力下，否则她很少会显露出乡音的。“它们抽完鞭子之后……她还看见兽魔人的煮食锅在篝火上沸腾。一只魔达奥正盯着她。塔琳妮肯定认识这只魔达奥，还有它旁边的另一只。烧了我吧，如果她这次还能坚持……”多欣气恼地从额上抹去汗水，颤抖着吸一口气，“不要推我的手了，我早就开始这样做了。”

“三倍，”尤缇芮喃喃说道，“最强悍的人也会在两倍时垮掉！如果她是无辜的呢？光明啊，这就像在牧羊人眼前偷羊一样！”虽然还在发抖，但她努力表现出一副庄严模样，只是她的话音总还是像名村妇。她用一种病态的目光扫视周围其他人：“法律禁止将这把椅子用在姐妹身上。我们全都会被逐出评议会！或许还不够，我们也许会遭到放逐。搞不好，我们还会在离开前被鞭笞！烧了我吧，如果我们错了，我们全都会被静断！”

希安妮打了个哆嗦。她们会避开这样的命运，只要她们的怀疑被证明是正确的。不，这不是怀疑，这是确定的事情。她们必须是正确的！但即使她们是对的，尤缇芮说的也没错，白塔律法很少会宽容临时变通，也不会支持所谓应急而变。但如果她们是对的，至少可以抵偿她们的这种行为。光明在上，但愿她们是对的吧！

“你是瞎了还是聋了?”佩维拉一边喝道，一边向尤缇芮挥舞誓言之杖，“她拒绝重新以誓言之杖立誓绝不说不实之言。我们已经做了这么多，她还是拒绝，那肯定不止是因为绿宗愚蠢的骄傲了。当我屏障她的时候，她甚至想用刀刺我！这会是无辜之人做的事吗？会吗？我们为了劝她，嘴都说干了，她还有什么理由要隐瞒？"

"感谢你们两个把事实说得这么清楚，"赛尔琳冷冷地插话道，"现在回头已经太迟了，尤缇芮，所以我们也许可以继续向前走。如果我是你，佩维拉，我就不会对我知道可以信任的人大喊大叫。毕竟整座白塔里，这样的人只有四个。"

尤缇芮红着脸整了整披肩。佩维拉露出一丝窘迫的神情。她们都是宗派守护者，但在这里控制局面的显然是赛尔琳。希安妮不确定自己应该怎样看待这种状况。几个小时之前，她和佩维拉还是两名共同完成一项危险任务的老朋友，一同做出决断，彼此平等；而现在，她们有了盟军。她应该为有了更多伙伴感到高兴。她们不是在评议会里，不能将宗派守护者的权威用在这样的地方。白塔的层级已经颠覆了，所有那些应该由谁来尊敬谁的细微（或者不那么细微）的差别，都已经失去了意义。实际上，赛尔琳在初阶生和见习生阶段滞留的时间是另外两人的两倍，但四十年的宗派守护者生涯在当前的评议会里是最久的，这意义重大。希安妮希望赛尔琳在做出任何决定之前问一下她的判断，而不只是要求她提出建议。当然，这个希望很愚蠢，但它就像一根刺，一直扎在希安妮脚上。

"兽魔人正把她朝那口煮食锅拖过去，"多欣突然说道，她仿佛咬紧了牙。一阵尖细的哭嚎声从塔琳妮紧闭的牙缝中传了出来，她拼命摇着头，全身都在颤抖。"我……我不知道，如果我能……该死的，让自己……"

"弄醒她！"赛尔琳用命令的口吻说道。她甚至没有瞥其他人一眼，看看她们是怎么想的。"不要生气了，尤缇芮，做好准备。"

那名灰宗姐妹以傲慢、恼怒的眼神瞪了赛尔琳一眼。但是当多欣放开编织，塔琳妮猛地睁大一双蓝眼睛时，阴极力的光晕立刻包裹住尤缇芮。她一言不发地屏障了倒在懊悔之椅上的那个人。赛尔琳是掌控局势的人，所有人都知道这一点。一根非常尖利的刺。

看样子，塔琳妮已经不需要屏障了，她的面孔如同一副恐惧的面具。她哆嗦着、喘息着，仿佛刚刚以最快的速度跑了十里。她仍然沉陷在石块柔软的顶部，但没了多欣的导引，石块已经不再紧贴住她的身体了。她用凸出的眼珠盯着天花板，然后又将双眼紧紧闭上，又立刻猛地睁开眼。停留在她眼皮后方的回忆肯定是她绝对不愿去面对的。

佩维拉连走两步，来到懊悔之椅旁，将誓言之杖指向神情错乱的塔琳妮。"立誓放弃你曾经立下的一切誓言，然后重新立下三誓，塔琳妮。"她厉声说道。

塔琳妮瑟缩着躲避誓言之杖，仿佛那是一条毒蛇般。赛尔琳朝她俯下身，她立刻又躲向另外一边。

“下一次，塔琳妮，那个煮食锅就是你的归宿。或者你更喜欢魔达奥温柔的照料?”赛尔琳的脸上没有任何表情。但和她的声音比起来，她的面容已经算是温柔的。“你将不会在那之前醒过来。如果这样还没有用，你还会经历第二次、第三次、第四次……直到夏天。”多欣张开嘴，仿佛要表示反对，但赛尔琳的瞪视让她没有发出任何声音。她们之中，只有她知道该如何操作懊悔之椅，但在这支队伍里，她的地位像希安妮一样低。塔琳妮继续盯着赛尔琳，泪水充满她的大眼睛。她开始哭泣，肩头剧烈地抖动，无望地流着泪水。她茫然地伸出手，任由佩维拉将誓言之杖塞进她的掌心。佩维拉拥抱了真源，导引一线魂之力进入誓言之杖。塔琳妮用力捉住手腕般粗细的誓言之杖，指节都泛白了。但她只是躺在那里，继续哭泣着。

赛尔琳站直身子，“恐怕还得让她继续睡一会儿了，多欣。”

塔琳妮的泪水汩汩涌出，她用模糊的语音说:“我……发誓放弃……我立下的一切誓言。”随着最后一个字说出口，她开始号啕痛哭。

希安妮打了个冷颤，然后费力地咽了口口水。她知道移除一个誓言的痛苦，但一次移除多个誓言会有怎样的感受，她只能去猜测。而现在，活生生的事实就摆在她的眼前。塔琳妮尖叫着，直到再没有丝毫呼吸，当她又能吸进空气时，立刻发出更多的尖叫声。到最后，希安妮怀疑半个白塔的人大概都会被这种尖叫声吸引过来。那名身材高挑的绿宗两仪师抽搐着，甩动着四肢，然后突然弓起身子，只有脚跟和头还顶在懊悔之椅上。她的每一块肌肉绷紧，全身都在剧烈地痉挛着。

痉挛消失了，就像发生时那般突然，塔琳妮全身软倒在懊悔之椅上，如同一名迷路的孩童，只是躺在那里哭泣着。誓言之杖从她无力的手中脱落，掉在灰色石块上。尤缇芮不住地喃喃自语，仿佛正在狂热地祈祷着。多欣一直在悄声说着:“光明啊!”一遍又一遍地用颤抖的声音重复着，“光明啊! 光明啊!”

佩维拉捡起誓言之杖，将它重新放进塔琳妮手中，合拢她的手指。在这件事情上，希安妮的这位朋友没有任何仁慈可言。“现在，立下三誓!”她喝道。

片刻间，塔琳妮仿佛是要拒绝，但她还是缓慢地重复了那三条让她们成为两仪师，将她们变为一个整体的誓言。绝不说不实之言;绝不为人制造武器以杀戮其他人;绝不将至上力当作武器使用，除非是为了保护自己的生命、护法的生命和其他姐妹的生命。最后，她开始无声地啜泣，打着哆嗦，一言不发。也许是誓言对她造成的压力。立下新誓言时，总会让人感觉不舒服。也许。

佩维拉又让她立下另外那一个誓言。塔琳妮打了个哆嗦，但还是用绝望的声音说出那句话："我发誓绝对服从你们五个人。"随后，她只是用空洞的眼睛注视着正前方，泪水不住地从脸颊滚落。

"如实回答我，"赛尔琳对她说，"你是黑宗吗？"

"我是。"这个尖锐的声音仿佛是从生锈的喉咙里被挤出来一样。

这两个字让希安妮僵在原地，她没想到自己竟然会有这种反应。毕竟，她的任务就是要捕捉黑宗。但在内心深处，她像许多姐妹一样，并不相信黑宗的存在。她对一名姐妹、一位宗派守护者施加暴力，用魂之力能流绑缚住塔琳妮，穿过无人的地下室走廊。她已经违犯了十几条白塔律法，犯下严重的罪行，这一切都是为了听到一个她几乎早已确定的答案。现在，她听到了。黑宗确实存在。此刻她正盯着一名黑宗两仪师，一名佩戴披肩的暗黑之友。当她真正面对这个事实时，原先的确信变成一片苍白的影子。她紧紧咬着牙，几乎要将牙齿咬碎，只有这样，她才不会让牙齿发出相互撞击的声音。她竭尽全力让自己镇定下来，让自己能够理智地思考，但噩梦已经醒来，正在白塔中游荡。

有人重重地呼出一口气。希安妮意识到，她并不是唯一察觉到自己的内心世界已经被彻底颠覆的人。尤缇芮摇晃了一下，然后用双眼紧紧盯住塔琳妮，仿佛正在用全部的意志力控制着对塔琳妮的屏障。多欣舔了舔嘴唇，不由自主地抚弄着暗金色的裙子。只有赛尔琳和佩维拉仍然保持镇定的神情。

"嗯，"赛尔琳带着近乎虚弱的语气说道，"黑宗。"她深吸一口气，才让自己的声音恢复力量。"尤缇芮，已经不需要屏障她了。塔琳妮，你不得逃跑，或者以任何形式抗拒我们。如果没有我们之中一员的允许，你不得碰触真源。当我们交出你的时候，也许还会有别的人负责管制你。尤缇芮？"塔琳妮身上的屏障消失了，但尤缇芮身周的光晕并没有消退。尤缇芮似乎并不信任誓言之杖对一名黑宗两仪师的作用。

佩维拉皱起眉头。"赛尔琳，在我们把她交给爱莉达之前，我想从她口中挖出更多的东西。名字，地方，一切情报，一切她所知道的事！"暗黑之友杀死了佩维拉所有的家人。赛尔琳相信，佩维拉正迫不及待地要亲手猎捕每一名黑宗两仪师，哪怕她会因此遭到流放。

塔琳妮蜷缩在椅子里，发出一种奇怪的声音，半像是苦笑，半像是哭泣。"如果你们把我交给爱莉达，那我们就都死定了，死定了！爱莉达是黑宗两仪师！"

"不可能！"希安妮喊道，"这是爱莉达亲自给我的命令。"

"她肯定是黑宗，"多欣低声说道，"塔琳妮已经再次立下那些誓言，而这是她刚刚亲口说出来的!”尤缇芮用力点点头。

“用用你们的脑子,”佩维拉愤怒而厌恶地摇着头,“你们像我一样明白,如果一个人相信一个谎言,那么她就会把这谎言当成事实说出来。”

“是的。”赛尔琳坚定地说,“塔琳妮,你有什么证据?你在你们的……聚会中见过爱莉达吗?”她用力握住匕首,指节都泛白了。为了能留在白塔,为了得到披肩,赛尔琳付出比其他两仪师还多的努力。对她来说,白塔不止是一个家,甚至比她自己的生命更重要。如果塔琳妮给出了可信的答案,也许爱莉达会等不到接受审判的那一天。

“她们没有聚会,”塔琳妮阴沉地说,“也许她们会参与无上庭,但不管怎样,她一定是黑宗的。她们知道她收到的每一份报告,每一个传入她耳中的只言片语,甚至是最机密的事。无论她做出什么决定,即使这些决定在尚未公布的几天,甚至几周前,她们就已经知道了。除了她将这些事透露给她们知道外,还有什么其他的可能?”塔琳妮努力坐起身,用专注的眼神逐一扫视面前这些人,眼神中充满焦虑不安。“我们必须逃走,必须找个地方躲起来。我会帮助你们,告诉你们我知道的一切!但如果我们现在不逃走,她们一定会杀了我们。”

看到塔琳妮的态度转变如此之快,希安妮不禁感到有些奇怪。从塔琳妮用“她们”这字眼来看,她已经把自己和那些黑宗彻底分开了。不,希安妮知道自己正在逃避真正的问题,而逃避是不理智的。爱莉达向她下达命令时,真的是要让她找出黑宗两仪师吗?实际上,爱莉达自始至终都没说出这个名字。难道她另有所指?以前,无论是谁提到黑宗两仪师,都会让爱莉达暴跳如雷。当然,每一名姐妹都会有这样的反应……

“爱莉达证明自己是个傻瓜,”赛尔琳说道,“我不止一次后悔过支持她,但我不相信她是黑宗两仪师,除非有更多的证据。”佩维拉紧闭双唇,用力一点头。身为一位红宗两仪师,她也绝不会轻信这样的话。

“也许是这样,赛尔琳,”尤缇芮说,“但我们不能将塔琳妮拘禁太久。绿宗很快就会发觉她失踪了,更别说是……黑宗。我们最好先确定现在该做些什么,不要等到大雨倾盆的时候却还在挖井找水。”塔琳妮给了赛尔琳一个虚弱的微笑。但是在这位褐宗守护者的怒目下,这个谄媚的表情立刻消失了。

“除非我们能对黑宗造成致命的一击,否则我们不能冒险告诉爱莉达任何讯息,”赛尔琳最后说道,“不要和我争论,佩维拉,这样做才是理智的。”佩维拉摊开双手,做出一副顽固的表情,但她终究没有说一个字。“如果塔琳妮是对的,”赛尔琳继续说道,“黑宗就会知道希安妮的行动,或者她们很快就会知道。所以我们首先必须保证她的安全。这样做并不容易,毕竟我们只有五个人。其他任何人在得到确认之前都是可疑的！但至少我们有塔琳妮，也许我们能够从她口中得到一些有用的情报。”塔琳妮露出一副要积极配合的样子，但没人理睬她。希安妮感觉喉咙有些干。

“我们也许并非孤军奋战，”佩维拉不情愿地说，“希安妮，告诉她们你对泽莱和她朋友们的小计划吧。”

“计划?”赛尔琳问道，“谁是泽莱？希安妮？希安妮！”

希安妮吓了一跳。“什么？哦，佩维拉和我在白塔中发现了一个叛逆者的小团体，”她有些喘息地说道，“叛逆者派了十位姐妹回来散播各种谣言和纷争。”赛尔琳要保护她的安全？还没征求过她的意见，赛尔琳怎敢这样说？希安妮自己也是一名宗派守护者，而且她成为两仪师已经有一百五十年之久了，赛尔琳有什么权力在她面前说这种话？“佩维拉和我将要终结她们的阴谋。我们已经控制住她们其中一名成员——泽莱·戴坎。我们让她立下和塔琳妮一样的誓言，还命令她在今天下午将博耐勒·格班诱入我房间。”光明啊，这个房间以外的任何一名姐妹都有可能是黑宗两仪师。任何一名！“那么我们就利用她们两个诱来下一名叛逆者，直到她们全都发誓向我们效忠。当然，我们会像质问泽莱和塔琳妮一样质问她们。”黑宗也许已经知道她的名字，知道她正在猎捕她们。赛尔琳该如何保证她的安全？“那些给出错误答案的将会被审问，而那些给出正确答案的将在我们的指导下猎捕黑宗两仪师，这是她们为叛逆行为付出的一点小代价。”光明啊，她的安全该如何才能得到保证？

希安妮说完后，其他人开始讨论这件事。会有这样的讨论是因为赛尔琳本人并不知道该做出怎样的决定。尤缇芮坚持要立刻法办泽莱和她的同伙，只有这样做才能不暴露她们和塔琳妮现在的状况。佩维拉则坚持要利用那些叛逆者，虽然她对此的热情也不是很高。她们的矛盾症结在于那些关于红宗和伪龙的可怕故事。多欣似乎是想要绑架白塔中的每一名姐妹，强迫她们全部立下额外的誓言，但另外三个人对此毫无兴趣。

希安妮没有参与讨论，对于现在的处境，她只能做出一种反应——她跑到角落，大声呕吐起来。

伊兰竭尽全力不咬紧牙关。在窗外，又一场风暴扫过凯姆林，彻底遮蔽了正午的阳光，让嵌在这间起居室壁板上的油灯成为这里唯一的光源。猛烈的寒风推撞着拱窗的窗扉，一道道闪电照亮了窗玻璃，雷声震耳欲聋。现在的暴风雪比普通的冬日暴雪更猛烈、更可怕。房里还不算冷，但……伊兰在高大的大理石壁炉前张开手指，让木柴噼啪作响的火焰烘热自己，但她仍然能感觉到刺骨的严寒透过一层层地毯和她最厚实的天鹅绒拖鞋，从石板地面不停地渗透上来。她红白色长袍上的宽厚黑狐皮围领和袖口镶边很漂亮，但伊兰怀疑它们能为她的身体多保存多少热量。伊兰觉得它们就像袖子上的珍珠一样，只剩下装饰的作用。用两仪师的办法阻止寒冷触及她的神智，并不意味着她不知道寒冷的存在。

奈妮薇在哪里？还有范迪恩呢？烦躁的心绪如同窗外的狂风在她耳边呼啸。她们早就应该在这里了！*光明啊！真希望我能学会不需要睡觉就能活着。凭什么只有她们能如此悠闲！不，这不公平。*几天前，伊兰刚刚正式宣布继承狮子王座。对她来说，现在任何其他事情都只能放到次要的位置上。但奈妮薇和范迪恩有另外的考量，有她们认为更重要的责任。奈妮薇脑中塞满了与黎恩和女红社制定的各种计划。她们要将全部家人带出霄辰人控制的区域，不让她们落入霄辰人的枷锁。家人非常善于隐藏自己，但霄辰人不会像两仪师那样，在经过她们身边时只是起一阵疑心而已。范迪恩似乎仍无法摆脱自己的姐妹横死的阴影，她很少吃东西，也不再给出任何一点建议。现在她几乎将全部的时间都用来寻找那个杀人犯。虽然她偶尔会以哀痛万分的模样出现在走廊里，但她实际上正秘密地在她们之中搜寻暗黑之友。三天前，伊兰想到此事就会觉得心惊胆颤，但现在，这只是许多危险中的一桩。也许比其他的危险更可怕，但也只是其中之一而已。

奈妮薇和范迪恩正在执行非常重要的任务。虽然她们得到艾雯的许可和鼓励，但伊兰仍然希望她们能快一点。这种想法也许有点自私。范迪恩能给她许多很高明的建议，这来自她丰富的阅历和年深日久的研究工作。而奈妮薇多年来对付伊蒙村村议会和妇议团的经验，让她有着犀利的政治智慧。不管奈妮薇怎么否认，这点也是毋庸置疑的。*烧了我吧，我现在有一百个问题，其中有一些就是关于这座宫殿的。我需要她们！*如果伊兰能做得到，奈妮薇·爱米拉现在就会成为安多新女王的两仪师资政。伊兰需要她所能找到的所有帮助，而且也必须是她能信任的。

伊兰让自己平静下来，从壁炉的火焰前转过身。十三把花饰简单但雕工精致的高大扶手椅呈马蹄形环绕在壁炉前。荒谬的是，这些椅子之中最尊贵的位置，也就是女王的座位，却在距离炉火最远的地方。规矩就是这样。现在伊兰的背立刻暖和起来，但她的胸前开始感觉冷了。窗外雪花纷飞，电闪雷鸣，在她的脑海中也是一样。要镇定。镇定对一名统治者而言，就像两仪师一样重要。

“一定是那些佣兵，”伊兰说道。她没能将憾恨的情绪从声音中完全隔绝出去。只要她还活着的讯息传出去，从传坎家族领地赶来的军队，将在一个月之内到达。但柏姬泰雇佣的那些人，至少要半年时间才有可能学会在马背上挥舞刀剑。“还有号角狩猎者。只是不知道他们是否真的立下了狩猎号角的誓言。”因为天气关系，这两种人大批滞留在凯姆林。凯姆林人都在抱怨现在这样的人太多了。他们狂欢无度，吵闹斗殴，放肆地骚扰那些不想去惹他们的妇女。至少伊兰可以善加利用他们，阻止祸患，而不是引发祸患。伊兰希望自己不要再劝自己相信这种事了。“物价水准很高，但国库可以承担。”国库会承担的，最好来自传坎家族领地的税收快一点送到。

而最让伊兰感到惊讶的是，站在她面前的这两个女人，竟然和她有着几乎一样的反应。

戴玲气恼地哼了一声。她墨绿色长裙的高领子上别着一个银色的圆形大领扣，上面雕刻着塔拉文家族的猫头鹰和橡树家徽。那是她唯一佩戴的珠宝，也是对她的家族荣耀的展示。也许这样的展示有些太过耀眼了。塔拉文家族的家主是个骄傲的人，她的金发中掺杂着灰丝，眼角显露出细细的鱼尾纹。但她的面孔坚毅有力，目光冷峻而尖锐。她的思想就如同剃刀般锋利，或者也许就像一把剑。她是个直言口快的女人，从不隐藏自己的想法。至少在别人眼中是这样。

“佣兵们了解他们的工作，”她不屑地说，“但他们很难控制，伊兰。当你需要像羽毛般的轻抚时，他们却更喜欢用力地抡出铁锤。当你需要铁锤的敲击时，他们却又想悄悄溜走。他们只忠于黄金，没有黄金，就毫无忠诚可言。而且只要更多的黄金，就能买走他们的忠诚。我相信这一次，柏姬泰女士会同意我的看法。”

柏姬泰双臂紧抱胸前，穿着靴子的两只脚张开站立着。她的脸色非常糟糕，就像每一次有人提起她的这个新头衔一样。她们一到凯姆林，伊兰就赐给柏姬泰一块领地，当然，现在那还只是名义上的领地。私底下，柏姬泰不止一次为这件事和她生活中的其他改变发过牢骚。她仍然穿着和以前没两样的天蓝色裤子，宽松的裤腿在脚踝处束起来，不过现在她身上的红色短外衣已经有了一个白色的高领，白色的宽袖口也绣上金色的缎带。她是柏姬泰·塔赫林女士，女王卫兵的大将。她可以随便发牢骚，只要她把所有这些牢骚都保留在私人场合。

“是的。”柏姬泰不情愿地应声道，并且给了戴玲冷冷的一瞥。护法的约缚让柏姬泰能感受到伊兰这整个上午的心情：挫败感、愤怒，还有决心。也许这些情绪中有一部分正是柏姬泰自己心情的反映。自从拥有约缚之后，她们一直对彼此的情绪和其他各方面的相互映照而感到吃惊。这到底是怎么回事？伊兰觉得自己的情绪已经有了很大的变化，难道只是为了和这个女人的心绪相适应?!

柏姬泰不喜欢在争论中落于下风，正如同她不喜欢同意戴玲的观点。“该死的号角狩猎者要好得多，伊兰，”她喃喃地说道，“他们立下狩猎号角的誓言，进行冒险，希望自己能留名青史。对他们而言，法律无足轻重，他们之中有半数是目空一切的老爷，只知道从该死的鼻尖上看人。其他人不仅在努力捉住机会，还急着寻找各种机会。只要悄悄说一个关于瓦力尔号角的谣言，当晚他们之中每三个人里大概就会有两个因为自相残杀而失踪。”

戴玲露出一个浅浅的微笑，仿佛她刚刚赢得一分。她和柏姬泰就好像油和水一样，没有任何交融的可能。她们两个都很容易得到其他人的好感，但两人却仿佛连木炭的颜色都要争辩。戴玲接着说道：“另外，无论是号角狩猎者还是佣兵，他们几乎全都是外国人，这会让安多的贵族和平民都很不高兴，非常不高兴。你最不想发生的事情肯定是国人的叛乱。”闪电在一瞬间照亮了窗户，一阵特别响亮的雷声随着戴玲的话语响起。在一千年的时间里，七位安多女王被公开叛乱推翻，其中有两位在倒台后活了下来，却生不如死。

伊兰压抑住叹息的冲动。沿墙壁排列着几张镶嵌小桌，其中一张上面摆放着一只厚重的绳纹银盘，盘里是酒杯和一壶热香料酒，不过，现在那壶酒大概已经凉了。伊兰导引了一点火之力，一缕蒸汽从酒壶中冉冉升起。重新加热的香料酒会带点苦涩的味道，但从酒杯中散发出来的热气温暖了她的双手。伊兰努力克制住自己让房里温度提升的欲望，放开至上力。除非她一直维持着编织，否则房里的热气很快就会消散。迄今为止，她每一次都能成功地控制住自己，让自己放开至上力，顶多只会在放开前有一点迟疑。但现在，导引更多至上力的欲望在她的心中愈来愈强烈了。当然，每一名姐妹都必须面对这种危险的欲望。伊兰打了个手势，其他人也随之倒满了手中的酒杯。

“你们知道现在的局势，”伊兰说道，“只有傻瓜才会对此掉以轻心，而你们都不是傻瓜。”女王卫兵徒有其表，他们的成员只是几个还有些脑子的男人和更多只知道在酒馆里打架的男人。随着沙戴亚人和艾伊尔人的离开，暴力罪行在凯姆林如同雨后春笋般四处迸发。伊兰本以为大雪能降低犯罪率，但抢劫、纵火和更加可怕的案件与日俱增，而且每天都变得更加严重。“如果这种情况持续下去，我们在一两周之内就会迎来暴乱，甚至更快。如果我不能维持凯姆林的秩序，人们就会将我赶走。”如果她不能维持安多首都的秩序，她就只能向世界宣布，她无法统治这个国家。“我不喜欢这样，这个问题必须解决。”对面的两个人张开嘴，打算争辩，但伊兰没给他们机会。她让自己的声音变得更加坚定：

“一定要解决!”

柏姬泰摇着头，齐腰的金发随之微微摆动，但约缚中散发的感情告诉伊兰，她毕竟还是接受了。对于两仪师和护法之间的关系，她的看法完全异于常人，但她已经开始明白，伊兰在什么时候绝不会改变主意，伊兰有着她的责任和名位。而且通过对女王卫兵的指挥和其他几件小事，伊兰已经让柏姬泰看到了她的力量。

戴玲微微弯下脖子，或许还有膝盖，这也许是个屈膝礼，但她的面容如同岩石般坚硬。有许多不想看到伊兰·传坎坐在狮子王座上的人，都希望戴玲能够取而代之。这个女人帮助过伊兰很多，但那都是以前的事了。有时候，一个细碎的声音会在伊兰的耳边响起：戴玲会不会只是在等待自己垮台，然后由她来“拯救”安多？一个足够阴险和谨慎的人会选择这个方法，而且这个方法很有可能成功。

伊兰抬起手，想要揉一揉额角，却只是轻抚了一下头发。怀疑这么多，信任却这么少。她离开安多前往塔瓦隆之后，权力游戏已经污染了这片土地。她很庆幸自己在两仪师中间不止是学会了操纵至上力。达斯戴马对姐妹们而言，如同空气和面包一样不可缺少。她也很感激汤姆的教导。没有这两份人生经历，她甚至有可能活不到现在。但愿光明保佑汤姆平安无事，愿他、麦特和其他人都能逃过霄辰人的魔爪，正在返回凯姆林的路上。离开艾博达之后的每一天，她都在为他们的平安而祈祷。现在她能为他们做的，只有这种短暂的祈祷了。

伊兰在排列成弧形的椅子里选了中间那一把坐了上去，这是女王的位子。她挺直脊背，不拿酒杯的手轻轻放在雕花扶手上，竭力让自己看起来像是一位女王。母亲经常告诉她，*只有外表像个女王是不够的，如果人们不将你当成是一位女王，那么灵活的头脑、对局势的准确把握和勇敢的心，都将毫无用处*。柏姬泰正专注地看着她，眼神中甚至流露出怀疑的神色。有时候，伊兰实在是很痛恨这个会泄露自己情绪的约缚！戴玲则只是将酒杯举到了唇边。

伊兰深吸一口气，她已经思考过这个问题许多次，却一直想不出还有什么其他的办法。“柏姬泰，等到春天，我希望女王卫兵能够成为一支规模可以匹敌任何十个家族的军队。”这是不可能完成的任务，但这么做至少可以搜罗到更多的佣兵，一定要把每一个可能的人选都搜罗过来。真是一团糟!

戴玲咳了一声，瞪大眼睛，深红色的酒浆从唇边溅了出来。她继续咳嗽着，匆忙地从袖里抽出一块花边手绢，擦了擦下巴。

一阵慌乱的情绪从柏姬泰的约缚中流溢出来。“哦，烧了我吧，伊兰，你不会是……！我是弓箭手，不是将军！我不能指挥军队，你不明白吗？我只能做我必须做的事，这是现实强迫我去做的！我并不是她，我只是我，而且……”她的声音低了下去。是的，她察觉到自己已经说得太多，这种事情已经发生了不止一次。当戴玲带着好奇的眼神望向她的时候，她的脸涨得通红。

现在人们都以为柏姬泰来自坎多，那里乡村女子的衣饰风格和她的穿着很像，但戴玲显然对此保有高度的怀疑，而柏姬泰已经愈来愈管不住自己的舌头了。伊兰看了柏姬泰一眼，她们一定要好好谈一谈。柏姬泰的脸红到了极点，现在约缚中只剩下羞惭的情绪，甚至让伊兰自己也觉得脸有些红了。伊兰急忙装出一副强硬的表情，希望自己脸颊上的红晕会被认为是愤怒或其他什么情绪的结果。约缚带来的麻烦实在是太多了！

戴玲没有在柏姬泰身上多花什么心思，她收起手绢，小心地将酒杯放回托盘里，然后将双手叉在腰间。一团乌云立刻聚集在她的脸上：“女王卫兵一直都是安多军队的核心，伊兰，而现在……光明在上，这太疯狂了！你会让从艾瑞尼河到迷雾山脉之间的所有人都反对你！”

伊兰竭力让自己镇定下来。如果她错了，安多就会成为另一个凯瑞安，另一片被鲜血浸染的混乱之地。当然，她会付出生命的代价，但这也无法弥补她造成的灾祸。但什么都不做同样是无法想象的，灾祸一样会降临在安多。冷静、镇定，保持钢铁般的清醒。一位女王不能流露出畏惧的神情，即使她心中已经充满畏惧；或者说，当她恐惧的时候，她就应该更加刚强。母亲总是告诉她，不要向别人解释自己的决定，做出一个解释，就要做出更多的解释，直到你能做的只有做出解释。加雷斯·布伦则说，如果可以，就要做出解释，接受命令的人只有在真正了解情况之后才能做得更好。今天，伊兰决定听从加雷斯的指导，毕竟他曾多次赢得胜利。

“现在已经有三个人正式宣布反对我。”也许还有一个没有公开宣布的。伊兰让自己直视戴玲的眼睛，她没有愤怒，只是平静地望着。或者戴玲将此当成伊兰愤怒的表现，所以她绷紧了下巴，脸颊泛红。伊兰对此并不在意。“亚瑞米拉一个人并不足惧，但奈西恩已经率领卡伦家族投向了她，这让亚瑞米拉成为一股相当强大的力量。娜埃安和爱伦娜已经被囚禁，娜埃安的军队在得到新的统帅之前只能待在原地发抖，但爱伦娜的丈夫贾瑞德现在成为撒安德家族的家主，他随时都有可能为了实现妻子的野心而展开行动。巴瑞恩家族和安沙尔家族在那两股势力之间摇摆不定，我能希望的最好情况就是他们一个倒向撒安德，一个倒向阿劳恩。安多有十九个大家族，而诸多小家族会追随他们而行动。现在已经有六个大家族与我为敌，有两个大家族支持我。”光明在上，敌人有六个，支持者却只有两个！伊兰还没提到有三个大家族支持戴玲登上王位，至少艾雯暂时把他们困在莫兰迪了。

伊兰向身边的一把椅子点点头，戴玲坐下来，小心地整理好裙摆。乌云离开了这位女性长辈的面孔，她审视着伊兰，丝毫没有流露出对伊兰的话有什么疑问或评判。“我像你一样清楚这些事情，伊兰，但鲁安和艾络琳会率领他们的家族向你效忠，我相信埃布尔莱也会这么做。”她的语气显得相当谨慎，但伊兰同样能够感受到火气正在她的话语中凝聚。“其他家族同样会逐渐看清形势，只要你不让他们因恐惧而失去理智。光明啊，伊兰，你的王位并不是继承来的，传坎家族的人只能继承传坎家族，而不是对其他家族的操控权。不能让你的这种继承演变为公开的战争！如果将女王卫兵扩充为一支军队，你就要冒极大的风险。”

伊兰扬起头，她的笑声里没有任何愉快的成分，倒很像是正在她们头顶响起的阵阵雷鸣。“我在回家的那一天就已经冒了极大的风险，戴玲。你说诺维林和塔梅恩家族会效忠我，还有潘达家族？很好，那我就有五个家族可以去对抗六个家族了。我不认为其他家族能‘看清形势’，如果在我得到玫瑰王冠之前他们有所行动，那一定是在对抗我，而不是支持我。”如果运气好的话，那些家主们会不屑于和加贝瑞的走狗们联合，但伊兰并不想靠运气，她不是疯狂的麦特。光明啊，人们都相信兰德杀死了她的母亲，却没有人相信“加贝瑞大人”是弃光魔使。即使她能活得像家人一样长久，修补雷威辛对安多造成的伤害也可能要用去她一生的时间！有一些家族不会支持她，因为加贝瑞是以摩格丝的名义施行暴行的。还有一些家族疏离她，是因为兰德说过，他决定将王座“给予”她。伊兰全心地爱着那个男人，但想到他竟然会留下那样的话，伊兰又觉得他该死透顶！即使有戴玲的压制，安多最下等的农夫也会扛起镰刀，将转生真龙安置在狮子王座上的傀儡给拖下来！

“我要极力避免安多人杀戮安多人，戴玲。但不管我能继承什么，贾瑞德已经挑起了战争，他甚至不在乎自己的妻子还在我手中，而娜埃安也做好了开战的准备。”最好那两个女人尽快被带到凯姆林来。如果她们离开亚林吉尔后泄露了任何信息或命令，那就太可怕了。“亚瑞米拉在得到奈西恩的支持后，也做好了开战的准备，她们也想继承这个王位，而且她们认为战争是必须的手段。现在唯一能阻止战争的办法，就是让我们强大到她们不敢轻举妄动的程度。如果柏姬泰能在春天时将女王卫兵扩充为一支军队，那会是一件好事，那时我肯定需要一支军队。如果那些家族还不够，那就再想一想霄辰人，得到坦其克和艾博达并不会让他们满意，他们不会放过任何一个国家。戴玲，我不会让他们得到安多，正如同我不会让亚瑞米拉得到安多。”又一阵雷声在她们头顶隆隆而过。

戴玲稍稍回过头，看了柏姬泰一眼，舔了舔嘴唇，手指下意识地拉了一下裙摆。没有什么东西能够让戴玲感到畏惧，但霄辰人的传说是一个例外。戴玲仿佛是自言自语地嘟囔了一句："我曾经希望避免内战。"这句话也许没什么意义，也许有很多含义。或许应该稍稍刺激她一下，好得到更多讯息。

"盖温，"柏姬泰突然喊道，她的脸上闪耀着光彩，从约缚中散发出兴奋而宽慰的情绪，"等他回来，他就能接过指挥权。他将是你的剑之第一王子。"

"喝你娘的奶！"伊兰喊道。闪电从窗口抛下耀眼的白光。为什么这个女人一定要现在改变话题？戴玲愣了一下。伊兰立刻感到脸上一阵滚烫。看着那名年长女子张开的嘴，伊兰知道自己这句话有多么粗俗。毕竟戴玲是伊兰母亲的朋友，所以伊兰尤其感到困窘。她下意识地喝了一大口酒，差点被苦涩的酒液呛到。然后她迅速压抑下脑海中的想象——莉妮要洗干净她的嘴，让她明白，她是一个将要成为女王的女孩。母亲肯定不会像她一样做出这么愚蠢的事情。

"是的，他会的，柏姬泰，"伊兰镇定下来，"当他回来的时候。"现在正有三名使者前往塔瓦隆。即使爱莉达有可能不赞同她的行动，盖温终究会知道，她已经继承了王位。他一定会回来的。伊兰迫切需要盖温，她从不曾幻想过自己能够统领军队。而柏姬泰完全没有信心能够成为传说中的那个英雄，很多时候，她甚至连尝试一下都不敢。与一支军队作战，可以；但统率一支军队，想都别想！柏姬泰很清楚自己心中的这个死结，现在，她的面孔如同冰块一样僵硬，她的情绪中充满愤怒和窘迫，其中愤怒正在迅速增多。伊兰带着一点气恼张开口，想要对戴玲关于内战的看法进行辩驳。柏姬泰的情绪已经在影响她了。

还没等伊兰说出一个字，红色大门突然被推开来。伊兰希望看到奈妮薇或者范迪恩走进来，却只是失望地看见两名海民女子。虽然天气寒冷，但她们还是赤着双足，一团浓重的麝香味环绕在她们身周。她们的身上穿着锦缎制成的宽松裤子和上衣，镶嵌宝石的匕首、黄金、象牙项链以及其他各式珠宝装饰着她们身体的各个部位。除了鬓角斑白，蕾耐勒·丁·考隆十个粗大的黄金耳环几乎完全被黑色直发遮住。悬在耳朵与鼻翼间的黄金细链上坠满徽章，映衬着她黑眸中高傲的神色。她的面容刚硬如铁，尽管她行走的身姿仪态万千，但那股气势仿佛能撞倒任何一道墙壁。翟妲·丁·帕瑞德·黑翼比她的同伴几乎矮了一拳，皮肤仿佛比木炭更黑，悬挂在她左侧脸颊上的黄金徽章比另一名海民多了一半。她的神态不算傲慢，但自然有一种掌控一切的风范，一种可以让任何人服从的自信。她的黑色卷发中已经出现了一片片灰斑，但容貌依然相当迷人。她是那种愈年长就愈有风韵的女子。

戴玲在看到她们的时候打了个哆嗦，并下意识地伸手想要掩住嘴巴，对于不熟悉亚桑米亚尔的人来说，有这种反应是很正常的。伊兰皱了皱眉头。这并不是因为她不喜欢她们的鼻环，实际上，伊兰的脑子里又蹦出一句更加……辛辣的咒骂。除了弃光魔使之外，伊兰现在最不想见到的就是这两个人。莉恩耐应该把她们挡在门外的！

"请原谅，"伊兰迅速站了起来，"我现在很忙，你们也知道，我有许多日常事务要处理，所以才没能向你们致以问候。"海民对于礼节和仪式相当重视，不过仅限于她们自己的礼节。她们很可能根本没有告知首席侍女她们想要见伊兰，但如果伊兰在得到王冠之前坐着向她们说话，她们很可能会觉得遭到了冒犯。愿光明烧了她们，伊兰现在已经无法再承受任何敌意了。柏姬泰出现在伊兰身边，恭谨地弯下身，取走她的杯子。护法的约缚中散发着警告的气息，她一直都对海民没什么好感，甚至从不掩饰自己对她们的看法。"今天晚些时候我会安排和你们见面，"伊兰继续说道，"愿光明保佑我们。"海民很擅长繁文缛节，不过这样的言辞大概也能让她们满意了。

蕾耐勒一直走到伊兰面前，甚至让伊兰感觉她距离自己有些太近了。她伸出一只带着刺青的手，微微打了个手势——那是在允许伊兰坐下。"你一直在躲避我。"对于一名女子而言，她的声音显得过于浑厚，而她的语气却如同窗外的冰雪一般寒冷。"请记住，我是亚桑米亚尔诸船长耐丝塔·丁·瑞埃斯·双月的寻风手，关于你代表白塔和我们签订的契约，你仍然未能完全履行。"海民知道白塔的分裂，现在所有人都已经知道这件事了。不过伊兰并不急于在这时公布自己将支持哪一方，这样只会为她增添更多的困难。此时，蕾耐勒以不容辩驳的语气说道："你现在就要给我答复！"这就是海民的礼仪。

"她一直在躲避我，但我想她躲不过你，寻风手。"翟妲的语气和蕾耐勒完全相反，仿佛只是在不疾不徐地闲聊。她以悠闲的步伐走过房间，停下脚步，摸了摸一只高大的绿色薄瓷花瓶，又踮起脚尖，朝一只放在搁架高处的四柱万花筒中望了望。在瞥向伊兰和蕾耐勒的目光中，她的黑眸里甚至流露出一点愉快的笑容。"毕竟这个契约是诸船长耐丝塔·丁·瑞埃斯签的。"翟妲是凯特莱部族的波涛长，同时也是海民诸船长的使者，本来她要进行谈判的目标不是安多，而是兰德，但她有权力代替耐丝塔做出决定。她从一个又一个雕金桶旁边走过，又踮起脚看了一眼那只万花筒。"你答应过，要向亚桑米亚尔派出二十名教师，而现在，你只派出了一个。"

此时的伊兰，却只是惊讶地看着茉瑞莉走进房间，关上门。这名灰宗两仪师的个子比翟姐还要矮。她身着一袭典雅的深蓝色羊毛裙装，以银色的皮毛镶边，胸前镶缀着小块的月长石。她对寻风手的教导时间刚刚超过两个星期，但这已经对她造成很大的影响。那些寻风手大多是相当强大的女人，她们渴望知识，如同压榨酿酒器中的葡萄般压榨着茉瑞莉，而且绝对不放过任何一滴汁液。伊兰曾经以为没有任何事情能够打破茉瑞莉的镇定从容，但现在，瞪大眼睛、张嘴惊呼已经成为茉瑞莉常有的表情。她已经不止一次不知所措，而且以后肯定还会更频繁地出现这种状况。她现在将双手交叠在腰间，停在门口，似乎很满意自己没有成为其他人注意的目标。

戴玲重重地喷了一声鼻息，站起身，紧皱双眉盯着翟妲和蕾耐勒："注意你们的言谈，现在你们是在安多，而不是你们的船上。伊兰·传坎将成为安多女王！等时候到了，你们自然会得到契约上规定的东西，现在，我们还有更重要的事情需要处理。"

"光明在上，没有任何事比这个更重要，"蕾耐勒以同样严厉的声音响应道，"你说契约会得到履行？那么就由你来担保吧。你最好弄清楚，在缠绕的帆索间乱走是不明智的——"

翟妲打了个响指，并不响亮的声音却让蕾耐勒打了个哆嗦。她捏住项链上的一只金香盒，将它放到鼻前深吸一口气。她的身份是诸船长的寻风手，在亚桑米亚尔之中拥有崇高的地位和巨大的权力，但在翟妲眼中，她只是……一名寻风手而已，这对蕾耐勒的自尊心肯定是相当大的打击。伊兰相信，她可以利用这两名海民间微妙的关系来对抗她们，但她至今还没找到利用的办法。唉，不管怎样，权力游戏现在已经渗入了她的骨髓。

伊兰缓步走过正怒火中烧的蕾耐勒身旁，如同绕过房间里的一根柱子，但她的目标并不是翟妲。在这个房间里，她才是最有权力从容自在的，她不能给翟妲任何一点机会，否则这名波涛长会把她的头发剃下来卖给假发商。她走到壁炉前，用炉火温暖着自己的双手。

"耐丝塔·丁·瑞埃斯相信我们会履行契约，否则她就绝对不会接受这份契约，"她平静地说道，"你们已经得到了风之碗。但我还需要更多时间才能为你们召集其余的十九名姐妹。我知道你们在为艾博达的海民船只担忧，害怕霄辰人会对它们不利。但如果蕾耐勒打开通道，去一趟提尔，她就能找到停泊在那里的数百艘海民船只。"确实，伊兰得到的所有情报都是这么说的。"你们可以从那里的海民口中得到更多讯息，并可以整合你们的族人。为了对抗霄辰人，他们需要你们的帮助。"这样她也可以摆脱她们。"等我聚齐了其他姐妹，会立刻派她们去找你们。"茉瑞莉依旧站在门口，脸上出现一点慌乱的神情，她大概是想到自己有可能会被孤身一人留在海民中间。

翟妲将目光从万花筒上移开，斜着眼望向伊兰，一丝笑意抽动着她非常丰满的嘴唇。“我必须留在这里，我要等到兰德·亚瑟回来，如果他肯回来的话。”说到兰德的名字时，翟妲的脸上闪过一丝戾气，但愉快的笑容转瞬间又布满了她的脸孔。兰德在她面前可要吃些苦头了。“而蕾耐勒和她的同伴暂时也要和我在一起。几名寻风手在与霄辰人的战争中起不了什么作用，但在这里，光明会保佑她们学习到非常有用的知识。”蕾耐勒轻轻哼了一声。翟妲微一皱眉，又开始向高处那只万花筒中望进去。“连你在内，你们这里一共有五名两仪师，”她若有所思地说道，“也许你们之中有人可以教导我们的寻风手。”她仿佛是刚刚想到这一点。当然，伊兰宁可相信自己一只手能提起两个海民，也不会相信她真的是刚刚才有了这个念头！

“哦，是的，这样很好。”茉瑞莉突然说道。她向前迈出一步，又瞥了蕾耐勒一眼，急忙停住脚步，她苍白的面孔泛起红晕。她再一次将双手交叠在腰间，让柔顺的气息包裹住全身，仿佛那是她的第二层皮肤。戴玲紧紧地盯着她看，仿佛以前从没见过这位两仪师。

“如光明所愿，也许我还能找到其他姐妹。”伊兰谨慎地说着，同时努力不让自己的双手去揉搓额角。她的头痛也许是因为窗外愈来愈响的雷声。奈妮薇听到这样的要求一定会暴跳如雷，范迪恩也许会对此置若罔闻，但伊兰做不到。也许凯瑞妮和赛芮萨是可以的。“但你要知道，她们每天教导你们的时间顶多只能有一两个小时，她们没什么多余的时间。”伊兰尽量不去看茉瑞莉。如果被扔进这个酿酒器里，即使是凯瑞妮和赛芮萨大概也会造反。

翟妲用右手手指碰了碰嘴唇：“光明在上，就这样吧！”

伊兰眨眨眼。在这名波涛长眼里闪烁的显然不是什么好兆头。她们刚刚又订下了一份契约。根据伊兰对付亚桑米亚尔的有限经验来判断，想要得到海民契约中属于你的那一份，并全身而退，就必须有极好的运气。这一次，情况更是有所不同。两仪师们能够从这样的契约中得到什么好处？契约必须是对双方都有好处才对。翟妲微笑着，仿佛她知道伊兰的心思，并且对此感到有趣。这时房门再一次被打开，这几乎让伊兰松了一口气，至少她有了一个机会将注意力从海民身上转移开来。

莉恩耐·哈芙尔带着尊重却不谦卑的神情快步走进房间。她行了一个极为标准的屈膝礼，完全像是一名强大家族的家主向她的女王致敬。实际上，任何一个稍微有点地位的家主都知道，要对这位宫廷首席侍女保持足够的敬意。她穿着一件红白两色的长裙，长裙外罩着一袭猩红色的披风，灰色的发髻盘在头顶，如同一顶王冠。在她高耸的胸前，一颗安多白狮头清晰可见。莉恩耐从没公开谈论过谁应该坐上王位，但从伊兰回到安多的那一天开始，她就一直穿着正式的宫廷礼服，仿佛女王正在王宫内居住一样。当她看见两名亚桑米亚尔挡在面前，圆脸上立刻显露出刚毅的表情，但她的目光很快就从这两名海民身上扫了过去。她们迟早会明白挡在首席侍女面前会招致怎样的后果，但现在还不是对付她们两个的时候。

“马瑞姆·泰姆终于来了，殿下，”莉恩耐的口气更像是在说“女王”，“我是否应该让他等候。”

终于来了！伊兰在心中嘟囔了一句。她两天前就向那个人发出召唤了！“好的，哈芙尔大妈，给他葡萄酒，我想，第三等的就可以了。告诉他，只要我有——”

马瑞姆大步走进房间，仿佛这是他的宫殿。不需要别人通报，伊兰一眼就确认他是马瑞姆。在他的黑色外衣上，两臂从臂肘到袖口的位置各绣着一条盘卷蜿蜒的蓝金色游龙，这大概是为了模仿兰德手臂上的龙纹，不过伊兰怀疑他并不会因为这两条龙纹而感到自豪。他的个子很高，几乎和兰德差不多，高高的鹰钩鼻子和一双黑眸，仿佛是一名会预言的巫师。他是个强健有力的人，步履身姿有着类似护法的致命优雅，但他的身周似乎总是围绕着一团阴影，当他进来时，房里半数的油灯仿佛都熄灭了。事实证明，那是一种几乎能吸收光明的暴力气息。

又有两名穿着黑色外衣的人紧随马瑞姆走了进来。其中一人是个秃子，留着灰白的长胡子，一双蓝眼睛里闪着凶光；另一个人要年轻许多，身材如同蛇一般苗条灵巧，发色乌黑，脸上是一副未经世事的傲慢表情。他们的高领子上全都佩戴着银色的剑徽和红珐琅龙徽。三人都没有佩剑，因为他们已经不需要钢铁的利剑了。突然间，这间起居室显得非常狭小，非常拥挤。

伊兰下意识地拥抱了阴极力，并向房里的其他人寻求连结。茉瑞莉迅速进入连结。让伊兰感到惊讶的是，蕾耐勒也进入了连结。伊兰瞥了那名寻风手一眼，便对她的行动有了些理解。现在这名寻风手脸色灰白，一只手紧紧握住腰带里的匕首，伊兰甚至能够透过连结感觉到她紧握的指节上传来的痛楚。滞留在凯姆林的海民们现在已经知道殉道使都是些什么人了。

这些男人当然知道房里有人拥抱了阴极力，只不过他们无法看见环绕在这三个女人身周的阴极力光晕而已。那个秃头男人哼了一声，年轻男子则握紧了拳头，他们的眼里全都显露出愤怒的神情。伊兰有些后悔没有对自己的导引加以掩饰，但她现在并不打算离开真源。马瑞姆身上散发的危险气息能够让火焰也失去热力。伊兰竭尽全力从连结中汲取至上力，直到强大的能量让她的生命感官变得清晰无比，让她感到一阵阵危险的刺痛。但即使是这样的刺痛……也令人感到快慰。如此强大的至上力，她甚至能摧毁这座宫殿，但这样的能量可能还不足以匹敌马瑞姆和他的两名随从。伊兰非常渴望自己的手中能握着她们在艾博达找到的三件法器之一。现在，它们正和其他宝物一起被安全地封锁着，直到伊兰有机会再次对它们进行研究。

马瑞姆轻蔑地摇摇头，一丝冰冷的笑意掠过他的嘴唇。“好好看一看，”他的声音非常平静，但语气刚硬且充满嘲讽，“这里有两位两仪师。你们会害怕两位两仪师吗？而且，你们不该吓到未来的安多女王。”他的随从们立刻放松下来，同时开始仿效起马瑞姆从容不迫的样子。

莉恩耐对于阴极力和阳极力一无所知。当那三个男人走进房间时，她立刻紧皱眉头挡在他们面前，她相信所有人都应该按照礼仪行事，就算是殉道使也不例外。她低声嘟囔了些什么，尽管她刻意压低声音，众人还是听到了“脏老鼠”这个词。

首席侍女察觉到房里众人听到她说了什么，脸颊立刻变得通红，而伊兰也终于有机会看到莉恩耐脸红的样子。不过转眼间，她已经恢复镇定，以能够让任何统治者羡慕的优雅和威严说道：“请原谅，伊兰殿下，我刚刚得到报告，储藏室里有许多老鼠肆虐。在一年的这个时刻出现这么多老鼠，是非常不寻常的事情。请原谅，我必须去确认我招募捕鼠匠和施放毒饵的命令已经得到执行。”

“先等一等，”伊兰冷静地对她说，“害虫早晚都会得到处置的。”两名两仪师。马瑞姆没察觉到蕾耐勒也能导引。而从他特意向部下强调这里两仪师的数量是两名的语气听来，难道三个能导引的女人会对他们产生某种威胁？很显然，除了十三人的连结之外，殉道使还知道一些女性导引者通过数量能够取得的优势。而他们打算就这样彻底压倒她吗？“等我和这些好人谈完之后，你可以带他们出去。”马瑞姆的同伴听到自己被称为“好人”，不由得皱了一下眉头，但马瑞姆脸上只是又一次闪过那种似有若无的微笑。他知道伊兰口中的“害虫”指的是谁。光明啊！也许兰德曾经需要过这个人，但为什么现在还要让他活着，而且还拥有如此巨大的权力？当然，他的权力在安多王宫一文不值。

伊兰不疾不徐地再次入座，还调整了一下裙摆。这些男人在她面前不能炫耀任何威严，否则她将不给他们任何发言的机会。片刻之间，伊兰想要将这个小连结的主导权转移出去，毕竟殉道使的注意力肯定是集中在她身上。蕾耐勒仍然是脸色铁青，愤怒和恐惧在她心中激荡不已，如果由她控制连结，可能会立刻发动攻击。茉瑞莉心中有些恐惧，但还算能控制，但她心中主要的情绪是强烈的……痴呆感。这时她已经瞪大眼睛，大张着嘴，只有光明知道她能控制连结时会做些什么。

戴玲退到伊兰的椅子旁，仿佛是要挡住那些殉道使，好保护伊兰。无论这位塔拉文的家主在想什么，她的面孔仍然保持着刚毅和无畏。其他女子也竭尽全力表现出她们自认为最合适的模样。翟妲在那只万花筒旁一动也不动地站着，尽量显出一副无足轻重、安全无害的样子，但她将双手背在身后，腰间的匕首也不见了。柏姬泰懒散地站在壁炉旁，左手撑住一根柱子，仿佛有点无聊，但她腰间的匕首鞘同样是空的。她的右手隐在身侧，大概随时都有可能将这把匕首抛出来，约缚中散发出来……全神贯注的情绪。箭已在弦上，随时都可能离弦而出。

伊兰并没有刻意绕过戴玲去看那三个男人。“马瑞姆先生，在我发出诏命之后，你们却迟迟没来见我。”光明啊，他有没有握持阳极力？伊兰知道，除了屏障一名男性之外，还有其他办法可以干扰他们的导引，但这是一种难度很高的技巧，非常不安全，而且伊兰也只是知道这种技巧的理论而已。

马瑞姆一直走到距离伊兰只有几步的地方，他的神态根本就不像是一个前来谒见国家统治者的人。马瑞姆知道自己是什么人，有着怎样的价值，但他显然认为自己的能耐比天还大。闪电划过窗口，在他脸上印下古怪的纹路，即使没有穿着这身古怪的制服，他的模样大概也能吓倒许多人。但伊兰不是这样的人，绝对不是！马瑞姆若有所思地揉搓着下巴：“伊兰女士，我知道，你已经降下了凯姆林的所有真龙旗。”他保持严肃的面容，但浑厚的声音中流露出明显的消遣意味！戴玲瞪着他，愤怒地微微喷着鼻息，他却根本不曾看她一眼。“我听说沙戴亚人已经撤离真龙军团的营地，很快地，最后一批艾伊尔人也会进入城外的营地。如果他知道了这些，他会有什么反应？”伊兰当然知道马瑞姆口中的“他”指的是谁。“而现在他从南方为你送来了一份礼物，我随后会把这件礼物带过来。”

“安多和转生真龙必须以平等的地位结盟。”伊兰冷冷地说，“他不是安多的征服者，任何人都不是。”她让自己的双手轻松地放在扶手上。光明啊，说服艾伊尔人和沙戴亚人退出凯姆林是她到现在为止最大的成就。虽然凯姆林城内的犯罪率因此而陡然上升，但这么做是必要的！“不管怎样，马瑞姆先生，这里不是你对我发号施令的地方。如果兰德对我的决定有异议，我自然会和他交涉！”泰姆挑起一侧的眉弓，那种古怪的笑意仍然留在他的嘴角上。

烧了我吧，伊兰愤怒地想，*我真不该使用兰德的名字！*这个男人显然以为他知道她会怎么对付该死的转生真龙的怒火！伊兰很想把兰德死死地绑在床

上，但最糟糕的是，虽然她很想这么做，但她不能这样对付他。他到底给她送来什么样的礼物？愤怒让伊兰的声音变得强硬。

马瑞姆的语调让她感到愤怒，兰德的长久不归让她感到愤怒。她也为自己感到愤怒，因为现在她竟然在想那些令人脸红的事，在想兰德的礼物。礼物！“你在安多境内已经占据了四里之地。”光明啊，那片土地比凯姆林内城的一半还要大！那里面到底聚集了多少人？这个想法令伊兰不寒而栗。“又是谁允许你这样做的，马瑞姆先生？别说是转生真龙允许你这么做的，他可没权力处置安多的国土。”戴玲在她身边晃动了一下。没有权力，但力量可以变成权力。伊兰仍然将注意力集中在马瑞姆身上。“你拒绝女王卫兵进入你的……强占之地。”在伊兰回家之前，女王卫兵根本没想过要这么做。“安多律法在安多全境都适用，马瑞姆先生，在法律面前，人人平等，无论贵族、农夫……还是殉道使。我并不是说我会用强力攻入。”马瑞姆的脸上又露出微笑，或者是类似微笑的表情。“我不会做这种与我的身份不符的事。但除非女王卫兵能进入其中，否则一颗西红柿也不会进入你的大门。我知道你们会神行术，那就让你的殉道使们用神行术去购买食物吧！”那种近乎微笑的表情从马瑞姆脸上消失了，换之以一张稍稍扭曲的面孔，他的双脚也微微挪了个位置。

但这种困扰的模样很快就从马瑞姆身上消失了。“食物只是个小问题，”他摊开双手，轻松地说道，“就像你说的，我的人能够施展神行术，可以前往任何地方。我想，我们可以到距离凯姆林只有十里的地方买东西，我怀疑那里的人是否会服从你的命令。即使你有那样的权威，对我来说也不算是很大的麻烦。不过，我仍然愿意依照你的请求，接受你的访问。当然，来访的人要由我们全程陪同。黑塔的训练非常严格，每天都会有人死亡，我可不想出任何意外。”

马瑞姆明白地指出伊兰的权威是多么微薄可怜，这让她更加愤怒，但也仅仅是愤怒而已。他所说的他们能去任何地方，以及所谓的“意外”，是否代表着某种威胁？当然不会。马瑞姆不会威胁她，因为有兰德在。这个事实让伊兰感到真正的愤怒。她绝不会躲在兰德·亚瑟的身后。全程陪同？依照她的请求？她真应该立刻把这个人烧成灰烬！

突然间，伊兰察觉到柏姬泰从约缚中传过来的情绪。愤怒，是对她情绪的联动，也是柏姬泰自己的情绪。怒火在两人心中来回激荡，愈来愈炽烈。柏姬泰握着匕首的手不断地颤抖着，渴望着将利刃掷出去。她自己呢？怒火塞满她的胸膛！如果再多一个火星，她就会失去对阴极力的控制，或者将阴极力彻底释放出去。

伊兰又一次努力地压下怒火，让面容保持平静。她咽了口口水，竭力用平稳的声音说道："女王卫兵每天都会去访问你们，马瑞姆先生。"在这样的天气里，她该如何做到这一点，她还不太清楚。"也许我会亲自拜访，或者带几名其他姐妹前去。"伊兰不知道当两仪师出现在黑塔时，他是否会感到不安。因为马瑞姆的脸上没有任何表情。光明啊，她要建立起安多的权威，但又不能过度刺激这些男人。为了寻找平静，她急忙做了个初阶生常做的练习——河水沿着河道流淌。这个练习起了一点作用，现在她只不过是想将酒杯砸在马瑞姆的头上而已。"我会接受你们的陪同，但不能对我隐瞒任何事情，我不容许你包庇任何罪行。我们是否已达成对彼此的理解？"

马瑞姆以充满嘲讽的态度鞠了个躬！但他声音里仍然透出紧张的情绪："我已经充分理解你的意思，但请你也理解我，我的人不是在你走过时会鞠躬行礼的农夫，要一名殉道使低头是非常困难的。到时候，你就会知道你的法律有多么强大了。"

伊兰张开嘴，打算告诉他法律在安多有多么强大。

"是时候了，伊兰·传坎。"一个女人的声音从门口传来。

"该死的！"戴玲嘀咕了一句。全世界的人都要在这个时候来找她吗？

伊兰听出这个声音。她知道，这个声音迟早会来，而且她只能服从这个声音，但现在实在不是时候。虽然她希望自己还能有一点时间把条件和马瑞姆确认清楚，但她不得不站了起来。马瑞姆朝那个刚刚走进房间的女人皱起眉，然后又瞟了伊兰一眼。很显然，他无法掌握房间里现在的状况。好吧，就让他在那里发愣吧，之后她自然有时间让他明白，殉道使在安多能有什么特殊权力。

娜迪瑞的个子和门旁的两个男人差不多。她是一名身材壮硕的女子，几乎像伊兰所见过的艾伊尔女子那般强壮。她的绿眸审视着那两个男人，过了一会儿，似乎是确认了他们不是什么重要的人物，才把目光移开。殉道使对智者来说并不是什么重要的人。她整理了一下深色的披巾，手臂上随之传来一阵手镯碰撞的叮当声。她走到伊兰面前，背对着马瑞姆。尽管天气寒冷，她也只是在单薄的白色罩衫外披了一条披巾而已，但让伊兰感到有点奇怪的是，她的臂弯上居然挂了一条厚实的羊毛斗篷。"你现在必须过来了，"她对伊兰说道，"不能有任何耽搁。"马瑞姆的眉毛几乎要挑到额头上，毫无疑问，他从没遇到过如此对他视而不见的人。

"天堂的光明啊！"戴玲喘了口大气，揉搓着额头，"我不知道你要干什么，娜迪瑞，但你必须等到——"

伊兰将一只手按在她的手臂上："你不知道，戴玲，她的事情不能等。娜迪瑞，我现在就将其他人遣走，然后跟你去。"

智者不以为然地摇摇头："一个即将出生的孩子，不可能等你将别人遣走。"她抖了抖那件厚斗篷。"我带来这个为你御寒，也许我不该带它来；并告诉艾玲达你的谦逊超过迎接一名姐妹的渴望。"戴玲倒抽了一口冷气，她大概才刚刚弄清楚眼前是怎样的状况。护法的约缚随着柏姬泰的狂怒而颤抖。

现在只有一个可能的选择。实际上，可以说伊兰毫无选择。她放开了和另外两名女子的连结，也放开了阴极力。但蕾耐勒和茉瑞莉身周的光晕并没有消失。"戴玲，帮我系上扣子好吗？"伊兰为自己镇定的语气感到骄傲。她一直等待着这个时刻，但如果没有这么多人在场就好了！她转过身，同样背对着马瑞姆，至少她可以不必看到马瑞姆正在盯着她！然后，她开始解开袖子上的小扣子。"戴玲，戴玲？"过了一会儿，戴玲才仿佛突然清醒过来一样，开始有些笨拙地替伊兰解开背后的纽扣，一边还粗声大气地嘟囔着什么。门旁的一名殉道使窃笑了一声。

"转过身！"马瑞姆大喝道。门口处传来踏步的声音。

伊兰不知道马瑞姆是不是也转过了身，她坚信自己能感觉到他的目光正盯在她身上。但突然间，柏姬泰出现在她身旁，还有茉瑞莉和莉恩耐，以及翟妲，甚至蕾耐勒。她们肩并肩地站在一起，挡在她和那些男人中间，并对那些男人怒目而视。这并不是一堵密不透风的墙，她们都没有伊兰那么高，翟妲和茉瑞莉的头顶甚至还没有超过伊兰的肩膀。

集中精神，伊兰对自己说，我很平静，我很安逸，我是……我正在一个站满了人的房间里脱光衣服！她以最快的速度脱掉衣服，让身上的长裙和衬裙落在地板上，然后脱下软鞋，又将长袜放在鞋子上。她的皮肤在寒冷的空气中起了鸡皮疙瘩，能够无视周围的寒冷并不代表她不会发抖，而她宁愿相信自己脸颊上的灼热是一种对于寒冷的反应。

"这太疯狂了！"戴玲抓起衣服，低声嘟囔着，"彻底的疯狂。"

"这到底是怎么回事？"柏姬泰悄声问，"要我陪你去吗？"

"我必须一个人去，"伊兰低声答道，"不要跟我争辩！"

柏姬泰没有任何明显的表示，但约缚中传来极为强烈的情绪。伊兰取下黄金耳环，递给柏姬泰，又犹豫了一下，才取下巨蛇戒。智者们说过，她必须像一名初生的婴儿一样。她们对伊兰有许多指示，首先，就是不能告诉其他人会发生什么事。实际上，就连伊兰自己也不太清楚会发生什么事。一名初生的婴儿不可能知道将要发生什么。柏姬泰嘟囔的声音渐渐变得像戴玲一样了。

娜迪瑞拿着那件斗篷走过来，向前伸出手。伊兰不得不探身接过斗篷，匆忙地用它裹住身体。她仍然相信自己能感觉到马瑞姆的目光。她用斗篷紧紧裹住身体，本能地想要快步逃离这个房间，但她只是缓缓地站直身子，转过来。她才不会带着满身羞愧逃跑。

随同马瑞姆而来的男人都僵直地站立着，面朝大门，背对众人，而马瑞姆本人则双手抱胸，眼睛盯着壁炉。那么，刚才他的目光只是伊兰自己的想象？除了娜迪瑞之外，其他女人望向她的目光中都包含着不同程度的好奇、惊讶和震撼。娜迪瑞则是一副不耐烦的样子。

伊兰用自认为最像女王的声音说道："哈芙尔大妈，请在马瑞姆先生和他的人离开之前，以美酒款待他们。"还好，至少她的声音没有颤抖。"戴玲，请替我招待波涛长和寻风手，不要让她们过于担心。柏姬泰，我希望今晚能听到你的征兵计划。"最后被她点到名的人吃惊地眨了眨眼，又无声地点点头。

然后伊兰就跟随娜迪瑞走出房间，她希望自己能做得更好一些。当房门在身后关上时，她听到的最后声音是翟妲的："奇怪的习俗，你们陆民可真是奇怪。"

在走廊里，伊兰想要走得快一些，但在不让斗篷露出缝隙的前提下加大步伐并不容易。红白两色的地砖比起居室中的地毯要冷多了，沿途遇到的几名仆人都身穿暖和的羊毛制服，他们无一例外地用惊讶的目光看着伊兰，又匆匆去忙他们自己的事情了。走廊两旁立灯中的火焰闪烁不定，走廊里总是有风吹过，有时候风大到甚至能掀起羊毛斗篷的下摆。

"这样做是故意的，对不对？"伊兰对娜迪瑞说，"你们故意在这个时刻召唤我。一定要让许多人看到我，这样你们才能确定接受艾玲达对我来说是很重要的。"她早就告诉过她们，这件事对她来说比其他任何事都更重要。"你们对她又做了什么？"艾玲达似乎没有这种所谓的"谦逊之心"，她经常不穿衣服就在房间里走动，甚至没注意到有仆人进来。让艾玲达在一群人面前脱光衣服并不能证明任何事。

"如果她愿意的话，她会告诉你的，"娜迪瑞有些得意地说，"你能看穿这件事，目光的确很犀利，有许多人看不出这一点。"她丰满的胸部稍稍鼓起了些，似乎代表她笑了一下。"那些男人转过了身，而那些女人在守护你。如果不是那个衣着华丽的男人不时会转过头来欣赏一下你的臀部；如果你没有因为察觉到那个男人的举动而满脸通红，我本来会阻止他们的这些行为。"

伊兰踉跄了一下。斗篷晃了晃，失去一些她竭力包裹在其中的体温。"那个肮脏的猪崽子！"她吼道，"我要……我要……！"烧了她吧，她能做什么？告诉兰德？让他去对付马瑞姆？想都别想！

娜迪瑞用探寻的目光看了伊兰一眼："大多数男人喜欢看女人的臀部。不要再想男人了，还是想一想你想要与之结为姐妹的女人吧！”

伊兰的脸上再次泛起红晕。她集中心思去想艾玲达，但这样并不能让她安定下来。她被告知在仪式之前，必须认真思考一些事情，而这样的事情之中有一些令她感到很不安。

娜迪瑞跟随着伊兰的步伐，伊兰则竭尽全力不让自己的双腿从斗篷的缝隙间露出来，毕竟这里到处都是仆人。所以她们花了不少时间才走到智者们聚集的房间。超过十二名智者身着宽裙、白罩衫和深色披巾，身上缀满了金、银、宝石和象牙的项链手镯。她们都用折叠的长巾束起了头发。全部的家具和地毯都从房间中清理了出去，只剩下素白色的地板，壁炉中也没有火苗。在这个处于王宫深处、没有窗户的房间里，雷声几乎遥不可闻。

伊兰的眼睛直直地望着艾玲达。她站在房间的另一侧，全身一丝不挂，看见伊兰走进来，她紧张地对伊兰笑了笑。艾玲达在紧张！伊兰急忙脱下斗篷，也朝艾玲达报以微笑。她知道，自己同样显得很紧张。艾玲达发出轻微的笑声。过了一会儿，伊兰也这么做了。光明啊，这房间可真冷！这里的地板甚至比外面的更冷！

房间里的智者伊兰大部分都不认识，但有一张面孔跃入她的眼帘。艾密斯的白发配上她似乎还不到中年的面容，让伊兰觉得自己好像看到一名两仪师。她一定是从凯瑞安靠神行术过来的。艾雯已经将神行术传授给梦行者们，这是为了报答她们传授给艾雯关于特·雅兰·瑞奥德的知识。艾雯说这是为了偿还债务，但她从没说清楚过到底是什么样的债务。

“我希望麦兰能在这里。”伊兰说。她喜欢贝奥的妻子，她是个温和慈祥的女人，和房间里那两名她认识的智者完全不同。瘦削的泰梅拉有着一张棱角分明的脸；蓝眼睛的芬德瑞像极了一只美丽的鹰。她们两人导引的能力都比伊兰强，而且比除了奈妮薇以外伊兰认识的所有两仪师都要强。艾伊尔人并不以导引能力的强弱划分地位的高低。但除此之外，伊兰想不出她们还有什么理由在每次见到她时都会扬起鼻子，斜着眼看她。

伊兰以为主持这次仪式的会是艾密斯，因为艾密斯总是智者之中主持大局的人，但这次主持仪式的却是一个名叫莫娜勒的矮个儿女人，她的黄发中夹杂着一点红色。当她走上前时，伊兰才发觉她的个子实际上并不矮。但她的确是这个房间里唯一比伊兰矮的人，而且她也是这些人之中导引力量最弱的。如果她去塔瓦隆，她的力量只能勉强让她得到披肩。也许艾伊尔人真的不认为导引能力的强弱有多么重要。

“如果麦兰在这里，”莫娜勒说话了，她的声音清亮，而且很不友善，“那么她的孩子就有可能成为你和艾玲达之间连结的一部分。而且,未出生的婴儿将没有足够的力量在这种连结中生存下来。现在的问题是,你们能撑得过来吗?"她双手做了个手势,朝伊兰身边不远处地面上的斑点指去。"你们两个,到房间中央来。"

伊兰第一次意识到这个仪式中将涉及阴极力,她本以为这只是个形式上的仪式,交换誓言和信物。到底会发生什么事? 没关系,除非……她走向莫娜勒的脚步有些迟疑。"我的护法……我们的约缚……她有没有可能会……受到影响?"艾玲达走到她对面。当伊兰表现出犹豫的神色时,她皱起眉头。但是听到伊兰的问题,她便带着惊讶的眼神转向莫娜勒。很显然地,她也不曾想过这个问题。

矮个儿智者摇摇头,"在这个房间外的人不会受到这个编织波及。她也许会透过约缚感觉到你和这里的其他人分享到的一些东西,但只是一点而已。"艾玲达和伊兰同时宽慰地吁了口气。

"现在,"莫娜勒继续说道,"我们要完成一些仪式。来吧,我们可不是一边喝澳丝楷,一边讨论清水誓言的部族首领。"她笑了笑,似乎刚刚说了一个关于部族首领和那种艾伊尔烈酒的笑话。其他智者跟随她围绕艾玲达和伊兰组成了一个圆。莫娜勒优雅地盘腿坐在离她们俩两步远的地板上。她的笑容消失了,声音变得严肃起来:"我们在此聚首,因为两名女子希望成为首姐妹。我们要确认她们是否足够强韧,并帮助她们。她们的母亲在这里吗?"

伊兰愣了一下,但随后芬德瑞说道:"我代表伊兰·传坎的母亲,因她无法身临此地。"一双手落在伊兰的肩上。芬德瑞将她向前推去,让她跪倒在艾玲达面前冰冷的地板上,然后她也跪在伊兰身后。"我献出我的女儿接受试炼。"

伊兰差点笑出声来,这些女人看起来顶多只比她和艾玲达大几岁而已,但现在绝不能笑。站在周围的智者们全都满脸严肃,她们在审视她和艾玲达,似乎要把她们两个从头到脚一点点观察清楚。

"谁将承受分娩她们的痛楚?"莫娜勒问道。艾密斯走向前方。

另外两名智者跟随在她身后。火红色头发的智者名叫希杨妲,伊兰曾见过她和麦兰在一起;而另一位灰发智者,伊兰就不认识了。她们帮助艾密斯脱下身上所有的衣服。艾密斯似乎为她的裸体感到骄傲,她面对莫娜勒,拍了拍坚实的腹部。"我曾分娩过婴儿,我曾给予乳汁。"但她挺拔的胸部完全不像生过孩子的女子。"我将献出自己。"

莫娜勒威严地点点头,表示接纳。艾密斯跪到伊兰和艾玲达旁边两步远的地方,坐在自己的脚跟上。希杨妲和那位灰发智者跪在她身旁。突然间,至上力的光晕包围了房间里伊兰、艾玲达和艾密斯之外的所有人。

伊兰深吸一口气，也看见艾玲达做了同样的事。房间里只能听到呼吸声，偶尔响起的手镯碰撞声，还有从很远的地方传来的微弱雷声。一片寂静中，莫娜勒突然开口说话，伊兰差点被吓到了。

“你们两个要按照指示去做。如果你们动摇或存有疑问，或者心意不够坚定，我将送你们离开，这件事即告永远终结。我会提出问题，你们要真诚地回答。如果你们拒绝回答，你们将被送走。如果此地的任何一人认为你们说谎，你们将被送走。你们也可以随时依照自己的意思离开，这件事便将从此彻底终结，没有第二次机会。现在，你们希望对方成为自己的首姐妹，而你们认为对方最美好的是什么？”

伊兰知道会有这个问题，这是她被告知要认真思考的事情之一。从众多美德中选择一个并不容易，但她已经准备好答案。当莫娜勒说话时，阴极力的能流突然在伊兰和艾玲达之间开始编织。没有任何声音从她和艾玲达的口中流出。没等伊兰细想，她的一部分思绪已经进入阴极力的编织中。伊兰立刻就想要学会这种编织，她的好学本性就像她眼睛的颜色一样，从未改变过。当伊兰的嘴唇闭起时，编织也消失了。

“艾玲达是如此自信，如此坚定，她不在乎别人的想法，她只做自己想做的事。”伊兰听到她自己的声音说道。艾玲达的声音也在同时响起：“即使伊兰因为恐惧而口干舌燥，她的灵魂也绝不屈服，她比我知道的其他所有人都要勇敢。”

伊兰盯着她的朋友。艾玲达认为她勇敢？光明啊，她不算懦弱，但她真的勇敢吗？奇怪的是，艾玲达也用难以置信的眼神盯着她。

“勇气是好的，”芬德瑞在伊兰的耳边说，“在某些人心中，它是一口深井；在另一些人心中，它只是一个浅坑。但不管深浅，井中的水总会干涸，即使它们以后还会被充满。你将面对你无法面对的，你的脊梁将柔软如同柳枝，你的勇气将离开你，只剩你一人在尘埃中哭泣。这一天终将到来。”她的语气就好像她很想见证这一天到来似的。伊兰点了点头，她知道脊梁变成柳枝的滋味是什么，她每天都在为此而战斗着。泰梅拉也在艾玲达的耳边说着，她满意的语气和芬德瑞的没有任何差别：“节义如同钢铁般约束着你。对于节，你所做的没有丝毫差错；对于义，你愿意为之匍匐在地，因为你从骨子里在乎别人对你的看法。”

伊兰几乎要惊呼出声，这种评论真是太苛刻、太不公平了。她对节义有一点了解，但艾玲达并不像那位智者所说的那样。艾玲达却在点头，就像伊兰自己一样。她有些焦躁，但她显然是在接受一件她早已知道的事情。

“优秀的特质能够增强首姐妹的关爱，”莫娜勒说着，让肩头的披巾落在臂肘里，“但你们认为对方最恶劣的方面是什么？”

伊兰挪动了一下冰冷的膝盖，舔舔嘴唇，才开始说话。她的嘴非常干。不仅莫娜勒警告了她们，艾玲达也曾经告诫她，她们必须说实话。必须如此。但这是姐妹们该说的话吗？编织又一次吸收了她说的每一个字。

“艾玲达……”伊兰的声音突然响起，其中流露出一点犹豫，“她……她认为暴力可以解决问题。有时候，她会不假思索地抽出匕首。有时候，她就像一个长不大的男孩！”

“伊兰知道……”艾玲达的声音停顿了一下，立刻又飞快地说了下去，“她知道她很美丽，她知道自己对男人的魅力。有时候，她会故意向男人暴露出半边乳房，然后微笑着让男人按照她的想法去做事。”

伊兰惊讶地张大了嘴。艾玲达是这样看她的？听起来，她就像是个荡妇！艾玲达皱起眉头，半张开嘴，但泰梅拉又一次按住她的肩头，开始说话：“你认为男人们不曾盯着你的脸庞吗？”智者的声音里带着一点火气，脸上显露出强硬的神色，“难道他们不曾在出汗帐篷里盯着你的胸部？你的臀部？你很漂亮，你知道这一点，但你否认它，否认你自己！你也曾因男人的注视而欣喜，也曾向他们微笑。难道你永远不会因为一个男人看重你的意见而微笑，不会碰触他的手臂，让他不会注意你的弱点？你会的，你做的绝对不会少一星半点。”

红晕涌上艾玲达的脸颊，而伊兰正忙着听芬德瑞的话，并竭力不让自己的脸红。“暴力也是你的一部分，否认它，就是在否认你自己。你从没有过怒不可遏的时刻吗？你从没有制造过任何流血冲突吗？你从没有过这样的想法吗？就像你的呼吸一样，它也是你的一部分。”伊兰想到了马瑞姆，还有其他事情，她觉得自己的脸就像火炉一样烫。这一次，她又听到更多回应。

“你的手臂将变得衰弱，”泰梅拉对艾玲达说道，“你的双腿将不再迅捷，一名年轻人将夺走你手中的匕首，到那时，技巧和勇猛对你又有什么用处？心灵和智慧才是真正的武器。当你还是枪姬众的时候，你能够在一天的时间内学会使用长矛吗？如果你现在不磨砺心智，你就只能得到老人的躯体和孩童的精神。部族首领们将把你视作一个只能玩玩游戏的白痴。当你说话的时候，你的听众将只有冷风。不要再耽误宝贵的人生了。”

“美貌终将不再，”芬德瑞继续说道，“岁月将让你的胸部下垂，让你的肌肉松懈、皮肤粗糙。因为你的美貌而微笑的男人，终将把你当作一个普通人。你的丈夫也许会永远将你视为初见时的女孩，但其他男人早晚不会再梦到你。难道衰老的你就不再是你了吗？你的躯体不过是一袭衣衫，你的血肉会枯萎，但你的心灵和智慧不会，它们只会变得越发坚强。”

伊兰摇摇头，当然，她不是在否定智者的话。其实她从没想过自己会衰老，特别是在进入白塔之后，她就更不曾有这个念头了。即使是对于非常年老的两仪师来说，岁月的痕迹也很轻微。但到了她像家人那么老的时候呢？两仪师之中似乎没有能活到那么长久的，但如果她能呢？只有在非常年长的家人脸上才会有皱纹，但她们脸上的确是有皱纹的。艾玲达在想什么？她跪在那里，样子显得很……阴郁。

“对于将要成为首姐妹的对方，你们认为她最幼稚的地方是什么？”莫娜勒问。

这个问题相对比较容易一些，不会让伊兰觉得那么没有头绪。伊兰在回答时甚至露出微笑。艾玲达也笑了一下，但笑容很快就从脸上消失。编织又一次吸收了她们的话语，并同时离开了她们。这一次，她们的声音里都带着笑意。

“艾玲达不让我教她游泳，我曾经试过，但没成功。她什么都不怕，只是害怕进入比浴盆更深的水里。”

“伊兰吃糖时总是狼吞虎咽，几乎要用两只手往嘴里塞，就好像逃离母亲视线的孩子。如果她继续这样下去，不等她年老，她就会胖得像头猪了。”

伊兰打了个冷颤。狼吞虎咽？她吃糖永远都是浅尝辄止，而且也不常吃啊。胖？为什么艾玲达会瞪她？拒绝踏入超过高于膝盖的水里就是幼稚。

莫娜勒用一只手掩嘴，轻轻咳了一声。伊兰觉得她是在掩饰笑意。一些站在外围的智者们则直接笑了出来。是在笑艾玲达吗？还是她的……狼吞虎咽？

莫娜勒恢复了严肃的表情，又调整了一下散开在地板上的裙摆，但她的声音里还是带着一点愉悦的意味：“即将成为首姐妹的对方最让你们嫉妒的地方是什么？”

虽然被要求要说实话，但伊兰还是差点要把答案咽了回去。当莫娜勒开始提问时，她立刻就想到了答案，但她必须找到一种不会让她们两个太过尴尬的说法，她更要聚集起足够的勇气。她想到艾玲达所说的她的微笑和她半露的乳房。也许她是对男人微笑了，但艾玲达曾经从满脸通红的男仆面前走过，却仿佛根本没看见他们一样！她吃糖真的是狼吞虎咽吗？她真的会变得很胖？她说出那个苦涩的事实。编织在严酷的寂静中取走她和艾玲达的话语，仿佛在很长时间后，才将答案释放出来。

“艾玲达曾经依偎在我深爱的男人臂弯里，而我却没有过。也许我永远也不会有这种机会，这让我泣不成声！”

“伊兰拥有兰德·亚瑟的爱……兰德的爱。我想让兰德爱我，想得心如火焚,但我不知道他是不是真的爱我。”

伊兰端详着艾玲达毫无表情的面孔。她嫉妒自己拥有兰德的爱?实际上,那个男人一直在竭力躲避伊兰·传坎,仿佛她是一块可怕的疥疮。但她已经没有更多时间去思考了。

“用你空着的双手和全部力气去打她吧。”泰梅拉对艾玲达说道,同时将双手从艾玲达的肩头移开。

芬德瑞轻轻按住伊兰。“不要抵抗。”她们从没说过会有这样的事!艾玲达当然不会……

伊兰眨眨眼,从冰冷的地板上站了起来。她小心地碰了碰自己的脸颊,不禁打了个哆嗦,在她脸颊上的手印肯定一整天都不会消退。那个女人完全没必要这样打她。

所有人都在等待着,直到伊兰再次跪下。然后芬德瑞靠近她身边:“用你空着的双手和全部力气去打她吧。”

她才不会抽艾玲达的耳光,她不会……她猛地一甩手,艾玲达扑倒在地,胸口贴着地面一直滑到莫娜勒身边。伊兰的手掌几乎就像她的脸颊一样刺痛。

艾玲达撑起身子,摇摇头,然后爬回到原先的位置上。泰梅拉说道:“用另一只手打她。”

这一次,伊兰在冰冷的地板上一直滑到艾密斯的膝前。她有些耳鸣,两颊都像被火烧一样。当她意识到自己的膝盖已经跪到艾玲达的面前时,当芬德瑞命令她打艾玲达时,她将全身的力量都集中在手掌上。当艾玲达倒下时,她几乎爬到了艾玲达身上。

“你们现在可以离开了。”莫娜勒说道。

伊兰瞪着那位智者,眼珠都凸了出来。还没完全爬起身的艾玲达变得像石块一样僵硬。

“如果你们想走的话,”莫娜勒继续说着,“男人们在这时候通常都会离开;有许多女人也一样。但如果你们仍然爱着对方,仍然要继续下去,那就拥抱对方吧!”

伊兰向艾玲达伸出双臂,几乎被扑过来的艾玲达撞倒在地。她们彼此拥抱着。伊兰感觉泪水从眼眶中溢出,她知道,艾玲达也在哭。“对不起,”伊兰激动地悄声说,“对不起,艾玲达。”

“原谅我,”艾玲达也在耳语着,“原谅我!”

莫娜勒站起身:“你们将再次经历因为对方而愤怒的时刻,你们将向对方说出苛烈的言辞。但你们要永远记得,曾经打过对方,而且对方已经没有任何事情能让你们比现在更愤怒。就让这次的击打带走你们想给予对方的一切伤害吧。你们对彼此有义，这是你们无法报答、不能摆脱的义。每一名女子都对她的首姐妹有所亏欠。而你们将在这里重生。”房间里阴极力的感觉发生了变化，但伊兰没有机会看清这种变化，她现在也没有这样的好奇心了。光亮黯淡了下去，似乎油灯都已经被熄灭。艾玲达拥抱的感觉缩小了，急剧地缩小。伊兰听到的最后声音是莫娜勒的话语：“你们将会重生。”一切都消退了，她也在消退，她不复存在。

她开始有了知觉，但她并没有意识到自己。她完全没有思想，但她有了知觉。有液体在身边流动，还有各种各样微弱的声音，和一个有节奏的撞击声。其他一切和那个声音相比都是那么微不足道。“怦怦”、“怦怦”。她不知道什么是满足，但是她很满足。“怦怦”。时间。她不知道时间，但过去了非常漫长的时间。她的体内有一个声音，一个她的声音。“怦怦”。同样的声音，同样的节律。“怦怦”。在旁边，一个很近的地方。“怦怦”。另一个。“怦怦”。同样的声音，同样的节律，就像她自己的一样。不是另一个，它们是一样的，是一体的。“怦怦”。

这个脉动永恒地持续着，全部时间都属于这里。她碰了碰另一个自己，她能感觉到。“怦怦”。她在移动，她和另一个自己，彼此纠缠，肢体交错。分开又碰撞。“怦怦”。黑暗中，偶尔会有光，虽然朦胧得什么都看不见，但对于只经历过黑暗的她来说，那已经够亮了。“怦怦”。她睁开眼，望着另一个自己的眼睛，然后又闭上。她感到很满足。“怦怦”。

改变突然到来。这对从不知道改变的她来说太突然了。压力。“怦怦怦怦”。那个安慰的声音愈来愈快了。“怦怦怦怦！”“怦怦怦怦！”

突然间，另一个自己……消失了，只剩下她一个。她不知道害怕，但她很害怕，而且孤独。“怦怦怦怦！”压力！比任何时刻都更大！她被压迫，她被勒紧。如果她知道该如何尖叫，如果她知道尖叫是什么，她一定会用最大的力气尖叫。然后是光，令人目盲的光。各种盘旋的黑线。她有了重量。以前她从没感觉到重量。肚子上传来一阵切割的疼痛。有什么东西在挠她的脚，有什么东西在挠她的背。一开始，她不知道自己喉咙里发出的是什么样的哭声。她无力地踢蹬着，摇晃着不知道该如何动作的肢体。她被举了起来，被放在某个柔软的，但比以往她的任何感觉都更加坚固的东西上。她想到另一个自己，另一个自己消失了。“怦怦”、“怦怦”。这个声音。同样的声音，同样的撞击。孤独和陌生占据了一切，但也有满足。

记忆开始回归，速度很慢。她从一个乳房上抬起头，看见艾密斯的脸。是的，艾密斯。流下汗水的脸和疲倦的眼神，但在微笑。她是伊兰，是的，伊兰·传坎。但她已经不止是伊兰了。就好像护法的约缚，但又不完全是。更加微弱，但更加美好。慢慢地，在一个还不太稳定的脖子支撑下，她转过头，看见另一个自己躺在艾密斯的另一侧胸前。她看到了艾玲达。艾玲达的头发纠结在一起，脸上和身上全是汗水。眼里跃动着欢喜的光彩。她在笑，在哭泣。她们彼此拥抱，仿佛永远也不打算分开一样。

"这是我的女儿艾玲达，"艾密斯说，"这是我的女儿伊兰。她们出生在同一天，同一个时刻。愿她们永远彼此守护，彼此支持，彼此相爱。"她轻声笑着，笑声里流露出疲倦和慈爱。"现在，能不能给我们一些衣服，以免我的新女儿和我冻死？"

此时伊兰并不在乎自己是不是会被冻死，她在泪水和欢笑中紧抱住艾玲达。她喜爱她的姐妹。光明啊，她喜爱她的姐妹！

托薇恩·加萨在一片低微的嘈杂声中醒来，其他人正在外面走动，她听见了轻声的交谈。她躺在自己坚硬的帆布小床上，懊悔地叹了口气。她梦见自己用双手掐住爱莉达的喉咙，那可真是个美梦。而这个用帆布包裹起来的小空间才是真实的。她睡得很不舒服，她感觉干渴和疲惫，她又睡过头了，没有时间吃早饭。她不情愿地掀开毯子。她所在的这个房子应该是一座小仓库，墙壁很厚，屋顶很低，却无法保存任何热气。她的呼吸带着白气。当她的双脚碰到粗糙的地面时，清晨冷冽的空气透过衬衫刺痛了她的皮肤。她想过再多躺一会儿，但她有任务要执行。洛根·埃布尔拉污秽的约缚让她无法违抗命令，无论她多么想要违抗。

她总是竭力只想把他看作是埃布尔拉，或者顶多是埃布尔拉主人，但出现在她脑海中的永远都是洛根，那个令人恐惧的名字。伪龙洛根，那个曾经将他的故国海丹的军队彻底粉碎的人。洛根曾经在阿特拉人和莫兰迪人中间杀出一条血路，在他威胁到卢加德城之前，没有人真正想要阻拦他。白塔曾经驯御洛根，但不知为什么，现在他又能导引了。是谁竟敢修复他在托薇恩身上施加的阳极力编织？那个该诅咒的编织。对洛根来说，不幸的是他没有命令托薇恩停止思考！她能感觉到那个男人，就在她的脑海深处，他一直都在那里。

片刻间，托薇恩用力闭上眼睛。光明啊！多维太太的农场简直就像是末日深渊，多年来无法逃避的流放和苦修。她只是一个饱受折磨的叛徒。现在她被捕还不到半个星期。这里才是末日深渊，这里无法逃脱。她愤怒地摇摇头，用手指抹去脸上的水滴。不！她会逃走的，即使她逃脱的时间只够她掐住爱莉达的喉咙也好。一定有办法的。

除了帆布床以外，这里只有三件家具，即便如此，给她留下的空间也已经很狭小了。她用腰带上的小刀敲破盥洗架上黄条纹水罐里的薄冰，在有缺口的洗脸盆里倒了水，然后导引阴极力，加热脸盆里的水，直到水面上冒起缕缕白雾。她还可以用至上力做这样的事，但也仅此而已。她照往常般洗脸，用盐和苏打擦抹牙齿，然后从床脚的小木箱中拿出新的衬衫和长袜。她将自己的戒指放进这只箱子里，把它装在一个天鹅绒的小袋子中，再把小袋子塞在其他东西下面。这是她接受的另一个命令。除了她的随身小箱外，她所有的东西都在这里了。幸运的是，那只随身小箱在她被捉住时弄丢了。她的长裙挂在一只衣架上；这是房里最后一件家具了。她随意拿了一条裙子，穿在身上，然后开始梳头。

当她从盥洗架上满是气泡的廉价镜子里看到自己的时候，象牙柄发刷渐渐慢了下来。她喘着大气，将发刷放到梳子旁。穿在她身上的是一条厚实的暗红色羊毛裙，颜色暗到几乎像是黑色。黑色，就像殉道使的外衣。镜子里扭曲的影像瞪着她，嘴唇被牙齿紧紧地咬住。如果换一身衣服，就是示弱的表现。她用力将她貂毛镶边的斗篷从衣架上扯了下来。

当她掀开帆布门帘时，已经有二十几名姐妹出现在屋外的长走廊里。走廊两侧全都是挂着帆布帘的房间。不时有人在交头接耳，其余的人则竭力躲避着彼此的目光，甚至属于同一宗派的姐妹也是如此。她们当然会感到恐惧，但令人感到羞耻的是，恐惧就明白地写在这些人的脸上。爱柯尔是一名矮壮的灰宗两仪师，她正盯着自己本应该戴着巨蛇戒的手。身材苗条的黄宗姐妹黛森德则将右手夹在腋下。

当托薇恩出现时，微弱的交谈声停止了，有几个人毫不掩饰地用愤怒的目光瞪着她，包括简娜和勒麦。她们是她的同宗姐妹！黛森德则僵硬地转过身，背对着她。在这两天里，五十一名两仪师被那些黑衣怪物俘虏，其中有五十人都严厉地谴责托薇恩，仿佛爱莉达和这次的惨败毫无关系一样。如果不是洛根的阻止，那些怪物在她们被俘的头一晚就会将复仇的手伸向她们。洛根甚至还让卡尼勒治疗了她身上因殴打和捆绑而留下的伤痕。但她绝不会因此而喜欢上洛根。她宁可被他们殴打致死，也不愿意与洛根结合。

她将斗篷披在肩头，高傲地沿着走廊向前走去，但实际上，早晨黯淡的阳光倒是很符合她现在颓败的状况。在她身后，有人开始高声咒骂。幸好关闭的大门很快就将那些人与她隔绝开来。当她掀起兜帽，整理好脸部周围黑色的毛皮镶边时，她的手在颤抖。没有人能够让托薇恩屈服，即使是多维太太也不行。在多年的苦修中，她曾经让托薇恩不得不做出表面的屈服，但当托薇恩的流放结束时，她立刻就知道了托薇恩真正的意志是什么。托薇恩也要让他们明白这一点，让他们所有人都明白！

这些被俘两仪师居住的地方位于一个大村镇的边缘，这是一个非常怪异的村子，一个由殉道使组成的村镇。托薇恩去过不少地方，那里的人往往会告诉她，他们的城市地标比白塔更加宏伟，而托薇恩在这里却真正见识到这样的景象。在她面前，五座巨大的岩石兵营沿街道排列，街道的宽度丝毫不亚于塔瓦隆的主干道，每一座这样的兵营都能容纳一百名殉道使士兵。感谢光明，这些兵营并没有住满。而被大雪覆盖的鹰架环绕在另外两座兵营周围，正等待工人为它们盖上屋顶。十来幢小一些的石头房屋是为献心士准备的，一幢可以居住十名献心士，还有一幢这样的房屋尚未建成。围绕它们散布着将近两百栋普通民居，那是有家室之人居住的地方。

能够导引的男人并不会让托薇恩感到恐惧。确实，她曾经感到过惶恐，但她已经控制住这种情绪。只是每次想到这里有五百个能够导引的男人，她都如同骨鲠在喉。五百人！他们还能够使用神行术。这真是一块尖利的骨头。而且，如果她走过长达一里的林中小路，就会遇到一堵高墙。想到这件事中所包含的讯息，她就觉得不寒而栗。

现在这道城墙还未完工，墙头最高的地方也只有十几尺，和城墙配套的敌楼和瞭望塔甚至都尚未开始建造。在某些地方，她还可以从低矮的黑石堆上直接爬过。当然，她所接受的命令不允许她尝试逃跑。这道城墙周长大约有八里。当洛根告诉她，这道城墙开始修筑还不到三个月的时候，她相信了。洛根将她抓得很紧，甚至已经不屑于对她说谎了。他说修这堵墙完全是在浪费时间和精力。他说的也许没错，但这仍然让托薇恩齿寒。不到三个月的时间。只有至上力才可能做到这种程度。当她想到这堵黑墙时，她仿佛看见一股不可遏止的巨大力量，仿佛巨大的黑色陨石正如同暴雨般落在白塔上。当然，这是不可能的，当然不可能。但当她没有梦到掐死爱莉达的时候，她就会梦到这种情景。

昨晚一定又下了大雪，厚实的白雪覆盖每一座屋顶，不过，在坚硬的实土街道上，积雪都已经清理干净了。在太阳升起之前，一群男人就开始了一天的训练，从劈柴到洗衣，他们做任何事都使用至上力！街上到处都是匆匆奔跑的黑衣男人，更多的黑衣男人则聚集在兵营前，排成整齐的行列。另一些人正大声地对他们发号施令。女人们都穿着厚实的冬衣，提着大篮子在仓库里进进出出，或者用木桶在泉水旁汲水。当这些女人知道她们的丈夫能够导引的时候，为什么还会留在这里？托薇恩对此完全无法理解。更奇怪的是，街道上还有许多跑来跑去的小孩，他们就在这些能够导引的男人身旁玩耍，又笑又嚷，踢球、滚铁环，戏耍着布娃娃和小狗。这种随处可见的日常情景只会让托薇恩感觉到这里的邪恶气氛更加浓重。

她前方不远处有一队骑马的人。在她来到此地的很短一段时间里(虽然她自己觉得这段时间实在太过漫长了)，她只见过工匠们骑着拉车的牲口。他们一定是来访的外地人。五名黑衣人护送着十二名身穿红色外衣、披着女王卫兵斗篷的人。走在他们前面的是两名金发女子，其中一个穿着用黑色皮毛镶边的红白色斗篷；而另一个……托薇恩挑起眉弓。另一个穿着坎多风格的绿裤子和代表女王卫兵将军职衔的上衣，她的红色斗篷在肩头的部位甚至还有军衔金结！也许是她看错了，那应该是个男人，或者他们根本就不是真正的女王卫兵。不管怎样，这一队人这么早就来到这里，实在有些奇怪。

每当这支怪异的队伍来到一支殉道使编队前面时，编队前的指挥官都会喊道："殉道使，立正！"行列中殉道使们的脚跟便会整齐划一地踩在坚硬的地面上，而其他殉道使则如同石柱一般纹丝不动。

托薇恩将兜帽檐向前拉了拉，遮住自己的面孔，走到街边比较小的一座兵营角落里。一个胡子分叉的老头走出兵营，他的高领上佩着一个银徽。虽然没有放慢脚步，但他还是用怀疑的目光瞥了托薇恩一眼。

托薇恩对自己所做的事情吃了一惊，仿佛被当头浇了一桶冷水，她差点哭了出来。来访的这些人之中应该没有两仪师。即使那两个女人能导引，她们也不会走到足够靠近托薇恩的地方，察觉她的身份，因为托薇恩会自动躲避她们。她拼命想要摆脱洛根的控制，但直到现在，她还在不假思索地做着洛根吩咐她的每一件事！

带着一种挑战的心情，托薇恩站在原地，观察着那些来访者，双手却不由自主地拉着兜帽，想要遮住自己的面孔。意识到这个，她急忙用力将双手压在身侧。这实在太荒谬、太可怜了。为那支队伍引路的殉道使之中，托薇恩只见过一个，那是一个壮实的中年人，有着一头油腻的黑发、一脸油腻的笑容和一双锐利的小眼睛。这支队伍能给她带来什么希望？即使没有殉道使在旁，她又该如何靠近他们，让外人知道有许多两仪师被关在这里？

那个小眼睛的家伙似乎对他现在的工作感到很无聊，他甚至公然在访客面前打了个哈欠。"……这里参观结束之后，"当他走过托薇恩身边时，托薇恩听到他在说话，"我会带你们去匠人镇，那里比这里还大得多。我们有各种匠人：泥瓦匠、木匠、铁匠和裁缝都有，我们能制造我们所需要的一切，伊兰殿下。"

"但不能制造芜菁。"一个女人高声说道。另一个女人笑了出来。

托薇恩猛地抬起了头，看着那两名骑马的女子向前方走去。伴随她们的仍然是一连串响亮的命令和一阵阵脚跟跺击地面的声音。伊兰殿下？伊兰·传坎？托薇恩听别人描述过伊兰的相貌，她相信那两人之中年轻的那位和她听到过的描述是相符的。爱莉达没有告诉过任何人，见习生伊兰的逃跑为何让她焦急万分。即使伊兰可能成为一位女王，爱莉达也大可不必为她那样大动肝火。不管怎样，爱莉达郑重吩咐过所有离开白塔的姐妹，如果遇到伊兰该做些什么。*你可要小心了，伊兰·传坎，托薇恩想到，我不想见到爱莉达捉住你时那种得意的样子。*

托薇恩继续思考着这件事，也许伊兰出现在这里会给她带来某些机会。就在这时，她察觉到自己脑海深处传来的那种满意情绪，那转瞬即逝的满意和将要有所行动的心情。洛根已经吃完早餐，很快就会出来了。他告诉过托薇恩，要在他吃完早饭时赶到他那里。

托薇恩的双脚不由自主地奔跑起来，结果裙子绊住她的双腿，让她重重地摔在地上。她爬起身，还没来得及掸掉身上的泥土，就将裙摆拉到膝盖的高度，迈开双足狂奔起来。她的斗篷在身后随风飘摆。男人沙哑的喊声在她身边喊起，孩童们都笑着对急奔而过的她指指点点。

突然间，一群狗包围了她，对她吠叫，扑向她的脚跟。她回过身去踢它们，它们却继续纠缠着她不放，愤怒和挫败感让她只想尖叫。这里的狗总是找她的麻烦，她却不能导引任何一点至上力将它们赶走。一头灰狗咬住她的裙摆，将她向一旁拖去。慌恐充满她的内心，如果她摔倒了，它们一定会将她撕成碎片。一名穿着褐色羊毛裙的女人呼喝着，朝那头咬住托薇恩的狗挥动手中沉重的篮子，将它赶跑。另一个圆胖女子手中的木桶砸在一头斑纹狗的肋骨上，斑纹狗哀叫着逃跑了。托薇恩惊讶地张大了嘴，却被另一条狗趁机咬住左腿，她急忙将那条狗踢开，长袜却已经被狗咬破了，还破了一点皮。现在她的身边已经聚集了不少女人，她们全都用手中的东西将那些狗赶走。

“不必担心，两仪师，”一名瘦削的灰发妇人边说边用鞭子抽着一条斑点狗，“它们不会再找你的麻烦了。其实我很想养一只猫，但猫现在已经受不了我丈夫了，别担心。”

托薇恩没时间感谢这名妇人的援救，便已快步跑开了。她心中满是怒火。这些女人知道她的身份，她们肯定全都知道，但她们不会帮她传信出去，更不会帮助她逃走，她们似乎对现在这种状态很满意。如果她们明白她们正在帮助一些怎样的人，就不会这么愚蠢了。洛根的房子在一条窄巷深处，跑到这里，她终于放慢脚步，松手放开裙摆。八九个穿黑衣的男人正等在屋外，他们之中有男孩，也有老人。不过洛根还没出现。她仍然能感觉到他——精神集中，散发着强烈的行动意识。也许他正在阅读些什么。她以威严的步伐走完剩余的一小段路。镇定沉着，无论环境如何，都要显示出两仪师的风范。她几乎让自己忘记了刚才从狗嘴中逃脱的狼狈模样。

每次当她看见这幢房屋时，都会感到吃惊。这条街上其他的房屋都不比它小，有些甚至足足有它的两倍大。这是一幢非常普通的两层木造房屋，但它红色的门、百叶窗和窗框看起来是那么怪异。素色窗帘遮住屋内的空间；实际上，即使那些窗帘全部拉开，灰暗的劣质玻璃也会彻底挡住屋外人的视线。住在这幢房子里的应该是一名落魄的商人，而不是活在这个世界上最著名的男人之一。

她不知道嘉布勒为什么还没到，那是洛根约缚的另一名姐妹，洛根也向她下达了和托薇恩同样的命令。到现在为止，嘉布勒总是能比她快上一步，她正热心地对殉道使进行研究，仿佛要为这个课题写一本书。褐宗姐妹总是会为任何课题写书。托薇恩很快就将这名姐妹赶出自己的脑海，她以后有的是时间查清楚嘉布勒为什么会迟到，现在她还有更重要的问题要解决。

红色门外的男人们看着她，却什么都没说，也没有相互交谈。他们对她没有仇恨的表现，他们只是在等待。虽然他们口里不停呼出白气，却没有一个人穿着斗篷。根据领子上的白银剑徽判断，他们全都是献心士。

每天早晨，托薇恩都要来这里报到，但她在这扇门前遇到的人却总是不一样。她知道他们之中某些人的名字，甚至还知道一点关于他们的小道消息。艾芬・温科瓦是个漂亮的小伙子，当洛根捉住托薇恩的时候，他就在现场。现在他正靠在屋外的角落里，玩弄着一段线绳。有一张满是皱纹、农夫般脸庞的多拿罗・森米将下巴上的胡子涂得油亮，修饰成尖尖的一撮，依旧用那种他认为很有贵族风范的样子站着，让托薇恩不由得感到厌恶。实际上，托薇恩怀疑他并没有用自己的真名。塔拉朋人安德罗・根哈德是一个面孔方正的家伙，浓浓的眉毛低垂着，一双手握在背后，仿佛在思考什么。他戴着一个黄金玺戒，但托薇恩怀疑他只是一个刮掉胡子、扔掉面罩的学徒。麦扎・库林是一名鬓角斑白的阿拉多曼人，不停用手指抚弄着左耳的石榴石，他倒很有可能是一名小贵族。托薇恩现在已经记住不少殉道使的名字和相貌了，他们迟早会被白塔捕捉，而她在这里收集到的每一条讯息都会是有用的。

红色大门打开了，门外的人们立刻站直身子。但走出来的并不是洛根。

托薇恩惊讶地眨眨眼。嘉布勒墨绿色的眼睛也在看着她，其中丝毫不加掩饰地流露出厌恶的神情。和洛根的那种受诅咒的联系，让托薇恩知道洛根晚上干了些什么事，她甚至害怕那种感觉让她无法入睡！但就算是在她心里最黑暗的角落中，也从没想到过陪伴洛根的会是嘉布勒！门旁的男人们有一些也像托薇恩一样惊讶，一些人试图掩饰自己的笑容。库林用拇指拨弄着稀疏的胡须，大咧咧地露出笑容。

这名皮肤黝黑的女人甚至没有脸红，她稍稍扬起鼻子，夸张地整了整深蓝色的长裙，仿佛故意展现自己刚刚才把它穿上。然后她披上斗篷，一边系着缎带，一边向托薇恩走了过来，那种镇定的神情就仿佛她正身处于白塔之中。

托薇恩捉住这名高个儿女子的手臂，将她拉到离那些男人远一点的地方，严厉地悄声说道："我们也许是俘虏，嘉布勒，但我们不能投降，更不能让洛根肆意发泄他的兽欲！"嘉布勒却连一点羞窘的样子都没有！这让托薇恩又想了想。"他……他给你下了这样的命令？"

嘉布勒几乎是冷哼了一声，从托薇恩的手中挣脱出来："托薇恩，依照你的说法，我用了两天时间决定我应该向他的兽欲'投降'。我只和他谈了四次，他就答应了我的要求。你们红宗也许不知道，男人很喜欢说话和倾诉。你只要倾听，甚至只要假装在倾听，男人就会把他的全部人生告诉你。"她的额头上出现了皱纹，表明她在思考问题，她唇边的扭曲也消失了。"我很想知道，普通女人是不是也是这样的。"

"怎么样？"托薇恩问道。嘉布勒在刺探洛根？还是只为了搜集更多的写作材料？但即使是褐宗姐妹，这么做也是不可思议的！"你在说什么？"

嘉布勒脸上仍是一副沉思的表情："我感到……很无助。哦，他很温柔。我以前从没想过男人的手臂会那么强健有力。我一个火星也无法导引。他在……主导着一切。我想应该是这样，但也不完全正确，我只知道……他更强壮。奇怪的是，那种感觉……让人很快乐。"

托薇恩打了个哆嗦。嘉布勒一定是疯了！当她正要进一步告诫嘉布勒时，洛根走了出来，红门在他身后关上。他的个子很高，高过这里所有的男人，黑发披散在他宽阔的肩上，衬托出一张傲慢的脸，高领子上缀着剑徽和那条荒谬的四脚蛇。其他男人迅速向他身边聚拢。他则给了嘉布勒一个微笑，而那个贱人竟然也对他报以微笑。托薇恩又打了个哆嗦。快乐。这个女人真的疯了！

像前一个早晨那样，那些男人开始向洛根做报告。托薇恩在这些男人面前永远都会感到不自在，但她还是在认真听着他们的话。

"我又找到两个人，他们对于奈妮薇用在你身上的新治疗法很感兴趣。"安德罗一边说，一边皱起了眉。"但其中一个连常规治疗术都做不好，而另一个已经不满足于我能告诉他的一切了。"

"你能告诉他的一切，就是我所知道的一切。"洛根答道，"关于奈妮薇·爱米拉在我身上所做的事情，她并没有告诉我很多。从其他两仪师的交谈中，我也只能了解到一点零星的讯息。就让我们继续耕种，希望能长出一些什么来吧！你也只能做到这些了。”另外几个人和根哈德一起点着头。

托薇恩认真记住了这段对话。奈妮薇·爱米拉。她返回白塔后，就常常听到这个名字。另一个逃跑的见习生，另一个爱莉达迫不及待地要捉住的人，而且她来自兰德成长的那个村子。她和洛根有着某种关系。这一定有重要的意义。新的治疗方法？见习生使用新的治疗方法？这简直是不可能的。但托薇恩已经见识过很多不可能的事，所以她也将此记了下来。她注意到嘉布勒也在认真倾听，而且还用眼角余光观察她。

“那些两河男人也有问题。”艾芬说道，一股怒意闪过他光洁的面孔。“他们之中有两个还是男孩，顶多十四岁！他们不该出现在这里。”艾芬自己大概也不过十五六岁的样子，他的脸颊上几乎还没有胡须。“把他们带到这里来就是犯罪。”

洛根摇摇头，很难判断他这种反应是因为愤怒还是惋惜：“我听说白塔会征募十二岁的女孩。尽量照顾好那些两河人，别把他们宠坏了，这样会引起别人的反感，要注意不能让他们做任何蠢事。真龙大人如果知道他的许多同乡在我们这里丧命，肯定会不高兴的。”

“我倒觉得真龙大人不是那么在乎这种事。”一个相貌油滑的家伙低声嘟囔着。他的莫兰迪口音很重，但他卷曲的胡须清楚表明他来自哪里。他正将一块银币在手指间滚来滚去，似乎他的注意力只有一半在洛根身上，而另一半完全在这块银币上。“我听说就是真龙大人本人命令米海峨征募所有在两河能够导引的男性，一个也不能放过。他确实带回不少人。我差点以为他要把那里的小鸡小羊也全带回来。”他因自己的俏皮话而发出一阵咯咯的笑声。但洛根刻板的声音打断周围所有人的发言：

“无论真龙大人下达怎样的命令，我相信我的命令已经说得很明白了。”

这次，所有人都低下了头。有些人低声说道：“是的，洛根。”另一些人则说着：“谨遵命令，洛根。”

托薇恩急忙压制住唇边的冷笑。这些无知的笨蛋。只有当十五岁以下的女孩已经开始导引的时候，白塔才会接收她们。不过他们所说的事情的确很有趣。又是两河人。每一个人都说兰德已经彻底抛弃了他的家乡，而托薇恩对此一直都不很确定。为什么嘉布勒在看着她？

过了一会儿，多拿罗说：“昨晚，我听说麦沙勒正在接受米海峨的单独教导。”他得意地捻着胡子，仿佛刚刚献上一颗珍贵的宝石。

他的情报或许很重要，但托薇恩不知道为什么重要。洛根缓缓点着头。其他人无声地交换着眼神，面孔变得仿佛一块块经过雕刻的岩石。托薇恩恼恨地咬着牙，继续观察着。她总是只能听到这种没有前因后果的话。是他们认为这件事不必细说？还是他们害怕什么？她觉得这里头一定隐藏着具有宝贵价值的情报，但她就是猜不透。

一名身材魁梧，但头顶还不到洛根胸口的凯瑞安人说话了。托薇恩没办法知道他要谈的是不是麦沙勒，因为他根本没来得及发出任何声音。

“洛根！”维林·咖基玛没命地从街道另一端飞奔过来，黑色辫子末端的铃铛响个不停。他也是一名殉道使，当洛根捉住托薇恩时，他也在场。托薇恩一直都觉得这个中年男人太爱笑了。咖基玛约缚了简娜。现在，当他从其他人中间挤进来的时候，几乎喘不了气，而且他的脸上也没有半点笑容。

“洛根，”他一边喘气一边说着，“米海峨从凯瑞安回来了。他在宫殿的告示板上贴出新的逃亡者名单，你肯定不会相信那上面出现了谁的名字！”然后，他上气不接下气地念出那些名字。其他献心士发出的一阵阵惊呼，让托薇恩几乎无法听清楚他念出的任何一个名字。

等维林说完之后，那名凯瑞安人喃喃地说道：“以前也有过献心士逃亡，但从没有过正式的殉道使，而现在，一下子就逃掉了七名殉道使。”

“如果你不相信……”咖基玛表现出一副正经的模样。他曾在艾拉非当过一名职员。

“我们相信你，”安德罗急忙说道，“但查奥·葛德芬和诺伊·托瓦德都是米海峨的人，罗查德和齐斯曼也是。他们为什么会逃跑？米海峨对他们从来都是有求必应。”

咖基玛焦躁地摇摇头，他发上的铃铛又响了起来：“你们知道，那些名单上从来都没有原因，只有名字。”

“摆脱了他们也不错，”麦扎气恼地说，“如果我们能不必追猎他们就更好了。”

“我不明白另外那三人为什么要跑，”多拿罗插话道，“我也参加过杜麦的井战役，我见过真龙大人选出那三个人时他们的样子。柯朗·达西瓦当然永远都是迷迷糊糊的，但达莫·弗林、艾本·霍普维和佳哈·那瑞玛高兴的样子，简直就像被放进大麦田里的羔羊。”

一个身材强壮、头发里夹杂着灰丝的家伙啐了一口：“我没去过杜麦的井，但我去过南方和霄辰人作战。”听他的口音，应该是安多人。“也许那些羔羊喜欢大麦田，但他们肯定不喜欢屠宰场。”

洛根一直将手臂抱在胸前，沉默地听着众人的议论，他的脸上带了一副毫无表情的面具。“你在担心那个屠宰场吗，凯德尔？”现在他说话了。

那名安多人耸了耸肩，面孔扭曲了一下：“我相信我们迟早都会在那里掉脑袋的，洛根。我找不到别的选择，但我也不会喜欢这唯一的选择。”

“只要履行自己的职责就好了。”洛根平静地说，他的眼睛看着那个叫凯德尔的人，但另外几个人也纷纷点着头。

洛根的目光越过身边的男人，落在托薇恩和嘉布勒身上。托薇恩尽量显出一副并没有在偷听的样子，同时在心中用力记忆那些名字。“到屋里去吧，不要在外面受寒了，喝些茶暖暖身子，我处理完事情之后就回去。不要碰我的档案。”然后他朝身旁的众人一挥手，就带领他们朝咖基玛跑来的方向走去。

托薇恩愤恨地咬紧牙关，但至少她不必跟随洛根到训练场去，看那些男人如何利用至上力制造毁灭；她也不必经过那棵所谓的叛徒树。在那棵大树干枯的枝干上，许多头颅就像得病的果实般垂挂下来。但托薇恩还是希望能有一天，她可以自由地在这个地方行走，搜寻各种情报。她听别人说过马瑞姆的“宫殿”，今天，她很想找到那个地方，看一看那个名字和洛根一样黑暗的男人。但她只能顺从地跟随另一个女人走进那扇红门。想要抵抗这个命令是不可能的。

走进房间，嘉布勒脱下斗篷，挂在墙钉上，而托薇恩则先将房间环视一遍。虽然这幢屋子从外面看起来相当寒酸，但托薇恩还是以为屋里的布置会华丽一些。现在她只看到一个粗糙的石头壁炉里跳跃着低矮的火焰，光秃秃的地板上放着一张又窄又长的桌子和一把有横栏靠背的椅子。另一张工艺稍显精致的小书桌吸引了托薇恩的注意，那上面堆着一叠叠信笺和装满文件的皮封夹。托薇恩的手指颤抖了一下。但她知道，即使她坐到那张书桌旁，也没办法用一根指头碰一下那些纸张。

托薇恩叹了口气，跟随嘉布勒走进厨房。这里的铁炉子让房间热得过分。窗下的一个矮柜上放着还没洗的早餐碟子。嘉布勒在热水壶中装满水，将它放到火炉上，又从另一个柜子里拿出绿釉茶壶和木茶罐。托薇恩将斗篷挂在椅背上，坐到方餐桌旁。她并不想喝茶，而是希望能吃一顿早餐，但她知道，自己肯定会喝下这杯茶。那个愚蠢的褐宗姐妹一边做着琐碎的日常家务，一边不停地唠叨着，简直就是个乡下主妇。“我已经知道了不少事情。洛根是这个村子里唯一真正的殉道使，其他人全都住在马瑞姆的‘宫殿’里，有仆人伺候着。洛根则雇了一名受训男人的妻子，为他清扫做饭。她就要过来了，而她相信就连天上的太阳都是洛根放上去的，所以她在场的时候，我们最好不要谈论任何重要的事情。另外，他已经找到了你的随身小箱子。”

托薇恩觉得仿佛有一只冰冷的手掐住她的喉咙，她想要掩饰自己的反应，但嘉布勒只是不眨眼地盯着她。

“他烧了那个箱子。当然，在烧掉它之前，他看过了里面的东西。他似乎认为这么做是在帮我们。”

掐住托薇恩的冰手松开了，让她能够继续呼吸。“我的文件中还有爱莉达的命令。”她清了清喉咙，让自己的声音显得清晰一些。爱莉达命令她驯御找到的所有男人，然后再将他们绞死，尸体还要挂在高杆上，不必押解到塔瓦隆，经过白塔律法的审判。“既然她要采取严厉的措施，这些男人如果知道了，自然会有同样严厉的反应。”尽管火炉不断向房里释放着热量，但托薇恩还是浑身颤抖。那一纸命令很可能会让她们全部受到静断并被吊死。“为什么他要帮我们？”

“我不知道为什么，托薇恩，他不是个坏人，许多男人都比他更坏。可能这就是原因。”嘉布勒将一盘面包卷和一盘白奶酪放在桌上。“或许是因为他对我们的约缚和我们对护法的约缚有更多相同的地方，他只是不想承受我们两个被处死时的感觉。”托薇恩的肠胃翻腾着，但她还是拿起一个面包卷，做出一副要吃的样子。

“我想，用‘严厉’去形容他们可能有的反应也许还太温和了。”嘉布勒一边说，一边将茶叶用勺子盛到茶壶里。“我看见你在发抖。当然，把我们留在这里对他们而言是一个巨大的麻烦。五十一名姐妹。即使我们已经被约缚了，他们一定也害怕我们会想办法绕过他们的命令，或者在他们的命令中找到破绽。显而易见的答案是，如果我们死了，白塔肯定会震怒。只要我们还活着，被他们当作人质，即使是爱莉达也要谨慎行事。”她露出笑容，甚至还显得很愉快。“看你的表情，托薇恩，难道你真的以为我只是在想着用手指玩弄洛根的发卷？”

托薇恩闭上嘴，放下面包卷，毕竟这块面包已经冷了，而且很硬。褐宗姐妹确实总是沉迷在书本里，仿佛对外界发生了什么也毫不关心，但以为她们与世无争绝对是个错误。“你还发现了什么？”

嘉布勒拿着勺子坐到桌子对面，专注地倾过身子。“他们的城墙在修筑完成时也许会坚不可摧，但在那座宫殿里却充满了危机。马瑞姆有自己的派系，洛根也有，但我怀疑他们并未意识到自己已经结成党团。也许这里还有其他派系，而那些男人并没有发现这个事实。五十一名姐妹应该能利用这个机会，即使我们已经被约缚了。第二个问题是，我们该如何利用这个机会？”

“第二个问题？”托薇恩问道，而嘉布勒只是在等待着。“如果我们真的拆散了他们，”托薇恩终于继续说道，“那么我们就会让十群、十五群，甚至一百群能够导引的男人在这个世界上四处横行。每一群这样的男人都比有史以来任何一支军队都更危险。我们也许要用一生时间去追捕他们，而整个世界可能因此再经历一场崩毁。而且，末日战争即将到来，如果那个叫兰德·亚瑟的家伙真的是真龙转生。”嘉布勒惊讶地张大了嘴，但托薇恩挥手示意她不必说话。那个兰德很有可能是真龙，在这里讨论这样的话题不会有什么关系。“但如果我们没有……我们必须扑灭那场叛乱，让所有姐妹回到白塔。我们还必须召回全部退休的姐妹。我不知道集中我们全部的力量，能不能摧毁这座宫殿。不管怎样，我怀疑半数的姐妹会死在这场战斗中。那么你的第一个问题是什么？”

嘉布勒靠回到椅背上，突然露出一副疲倦的神情。“是的，这不是一个轻松的决定。他们每天都在招募更多的男人，我相信，我们来到这里的几天时间内，他们已经增添了十五到二十名新兵。”

“我没有对此视而不见，嘉布勒！第一个问题是什么？”

那名褐宗姐妹却用锐利的目光盯着她，很长的一段时间里都一语不发。

“很快，被俘的震撼就会消失。”她终于说道，“然后又会怎样？爱莉达给予你的权力已经不复存在，这场远征结束了。第一个问题是，我们这五十一名姐妹是要团结一致，还是回归到褐宗、红宗、黄宗、绿宗和灰宗各自独立的状态？可怜的爱娅科，她一定很懊恼为什么白宗坚持要派遣一名姐妹参加这次的征讨，勒麦和黛森德才是我们之中地位最高的。”嘉布勒警告性地摇晃着手中的勺子。“我们能够团结起来的唯一机会，就是你和我公开向黛森德表示顺从。我们必须这样！我希望这么做能让我们共同迈出第一步。只要我们能够再带动其他几个人，这就是一个有效的开始。”

托薇恩深吸一口气，装作考虑问题般注视着前方。顺从一名地位比她高的姐妹并不是多困难的事。每个宗派都有自己的秘密，有时候，宗派间还会搞一些小阴谋，但她直到现在也不会接受白塔公开的纷争，而且，她已经在多维太太那里学会如何表示谦恭。她一直都很奇怪，那样一个比她还要威严的女工头，为什么会满足于在一个贫穷的农场里整日进行繁重的劳作。

“我可以做到这一点，”她说道，“我们应该有一个针对黛森德和勒麦的行动计划，必须让她们相信我们的顺从。”对此，她有一些概念，只不过她并没想过自己在结束流放生涯之后，还要继续卑躬屈膝下去。“哦，水开了，嘉布勒。”

那个愚蠢的女人突兀地笑了笑，站起身朝火炉跑去。褐宗姐妹最擅长的毕竟只是读书而已。等到洛根和马瑞姆等人被消灭之后，她们就能帮助托薇恩推倒爱莉达了。

巨大的城市凯瑞安匍匐在澳关雅河旁边，高大厚实的城墙里是无数曲折拥挤的街道。现在，这里的天空万里无云，凛冽的寒风刺人肌骨。屋顶的积雪和屋檐下的冰柱在阳光中熠熠生辉，却没有半点要融化的迹象。澳关雅河还没有被冻结，但水流已经很小了。从上游漂浮下来的冰块在河水中旋转，撞击着等在码头旁的船身上。冬天和转生真龙让贸易和战争的规模都缩小了，但这两件事都没有完全停止下来，只要还有国家，它们就不会停止。虽然天气寒冷，但车辆和行人仍然充斥在这座城市中一座座遍布街道的丘陵上，这些丘陵街道被这里的人简单地称为“城区”。

在方形尖塔林立的太阳王宫前面，一群人正挤在长长的入宫道路两侧，朝上望着。商人们穿着精致的羊毛衣衫；贵族披着天鹅绒大衣，他们中间还有满脸污垢的劳工和更加肮脏的流民。没有人在乎身边站的是什么人，就连小偷也忘记利用这个机会为自己牟利。不停有人摇着头离开，但立刻又有人填补那些空位。有时候，大人会将小孩举上肩膀，让他们能清楚看到那片被摧毁的宫殿侧翼。工人们正在那里清除堆积在第三层的碎石瓦砾。在凯瑞安其余地方，到处都能听见匠人的敲打声和车轴的转动声，还有商贩的叫卖声，顾客和店主讨价还价的抱怨与嘟囔声。只有太阳王宫前的人群保持着沉默。

在距离那座宫殿一里远的地方，兰德站在凯瑞安学校的一扇窗前，透过被严霜覆盖的窗玻璃，望着窗外下方的石砌马厩。只有在亚图·鹰翼的时代才有学校这种建筑，它们是学识智慧的中心，里面聚集着来自世界各地的学者。现在这座建筑正是沿袭了那个时代的概念，但只要它能发挥兰德所希望的作用，即使他们管它叫谷仓也无所谓。现在他的脑子里已经被更加重要的事情给塞满了。他这么快就返回凯瑞安是不是一个错误？他被迫逃得太快了，这样会让一些人知道他是在逃，而且他也没有足够的时间将一切准备好。他有问题要问，有绝对不能拖延的任务要完成。明想要更多菲先生的书，她正在翻检放置菲的遗著的书架，他能听到她在喃喃自语。随着学校图书馆中书籍手稿储量的迅速增加，这座原先属于巴萨恩领主的宫殿很快就变得狭小了。埃拉娜滞留在他的脑海深处，似乎正在生气。她会知道他正在这座城市里。现在他们之间的距离这么近，她能丝毫不费力气地找到他。但如果她试图这么做，他立刻就会知道。幸好路斯·瑟林现在还保持着沉默，最近那家伙似乎更加疯狂了。

他用袖子抹去结在窗玻璃上的白霜。现在他穿在身上的是一件结实的深灰色羊毛上衣，这对一个有点钱的普通人来说，已经是不错的穿着了，但任何人都不会相信它正穿在转生真龙的身上。他手背上的那个金鬃龙头闪耀着金属光泽，在这里，它不会被视为是一个危险的象征。他向前俯身，朝外望去，脚尖碰到了窗子下面的皮口袋。

在马厩院子里，石板地上的积雪已经清扫干净。一辆大马车周围摆着一圈桶子，如同空地上生出的一丛蘑菇，六名穿着厚实衣服、戴着围巾和帽子的人似乎正在处理马车上奇怪的货物。各种器械簇拥着一只大金属圆桶，占据了车厢上面超过一半的地方，更奇怪的是，这辆车的车辕没了。一个人正从一辆大手推车上拿下劈柴，放进固定在那只大金属圆桶一端下方的一个金属箱子里，从金属箱子侧面的开口处，能看见闪耀的火光，浓烟不停从一根很长的细烟囱里冒出来。另一个人正围绕着这辆马车手舞足蹈，他满脸胡须，没戴帽子的头顶光秃秃的，看不见头发。兰德觉得他正朝其他人发号施令，并打着各种手势，但那些人并没有因为他的催促而加快速度。他们的呼吸带着淡淡的白雾。在学校里面应该可以算是相当暖和的了。在这座建筑的地窖里有一只大型锅炉，庞大的输气管道将热气带到这座建筑的每一个房间。那个半愈合却永远不会痊愈的伤口，在他的肋侧稍稍有些灼热。

他听不出明是在骂什么，但那肯定是咒骂。从明的声音中，他还可以确定，除非他把她拖走，否则他们现在肯定无法离开这里。不过他还有一两件事要问："人们对那座宫殿是怎么说的？"

"正如你所预料的，"多布兰大人在他身后用不带任何情绪的声音答道，就像他回答其他所有问题那样，即使当他承认自己无法回答某个问题时，他的音调也从未改变过，"有人说弃光魔使攻击了你，或是两仪师攻击了你。那些认为你已经向玉座宣誓效忠的人，倾向于攻击者是弃光魔使。不管怎样，有很多人怀疑你已经死了，或者遭到绑架，或者逃跑了。大多数人相信你还活着，至少他们表面上是这么说的。有一些人，恐怕是许多人都认为……"他的声音消失了。

"认为我已经疯了。"兰德用同样刻板的声音接着说道，语气里没有对这件事的关切，也没有愤怒。"我自己也摧毁了一部分宫殿？"他不会提起这次的死者，他们的数量比以往每一次都要少，但也足够了。每当他闭上眼睛，他们之中一些人的名字就会出现在他眼前。下面有一个人从马车上爬了下去，但那个秃头男子捉住他的手臂，把他拉了回去，要他说明白刚才所做的事情。马车另一侧的一个人不在意地跳到石板地上，滑倒了。秃头男子立刻丢下前一个人，跑过马车，让那个人和他一同爬回到马车上。光明在上，他们到底在干什么？兰德朝背后瞥了一眼。"他们所说的并没有太大错误。"

多布兰·塔波文的个子不高，他的前额剃光了头发，敷着粉，头顶上的其他头发几乎都变成了灰色。他用阴沉冷漠的注视回应着兰德的目光。他不是一个英俊的男人，但坚定可靠。在他的深色天鹅绒外套上，蓝白条纹从领口几乎一直延伸到膝盖。他戴着红宝石雕成的玺戒，在他的领子上缀着另一颗红宝石。两颗宝石都不算大，但对凯瑞安人来说，这已经是相当华丽的装饰了。他是塔波文家族的家主，和大多数家主相比，他在战场上驰骋的时间要长久得多。没有什么事情能让他感到害怕，他已经在杜麦的井证明了这一点。

此时此刻，多布兰身旁的那名灰发矮壮女子表现得像多布兰一样无所畏惧，她正耐心地等待着兰德向她问话。伊迪恩·塔辛朴素的褐色羊毛裙和多布兰华丽的贵族服饰形成鲜明的对比，让她看起来很像是一名店铺老板，但她有着不亚于多布兰的威严气势。伊迪恩是学校的校长，这个头衔是她自封的，如此可以让她与那些学者们所自称的这个或那个大师有所区别。她用强有力的手腕推动着整座学校的运转，她相信实践出真知，在她的支持下，学校发明了许多新的方法用以铺设路面、制造染料、增进铸炉和风磨的效能。她还相信转生真龙。也许在这件事上她没有什么实践经验，但她看到了实际效果。这已经让兰德感到满意了。

兰德转向窗户，再一次抹去刚刚出现在窗玻璃上的白雾。也许那个古怪的机器是烧水用的，它周围的那些桶里有一些还盛着水，夏纳人就用大锅炉烧水来洗澡。但为什么要把它放在马车上？“我不在的时候，有没有人突然离开？或者突然到来？”他并不认为会有这样的人，任何重要的人物都不会再注意凯瑞安。商人的鸽子，白塔的眼线，还有马瑞姆的眼线。他无法忘记马瑞姆，路斯·瑟林正在无声地吼叫着这个名字。所有那些鸽子、间谍和街谈巷议，会在几天内让全世界都知道，他从凯瑞安消失了，全世界都不会放过这件事，而凯瑞安已经不再会是战场了。但多布兰的话却让他吃了一惊。

“在那场……攻击之后，只有……艾里尔·瑞亚丁和某一个海民的高级官员消失了。”多布兰话语中停顿的时间很短，但确实出现了停顿，也许他并不是那么确定到底出了什么事，而他必须遵守自己的诺言，他在杜麦的井就证明过这一点。“我没有找到尸体，但他们有可能是遇害了。海民的波涛长拒绝响应这种可能性，她强烈要求我们归还她的人。而艾里尔也许是逃到乡下去了，或者是去找她的兄弟，也许她并没有履行向你立下的誓言。你的三名殉道使还在太阳王宫里，达莫、佳哈和艾本，他们让所有人都很紧张，而且是愈来愈紧张。”校长咳了一声，兰德甚至听见她的鞋子碰触地板的声音。那些殉道使肯定让她相当紧张。

兰德排除了殉道使的嫌疑。如果他们还在宫里，那么以他们的实力就无法感觉到他在这里打开了通道。他们三人没有参与对他的攻击，但一个明智的计划制定者，应该考虑到失败的可能。如果他活下来，他就要为留在他身边的人做好计划。你活不下来，路斯·瑟林悄声说道，我们都活不下来。

赶快给我睡觉，兰德气恼地想。他知道自己不会活下来，但他想要这样。一阵嘲弄的笑声在他脑中响起，但声音愈来愈小，最后消失了。现在那个秃头男子允许其他人爬下车去了，自己则沾沾自喜地揉搓着双手，看情形，他似乎正在对其他人发表一番演讲！

"艾里尔和纱罗都还活着，她们也没有逃跑。"兰德提高声音说道。他离开她们的时候，她们已经被捆好，塞住嘴，被放在床底下。也许几个小时之内，仆人就会找到她们了，而且他施加在那名海民寻风手身上的屏障，会在那之前就消散，她们应该能在被发现之前自己挣脱捆绑。"去问问凯苏安，她会把她们带到阿瑞琳女士的宫殿去。"

"确实，两仪师凯苏安现在进出太阳王宫，就好像进出自己的家一样随意。"多布兰又想了想，"但她该怎样遮住别人的眼睛？而且为何要这么做？艾里尔是托朗姆的妹妹，但现在已经没人在乎她对太阳王座的继承权了。也许从没有人真正在乎过这一点。即使把她当作敌人，现在她也没什么重要性了。而拘禁一名亚桑米亚尔的高级官员……这又是为了什么？"

兰德放低声音，用漠然的语调说："为什么她要让卡莱琳女士和达林大君成为她的'客人'？两仪师做事情有什么理由可言？你会在我说的地方找到她们，如果凯苏安允许你进去的话。"多布兰的问题真是愚蠢，他根本就没有答案。当然，卡莱琳·达欧崔和艾里尔·瑞亚丁出自最后两个有权继承太阳王座的家族。而达林·西斯尼拉领导着提尔的贵族，那些贵族无时无刻不想将兰德赶出他们宝贵的提尔之岩，赶出提尔。

想到这里，兰德皱起眉，他一直都确信，虽然凯苏安表面上一直在忙着其他事情，实际上她的注意力始终都在自己身上。但也许她所忙的其他事情也并不只是伪装？这让兰德感到一阵轻松。兰德最不想看到的就是两仪师插手他正在做的事情，而凯苏安也许真的是在专心做她要做的事。明曾经看见过凯苏安的头顶戴着一顶奇怪的王冠，兰德对这个幻象思考过很久。而关于他自己和那名绿宗两仪师的其他幻象，他则完全不想去考虑。难道凯苏安只是简单地认为她能决定提尔和凯瑞安的统治者？

简单？他几乎笑了出来。但这就是两仪师的做事风格。那么那个叫纱罗的寻风手呢？控制住她，凯苏安在对付波涛长哈琳妮的时候就能拥有更大的优势。或者凯苏安同时拘禁她只是为了防止艾里尔被软禁的消息外泄。但凯苏安必须明白，谁将是提尔和凯瑞安的统治者已经被决定了，他会亲自让她知道。但这件事现在还不急，在他的清单里，它排在非常后面的位置上。

“在我离开之前，多布兰，我需要给你——”他的舌头一下子僵住了。

在下面的院子里，秃头男子拉动了马车上的一根杆子，一根横梁的一端突然抬起，又立刻落下，推动另一根短梁。那根短梁的另一端从车厢的一个缺口一直穿了进去，它开始顺着这个缺口一进一出地振动起来，仿佛要把整个车厢捣碎一样。浓烟从烟囱里一团团涌出，马车晃晃悠悠地向前驶去。横梁一上一下的速度开始很慢，但还在不停地加快。没有马拉它，它也在移动！

兰德没意识到自己在大声说话，但他听见了校长的回答。

“哦，那个！那是穆尔芬·鲍尔的蒸汽车。这个名字也是他取的，真龙大人。”她的音色年轻得令人吃惊，但她的语气里充满了不屑。“他说那个装置能够拖动一百辆车，但那辆车每次移动不了多远，就会有零件坏掉。我记得它最远一次只走了五十步。”

确实，这辆“蒸汽车”只走了不到二十步，就突然停住了，它抖动的频率甚至比心跳还快。人们立刻又扑了上去，将它围住。一个人用布包住双手，拼命地转动着某样东西。突然间，白色蒸汽从一根管子里猛烈喷出来，马车的颤抖逐渐缓慢下来，最终停止了。

兰德摇摇头。他以前见过这个穆尔芬，在一次学校的展示中，他的作品只有一个在桌子上不断振动的机器。这个奇迹是他做出来的？兰德本来以为穆尔芬的发明是某种演奏音乐的机器。而现在，那个穆尔芬正蹦跳着，朝其他人挥舞着拳头。这座学校里的人们还做出其他什么古怪的东西？或者是奇迹？

他看着院子里正在鼓捣马车的那些人，随口问出这个问题。伊迪恩重重地哼了一声，只是因为对转生真龙的尊敬，她才勉强维持着声音的平稳，但厌恶的语气很快就出现在她的声音里：“我必须在学校里给哲学家、历史学家和数学家这种没用的人留下位置，因为您说过，只要想做出新东西的人，学校都必须接纳，而且只要他们做出成果，就可以留在学校里。这已经够糟糕的了。我想，您需要的是新式武器，但现在，我的手下却有几十个只会做白日梦的废物。他们的手里都拿着几本能够追溯到十国联盟时代的古书和手稿，他们甚至说那些书里记录的讯息来自传说纪元。他们都在忙着绘制草图，努力要构建出某些他们从没见过的东西，也许这个世界上就没有人见过那些东西。我看过他们的手稿，那上面讲的净是些眼睛长在肚子上的人，或者是足足有十尺高，獠牙比一个人还要长的巨兽，还有那些古怪的城市——”

“那他们到底在制造些什么，校长？”兰德问道。下面的那些人已经开始有条不紊地工作，仿佛他们并未经历刚刚那一场失败。

塔辛校长更加响亮地哼了一声：“他们制造出来的只有愚蠢，真龙大人。

金·陶维尔建起大型望远镜，您可以通过它清楚地看到月亮，就像看到您的手那般清楚。他宣称还有其他的世界存在，但这对我们的世界有什么好处？现在他想要建造一个更大的望远镜。玛丽尔·哈克做出一种巨大的风筝，她管它叫滑翔机。等到春季的时候，她就会再一次把自己从山顶上扔出去。如果您看见从山顶上坐着那东西飘下来的样子，您的心脏都会跳到喉咙里。下一次，她可就不会只是摔断手那么简单了。简德·帕伦塔基相信他能用水车推动内河船只，但是当他安排足够的人手在船上转动水车时，船里就没有多少空间可以装载货物了，而且任何帆船都能轻松地超过他的船。瑞恩·安哈莱将闪电装进大罐子里，我怀疑就连他自己都不知道为什么要这样做。妮可·托卡玛的愚蠢完全比得上她的——”

兰德猛地转过身，让塔辛校长不由得后退了一步，就连多布兰也移动了一下双脚，那是剑士特有的动作。不，他们并不完全相信他。“他将闪电装进了瓶子？”兰德轻声问。

塔辛校长的脸上露出理解的表情，她摇动双手：“不，不！不像……不是像那样！”不是像你一样——她差点要说出这句话。“那是一个由许多金属线、轮子和大陶土罐组成的东西，只有光明知道那是什么，他管那东西叫电池。我见过一只老鼠在碰到那样一只罐子顶端的金属棒时全身抽搐，用力地蹦跳，那肯定是遭到电击的样子。”她的声音中流露出期待的语气，“如果您下命令，我会让他停止做这种东西。”

兰德竭力想象着人们坐在下面那种自己会走的马车上的样子，但那种景象实在是太荒谬了。把闪电放进罐子里，这已经超出他的想象能力，而……“让他们继续做他们的事情，不要给他们任何干扰，校长。谁能知道最终的结果会是怎样？也许这些发明会造就非常重要的成果。如果他们的工作达到了他们所宣称的效果，就给他们一份奖金。”

多布兰满是皱纹、被太阳晒黑的脸孔上显露出狐疑的神色，但他掩饰得很好。伊迪恩闷闷不乐地低下头，行了个屈膝礼，她显然是认为要那些发明家们做出他们所宣称的东西，肯定比让猪飞上天还难。

实际上，兰德也觉得塔辛校长的想法似乎有些道理。但也许猪真的能长出翅膀，毕竟那辆马车真的移动了。他迫切希望能给这个世界留下一些东西，帮助这个世界在预言中所说的新一轮大崩毁中生存下来，那是他带来的大崩毁。但问题是，他完全不知道自己能留下些什么，现在他能看到的还只有这间学校而已。有谁能知道一个奇迹到底是什么样子，会有什么样的作用？光明啊，他想要建立起一个能伴随历史一直延续下去的东西。

我也曾以为能建立这样的东西，路斯·瑟林在他的脑子里喃喃说道，我错了，我们不是建造者，你和我，或者另外那一个都不是。我们是毁灭者，毁灭者。

兰德打了个哆嗦，将十指插进头发里面。另外那一个？有时候，当这个声音最为疯狂的时候，它反而显得相当理智。他们在看着他，多布兰几乎完全掩饰住心中的怀疑，而伊迪恩却丝毫未加掩饰。他直起身，仿佛没出任何事一样，从衣服里取出两个小包裹，两个小包裹上都有龙形图案的红色蜡封。那枚龙形腰带扣被他当成压蜡封的印章，现在他并没有系上那条腰带。

“上面的这个，是我对凯瑞安官员的任命。”他一边说着，一边将两个包裹递给多布兰，他怀里还有第三个包裹，那是要交给瑞格林·登·鲁申诺的，里面记录着伊利安官员的任命。“当我离开时，任何人都不会质疑你在这里的权威。”多布兰和他的士兵可以应付这样的麻烦，但最好不要让凯瑞安出现这样的麻烦，如果所有人都相信转生真龙会惩治违背他命令的人，也许这里就会一切平安。“这里还有一些命令，我希望你能够执行，除此之外，所有事情都可以根据你自己的判断去处理。等伊兰女士登上太阳王座后，你要全力支持她。”伊兰。哦，光明啊，伊兰，还有艾玲达，至少她们是安全的。明发出一阵欢快的声音，她一定是找到了菲先生的书。他决定任由明跟随他，直到她死去，因为他没有足够的力量阻止她。伊琳娜，路斯·瑟林呻吟着，原谅我，伊琳娜！兰德的声音如同冬夜的心脏一般寒冷：“你会知道什么时候要打开另一个包裹。是否要打开它，还需要按照他所说的来决定。如果有必要，就把话从他嘴里撬出来。如果你不这样做，或者他拒绝，我会另外找人，而不再用你。”

也许这样说非常粗鲁，但多布兰的表情几乎没有变化，当兰德说出写在第二个包裹里的名字时，他的眉毛稍微扬了扬，但也仅此而已。然后他平稳地鞠了个躬，凯瑞安人总是这么镇定。“听从您的吩咐。请原谅我直言，您的意思仿佛是要离开很长一段时间。”

兰德耸耸肩，他对多布兰的信任并不比其他人更多。“有谁知道？我也不知道会是多久。塔辛校长和凯姆林的学校无论需要多少资金都要满足它，提尔的学校也是一样，除非我做出新的改变。”

“听从您的吩咐。”多布兰将这句话又说了一遍，接过那两个包裹，收进怀里，他的脸上始终没有任何表情，真是个权力游戏的高手。

塔辛校长装出一副喜悦的表情，但还是流露出些许不满，她以僵硬的动作抚平裙摆，女人们在竭力压抑心中想法时就会这样。虽然她不停抱怨那些做白日梦的人和哲学家在浪费资源，但确实有不少人羡慕她的学校。如果其他那些学校消失了，那里的学者都会来到她的学校里，她绝对不会有任何不高兴。就算是那些哲学家，她肯定也会照单全收。如果她知道多布兰怀中包裹里的一个命令，不知道她又会有什么想法？

"我已经把需要的全都找到了。"明一边说着，一边从书架丛中走了出来。她的背上出现三只大袋子，沉重的包裹压得她走路都有些蹒跚了。她的褐色斗篷和长裤非常像兰德在巴尔伦第一次看见她时的衣着。不知为什么，她一直为自己的穿着嘀咕个不停，直到所有认识她的人都相信兰德在请求她穿上裙子。但现在她的脸上满是微笑，欢快的神情中还带着一点调皮。"希望那些驮马还在我们丢下它们的地方，否则我的真龙大人就只能背上一副鞍子了。"

塔辛校长吸了一口气，脸上立刻显露出对明的反感。但多布兰只是微微一笑，他以前见过明在兰德身边是什么样子。

兰德现在只想尽快离开，该听到的和该看到的，他们都已经听到看到了。当然，最后还要警告他们——他绝对没有在这里出现过。多布兰点点头，仿佛这一切都在他的预料之中；伊迪恩在离开时则是一副若有所思的样子，如果她让某个仆人或学者听到些什么，两天内全城的人就都会知道。不管怎样，他马上就要离开了，也许附近没有人能感觉到他在这里打开了一个通道，但任何在寻找蛛丝马迹的人现在都会知道，有一个时轴出现在这座城市里。现在他还不能让别人发现，这不在他的计划内。

当屋门在他们身后关闭时，他仔细地看了明一会儿，然后从明的肩膀上拿过一只袋子，扛到自己肩上。

"只背一个？"明问道。她将两只袋子放在地上，双手叉腰，皱起眉头。"有时候，你可真是个放羊的，这两只袋子肯定有两百多磅。"不过她的语气里只有开心，却没有气恼。

"你应该拿一些小一点的书，"他边说边戴上骑马手套，遮住手背上的龙纹，"轻一点的书。"然后他朝窗口转过身，向那只袋子伸出手。这时，他突然感到一阵晕眩，膝盖里仿佛只剩下了清水，差点就栽倒在地上。一张闪烁不定的陌生面孔穿过他的脑海。他努力稳住身子，强迫自己伸直双腿，那种晕眩的感觉消失了。路斯·瑟林在阴影中用沙哑的声音喘息着。那会是他的脸吗？

"如果你以为能让我一直背着它们，那你可就错了，"明嘟囔着，"马厩里的那些马都比你装得像，你还不如直接摔倒在地上。"

"这次不是装的。"当他导引的时候，他会做好准备面对任何情况，他能控制那些反常的事情，至少大多数时候是这样。但他在不接触阳极力的时候，还没有遇到过这种晕眩。也许他转变得太快了，也许猪确实能飞。他将袋子搭在另一个肩膀上。院子里的那些人还在忙碌着。他要积聚力量，"明——"

明的眉毛立刻压低下来，她戴上红色手套，然后用脚尖一下一下地点着地面，对任何女人来说，这都表示着危险即将到来，尤其是对于那些身上带着匕首的女人。“我们已经说好了，该死的真龙兰德·亚瑟！你可不能把我丢下！”

“我从没有过这样的想法。”兰德说了句谎话。他太软弱了，甚至说不出让她留下来的话。太软弱了，他苦涩地想着，也许她会因此而死去，光明永远灼烧我吧！

光明会的，路斯·瑟林轻声向他许诺。

“我本以为你应该知道我们在做什么，我们将要做什么。”兰德继续说道，“我想，我并不是很随和的人。”他直起身子，开始捉住阳极力。整个房间似乎都在旋转，他驾驭着崩塌的烈火、寒冰与污秽，极度的恶心感在他的胃里翻腾。但他能够稳稳地站住了，至少表面上如此，他甚至能编织出通向一片空旷雪地的通道。两匹上好鞍子的马被拴在一株橡树的矮枝上，他很高兴看见它们还在那里。这片空旷地距离任何道路都很远，但现在到处都有流浪者出没，他们背弃了自己的家庭和农场、工作和生意，因为转生真龙已经打破了一切束缚，预言中就是这样说的。而许多这样的流浪者早已满身伤痕，手脚被冻僵，他们在四处搜寻，虽然他们也不知道搜寻的是什么。而现在，他们已经极度疲惫了，如果他们发现这两匹马，所做的第一件事肯定是把它们拉走。他有足够的金子能够买马，但明肯定不喜欢一直走到他们留下驮马的那个村子。

兰德快步走进那片空地，一边装作自己无力的脚步只是因为从室内突然走进齐膝深的雪地时被绊了一下。当明抓起她的袋子，踉踉跄跄地走到他身后时，他立刻放开至上力。现在他们已经到了距离凯瑞安五百里的地方，距离他们最近的一座城市就是塔瓦隆了。当通道关闭时，埃拉娜也从他的脑海中消失了。

“然后我们要去哪里？”明用探询的语气问道。兰德也和明有着同样的希望，但他知道，那不是事实。晕眩和恶心的感觉渐渐消退。“你就像是个紧闭的贝壳，但我可不是瞎子，兰德。我们先是用神行术去了鲁迪恩，在那里，你问了那么多关于沙塔的问题，让所有人都以为你会去那里。”她微一蹙眉，一边摇着头，一边将一只袋子放在她褐色骟马的马鞍上。举起沉重的袋子时，她吃力地哼了一声，但她绝对不打算把另一个袋子扔在雪地里。“我从没想过艾伊尔荒漠会是那种样子。那座城市虽然已经有一半变成废墟，但它还是比塔瓦隆更大。那里有那么多喷泉，还有那座湖泊，我甚至看不到湖对岸，我本来以为那片荒漠里一滴水都没有。而且，那里就像这里一样冷，我还以为沙漠里会热得要死呢！”

“到了夏天，你会被沙漠中的太阳烤熟，但你还是会在夜晚的时候被冻僵。”他感觉自己已经恢复了足够的力气，可以将肩头那个袋子放到灰马的马鞍上了，也许还差一点，但他还是这么做了。“如果你已经知道了一切，那我除了提问以外还能干什么？”

“昨晚在提尔时也是一样，你让每一只猫和乌鸦都知道你在那里，而你在那里不断问到的是查辛。很显然地，你是想让所有想知道你在哪里、要去哪里的人都彻底糊涂掉。”她的第二只袋子和第一只被分别挂在马鞍两侧，然后她解开缰绳，爬上马背。“我瞎了吗？”

“你有一双鹰的眼睛。”兰德希望那些追寻自己的人和站在他们身后的人能够像明一样看清楚。如果他们真的胡乱追丢了，那对他的计划反而没有好处。“我想，我需要留下更多假线索。”

“为什么要在这些事情上花费这么多时间？我知道你有自己的计划，我知道你的计划和那只皮袋里的东西有关，那是一件超法器，我知道它很重要。别露出这种惊讶的眼神，你从没有让那只袋子离开过你的视线。现在你应该去继续实行你的计划了，去安排假线索吧，当然，还要去你那个真正的目的地。你说过，你要在他们最疏于防范时对他们发动攻击。也就是说，除非他们按照你的计划行动，否则你就没办法发动攻击。”

“真希望你从没有看过荷瑞得的书。”兰德闷声嘀咕了一句，一边爬上灰马，然后他转过身，一点头说：“你看出来的东西太多了，现在我还能向你隐瞒什么秘密吗？”

“你从来都隐瞒不了什么，羊毛脑袋。”她笑了一声，却又好奇地问道：“你到底有什么计划？我知道你要干掉柯朗那些人。但如果我要和你一起走，那我就有权利知道其他的事情。”听她的口气，仿佛是兰德在苦苦哀求她陪着自己一样。

“我要净化真源男性的一半。”兰德不带任何表情地说道。这是一个重要的宣告，一个无比宏大的计划，用任何语言都无法形容的宏大。明只是将双手放在鞍桥上，平静地看着他，仿佛他刚刚所说的只是打算和她在午后的阳光中散散步而已。等了片刻，兰德才继续说道：

“我不知道这要用多长时间，一旦我开始这么做，相信在我周围一千里之内每一个能导引的人都会有所察觉。而如果柯朗那些人，或者弃光魔使在那时突然来到我面前，我不知道是否能停下来。对于弃光魔使，我无能为力。但如果运气好，我可以先收拾掉其他那些人。”也许作为时轴的他能够得到那个他所渴望的机会，无论希望是多么渺茫。

“这就要看运气了。但现在,无论是柯郎还是弃光魔使,都不该阻止你吃早饭。”明调转马头,朝空旷地以外走去。“也许我能想到一个更好的办法。来吧,客栈里有温暖的炉火,我希望你能让我们在离开前先吃上一顿热饭。”

兰德用好奇的眼神打量着明的背影,也许她真的不认为五名逃亡的殉道使和弃光魔使会是很严重的问题。他催动胯下的灰马,在一片被踢溅起来的雪沫中追上明,然后无声地走在她身旁。他还有几个秘密没告诉明,比如说,当他导引时,那种恶疾已经开始影响他了,这才是他首先要干掉柯朗那些人的真正原因,这样他将有时间克服这种恶疾,如果他能做到的话;如果不能,他不知道自己马鞍后面的两件特法器还能有什么用处。

第 1 章

离开先知

时光之轮旋转不息，岁月来去如风，世代更替只留下回忆；时间流淌，残留的回忆变为传说，传说又慢慢成为神话，而当同一纪元轮回再临时，连神话也早已烟消云散。在某个被称为第三纪元的时代，新的纪元尚未到来，而旧的纪元早已逝去。一阵风在末日山脉刮起。这阵风并非开始，时光之轮的旋转既无开始，也无结束。但这确实也是一个开始……

风向东吹去，越过冰冷的灰绿色海涛，一直吹向塔拉朋。在那里，扬帆启航的船只和在外海抛锚、等待进入坦其克港口的船只，沿着海岸线在浅海中排出了几里远。更多大大小小的船只已经充满这座巨型海港，驳船将人和货物运载上岸。这座城市的所有码头都已经没有空余的泊位了。当坦其克落入新来的统治者手中时，这里的居民都满心恐惧。他们害怕那些人怪异的装束、凶猛的怪兽，还有那些手里牵着银色绳索的女人，银索的另一端都拴在能够导引的女人脖子上。当这支舰队到来时，为坦其克人带来更多的恐惧，舰队庞大的规模将他们彻底吓呆了。而从这无数艘舰船上走下来的不仅仅有士兵，还有目光精明的商人、携带特殊工具的工匠艺人，甚至还有一个个赶着货车的完整家庭，他们的车上装满农具和不知名的植物。新的国王和帕那克开始颁布法令，但，除了新任国王和帕那克显然听命于位于某个遥远地方的女皇，除了霄辰贵族占用许多宫殿，并向塔拉朋人要求比以往贵族老爷们更多的恭顺谦卑外，一切都没有多少改变。甚至可以说，现在的生活比以往变得更好了。霄辰的王之血脉对普通人来说并没有多少骚扰，霄辰的奇风异俗也还能令人容忍。而且，现在，曾经让这个国家四分五裂的无政府状态，和因此产生的大饥荒已经变成了回忆；曾经肆意蹂躏这片土地的叛匪、盗贼和真龙信众都已经被杀死、俘虏、投降，或者是逃往北方的阿摩斯平原。贸易线路再次畅通，曾经壅塞城市街道的饥饿流民都回到他们的村庄、农场上，新到坦其克的外地人已经能被这座城市轻松容纳了。尽管大雪连绵，但成千上万新来的士兵、商人、工匠和农夫已经纷纷进入内陆。被冰风吹袭的坦其克恢复了平静。经历过漫长的纷乱艰难后，绝大多数坦其克人都对现状感到相当满意。

风继续向东吹过许多里，咆哮着，渐渐衰弱、分散，却绝不会止息。风转向南方，越过冬日中的森林原野，擦过赤裸的树枝和棕褐色的草叶，终于来到了曾经是塔拉朋和阿玛迪西亚边界的地方，这条边界现在只具有地理意义了。界桩已被拆除，卫兵也都撤出。风向东向南，绕过迷雾山脉的南部边缘，盘旋着吹过高墙耸立的阿玛多城。被征服的阿玛多，高大的圣光城堡上，飘扬的旗帜绣着一只金鹰，它的爪子里握着一束闪电，仿佛真的在展翅翱翔。除非必要，阿玛多人现在很少会走出家门。冰冻的街道上不多的行人也都是行色匆匆，他们用斗篷紧裹住身子，目光低垂。他们这样并非只是为了看清楚石块上的积冰，以免滑倒，还为了避免去看到那些霄辰巡逻兵。他们的坐骑不是马，而是有着青铜色鳞甲、像马一样高大的巨猫。还有那些戴着钢制面甲，看守着一队队圣光之子的霄辰卫兵。这些曾经趾高气扬的武士，现在像牲口般被铁链拴住，正在将一车车垃圾拉到城外。在霄辰人统治的一个半月里，阿玛迪西亚首都的人都感觉到冷风如同抽在身上的鞭子。那些没有诅咒霄辰人的阿玛多人都在思考，自己是犯了什么罪行，要承受这样的灾难。

风向东吹过许多荒凉的地方。在那里，许多曾经人口繁茂的村庄和农场早已被摧毁、烧夷殆尽。皑皑白雪覆盖了被烧焦的木材和被弃置的谷仓，让这些地方的景象不再像原先那样凄惨，但人们除了被饿死以外，现在又增加了被冻死的可能。刀剑、斧头和长矛被抛弃在这里，等待再次被挥舞着杀人的机会。在向东的地方，风在没有围墙的阿比拉唱起挽歌，这座城市的瞭望塔上已经没有旗帜飘扬。真龙大人的先知就在这里，而先知不需要旗帜来彰显他的名字。在阿比拉，先知的名字比凛冽的寒风更令人颤抖，其他地方的人们同样在为这个名字而发颤。

佩林大步走出马希玛居住的商人大屋，戴上手套，任由冷风吹起他的镶毛皮斗篷。正午的太阳没有丝毫暖意，空气如同生着寒冰的倒刺。佩林保持着面孔的平静，但愤怒已经让他无法感觉到寒冷了，他只能努力不让自己去握住腰间的斧柄。马希玛！他才不会把那家伙当作什么先知！那人肯定是疯了，是个疯掉的傻瓜，但他却又是个强大的傻瓜，比大多数国王更强大，还非常疯狂。

马希玛的卫兵充塞在街道上，直到下一个路口也看不见尽头。他们之中有些人瘦骨嶙峋，穿着偷来的丝绸；有尚未生出胡须的学徒，穿着破烂的外衣；曾经肥胖的商人穿着质料上等却残缺不全的衣服。他们呼出一团团白雾。而那些没有斗篷的人则不停打着哆嗦。所有人都握着长矛或上了弦的弩箭。他们并没有对佩林表现出任何敌意，因为他们知道先知当佩林是熟人，他们甚至都用期待的目光看着佩林，仿佛相信他会跳上半空，乘风飞翔，或者至少能在空中翻个筋斗。佩林嗅到一点从烟囱里冒出的气味，但充斥在他鼻腔中的是浓重的汗臭味、泥垢的酸腐，还有强烈的渴望和恐惧，一种他以前从没遇过的狂热。这些人就像是一面面镜子，映照出马希玛的疯狂。不管他们对他是否有敌意，只要马希玛一声令下，他们会立刻把他杀死。他们甚至会依照马希玛的意思，去杀光一个国家的人。嗅着他们的气味，佩林感到一阵比冬日的寒风更加凛冽的寒意。现在他非常高兴自己这次没有让菲儿同行。

被他留在马附近的那些人正玩着骰子，他们所在的位置是一片经过打扫、没有什么积雪泥泞的石板地面。佩林不信任马希玛，也同样不信任这些人，他们的注意力并不在手中的骰子上，而是在那座屋子、那些卫兵。佩林刚从屋里走出来，三名护法立刻站起身，目光直接落在跟在佩林身后的人身上。他们知道他们的两仪师在那座屋子里有怎样的感觉。费戈·尼尔德的动作比较慢一些，他花了点时间收拾地上的骰子和钱币。这名殉道使很像是个花花公子，他总是不停捻着卷曲的胡须，不停向女人们炫耀调笑。但现在他踮起脚尖，像只猫一样警惕。

“我还以为我们必须从这里杀出去。”艾莱斯在佩林身旁低声说道，他金色的眼睛显得相当平静。这名瘦削的老人戴着一顶宽边帽，灰发从背后一直垂到腰际，下巴上的长胡子铺满他的胸口。他的腰间插着一柄长匕首，而不是一把剑。他曾经是一名护法，从某种角度来看，现在他仍然是。

“那可能是唯一一件正常的事。”佩林一边对他说，一边从费戈手中接过毅力的缰绳。这名殉道使带着疑问的神情挑了一下眉梢，但佩林只是摇摇头，他丝毫不在乎费戈到底在怀疑什么。费戈的嘴角抽动了一下，把鼠灰色骟马的缰绳交给艾莱斯，就爬上了自己的花斑马。

佩林没时间理会这名莨兰迪人的怒意。兰德派他来带回马希玛，而马希玛已经来了。如同最近的任何时刻一样，每当佩林想起兰德，脑海中就开始盘旋出许多色彩，而他也和前几次一样，对这些色块视而不见。马希玛对佩林而言是一个太过巨大的问题，所以他现在没有多余的精力去思考那些色块了。那个该死的家伙认为除了兰德之外，任何其他人碰触至上力都是一种亵渎。他不认为兰德是人类，他相信兰德就是光明化身而成的！所以他自己也不能碰触至上力，不能藉助殉道使的神行术直接到达凯瑞安。无论佩林怎么劝他都没用。他们只能骑马走过这剩下的一千六百里或者更多路程，天知道这一路上到底会出什么事，而且，他们还要隐藏自己的身份，更不能向马希玛透露任何讯息。这些都是兰德的命令。

“只有一个办法能完成这件事，孩子。”艾莱斯把声音压得更低，“但机会很小。我们也许应该用力敲打一下那个家伙的后脑，然后挟持他从这里冲出去。”

“我知道。”佩林同样低声说着，在刚才激烈争辩的几个小时中，他不止一次有过这个念头。殉道使、两仪师和智者全都能导引，这样做也许是可能的。但他见过至上力的战斗——人们在眨眼间被撕成碎片，大地在烈火中爆炸。阿比拉就是在这种恐怖的力量中变成了屠场，佩林绝对不愿再看到这种景象。他会想出别的办法的。

“你认为先知下一步会怎样行动？”艾莱斯问。

佩林不得不压下脑海中对杜麦的井的回忆。和那里相比，阿比拉简直就是一片安静的田园。他开始集中精神思考艾莱斯的问题，噢，他该怎么完成这个不可能的任务？“我不在乎他有什么打算。”当然，那家伙一定会制造麻烦。

他气恼地挠着自己的胡子。他需要修剪一下胡子了，或者说，他应该请人帮他修剪一下。如果他拿起剪刀，菲儿就会把剪刀夺走，交给蓝格威。虽然那位满脸伤疤、手背上骨节突出的魁梧大汉看样子根本不知道贴身仆人应该做些什么。光明啊！一名贴身仆人。他正在探索该如何与菲儿共处，以她那种奇怪的沙戴亚方式生活，但他探索得愈深入，菲儿对他的要求却愈来愈多了。当然，这就是女人的做事风格。有时候他觉得不管自己怎么努力，也只不过是从一个漩涡跳进另一个漩涡而已。也许他应该真正朝她吼上两句，菲儿似乎是喜欢这样的。一个男人应该能自己拿剪刀去剪自己的胡子，只要他想这么做，不过他怀疑自己并不想这么做。虽然菲儿会对他吼叫，但要他对菲儿吼叫实在是很困难。不管怎样，现在想这件事实在太愚蠢了。

佩林看着那些分别走向各自坐骑的人们，就如同看着一件件工具，他要利用这些工具完成一项非常艰巨的工作。和马希玛同行的这段旅程，可能是他接下的最糟糕的工作，而他的工具却全都是裂痕。

森妮德和玛苏芮在他身边停下脚步，她们都戴上兜帽，将面孔藏在影子里。在她们身上的香水气息中，混杂着一丝刀刃般锋利纤细的情绪，那是处在控制中的恐惧。如果不是佩林，马希玛在看见她们时就会杀死她们了，而如果认出她们的两仪师面孔，仍然有可能当场打死她们。这些人之中有的是疯子。玛苏芮比森妮德几乎要高出一个拳头，但佩林仍然可以俯视她的头顶。这两名两仪师完全无视于艾莱斯的存在，她们交换了一下藏在兜帽里的眼神，然后玛苏芮平静地说道："这个人必须被处死，现在你是否已经明白了这一点？他十分的……狂暴。"至少这名褐宗两仪师有着其他两仪师所罕见的坦率。她们很幸运，那些卫兵都和他们隔了一段距离，听不清楚两仪师在说些什么。

"你应该选择一个更好的地方讨论这种问题。"佩林说道。他不想再听到这种争论了，无论是现在还是以后，尤其是现在。不过现在那两个两仪师似乎没办法再缠着他了。

伊达拉和凯丽勒出现在两仪师的身后，她们也同样用深色的披巾罩住了头脸。披巾垂下来，围住她们的前胸后背，却看不出有多少御寒的功能。确实，雪对智者们造成不少困扰，但那只是因为她们以前从未见过真正的雪。她们被太阳晒黑的面孔如同石雕般没有表情，但她们的气息像钢钉一样坚硬和锋利。

"这里不是说话的地方。"凯丽勒用平稳的语气对两仪师说着，一边将一绺散开的火红色头发拢回披巾里。她的个子像男人一样高，不过与其他智者相比，她一直都是很温和的。其他智者会直接咬掉你的鼻子，而不会像她那样先给你一记警告的拳头。"赶快上马！"

两个矮个儿女人匆匆行了个屈膝礼，就朝她们的坐骑跑去，仿佛她们根本就不是两仪师一样。对智者们而言，她们的确不是两仪师。佩林觉得自己永远也不会习惯于眼前的这种情形，即使玛苏芮和森妮德似乎已经习惯了。

佩林叹了口气，跨上毅力的脊背，智者们也随着她们的两仪师学徒上了马。当佩林坐好之后，他的牡马向前蹦跳了几步，佩林用膝盖的力量和缰绳让它安静下来。艾伊尔女人即使经过几个星期的练习，在上马时还是显得相当笨拙，她们厚重的裙摆一直收到膝盖以上，露出包裹在羊毛长袜里的小腿。对于马希玛的处置方式，她们赞同两仪师的意见，而佩林营地中的其他两仪师也都抱有同样的看法。马希玛是一块正在燃烧的热炭，任何人拿着它返回凯瑞安，都难免会被灼伤。

朱尔·格莱迪和亚蓝已经上了马，佩林无法从其他人的气味中分辨出他们两个，他也不需要这么做。虽然朱尔穿着黑色外衣，领子上佩着剑徽，但佩林总觉得他看起来更像是一名农夫。但现在他却没有半点农夫的样子，这名健壮的殉道使骑在马背上，用严厉的眼神审视着那些先知的卫兵，仿佛正在决定该从何处下刀。佩林相信，只要他挥下第一刀，就会有第二刀、第三刀……直到所有这些人都变成碎片。亚蓝握着缰绳，绿色的匠民斗篷在他身后随风飞舞，剑柄突出在他背后的肩头处，他的脸上满是兴奋。看到那种表情，佩林不禁心中一沉。对亚蓝来说，马希玛是一名将全部身心灵都献给了转生真龙的人，而在亚蓝的心目中，转生真龙的重要性仅次于佩林和菲儿。

*你帮不了那个男孩。*艾莱斯曾经这样告诉佩林。*你帮助他放弃了他以前曾相信过的东西。现在，他只能相信你和那把剑了。但这不够，对于任何男人都是不够的。*当亚蓝还是一名匠民时，艾莱斯就见过他，那时，他根本没碰过刀剑。

对某些人来说，这是一顿有毒的美味大餐。

卫兵们盯着佩林的眼神似乎有些惊讶，当佩林一行人向外走去时，他们却没有让开道路，直到有人透过那栋屋子的窗户向外喊了一句，他们才向两旁退去，让出只容一匹马通过的羊肠小道。如果没有先知的许可，想要见到他非常困难；而如果没有他的许可，想要离开他是绝对不可能的。

远离了马希玛和他的卫兵之后，佩林便催促坐骑以尽可能快的速度沿着拥挤的街道向前小跑。在不久之前，阿比拉还是一座繁荣的大型城镇，这里有用石块砌成的贸易市场和高达四层的石板顶房屋。现在，阿比拉已经没有一家完好的酒馆了。即使是普通民房，如果屋子的主人不及时赞美真龙大人的荣耀，也会被立刻彻底摧毁。马希玛所厌恶的人是从不会得到宽恕的。

聚集在街上的人群中鲜少能看见阿比拉本地人，也没有小孩，许多穿着土褐色衣服的人们，带着畏惧的神情在街上快步行走。这里也看不到狗。饥饿在这个地方似乎已经成为一个相当严重的问题。到处都有几十人一队的武装士兵，在没过脚踝的雪泥中艰难跋涉，随意打倒没来得及为他们让开道路的行人，甚至连牛车遇到他们也会绕路走。佩林无论朝哪个方向望去，都能看见上百名士兵，他估计这座城镇里应该有几千甚至几万名士兵。马希玛的军队是一群乌合之众，但他们的数量足以弥补其他方面的不足。感谢光明，这家伙同意只带一百人上路。为了让他同意这么做，佩林和他争执了一个小时，但他终究还是同意了。说到底，马希玛还是渴望尽快赶到兰德身边，即使他绝对不会采用神行术。他的手下没有多少马匹，而徒步随行的人愈多，他们的速度就会愈慢。不管怎样，他至少会在天黑时赶到佩林的营地。

佩林发现，除了他自己的这支队伍以外，没有人骑马。他们不止一次吸引了巡逻士兵的目光，那些目光有的坚硬如磐石，有的狂热如烈火。前来拜见马希玛的贵族富商并不少，他们都希望用谦恭的致敬来换取先知的祝福，逃避真龙信众的惩罚，但他们来去都是步行的。不过，除了偶尔要绕过马希玛的大群追随者之外，他们并没有受到任何阻拦。如果他们能骑马离开，那一定是出于马希玛的指示。一路上，不需要佩林提醒，所有人都尽量聚在一起。阿比拉充满了一种期盼的情绪，而即使只剩下一半脑子的人，也不会想知道这些人到底在期盼什么。

当佩林来到出镇的矮木桥附近，看见巴尔沃催赶着他的短鼻骟马从一条侧巷中走出来时，他不由得松了一口气。而当他通过矮木桥，从最后一名先知卫兵身边走过时，他又松了一口气。那是一名有张苦瓜脸的矮小男人，仿佛全身都长满了节瘤皱纹，一件棕色外衣仿佛是挂在他身上，而不是穿在他身上。但不管怎样，他只要照顾好自己就行了。而菲儿却是个十足的贵族主妇，如果佩林没能照顾好她的秘书巴尔沃，她肯定会非常不高兴。巴尔沃是她的秘书，也是佩林的，佩林还不知道自己应该对拥有私人秘书这件事抱持怎样的看法，不过那家伙的能力确实远远不止写上一手好字。他们刚一离开那座城镇，他就又一次显示了自己的能力。这时，他们身边全都是树木丛生的低矮丘陵，大多数枝干都是光秃秃的，但残存的一点树叶和针叶却在积雪的缝隙中露出丝丝绿意。大路上只剩下他们这队人，不过冰冻的车辙减缓了马匹前进的速度。

“请原谅，佩林大人，”巴尔沃喃喃地说着，从艾莱斯的另一侧探过身子，“我刚才听说了一些事情，也许您会有兴趣。”他小心地用手捂住嘴，咳嗽了几声，然后又匆忙拉紧裹住身子的斗篷。

艾莱斯和亚蓝不需要佩林的指示，就已经自动放慢脚步，落在后面。现在所有人都已经对这个干瘪的小老头和佩林密谈的动作感到习以为常了，佩林完全猜不出，为什么他非要装作只是自己身边一个简单的秘书？实际上，大家全都知道他正从他们经过的每一个城镇乡村中搜罗情报，而且，佩林肯定会把他的情报告诉菲儿和艾莱斯。这点他也十分清楚。不管怎样，他实在是一名非常优秀的间谍。

巴尔沃和佩林并辔前行，侧过头看着佩林。“我有两条讯息，大人。我相信它们之中的一条相当重要，而另一条非常急迫。”不管是否急迫，这个老头的声音永远都如同枯叶般干裂细碎。

“有多紧急?”佩林和自己打了个赌，赌的是他将听到的第一条讯息中的主角是谁。

“也许极为紧急，大人。埃尔隆国王在结朗梅镇附近和霄辰人进行了一场战斗，战场位置从这里向西大约一百里，战斗发生在大约十天前。”巴尔沃闭了一下嘴唇，露出愤怒的神色，他不喜欢含混的数字，他不喜欢自己无法掌握的情报。“很难找到可靠的讯息。但毫无疑问，阿玛迪西亚军队溃败，士兵除死伤被俘的之外，已经全部逃散，现在大概已经找不到规模超过一百人的阿玛迪西亚军队了。很快地，那些逃亡的士兵就会成为强盗。埃尔隆本人和他的整个宫廷都被俘虏了，阿玛迪西亚已经不再有任何贵族，不再有任何重要性了。”

佩林知道自己赌输了，巴尔沃的情报向来都会从白袍众开始的。“我想，这对于阿玛迪西亚可真是个噩耗，对那些被俘的人们也是一样。”根据巴尔沃的说法，霄辰人对那些曾经在他们身上实行过武装反抗的俘虏都极其凶残。阿玛迪西亚已经没有了军队，也没有贵族能担负起召集军队的责任，没有任何人能阻止霄辰人的扩张，不过他们扩张的速度也太快了。等马希玛到达营地，他最好尽快向东方前进，只要人和马能够坚持，他就会一直以最快的速度赶路。

他将这个想法告诉巴尔沃，巴尔沃点点头，露出一点赞同的微笑。佩林能够看到他的情报的价值，这点显然让他很高兴。

“另外，大人，”他继续说道，“白袍众也参与了那场战役。但很显然地，当战争结束时，艾阿蒙·瓦达将大部分白袍众平安带离了战场，他一定是有暗帝本尊的运气。每个人都向我指出他们逃遁的方向，但似乎没有人真正知道他们去了哪里，我倾向于认为他们是向东逃跑了，这样可以让他们尽快远离霄辰人。”当然，这也就是说，他们正朝阿比拉逃来。

毕竟佩林不算完全赌错，也许可以算是平手吧。在遥远的前方，一只鹰正在万里无云的天空中向北飞翔，它一定能赶在佩林前面飞过营地。佩林回忆起什么时候自己曾经完全不会在意一只从天空飞过的鹰，那仿佛已经是很久以前的事情了。

“我怀疑白袍众现在的兴趣是躲开霄辰人，而不是来打扰我们，巴尔沃。不管怎样，我都要以最快的速度行动。这就是你的第二条讯息吗？”

“不，大人，这只是一件小事。”巴尔沃似乎相当痛恨圣光之子，尤其是那个艾阿蒙，佩林怀疑艾阿蒙以前让他吃过很大的苦头。但巴尔沃的恨意就像这个老头的其他所有方面一样，也是干瘪而冰冷的，毫无激情可言。“第二个讯息是，霄辰人又打了另一场仗，这次的战场是在南阿特拉。也许他们的敌人是两仪师，但也有人提到了那场战争中有能够导引的男人。”他从马鞍上半转过身子，看了一眼背后穿着黑衣的朱尔和费戈。朱尔正在和艾莱斯聊天，费戈的聊天对象则是亚蓝，但两名殉道使真正的注意力一半在路旁的树林里，一半在他们后面的护法身上。两仪师和智者们也在低声交谈着。“无论霄辰人的敌人是谁，大人，他们显然是战败了，不得不狼狈地撤回艾博达。”

“这是个好消息。”佩林不带表情地说。杜麦的井再一次闪入他的脑海，而且这次的画面比以前更加清晰。片刻之间，他似乎又和罗亚尔背靠背站在一起，拼命厮杀着，相信自己每呼出的一口气都是最后一次呼吸。今天他第一次打了个哆嗦。至少兰德是了解霄辰人的，至少他不必为这点担心。

他察觉到巴尔沃正在看着他，如同一只鸟审视一条奇怪的虫子。巴尔沃以前也见过他发抖。这个小老头渴望知道一切事情，但有些秘密是不能让任何人知道的。

佩林的目光回到那只鹰身上。现在，即使是以他的眼睛去看，那只鹰的距离也已经远得难以看清了。鹰让他想起菲儿，他那像猎鹰般烈性的妻子，他美丽的猎鹰。他将霄辰人、白袍众、战争和马希玛都赶出了脑海，至少在此时此地是这样。

“我们稍微加快一点速度！”佩林对身后的其他人喊道。那只鹰也许能在他之前看到菲儿，但它看不见他心中的爱。今天，无论她做了什么，他都不会对她吼叫。

第2章

取　得

鹰很快就从佩林的视线中消失了，道路上仍然看不见其他行人，佩林尽量加快前进速度，如果他们的速度再快一点，也许冰冻的车辙就会让马匹折断前腿、摔断脖子。风中似乎带着冰屑，也许明天又会有一场大雪。他们一直在树林中跋涉，有些地方的积雪甚至深及马膝。到下午已经过去一半时，他们距离林中营地终于只剩下一里路程。两河人、艾伊尔人、梅茵人和海丹人正聚集在那里，菲儿也在那里等他，这是他所唯一期盼的。

像往常一样，树林中的营地清晰地分成了四个部分，翼卫队的帐篷围绕着贝丽兰的条纹大帐，但那里的营火周围却看不到人影，只能看见被打翻的罐子和几片掉在雪地中的装备。雅莲德的海丹营地中同样充满了匆忙离开留下的痕迹。留在这两个地方的活人只有那些马夫、蹄铁匠和车夫，他们都杂乱地聚集在马匹和高轮辎重车旁边。佩林朝他们所张望的方向看过去，立刻也被吸引住了。

智者们在一座平台山丘上立起她们的小帐篷。在距离这座山丘五百步远的地方，穿着灰色外衣的九百梅茵人排着整齐的队列，战马在不耐烦地跺着蹄子，红色的斗篷和矛尖上红色的飘带在风中飞舞，猎猎作响。在更靠近山丘的另一侧，一条冰冻的溪流旁边，海丹人结成一个同等规模的枪阵，只是他们枪尖上的飘带是绿色的。和梅茵人红色的头盔与胸甲相比，这些骑士的绿色外衣显得有些单调，但他们的军官披挂着白银盔甲，穿着猩红色的外衣和斗篷，在马缰和鞍衣上都缀着深红流苏。这完全是阅兵式上的装束，而如果在战场上穿戴这样一身衣甲，那就需要十足的勇气了。翼卫队面对着海丹人列阵，海丹人则面对山丘列阵。山顶上，两河人排成环形阵势，手里全部擎着长弓。没有人拉开弓弦，但所有弓弦上都扣上了羽箭。难道他们都疯了吗？

佩林猛踢毅力的肋下，疾驰着在雪地中向前跑去，其他人也紧跟在他身后，一直跑到海丹军阵的前面。贝丽兰也在那里，身披镶毛皮的红色斗篷，在她身后的是翼卫队将军贝坦·加仑恩，他的一只独眼正看着其他翼卫队；还有贝丽兰的两仪师资政安诺拉。他们正在和雅莲德的首席将军争论着什么，那位将军名叫格拉德·亚甘达，是一名面容刚毅的矮个儿军人。他正用力地摇着头，在他光亮耀眼的头盔上，蓬松的白羽毛随之不停地来回晃动着。梅茵之主的样子仿佛是要咬碎钢铁。两仪师安诺拉平静的外表下散发着怒意。贝坦正摩挲着挂在马鞍上的红羽毛头盔，仿佛在思考是否应该戴上它。看到佩林飞驰而来，他们暂时中断争论，纷纷朝佩林转过马头。贝丽兰笔直地坐在马鞍上，一头黑发被风吹了起来。她的细腿白母马不停打着哆嗦，在它的肋侧还能看见疾奔后被冻结的汗沫。

这么多人聚在一起，佩林没办法区分出他们每一个人的气息，但现在佩林不需要鼻子，就能知道情况已经到了千钧一发的程度。佩林刚想开口问他们是不是知道自己在干什么时，贝丽兰说话了，在她精致的脸上有着一种庄严的帝王气势，让佩林不由得眨了眨眼。

“佩林大人，您的妻子和我正与雅莲德女王狩猎，却遭到艾伊尔人的攻击。我努力逃了出来，但其他人都还没能回来，她们很可能是被艾伊尔人俘虏了，我已经派遣一队枪骑兵去搜寻她们。我们是在东南方距离这里十里处失散的，所以他们应该能在日落时带讯息回来。”

“菲儿被俘虏了？”佩林的声音闷住了。他们还没离开海丹，进入阿玛迪西亚的时候，就已经听说艾伊尔人在这里烧杀抢掠。但那似乎都只是发生在别的地方，远离他们行进路线的村镇里。佩林一直以为不必担心他们的威胁，甚至怀疑那只是一些谣言，而他一心所想的只是执行那个该死的兰德·亚瑟的命令！现在，他为此付出了无法承受的代价。

“那为什么你们还在这里？”他大声问道，“为什么你们不赶快去找她？”他听到自己震耳欲聋的吼声，他想要怒吼，想要用怒火将所有这些人烧光。“烧死你们吧，你们还待在这里干什么？”她的语气怎么还能如此平静？就好像在报告马匹还剩下多少饲料一样。这让佩林感到更加愤怒，他知道贝丽兰是对的，但这只是让他更怒火中烧！

“我们遭遇了两百到三百人的伏击，佩林大人，您像我一样清楚，根据我们听到的传闻，这里很可能有十几队、甚至更多这样的艾伊尔游兵在这里活动。如果我们用武力追击，我们也许必须进行一场代价惨重的战斗。即使这样，我们也不一定能找到您的妻子，甚至不能确定她是否还活着。我们必须先知道她是否安全，身在何处，否则我们莽撞行动只会招来恶果。”

*她是否还活着。*他打了个哆嗦，突然从心里、从骨髓蔓延出寒意。她一定要活着，一定要。哦，光明啊，他应该带她一起去阿比拉的。满头细辫子的安诺拉有一张过大的嘴，现在她的这张面孔也戴上一副同情的面具。突然间，他感觉到自己双手传来的疼痛，那是因为他把缰绳抓得太紧了。他强迫自己放开双手，让自己的十指在手套中放松下来。

“她是对的，”艾莱斯平静地说着，让自己的骟马朝佩林更靠近一些，“如果你坚持己见，一定要和艾伊尔人作战，你就是在自寻死路，还会让许多人陪你一同送死。如果你的妻子被俘了，那么你的死亡不会给她带来任何好处。”他竭力让自己的语气显得轻松一些，但佩林能够嗅出他的紧张。“我们一定能找到她的，孩子，一个像她那样的人，很可能已经逃过艾伊尔人的追捕，正在步行赶回来。如果是这样的话，她没办法跑多远。不过别着急，梅茵之主的士兵很快就会找到她的足迹。”艾莱斯手抚胡须，低笑了一声：“如果我不能比那些梅茵人找到更多东西，我就拿树皮当饭吃，我们会把她找回来的。”

佩林并不蠢。“是的。”他声音沙哑地说道。没有人能徒步逃出艾伊尔人的追捕。“现在就去吧，快一点。”他并不蠢。艾莱斯真正想要找到的是菲儿的尸体。她必须活着，那样，她只可能是被捉住了。但做一名俘虏，也好过……

他们之间不能像狼一样用心语交谈，但艾莱斯还在犹豫着，仿佛明白佩林的心思，不过他并没有拒绝佩林。他催动胯下的骟马，以雪地能够允许的最快速度向东南方跑去。亚蓝飞快地瞥了佩林一眼，也阴沉着脸跟随在他身后。这名曾经是匠民的男孩不喜欢艾莱斯，但他对菲儿几乎是抱着崇拜的态度，因为她是佩林的妻子。

*他们这样是找不到那些野兽的。*佩林看着那两人渐渐变小的身影，对自己说。他希望他们以最快的速度奔跑，他希望能和他们一同奔跑。细小的裂缝似乎正在他心中蔓延，如果他们带回来的不是好消息，他一定会变成一地碎片。让他惊讶的是，那三名护法也催赶坐骑，向艾莱斯和亚蓝追了过去。很快地，那

五个人就在一片飞溅的雪花中会合了。

他努力向玛苏芮和森妮德感谢地一点头，他这个动作也是在向伊达拉和凯丽勒致谢，无论是谁派遣的护法，做出最终决定的肯定是智者，没有任何两仪师能够挑战智者的权威。她们肯定已经快被那些智者逼疯了，但现在她们却只是平静地将双手放在马鞍上，眉眼间丝毫没有任何焦躁的情绪。

并非所有人都在看着那些离开的人，安诺拉就在一边向佩林卖弄同情的眼神，一边透过眼角观察着那些智者。和另外两名两仪师不同，她没有向智者许下任何诺言，但她也像她的两名姐妹一样，以最谨慎的态度对待这些艾伊尔妇人。贝坦的独眼还在盯着贝丽兰，仿佛在等待一个拔剑的讯号，而贝丽兰则专注地看着佩林，脸上依然如瓷器般光滑得没有任何表情。朱尔和费戈聚在一起，不时用冰冷的眼神扫视着他。巴尔沃稳稳地坐在马鞍上，如同一只立在饲架上的麻雀，在竭力隐藏自己的同时，仔细倾听着周围的一切。

格拉德催动高大的花骟马走过贝坦雄壮的黑马，丝毫不理会那名梅茵人独眼中的怒火。那名首席将军的嘴唇在他光亮的头盔面罩后面歙动着，佩林却没听到任何声音。现在他的脑子里只有菲儿。哦，光明啊，菲儿！佩林觉得自己的胸膛仿佛被铁条箍住了，他就要疯了。他的全身都已经悬在峭壁外，只剩十根指甲还扣在岩缝里。

他绝望地将自己的意识向外伸展，疯狂地寻找着狼。艾莱斯一定已经试过这么做，任何事情都不能让艾莱斯感到慌乱。但他必须自己试一试。

他终于找到了它们，是三趾一家、冷水一家、微光一家和春号一家，还有其他的家族。痛苦随着他求援的呼喊流散开来，但他心中的痛苦仍丝毫没有减少，反而愈来愈沉重。它们听说过犊牛，它们同情他失去了她，但它们都在躲避两条腿，两条腿让它们感到恐惧。所有落单的狼如果被两条腿遇到，都会被杀死。这里有这么多两条腿，既有徒步，也有骑着硬脚的四条腿。它们也无从分辨哪一群是他要寻找的。对于它们，两条腿就是两条腿，它们能够分辨的只有会导引的两条腿和可以与他们交谈的两条腿。*哀悼吧*，它们对他说，*继续前进吧，你还可以在狼梦中与她相见。*

脑海中的影像逐一消去，最终只剩下一句话。*哀悼吧，继续前进吧，你还可以在狼梦中与她相见。*最后，这句话也消失了。

“你在听什么？”格拉德粗鲁地问。他可不是一个面容宁静的贵族，尽管他身上穿着丝绸外衣、雕金花纹的白银胸甲，但他仍然是一名从孩提时代就拿起长矛，在身上留下数十道伤疤的灰发老兵。他的黑眸几乎就像那些马希玛的信徒一样充满了狂热，他的气味中充满愤怒，还有恐惧。“那些野蛮人也掳走了女王雅莲德!”

“如果能找到我妻子,就能找到你的女王。”佩林答道,他的声音如同他的斧刃般冰冷坚硬。她一定要活着。“不管你要对我说什么,我却看见的是你们已经做好冲锋的准备,而且你们的目标还是我的人。”他还有其他责任,意识到这一点,他的嘴里充满苦涩的胆汁。除了菲儿,其他一切都无足轻重,毫无价值!但两河人毕竟是他的人。

格拉德向前一催马,用戴着铁手套的手捉住佩林的袖子。“听我说!贝丽兰殿下说是艾伊尔人掳走了雅莲德女王,而你的那些弓箭手们保护的正是艾伊尔人,我的不少部下都很想仔细审问他们一番。”他炽烈的目光又扫过伊达拉和凯丽勒,也许他在考虑该如何对付这两名没有弓箭手保护的艾伊尔人。

“首席将军有一点……过度紧张了。”贝丽兰伸手按住佩林另一侧的手臂,低声说道,“我已经向他解释过,这里的艾伊尔人和我们遭到的偷袭完全无关。我相信我可以说服他——”

佩林甩脱了贝丽兰,又从海丹人的手里拉出袖子。“雅莲德已经发誓向我效忠,格拉德,而你则向她立誓效忠,所以你现在要听从我的命令。我说过,当我找到菲儿的时候,我就会找到雅莲德。”他的语调像斧刃般锋利。她一定还活着。“你不能审问任何人,不能触碰任何人,除非我对你下命令。现在你要做的就是带着你的人返回营地,并做好行动准备,等待我的命令。当我发出召唤时,如果你还没有做好准备,你们就会被我丢下。”

格拉德盯着佩林,喘着大气,他的目光又在朱尔和费戈身上扫了一眼,立刻又猛地转回佩林脸上,僵硬地说道:“服从命令,大人。”然后转过自己的杂花马,朝部下的军官下达命令,那些军官也策动战马,开始调动部队。海丹人跟在首席将军身后开始成队撤离。海丹人的目标是他们的营地,但格拉德是否还会留在这里,其他人并不知道。他留下来能不能算一件好事,其他人也不知道。

“你处理得很好,佩林,”贝丽兰说,“现在的局面非常困难,你也一定极为痛苦。”现在,她的声音中没有任何威仪,她只是一个带着同情微笑、心中充满怜悯的女人。噢,她真是个有千万种表情的女人。

贝丽兰伸出一只戴着红手套的手,没等她的手碰到自己,佩林已经拉起毅力的缰绳,向一旁走去。“不要装了,烧了你!”他吼道,“我的妻子被掳走了!我没心情玩你那种幼稚的游戏!”

她哆嗦了一下,仿佛他刚刚打了她一拳,红晕出现在她的脸颊上,她又一次改变了态度,在马鞍上挺直的脊背变得柔软而有弹性。“不是幼稚,佩林,”她的声音变得圆润而充满兴致,“两个女人为你而竞争,你是我们的锦标?我还以为你会因此而得意呢。跟我来，贝坦将军，我想，我们也要做好听命开拔的准备了。”

那名独眼男子策马跟随在她身边，以雪地能允许的速度跑向翼卫队。他向贝丽兰倾过身子，仿佛在听从指示。安诺拉还停在原地，双手开始拉起她褐色母马的缰绳，在她的鹰钩鼻下，嘴唇抿成剃刀般的细线。“有时候，你真是个绝对的大傻瓜，佩林·艾巴亚，实际上，你时常表现得非常愚蠢。”

佩林不知道她在说些什么，也完全不在乎。有时候，她似乎只是放任贝丽兰追逐一个已婚男人。她看起来甚至对此感到非常有趣，还刻意安排贝丽兰和他单独相处。但现在，他知道梅茵之主和这名两仪师都不喜欢他。他踢了毅力的肋侧一脚，一言不发地朝另一个方向跑去。

围拢在山丘顶端的人们为他让开一条路，他们都在看着山下分别返回各自营地的骑兵，交头接耳，议论纷纷。当智者、两仪师和殉道使跑上山顶时，他们又让开道路，让他们进去，随后他们又立刻恢复防御阵型。这是佩林所预料到的，也是他为之感到高兴的。整座山丘上都充满了警戒的气息，虽然它并不是这里唯一的气息。

山丘顶端的雪已经被踩踏成冻土和薄冰。留在营地中的四名智者正站在一座艾伊尔矮帐篷前，这些高个儿女子在肩膀上披着深色羊毛披巾，面容平静地看着两名两仪师跟随凯丽勒和伊达拉下了马，却仿佛对除了她们之外的其他人都视而不见。侍奉她们的奉义徒将面孔藏在白色长袍的兜帽里，柔顺而安静地做着各种事情，甚至还有一名奉义徒正在拍打用绳子挂在两棵树之间的一张地毯！唯一显示出战斗意图的艾伊尔人只有高尔和枪姬众，他们蹲在地上，束发巾裹在头顶，黑纱遮住了面孔，只露出一双眼睛，手中紧握着短矛和牛皮盾。佩林一下马，他们立刻站起身。

丹尼·鲁文跑了过来，自从留起大胡子以后，他的鼻子显得更大了。现在，他正焦虑地咬着嘴角边的胡子，一手握着弓，另一只手将羽箭插回到腰间的箭袋里。“我不知道还能怎么做，佩林。”他急促地说道。丹尼曾经参加过杜麦的井一役，也曾在家乡抵抗过兽魔人，但他并没有遇到过现在这种情况。“等我们知道发生了什么事时，那些海丹人已经准备朝这里进攻了。我派出乔丁·巴兰、胡·马文和盖特·埃里阿，并让凯瑞安人和你的仆人们将车辆围成一圈，留在里面。这么做是为了看住那些跟随菲儿女士的人。他们都想去找她，但他们连脚印和橡树根都分不清楚了。然后我就带其他人来到这里。我一直都以为那些海丹人会向我们发动冲锋，直到梅茵之主率领她的军队布好阵势。但我们也快要疯了，谁知道那些艾伊尔人会不会伤害菲儿女士。”就在两河人拥戴佩林的同时，菲儿几乎也得到两河男人的全部敬意。

“你做得对，丹尼。”佩林一边说，一边将毅力的缰绳扔给他。胡和盖特对于森林都非常熟悉，而乔丁·巴兰甚至能追踪昨天刮过的风。高尔和枪姬众排成一列纵队，这表明他们要离开了，现在他们仍然戴着面罩。“把三分之一的人留在这里。”佩林匆匆对丹尼说道。格拉德确实没有正面违抗他，但这并不代表那名将军会改变他的主意。“派剩下的人去收拾好行装，只要得到讯息，我就会立刻出发。”

他没等丹尼回答，已经赶到高尔面前，伸手按在那名高个儿男子的胸膛上，将他挡住。不知为什么，高尔在黑色面罩上露出的一双绿眸里显出紧张的神色。苏琳率领的枪姬众紧随在他身后，也都立刻停下脚步。

“为我找到她，高尔，”佩林说，“请你们一定要找到捉住她的人，这里只有你们才能找到艾伊尔人。”高尔眼里的紧张情绪一下子就消失了，如同它出现时一样突然，那些枪姬众仿佛也放松了下来，至少是艾伊尔程度的放松。佩林觉得非常奇怪，他们不可能以为他会责备他们吧？

“总有一日，我们都将从梦中醒来，”高尔温和地说，“但如果她还在梦里，我们就会找到她。如果她落在艾伊尔人手里，我们必须立刻出发，他们的速度很快，即使在……这样的地方。”他踢了身边的雪块一脚，声音中充满厌恶。

佩林点点头，急忙向旁边让开一步，让艾伊尔人朝山丘下跑去。佩林有些怀疑他们是否可以在这么深的积雪中奔跑很长的时间。但他相信，他们的速度肯定会比其他任何人都更快。当枪姬众从他身边跑过时，每一个都飞快地将手指朝面罩后方的嘴唇按一下，然后又碰一下他的肩膀，紧随在高尔身后的苏琳还向他点了一下头，但她们都没说一句话。菲儿一定知道她们这种动作表示什么。

当最后一名枪姬众跑过时，他意识到这些枪姬众还有另一个奇怪的地方。她们为什么会服从高尔的率领？平时，如果男人要指挥她们，肯定会被她们一矛刺穿，为什么？也许……齐亚得和贝恩是和菲儿在一起的。高尔对贝恩不会有多在意，但齐亚得就不同了。枪姬众们当然不会支持高尔追求齐亚得，让齐亚得放弃枪矛，和他结婚。这是绝不可能的！但现在发生的事情让佩林不由得对此又多了一层考虑。

佩林对自己感到厌恶。贝恩和齐亚得，肯定还会有其他人遭遇危险，即使因为担心菲儿让他变成睁眼瞎子，但他至少也应该过问一下其他人。如果他真的要把菲儿救回来，他就要先将自己心中的恐惧掐死。但他觉得那就像折断一棵大树那样困难。

现在这座山丘上仍然聚集着许多人。已经有人将毅力牵走了，两河人正在离开他们的环形数组，以散乱的队形匆匆朝他们的营地跑去，一边还在高声议论着，如果那些骑兵真的发动冲锋，他们要怎么做。不时有人提高声音询问菲儿的情况，是否有人知道菲儿女士还活着，他们是不是要去找她。但总是有更多的人一边示意提问的人住嘴，一边用担忧的眼神瞥向佩林。在一片忙乱的人群中，奉义徒仍然有条不紊地忙着他们的工作，除非收到停工的命令，否则即使战争就在眼前爆发，他们仍然会继续做该做的事情；而且，他们绝对不会伸出一只手去帮助或阻止战争。智者们全都进入一座艾伊尔帐篷，森妮德和玛苏芮也跟她们进去了。她们不仅放下帐帘，还把帐帘系住了，她们不想被别人打扰。毫无疑问，她们讨论的主题是马希玛，也许是要商议该如何杀掉那个人，同时又不能让他和兰德知道。

佩林气恼地一拳砸在自己的手掌上，他的确是把马希玛给忘了，那家伙应该会在日落前就赶到这里，还有他的一百名卫兵。如果运气好的话，梅茵人的搜索队伍到那时也会回来，艾莱斯和其他人也会在那之后不久回来。

“佩林大人？”朱尔在他身后发出声音。佩林转过身，看见两名殉道使牵着马站在面前，带着不确定的神情玩弄着手中的马缰。朱尔深吸一口气，看到费戈向他点头示意，才继续说道：“我们可以利用神行术迅速到达很远的地方，如果我们找到掳走她的那队艾伊尔人，我相信，即使是几百名艾伊尔人也无法阻止两名殉道使将她抢回来。”

佩林立刻就想命令他们出发，却又闭上嘴。朱尔是名农夫，不是猎人，他不熟悉森林，费戈更是从小就生长在用石墙围住的城市里。他们也许能分辨出脚印和橡树根，但即使他们找到脚印，大概也很难搞清楚留下脚印的人是朝哪个方向去。当然，他可以跟他们一起去。对于搜寻踪迹，他也许不像乔丁那么擅长，但……他可以暂时离开，留下丹尼去对付格拉德，还有马希玛。还有那些智者们的阴谋……

“去收拾你们的行装吧。”他平静地说。巴尔沃在哪里？佩林看不见他，他应该不是跑去找菲儿了。“这里有可能需要你们。”

朱尔惊讶地眨眨眼，费戈的下巴垮了下来。佩林没有给他们争辩的机会，他大步走到那个系住帘子的矮帐篷前。从外面是无法解开帐帘的，如果智者们不想被别人打扰，就没有任何人能打扰他们，即使是部族首领也不行，更别说是一个顶着两河领主头衔的湿地蠢人了。他抽出腰带上的匕首，弯下腰要割开绳结。但还没等他将刀刃伸进帐帘的缝隙里，帐帘已经被拉起，仿佛有人从里面将它解开了一样。佩林直起身，等待着。

帐篷口敞开，奈瓦琳从里面走了出来，她将披巾系在腰间，除了她呼出的白气外，寒冷的天气仿佛对她没有任何影响。她的绿眼睛看见佩林手中的匕首，便双手一叉腰，让手腕上的镯子也发出一连串叮当的响声。她几乎可以说是骨瘦如柴，一头沙黄色的长发用叠起的黑色方巾拢在脑后，她比奈妮薇还高出一个拳头，但她总是让佩林想起奈妮薇。现在，她挡在了帐篷入口。

“你太冲动了，佩林·艾巴亚。”她清亮的声音显得相当平稳，但佩林却觉得这位智者正在考虑甩他一耳光，这点也和奈妮薇非常像。“不过我们可以理解你的心情。现在，你想做什么？”

“他们——”佩林话说到一半，不得不又咽了一口口水，“他们会如何对待她？”

“我不知道，佩林·艾巴亚。”她的脸上没有同情，也没有其他任何表情。在控制表情的能力上，艾伊尔人足以做两仪师的老师。“俘虏毁树者以外的湿地人本身就是违背传统的，而且传统现在也改变了，发生太多没必要的杀戮。许多人拒绝接受卡亚肯所公布的事实。一些人因为荒季而丢下枪矛，但他们也许会把那些人召集起来，让他们重拾武器；还有一些人离开了，去追寻他们所相信的人生意义。对于那些抛弃部族和氏族的人，我不知道他们还会奉行哪些传统，将要抛弃哪些传统。”当她说完这番话的时候，显露出的唯一表情就是一点厌恶，对于那些抛弃部族和氏族之人的厌恶。

“光明啊，你一定知道些什么！至少你可以猜测一下——”

“不要失去理智，”她厉声打断了佩林的话，“男人经常会这样，但我们现在需要你。我相信，如果我们必须将你捆绑起来，让你平静，那对其他湿地人来说不会有任何好处。去你的帐篷吧，如果你不能控制你的思想，就多喝点酒，直到你无法思考。不要在我们开会的时候打扰我们。”随后她就弯腰缩进帐篷，帐帘再次被拉下，抖动着，显然是又一次被系了起来。

佩林看着被封死的帐篷，用拇指摩擦着匕首刃，然后将匕首插回鞘内。如果他贸然闯进去，她们也许真的会像奈瓦琳刚才所说的那样去做，而且她们也不可能为他提供任何有用的讯息。佩林不相信智者们在这样的时刻还会继续保守什么秘密，至少不会是与援救菲儿有关的秘密。

山丘上变得平静了一些，大多数两河人都走了，剩下的仍然在警戒地观察着下方海丹人的营地。他们不停地在寒冷的雪地中跺着脚，但没有一个人说话。一直在忙碌的奉义徒们更是悄然无声。树林遮蔽了一部分海丹人和梅茵人的营地，但佩林能看见两个营地中都有人在向大车上装载物品。他并不打算撤下最后的这三分之一梅茵人。格拉德有可能是在制造假象让他麻痹，一个发出那种气味的人很可能会……失去理智。他又想起智者刚才所说的话。

现在山丘上已经没有需要他做的事情了，他向半里外他的帐篷走去，那是他和菲儿的帐篷。积雪缠住他的双腿，让他每迈一步都很困难。他裹紧斗篷，却感觉不到半分暖意。

两河人的营地显得相当混乱，大车仍然被围成一个圈子，来自多布兰宅邸的凯瑞安人正在向上装载各种物品，另外一些人在为马匹备鞍。在这么深的积雪中，车轮已经没有用了，所以它们都被绑在大车的侧面，车下装上一对对宽阔的木橇板。那些瘦小的凯瑞安人穿着厚实的衣服，每个人看上去仿佛肥壮了一倍。佩林走过的时候，他们完全没有多看他一眼，但每一名两河人在看到佩林时，都会停下来盯着他，直到有人催促他们继续完成手中的工作。佩林很高兴没有人对他说出任何安慰的话语。如果有谁这么做了，他怀疑自己会立刻精神崩溃，号啕大哭。这里似乎也没有需要他做的事情。他的大帐篷，他和菲儿的帐篷，已经被收起，和帐篷内的家具一同放在一辆大车上。贝瑟·吉尔正在走过一辆接一辆大车，手里拿着一张长长的清单。这位矮胖的旅店老板现在担任起沙巴扬的责任，打理菲儿和佩林的一切日常事务，就如同一只照顾自己储藏库的松鼠。但他毕竟是习惯了城市生活的人，为了抵抗现在的严寒，除了常规冬衣以外，他还在脖子上围了一条厚围巾，还戴上宽边大毡帽和厚厚的羊毛手套。不知为什么，贝瑟在看到佩林时哆嗦了一下，然后自言自语地说了几句还有许多车辆要检查之类的话，就以最快的速度逃走了。这可真奇怪。

佩林这时终于想到一件事。他急忙找到丹尼，命令让山丘顶上的人每个小时换一次班，确保每个人都吃得到热饭。

“先要照顾好部下和马匹，”一个苍老但相当有力的声音说道，“但你也必须照顾好你自己。锅里有热汤，还有面包，我又准备了一些烟熏火腿，一个填饱的肚子会让你看上去不那么像是一副要杀人的样子。”

“谢谢你，莉妮。”佩林答道。要杀人的样子？光明啊，他只是觉得自己像是个死人，而不是杀人犯。“我等一会儿再吃。”

菲儿的这位首席女仆看上去是个相当瘦弱的女人，她的皮肤像羊皮纸一样又薄又皱，一头白发在头顶上盘成一个发髻，但她的后背挺直，一双黑眼睛清澈而犀利。现在，她的额头上布满了忧虑的皱纹，双手紧拉着斗篷，流露出不自然的紧张。她当然是在担心菲儿，但……

“麦玎和她在一起。”佩林说道。他不需要看到莉妮点头。麦玎似乎总是和菲儿在一起，菲儿说麦玎是她的珍宝，而莉妮似乎认为那个女人是她的女儿。不过麦玎有时候似乎并不像莉妮一样喜欢她们两人之间的“母女关系”。“我会把她们救回来的，”佩林向她保证，“把她们全救回来。”他的声音几乎是嘶哑的。“去做你的工作吧，”他快速而粗鲁地说道，“我过一会儿再去吃饭，我必须……必须……”他没说完就大步走开了。他在这里没什么事情可做。现在他也无法思考任何事，除了菲儿。他根本不知道自己正走向哪儿，直到他的双脚带他离开了大车环。

在距离马匹队列一百步远的地方，一座低矮的岩石山脊在雪地中露出一线黑色的岩顶。在那里，他能看到艾莱斯和其他人留下的足迹，他还能看见他们回来。

还没等他登上那道山脊，他的鼻子就已经告诉他，这里并非只有他一个人，而且他知道那个人是谁。那个人显然对身后的情况没有任何警戒，因为直到佩林踢着积雪走上山脊时，他才从蹲踞的姿势突然跃起。塔兰沃戴着铁手套的手握住他的长剑剑柄，用不确定的眼神看着佩林。他是一个经历过风浪的高个儿男子，具有很强的自信心。也许他打算向佩林辩解，为什么当菲儿出事时他没有保护好她。实际上，菲儿拒绝了这名军人随同保护的要求，她拒绝所有保镖，只有贝恩和齐亚得除外。不过菲儿从没将她们当成是自己的保镖。或者也许他只是以为佩林会派他到下面去做事，这样佩林就可以一个人待在这里了。佩林竭力让自己的表情显得不那么……莉妮是怎么说的？像是要杀人的样子。塔兰沃爱着麦玎，如果菲儿的怀疑是正确的，他们很快就会结婚了，他当然有权力在这里等待。

他们站在山脊上，直到暮色西垂。大雪皑皑的森林中没有任何动静，黑暗悄无声息地到来了，甚至连马希玛也没出现。不过佩林根本无心去想马希玛。接近全满的月亮在雪地上洒下一片白光，让这个夜晚如同最明亮的满月之夜。随后，被冷风吹来的乌云又将月亮遮蔽，黑影覆盖大地，愈来愈浓重。雪花开始簌簌落下，很快地，一切踪迹都将被雪覆盖。在冰冷的寂静中，那两个男人站在山脊上，看着充塞天地的大雪，等待着，希望着。

第3章

传　统

在被俘的第一个小时后，菲儿疲惫地在积雪的森林中行走着，开始担心自己会被冻僵。凛冽的寒风时起时歇，树枝上已经很难看到一片枯叶，所以风可以不受阻碍地在树木间穿行，而即使是最微弱的气流，也如同冰针般刺在她的皮肤上。佩林几乎无法进入她的意识，她偶尔想起他，也只是希望他能知道马希玛的秘密交易；当然，还有沙度艾伊尔的存在。就算是只有那个淫荡的贝丽兰逃出去，能够将讯息带给佩林，也是好的。她衷心希望贝丽兰能够逃出这场伏击，把一切都告诉佩林，然后再掉进一个雪窟窿里，把脖子摔断。但她有比丈夫更急迫的问题需要思考。

这样的天气在沙戴亚只能算是秋天，但沙戴亚的秋天也是会冻死人的。现在，她全身只剩下了一双深色羊毛长袜，一只被用来将她的双手紧紧捆在背后，另一只被当成套索拴在她的脖子上。在这样的天气里全身赤裸，再多勇敢的言辞也没有任何用处，寒冷让她不会出汗，但她的双腿很快就因为拼命奔跑而酸痛不已。那些戴着黑色面罩的沙度男人和枪姬众，只有在积雪齐膝时才会放慢速度，如果积雪只是没过脚踝，他们立刻又会开始持续不断地奔跑。他们仿佛从不知道疲惫，就连马匹也不可能比他们的速度更快。她颤抖着，被套索拉着竭力奔跑，一边拼命紧咬着牙关，不让牙齿发出碰撞的声音，一边还要尽可能地吸入更多的空气。

沙度人的实际数量比她遭到攻击时所估计的要少，她相信他们不会超过一百五十人。现在他们全都手持短矛或角弓，做好战斗准备，任何人都不可能对他们发动突袭。他们永远都保持着高度警戒，像幽灵般在树林中穿行，只有当他们的齐膝软皮靴踏在雪地上时，才发出很轻微的声音。不过，他们绿色、灰色和褐色的衣服在白色的雪地上相当容易辨识。贝恩和齐亚得告诉过她，绿色是在艾伊尔人越过龙墙后才添加在凯丁瑟上面的，这样能增加他们在绿色环境中的隐蔽能力。为什么这些人没有在冬天降雪时穿上白色的凯丁瑟？现在，任何人从很远的地方就能发现他们。她竭力仔细观察跑过的地方，尽量记住一切细微的环境特点，以备她们逃跑时可以用到。她希望其他被俘的人也在这么做。佩林一定会来找她，但她绝不期望自己能得到外力的救援。等待援救的人可能会等上一辈子。而且，她们需要尽快逃脱，如果这一队艾伊尔人和他们的大队会合，她们逃出的希望就更加渺茫了。现在她还没想到逃跑的办法，但一定会有办法的。她们唯一能指望的好运，是这些艾伊尔人要在几天后才能和他们的主队会合。阿玛迪西亚的这一部分非常混乱，但如果有成千上万的沙度人就在附近，她是不可能得不到任何情报的。

她曾经想回头去看看那些和她一起被俘的人，但这样做唯一的结果就是她一头栽倒在雪地里。她的身体半埋在雪中，突如其来的寒冷让她惊呼一声。而当那个拉着她的大个子沙度人把她揪起来时，她又不由得喊了一声痛。这个叫鲁蓝的家伙肩膀像佩林一样宽，而且比佩林足足高出一个头。他抓住菲儿的头发，一把就将她提起来，又朝她赤裸的臀部狠狠掴了一掌，便继续迈开大步向前跑去，迫使菲儿不得不紧跟在他身后。他的一掌足以让一头骡子狂奔起来。尽管她一丝不挂，但鲁蓝的蓝眼睛里没有任何男人在看女人时会有的那种神色，菲儿对此感到欣慰，却又有些不甘……她当然不想让这个男人用充满色欲的眼神盯着她，甚至不希望看到他对她有丝毫兴趣，但那种冷漠的眼神对她简直是一种侮辱！在那以后，菲儿努力让自己不再摔跤，但连续几个小时毫无停顿的奔跑，让菲儿觉得即使是简单的站立，也变得愈来愈困难了。

一开始，她还在担心自己身体的哪个部分会先被冻僵，但随着太阳从东方移动到西方，在没有尽头的奔跑中，她逐渐只能将注意力集中在自己的双脚上。幸好鲁蓝和前面的那些人为她踩出了一点道路，但坚硬的积雪如同刀刃般划伤了她的脚底，她的脚印上开始出现红色的痕迹。更加可怕的还是寒冷本身。她以前见到过被冻伤的手脚，再过多久，她的脚趾就会变成黑色？她吃力地在抬起脚的时候活动着脚趾，并尽可能地活动手指。手指和脚趾是最危险的，但她身上任何一处暴露的皮肤都有被冻伤的可能。对于她的脸和身体其余的部分，她只能托付给自己的运气了。活动脚趾带来了疼痛，当牵动脚底的伤口时，疼痛也变得更加剧烈。但任何感觉都比没有感觉来得好，如果感觉消失，那么她的身体就不会有多少剩余时间了。活动，奔跑，活动，奔跑，这些事情充满她的神智。她用颤抖的双腿坚持移动，努力保持自己的手脚不被冻僵，她要一直动下去。

突然间，她撞在鲁蓝的身上，又被他宽阔的胸膛弹了回去。她喘息着，感到晕眩。所有艾伊尔人都已经停住脚步，有几个人已经转过身，其他人则分别监视着所有其他方向。他们紧握武器，仿佛已经预料到一场即将来临的攻击。菲儿刚刚观察到这些情况时，鲁蓝已经再一次揪住她的头发，并弯下腰，拉起她的一条腿，查看她的脚足。光明啊，这家伙真的把她当成是一头骡子了！

鲁蓝放开她的头发和脚，又伸手环抱住她的双腿。菲儿感到一番天旋地转，她被鲁蓝扛到肩膀上，脑袋正好垂在他背后的角弓匣旁边。然后鲁蓝还随意地将她在肩头掂了几下，好找到一个合适的位置。菲儿感到无比愤怒，但她很快就把这股怒气压了下去。现在不是生气的时候，关键是她的脚离开了雪地，而且她现在终于能顺畅地呼吸了。但那个沙度人在这么做的时候至少应该先警告她一下。

她努力抬起头，这样就能看见她的同伴了，发现所有同伴都还在，她不由得松了一口气。虽然她们都是俘虏，赤身裸体，但她相信，如果现在她们被丢下，那就只能变成雪地中的一具死尸了。她们都被用长袜或碎布条套住脖子，大部分都被反绑住双手。雅莲德已经不再弯着身子试图遮掩自己的裸体了，更加重要的事情取代了海丹女王的威仪。她喘息着，颤抖着，如果牵着她的那个艾伊尔人在蹲下检查她的脚底时没撑住她的手臂，她可能会立刻瘫倒在地上。因为那名艾伊尔人蹲在地上，菲儿看不出他有多么高大，但他的肩膀也几乎像鲁蓝一样宽。冷风将雅莲德的黑发吹到脑后，她的面孔显得相当憔悴。在她身后，麦玎的情况也一样糟糕，她大口喘着气，金红色的头发乱得如同鸟窝，一双蓝眼睛茫然地盯着前方，但她还是努力站直身体，没有去倚靠那个正在检查她脚底的瘦削枪姬众。菲儿的这名女仆似乎比雅莲德更像是一位女王，一位凌乱不堪的女王。

与之相比，贝恩和齐亚得的状况似乎并不比那些沙度人更差，只是齐亚得的脸颊因被俘虏时的沉重一击而肿胀起来，有些泛黄；贝恩火红色短发上的黑色血迹一直延伸到她的脸颊上，不过现在已经冻住了。但那很糟糕，也许她会因此留下瘢痕。不管怎样,那两名枪姬众的呼吸并不急促,她们甚至没有抬起脚接受检查。在俘虏之中,只有她们两个没有被绑住双手——艾伊尔人的传统比绑缚更加有力。她们平静地接受了命运,将成为奉义徒,侍奉俘虏她们的人一年又一天。贝恩和齐亚得在她们逃跑时也许会帮上一些忙,但她们自己肯定不会试图逃走。

最后两名俘虏是莱茜尔和爱瑞拉,她们努力让自己表现得和那两名枪姬众一样,当然,她们没成功。一名高个儿艾伊尔人轻松地将娇小的莱茜尔夹在胳膊下面,以便检查她的脚底,她白皙的脸颊红得像火炭一样。爱瑞拉的个子相当高,但看押她的两名枪姬众比菲儿还要高,她们处置起那名提尔人就像处置玩具一样简单。当她们查看爱瑞拉的时候,她深色皮肤的面孔立刻显出一阵怒容。不过,也许她生气是因为看不懂枪姬众十指灵动的手语。菲儿希望至少她现在不要惹出什么麻烦。刹菲儿之中的所有人都在竭力效仿艾伊尔人,按照他们想象中艾伊尔人的生活方式生活。爱瑞拉非常想成为一名枪姬众,但苏琳她们拒绝传授她手语,这总是让她愤愤不平。如果她知道贝恩和齐亚得曾经教过菲儿一点手语,那她一定会更加气恼。菲儿不能完全看懂那两名枪姬众的手语,但至少可以分辨其中一些。她们认为湿地人的脚很软,这全都是因为他们太娇生惯养、太软弱。如果爱瑞拉知道她们交谈的内容,一定会气炸了。

不过菲儿不必为爱瑞拉担心,虽然当一名枪姬众将她扛在肩上时,她的确露出一副极不情愿的样子。扛起她的枪姬众还假装做了一个摔跤的姿势,然后用另一只手朝她的同伴比划了一下,她的同伴立刻在面罩后方爆发出一阵笑声。这差点让爱瑞拉怒不可遏。但是当她看到贝恩和齐亚得柔顺地匍匐在艾伊尔人的肩上时,她终于也闷闷不乐地垂下了头。莱茜尔在被身边的大汉甩上肩头时尖叫了一声,在那之后,她就彻底沉默了,只是面孔仍然红得可怕。她们对艾伊尔人的效仿反而帮了菲儿一个大忙。

菲儿本来以为雅莲德和麦玎绝对不会制造任何麻烦,但她们的情况却和两名刹菲儿截然不同。当她们意识到要发生什么事,立刻就开始拼命地挣扎起来。这两个女人全身赤裸,筋疲力尽,臂肘以下的部分还被紧紧地反绑在身后,她们当然不可能进行任何有效的反抗,但她们还是扭动着身体,喊叫着,胡乱踢蹬着所有靠近她们的人。麦玎甚至狠狠咬住一个缺乏警戒的艾伊尔人的手,结果被他一抬手,像一条咬人的大狗一样被提了起来。

“安静,你们两个傻瓜!”菲儿对她们喝道,“雅莲德! 麦玎! 服从他们的安排! 听我的命令!”无论是她的女仆还是她的属臣都根本没在意她的话。麦玎吼叫着,像一头叼住猎物的狮子。雅莲德已经被按倒在地,却仍然嚎叫着,用力踢蹬。菲儿只好再次高声发出命令。

“那些奉义徒会安静的。”鲁蓝嘟囔着，重重地拍了一下她的屁股。

菲儿咬紧牙关，压低嗓音骂了一句，这让她换来一次用力的拍打！那个家伙已经把她的匕首插进他的腰带，如果她能伸手够到……不，现在必须忍耐，她一定能忍过去。她要逃走，而不是做出任何无意义的举动。

麦玎的抗争比雅莲德持续得更久一点，最后，两名身材魁梧的男人终于把她的下巴从同伴的手上掰了下来。让菲儿感到惊讶的是，那名被咬的艾伊尔人并没有殴打麦玎，他只是甩掉手上的血，然后笑了！但麦玎并未因此而得救。菲儿的女仆被面朝下地扔到女王身边的雪地里，还没等她们喘上一口气，在冰冷的雪地上扑腾两下，已经有一名沙度男人和一名枪姬众从周围的树丛中走出来，手里各拿着一把用他们的长匕首削来的长树枝。两个女人的肩胛骨中间各被踏上一只脚，又分别有一只手拉起她们被捆住的双臂。随后，她们白嫩的屁股上就爆出了一条条红色的鞭伤。

一开始，两个女人还在继续抗争着，虽然被用力踏住，但还是勉强扭动着身子，当然，现在她们的挣扎更加没有意义了。实际上，她们只能疯狂地晃头，甩动双手，除此以外，她们的上半身几乎完全不能动。雅莲德一直在尖叫着说他们不能这样做，一名女王当然不应该受到这种待遇，但在这种状况下还要坚持这点就有些太愚蠢了。那些沙度人显然能这样做，而且他们正在这样做。

令人惊讶的是，麦玎尖叫的音量一点也不比雅莲德小。看她的样子，任何人都会以为她是一名贵族，而不是一名女仆。菲儿知道，莉妮肯定用鞭子抽过麦玎，而且麦玎肯定不曾这样反抗过。不管怎样，这种反抗对这两个女人没有半点好处。这种有条不紊的鞭打持续很久，直到她们只能语无伦次地号叫，双腿不停抽搐后还没有停歇。当她们像其他俘虏一样被扛上肩头时，她们只能低垂着头痛哭流涕，再也不会做任何挣扎了。

菲儿对她们没有任何同情，在她看来，这两个傻瓜遭受的每一鞭都不冤枉。除了冻伤和脚上的割伤外，她们这样赤裸身体在野外滞留的时间愈久，她们能活着逃出去的可能性就愈小。沙度人一定会把她们带到某个可以躲避风寒的地方去，而雅莲德和麦玎的行为将让她们到达那里的时间迟误很久，也许她们只是被鞭打了一刻钟多一点，但现在生与死的界限可能还不到几分钟。如果到了歇宿的地方，生起火来，即使是艾伊尔人也一定会稍稍放松警戒。她们这样被扛着前进，就可以得到休息，恢复体力。只有这样，当机会来临时，她们才能及时把握住。

沙度人带着他们的俘虏，再次出发了。虽然扛着人，他们的脚步却丝毫不比刚才更慢，实际上，菲儿甚至觉得他们跑得更快了。硬皮弓匣不停撞着菲儿的肋骨，她感到一阵阵头晕，鲁蓝每迈出一大步，都会让她的胃翻腾一下。她只能努力寻找一个位置，让自己不至于被撞得那么狠。“别动，否则你就要掉下去了。”鲁蓝一边低声说着，一边拍着她的屁股，就好像在拍抚一匹受惊的小马。

菲儿抬起头，紧皱双眉朝后方的雅莲德望去。她看不到海丹女王的脸，只能看见交错的鞭痕从女王的屁股一直延伸到整个大腿。如果能在这个将她像口袋一样来回甩搭的大个子身上狠狠咬一口，也许就算是耽误一点时间，被抽上几鞭子也是值得的。但她不会咬他的手，而是要一口咬在他的喉咙上。这个想法很有勇气，但也很糟糕，愚蠢透顶。虽然是被别人扛着，但她知道，自己还是要继续与寒冷抗争。而且她逐渐意识到，这种被扛着的情形可能比刚才更糟。在奔跑时，至少她还必须努力让自己保持直立的姿势，保持清醒。但是随着夜色逐渐浓重，黑暗降临，鲁蓝的这种摇动却仿佛起了某种催眠作用。不，是寒冷正在麻痹她的意识，让她的血液逐渐凝固。她必须奋力反抗，否则她就只有一死。

她开始有规律地活动双手和被绑住的手臂。绷紧双腿，再放松；绷紧，再放松，迫使肌肉中的血液流动。她想到了佩林，开始替佩林思考该如何对付马希玛，以及如果佩林不肯听从她的时候，她又该如何劝说他。她开始思考，如果佩林知道她利用刹菲儿作为间谍，她又该如何处理他们之间将会爆发的争吵，她该如何转移他的愤怒。将丈夫的怒火引导至正确的方向，这是女人必须掌握的一种技巧，而传授她这个技巧的正是此道中的一名大师——她的母亲。那一定会是一场精彩的争吵，然后又会是一场美丽的和解。

想到与他和解，让菲儿忘记要活动肌肉，所以，她只好把注意力集中在争吵上，集中在各种计划上。但寒冷让她的思维渐渐迟钝，她的思路开始紊乱，让她不得不甩甩头，再从头想起。这时鲁蓝对她的训斥也帮助了她，让她能集中精神，保持清醒，即使是他拍在她屁股上的巴掌也是有用的。虽然她痛恨承认这一点，但每次她都会被这样的巴掌从渐渐昏迷的状态中抽醒。过了一会儿，她开始更频繁地挪动身体，挣扎到几乎要从鲁蓝的肩头掉落的程度，这都是为了能让鲁蓝多打她几下。只要能保持清醒，无论做什么都是有必要的。她不知道已经过去了多久，但她的扭动和挣扎开始变得愈来愈无力，直到鲁蓝不再训斥她，更不抽她巴掌了。光明啊，她真希望那家伙能像敲鼓一样敲打她！

*光明在上，我为什么会想要这种事？*她模糊地思考着。一个绝望而渺茫的意识在告诉她，她在这场战斗中打败了。黑夜似乎比任何时候都更黑，她甚至看不到雪地上的月光，但她能感觉到自己的滑落，滑得愈来愈快，朝向一个无底

深渊。她无声地咆哮着，陷入了昏迷。

梦境随之而来。她正坐在佩林的膝头，他的手臂紧紧围绕着她，让她几乎无法移动。在她面前，炽烈的火焰在一座巨大的岩石火炉中吼叫着。他卷曲的胡须刮蹭着她的脸颊，他捏着她的耳朵，让她感觉疼痛。突然间，一阵强风吹进房间，将熊熊炉火如同烛焰般吹熄。佩林变成一阵青烟，随风消散。在痛苦的黑暗中，她与那股风争斗，但风将她吹起，让她翻了一个又一个筋斗，直到她晕眩得无法分辨上下。她孤身一人，滚进没有尽头的冰冷黑暗，知道自己再也无法找到他了。

她跑过一片冰冻的原野，挣扎着走过一个又一个雪堆，栽倒在地，又挣扎着爬起来，惶恐地奔跑。冰柱从干枯的树枝上垂挂下来，将她包围，锯齿般的寒风从没有树叶的森林中吹过。佩林非常愤怒，她不得不离开，她无法回忆起那场争吵的细节，她不知道自己怎么会将自己美丽的狼推入那团怒火，让他彻底失去理智。但佩林并没有失去理智，他正要将她放在膝头，就像他以前所做的那样。那是很久以前的事了。为什么她要逃开？他们会和解。她当然会让他为他的鲁莽付出代价，肯定有那么一两次，她用抛出的碗和锅子让他流了一点血。她当然不是真的要伤害他，她也知道，他绝不会真的伤害她。但她也知道，她必须跑，必须前进，否则她就会死。

如果他捉住我，她无力地想着，*至少我的一部分会暖和过来*。这个想法让她笑了起来，直到死白色的大地在她周围旋转。她知道，自己很快就会死了。

巨大的篝火俯视着她，高山一样的原木柴堆喷吐着白色的烈火。她赤身裸体，非常非常冷，无论她多么靠近那个火堆，都无法感到暖意。她的骨头冻成了冰，她的皮肉只要轻轻一碰就会变成碎片。她向火堆越靠越近，烈火的灼热让她瑟缩，但严寒仍然充斥在她的皮肤里。越靠越近。哦，光明啊，真热，太热了！但里面为什么还是那样冷？再靠近一点，她开始在烈焰的炙烤中尖叫，但她还是那么冷。再靠近一点。她正在死亡。她尖叫着，但得到的只有死寂和寒冷。

这里是白天，但浅灰色的云团遮蔽了天空。大雪一团团落下，如同大片的羽毛在风中旋转，飞过树梢。风并不猛烈，但不停地用冰冷的舌头舔她。树枝上立起一道道白色的山脊，但很快又随着折断的树枝在风中飘散。大地上的雪愈积愈厚。饥饿的感觉用钝而有力的牙齿咬啮着她的胃。一个瘦骨嶙峋的人，非常非常高，用白色的羊毛兜帽遮住面孔，他正将某个东西塞进菲儿的嘴里，那是一只大陶杯的边缘。他的眼睛绿得令人吃惊，如同一对翡翠，而那对翡翠周围是许多皱缩的瘢痕。他正和她一起跪在一张褐色的大羊毛毯上，另一条灰色条纹的毯子裹住了她赤裸的身躯。热茶和蜂蜜的味道裹住了她的舌头，她用虚弱的双手捉住那个人强有力的手腕，惟恐他将那只杯子拿走。她的牙齿战栗着，敲击着杯子，但她已经开始贪婪地大口吞下杯中浓稠暖烫的液体了。

“别喝太快，你现在还不能一下子喝太多。”那个绿眼睛的男人温柔地说道。如此刚强的一张面孔，如此强有力的声音，竟然会配合着这么轻柔的语调，这又让菲儿吃了一惊。“他们侵犯了你的荣誉。但既然你是一名湿地人，也许这对你来说不算什么。”

菲儿渐渐开始明白，这不是一个梦。思维如同迷离的魅影，一点点出现，如果她想要紧捉住它们，它们就会从她的指缝间溜走。这个穿白袍的家伙就是奉义徒了。她的套索和绑缚都已经被除去。那个人将手从她的十指中挣脱开来，他这么做只是为了从肩头的一只皮水囊中再向陶杯里倒进一些褐色的茶水。白色的蒸汽和馥郁的茶香从杯中飘散出来。

她的全身开始剧烈地颤抖，让她差点栽倒在地。她抓住厚实的条纹毯子，紧紧裹住自己的身体。剧烈的疼痛从脚底传来，无论她如何努力，也不可能站得起来。而她也不想站起来，只有保持这种蜷缩的姿势，这条毯子才能包裹住她全身除了双脚之外的所有地方。如果站起来，双腿就会露在外面，甚至其他更多的部位也会暴露出来。当然，现在她想到的只有热量，没有仪容，现在这两样东西她都少得可怜。饥饿仍然在咬着她的胃，而且它的牙齿变得更加锋利了。她无法让自己不颤抖，她觉得体内出奇的冷，茶水的热量早已经消耗殆尽。她的肌肉仿佛是被放了一个星期又被冻结的布丁。她想要去看看那只杯子里还剩多少茶水，但她还是命令自己先要找到同伴。

她们在她身边排成了一线：麦玎、雅莲德，还有其他所有人。她们全都跪在毯子上，用带着雪花的毯子紧裹住身体，不住地颤抖着。每个人面前都有一名奉义徒，肩头背着一只鼓起的水囊，手中拿着杯子。就连贝恩和齐亚得也像就要渴死的人一样拼命地喝着茶，贝恩脸上的血污已经被清洗掉了，但两名枪姬众已经和刚才大不相同了，现在她们就像其他人一样疲惫而虚弱。从雅莲德到莱茜尔，按照佩林的说法，她们全都好像被从树洞里硬拉出来一样。但她们全都活着，这才是最重要的，只有活着，才能逃出去。

鲁蓝和另一些持枪矛者聚在她们这一排俘虏的一端，显然是在看守她们，所有的看守者一共是五个男人和三个女人。大雪几乎没过三名枪姬众的膝盖，现在他们的黑色围巾只是垂在胸前，他们以漠然的目光看着这些俘虏和奉义徒。片刻之间，菲儿紧皱眉头看着他们，竭力想要捉住一个从脑海中飞快掠过的念头。其他人去了哪里？如果其他人因某种原因离开，那么逃跑就会容易得多。但从脑海中跳出的念头并不止这一个，还有另一个她琢磨不出的神秘问题。

突然间，远处传来了动静，问题和答案同时出现在菲儿眼前。这些奉义徒是从哪里来的？在大约一百步远的地方，虽然有树木和雪花遮挡，菲儿还是能看见一支由人群、牲畜和车辆组成的队伍正在向前行进。那不是一支队伍，而是一片艾伊尔人的洪潮，她要对付的不再是一百五十名沙度艾伊尔，而是整个沙度部族。这样巨大的一个群体在一两天内就通过了阿比拉，却没引起任何人的警觉，虽然现在这里已经彻底陷入无政府状态，但这仍然应该是不可能的。而菲儿现在正亲眼见证着这一幕，她的心沉了下去。也许逃跑并不比沙度人刚刚完成的行动更困难，但她没有半点自信。

"他们怎么能那样冒犯我?"她带着痉挛的语音问道，然后又急忙闭上嘴，以免自己再胡乱说出任何话。当奉义徒再次将杯子举到她面前时，她才迫不及待地张开嘴，大口吞下杯中那宝贵的热量。她呛了一口，不得不强迫自己放慢速度。茶水中放了太多蜂蜜，如果换作别的时候，她一定喝不下这么甜腻的饮料。现在，这些蜂蜜刚好可以稍稍缓解她的饥饿。

"你们湿地人什么都不知道，"那名面带伤疤的男人不以为然地说，"奉义徒在得到该穿的衣服之前，是不能穿任何衣服的，但他们害怕你们会被冻死，所以只能用他们的外衣把你们裹起来，你们的软弱令你们蒙羞。不过，湿地人是没有羞耻可言的。鲁蓝和其他许多人都是幂拉丁，不过艾法琳她们应该更明白一些事理。艾法琳不该允许他们这样做的。"

羞耻？倒不如说是愤怒。菲儿舍不得让嘴唇离开那只杯子。她只是转过眼珠，狠狠瞪着那个把她像一袋谷子般扛在肩头，又打了她无数下屁股的巨人。她依稀记得自己似乎很欢迎那样的抽打，但这当然是不可能的，这绝不可能！鲁蓝看起来根本不像是刚刚扛着一个人跑了一天一夜的样子，他带着白气的呼吸显得相当悠闲。幂拉丁？菲儿记得这个词在古语中是无兄无弟的意思，这并没有提供她任何有价值的讯息，但她注意到奉义徒在说出这个词时语气中的轻蔑。她必须问问贝恩和齐亚得，希望这不是那种不能告诉湿地人的艾伊尔秘密。当谈及这种秘密时，即使是艾伊尔人的湿地密友也不会得到任何答案。而现在，所有讯息都有可能帮助她逃出这里。

按照奉义徒的说法，她们曾经被这些沙度人用衣服包裹起来，以免被冻死？当然，如果不是这些沙度人的出现，她们根本就不会遭遇任何危险，但他们毕竟还是救了她。这当然只是一个很小的恩情，不过因为这件事，她也许只会割掉鲁蓝的耳朵，而处在成千上万的沙度人中间，她似乎根本就没这样的机会。这些沙度人也许有几十万，其中持枪矛者至少有好几万。愤怒和绝望让她近乎疯狂。她会逃出去的，她们全都会逃出去，而且她还会带走那个家伙的耳朵！

“我要让鲁蓝付出应有的代价。”她嘟囔着。而奉义徒已经取走杯子，再次将它倒满，同时，他眯起绿色的眼睛，带着怀疑的神情看着菲儿。菲儿急忙说道：“就像你说的，我是一名湿地人，我们大多数都是。我们不奉行节义。根据你们的习俗，我们这些不奉行节义的人根本不该成为奉义徒，难道不是吗？”那张刀疤脸上的表情并没有改变，只是有一侧的眼皮抽动了一下。一个模糊的意识警告着菲儿，这样做太冒险了。菲儿不知道结果会怎样，但被寒冷冻结的神智已经无法管住她的舌头了：“如果沙度人打算同样打破别的传统，结果又会怎样？当你作为奉义徒的时间结束时，他们也许不会放你们走。”

“沙度打破了许多传统，”那名奉义徒冷淡地对菲儿说，“但我不会打破传统，我还有超过半年时间要身穿白袍，在那之前，我会继续按照传统去做。既然你已经能说这么多话了，也许你已经不需要再喝茶了？”

菲儿伸出双手，笨拙地从他手中抢过茶杯。奉义徒挑了一下双眉，菲儿急忙用一只手捉住身上的毯子。她感到一阵脸颊发热。他当然是在看一个女人。光明啊，她冒失得就像一头瞎眼的公牛！她必须思考，必须集中精神。她的大脑是她唯一的武器，然而此时此刻，她的脑子却像一块冻住的奶酪。她用力喝着热茶，竭力思考着被成千上万艾伊尔人包围的自己能具有什么样的优势。但她什么都想不到。

第4章

出　价

“我们找到了什么？”一个严厉的女性声音响起。菲儿抬起头，愣了一下，热茶暂时从她的意识中溜走了。两名艾伊尔女子从盘旋的雪花中走出来，中间还跟着一名个子矮了许多的奉义徒。艾伊尔女人每迈出一步，小腿都会插入厚厚的积雪中，但她们仍然迈着有力的大步。而奉义徒则一步一跌，挣扎着跟在后面，一名艾伊尔女人用一只手抓着她的肩膀，才让她不至于被落下。这三个人中间的任何一位都足以让菲儿感到惊讶。那名穿白衣的女子一直温顺地低着头，双手收在宽大的袖子里，和任何一名奉义徒毫无差别，但她的白袍却闪烁着丝绸的光彩。奉义徒禁止佩戴任何饰物，一条工艺精湛的嵌火滴石黄金宽腰带却围在她的腰上，一个款式相同的项圈从她的兜帽里露出来，几乎完全裹住她的脖颈。除了王室成员，很少有人佩戴如此贵重的珠宝。但菲儿的目光只是简单地扫过这名奉义徒，更让她感到怪异的还是那两名艾伊尔女人。她能看出来，她们是智者，她们在举手投足间充满了威严，只有习惯发号施令的人才会这样，而她们的外表是最令菲儿吃惊的。那名拉着奉义徒的女人长相好似一只鹰，一双蓝眼睛里的目光犀利无比，她的头顶上围着一条深灰色披巾。像大多数艾伊尔人一样，她的身高足足超过六尺，她的同伴甚至比佩林还要高出至少半个拳头！不过她的身材一点也不健壮，沙黄色的头发从她的头顶一直垂到腰际，用一条宽大的黑色手绢束在脑后。她将棕色的披巾披在肩头，白色衬衫在胸前敞开，露出很大一片胸部。在这种天气里穿着如此暴露，她怎么可能不被冻僵？她脖子上那些沉重的象牙和黄金项链一定像冰一样冷！

她们来到跪在地上的囚犯面前，那名面孔如鹰的女人不以为然地朝那些捉住她们的沙度人皱了皱眉，然后做了一个解散的手势。不知为什么，她的另一只手仍然紧抓着那名奉义徒的肩膀。三名枪姬众立刻转身向沙度人的大队跑去。一名沙度男人也跑走了，但鲁蓝和其他人在离开前又互相交换了一个冰冷的眼神。也许这其中有某种含意，也许毫无意义。菲儿突然明白了，一个陷入漩涡的人在绝望地捉住最后一根稻草时是怎样的心情。

“我们只是让瑟瓦娜得到更多奉义徒。”那个身高远超过正常人的女人以颇有兴致的语气说道。大概会有人认为她刚强的面孔相当漂亮，和其他智者相比，她也的确算是温柔的了。“除非全世界的人都成为瑟瓦娜的奉义徒，否则她永远也不会满意的。不过我对此并不反对，赛莱维。”她说完又笑了一声。

鹰眼的智者没有丝毫笑容，她的脸简直像石头般坚硬，她的声音也是一样：“瑟瓦娜已经有太多奉义徒了，莎莫林，我们不该带着那么多奉义徒。现在我们应该全速疾奔，而他们却让我们只能爬行。”她一边说，一边用钢针般的目光扫视那些跪着的俘虏。

当那道目光落在菲儿身上时，她打了个哆嗦，急忙将脸埋在杯子里。她以前并没见过赛莱维，但光是赛莱维这道目光就让她明白，这个人会不遗余力彻底粉碎针对她的一切挑战，而且她一眼就能看出任何敢向她挑战的人。即使这样的人只是宫廷中一个愚蠢的贵族，也已经相当难缠了。现在菲儿最害怕的就是这个赛莱维对她产生任何兴趣，这会让她的逃跑难上加难。菲儿从眼角偷瞥着赛莱维，就好像在监视一条斑点蝰蛇，而这条蛇正盘卷身体，高高立起在她面前，鳞片在太阳下闪烁着耀眼的光芒。

*要驯服，菲儿想，我驯服地跪在这里，脑子里没有任何念头，只想喝茶。不要再看我了，你这个冰块眼珠的巫婆。*她希望其他伙伴也能像她一样。

雅莲德却打破了她的希望，她想要用肿胀的双脚站起来，踉跄了一下，又颤抖着跪到毯子上，即使是这样，她仍然在不断飘落的雪花中挺直身体，高昂起头。红条纹毯子裹住她赤裸的身体，仿佛是一条丝绸绶带围绕在她穿着庄严礼服的身躯上，虽然双腿裸露，长发散乱，但她仍然显示出相当的傲慢神情。

“我是雅莲德·麦瑞萨·基加林，海丹女王，”她大声宣布，那样子像极了一位女王正在训斥无赖地痞，“你们必须对我和我的同伴以礼相待，并严厉惩罚那些粗暴对待我们的人，这才是明智的行为。你们可以从我们身上得到大笔赎金，那将是远超过你们想象的巨款。我们可以宽恕你们的罪行。我的君主和我要求得到良好的食宿招待，并尽快安排我们回去。当然，还有她的女仆也要得到招待。她们不必得到和我们相同的款待，但也不能受到任何伤害，即使你们对我的君主的仆人稍有虐待，我也绝不会付出一枚金币的赎金。”

菲儿差点呻吟出来。这个白痴以为俘虏他们的人只是一群强盗吗？但她已经没时间呻吟了。

“这是真的吗？盖琳娜，她是一名湿地人的女王？”另一个女人从俘虏背后策马而出，她胯下的黑色高骟马在雪地上迈着轻盈的脚步，菲儿认为她应该是艾伊尔人，却无法确定。骑在马背上的人很难判断身高，但她看上去绝对不比菲儿矮，而且她有一双绿色的眼睛和被太阳晒成褐色的面孔，但……她宽大的黑色裙子乍看很像是艾伊尔风格的裙装，为了方便骑马才被剪裁分开，而且显然是用丝绸做成的。她的乳白色外衫也是丝绸的，在裙摆下面露出一双红色的靴子；用来束住她金色长发的是一块红色的锦缎，还有一只拇指粗细、镶嵌着火滴石的黄金束发环。和露出大片胸部的莎莫林相反，她的胸口快要被大珍珠、翡翠、蓝宝石和红宝石项链盖满了，她的手镯从手腕几乎一直戴到臂肘，而且比那两名智者的手镯更加华贵得多。艾伊尔人不该戴戒指，但她的每根手指上都闪耀着宝石的光泽。她的肩膀上并没有深色的披巾，而是一袭亮红色的斗篷，斗篷边缘还用金线绣着大量繁复的花纹，镶嵌着白色皮毛，在她背后随风飘摆。不过，她骑在马背上的姿势就像任何艾伊尔人那样笨拙。“而且这个女王还有一个……”她的舌头绊了一下，“君主？就是说，有一个人得到了女王的宣誓效忠？那可真是个强大的人。回答我，盖琳娜！”

那名穿着丝绸长袍的奉义徒缩起肩膀，带着谄媚的笑容开始回答：“如果一个人能得到女王的宣誓效忠，那她肯定是非常强大的，瑟瓦娜，我从未听过这样的事。但我相信她确实是雅莲德，我在多年以前曾见过她，那时她还是个女孩，现在，她已经加冕成为海丹女王。我不知道她为什么会来阿玛迪西亚。那些白袍众或罗德蓝王如果发现了她，一定会立刻将她捉住——”

“够了，丽娜，”赛莱维严厉地说道，她握住盖琳娜肩头的手明显更加用力了，“你知道我痛恨你的唠叨。”

那名奉义徒打了个哆嗦，仿佛被痛击了一拳，话音也立时消失了。她面孔扭曲着，又向赛莱维送上奉承的笑容，那样子甚至比她刚才向瑟瓦娜答话时更加可怜。当她扭动双手时，黄金的光亮在她双手之间不停闪烁着，而她黑眼睛里却闪烁着恐惧。她肯定不是艾伊尔人。赛莱维完全不在意她的谄媚，就好像她是一条狗，听到主人的召唤自然会跑过来。这名智者的注意力全都集中在瑟瓦娜身上。莎莫林则瞥了一眼那名奉义徒，嘴角轻蔑地抽动了一下，然后便用披巾遮住胸部，也将目光转向了瑟瓦娜。艾伊尔人的脸上从不会有太多表情，但她显然不喜欢瑟瓦娜，而且对这个女人有很强的戒心。

菲儿的嘴唇仍然叼着杯沿，但她的视线也一直跟随着这个骑在马背上的艾伊尔人。她觉得自己就像是在看着洛根或马瑞姆。瑟瓦娜像他们一样，用血与火将自己的名字印在天空上，凯瑞安需要用许多年时间才能从她制造的灾难中恢复过来，而且这场灾难已经影响到了安多、提尔和更远的地方。佩林将这场灾难归罪于一个叫库莱丁的男人，但菲儿早就听说正是这个女人在暗中操纵一切，而且，谁也不否认，杜麦的井所发生的大屠杀正是她一手造成的。佩林几乎死在那里。所以她和瑟瓦娜之间还有一层私人的仇恨，如果她能报这个仇，即使把鲁蓝的耳朵留在他的脑袋上也无所谓。

这个满身珠宝的女人催动她的坐骑，缓步走到这一排跪倒的俘虏面前，她的一双绿眼睛眨也不眨，几乎像赛莱维的一样寒冷。黑色马蹄踝碎积雪的声音仿佛突然间变得非常响亮。“你们之中谁是女仆?”真是一个奇怪的问题。麦玎犹豫了一下，才从毯子里伸出一只手。瑟瓦娜若有所思地点点头:“那么……那名君主呢?”

菲儿想过要隐瞒身份，但不管用什么方法，瑟瓦娜一定能知道她想要知道的事情。她终于不情愿地举起手，然后打了个哆嗦，并不是因为寒冷。赛莱维用那双冷酷的眼睛看着面前的一切，她在监视瑟瓦娜，还有被瑟瓦娜点出的人。

菲儿觉得不可能有人会对那种令人恼怒的盯视无动于衷，而瑟瓦娜却波澜不惊地掉转马头，朝俘虏的背后走去。过了一会儿，她才说道:“她们这种样子是不可能徒步行进的，我也看不出她们有什么理由能够和孩子们一同骑马。盖琳娜，为她们治疗。”

菲儿愣了一下，手中的杯子差点掉落在地，她将杯子朝奉义徒推过去，并竭力禁止自己再做出其他任何动作。毕竟，杯子已经空了。那个脸上带着伤疤的奉义徒平静地再次向杯中倒入茶水。治疗？她的意思肯定不会是……

“好了，”赛莱维一边说，一边推了手中的奉义徒一把，让她不由得踉跄一下，“快一点，小丽娜，我知道，你不会让我失望的。”

盖琳娜勉强稳住身体，挣扎着向俘虏走去，积雪一直没过她的膝盖，她的长袍在雪地中拖曳着，但她只是专心地朝她的目标走去。在她的圆脸上，一双睁大的眼睛里，恐惧与厌恶掺杂在一起，而那种复杂的表情之中还流露出……热切的情绪？不管怎样，那种表情十足地令人恶心。

瑟瓦娜绕着俘虏走了一圈，又回到菲儿的视线中，在两名智者面前勒住缰绳。她丰满的嘴唇紧绷着，凛冽的寒风吹起她的斗篷，雪花落在她的头顶，她却似乎毫无察觉。“我刚刚得到讯息，赛莱维，”她的声音很平静，但目光如同闪电般凶狠，“今晚，我们和琼宁一同扎营。”

“第五个氏族，”赛莱维不动声色地说道，对她而言，风雪似乎也是完全不存在的，“五个氏族，而还有七十八个分散在寒风中。你应该记得要重新统一沙度的誓言，瑟瓦娜，我们不会永远等下去。”

现在，瑟瓦娜眼里不再射出闪电，而是变成两座绿色的活火山。“我向来言出必行，赛莱维，你最好记得这一点。你还要记住你给我的建议，我才是部族首领的代言人。”

她转过胯下的骟马，用脚跟猛踩马的肋侧，想让坐骑朝川流不息的艾伊尔大队疾驰而去，但在这么深的积雪中，没有任何马匹能跑得起来。黑马努力迈出比平常行走更大的步伐，但成效甚微。赛莱维和莎莫林看着那一人一马消失在雪花的迷雾里，脸上没有任何表情。

至少对菲儿而言，这是一个重要的变化。她知道，这些艾伊尔人之间的关系紧张得如同竖琴的琴弦，她们在相互憎恨，也许这是一个可以利用的弱点，但她还不知道该怎么利用。看样子，沙度人大部分并不在这里，而菲儿直到现在也还没看见这支部队的尾巴。盖琳娜终于走到她的面前，所有杂乱的念头立刻从菲儿的脑子里飞走了。

盖琳娜勉强露出一副镇定的样子，一言不发地用双手捧住菲儿的头。菲儿觉得自己仿佛是猛吸了一口气，但她无法确定。整个世界开始飞旋。她抽搐着，像是想要站起来。时间飞一般地掠去，或者也可能是心跳慢得如同爬行。穿白袍的女人向后退去，菲儿瘫软在毯子上，对着粗羊毛毯大口喘着气。她的双脚已经不再痛楚，但至上力的治疗总是会让人感到饥饿。从昨天早餐到现在，她没再吃过东西，现在任何能放进盘子里的东西都会立刻被她塞进肚子里。她已经不再疲惫，但她的肌肉只不过是从冻结的布丁变成融化开的清水。她勉强用双臂撑起身体，颤抖着再一次裹紧灰条纹毯子。盖琳娜施行的治疗术让她吃惊，而同样让她震惊的是盖琳娜的手。她小心地让那个疤脸男人将冒着热气的杯子举到她的嘴边，因为她不确定自己的手指有足够的力量握住这只杯子。

盖琳娜没有浪费时间，很快地，雅莲德也开始摇摇晃晃地从毯子上爬起来。条纹毯子从身上滑落，她却完全没注意到，当然，她身上的伤口也消失了。麦玎直挺挺地趴在地上，毯子盖着她的身体，她的四肢从毯子下面直直地伸出来。齐亚得被盖琳娜捧住头的时候，一下子就跳起来，挥舞着手臂，粗重的呼吸声清楚地传进菲儿的耳里。她脸上黄色的肿块就在菲儿眼前消失了。当盖琳娜放开她,转身去治疗贝恩时,她又像被砍倒的树干般倒在地上,但几乎是立刻她就站了起来。

菲儿大口喝着茶,心思飞速转动着。盖琳娜的手指上的确戴着一枚巨蛇戒,如果不是盖琳娜的治疗术,她甚至不会注意到这一点。盖琳娜是一名两仪师,绝对没错,但两仪师在这里做什么?为什么她会穿上奉义徒的白袍?她为什么会对瑟瓦娜那样谄媚?而对于赛莱维,她甚至像是一条渴望能舔舔主人脚趾的狗!然而她竟然是两仪师!

现在,盖琳娜已经站在俘虏队伍的最末端,爱瑞拉瘫倒在她面前。因为在短时间内过度施行治疗术,盖琳娜已经稍微有些喘息了,她看着赛莱维,仿佛在期待着一句赞美,但那两名智者已经朝沙度大队走去,不时低声交谈两句,根本没看她一眼。过了一会儿,这名两仪师皱起眉头,提起袍子的下摆,拼命朝那两名智者追了过去,但她还不停回头瞥着这一队俘虏。当雪幕彻底遮蔽她的身影时,菲儿甚至感觉到她还在回头看着她们。

更多奉义徒从另一个方向走了过来,男女混杂,差不多有十来个人。其中只有一个是艾伊尔,那是一个红头发的瘦子,一道细长的白色伤疤从他的发际一直延伸到下巴。菲儿能够认出这群人中白皮肤的小个子是凯瑞安人,其他人身材更高,皮肤更黑,她觉得那些应该是阿玛迪西亚人或阿特拉人。甚至还有一个古铜色皮肤的阿拉多曼人,那名阿拉多曼人和另外一名女子在腰间围着闪闪发亮的黄金宽腰带,脖子上也戴着宽大的项圈。菲儿又发现,佩戴这种首饰的还有一个男人!不管怎样,奉义徒佩戴首饰虽然奇怪,但似乎并不重要。现在最令菲儿感兴趣的,还是他们携带的食物和衣服。他们拿来一篮篮面包、黄色的干酪和干牛肉,正在照顾俘虏的奉义徒则继续为俘虏提供茶水。菲儿全神贯注地以最快的速度将各种食物塞进嘴里,即使在穿衣服时也没有停下咀嚼。体面是不重要的,速度才是重要的,其他人也和她没什么差别。这些奉义徒带来的白色兜帽长袍和两层厚衣暖和得令菲儿吃惊。厚实的羊毛长袜和齐膝高的软皮长靴也让她感到很舒服——这些为奉义徒准备的皮靴竟然也都被漂白了!但这些并不能填满菲儿空虚的肚皮。艾伊尔人的干肉就像靴子皮一样硬,干酪简直像是石头,面包也不比它软多少,但它们对菲儿来说比任何珍馐美味都可口!即使嘴里全都是食物,她仍然馋得直流口水。

她一边咽下满嘴的干酪,一边系好靴带,站起来,抚平长袍。但她伸手去拿面包时,那名系着金腰带的胖女人从她肩头的一只布袋里拿出一条金链腰带。菲儿匆忙地吞咽着,一边向后退了一步,看着那个女人疲倦的眼睛说道:"谢谢,我并不想要这东西。”她有一种可怕的感觉，这些装饰品并非不重要的东西。

“你的想法是没意义的，”那个胖女人的声音像她的眼神一样充满了疲惫，她的口音和举止都表明她是一名阿玛迪西亚人，“现在，你将侍奉瑟瓦娜主人，你要穿上给你的一切衣物，遵从所有命令，否则你就要受到惩罚，直到你明白自己的错误。”

几步以外，麦玎也在抗拒那名阿拉多曼人，拒绝戴上她手上的项圈。雅莲德在那个戴着黄金链子的男人面前一步步后退，她将双手挡在胸前，脸上全都是厌恶的表情；而那个男人的手中同样有一条黄金腰带。不过麦玎和雅莲德全都在看着菲儿，这让菲儿感到庆幸，也许森林中的那顿鞭子确实还有些用处。

菲儿重重叹了口气，向她们点一下头，然后就任由那个肥胖的奉义徒将宽腰带系在她身上。看到她的反应，其他两个人也都放弃抵抗，看样子，这次打击已经超出雅莲德的承受能力。当她被系上腰带、戴上项圈时，她只是茫然地站在原地，双眼望着远方。麦玎则仿佛要用目光在那名苗条的阿拉多曼人身上钻出一个洞来。菲儿竭力用微笑鼓励她们，但微笑实在是太困难了。对她来说，项圈在脖子上扣紧时的声音，就如同牢房门被关闭时的响声。腰带和项圈都能被轻松地摘取下来，但所有侍奉“瑟瓦娜主人”的奉义徒肯定会被严加看管。灾难总是伴随着灾难，但情况一定会好转起来的，必须好转起来。

菲儿很快就发现自己正迈着不稳定的双腿在雪地中行走，走在她身边的是脚步踉跄、眼神呆滞的雅莲德和满面怒容的麦玎，而她们周围是一群牵着牲口的奉义徒，这些牲畜驮着被盖住的大篮子，拉着装在木雪橇上的满载车辆。这些大车的轮子都被卸下来，放进车里。沙度人也许不熟悉雪，但已经迅速学会了一些在雪地行进的技巧。菲儿、麦玎和雅莲德的身上没有任何负重，但那名肥胖的阿玛迪西亚女人已经清楚表明，她们从明天开始就会背上沉重的担子，而且从此以后再也不能放下了。菲儿不知道有多少沙度人在这支队伍里，她只觉得这支队伍如同一座正在移动的城市，甚至是小型国家。十来岁的孩子还可以乘车，其他人就必须步行了。所有沙度男人都穿着凯丁瑟，大多数沙度女人则穿戴着智者一样的裙装、宽松上衣和披巾；也有一些沙度男人没有穿凯丁瑟，手里只拿着一支长矛，或者并未携带武器。他们和那些全副武装的沙度人相比，也显得温和一些，就如同砂岩和花岗岩相比要柔软一些。

那个阿玛迪西亚胖女人离开时，并没有告诉菲儿她的名字，除了惩罚和服从之类的话，她也没有透露更多讯息。这时，菲儿才发现，她在大雪中已经看不见贝恩和其他人的影子了。没有人命令她必须停留在一个固定的位置上，所以菲儿开始在沙度队伍中来回寻找，雅莲德和麦玎一直陪在她身边。为了保留一点暖意，菲儿不得不将双手插进袖子里，这让她在雪地中行走变得更加困难。凛冽的寒风逼迫她们用兜帽紧裹住头脸。从她们身边经过的奉义徒和沙度人只会瞥一下标明她们身份的金腰带，就不再多看她们一眼。虽然菲儿在这支队伍中穿梭了十几次，但她的努力最终被证明是彻底失败的。到处都是穿着白袍的人，深深的兜帽遮住了所有人的面孔。

"我们只能今晚再去找她们了。"麦玎最后说道。她一直在深深的积雪中笨拙地迈着大步，凶猛的目光从她的蓝眼睛里一直射到兜帽外。她一只手紧抓着脖子上的粗金链，仿佛要用力将它拉断。"照现在这种样子，别人走一步，我们却要走十步、二十步，这样找下去不会有任何结果。而且当我们到达宿营地的时候，肯定会累得动也动不了。"

在菲儿的另一边，几乎已经麻木的雅莲德，只是对麦玎不容置疑的话语挑起一侧的眉弓。菲儿看着她的女仆，但她的目光已经足以让这名女仆满脸通红，张不开嘴了。这个女人在想什么？菲儿从没想过一名女仆会这样说话，但她很清楚，麦玎在她的逃亡计划中会成为一名坚定的同伴。如果她能导引就好了，菲儿曾经对此抱持很大的希望，直到她明白麦玎在这方面的能力几乎等于零。

"必须在今晚，麦玎。"菲儿同意了麦玎的建议。*不管用多少个晚上，一定要找到她们*，但她并没有说出心中的这个想法。她匆匆扫视身边的人群一眼，确认没有人能够偷听到她们的交谈。那些沙度人只是在落雪中专注地跋涉着，并催赶整支队伍朝那个未知的目标行进。而除了她们以外的那些奉义徒，无论是被逼迫的还是彻底驯顺的，看上去都有着自己的心事。"现在沙度人对我们还是很宽松，"菲儿再次开口，"也许你们能找到机会，走到队伍边上，悄悄溜走。只要不在沙度人的鼻子下这么做，你们就有可能成功。溜出去，找到机会就绝对不要错过。白色长袍能够帮助你们在雪地中藏身。一旦你们找到村庄，沙度人给我们的黄金就能帮助你们回到我丈夫那里，他会追过来的。"她希望佩林的速度不要太快，至少不要距离这支队伍太近。这是一支沙度人的军队，也许不算是规模非常大的军队，但绝对比佩林的队伍规模还大。

雅莲德的脸上现出坚决的神情。"我不会离开你的，"她的声音很轻，但非常坚定，"我不会轻视我的誓言，主人，我会跟你一起逃走，我绝不会离开！"

"她的话也是我想说的。"麦玎说。"我也许只是一名女仆，"说这句话的时候，她的声音里带着一丝勉强和轻蔑，"但我不会把任何人丢给这些……这些强盗！"她的语气不仅是坚定，更包含着绝对不容反驳的意味。菲儿打定主意，等这件事结束后，一定要让莉妮好好和她一谈谈，让她明白自己的地位！

菲尔张开嘴，想要反驳，不，是对发誓效忠她的人和她的仆人发出命令，但她一个字都没说出口。

黑色人影从沙度人的队伍中走出来，雪幕中出现了一群用披巾覆盖住头脸的艾伊尔妇人，率领她们的是赛莱维，她一边走，一边还在说些什么。其他人放慢脚步跟在她身后，一直跟随她走到菲儿身边。现在，菲儿已经和她们并肩前行了。赛莱维的目光似乎将麦玎的热情也冻结了；实际上，她只是瞥了她们一眼。对她来说，她们并不具有很大的价值。

“你们在图谋逃跑。”赛莱维开口了。她们没有答话。那名智者继续说道：“别想否认这一点！”智者声音中充满轻蔑。

“我们会竭尽全力侍奉您，智者。”菲儿小心地回道。她一直谨慎地低着头，用兜帽遮挡着那名智者的目光。

“看来你对我们有一点了解，”赛莱维的声音中带着惊讶，但这种情绪很快就消失了，“很好，但如果你以为我会相信你表面上的顺从，那你就错了。我看到你们三个人的心志，对湿地人而言，你们算是坚强的了，有些湿地人从不会有逃走的想法。不过到现在为止，只有死人能够逃脱我们的控管，而逃出去的活人全都被抓了回来，从无例外。”

“我会记住您的话，智者。”菲儿谦恭地说。从无例外？万事都会有例外。“我们全都会的。”

“非常好。”赛莱维喃喃地说道，“如果是瑟瓦娜那样的瞎子，也许真的会相信你。但要知道，奉义徒，湿地人和其他穿白袍的人不同，那些人只需要侍奉一年又一天，但你们却要侍奉到因衰老而无力劳作。而我则是你们避免这一命运的唯一希望。”

菲儿在雪地里踉跄了一下，如果不是雅莲德和麦玎捉住她的手臂，也许她真的会一头栽倒在地。赛莱维则不耐烦地打了个手势，示意她们继续前进。菲儿感到一阵晕眩。赛莱维会帮助她们逃脱？齐亚得和贝恩说艾伊尔人对权力游戏一无所知，并且非常藐视湿地人的这种把戏，但菲儿却清晰地感觉到环绕在她身边的一股股暗流。如果她踏错一步，她们三人都将被卷进可怕的漩涡中，再不能脱身。

“我不明白，智者。”她突然希望自己的声音不要显得那么沙哑。

但也许正是这沙哑的声音让赛莱维对她多了几分信任，有许多人都相信，恐惧才是最可靠的约束。不管怎样，赛莱维的嘴角露出微笑，虽然那并不是温暖的微笑，但嘴角的一丝抽动至少表明她感到满意。“你们三个人在侍奉瑟瓦娜时必须仔细监视她的一举一动，每天都会有一位智者向你们收集情报，你们要重复瑟瓦娜说过的每一个字，报告每一个和她交谈过的人，即使是她的梦话也绝不能有遗漏。如果你们能让我满意，我就会给你们离开的机会。”

菲儿完全不想参与艾伊尔人之间的明争暗斗，但她不可能选择拒绝，否则她们三个将无法活过今晚。大雪不可能很快地隐藏住她们的身形，而且就算是赛莱维现在要割开她们的喉咙，也不会有任何人反对。除了她们和这些智者，其他人全都专注地在赶路，没有人在乎她们的死活。

“如果她知道了……”菲儿咽了口口水。赛莱维是在命令她们走上一座正在崩塌的悬崖。艾伊尔人会杀死奸细吗？她从未曾问过贝恩和齐亚得这个问题，甚至连想都没想过。“你会保护我们吗，智者？”

那名面孔刚硬的女人用有力的手指抬起菲儿的下巴，迫使她停在原地，踮起脚尖。看着赛莱维冷酷的双眼，菲儿觉得嘴里发干。智者的目光已经在让她感到痛苦了。“如果她知道这件事，奉义徒，我会亲手把你煮熟，所以，千万不要让她知道。今晚，你们就会在她的帐篷里侍奉她。侍奉她的人已经超过了一百名，所以你们不会有任何体力劳动，不会有任何事情干扰你们去取得重要的情报。”

赛莱维又小心地看了她们三人一眼，然后满意地点点头。她看到三名软弱的湿地人，除了服从命令，什么也不能做。她放开菲儿，转身离开，再没有多说一个字。没多久，她和其他智者就被风雪吞没了。

片刻之间，被丢下的三个人只是在沉默中继续拼命赶着路。菲儿没有再说任何关于单独逃跑的话，更没有下达任何命令，她相信，即使她这样做，另外两个人肯定也不会服从。而且，经过赛莱维的事情之后，她们更不可能同意独自逃跑。菲儿很清楚这两个人的个性，她们宁愿死也不会承认赛莱维让她们感到害怕。实际上，赛莱维已经让菲儿感到害怕了。*而我就算是要吞掉舌头，也不会承认这一点*，菲儿冷冷地想道。

“我很想知道她所说的……煮熟是什么意思，”雅莲德最后说道，“我听说，白袍众的裁判者有时会将囚犯插在烤肉叉上，放进火里烤。”麦玎环抱双臂，打了个哆嗦。雅莲德从袖子里伸出一只手，拍拍麦玎的肩膀，又急忙将手收了回去。“别担心，如果瑟瓦娜有一百名仆人，我们也许根本没机会接近她，听到她说的话。我们还可以选择该报告些什么，让瑟瓦娜不至于发现我们。”

麦玎在白兜帽里苦笑一声：“你认为我们还能有选择，而我们其实没有。你需要学会分辨什么时候是毫无选择的情况。那个女人挑我们做这件事不是因为我们心志坚强。”她说到这句话的时候，几乎啐了一口。“我打赌，对于瑟瓦娜的所有仆人，赛莱维肯定都说过同样的话。如果我们隐瞒听到的任何一个字，她一定会知道。”

过了一会儿，雅莲德才开口说道：“你也许是对的，但你不能用这样的方式对我说话，麦玎。我们的处境确实很糟糕，但你要记住我是谁。”

“在我们逃出去之前，”麦玎答道，“你是瑟瓦娜的仆人。如果你不能时刻记住这一点，你就很有可能要自己爬到烤肉叉上去。而且因为你的关系，烤肉叉上也会有我们两个的位置。”

雅莲德的兜帽遮住了她的面容，但麦玎所说的每一个字都让她的脊背更加僵直。她很聪明，知道该如何做她必须做的事情，但她有时候的确无法控制心中那股女王的脾气。

菲儿在她爆发之前插话说道：“在我们能够离开之前，我们全都是仆人。”她的声音非常坚定。光明啊，现在她最不想见到的就是这两人争吵。“但你需要道歉，麦玎，立刻道歉！”她的女仆转过头，喃喃地嘟囔了几句像是道歉的话——至少菲儿是这样认为的。“而你，雅莲德，我希望你能成为一名好仆人。”雅莲德也嘟囔了一句，那听起来有点像是反对，但菲儿并没理会她。“如果我们要制造逃跑的机会，我们首先必须服从命令，努力工作，并尽可能不引起别人的注意。”现在她们所引来的注意已经够多的了。“我们要将瑟瓦娜打的每一个喷嚏都告诉赛莱维。我不知道赛莱维有什么计划，但我想，我们全都知道赛莱维会怎样对待她所不喜欢的人。”这让她们立刻全都哑口无言了，她们都很清楚赛莱维会怎么做，而死亡也许只是赛莱维最仁慈的一种手段。

中午时，雪已经小了很多，黑色的乌云仍然遮挡着太阳，只是因为有人安排她们吃饭，才让菲儿知道时间已经接近正午。没有人停下脚步，只有数百名奉义徒在队伍中来回穿梭，将篮子和袋子里的面包干肉分发给所有人。她们还带着水囊，不过这次从水囊里倒出来的只有清水，而且这些水冻得菲儿牙齿打颤。奇怪的是，虽然在雪地里跋涉了很长一段时间，她却没有想象中那么饿。她曾经见过佩林被施行治疗术，那次治疗之后，佩林在随后的两天时间里食欲都好得令人吃惊，也许这只是因为菲儿的伤势比上次佩林的伤轻得多。她注意到雅莲德和麦玎吃的也不比她更多。

治疗术让她想到盖琳娜，所有关于她的问题仍然在菲儿的脑海中不停翻滚着。她一定是两仪师，但为什么一名两仪师会那么逢迎瑟瓦娜和赛莱维？实际上，她几乎对所有人都是那种谄媚的模样。一名两仪师也许能帮助她们逃跑，但为了她自己的目的，也许她会出卖她们。两仪师永远都有自己的目的，而你只能接受她们的一切所做所为，除非你是兰德·亚瑟。兰德·亚瑟是时轴，是转生真龙，而她只是一个几乎没什么资源，却面临着巨大危险的弱女子。对她来说，任何人的任何帮助都是弥足珍贵的。当菲儿开始从各方面思考关于盖琳娜的问题时，风已经停了，雪花又开始飘落，并且愈来愈大，直到她连十步以外都看不清，但她仍然不知道是否该信任盖琳娜。

突然间，她察觉到有另一个穿白袍的女人正在看着她。大雪几乎彻底遮住那个女人的身影，但菲儿还是看到了她宽阔的宝石腰带。菲儿碰碰同伴的手臂，朝那个女人点点头。那个女人正是盖琳娜。

当盖琳娜看到自己被发现时，她就走到菲儿和雅莲德中间。她在雪地里走路的姿势并不比菲儿和雅莲德好看多少，但至少她对于雪地行走要比她们习惯许多。现在，她的脸上没有任何谄媚的表情，那张藏在兜帽里的圆脸显得相当坚硬，而目光更是锐利得如同两把刀子。她不停地朝两侧转过头，查看是否有人在靠近她们，看上去，她就像是一头想要伪装成老虎的家猫。“你知道我是谁?”她的声音绝对不会传出十尺外，“你知道我的身份?”

“你似乎是一名两仪师，”菲儿谨慎地说道，“但对两仪师而言，你现在的处境却又似乎过于微妙了。”雅莲德和麦玎没有任何一点惊讶的表现，很显然，她们都已经看见盖琳娜正在紧张地拨弄着的巨蛇戒。

盖琳娜脸颊上涌起一片红晕，而她竭力要把这种表情掩饰成一种愤怒的表现，“我在这里所做的一切对白塔非常重要，孩子。”她的声音冰冷，她的表情说明她们不可能理解她在这里的原因，她明亮的目光仿佛是要刺穿面前厚厚的雪幕。“我绝不能失败，这就是你们需要知道的。”

“我们需要知道的是，我们能否信任你，”雅莲德平静地说，“你一定在白塔接受过训练，否则你不可能掌握治疗术。但有很多在白塔受训的女人都有可能只得到这枚戒指，却未能得到披肩，我不相信你是一位两仪师。”看样子，菲儿并不是唯一对盖琳娜充满怀疑的人。

盖琳娜丰满的嘴唇绷紧了，她朝雅莲德伸出一只拳头，有可能是一种威胁，有可能是在显示她的戒指，或者两者都是。“你以为他们会因为你拥有一顶王冠而对你另眼相待? 只因你曾经有过一顶王冠?”现在，她肯定是生气了，因为她忘记要注意周围，而且她的语气变得激烈，唾沫也随着她的话语一同喷了出来。“你们要为瑟瓦娜奉酒，为她擦背，就和其他所有的仆人一样。她的仆人全部是贵族或富商，或者是知道该如何侍奉贵族的人们。她每天都会鞭打他们之中的五个人，以此鼓励其余的人努力工作，所以他们全都会找出各种故事来取悦她。如果你们想要逃走，第一次被抓回来，你们会被鞭打脚底，直到无法行走，然后你们会被捆得如同一根弹簧，扔在大车上，直到你们可以重新走路为止。第二次被抓回来，受到的惩罚会更可怕。第三次更会变本加厉。这里有一个曾经是白袍众的人，他前后一共逃跑了九次，那真是个刚强的家伙。但当他最后一次被抓回来时，还没等他们开始惩罚他，他就已经在哭号着乞求宽恕了。”

雅莲德并没有很在乎盖琳娜的这番话，她的脸上现出怒意。麦玎大声说道：“你现在只会说些这样的话吗？不管你是两仪师还是见习生，你都是白塔的耻辱！”

“在长辈说话的时候，不要胡言乱语，野人！”盖琳娜喝道。

光明啊，如果再这样下去，她们很快就要互相吼叫了。“如果你想帮助我们逃脱，那就直接说出来好了。”菲儿对那个穿着丝绸衣服的两仪师说道。她并不怀疑这个女人的身份，只是对她的另一些方面有所顾虑。“如果你不想帮我们，那又找我们来干什么？”

在她们前面，一辆马车出现在雪幕中，那辆车侧倾在路上，它的一片橇板松开了。这辆车的主人是一名沙度男人，从他的肩膀和手臂判断，他应该是一名铁匠。许多奉义徒正在他的指挥下将那辆马车撬起，以便修复那片橇板。菲儿一行人一言不发地从那辆车旁快步走过。

她们刚和那辆马车拉开一段距离，盖琳娜就问道：“雅莲德，她是你的君主？”她重新压低声音，但脸上仍然充满愤怒。“她到底是什么人，让你会对她宣誓效忠？”

“这个问题你可以直接问我。”菲儿冷冷地说。这些两仪师和她们该死的秘密全都应该被光明烧光！有时候，菲儿觉得两仪师甚至能够让你相信天空并不是蓝色的。“我是菲儿·德·艾巴亚女士，现在你知道这个就够了。你到底要不要帮助我们？”

盖琳娜的腿软了一下。她紧紧盯着菲儿，让菲儿不由得开始怀疑自己刚刚是不是犯了什么错。片刻之后，她知道自己的确犯了错。

那名两仪师站直身子，露出令人厌恶的微笑，她似乎已经不再愤怒了。实际上，她的表情几乎像赛莱维一样愉快，这只是让菲儿感到更加可怕。“德·艾巴亚，”她一边说，一边思考着什么，“你是沙戴亚人。而我知道一个年轻男人，佩林·艾巴亚，他是你的丈夫？是了，看样子，我正中目标。雅莲德会对你宣誓效忠也就毫不奇怪了。瑟瓦娜制订了一个宏大的计划，这个计划的目标正是一个和你的丈夫有密切关系的人——兰德·亚瑟。如果她知道你落入她手中……哦，绝对不必担心她会从我这里知道这件事。”她的目光变得严厉起来，突然间，她似乎变成一头真正的老虎，一头饥饿的老虎。“如果你们按照我说的去做，她就不会知道，我甚至还会帮助你们逃跑。”

“你想要我们做什么?”菲儿为自己坚强的语气感到惊讶。光明啊,她刚刚还在为雅莲德自曝身份的行为感到气恼,而现在,她竟然做了同样的蠢事,她做的可能还更加糟糕。我还以为隐瞒父姓就能隐瞒我的身份,她苦涩地想。

“并不是很困难的事。”盖琳娜答道,“你们注意到了赛莱维,对不对?你们当然会注意她,所有人都会注意赛莱维。她的帐篷里藏着一件东西,一根大约一尺长的白色短杖,表面非常光滑,那根短杖放在一只有黄铜提手的红箱子里。那个箱子从不会上锁。把它拿给我,我就会在离开时带上你们。”

“看样子,这件事并不难,”雅莲德犹疑地说,“但如果只是这样,你自己为什么不去拿?”

“因为我要你们去把它拿给我!”盖琳娜意识到自己在喊叫,急忙闭上嘴,又打了个哆嗦,飞快地向左右观望,看是否会有人听到她的话。周围似乎没有人多看她一眼,但她还是将声音压低到几乎是耳语的程度。“如果你们不照我说的去做,我就会把你们丢在这群艾伊尔人中间,直到你们满头灰发,皱纹堆积,而瑟瓦娜则会知道关于佩林·艾巴亚的事。”

“做这件事可能需要时间,”菲儿绝望地说,“我们不可能随心所欲地溜进赛莱维的帐篷。”光明啊,她最不想做的事情就是靠近赛莱维的帐篷,但盖琳娜说过,她会帮助她们,她也许非常卑鄙,但两仪师是不能说谎的。

“你们会得到你们所需要的一切时间,”盖琳娜答道,“你的后半生都可以用来做这件事,菲儿·德·艾巴亚女士。如果你们足够小心的话,也许就不必用上这么长的时间了,不要让我失望。”她最后瞪了菲儿一眼,然后就转过身去,费力地走进雪幕中。她一直将手臂固定在身侧,仿佛是想要用宽阔的袖子藏住腰上的宝石腰带。

菲儿一言不发地继续赶路,同伴们也都没有说一句话,现在似乎已经没有什么话好说了。雅莲德将双手藏在袖子里,仿佛陷入了沉思,她的眼睛盯着前方,好似透过这场暴风雪,看到了什么东西。麦玎重新握紧她的金项链。她们竟然同时落进三个陷阱里,三个致命的陷阱。菲儿突然很希望能得到外力的援救,但她还是将自己的理智集中在自救的方法上。她命令自己的手放开脖子下面的项链。她在暴风雪中挣扎着,计划着。

第5章

旗帜

他跑过被大雪覆盖的平原，鼻子探入冷风中，搜寻着任何一点气味。任何一点气味都是珍贵的。落雪挂在他冻硬的毛发上，已经不再融化，但寒冷不能让他退却。他的脚掌已经麻木了，但他如同火烧般疼痛的腿仍然在狂乱地向前迈着，将他带往前方，速度愈来愈快，直到世界也在他眼中变得模糊。他必须找到她。

突然间，一头灰白色的巨狼出现了，它的耳朵残缺不全，身上带着无数场战斗留下的瘢痕。它从天空中出现，来到他身边，和他一同奔跑。另一头巨大的灰狼，但没有他那么大。无论是谁将她抢走，他的牙齿都会撕裂那些人的喉咙，他的双腭将咬碎他们的骨头！

*她不在这里，*飞跳在对他说话，*而你在这里的消耗太强了，停留的时间也太长。你的身体无法支撑。你必须回去，犊牛，否则你就会死。*

*我必须找到她，*就连思考似乎也变得吃力了。他没有将自己当作是佩林·艾巴亚，他是犊牛。他曾经在这里找到猎鹰，他能再一次找到她。必须找到她。和这个心愿相比，死亡也变得无足轻重。

一道灰影闪过，另一头狼撞在他的肋侧。虽然犊牛的身躯更大，但他累了。

他重重地栽倒，又挣扎着爬起来，长嗥一声，扑向飞跳的喉咙。和猎鹰相比，一切都不重要了。

满身伤疤的狼像鸟一样飞入天空。犊牛瘫软在地上。飞跳落在他身后的雪中。听我说，犊牛！飞跳仍然在和他进行激烈的沟通，你的心神因恐惧而扭曲了！她不在这里。如果你继续留在这里，你就会死。在醒来的世界中寻找她吧！你只能在那里找到她。回去，找到她！

佩林猛地睁开眼睛，疲倦深入他的骨髓，他感到肚子里空无一物，但和心中的空虚相比，饥饿只不过是一个毫无意义的影子。他的身体是空的，甚至是远离他自己的，就仿佛他是另一个人，正看着佩林·艾巴亚饱受折磨。在他上面，金蓝色条纹的帐篷顶正在风中抖动。帐篷里很昏暗，但阳光让亮色的帆布闪动着柔和的光芒。昨天简直就是一场噩梦，光明啊，他竟然想要杀死飞跳。在狼梦中，死亡就是……终结。空气相当暖和，但他在颤抖，他躺在一张羽毛床褥上，他身下的大床有着雕刻繁复花纹的镀金粗床柱。从火盆中的木柴气味中，他分辨出麝香的味道，想到了拥有这个味道的那名女子。现在，帐篷里只有他们两个人。

他并没有从枕头上抬起头，而是直接问道："有没有找到她，贝丽兰？"他的头太重了，根本抬不起来。

贝丽兰的一张宿营椅子发出轻微的响声，表明她站起了身。他以前经常会来这里，和菲儿一起，在这里讨论各种方案。这顶帐篷大得足以住进一整个家族。贝丽兰精美的家具完全可以安置在任何一座宫殿中，这些家具都有着细腻华美的雕花和镀金，无论是桌子、椅子，还是这张床，都是用梢钉固定的，可以将它们拆开，放进大车里。但也正因为如此，这些家具都不算很结实。

在香水的气味中，贝丽兰还流露出惊讶的情绪，但她的声音却非常镇定："没有，你的斥候还没回来，而我的……他们在日落时还没回来，所以我又派出整整一个连的人出去找，结果他们发现我的人都死在一场伏击中，出发后大约只走了五六里就遇害了。我命令贝坦将军对营地周围进行严密监视，格拉德也派出大量卫兵，但他不听我的建议，仍然向远处派出许多巡逻队。那个家伙非常愚蠢，他以为只有他才能找到雅莲德，他肯定认为除了他以外的所有人都没有认真去寻找，而那些艾伊尔人更是在对他演戏。"

佩林的双手紧抓着盖在他身上的软羊毛毯。高尔不会被伏兵捉住，乔丁也不可能，即使是艾伊尔人也不可能在森林中伏击他。他们仍然在搜寻，这就意味着菲儿还活着。如果他们找到菲儿的尸体，那他们早就应该回来了，他必须有这样的信心。他将身上的蓝色毯子稍稍拉高一些，在毯子下面，他的身体是赤裸的。“你对此有什么解释吗?”

贝丽兰的音调没有改变，但她的气息中闪烁着一丝谨慎：“如果在海芬·努瑞勒返回报告讯息时，我没去找你，你和你的卫兵也许就要冻死了。除了我以外，其他人都没勇气来打扰你，你似乎是像狼一样朝每个靠近你的人吼叫。当我找到你的时候，你已经冻僵了，完全听不到别人的声音，而你身边的卫兵就要栽倒在地上了。你的女仆莉妮在照顾他，他需要的只是热汤和毯子。我把你带到这里。如果不是安诺拉，你至少要失去几根脚趾头。她……即使在她将你治愈后，她似乎还是非常害怕你会死去。你一直在昏睡，几乎和一个真正的死人没两样。她说你就好像是已经失去了灵魂，无论给你盖上多少层毯子，你的身体仍然是冷的。当我摸到你的时候，也有同样的感觉。”

有太多事需要解释了，而解释也是不够的。愤怒在很远的地方闪动，他用力把愤怒压下去。当他对贝丽兰高声怒吼时，菲儿总是感到嫉妒。现在，这个女人别想再从他这里听到任何吼声了。“如果有这种必要，朱尔或费戈也能做到，”他冷冷地说道，“即使是森妮德和玛苏芮差不多也有这样的能力。”

“是我的资政先想到的，我直到快回来这里时才意识到还有其他人能导引，但由谁来进行治疗很重要吗?”

似是而非的答案。如果他质问为什么必须由梅茵之主本人在一座昏暗的帐篷中看护他，而不是让她的女仆、士兵，甚至是安诺拉来做这件事，她又会给出另一个似是而非的答案。佩林不想听到这种答案。

“我的衣服在哪里?”佩林一边问，一边用手臂支起身体，他的声音中仍然没有任何情绪。

贝丽兰椅子旁的小桌上，一根点燃的蜡烛是这顶帐篷里唯一的光源，但这对于佩林的眼睛来说已经足够了，虽然现在这双眼睛疲惫得仿佛眼皮底下塞满了沙粒，他还是能看清周围的一切。贝丽兰的穿着相当端庄，她穿着一条深绿色的骑马裙，厚厚的蕾丝环领一直顶到她的下巴；而端庄的衣服对贝丽兰而言，就像羊皮对山猫一样显得格格不入，她的脸上有一些阴影，美丽却难以让人信任。她会履行诺言，但就像两仪师一样，她的所有行为都会有其原因和目的。而她没有承诺过的事情，很可能会像匕首一样刺进你的后背。

“在那边的箱子里。”她一边说，一边优雅地伸手指了一下，那只手也几乎完全被白色丝缎包裹住了。“我请罗森妮和媾娜将它们洗干净。但你现在需要的是休息和食物，而不是衣服。在我们进食和商讨事务之前，我希望你能明白，没有人比我更盼望菲儿还活着。”她的表情是如此坦诚率直，如果换成是其他人，佩林可能真的会相信。她甚至让自己的气味也变得非常诚实!

“我现在就要穿衣服。”佩林用毯子裹住下半身，然后转身从床沿上坐了起来。他的衣服被整齐地叠好，放在一只每一寸地方都有雕花和镀金的箍铜旅行箱里，毛皮镶边斗篷则被挂在箱子的一端，斧头和靴子被放在有着鲜艳花纹的小地毯上。光明啊，他实在太累了，他不知道自己在狼梦里待了多久。但时间会在肉体上留下烙印，他的肚子发出响亮的声音。“再给我食物。”

贝丽兰恼怒地哼了一声，站起身，抚平裙摆，高昂起下巴，脸上尽是不以为然的神色。“安诺拉正在和智者们交谈，等她回来时，你的行动会让她不高兴的，”她的声音相当坚定，“你不能对两仪师过分轻视，你不是兰德·亚瑟，两仪师迟早会让你明白这一点。”

但她还是离开了帐篷，一股冷风在她掀起帐帘时吹了进来。她一定是非常不高兴，因为当她离开时，她甚至忘记穿上斗篷。透过被掀起的帐帘，佩林看到外面还在下雪。雪已经不像昨晚那么大了，但白色的雪花依然持续不断地落在地上。在昨晚那场大雪之后，即使是乔丁也很难找到足迹了，佩林竭力不让自己想到这一点。

四个火盆烘暖了帐篷里的空气，但佩林的脚底一碰到地毯，寒冷立刻渗入他的肌肤。他以尽可能快的速度蹒跚着走过帐篷，抓起衣服。他是如此疲惫，甚至有可能倒在地毯上，再次睡去。除此之外，他觉得自己虚弱得就好像一只初生的羔羊。也许这的确是因为他在狼梦中变得过度强大，抛弃了肉体；而治疗术让这种情况更加恶化。从昨天早餐到现在，他还没吃过任何东西。昨晚他又一直站在雪地里，所以现在他已经不可能再有任何体力了，即使是像穿上内裤这种简单的动作，也会让他的双手哆嗦个不停。乔丁会找到她的，否则就是高尔会找到她，这个世界上再也没有比发现她还活着更重要的事情了。他感到一阵麻木。

贝丽兰不可能这么快就回来，但一阵冷风确实带来她身上的香气，而他现在还在努力穿着裤子。她的目光落在他的背上，如同挑逗的手指，他还是平静地穿着衣服，仿佛帐篷里只有他一个人。绝不能让她看到自己匆忙的样子，这会让她感到得意的，他也没有回头去看她一眼。

“罗森妮带来了热食，”贝丽兰说道，“我们现在只有炖羊肉，不过我让她拿来三人份的量。”她犹豫了一下，佩林听到她的软鞋在地毯上移动的声音。她轻轻叹了口气：“佩林，我知道你在搜寻。也许有些事情，你想要说，却又不能对另一个男人说。我知道你不可能趴在莉妮的肩头哭泣，所以我可以给你我的肩膀。在找到菲儿之前，我们之间可以暂时休战。”

“休战？”佩林一边说，一边小心地弯下腰，穿上一只靴子。他要小心一点，以防自己会在弯腰时摔倒。厚实的羊毛长袜和厚皮靴很快就会让他的双脚暖和起来。“为什么我们需要休战?”贝丽兰保持着沉默，直到他穿上另一只靴子，又整理好膝盖下面的靴鞫。直到他系好衬衫，并将衬衫下襟塞进裤子里时，她才终于开口了。

“好吧，佩林，如果这就是你想要的。”无论她想表达什么，她的声音显得非常坚定。突然间，佩林觉得自己的鼻子出错了，它竟然嗅到了被侮辱的感觉！但当他回过头去看着她的时候，她脸上却只带着一丝淡淡的微笑，而那双大眼睛里却闪烁着一丝怒火。“先知的人在天亮以前就陆续到达了，”她用高亢的声音说道，“但就我所知，他本人还没来，在你再次见到他之前——”

“陆续到达?”佩林打断了她的话，“马希玛同意只带一支礼仪性质的百人卫队来的。”

“无论他承诺了什么，我已经看到了三四千人。那是一支由流氓无赖组成的军队。看样子，数里范围内所有能拿起一根长矛的男人都跑来了，还有更多人不断地从四处朝这里聚集。”

佩林急忙穿起外衣，系上腰带，将斧头挂到腰间。现在每一次他拿起这把斧头，都会觉得它格外沉重。“我们要处理好这件事！烧了我吧，我不会让那些杀人的害虫在我身边聚集!”

“他的害虫和他本人相比，只不过是一个小麻烦，危险来自马希玛。”她的声音是冰冷的，但被紧紧束缚住的恐惧仍然在她的气息中颤抖。每当她提起马希玛的时候，就会散发出这样的气息。“两仪师和智者们在这个问题上是正确的。如果除了你亲眼所见之外，你还需要更多的证据，那我可以告诉你，他和霄辰人见过面。”

这句话如同一记大锤击中了佩林，佩林立刻又想起巴尔沃关于在阿特拉爆发战斗的报告。“你怎么知道的?”他问道，“是你的捕贼人带回的讯息?”贝丽兰从梅茵带来两名捕贼人，她派遣他们去每一个城镇村庄收集所有情报。如果贝丽兰把他们找到的一切情报都告诉了他，那么他们查找情报的能力就还不及巴尔沃的一半。

贝丽兰微微摇着头，脸上出现遗憾的表情：“是菲儿的……扈从发现的，就在艾伊尔人发动攻击之前，有三名扈从找到我们。他们听说有人看见一头巨大的飞行怪兽在附近降落。”她的颤抖显得有些太过剧烈，但从她的气味判断，她的反应是真实的。这并不让佩林感到惊讶，他也曾经见过那样的怪兽，它们看起来也许比兽魔人更像是暗影生物。“他们找到了那头怪兽，怪兽的身上背着一名信使，他们跟踪那名信使直到阿比拉。我不相信那是马希玛和霄辰人的第一次会面，这像是常规的会面形式。”

她突然撅起嘴唇，露出笑容，那笑容半像是嘲弄，半像是挑逗。这一次，她的气息终于和她的表情相符了。“你想让我相信你的那个干瘪的小个儿秘书能比我的两名捕贼人找到更多情报？这样可不好。我现在才知道，你还有另外二十多名眼线，都伪装成菲儿的扈从。我必须承认，你确实一度愚弄了我，我总是能在你身上找到新的惊喜。为什么你会有这种吃惊的表情？既然我们已经知道了这么多，你真的还以为马希玛是可以信任的？”

佩林的惊讶和马希玛没什么关系。这条讯息也许有着非常重要的意义，也许并没有多大价值，也许马希玛只是以为他能让霄辰人也臣服于真龙大人。他的疯狂足以让他有这样的念头，但……菲儿竟然让那些傻瓜去当间谍？让他们潜入阿比拉？大概只有光明才知道他们还去了哪里。当然，菲儿总是说间谍是妻子的工作，但这和在宫廷里偷听闲话完全是两回事。菲儿至少应该告诉他的，还是说，菲儿之所以隐瞒这件事，是因为向外乱伸鼻子的还不只是这些扈从？这正是菲儿的风格。她的确是有着猎鹰的灵魂，也许她会更喜欢自己去当间谍。不，他不应该对她生气，尤其是现在。光明啊，她一定是觉得这样做很好玩。

“我很高兴知道你做事是如此慎重。”贝丽兰喃喃说道，“如果我是你，我就不会想到该这么做。慎重是个良好的特质，尤其是现在。我的人并不是被艾伊尔人杀死的，除非艾伊尔人也使用十字弩和斧头。”

佩林猛地抬起头，并且不由自主地瞪着贝丽兰：“你刚才为什么不说？你还有什么忘记告诉我的？还有什么事被你丢在脑子的角落里？”

“你怎么能这样质问我？”贝丽兰几乎是笑着说，“如果你觉得我还不够坦诚，那我倒愿意脱下衣服，好好让你看一看。”她张开手臂，像蛇一样微微扭动细腰，仿佛要展示自己的美丽。

佩林厌恶地吼了一声。菲儿失踪了，只有光明才知道她是不是还活着。光明啊，一定要让她活着！而贝丽兰却选择在这时候比以往更变本加厉地卖弄风情？但贝丽兰就是贝丽兰，至少她给了他足够的时间，让他能够穿好衣服，他应该对此感到庆幸了。

贝丽兰若有所思地看了他一眼，让指尖滑过自己的下唇。“不管你曾经听说过什么，你都将是第三个与我分享床笫的人。”她的眼里……充满了暧昧……当然，她也可以说佩林是今天第三个和她说话的人，而她的气味……佩林唯一想到的情景，就是一头狼在端详着一只陷进刺梅丛中的鹿。“另外两个人都只是因为政治需求，而你将让我快乐，让我拥有多重的幸福。”她说完这句话的时候，语气中却令人惊讶地带着一点痛楚。

就在此时，罗森妮走进帐篷，带来一股猛烈的寒风，她将蓝色斗篷甩在背后，手里端着一只覆盖着白色亚麻布的白银托盘。佩林用力闭上嘴，一边在心里祈祷着罗森妮没听到他们的对话。贝丽兰则微笑着，仿佛完全不在意会发生什么事。这名身材矮壮的女仆将托盘放在帐篷里最大的桌子上，然后展开她的金蓝色条纹裙摆，向贝丽兰行了个深深的屈膝礼，又向佩林行了个浅得多的屈膝礼。她的黑眸又看了佩林一会儿，然后笑了起来，就如同她的主人一样喜悦。直到贝丽兰飞快地向她打了个手势，她才拢起斗篷，快步走出帐篷。她刚才肯定在偷听。那只托盘散发出炖羊肉和香料酒的气味，佩林的肚子立刻又响了起来，但即使他的双腿被打断，也不会留在这里吃东西。

他将斗篷披在肩头，一边戴手套，一边走进轻柔的落雪中。厚重的乌云包裹着太阳，不过根据天空的光亮判断，现在应该已经是黎明之后一两个小时了。雪地里被踏出许多道路，白色的雪花从天空中落下，堆积在干枯的树枝上，为常绿树木披上新衣。这场暴风雪还没有结束。光明啊，那个女人怎么能那样对他说话？为什么她现在还能说出这种话？

“记住，”贝丽兰在他身后毫无顾忌地高喊着，“要谨慎。”佩林打了个冷颤，加快脚步。

走出十几步之后，佩林才发觉自己忘了询问马希玛的手下都在哪里。他周围全都是聚在篝火旁取暖的翼卫队，他们都穿戴着全副盔甲和斗篷，待在备好鞍的战马附近。他们的长矛就放在伸手可及的地方，矛尖向上架成一个个圆锥形，红色飘带不停在风中飞舞。尽管是在树林中扎营，但他们的篝火还是被排列成一条条整齐的直线，甚至每一个篝火堆的大小都相差不大。他们从南方带来的辎重车辆全都被装满了，就连那些战马也都严格地呈直线排列。

这里的树木并没有完全遮住那座山丘。两河人仍然在那里驻守，但山丘顶端的帐篷都已经被放倒了，他还能看见那些驮马背上也都装满了东西，他还在那里依稀看见一个穿黑衣的身影。那是一名殉道使，不过他看不出是谁。在海丹人的营地里，人们都在盯着那座山丘，但不管怎样，他们已经像梅茵人一样做好出发的准备。这两座营地的整体布置甚至都很相似，但佩林完全看不见在哪里聚集了数千名真龙信众，雪地中并没有大群人走过所踏出的宽阔路径。实际上，这三座营地之间没有任何相互往来的脚印。如果安诺拉和智者们在一起，她在那座山丘上一定已经滞留相当长的时间。她们到底在谈什么？也许是如何杀死马希玛，同时又不让他找到任何证据证明是她们干的。他又瞥了贝丽兰的帐篷一眼，但回去的想法让他颈后的寒毛都竖直起来。

除了贝丽兰的大帐篷外，不远处还有另一座帐篷没有被放倒，那座小一点的条纹帐篷是属于贝丽兰的两名女仆。尽管雪落个不停，罗森妮和婻娜还是坐在那顶小帐篷前面的凳子上，她们戴着兜帽，裹紧斗篷，并在一堆小火上暖着双手。她们就像是豌豆田里的两颗豌豆，长得都不算漂亮，但现在她们身边正有人陪伴着她们。也许正是这个原因，让她们没有躲在帐篷里的火盆旁。毫无疑问，贝丽兰对仆人们的礼仪要求，比对她自己的要严格得多。她的两名捕贼人说话通常都不会超过三个字，至少在佩林的印象里是这样的，但现在他们和罗森妮、婻娜在一起的时候，却谈笑风生。这两个人的穿着非常简朴，长相也毫无特点，他们就是那种你即使在大街上迎面撞到也不会注意的人。佩林直到现在还不能确定他们两个谁叫森特斯，谁叫根达。一只小罐子放在那堆篝火旁，里面散发出炖羊肉的香气，佩林竭力想要忽略那股气味，但他的肚子响得更厉害了。

当佩林靠近时候，他们的交谈停止了。还没等他走到那堆篝火旁，森特斯和根达瞥了他一眼，又扫视贝丽兰的帐篷一眼，脸上没有半点表情。然后他们披起斗篷，就匆匆离开了，自始至终他们都在躲避佩林的目光。罗森妮和婻娜也将目光从佩林身上移到那顶帐篷上，然后就用手捂住嘴，偷笑起来。佩林不知道自己应该是脸红还是怒吼。

“你们知不知道先知的部下在哪里？”他问道。想要在这些嬉笑的女人面前保持严肃，实在是一件困难的事情。“你们的主人忘记告诉我他们的确切位置了。”那两个人在兜帽的掩饰下，偷偷交换了一个眼神，又用手捂住嘴笑了起来。佩林真不知道她们到底有没有脑子。不过贝丽兰大概不会把没脑子的人留在身边。

那两个女人又笑了许久，不停地偷瞥佩林和贝丽兰的帐篷，交换眼神。然后婻娜才表示她们也不太清楚，然后向西南方指了指，含混地说大概就在那个方向。罗森妮则听她的主人说过，那个地方距离这里不超过两三里。当佩林大步走开时，她们还在嬉笑，也许她们真的是没脑子的家伙。

佩林疲倦地绕过山丘，思考着自己必须做些什么。离开梅茵人的营地后，深深的积雪加大了他行走的困难，这让他的心情更糟糕。他没能做出任何决定。到达他自己的营地时，他的心情几乎糟到了极点。

一切都按照他的命令实行。穿斗篷的凯瑞安人坐在装满物资的大车上，牲口的缰绳都被系在手腕和腰带上。还有许多矮小的身影在一排排马匹之间忙碌，不停安抚那些装上马具的马匹。没有在山顶站岗的两河人聚集在散布于树林中的几十堆小篝火周围。他们都穿着骑马的装束，手里握着马缰。和其他营地不同，他们的分布没有什么秩序，但他们曾经和兽魔人及艾伊尔人作战。每个人都将长弓挂在背上，腰间挂着插满羽箭的箭囊，有些人腰间的另一侧还佩着长剑和短剑。令人惊奇的是，朱尔也在一堆篝火旁，那两名殉道使经常会和别人保持一定距离。这里没有人在说话，大家都只是在专注地取暖。那些阴沉的面孔告诉佩林，乔丁、高尔和艾莱斯都还没回来。他们仍然有可能将菲儿带回来，或者至少能找到菲儿被带到哪里去，这些希望似乎是今天唯一的好事了。曼埃瑟兰红鹰和他自己的狼头旗在落雪中无力低垂着，它们的旗杆则斜倚在一辆大车上。

佩林原本打算在和马希玛同行时也按照原先的方式使用这些旗帜——借助它们掩饰自己的身份和意图。如果一个人疯狂到竟然想恢复曼埃瑟兰古老的荣誉，而且他还带着一支小规模的军队，那么不管他到底有什么目的，对这种人最好敬而远之。只要他不在一个地方滞留过久，任何地方的统治者都会高兴地看着这个疯子离开自己的境内，而不会出兵阻拦他。现在各种动乱灾祸已经够多了，没有人会想要别生事端。战争和流血已经很多，每一名统治者都急需更多的臣民为即将到来的春耕做准备。曼埃瑟兰的边疆一直延伸到现在莫兰迪所在的地方。如果运气好的话，佩林可以顺利进入安多。兰德已经控制住那个国家，在那里，他就不需要这样的伪装了。而现在，他的计划有了改变。佩林知道做出这个改变需要付出怎样的代价，这是非常沉重的代价，但他已经下定决心。只是，吞下苦果的将不止是他一个人，而且，这对他来说，将是一个可怕的噩梦。

第6章

疯狂的气息

佩林在雪雾中寻找着丹尼，丹尼正在两排马匹间的一堆篝火旁。看到佩林走过来，其他人都站起身，向两旁退去，为他让开地方。他们不知道是否应该对他表示同情，所以都不太敢看他，而是别开目光，用兜帽藏住面孔。佩林则直接问道："你知道马希玛的部下在哪里吗？"他不得不伸手掩饰住自己的一个哈欠，他的身体在渴望着睡眠，但他现在没有时间。

"差不多在西南方三里以外。"丹尼的回答中充满了不悦。他一边说，还一边气恼地揪了一下胡子，看样子，那两个没脑子的女仆并没说错。"他们成群结队地涌过来，就好像秋天水林里的鸭子，他们之中有很多人看起来就像把自己的亲娘也给剥光了。"有着一张马脸的乐姆・亚戴厌恶地啐了一口。他啐吐唾沫时甚至不需要张嘴，因为他在一场和羊毛商保镖的斗殴中被打掉了门牙。乐姆喜欢用拳头来解决问题，现在他看起来很想跟马希玛的信众们打上一架。

"如果马希玛这样吩咐，他们就会照做，"佩林平静地说，"你们最好让大家全都记住这一点。贝丽兰的部下是如何牺牲的，你们应该都已经听说了吧？"丹尼用力一点头，旁边的人则愤怒地悄声议论。"但你们也知道，现在还没有任何证据。"乐姆哼了一声，其他人脸色也和丹尼一样阴沉，他们见过被马希玛的信众们丢弃的身体。

雪正在变大，大片雪花逐渐覆盖这些人的斗篷，马匹在寒风中夹紧尾巴。再过一两个小时，就会有一场新的暴风雪到来了，现在离开取暖的篝火是危险的，在野外逗留更是危险。

“让所有人都从山丘上下来，朝伏击发生的地方出发。”他发出命令，这是他在走回营地的路上做出的一个决定。不管那里出现过什么人，到底发生了什么事，他已经耽搁太长的时间。叛变的艾伊尔人现在一定已经跑得很远了，如果他们不是在向南或向东前进，现在早应该有人回来报告他们的踪迹。这一次，他们逃不过他的追踪。“我们先骑马赶路，我会在路上思考该朝哪个方向走，然后朱尔或费戈就会用神行术把我们直接送到目的地。派人去找贝丽兰和格拉德，我希望梅茵人和海丹人也和我们一同行动，并派出巡逻队和侧翼的护卫队。告诉他们，不要只顾着寻找艾伊尔人，别忘了，这里还有其他人想杀死我们，我要掌握行进路线上的一切情况。再派人去叮嘱智者，一定要紧随在我们身边。”他不会忽视格拉德对艾伊尔人的憎恨和急于审问他们的心情。如果智者们在自卫时杀死海丹人，剩下的海丹人很可能会不顾对他的效忠誓言，和智者们誓死一战。他有一种感觉，现在他需要能够战斗的每一名人员。“一定要对他们保持强硬的态度，让我的命令得到彻底执行。”

丹尼平静地接受佩林的一连串命令，但随着佩林说到最后，丹尼的脸色变得有些苍白，他大概是明白那些艾伊尔智者比两河的妇议团更难对付。“听从您的命令，大人。”他严肃地做出回答，又用指节碰了一下额头，然后就跳上马，开始向众人发布命令。

周围的两河人纷纷上了马。佩林揪住已经一只脚蹬在马镫里的肯利的袖子，要他给快步备好鞍，牵到这里来。肯利笑着用指节碰了一下额头：“听从命令，佩林大人，我立刻就回来。”

看着肯利牵着他的褐色骟马，迈着沉重的脚步朝拴马横栏那儿跑过去，佩林在心底愤懑地吁了口气。那个年轻的小家伙如果要留胡子，就不该总是那样乱抓它，现在他的胡子实在是不好看。

在等待坐骑时，佩林朝那堆篝火靠近了一些。菲儿说过，他在往后的人生里必须适应佩林大人的身份，接受所有的鞠躬和奉承。在大多数时间里，他都努力忽略这一点，但今天，这让他更加感到愤怒。他能够感觉到，一道愈来愈宽的深沟隔开他和家乡的亲友们，而他似乎是唯一一个想在这道深沟上架起一座桥的人。当贝瑟找到他的时候，他正一边低声嘟囔着，一边用篝火暖着双手。

“请原谅我的打扰，大人。”贝瑟摘下软帽鞠了个躬，让佩林看见他毛发稀疏的头顶，然后立刻又戴回帽子，以免冰凉的雪花落在头皮上。对一个从小在城市生活的人来说，这里对他而言显然是太冷了。这个矮胖的男人并不喜欢奉承别人，没有几个凯姆林的旅店老板会奉承别人，但他似乎很注重形式上的礼仪。他非常适合这份新工作，也很令菲儿满意。“我要向您报告一下年轻的塔兰沃的情况。太阳刚刚露脸时，他就骑马出去了。他说是您允许他这么做的，但我还是有些怀疑，因为您说过，在……搜索队回来之前，任何人都不能离开。”

这个傻瓜。塔兰沃的一切举动都表明他是个有经验的士兵，但他从没清楚表明过他的真实身份。如果他孤身去追逐艾伊尔人，就像一只野兔去追一群黄鼬。*光明啊，我真想跟他一起去！我不应该听贝丽兰所说的那些伏击的话。*但遭到伏击的并非只有梅茵人，格拉德的巡逻队可能也遇到同样的下场。不管怎样，他必须行动，绝不能迟疑。

“是的，”他高声说道，“是我允许的。”他可以等到以后再处理这件事，领导者必须如此处理事情，而且，或许他再也无法见到活着的塔兰沃了。“看样子，你似乎也很想去进行搜索。”

“我……非常喜爱麦玎，大人。”贝瑟回答道。他的语气相当庄重，甚至显得有些僵硬，仿佛佩林在说他又老又胖，无法胜任这个任务。佩林相信自己闻到了愤怒的气息，那是一种辛辣刺鼻的味道，但贝瑟被冷风吹红的脸庞仍然保持着平静。“当然，我的喜爱和塔兰沃不同，但我们喜爱的程度是一样的。”他又急忙补充说：“当然，我也同样喜爱菲儿女士，不过我从麦玎出生时就认识她了，所以她对于我来说更重要一些。”

佩林呼出一团白气：“我明白，吉尔师傅。”他的确明白。他想要救出所有人，但如果他必须做出选择，那他宁可选择菲儿，而对其他人弃之不顾。除了菲儿，其他一切都可以放弃。空气中弥漫着很重的马味，但他闻到另一个愤怒的气息，不由得转头向身后望去。

莉妮正在纷乱的人群中瞪着他，只是偶尔快被骑马的人撞到时，她才会挪动一下位置。她一只瘦骨嶙峋的手紧捉住斗篷，另一只手紧握住一根镶着黄铜钉的棒子，那根棒子差不多和她的手臂一样长。现在即使是她跟着塔兰沃一起去找麦玎，佩林也不会觉得奇怪。

“只要我一得到消息，肯定会立刻告诉你们。”他对莉妮说，肚子里又一阵“咕咕”的震响强烈地提醒着他，现在他需要的正是他刚才不屑一顾的炖肉，羊肉和扁豆的香气几乎要赶走他脑海中其他的一切，而另一个哈欠又掰开他的下巴。“请原谅，莉妮，”他在恢复说话能力之后立刻说道，“我昨晚没怎么睡觉，也没吃东西，这里有什么可以吃的吗？有没有面包或者其他什么东西？”

“所有人都已经用过餐了，”莉妮不客气地说，“剩饭也都清理掉了，餐具也都被刷洗干净收起来。你吃得太多了，现在你活该肚子痛，因为你做了最不该做的事——去别的盘子里偷吃。”然后她又瞪了他几眼，气恼地嘀咕了几句，便怒气冲冲地大步向远处走去，仿佛整个世界都在和她作对。

“吃得太多?”佩林嘟囔着，“我什么都还没有吃啊。我肚子痛是饿的，可不是撑的，我就要饿死了。”莉妮快步走过营地，毫不迟疑地在来来往往的马匹和车辆间穿行，有几个男人提醒她小心一点，却都遭到她的大声喝斥。如果他们不识相点躲开，莉妮甚至会向他们挥起手中的棒子。这女人一定是想麦玎想疯了。“这也是她的谚语吗？她的谚语通常都是很有道理的。”

“啊……嗯，至于说这个，现在……”贝瑟揪下头顶的帽子，朝帽里瞄了两眼，又把它戴回去。“我……嗯……我还必须去看看那些大车，大人，我需要把一切都准备好。”

“就连瞎子也看得到，所有大车都已经备好了。”佩林对他说，“她到底是什么意思?”

贝瑟用力晃着头，似乎是在寻找着其他借口，最后，他才有气无力地说：“我……我想您迟早都会听说的，您知道，大人，莉妮……”他深吸一口气，“今天早上，她去过梅茵人的营地，那时候太阳还没有升起来，她是去看看您遇到什么事……嗯……为什么还没回来。梅茵之主的帐篷里是暗的，但她的一名女仆还醒着，她告诉莉妮……她只是做了一点暗示……我是说……别这样看我，大人。”

佩林勉强让自己的脸色好看了一点，但他的声音仍然非常可怕：“烧了我吧，我只是在那顶帐篷里睡觉，这是我在那里做的唯一一件事，你快去告诉她!”

那个矮胖男人立刻发出一阵猛烈的咳嗽。“我?”贝瑟喘息着说道，“你要我去告诉她？如果我对她提起这件事，她一定会敲破我的脑袋！我相信那女人一定是在法麦丁的暴风雨中出生的，她搞不好还能命令雷电安静下来。”

“你是沙巴扬，”佩林对他说，“现在一定还有什么食物没有被装上车吧?”他实在是想吃一点东西!

贝瑟似乎很明白他现在的状况，他低声说了几句礼貌性的话，稍一鞠躬，就裹紧斗篷转身跑走了。佩林相信，他不是去找莉妮，贝瑟可以对所有仆人发号施令，只有莉妮除外。除了菲儿，没有任何人能命令她。

佩林脸色阴沉地看着巡逻队策马穿过纷飞的雪花，十名骑兵警戒地扫视着周围的森林，迅速从佩林的视线中消失了。光明啊，女人们总是把男人想得那么坏，愈是男人的坏事，她们就谈论得愈起劲。他本来以为只需要担心罗森妮和嫞娜就好了，而现在，莉妮很可能已经把这件事告诉菲儿的另一名女仆布琳。这是他现在必须对付的一个麻烦，布琳肯定会把这件事告诉营地中的每一个女人。现在他手下的马夫和车夫中就有不少女人。凯瑞安人就是凯瑞安人，她们总是会迫不及待地把所有事情都告诉男人们。实际上，两河人在这种事情上也不比凯瑞安人好多少。一旦你得到了这样的坏名声，想要摆脱它可就不容易了。突然间，那些为他让出地方的两河人和他们不确定的眼神，甚至乐姆啐的那一口，仿佛都有了别的含意。在佩林的回忆中，肯利的笑容也变成讥笑。佩林唯一的安慰就是菲儿不会相信这种事，她当然不会相信，肯定不会的。

肯利跌跌撞撞地在雪地上跑了回来，身后牵着快步和他四肢细长的骟马，两匹马都冻得发颤，它们抿着耳朵，夹紧尾巴，那匹深褐色的牡马也不再像往常那样去咬肯利的马了。

“不要总是把牙齿露在外面。”佩林一边将快步的缰绳拉过来，一边怒喝了一声。那个男孩犹疑地看了他一眼，又回头看看背后。

佩林喷着鼻息，查看了坐骑的鞍鞯缰绳，现在该是去找马希玛的时候了。可他并没有上马，他告诉自己，这是因为他又累又饿，想要休息一下，吃点东西。但他也许只是不敢去看那些被烧毁的农庄和挂在路旁的尸体；那些尸体中甚至还有小孩。即使兰德仍然在阿特拉，他也还有很长的一段路要走，很长的一段路，他却没有选择。

他的额头靠在快步的鞍褥上。正在这时，那些效忠于菲儿的年轻傻瓜们找到了他，他们差不多有十几个人。佩林疲倦地直起身，心里希望这场大雪能把这些人全都埋掉。赛兰蒂此时已经牢牢地站在快步旁边，这名娇小苗条的女子将戴着绿手套的一双拳头抵在腰间，额头上满是愤怒的皱纹。虽然寒风凛冽，但她仍然将半边斗篷甩到身后，露出腰间的剑柄和胸前深蓝色衣服上六道彩色横纹。他们之中所有的女人都穿着男人的衣服，腰佩长剑，而且她们总是比任何男人都更渴望使用腰间的佩剑。无论男人还是女人，他们都相当暴躁易怒，如果不是菲儿的阻止，他们肯定每天都会进行决斗。而现在，以赛兰蒂为首的这些人身上同时散发着愤怒、阴郁和任性的气味，这股气息让佩林的鼻子非常不舒服。

“你好，佩林大人，”赛兰蒂用清脆的凯瑞安嗓音庄重地说道，“我们已经做好出发的准备，但我们仍旧无法得到坐骑，所以我们要求你纠正这件事。”她的语气简直就像命令。

佩林只希望赛兰蒂不要这样看着他。“艾伊尔人都在步行，”佩林没好气地说着，又打了个哈欠，他一点也不在乎那些人对他的怒目而视，现在他正忙着将睡意赶走，“如果你们走不动了，可以坐在大车上。”

“你不能这样做！”一名身材高的提尔女子高傲地说道。她的一只手紧抓住斗篷，另一只手按在剑柄上。她是麦道尔，黝黑的脸上有一双明亮的蓝眼睛，容貌算是中等偏上。她穿着一件红条纹袖子的肥大男装，配上她丰满的胸部，显得相当古怪。“红翼是我最喜欢的马，我不会丢下它的！”

“这是第三次了，”赛兰蒂冷冷地说，“今晚宿营时，我们要讨论你的节，麦道尔·达玛拉。”麦道尔的父亲亚斯特瑞在多年前就已经退休回到自己的乡间庄园，但他仍然是一名提尔大君，以此判断，他的女儿地位应该远高于赛兰蒂，因为赛兰蒂的家族在凯瑞安并没有什么权势。但麦道尔只是吃力地咽了一口口水，惊恐地睁大眼睛，仿佛赛兰蒂要活剥了她的皮。

突然间，佩林觉得自己再也无法容忍这些白痴贵族和他们对艾伊尔人的愚蠢模仿了。“你们是什么时候开始替我的妻子当间谍的？”这些人立刻将脊背挺得笔直，仿佛脊椎骨被冻僵了一样。

过了很长时间，赛兰蒂才非常谨慎地说道：“菲儿女士确实会偶尔命令我们去做一些小事，我们也都会尽心竭力去完成她的任务。”她的语气中充满了警戒。现在这群傻瓜的气味，就好像狐狸在怀疑自己的窝是不是被一只獾给占领了。

“我的妻子真的是去打猎吗，赛兰蒂？”佩林仍旧怒气冲冲地问，“她以前从不喜欢打猎。”怒火在他的心中咆哮。今天发生的所有事情都成为这股烈火的燃料，他一只手推开快步，逼近到那个女人面前。快步感觉到佩林的怒火，不由得甩了甩头。佩林的拳头握紧缰绳，指节处已经开始隐隐作痛。“或者她出去只是为了和你们这些刚从阿比拉回来的人会面？她之所以被绑架，和你们这群该死的间谍是不是有关系？”

这是不可能的。当佩林这么说的时候，他心里也很清楚这一点。菲儿有可能在任何地方和这群人见面，但她绝对不可能在贝丽兰的陪同下和她的眼线见面！光明啊，她真的在瞒着他使用间谍！但不管怎样，不假思索地说话肯定是个错误。正是因为他们的间谍工作，他才能够了解马希玛和霄辰人。但他想要发泄怒火，他需要这样，只是他想要彻底毁灭的那些人还在许多里以外，和菲儿在一起。

赛兰蒂没有因为佩林的愤怒而退却，她眯起眼睛，手指在剑柄上一松一合，而她身后人的反应也都和她差不多。“我们会为菲儿女士而死！”她朗声说道，“我们所做的任何事情都不曾让她陷入陷阱！我们已经以清水誓言向她宣誓效忠！”她的话说得很明白，他们效忠的对象是菲儿，不是他。

佩林知道自己应该道歉，但他只是说：“如果你们答应会按照我说的去做，绝不会有任何莽撞的行为，就能拿回你们的马。”“莽撞”对这些人来说可能还太轻了，他们如果知道菲儿在哪里，肯定会立刻策马全速奔驰过去，但他们的行动很有可能会导致菲儿被杀。“当我们找到她的时候，我会决定该如何援救她。如果你们的清水誓言让你们无法对我做出这种承诺，那我宁可用绳子把你们绑起来。”

赛兰蒂紧皱眉头，绷紧下巴，但她最终只是说：“我同意！”这三个字仿佛有人用撬棒从她嘴里撬出来的一样。一个名叫卡隆的长鼻子提尔人哼了一声，仿佛是要表示反对，但赛兰蒂扬起一根手指，他立刻闭上了嘴。他的下巴窄得很难看，也许他并不愿意剃掉自己的胡须，但艾伊尔人是不留胡子的。这个小个儿女子已经牢牢控制住了她身后的这群傻瓜，不过这并不代表她就比他们聪明，他们根本不明白什么是清水誓言！现在，她仍然不眨眼地盯着佩林。“我们会遵从你，直到菲儿女士回来。然后，我们将再次全心效忠她，只有她能决定我们的节。”最后这句话似乎是对其他人说的，而不是对佩林。

“很好，”佩林应声道，他尝试让自己的语气更温和一些，但那股严厉的火气并没有退去，“我知道你们忠于她，对此我很尊重。”这是他对他们唯一的尊重。这样的回答不足以当作道歉，但他们也只能得到这个了。赛兰蒂发出一个鼻音，这是佩林得到的唯一回答。当他们走开时，一道道愤怒的目光仍然不住地朝他扫过来。就这样吧，只要他们遵守诺言就可以了，佩林并不期待这些人能做出什么有意义的事情来。

现在营地中的人正逐渐离去，搭载在橇板上的大车也开始被马匹拉着向南出发。马蹄在雪中留下深深的印子，而雪橇只留下很浅的轨迹，而且落雪又迅速地将这些轨迹覆盖了。从山丘上撤下的最后一批人正爬上马鞍，加入大车旁边的队伍中。智者们的队伍走在他们的队伍旁边，她们和管理驮货牲口的奉义徒都骑上了马，丹尼的努力看起来还算有些效果。智者们在马背上显得相当笨拙，完全无法与森妮德和玛苏芮的优雅身姿相比，但她们看起来还不像奉义徒那么糟糕。这些穿白袍的艾伊尔人从大雪落下的第三天就开始骑马，但直到现在他们还是只能蜷伏在马鞍上，紧紧捉住马脖子或鬃毛，惟恐摔下马。他们在智者的命令下才上了马背，而其中一些人在离开智者的目光后，仍然会偷偷溜下马，步行前进。

佩林跨上快步的脊背，他不知道自己会不会掉下去。他现在不想骑马，但没有别的选择。现在他很可能会为了一块面包、一点奶酪，或是一只鲜活的兔子而杀人。

“艾伊尔人来了！”队伍前面传来一阵喊声，所有人都停住脚步。更多喊声随后响起，仿佛大家并没有听到刚才的警报。人们纷纷从背上取下长弓。车夫从位子上站起来，向前眺望，或者跳下大车，蜷缩在车辕旁。佩林低吼一声，用脚踢了一下快步的肋侧。

在队伍前面，丹尼仍然骑在马上，同样没有下马的还有他身旁举着那两面该死旗帜的旗手，但已经有三十多人站到地上，纷纷揭去弓衣，将箭搭在弓弦上。那些牵着马匹的人也相互推挤，想要抢到一个视线良好的位置。朱尔和费戈也在，他们稳稳地坐在马背上，以专注的神情望向前方。这里的每个人几乎都散发着兴奋的气息。只有两名殉道使的气息是……做好了准备。

佩林能比在场的所有人更清楚地看到树林对面有些什么，十名戴着面罩的艾伊尔人正在积雪中快步朝他们跑来，其中一个人牵着一匹高大的白马，在他背后有三名骑马的人，他们用斗篷的兜帽严密地包住头脸。这些艾伊尔人移动的方式有点奇怪，那匹白马的背上还绑了一个包裹。佩林的心仿佛一下子被揪紧了，但他很快又发现，那只包裹并不像一个人那么大。

“收起弓箭，”他说道，“那是雅莲德的骟马。她们是自己人，你们看不出来，她们全都是枪姬众吗？”从身高上判断，她们肯定不是艾伊尔男子。

“我还看不清她们到底是不是艾伊尔人呢。”丹尼瞥了佩林一眼，低声嘟囔着。这些两河人早已将佩林异于常人的视力看成是理所当然的事，他们甚至还为此感到骄傲，而佩林一直都在努力掩饰自己的这些异能。但现在，他已经不在乎了。

“他们是自己人，”他对丹尼说，“所有人都留在原地。”

然后他策马缓步朝那支归来的队伍走去，枪姬众们已经开始解开面罩，佩林也透过一名骑马人的兜帽认出他是森妮德的护法弗伦·奥哈莱，他感觉到这三名护法的坐骑都已经疲惫到了极点。他想让快步全速飞驰到他们面前，他要听到他们带回来的讯息，但他又不敢听到那些讯息。乌鸦、狐狸和獾会吃掉死者的尸体，也许他们不敢把找到的东西带回来。不！菲儿一定还活着。他紧紧握住自己的心神，想把它扳正，但那就像是用一双赤手握住锋利的刀刃一样。

他在他们面前下了马，踉跄了一下，抓住马鞍才没让自己栽倒。可怕的念头让他痛苦，让他的神智麻木。她一定还活着。不知为什么，微小的细节在他眼前变得巨大。固定在那只华丽马鞍上的并不是一个包裹，而是许多个小包裹，看上去像一团捆扎起来的碎布。枪姬众穿着用藤蔓和软松枝匆匆编成的雪鞋，上面的松针还没有除去，所以她们奔跑时的样子才显得有些奇怪。这一定是乔丁教他们编的。佩林努力集中精神，他觉得自己的心脏就要从胸腔里跳出来了。

苏琳的左手抓着短矛和小圆盾，从马鞍上揪下一只小布包，走到佩林面前。从她满是皱纹的脸上划过的粉红色伤疤随着她的笑容而弯曲。“好消息，佩林·艾巴亚，”她一边将那块深蓝色的布递给佩林，一边轻声说，“你的妻子还活着。”弗伦与森妮德的另一名护法特瑞·文特交换了一个眼神，后者皱了皱眉。玛苏芮的护法罗瓦尔·克凯林只是木然地直盯着前方，这就像特瑞的卷胡子一样显而易见——他们并不确定这真的是一个好消息。“其他人正在继续寻找，”苏琳继续说道，“但我们已经找到许多异常的线索。”

佩林将手上那块布摊开，这是菲儿的衣服，包括一部分的袖子和前襟。他深深地呼吸着，让菲儿的气息涌入鼻腔。一股淡淡的花草肥皂香气，一点香水的甜味，但最多的还是她的气息，其中没有血腥味。其余的枪姬众也聚集到他周围，其中年长的女子表情都很刚硬，但没有人能像苏琳那样面孔坚如岩石。护法们下了马，站在枪姬众身后，他们的脸上丝毫没有整夜奔驰的疲惫。

“所有男人都被杀死了，”苏琳继续说着，“但从我们找到的衣服碎片来看，雅莲德·基加林、麦玎·多兰、莱茜尔·奥多文和爱瑞拉·谢格，以及另外两个人和菲儿一起成为了奉义徒。”另外两个人一定是贝恩和齐亚得，在她们被俘之后提到她们的名字，是对她们的一种侮辱——这是佩林对艾伊尔人有限的了解之一。“这与传统相悖，但这样可以保护她们。”特瑞怀疑地皱起眉，然后又用兜帽遮住自己的表情。

破布片上整齐的切口就好像给动物剥皮时留下的伤口，佩林突然感到一阵战栗，有人割碎了菲儿的衣服！他的声音变得有些颤抖。“他们只掳走女人？”

一个名叫布丽安的圆脸枪姬众摇摇头：“我相信有三个男人本来也会成为奉义徒，但他们反抗得太厉害，结果被人用匕首或矛尖杀害了。另外三个则是死于箭伤。”

“情况和你想的并不一样，佩林·艾巴亚。”伊琳达急忙说道，语气显得很震撼。她是一个宽肩膀的高个儿女子，现在她的面容几乎像母亲那样慈祥，但佩林曾亲眼见她用拳头打倒一个男人。“伤害一名奉义徒就如同伤害一个孩子，或者是伤害一名铁匠。让湿地人做奉义徒是错误的，但我绝不相信他们会违背传统到如此严重的程度。我相信，只要她们在被救出来之前一直保持顺从，她们甚至不会受到惩罚。有人会教她们该怎样做的。”有人，这自然是指贝恩和齐亚得。

“她们朝哪个方向去了？”佩林问。菲儿会顺从吗？他无法想象菲儿顺从的样子，但他至少希望她能努力那么做，直到他找到她为止。

“差不多是正南方，”苏琳答道，“稍偏东一点。在大雪遮盖他们的足印之后，乔丁找到了其他踪迹，所以其他人还在继续追踪。我相信他的判断，他的感觉就像艾莱斯·马奇拉一样敏锐。他们发现了许多线索。”她将短矛插到弓匣和脊背之间，又将小圆盾挂在腰间长匕首旁边，然后她十指微微颤动，伊琳达立刻取下另一只更大一点的包袱递给她。“那里有许多人走过，佩林，还有一些奇怪的事情。你必须先看看这个。”她打开那只包袱，这是一件绿色的破衣服，佩林记得这是雅莲德的衣服。“我们在你妻子被俘的地方找到了这些。”绿色的衣服里包着四五十支艾伊尔羽箭，箭杆上都有黑色的污渍。佩林闻到了干掉的血腥味。

“塔戴得，”苏琳一边说着，一边捡起一支箭扔在地上，“米雅各布马，”她又扔出两支箭，“高辛。”她的脸一下子变得阴沉了，她就是高辛部族的。她念出一个又一个部族的名字，却没有沙度部族。直到有刚刚超过半数的箭被她扔到脚旁，她才用双手捧起包裹里剩余羽箭的绿布，意味深长地说：“沙度。”

佩林将菲儿的衣服紧紧按在胸前，她的气息能缓解他心中的痛苦，却又同时令他更加痛苦。他皱起眉，看着地上那些已经被落雪埋了一半的箭，缓缓地说道：“沙度人太多了。”他们本应该在弑亲者之匕山脉，那距离这里足足有两千里。如果是他们之中的一些智者学会了神行术……这里面甚至有可能涉及弃光魔使……光明啊，他正像傻瓜一样不知所措。如果这其中真有弃光魔使插手，情况会有怎样的变化？他现在需要思考，但他却只是在做傻事，他觉得自己的大脑就像身体其他部分一样疲倦。“他们都是不承认兰德是卡亚肯的人。”那些该死的色彩又一次在他脑中闪过，他没时间做其他事，现在唯一要做的就是救菲儿。“他们加入了沙度部族。”一些枪姬众转过视线，伊琳达毫不掩饰地瞪着他。她们知道佩林所说的事情，但这正是她们最不想听到的事情之一。“你认为他们在这里一共有多少人？不会是整个部族都出现在这里了吧？”如果沙度全体转移到这里，那么他就不会只听到一些关于零星袭击的谣言。艾伊尔人大军出现的讯息，肯定会迅速传遍整个阿玛迪西亚。

“他们的规模应该相当大。”特瑞低声说道，佩林却没心情去听这样的话。苏琳从捆在马鞍上的包袱里又拉出一个用凯丁瑟碎片做的布娃娃。“在我们就要回来的时候，艾莱斯找到了这个，那是在距离这里大约四十里的地方。”她摇摇头，片刻间，她的语气和气味都变得非常……震惊。“他说他能闻到他们留在雪底下的气味。他和乔丁在树上还找到一些擦痕，他们说那是车辆通过时造成的，非常多的车辆，那支队伍里还有孩子……我相信，那是一整个氏族，甚至比一个氏族还多。一个氏族至少有一千支枪矛，如果有需要，这个数量还会大幅度增加。除了铁匠以外的每一名艾伊尔人都能拿起枪矛投入战斗。他们在我们南方，和我们之间有几天的路程，也许还要更远。这场雪影响了我的判断。我相信，那些抓走你妻子的人已经和这支队伍会合了。”

“这个铁匠已经拿起了枪矛。”佩林喃喃地说。一千名武装艾伊尔人，也许更多。他的部下有超过两千名士兵，包括翼卫队和格拉德的士兵在内，但如果要对抗艾伊尔人，这个数量还不够。他伸手拂过苏琳手中的那个布娃娃，是否会有一名沙度孩童因为失去这个娃娃而哭泣？“我们向南前进。”

他转身刚要上马。苏琳便拉住他的手臂。“我们还有其他发现，艾莱斯两次在雪底下找到马粪和营火，且数量都非常大。”

“有成千上万的人，”弗伦插话道，他的黑眼睛冷静地看着佩林，语气就如同在陈述一个普通的事实，“有五千到一万，或者更多，具体数量很难判断。是标准的军营，我相信在这两座营地歇宿的是同一批人。艾莱斯和乔丁也同意我的判断，无论他们是谁，他们差不多也在向南前进。也许他们与艾伊尔人无关，也许他们是在跟随艾伊尔人。”

被打断的苏琳不耐烦地朝护法皱了皱眉，又继续说：“我们三次看见飞行的怪兽，就像你所说的那种生着皮膜双翼的霄辰怪兽，它们的背上都有人。有两次，我们看到了这样的脚印。”她弯下腰，拾起一支箭，在雪地上画了一个有点像大熊掌的饼图案，然后又在这个图案上画了六只比人类手指还要长的趾印。“有时候，这种脚印还带着爪印。”她边说边比划了一下。那样的爪子比迷雾山脉中的大熊爪子还要长。“这种生物的步伐很大，我想，它跑得一定很快。你知道它是什么吗？”

除了两河的猫之外，佩林从没听说过有六趾的兽类。当他发现两河以外的猫只有五个脚趾时，还曾经很感到惊讶，但佩林相信自己的猜测。“另一种霄辰猛兽。”也就是说，这里除了沙度人以外，还有霄辰人。那是哪个势力的军队？白袍众？还是霄辰人？不可能是别的势力了，他相信巴尔沃的情报。“我们向南走。”枪姬众看着他，就好像他在说一件非常理所当然的事情。

他跨上快步，回头朝大队走去，护法们牵着疲惫的坐骑走在他身后。枪姬众牵着雅莲德的骟马，向智者们跑去。玛苏芮和森妮德策马朝她们的护法迎了上来，佩林本以为她们早就会跑来探听讯息了。也许她们在想，如果枪姬众带回来的是坏消息，那还是离佩林远一点比较好。佩林竭力将所有这些线索凑在一起。沙度氏族在这里到底有多少人？霄辰人在这里干什么？那支军队是白袍众还是霄辰人？这一切就像卢汉师傅传授他的拼图——用铁条打制成的复杂图形，分分合合，形成梦幻般的花样，但拼图的人必须知道其中的关键，而他现在脑子里却是一团混乱。他只能在黑暗中摸索一些难以移动的碎片。两河人都已经再次上马，这些刚刚还张弓搭箭的人现在都显得有点尴尬，他们用紧张不安的眼神看着佩林。

“她还活着。”佩林说道。一瞬间，仿佛所有人又开始有了呼吸。当佩林将其他讯息告诉他们的时候，他们却显得出奇冷漠，甚至有几个人点了点头，仿佛他们早就料到这些事。

“我们已经不是第一次遭遇强敌了，”丹尼说，“我们该怎么做，大人？”

佩林一皱眉。这个人依旧如同橡树般坚强。“我们首先用神行术向南前进四十里，然后再决定下一步行动。费戈，你先出发，去找到艾莱斯他们，告诉他们我的行动。他们现在应该已经又前进了很长一段路，一定要小心，你不可能战胜十名智者。”一个氏族里至少会有这么多能够导引的智者。如果那些艾伊尔人不止一个氏族呢？即使这是无底沼泽，他也必须走过去。

费戈点点头，就策马朝营地走去，他已经确切记住了那片地方的地形。剩下的事情不需佩林发号施令，已经有传令兵奔向梅茵人和海丹人的队伍。他们无论在扎营时还是行军时都是分开的。朱尔认为他在队伍做好出发准备前可以记清楚这里的地形，所以他们不需要像费戈那样回到营地去。现在就只剩下一件事。

“我要去找到马希玛，丹尼，”佩林说，“不管怎样，必须要有人给他送信过去。如果运气好，我不会耽搁太久。”

“你如果要单独去找那帮恶棍，大人，你就需要很好的运气。”丹尼回答道，“我听说他们之中有人认为你是暗影生物，只因为你有与众不同的眼睛。”他的视线遇到佩林金色的眼睛，立刻滑到一旁。“他们说你已经被转生真龙驯服了，但你仍然是暗影生物。你应该带一些护卫跟着你。”

佩林犹豫了一下，然后拍拍快步的脖子。如果马希玛的信徒真的认为他是暗影生物，要亲手除掉他，那么几十名护卫是肯定不够的，即使全体两河人都跟他去恐怕也不够。也许他并不需要亲自通知马希玛，让他自己去查清楚这些事好了。

他听到一阵蓝山雀的啁啾声从西方的树林中传来，片刻之后，所有人都听到了第二声鸟叫。现在他暂时不需要再做任何决定了。他甚至开始怀疑，这与他时轴的身份会不会有关系。他转过快步的马头，静静等待着。

两河人知道这种两河特产的鸟叫声是什么意思——有人来了，数量不算少，而且不一定完全没有敌意。如果是朋友来了，传来的应该是钩喙鸫的叫声；如果是模仿雀的叫声，那肯定是抱有敌意的人。在队伍西翼，佩林能看到的地方，每两个人之中就有一个人下了马，把缰绳交给身边的人，然后拿起弓箭。

那些陌生人出现在树丛中，他们骑在马上，排成一列横队，仿佛是要让人数显得更多一些，他们可能有一百人，其中有两个带头的。在靠近两河人时，他们放慢了速度，似乎并没有恶意。他们之中有一半人拿着长矛，那些矛头指向天空，但随时都有可能平举向前。他们向前迈着稳健的步伐，其中有些人穿戴胸甲或者盔甲，但基本上没有全副武装的。不过，马希玛的普通部下连这样的装备也没有。那两个领头的人之一正是马希玛，他狂热的目光从兜帽中直射出来，如同一头狂暴的山猫正在它的洞穴中向外瞪视。在昨天早晨之前，这些长矛上有多少还曾经绑着一条红色的飘带？

就在距离佩林只剩下几步远的地方，马希玛一抬手，命令他的队伍停下脚步。他拉下兜帽，扫视一遍那些立在马前、双手持弓的两河人。对于那些落在他头上的雪花，他似乎毫无感觉。他的同伴是一名背着一把剑、身材高大的壮汉，鞍桥上则挂着另外一把剑。他没有取下兜帽，不过佩林相信他也像马希玛一样剃光了头顶，这个人的注意力一半在两河人身上，一半在马希玛身上。佩林有点想告诉他们，在这个距离上，两河人的弓箭足以射穿他们的胸甲，再把他们的身体射穿。他考虑着要不要说一说霄辰人的事情，但贝丽兰建议他要谨慎。也许现在正是需要谨慎的时候。

“你要来找我？”马希玛突然问道。这个人的语气像他的目光一样极为强势，他说出的任何一个字都不是随意而为，他说的每一句话都是重要的。他脸上的白色伤疤随着他突然出现的笑容而扭曲，而那笑容中没有丝毫暖意。“没问题，现在我来了。你一定已经知道，那些追随转生真龙的人——他们的名字是启明星！他们不愿被丢下。我不能拒绝他们的愿望，他们和我一样是他的仆人。”

佩林看到一片火海涌过阿玛迪西亚，进入阿特拉以及更远的地方，火焰的后面只剩下死亡和毁灭。他深吸一口气，让寒风卷入肺里。菲儿比任何事都更重要，任何事！如果他要为此而上火刑架，他也绝不会犹豫。“带着你的人向东前进，”他为自己语气的镇定而感到吃惊，“我会追上你。但我的妻子被艾伊尔人绑架了，我要先向南去，把她救出来。”他第一次看到马希玛显露出吃惊的样子。

“艾伊尔人？那么他们的确是在这里，而不仅是谣言？”马希玛向队伍另外一侧的智者们皱起眉头，“你说，你要向南前进？”他双手按在鞍桥上，注视着佩林，他的身上散发出强烈的气息，佩林从那股气息中只嗅出了疯狂。“我会和你一同行动，”马希玛以不容置疑的语气说道。这很奇怪，他一直都在迫不及待地要前往兰德身边，当然，前提是不能做任何与至上力有关的事情。“所有追随转生真龙的人，所有启明星都会帮助你。消灭艾伊尔蛮人正是光明的任务。”他的目光再一次射向那些智者，脸上的微笑比刚才更加冰冷了。

“很感谢你愿意帮助我。”佩林撒了个谎。这群乌合之众根本对付不了艾伊尔人，不过他们的人数成千上万，除了艾伊尔人以外，任何势力都害怕他们。佩林觉得自己的脑子里有一片拼图动了一下，但他现在就要被疲惫压倒了，已经看不出那是哪一块拼图。不管怎样，他不能答应马希玛的要求。“那些艾伊尔人已经向南走了很远，我打算用神行术追上他们，这要用到至上力，我知道你对至上力是怎么看的。”马希玛背后的人群中传来一阵窃窃私语，那些人彼此交换着眼神，晃动着手里的武器，佩林听到低声的咒骂和诸如“黄眼睛”、“暗影生物”之类的话。马希玛身边那个剃光头的大汉瞪着佩林，仿佛佩林已经受到诅咒。但马希玛依旧只是注视着佩林，仿佛他的目光是一根锥子，要刺穿佩林的脑袋，看看里面到底是什么。

“如果你的妻子受到伤害，他一定会伤心的。”这个疯子终于又开了口。他显然不允许任何人说出兰德的名字，就如同不能说出马希玛这个名字。“这次的事件将得到……赦免。因为你是他的朋友，他也会想要找到你的妻子，仅此一次。”他平静地说道，但他深陷的眼窝中如同燃烧着黑色的火焰，面孔则因强烈的怒火而抽搐着。

佩林张开口，却没有说一个字。如果马希玛说太阳从西边升起，太阳也许真的会从西边升起。突然间，佩林觉得落在沙度人手中的菲儿，可能要比现在的他更安全一些。

第7章

凯姆林的街道

在随着山丘地形起伏不定的凯姆林街道上，伊兰和她的随从们引起许多人的注意。大红色皮毛镶边斗篷上的黄金百合花，向这座都城中的所有居民宣示了她的身份。同时她也没有用兜帽遮住面孔，王太女冠冕上的黄金玫瑰在她头顶上格外醒目。她不止是传坎家族的家主伊兰，更是安多的王太女，所有人都必须看到这一点，明白这一点。

安多新城的圆顶在清冷的日光中闪烁着白色和金色的光泽。主道两侧的树木上，沿着光秃枝干垂挂而下的冰柱也在闪烁不定。虽然太阳已经接近天顶，但仍旧缺乏暖意。幸运的是，今天是个万里无云的晴朗天气，寒风已经停止了呼号，但冰冷的空气仍旧足以冻结她的呼吸。安多城中就连那些狭窄弯曲的石板街道也被扫净了积雪，这座城市又活了过来，到处都充满熙熙攘攘的人潮。大车的车夫们一只手紧抓着斗篷，另一只手还在抽打着马匹，但他们也只能跟随人潮缓慢前进。一辆高大的运水车隆隆地驶过。从声音判断，它里面是空的，大概正要去重新装满水，和最近过于频繁发生的纵火案继续战斗。几名小贩和卖货郎勇敢地在严寒中叫卖着他们的货物，但大多数人一心只想赶快做完事情，尽早回到家中，只是拥挤的人群让每个人都无法加快脚步。这座城市的人口远远超过了塔瓦隆，在这样的人群中，即使是不多的几个骑马人前进的速度也不比徒步行走来得快。整个上午，伊兰只看到两三辆在人群中慢慢磨蹭的载客马车，坐在那些车里的人，如果不是残废或者要赶远路，那就一定是傻瓜。

所有看见她和她的队伍的人，至少都会停一下脚步。有些人在朝她指指点点，或者是举起自己的孩子，好让这孩子以后能向他们自己的孩子夸耀曾经清楚地看见过她。但伊兰不知道将来他们口中的自己到底会是安多女王，还是仅仅在这座城市中行使过一段时间统治的某个人。大多数人只是静静地看着她，不过还是偶尔会有几个声音喊出："传坎！传坎！"甚至是"伊兰和安多！"如果这样的欢呼声能更多一点就好了，不过就算是寂静无语也能让人满意了。安多人是个性格坦率的民族，她的首都凯姆林也是如此。当凯姆林人在大街小巷公开议论他们不喜欢某位女王时，这位女王垮台的日子往往也就不远了。

一个冰冷的想法让伊兰打了个寒颤。控制凯姆林的人也就控制了安多，这是一句古老的谚语。但这句话并非完全正确，兰德在控制凯姆林之后就没能控制安多。不过凯姆林毕竟是安多的心脏，她已经宣布拥有了这座城市——狮子旗和传坎家族的白银楔石旗正一同飘扬在安多城墙的塔楼上。但她还没能得到凯姆林人的心，这远比占有这些石砌的塔楼更重要。伊兰向自己许下诺言，总有一天，他们全都会向她欢呼，她将赢得他们的推崇。但今天，人群中零星的几个欢呼声只能让她感觉更加孤寂。她希望艾玲达能在她身边，但艾玲达不明白为什么要爬上马背在城市中走过。不管怎样，伊兰能够感觉到她，这和她对柏姬泰的感觉不同，但她就是能感觉到自己的姐妹正在这座城市里，如同感觉到另一个人和她处在同一个房间中。这种感觉让她很欣慰。

她的同伴也正因为她们各自的原因而受到路人瞩目。赛芮萨成为两仪师只有三年时间，她黝黑的方脸上并没有太多两仪师那种光洁无瑕的样子，一身做工精良的青铜色羊毛衣裙和扣住斗篷的一个嵌蓝宝石白银大胸针，让她看上去更像是一名富有的商人。她的护法耐德骑马跟在她身旁，他是一名肩膀宽阔、身材高大的年轻男子，有一双亮蓝色的眼睛，玉米黄色的卷曲长发披散在肩头。他披着护法的变色斗篷，让他看上去更像是一颗没有身躯的头颅飘浮在一匹残缺不全的灰色高大骟马上。这无疑让所有凯姆林人都知道了他的身份，也让他们明白赛芮萨是一名两仪师。而环绕在伊兰和赛芮萨身旁的护卫吸引了同样多的目光，她们是八名女子，穿戴着女王卫兵的红色外衣、光亮的头盔和胸甲。这不是每天都能见到的情景，可能这也是凯姆林历史上第一次出现这样的队伍。这正是伊兰亲自从新兵中将她们挑选出来的原因。

卡赛勒·拉克尼是她们的少尉，她的身材如同艾伊尔枪姬众般瘦削刚健。

她是一名极为罕见的女性商队保镖，据她说，她从事这一行已有将近二十年时间了。她胯下的杂毛母马亚莱菲鬃毛上系着一串银铃。除此以外，伊兰对她的过去就没什么了解了。这八名卫士中唯一的安多人，是一名相貌温和、身材健壮的灰发女人，名叫德妮·科福德，她原先在城外下凯姆林区的一家酒馆里充当维持秩序的打手，这也是一个女人较少涉及的工作。德妮并不知道该如何使用腰间的佩剑，但柏姬泰说她的手和眼都非常快，她用起挂在腰间另一侧的短棍简直是出神入化。其余的女子都是号角狩猎者，她们高矮不一，有的壮硕，有的瘦削；有的鬓带灰发，有的依旧眼露童真。她们都有着不同的过去。有些人像卡赛勒一样对此闭口不谈，有些人的故事则明显充满了夸大与不实。任何类型的人都能够成为号角狩猎者，但她们都响应了伊兰征召女王卫兵的命令。更重要的是，她们都通过了柏姬泰的审查。

“你在这里并不安全。”赛芮萨突然说道。她催赶自己的栗色马走到伊兰旁边，黑色的焰心差点咬了那匹驯顺的母马一口。伊兰急忙勒紧缰绳，让焰心的头转到一旁。街道在这里变窄了，迫使女王卫兵们收紧了保护圈。这名褐宗姐妹的脸上带着两仪师的镇定，但关切的意味在她的声音中显露无遗。“如此拥挤的人群中，任何事情都有可能发生。要记住，谁正在银天鹅里，从那到这里不过两里路。十名姐妹聚在一起绝对不是只为了找个伴，更何况她们也许是爱莉达派来的。”

“也许不是。”伊兰静静地答道，她的声音比她所预料的更平静。有非常多姐妹似乎只是在袖手旁观爱莉达和艾雯之间的战争。就在她到达凯姆林的时候，两名姐妹离开了银天鹅，又有另外三名住了进去。这不像是一支秘密团队的行动方式，而且她们之中没有一个是红宗的。爱莉达不可能在任何行动中将红宗排除在外。实际上，伊兰已经安排了对这些姐妹的监视，只不过她没有告诉赛芮萨。爱莉达非常想要伊兰，这不同于对一名普通逃亡见习生的追捕，也不同于爱莉达对待艾雯或那些叛逆两仪师的态度。伊兰不明白这是为什么。一名有两仪师身份的女王对白塔来说也许有非常重要的价值，但如果她被抓回塔瓦隆，她就不可能成为女王。爱莉达已经发布命令，要不惜任何手段将她带回白塔。如果这道命令得到执行，那么伊兰在未来的许多年中都不可能再登上安多王位。自从伦蒂·麦克拉让她服下那种能够暂时压制女性导引能力的药剂之后，这个谜题已经在伊兰的脑子里盘旋了无数次。这是个非常令人担心的谜题，特别是现在她已经向全世界宣布了她所在的位置。这时，她的视线在一名披着蓝色斗篷的黑发女子身上逗留了一会儿。那名女子并没有用兜帽罩住脸，也几乎没看伊兰一眼，就转进了一名蜡烛匠人的店铺。她的肩头挂着一只沉重的布袋。伊兰确认她不是一名两仪师，只不过是一个长得有点像翟妲的年长女子。“不管怎样，”她坚定地说，“我不会被对爱莉达的恐惧钉死。”银天鹅里的那些姐妹到底想干什么？

赛芮萨不轻不重地哼了一声，她似乎是想朝伊兰翻个白眼，却又暗自压下这种冲动。有时候，伊兰会从宫中的其他姐妹那里看到一个古怪的眼神，毫无疑问，她们并没有忘记她是如何晋升为两仪师的。但至少在表面上，她们已经接受了她的两仪师身份，并承认她在她们中间的地位仅次于奈妮薇。但这并不能阻止她们说出心中的想法，而且她们的语气往往要比对待以正规途径获得披肩的姐妹更加生硬些。“那就忘记爱莉达吧，”赛芮萨说，“你还要记住想掌握你的并非只有她一个。只要一颗有足够准头的石子，你就会变成一个不省人事的包袱，被别人轻松扛起来，消失在这片混乱的人群中。”

赛芮萨难道一定要告诉她这种无聊的常识吗？不管怎样，绑架王位的竞争者在安多几乎已经成为了一种习俗，每个反对她的家族在凯姆林都有支持者。如果他们没有在寻找机会绑架她，她可以拿自己的拖鞋当午餐。当然，只要她还能导引，这些人就很难成功，但他们不会放过任何机会。她从没想过只要到达凯姆林就能获得安全。

“如果我不敢离开宫殿，赛芮萨，我就绝对无法赢得人们的支持。”她低声说道，“我必须被公众看见，必须让他们知道，我不害怕。”所以她只带了八名卫兵，而不是柏姬泰所希望的五十名。那个女人从来都拒绝考虑政治的现实性。“而且，有你在这里，他们至少需要两颗很有准头的石子。”

赛芮萨又哼了一声。但伊兰尽全力忽略她的固执，更希望自己能忽略赛芮萨的存在，但这是不可能的。除了要被公众看见之外，她此次出行还有更多的理由。哈文·诺瑞尽职地向她报告各种事件和文案，但那名职员总管枯燥的声音几乎总是让她昏昏欲睡。她很想看看现实的情况。诺瑞报告一场暴动的时候，就如同报告城市蓄水池状况或下水道清洁费用一样死气沉沉。

人群中有许多外国人。坎多人留着分叉的胡须；伊利安人剃光了上唇的胡子；艾拉非人留着辫子，在辫子上系着银铃；还有古铜色皮肤的阿拉多曼人，橄榄色皮肤的阿特拉人，肤色黝黑的提尔人，身材矮小、皮肤白皙的凯瑞安人。他们之中有一些是商人，因为突来的暴风雪而滞留此地，却还在拼命打算着该如何在商业竞争中抢占先机。这些人很清楚，商业贸易是每一个国家的生命之血。他们全都装出一副大商人的模样，然而印染粗糙的外衣或黄铜和玻璃质地的胸针，往往暴露了他们的真实身家。有许多人赤着脚，穿着破烂的外衣，裤腿在膝盖处磨出了洞，裙摆只剩下一圈毛边，斗篷上全是破洞，或者根本就没有斗篷。这些都是难民，他们有些是在战火中逃离家园，有些只是相信转生真龙打破了一切束缚，便开始在这个世界上到处游荡。他们在严寒中蜷缩着身体，面容憔悴，神色颓丧，任由人潮将他们推来挤去。

伊兰看着一名目光呆滞的妇人踉跄地在人群中穿行，怀里抱着一个孩子。伊兰从荷包里摸出一枚硬币，把它递给一个名叫绮甘的女王卫兵。绮甘有一副苹果般通红的脸颊，眼神却像冰一样寒冷。她自称来自海丹，是一个小贵族的女儿，至少，她应该是海丹人。当这名女王卫兵过去将硬币递给那名妇人时，那名妇人却依旧只是抱着孩子蹒跚前行，似乎根本没看见女王卫兵的举动。这座城市里已经有太多这种人了，每天宫中在全城各处设立的炊房都要养活数千个这样的人，但还有太多人甚至连领取面包和汤的意愿都没有。当伊兰将硬币放回到荷包里时，只能在心中为这对母子祈祷。

“你不可能喂饱每一个人。”赛芮萨低声说。

“安多不能让孩子挨饿。”伊兰仿佛是在发表一个宣告，虽然她并不知道该如何实现它。这座城市里的食物还算充足，但她无法用命令强迫人们吃饭。

不过，也有一些流亡到凯姆林的外国人已经不再破衣烂衫，形容枯槁。无论他们因为什么而离开家园，现在他们肯定是认为自己走的路已经太远，是该重拾旧业的时候了，也许他们已经失去了一切，但他们可以从零开始。在凯姆林，任何掌握一些技巧，同时还有一点热情的人，总是能找到愿意投资的银行家。这些日子里，一些新的事业已经在这座城市中展开了。光是今天上午，伊兰就看见了三个新开张的钟表匠店铺！现在她的视线中又出现了两家吹制玻璃作坊。她还知道，城北新建了将近三十家手工作坊。从现在开始，凯姆林将出口玻璃和水晶制品，而不再是进口。现在这座城市里还有了缎带制作工厂，出产的成品完全可以和卢加德的产品媲美，因为在这里制作缎带的匠人正是从卢加德来的。

这让伊兰的情绪高涨了一点。来自这些新兴产业的税收，将为她带来很大帮助，只是必须耐心等待一段时间，这些产业才有可能初具规模。而最吸引伊兰注意力的还是另外一批人。无论是外国人或安多人，佣兵在人群中都非常显眼。这些表情凶悍的男人身佩刀剑，虽然在人潮的压迫下不得不放慢脚步，却依旧露出一副耀武扬威的样子。商人的保镖们也是全副武装，走到他们身边的人总是会被他们用肩膀顶到一旁。但和那些靠卖命为生的凶汉相比，他们身上的伤疤要少得多，脾气也温和多了。这些佣兵在人群中就好像蛋糕上的葡萄干一样明显。现在凯姆林城中已经聚集了太多这种佣兵，而且冬天又不是佣兵这个行业的旺季，所以现在雇佣这些战士的价格应该相当低廉。但戴玲一直害怕这些佣兵会让伊兰付出整个安多作为酬金。不管怎样，伊兰必须为女王卫兵找到足够的兵源，同时又不能让外国人占据这支部队的大多数位置。而且，她还必须有足够的钱付给他们当酬金。

她突然感觉到了柏姬泰。柏姬泰非常愤怒，最近她经常会愤怒，而且她正在靠近。非常愤怒，移动的速度也非常快，这让伊兰心中立刻响起警报。

她迅速下达命令，以最直接的路线返回宫殿，那正是柏姬泰朝她靠近的方向，约缚引领她朝伊兰赶了过来。伊兰一行人在下一个街角拐向南方，走进针街。实际上，这是一条相当宽阔的大街，只是它像河道一样蜿蜒曲折，沿山势起伏不定。在许久许久以前，这里到处都是制针匠人，但现在这里能看到几间酒馆和旅店夹杂在刀剪作坊和裁缝铺之间，还有其他各种店铺，就是没有制针作坊。

当她们正在梨人巷向上攀登，还没到达内城时，柏姬泰已经找到她们。从第一代安多女王爱莎拉时代到现在，这里一直有几家水果店，不过在一年中的这个季节里，这些店铺的橱窗里只能看见数量极为稀少的一点水果。在拥挤的人群中，柏姬泰仍然让她的长腿灰马保持着慢跑的速度，大红色的斗篷被她甩在身后，不停抽打着两旁的行人。当她看到伊兰时，才减慢速度。

与伊兰会合后，她便不再有任何匆忙的表现。她先将那些女王卫兵审视了一番，然后才向致敬的卡赛勒回了一个军礼，又调转马头，走到伊兰身边。和其他女王卫兵不同的是，她既没佩剑，也没披挂甲胄。现在她对于过去生活的记忆正在逐渐消失，她说她已经完全记不得白塔建成前的事情了，只有一些记忆的残片偶尔会在她的意识中闪现。但有一件事她始终记得非常清楚，每次当她想要用剑时，她都差点要把自己杀死，这种情况在她的人生中已经出现不止一次了。挂好弦的长弓插在马鞍上的弓匣里，马鞍的另一侧是插满羽箭的箭囊。愤怒在她的胸中沸腾，当她说话时，她的眉头皱得更紧了。

"不久前，一只快要冻僵的鸽子飞进宫殿的鸽棚，它带来了亚林吉尔的消息。护送娜埃安和爱伦娜的人在距离那座城市不到五里的地方遭到伏击，全被杀死了，只有一匹鞍上带着鲜血的马逃了回来。如果不是这样，我们可能会连续几个星期都无法知道这个讯息。如果她们两个只是被想得到赎金的强盗掳走，那就是我们最大的幸运了。"

焰心向前踏了几步，伊兰用力勒住它的缰绳。人群中有人喊了一声，也许是在欢呼传坎之名，也许不是，在这片纷乱的人群中，即使是店铺老板的叫卖声也听不清了。"也就是说，宫里有奸细。"伊兰刚说完这句话，立刻又闭紧双唇，她真希望能在赛芮萨面前好好管住自己的舌头。

柏姬泰却仿佛并不在意，“我想，这件事应该不是时轴计因缘发生的巧合。也许你应该让我帮你安排保镖了，只需要几名经过认真挑选的——”

“不！”宫殿是伊兰的家，她不会在那里接受别人的保护。她瞥了那名褐宗两仪师一眼，叹了口气。赛芮萨听得非常专注，而且现在也不该再隐瞒这件事了。“首席侍女知道这件事了吗？”

柏姬泰瞥了她一眼，同时一股遭受羞辱的情绪从约缚中传过来，伊兰觉得她是在责备自己这句话说得太过多余，就像是要教导老祖母该如何做女红。“现在她打算将每一名侍奉你母亲不到五年的仆人都审问一遍，我有点怀疑她甚至可能打算对他们动刑。当我告诉她这件事之后，我很高兴能全身而退地离开她的书房，而我则要负责审问其他人。”她所指的是女王卫兵，只是在卡赛勒她们面前，她不会把这话挑明。但伊兰并不太认同柏姬泰的看法，所有这些新兵当然都有可能是敌人的眼线，但他们并没有机会能探听到任何有用的讯息。

“如果宫里有奸细，”赛芮萨低声说，“那么情况就会变得更糟。也许你应该接受柏姬泰女士的建议，在身边安排保镖。类似的事情在以前的确发生过。”

柏姬泰朝那名姐妹龇了一下牙。伊兰相信那应该是一个微笑，只不过看起来让人很不舒服。不管她多么不喜欢伊兰给她的头衔，她还是用充满希望的眼神看着伊兰。

“我说不，这就是我的决定！”伊兰喝道。一名乞丐朝这队缓慢移动的人马走过来，脸上带着讨好的笑容，手里拿着帽子。但还没等伊兰的手伸进荷包里，他就打了个哆嗦，逃进人群中。伊兰不知道自己的愤怒有多少来自柏姬泰，但她现在的表情一定非常可怕。

“我应该亲自去接她们。”她苦涩地说道。实际上，她只是为那些信使编织了一个通道，就将那一天剩下的时间花在商人和银行家的身上。“至少我应该命令亚林吉尔的卫戍部队参与护送。十个人因我的大意而死！更糟糕的是，光明助我，更糟糕的是，我失去了爱伦娜和娜埃安！”

柏姬泰用力地摇着头，就连她悬在斗篷外的金色粗辫子也随之来回摆动，“首先，女王不可能每件事都亲力亲为，女王就是女王！”她的怒火稍微减弱了些，取而代之的是无奈与气恼，而她丝毫不掩饰自己声音中的情绪。她现在只想让伊兰接受她安排的保镖，即使在伊兰洗澡时也不例外。“你的冒险岁月已经结束了。第二件事，以后你溜出王宫时必须进行伪装，尤其是晚上。你永远也不会知道什么时候会有个流氓敲开你的脑袋。”

伊兰在马鞍上坐直身体。柏姬泰当然知道她的行动。她现在还不知道该如何阻止约缚传达讯息，虽然她相信肯定有这样的办法。但不管怎样，柏姬泰不应该在这时提起这种事，这样只能让其他姐妹、她们的护法，甚至是女王卫兵更加谨慎地监视她。这帮人现在满心想的都是要保护她的安全，这实在太可笑了，她曾经去过艾博达，去过坦其克，甚至是法美镇，那些地方才真正充满危险。而且，她迄今为止只在晚上溜出去过一次，还有艾玲达陪在她身边。

“冰冷黑暗的街道可没办法与温暖的炉火和一本有趣的书相比，”赛芮萨以自言自语的悠闲口气说道，她正全神贯注地端详着她们经过的一家家店铺，“我非常不喜欢走过铺满冰雪的街道，尤其是在夜里，且手上没有一根蜡烛的情况下。年轻漂亮的女孩们经常会以为一身脏衣服和几块涂在脸上的泥巴就能让她们隐身。”这个话题出现得如此突然，而且赛芮萨的语气丝毫没有改变，甚至让伊兰一开始没意识到自己听到的是什么。“被喝醉的流氓打晕，拖进巷子里，这是一种难以令人忘记的教训。当然，如果你的运气够好，恰巧有一名同样能够导引的朋友陪着你，如果她的运气也足够好，那个打她的流氓用力不够狠……不管怎样，你不可能每次都这么好运。你同意吗，柏姬泰女士？”

伊兰闭上眼睛。艾玲达说过有人在跟踪她们，但伊兰相信那只是个想要抢点钱财的小贼。不管怎样，事情和赛芮萨说的不一样，至少不是完全一样。柏姬泰瞪了她一眼，说明她以后还会和伊兰谈谈这件事。伊兰决定不去思考为什么一名护法拒绝服从她的两仪师。

“而且，”柏姬泰继续严厉地说道，“无论是十个人，还是三百人，结果都是一样。烧了我吧，这是个很好的计划。几个人将娜埃安和爱伦娜送到凯姆林，不会受到任何人的注意。让亚林吉尔的卫戍部队倾巢而出，只能吸引安多东部所有的目光。和我们为敌的势力中不止一个能轻松消灭这支小部队，很可能他们现在已经占领了亚林吉尔，亚林吉尔的那支小部队早已经是许多人的眼中钉肉中刺了。这次离开凯瑞安的卫兵愈多，你的损失就愈大，因为他们全都是忠诚于你的战士。”柏姬泰虽然一直说自己只是一名弓箭手，但她对时局有着清晰的把握，她唯一没考虑到的就是传统跨河贸易的损失。

“是谁掳走她们的，柏姬泰女士？”赛芮萨从伊兰的另一侧倾过身子，“这是个很重要的问题。”柏姬泰重重地叹了一声，听起来几乎像是一声呜咽。

“恐怕我们很快就会知道了。”伊兰说。褐宗两仪师带着疑问的神情向伊兰挑了一下眉毛，伊兰只能竭力不让自己咬紧牙关，自从回家以后，她似乎常常要阻止自己做出这种动作。

一名披着绿色丝绸斗篷的塔拉朋女人为这一行人让出道路，并深深地行了个屈膝礼，她的细辫子上缀着小珠，在兜帽外面摆动着。她身材瘦小的女仆抱着许多小包裹，也随着她的主人笨拙地行礼。她们身后跟随着两名身材魁梧的男人，手里拿着箍黄铜的长木棍，显然是她们的保镖。他们始终直着身子，保持着对周围的警戒，而他们身上的厚皮长外衣，大概只有用匕首的猛力一击才能刺穿。

伊兰向那名行礼的塔拉朋人一点头，就跟随其他人走过她身边。迄今为止，她遇到的所有安多人还没有这样向她行礼的。那个女人被面纱遮住的脸上有太多皱纹，她不可能是两仪师。光明啊，伊兰觉得自己对爱莉达的担心实在是太过分了！“这很简单，赛芮萨，”她谨慎地控制着自己的声线，“如果贾瑞德·撒安德掳走了她们，爱伦娜就会让娜埃安做一次选择，宣布阿劳恩家族向爱伦娜效忠，娜埃安也会因此得到一些优良的产业；或者在地牢中被割断喉咙，尸体被埋在某座谷仓后面。娜埃安不会那么容易就屈服，但她的家族会因为她的失踪而开始争权夺势，因此而陷于瘫痪。爱伦娜会用酷刑胁迫娜埃安，甚至真的可能会对她动刑，最终阿劳恩家族会服从于爱伦娜·撒安德。很快地，安沙尔和巴瑞恩家族也会加入他们，这两个家族只会追随最强的势力。如果这次发动伏击的是娜埃安的人，她同样会逼迫爱伦娜做出选择，但贾瑞德肯定会和阿劳恩家族发生冲突，除非爱伦娜阻止他的行动。而如果爱伦娜相信贾瑞德能把她救出来，她就不会阻止他的行动。所以我们只能希望在随后的一两个星期内听到阿劳恩家族的产业受到攻击的讯息。”*如果不是这样，伊兰想，那么就会有四个家族团结起来反对我，而我还不能确定我的麾下能不能有两个家族！*

“这个……判断很有道理。”赛芮萨的声音听起来有些惊讶。

“只要有足够的时间，这些事你也能推断出来。”伊兰用甜美的声音说。看到褐宗姐妹眨了眨眼，她心里不由得感到一点快意。光明啊，她母亲在她十岁时就已经要求她能做出这样的判断了。

随后返回王宫的路程陷入一片沉寂。伊兰几乎没注意到那些色彩鲜亮的嵌花塔楼和巍峨壮丽的内城，她的脑子里只有凯姆林的两仪师和王宫中的间谍、爱伦娜和娜埃安落在谁的手里、柏姬泰到底征募了多少人、她是不是应该把王宫中的金银器皿和剩下的宝石都卖掉。这些问题都令她万分沮丧，但她仍然保持面容的平静，安然接受对她发出的零星欢呼。一名女王不能表现出害怕的神情，尤其是当她真的在害怕时。

纯白色的王宫位于内城中全凯姆林最高的山丘上，可以称得上是一座极为精致的工艺品。这里到处都是装饰繁复的露台和柱廊，细长的尖塔和镀金圆顶在蓝天的映衬下，从几里之外都能看到，它们正是安多权势的代表。女王广场前面是宏伟的大门和宽阔的走道，凯姆林人曾无数次聚集在这座广场上，倾听女王的宣告，向安多的统治者欢呼致敬。伊兰走进王宫的后半部，焰心一路小跑进入了王宫主马厩，钢制蹄铁在石板路面上发出一连串清脆的敲击声。这是一个相当宽阔的空间，高大的马厩门沿两侧铺展开去。一座坚固但没有任何装饰的白色石雕长阳台刚好可以从上面俯视这个地方，上方两侧还能看见一些柱廊，不过这里只是王宫的一道边门。在进入王宫的拱廊前，十二名正准备去广场换岗的女王卫兵笔直地站在他们的坐骑旁边，正在接受一名少尉的检查，这是一名头发斑白的跛腿老兵，他曾经是加雷斯·布伦麾下的一名旗手。在外墙附近，另外三十名女王卫兵正要上马，准备开始在内城结队巡逻。在平常的日子里，一部分女王卫兵的主要职责是在凯姆林街道上巡逻，维持治安；现在女王卫兵的规模已经大幅度削减，即使是保护王宫的女王卫兵也要兼顾完成城市巡逻的任务。凯瑞妮·佛朗西也在这里，她是一名身材矮壮的女人，穿着样式典雅的绿色条纹骑裙，披着蓝绿色斗篷，骑在她的灰色骟马背上。她的护法之一维恩·柯森也上了他的枣红马，这名身材如同长刀般刚健的护法，披着一袭朴素的褐色斗篷，密实的卷发和胡须基本还是黑色的，但仍能看出星星点点的灰白。他们显然是不打算显露自己的身份。

伊兰的出现给马厩带来一阵惊讶，当然，吃惊的人不包括凯瑞妮和维恩。这名绿宗姐妹只是透过斗篷的兜帽，若有所思地看着她。维恩甚至没有看她一眼，他只向柏姬泰和耐德点点头。护法只向护法致意。当伊兰的护卫打开铁栅大门时，他们已经策马离开了。但那些在高墙边的女王卫兵却大多一只脚踩在马镫里，睁大眼睛看着这些刚刚到来的人。王宫中的人都以为伊兰至少要在一个小时后才会回来。现在，王宫中几乎没有人不知道局势有多么动荡不安，谣言在士兵中间的传播速度比在其他人群中间更快。而这些人到底在谈论些什么，往往也有着很大意义。这些人一定看到柏姬泰匆匆离开，现在他们又看到伊兰和柏姬泰一起提前返回王宫。是不是又有一个家族向凯姆林进军了？这里将要遭到攻击了吗？他们是否要受命守卫凯姆林了？但即使加上戴玲的军队，他们也无法站满凯姆林的城墙。片刻的惊讶和担忧之后，那名满面皱纹的少尉喊出一个命令，然后他双眼直视前方，手臂摆到胸前，行了个军礼。除了这名前任旗手和另外几个人，其他人应该都是这几天才加入女王卫兵的，但这些人肯定都经历过战争。

穿着红色外衣、在一侧肩头绣有白狮图案的马夫从马厩里跑出来，不过他们并没有很多事情要做。护卫伊兰的女王卫兵们听从柏姬泰的命令下了马，牵着坐骑走进一扇扇大门。伊兰下了马，把缰绳扔给一名马夫。耐德此时已经跑到赛芮萨的马前，抓住她的马笼头，帮助赛芮萨下马。他和赛芮萨之间建立约缚还不到一年时间，一些姐妹称他这样的护法为“新丁”，作为新丁的护法往往会不停思忖自己是否想要这样的约缚。不过耐德履行职责时相当勤勉。柏姬泰只是双手叉腰站在一旁，紧皱着双眉。她的注意力全在那些排成两列纵队离开的骑兵身上，在随后的四个小时中，他们将要在整个内城巡逻。不过伊兰相信，柏姬泰现在心里所想的绝对不是这些人。

当然，伊兰也有自己的担忧。为了让自己的忧虑不那么明显，她开始端详那个牵着焰心缰绳的干瘦女人，那个在她下马时为她安放好蒙皮脚凳、扶稳马镫的矮壮男人。他的脸上毫无表情，只是在专心做着自己的工作。伊兰轻轻拍了拍焰心的鼻子，轻声对它说了几句话，才让它被带走。这时那个男人才向伊兰点了一下头。他的责任不是向伊兰屈膝行礼，而是要保证伊兰不会被受惊的坐骑从背上掀下来。伊兰其实并不需要他们的帮助，但现在已经不是她在乡下的时候了，她要遵守王宫的规矩。对此，她只能尽量让自己不要皱起眉头。她没有去看马夫们是如何将焰心牵走的，虽然她很想转过头去看一眼。

拱廊尽头，没有窗户的门厅显得有些昏暗，几盏配着镜子的油灯成为这里的光源。这些立灯都没有什么装饰，铁制灯架只是被卷曲成简单的螺旋图案。这里的房间布局更强调实用性，石灰檐线和白色石墙上都没有装饰。王太女回宫的讯息肯定已经传播出去了，因为她们还没全部走进门厅，就已经有六名男女仆人走出来，朝她们鞠躬或行屈膝礼，接下她们的斗篷和手套。他们的制服和马夫们有所不同，他们的红色外衣镶着白色的领子和袖口，安多狮子图案绣在他们的左胸，而不是肩头。伊兰并不认识这六个人，王宫中大多数仆从都是新人，还有一些是从已经退休的仆人中召回来的。有许多原来的仆人在兰德攻占这座城市时都逃走了。一个面孔肥胖的秃头男人一直不敢看伊兰的眼睛，似乎很怕在无意中对王太女有所冒犯。一名身材苗条、有一点斜视的年轻女人行屈膝礼时热情得有些过分，她的微笑可能只是为了表示她对伊兰的敬意，却让伊兰感觉很有压力。伊兰快步走开，柏姬泰则跟随在她身边。她不想让这些仆人看到她气恼的眼神，而怀疑的情绪只是让她的舌头上多了一层苦味。

赛芮萨和她的护法离开伊兰，这名褐宗姐妹低声告诉伊兰，她想去图书馆看一会儿书。凯姆林王宫图书馆的藏书并不算少，只是肯定没办法和白塔大图书馆相比，但赛芮萨还是会每天在那里待上几个小时，从里面找出各种各样尘封已久的卷宗，她说那些都是在别的地方找不到的古籍孤本。耐德紧跟着她走进另一条走廊，如同一只健壮的黑天鹅迈着奇异又优雅的步伐。那件能够干扰视线的斗篷已经脱下，并整齐地叠好，挂在他的手臂上。护法们很少会让斗篷离开他们很长时间，维恩的斗篷很可能是放在他的鞍囊里。

“你想要一件护法斗篷吗，柏姬泰?”伊兰一边走一边问道。她很羡慕柏姬泰的宽松长裤，因为就算是骑马的裙装也很难让人能迈开够大的步伐。不过她至少穿着马靴，而不是软鞋，现在王宫中红白色的石板地面会让穿着软鞋的双脚冷得难受。王宫中没有足够的地毯铺满所有走廊和房间，而且如果把地毯铺在走廊上，忙碌的仆人们很快就会把它们踩得僵硬。“只要艾雯到达白塔，我就让她们替你做一件，你应该拥有一件的。”

“我不在乎什么该死的斗篷。”柏姬泰冷冷地回答。一种来自可怕预感的愁容充斥在她脸上，让她的嘴角添上一条刚硬的线条。“你走得也太快了，我一直担心你会在街上被打中脑袋，一头栽下马。该死的！那里的坏人太多了，天知道会发生什么事情！”

“不需要道歉，柏姬泰。”羞愤的心情从约缚中奔涌而来，但伊兰决定要掌握住优势，就算是在只有她们两人的时候，柏姬泰的责备几乎也让她受不了。她可不打算在走廊上任由柏姬泰喝斥她，这里到处都是递送物品、擦墙洗地，或者是为灯盏添油擦拭的仆人，他们全都一言不发，朝她和柏姬泰行过礼后就会匆匆离开。但毫无疑问，这些人全都在好奇王太女的将军为什么会满脸乌云，他们全都拉长耳朵，不放过她们两个说的任何一个字。“你不在我身边，是因为我不想让你跟着我。我打赌，赛芮萨也不会让耐德跟着她去图书馆。”柏姬泰的脸已经黑得不能再黑了。也许不该提到赛芮萨，于是伊兰改变了话题：“你必须改变一下你的说话方式，现在你说话愈来愈粗鲁无礼了。”

“我的……说话方式，”柏姬泰以极为危险的语气喃喃说道，就连步伐也发生了改变，仿佛她突然变成一头正在踱步的老虎，“你说我的说话方式？至少我知道我说出的每个字是什么意思，至少我知道什么时候应该用什么样的字眼。”伊兰的脸红了，脖子也变得僵硬。她确实知道！至少在大多数时候是这样。“至于说耐德，”柏姬泰的声音依旧是那样轻柔而又危险，“他是个好人，但他在成为护法之后还没有经历过什么值得大惊小怪的事情。如果赛芮萨打个响指，他立刻就会跳起来。我从不会大惊小怪，我也不会跳起来，是不是正因为这样，你才会给我这么一个头衔？你以为这样就能拴住我？这肯定不是你脑子里第一个蠢念头。我知道，你的脑子在大部分时候都是清醒的……好吧，我的办公桌已经被各种该死的报告埋起来了，如果你想得到你所需要的半数士兵，我就必须先把那张桌子从报告堆里挖出来。但我们今晚要好好谈一谈，殿下。”她的声音坚定无比，她的鞠躬甚至也显得相当正式，然后她就大步走开了，金色的长辫子在她脑后几乎像愤怒的猫尾巴一样竖直起来。

伊兰气恼地一跺脚。柏姬泰的头衔是她应得的奖励，自从约缚之后，柏姬泰所做的事情已经超过这一点奖励十倍还不止！而在那以前，她更是给了她们千倍万倍的帮助。她还曾经想过给柏姬泰其他的权位，但现在她决定打消这个念头，现在这些已经够了。无论柏姬泰把伊兰当作君主还是约缚的两仪师，她只会服从她想要服从的命令，否则，即使是非常重要的命令（至少是伊兰认为非常重要的命令），柏姬泰也会充耳不闻。而且只要是柏姬泰认为有风险或者不得体的事情，她总是禁止伊兰去做。难道银弓柏姬泰能够承担下所有人的风险吗？如果说伊兰做过什么不够体面的事情，那柏姬泰还会在酒馆里寻欢作乐呢！她在那里喝酒、赌博，还向英俊的男人抛媚眼！柏姬泰很喜欢看到那些漂亮的男人，虽然她实际上喜欢的男人，脸上仿佛是被别人当作过战场一样。伊兰并不想改变柏姬泰，她欣赏柏姬泰，喜欢柏姬泰，将柏姬泰当作朋友，但伊兰还是希望她和柏姬泰之间能够更多一点两仪师和护法的关系，少一点大姐姐教训无知小妹妹的关系。

她忽然意识到，自己正站在原地，没有任何目标地发着火。仆人们走过她身边时都有些瑟缩，他们都低着头，仿佛惟恐被她注意到。伊兰让自己的面容恢复平静，朝一名身材瘦长、脸上长满粉刺的男孩打了个手势。男孩走过来，笨拙地向她深深一鞠躬。伊兰有些担心，这个男孩把身子弯得那么低，会不会一头栽倒在她面前。

“找到哈芙尔大妈，要她立刻来我的居所见我，”然后她又用不那么和蔼的口气加了一句，“你应该记住，如果你的长官看到你在需要工作时却只是这样发呆，肯定会不高兴的。”男孩张大嘴巴，仿佛伊兰刚刚说出了他的心思，搞不好他会以为伊兰有读心术。他的大眼睛朝伊兰手指上的巨蛇戒瞥了一下，然后慌张地应了一声，又更深地鞠了个躬，就没命地跑走了。

伊兰不由得笑了一下。这是一次相当莽撞的刺探，但这个男孩太小了，不可能是间谍，而且他也太紧张了，不可能做出任何出轨的事情。不过……她的笑容消失了——不过，他并不比她自己年轻多少。

第8章

海民和家人

伊兰还没有回到自己的住所，就已经遇到了首席侍女，对此伊兰并不感到惊奇，毕竟她们有着共同的目的地。哈芙尔大妈向她行过屈膝礼，就跟随在伊兰身后，她的手臂下夹着一只压花皮革封面的活页夹。她早晨起床的时间可能比伊兰还要早，但她身上的红色长衣没有一丝皱纹，胸前的白色狮子图案如同新雪般洁净。当她出现时，仆人们都会以更快的速度奔跑，更加卖力地擦洗。莉恩耐·哈芙尔并不是一个苛厉的人，但王宫在她的管束下，比加雷斯·布伦的女王卫兵军营更加井井有条。

“现在我还没有拘捕任何间谍，殿下，”她的声音只有伊兰才听得到，“但我相信，我已经查出了两个，一男一女，全都是在最近几个月才进入王宫的，那时您的母亲还在这里施行统治。当我要审问每一个人的消息一传出去，他们就离开了，甚至连行李也没来得及收拾，只拿走遮身的斗篷。我相信他们肯定有问题，但也许他们所参与的并不是这个阴谋，”她又不情愿地补充了一句，“恐怕现在宫里也出现了一些偷盗罪行。”

伊兰若有所思地点点头。娜埃安和爱伦娜在过去几个月里，她的母亲依然统治安多时就一直待在王宫中，她们有很多机会在宫中安排眼线。而且，还有更多的家族曾经反对过摩格丝·传坎得到狮子王座。当摩格丝成为女王后，这些家族大多接受了特赦，却又在暗中背叛她。她不会犯下母亲的错误。确实，她必须进行特赦，否则她就是在挑起安多内战，但她要严密监视那些被她赦免的人，就像猫盯着那些宣布已经对谷仓失去兴趣的老鼠。“他们是间谍，”伊兰说道，“宫里还会有其他间谍。并非只有贵族才会安插间谍，银天鹅旅店的那些两仪师也会。”

“我会继续监视，殿下。”莉恩耐一边回答，一边微微低下头。她的声音充满敬意，而且她也没有挑起眉弓，但伊兰又一次有了那种在教老祖母如何做女红的感觉。如果柏姬泰处事的风格能向哈芙尔大妈学一学就好了。

“虽然您回来得早了点，”身材丰满的首席侍女继续说道，“但恐怕您下午还是会非常忙碌。首先是诺瑞总管要求谒见，他说有紧急事务报告。”说到这里，她的嘴唇绷紧了一下。哈芙尔大妈总是要求谒见者报告他们会向伊兰讲述什么事情，这样她就能为伊兰过滤掉那些不重要的事，但职员总管从不会将任何一点讯息透露给她。当然，哈芙尔大妈也从没将自己的事情告诉过诺瑞。这两个人之间的关系算得上是相当糟糕。哈芙尔大妈摇摇头，算是将哈文·诺瑞赶出了脑海。“在他之后，一支烟草商人的代表团和一支布商代表团请求您的接见，他们都要求减免税金，因为现在的局势实在过于艰难。殿下尽可以告诉他们，现在的局势对每个人来说都一样艰难，这种事殿下自然不需要我的建议。一队外国商人也在等待您的接见，人数相当多，他们只是希望您不会阻止他们在这里经商，他们会支持您。当然，他们不会与任何人为敌，我建议您不必在他们身上花费太多时间。”她圆胖的手指在活页夹上按了一下。“还有，宫廷账目需要您的签署才能送到诺瑞那里去，恐怕他又要为此而叹息了。我没想到冬天会发生这种事情，但许多面粉中确实爬满了象鼻虫和蛾，半数火腿和大部分熏鱼也都坏掉了。”她的语气里全是尊敬，但又丝毫无法动摇。

我统治安多，伊兰的母亲曾经私下里这样对她说过，*但有时候，我觉得莉恩耐·哈芙尔在统治我*。母亲在说这些话的时候还伴随着一阵笑声，但她应该不是在开玩笑。伊兰忽然觉得，如果哈芙尔大妈是她的护法，那一定比柏姬泰更可怕十倍。

伊兰并不想去见哈文·诺瑞或者是那些商人，她只想静静坐下来，仔细思考一下那些间谍的事情，还有是谁抓走了娜埃安和爱伦娜，她该如何进行反击，除非……自从母亲死后，诺瑞一直维持着凯姆林的运转。实际上，自从摩格丝落入雷威辛掌中那一天开始，诺瑞就已经担负起这个责任，只不过诺瑞自己可能还不清楚这件事，他似乎在为这些日子里发生的事情而气恼。伊兰不能对他置之不理，而且，他以前从没提出过任何紧急事务。那些商人的好意也不能轻视，即使是外国商人也不行。宫廷账目确实需要签署。象鼻虫和蛾？变质的火腿？在冬天发生这种事？这肯定不正常。

她们走到伊兰住所的那道雕刻着狮子花纹的大门前，这里的狮子像比伊兰母亲住所的狮子像要小，住所规模也小一些。伊兰从没想过要用女王的房间，而且，在她能够戴上玫瑰王冠之前就使用女王居所，会给所有人留下专横跋扈的印象。

伊兰叹了口气，伸手接过那只活页夹。

苏兰·莫格林和珂莱勒·苏托尼出现在走廊里，她们尽量以最快的步伐行走，差一点就要跑起来了。夹在她们中间的那个女人面色阴沉，她的脖子上虽然围着一条绿色的长巾，但还是没能完全遮住罪铐的银光。人们迟早都会发现这其中的蹊跷，并因此而编出许多谣言。如果能把她们集中在一个地方，情况会好一些，但仍然难以避免别人的刺探。现在，家人和海民寻风手已经将仆人区住满了，其中有的房间里甚至是两三个人睡一张床。王宫中有地下室，但那些都是仓库，而不是地牢。兰德怎么总是做错事？即使是男人也不该犯那么多错。苏兰和珂莱勒很快就带着她们的囚犯消失在走廊的转角。

“黎恩·柯尔力夫人今天早晨要求见您，殿下。”莉恩耐的声音保持着谨慎的平静，但她的眉头还是微微蹙了一下。她也一直在监视着家人；海民是一个更加奇怪的群体，虽然她并不很清楚波涛长是什么人，但她仍然能很准确地评判波涛长和她的随员们有怎样的权势和地位。地位崇高的外国人依旧是外国人，外国人自然都是奇怪的。但她并不理解，除了那些有地位的外国人以外，为什么伊兰还要为将近一百五十名女性商人和手工艺人提供庇护。“家人”或者“女红社”这些词汇对她来说并没有什么特别意义，她也不明白这些女人和两仪师之间的紧张关系。她同样不明白的是那些被殉道使带来的女人，虽然这些女人没有被关在牢房里，但她们显然都是囚犯。除了看押她们的人之外，她们不能与任何人交谈。首席侍女知道什么问题是不能问的，但她不喜欢这座宫殿里出现她不明白的事情。不管怎样，她的声音仍然没有丝毫改变：“她说她有好消息要告诉您，但她并没有请求安排您面见她。”

任何好消息都比查看这些账目要来得吸引人，而且她正在等待着一些好消息。她将那只活页夹放回首席侍女手中：“请把它放在我的书桌上，告诉诺瑞，我很快就会见他。”

然后，伊兰就朝那两名家人和她们的囚犯刚才过来的方向走去，虽然裙摆不断地绊着小腿，但她还是尽量加快脚步。不管能不能得到好消息，她肯定还是要接见诺瑞和那些商人，还要查阅并签署那些账目。统治就意味着无休止的劳作，极少能有时间做自己想做的事情。柏姬泰待在她的脑海深处，变成一团纯粹的愤慨和沮丧，毫无疑问，她正在和淹埋了她书桌的文件堆奋战。而今天伊兰的休息时间大概也只有更换骑马装和匆匆吃饭的时候了，所以她走得非常急。很快地，伊兰又沉陷在纷繁的思绪里，不再看前面有些什么了。诺瑞的紧急事务到底是什么？肯定不是街道修缮。宫里到底有多少间谍？哈芙尔大妈大概很难把他们全都捉住。

当她转过一个转角时，她突然感觉到身边有其他能导引的女人，便急忙停下脚步，然后才发现自己差点撞在范迪恩身上。两个人都因为对方的突然出现而吃了一惊，很显然地，这名绿宗两仪师同样是只顾思考，忘了看路。而范迪恩身后的两名同伴则让伊兰不由得挑起眉弓。珂丝蒂安和泽亚穿着朴素的白色衣裙，双手交叠在腰间，表情温顺，恭谨地站在范迪恩身后。她们的头发简单地束在脑后，身上没有任何首饰。初阶生一般是不允许佩戴首饰的。她们曾经是家人，珂丝蒂安还是女红社的成员，但她们也都是白塔的逃亡者。白塔律法对逃亡者有明确的处置方式，无论她们已经从白塔逃走多长时间。回归的逃亡者必须将所有事情都做得十全十美，必须成为所有学生的典范，才有可能得到披肩。任何细小的失误都会招致迅速而严厉的惩罚，而且，当她们到达白塔时，立刻就会因逃亡而受到惩罚，公开的鞭笞肯定是无法逃避的。在随后至少一整年的时间里，她们都要忍受辛劳而充满痛苦的生活。白塔要让任何回归的逃亡者从心底再也不敢，甚至不想逃亡！已经受过基本训练的女人是危险的，绝不能让她们脱离白塔的控制。伊兰竭力想为她们寻找得到宽恕的机会，这些家人并非只是受到过基本训练的学生，她们操纵至上力的经验并不比两仪师少。但在和家人相处的短暂时间里，伊兰发现，她们大多并不希望白塔对她们有特殊待遇。如果还能有成为两仪师的机会，她们都会以极大的热情接受白塔的一切律法、传统和处罚。所以看到这两名家人眼神中的服从与渴望，还有她们急于有所表现的态度，伊兰并不感到惊讶，她们期盼这样的机会大概已经很久了。伊兰这时才想到，她们这段时间好像一直跟随着范迪恩。

“我正在找你，伊兰。”范迪恩开门见山地说道。她的白发被一条深绿色丝带束在颈后，虽然她的脸上看不到皱纹，但任何人都能看出她一定是个非常苍老的人。她的姐姐在不久前被杀害，这给她加上了一种渗入骨髓的冷峻，让她看上去如同一名从不宽恕的法官。她的身材本来就偏瘦，现在更是骨瘦如柴，连双颊都深陷了下去。“这些孩子……”她的声音停顿了一下，双唇微微一抿。在白塔，初阶生的正确称谓就是“孩子”，一个进入白塔的人在得到披肩前都不会被认为是成年人。而只要她还穿着初阶生的白衣，她就是一个孩子，一个无知、莽撞、可能伤害自己和其他人的孩子。对许多刚进入白塔的人，这点都是非常难以接受的。但把这两名家人称作“孩子”，即使是范迪恩也会感到不太自然。不久前，大多数进入白塔的初阶生都只有十五六岁，除了一些谎报年纪的人之外，绝不会有人超过十八岁。但家人和两仪师不一样，她们以年龄的长幼确定地位。有个高鼻子和一张大嘴的泽亚一直自称为嘉妮亚·罗森德，但她在初阶生名录中的名字是泽亚·奥卡斯。她已经超过九十岁了，但从外表看来，她勉强只能算是一名中年女子，虽然受到长年使用至上力的影响，但任何女人都不可能保持永恒的青春。黑眼睛、面容秀丽的珂丝蒂安看起来比泽亚要年长些，差不多有三十来岁，而实际上，她已经超过三百岁了，伊兰相信她比范迪恩还要年长。珂丝蒂安已经逃离白塔太长时间，她甚至敢使用自己的真名。在这些逃亡的初阶生中，这也不是很常见的。“这些孩子，”范迪恩皱起双眉，以更加正式的语气说道，“一直在认真思考哈隆桥发生的事情。”范迪恩的姐姐正是在那里被杀害的，伊丝潘·舍法尔也死在那里，但死掉一个黑宗两仪师对范迪恩而言就像死掉一条疯狗。“不幸的是，她们并没有保持沉默，而是将她们的结论告诉了我。不过，她们至少没有在公众场合胡言乱语。”

伊兰微皱起眉。这时王宫里的所有人都已经知道了那场谋杀。“我不明白，”她缓慢而谨慎地说，她不知道她们是不是真的在挖掘什么隐藏的秘密，也不想给她们任何暗示，“她们是否已经查出来，干那件事的并非普通盗匪，而是暗黑之友?”那桩谋杀案公开的说法是一起抢劫案，两个女人待在一个房间里，被谋取珠宝的盗贼杀害。只有伊兰、范迪恩、奈妮薇和岚知道实际上发生了什么事，而现在，似乎已经有别人推测出了真相。泽亚和珂丝蒂安一定已经在很大程度上掌握了事实，否则范迪恩只会将她们训斥一顿，然后禁止她们对这件事做出任何推测。

“这还不是最糟糕的。”范迪恩朝周围看了一圈，然后往前几步来到走廊十字路口的中央，伊兰不得不跟在她身后。在这里，她们能看到从所有四个方向走过来的人。两名初阶生亦步亦趋地跟随在绿宗两仪师身后，看她们的样子，伊兰怀疑她们也许已经被范迪恩骂过了。她们能看到不少仆人，但和她们都有相当远的距离。范迪恩压低声音，虽然她的表情保持着平静，但她丝毫没有掩饰语气中的不悦：“她们推测杀人者一定是茉瑞莉、赛芮萨或凯瑞妮。我想，她们的这种热情是好的，但这并不是她们现在要考虑的问题，她们应该勤勉地修习她们的功课，直到再没有时间想别的事情。”尽管她把怒火直接发泄在珂丝蒂安和泽亚身上，但这两名年长的初阶生脸上却焕发出喜悦的光彩。范迪恩的斥责中包含着赞扬，范迪恩极少会赞扬别人。

伊兰并没有指出，如果范迪恩愿意参与对这两名初阶生的教导，她们也许就会更忙碌一些。伊兰和奈妮薇有太多别的事情要做，自从她们添加了对寻风手的日常课程之后（除了奈妮薇之外，每个人都要给她们上课），她们就没有多少精力教导这两名初阶生了。那些亚桑米亚尔女人恨不得把她们彻底榨干！她们对于两仪师没有多少敬意，况且想要她们尊敬"束缚于岸上之人"，更是绝对不可能的。"至少她们没有把这件事告诉别人。"伊兰喃喃说道。这算是件好事，虽然只是很小的一件事。

当她们发现艾迪莉丝和伊丝潘的尸体时就已经确定，杀人犯一定是两仪师。她们在被杀之前，就已经被猩红棘麻痹，寻风手不可能知道远离大海的草药，而且就连范迪恩也相信，家人之中并没有暗黑之友。伊丝潘在初阶生时曾经逃跑，那时她已经逃到了艾博达，但在她被抓回白塔之前，家人并没有向她伸出援手。家人并不只是几个白塔的逃兵，她们在援救其他白塔逃亡者时也绝不只是凭着一时的心血来潮。在范迪恩和艾迪莉丝的审问下，伊丝潘已经供出许多情报，但对于黑宗，她只是提到一些很久以前的陈旧计划。范迪恩和艾迪莉丝的手段绝不温柔，到最后，伊丝潘再也无法隐瞒任何事情了。但像其他所有两仪师一样，她并不知道家人的存在，如果家人之中有暗黑之友，黑宗肯定会知道这个组织的每一点细节。所以，理智地判断，杀人犯一定是那三个人之一，不管她们已经和那三个人逐渐建立起怎样的友谊，她们之中一定有一名黑宗两仪师，或者不止一名。她们必须保守这个秘密，至少在找出杀人犯之前，不能再让别人知道这件事，这样的讯息会让整座王宫，甚至整座凯姆林城陷入混乱。光明啊，还有谁对于哈隆桥的谋杀案做出这样的推测？那些推测出答案的人能不能像她们一样保守住这个秘密？

"必须有人看管她们，"范迪恩不容置疑地说，"不能让她们继续卷入这个悲剧，她们需要有规律的课程和艰苦的工作。"那两张容光焕发的面孔立刻变得有点惨淡。她们现在学习的课程很少，但难度都非常大，约束她们的纪律也极为严格。"这是你或奈妮薇要做的事情。"

伊兰恼怒地一咋舌："范迪恩，我现在几乎连思考的时间都没有了，我只能尽量偶尔挤出一个小时训练她们。这件事应该由奈妮薇来做。"

"什么事必须由奈妮薇来做？"这个名字的主人一边用欢快的语气问着，一边走到她们面前。她的臂肘上垂挂着一条绣有叶片和鲜艳花朵的黄色流苏披肩，虽然天气寒冷，但她的蓝色长裙领口还是开得非常低，要不是因为她的黑色粗辫子挡在乳沟上，她的胸口一定会暴露得很夸张。在她额头正中那颗叫霁珊的红点看起来很奇怪。根据马吉尔的习俗，一颗红色的霁珊代表女子已经婚嫁，奈妮薇一知道这件事，立刻就坚持要点上这颗红点。现在她正漫不经心地玩弄着辫梢，看上去非常……满足，这可不是奈妮薇·爱米拉曾经有过的表情。伊兰注意到岚的时候，又愣了一下。他在距离她们几步远的地方开始环绕她们踱步，逐一扫视通往各处的走廊。披着一袭深绿色斗篷的岚像艾伊尔人那么高，肩膀的宽度不亚于一名铁匠。这名面孔刚毅的男人行动起来依旧像幽灵般阴气森森，即使在王宫中，他的腰间还是佩着剑。看到他，伊兰总是想发抖。他冰蓝色的眼睛里射出的死亡光芒，只有当他看着奈妮薇时，这种目光才会稍有消退。

奈妮薇一知道自己要接受怎样的任务，满足的表情立刻从她脸上消失了，她不再玩弄自己的头发，而是紧紧捉住辫子："现在你们听我说，伊兰也许还在忙着玩弄她那些政治手腕，但我也有很多事要做。现在如果不是亚莱丝捏紧了那些家人的脖子，那些家人早就逃走一半了。如果亚莱丝没有希望得到披肩，我可不知道她还能管住那些人多久。那些家人甚至以为她们可以和我争辩！昨天，桑珂管我叫……女孩！"

奈妮薇露出一副气恼的神情，但这全都是她自己的错，毕竟正是奈妮薇告诉那些家人，对待两仪师应该有些骨气，而不仅是卑躬屈膝。现在，她们真的不再卑躬屈膝了，她们甚至开始要求两仪师尊重她们的规则。这也许不是奈妮薇的错，她看起来不过二十出头，在她还很年轻的时候，至上力就已经减缓了她的衰老速度，但年纪对家人来说是非常重要的，而现在奈妮薇花费她大部分时间和那些家人在一起。她没有揪自己的辫子，只是用力地拉着它，几乎要把它从头皮上拉下来。"还有那些该死的海民！可恶的女人！可恶，可恶，可恶！如果不是因为那个该死的契约……我最不需要的事情就是两个哭泣抱怨的初阶生！"珂丝蒂安抿了一下嘴唇，泽亚的黑眸里闪过一丝怒火，又立刻回复柔顺的神色。虽然只是外表上的驯顺，但她们毕竟还有足够的理智，知道初阶生不可以在两仪师面前随便开口说话。

伊兰放弃了想要尽快解决一切问题的愿望。她现在想抽珂丝蒂安和泽亚的嘴巴，这两个管不住自己舌头的家伙让一切事情都变得更加复杂。她也想抽奈妮薇的嘴巴，她终于觉得寻风手们是个麻烦了？她根本就不值得同情。"我根本就没有玩弄什么，奈妮薇，这你很清楚！我也经常会询问你的建议的！"伊兰深吸一口气，竭力让自己平静下来。她能看到范迪恩和那两名初阶生背后的仆人们已经停下手中的工作，朝她们这里看过来。她怀疑她们注意的并不止是岚，虽然岚确实很惹人瞩目。争吵的两仪师的确是一种很奇怪的情景，但也还是敬而远之比较好。“必须有人管理她们，”她压低声音，“还是你认为你能告诉她们忘记所有这些事？看看她们，奈妮薇，如果对她们放任不管，她们也会立刻查出谁是掌权者。她们会去找范迪恩，肯定也是因为她们认为范迪恩有力量帮助她们。”听到这句话，珂丝蒂安和泽亚立刻变成天真无辜的初阶生，脸上还有一丝受到不公指责的义愤。伊兰当然不相信她们有那么天真，毕竟她们一辈子都在努力伪装自己。

“为什么不能让范迪恩管教她们？”过了一会儿，奈妮薇扯了扯披肩，“光明啊，伊兰，你必须记住，她们并不是我们一般概念中的初阶生。”伊兰想要表示反对——我们一般概念中的！奈妮薇是没有当过初阶生，但在不久前，她还是见习生，一个会哭泣、会抱怨的见习生！她张开嘴，奈妮薇却没有给她说话的机会。“我相信，范迪恩能充分利用她们的力量，平时，她也能对她们进行常规训练。范迪恩，有人告诉过我，你以前教导过初阶生。这个问题就这样解决吧。”

那两名初阶生的脸上露出期待的微笑，就差满意到要揉搓双手了，但范迪恩却皱起眉头：“我不需要初阶生跟在我的脚边，我还要——”

“你就跟伊兰一样瞎，”奈妮薇打断了她的话，“她们的经验能够让两仪师也感到惊讶。她们能够在你的指导下工作，这也能让你有时间睡觉和吃饭了。我相信，你现在连做这两件事的时间都没有了。”她挺直身子，将披肩围在肩头，强硬的气势显露无遗。她的身高比范迪恩和珂丝蒂安要矮很多，甚至还不及泽亚，但她却好像比这里的所有人都要高上几寸。伊兰衷心希望自己也能掌握这种技巧，只是她不会穿奈妮薇的那种衣服。奈妮薇现在差点就要把她的长裙撑裂了，但这丝毫不会减损她的威严，她简直就是权威的化身。“这件事由你负责，范迪恩。”她不容置疑地说。

范迪恩紧皱的眉头慢慢展开了。奈妮薇能够控制的至上力比她更强，即使她从没想过这个事实。根深蒂固的传统也让她屈服了，无论她是多么不情愿。当她转头去看那两名身穿白衣的家人时，她的面容几乎达到了艾迪莉丝遇害以来最平静的程度，但这只意味着死刑的判决延后了。她憔悴的面孔相当平静，而且极其冰冷。“我的确教导过初阶生，在很短的一段时间里，但初阶生师尊认为我太过严厉了。”那两名初阶生的热情立刻冷却了一点。“她的名字是赛蕾勒·巴甘德。”泽亚的面孔变得像珂丝蒂安一样苍白；珂丝蒂安摇晃了一下，仿佛突然有些晕眩。赛蕾勒后来成为玉座，并成为白塔的一段传说，是那种能让人在半夜满身冷汗突然惊醒的传说。“我会吃饭，”范迪恩对奈妮薇说，“但所有东西的味道都如同灰烬。”她朝那两名初阶生打了个手势，便引领她们从岚身边走了过去。她们在跟上去的时候，脚步都显得有些踉跄。

“顽固的女人，”奈妮薇看着那三个人的背影，嘟囔了一句，但她的声音中还是流露出一点同情，“我知道十几种草药能够帮助她睡眠，但她根本就不碰它们一下。我真想在她每夜喝的酒里放点东西。”

一位睿智的统治者，伊兰想，知道什么时候该说话，什么时候不该说话。实际上，这是任何人都应该有的智慧。奈妮薇竟然说别人顽固，这个世界上大概没有人比她更顽固了。但伊兰开口时，却只是说：“你知道黎恩有什么消息？我想应该是个好消息。”

“我今天还没见到她，”奈妮薇一边继续盯着范迪恩，一边喃喃地说，“我一直没离开我的房间。”她突然愣了一下，不知为什么，她皱起眉头，带着怀疑的眼神看着伊兰，然后又转头看着岚。岚却只是泰然自若地守卫着她们两个。

奈妮薇认为她的婚姻是一件光荣的事，她总是向其他女人宣示她的幸福，但伊兰觉得她这么做一定是为了掩饰某种失望。岚时刻都在准备攻击，准备战斗，即使在睡觉时也不例外。躺在他身旁，就如同躺在一头饥饿的狮子旁边，而且，那张石头面孔足以让一张婚床冷得如同冰窟。幸运的是，奈妮薇并不很清楚自己的想法。她的微笑是真实的，一种奇怪的、愉快的微笑，还带着一点……优越感？当然不会是优越感。伊兰相信这一定只是自己的想象。

“我知道黎恩在哪里，”奈妮薇重新让披肩垂到臂弯里，“跟我来，我带你去见她。”既然黎恩不在奈妮薇身边，伊兰也知道她会在哪里，但她又一次管住了自己的舌头，任由奈妮薇在前面带路。就伊兰而言，这算是对刚才那场争吵的道歉，那时她本应该尽量消弭这场冲突的。岚跟随在她们身后，那双冰冷的眼睛一直扫视着她们经过的走廊。和他们擦身而过的仆人被岚看到时，都会不由自主地浑身颤抖。一名浅色头发的年轻女孩甚至抓起裙摆，拔腿就逃，还撞到一根灯架。

伊兰想起要把爱伦娜和娜埃安，以及王宫中有间谍的事情告诉奈妮薇。奈妮薇听到这件事以后，显得相当平静。她同意伊兰的判断，她们很快就会知道是谁掳走那两个人。对于赛芮萨的怀疑，奈妮薇只是轻蔑地哼了一声。而令她惊讶的是，那两个人竟然这么长时间都没有从亚林吉尔被带过来。“无法相信，就连我们都已经到达凯姆林，而她们却一直待在那里。任何傻瓜都看得出来，她们迟早会被带到凯姆林，把她们从一座小城里抢走要比从凯姆林带走容易得多。”亚林吉尔确实是一座小城，但曾几何时，它对奈妮薇来说已经是一座大城市了。“至于说间谍……”她朝一名瘦高的灰发仆人一皱眉，摇了摇头，那名仆人正为一根雕金立灯添油，“我从一开始就知道，这里当然会有间谍。你要做的只是小心自己的言行，伊兰，对任何不熟识的人都不要说什么事情，除非你不介意让所有人都知道。”

什么时候该说话，什么时候不该说，伊兰一边想着，一边咬住了嘴唇。有时候，这种事情对奈妮薇可能真的是个很大的苦恼。奈妮薇也告诉了伊兰一些事情。已经有十八名家人离开了王宫，不过她们并不是要逃跑，因为她们都没有足够的力量施行神行术，所以奈妮薇亲自编织通道，将她们送到阿特拉、阿玛迪西亚和塔拉朋，进入霄辰人的控制区。她们要在那里寻找在霄辰人入侵时离散的家人，将她们带回凯姆林。

伊兰希望奈妮薇能在昨天把这件事告诉她，在那些家人离开之前，在她和黎恩做出决定之前。但伊兰并没有说出这句话，她只是说："她们真的非常勇敢，想要躲避霄辰人的追捕是一件困难的事。"

"是很勇敢，"奈妮薇的声音显得很困扰，她的手又一次捉住自己的辫子，"但这不是我们选择她们的原因。亚莱丝认为她们是最容易逃跑的人，所以我们必须给她们一些事情做。"她回头瞥了岚一眼，又用力松开手。"我不知道艾雯为何要这么做，"她叹了口气，"让家人与白塔'联合'当然是好事，但该怎么做？她们之中大多数都没有足够的力量能获得披肩，有许多人甚至连见习生的水准都达不到。她们当然不愿意在余生中只当一名初阶生或见习生。"

这一次，伊兰什么都没说，因为她不知道该说什么。她必须履行这个承诺，这是她做出的承诺。确实，这个承诺是以艾雯之名做出的，是在依从艾雯的命令，但承诺是她亲口说出来的，她不会违背自己说的话，只是她不知道该如何信守这个诺言，除非艾雯真的能创造些奇迹出来。

黎恩·柯尔力所在的地方和伊兰料想的没什么差别，这是位于王宫深处的一个小房间。两扇窄窗能够俯瞰一座有喷泉的小庭院，但在深冬时节，那座喷泉已经干涸了。狭小的玻璃窗让这个房间显得有些沉闷，毫无花饰的黑色地砖上并没有铺地毯。至于说这里的家具，只有一张窄桌和两把椅子。房里除了黎恩之外，还有另外两个人。亚莱丝·腾结勒穿着样式简单的高领灰裙，正看着那张桌子的一端。她看起是一名普通的中年女子，有一张似乎令人愉快的面孔。但如果你认识她，就会知道她有多么不普通；如果她找上你，你就能明白什么是真正的不愉快。她只是瞥了一眼走进房间的伊兰和奈妮薇，就继续盯着桌子了。两仪师、护法和王太女已经不会再对亚莱丝有什么触动了。黎恩正坐在桌子一旁，她的脸上已经有了皱纹，头发也大半变成了灰色，她身上的绿色长裙比亚莱丝的更加精致。在接连两次没有通过见习生的试炼后，她被送出白塔，现在她穿着的衣服经常是她喜欢的宗派颜色。她的对面坐着一名身穿褐色羊毛裙、身材圆胖的女人，她的脸上带着顽固的挑衅神情，双手按住桌边，一双黑眼睛紧紧地盯着黎恩，但她的目光显然是在竭力躲避如同一条银蛇般躺在她们之间桌子上的罪铐。黎恩的脸上则显露出自信的微笑，就连她眼角的鱼尾纹也变得更深了。

“不要告诉我说你已经让她们之中的一个屈服了。”奈妮薇开口说话时，岚甚至还没关好身后的房门。她瞪了一眼那个穿着褐色衣裙的女人，仿佛恨不得抽她一个耳光，然后她又瞥了亚莱丝一眼。伊兰觉得奈妮薇对亚莱丝有一点敬畏之情，这个女人的导引能力并不强，以实力而论，她永远也不可能得到披肩，但她随时都能掌控局势，而且她身边的人都会接受她的指挥，就连两仪师也不例外。伊兰觉得自己对亚莱丝也有一点敬畏。“她们依旧否认她们能够导引，”亚莱丝将双臂抱在胸前，一边盯着黎恩对面的那个女人，一边喃喃说道，“我想，她们的确是不能导引，但我能感觉到……某种东西。不像是天生具有导引能力的火花，但非常像，就好像她就在具有导引能力的边缘，只差一步。以前我从没有过这样的感觉。嗯，至少她们不会再用拳头来攻击我们了，我想，至少我已经让她们明白这一点了！”怒意从那个肥胖的女人脸上闪过，但她还是迅速躲开亚莱丝的目光。她的嘴唇扭曲成一种令人恶心的样子。当亚莱丝要让人们明白某件事的时候，他们一定能非常明白。那个胖女人的双手不停在桌边来回挪动，不过伊兰怀疑她自己并没有意识到这一点。

“她们也仍然否认看见了能流，但她们只是在自欺欺人。”黎恩用她高亢优美的嗓音说道。面对那个胖女人的瞪视，她脸上依旧只有微笑。任何两仪师都会羡慕黎恩的镇定从容，她是女红社的长姐，是家人中权威最高的人。根据家人的规章，女红社只存在于艾博达，但即使在凯姆林，她还是所有能够导引的人之中最年长的，实际上，她比白塔现存史籍中记载的寿命最长的两仪师还要年长一百岁，她的镇定与威严绝对能够和历史上的任何一名两仪师相媲美。“她们说我们在用至上力戏弄她们，让她们以为罪铐能够锁住她们，她们的谎言迟早都会被揭穿。”她拉过那副罪铐，打开它的项圈。“我们要不要再试试，麦芮？”那个麦芮转过头，不去看黎恩手中的金属环，但她的身体突然变得僵硬，双手在桌边移动的速度更快了。

伊兰叹了口气。兰德到底给了她怎样的一件礼物！二十九名被罪铐铐住的霄辰罪奴主，还有五名罪奴。她痛恨这种称谓。而那五名罪奴也必须用罪铐铐起来，因为只要她们一获得自由，所做的第一件事就是要解救那些霄辰的罪奴主。就算是一群被锁链拴住的老虎，也比这些礼物更好，至少老虎不能导引。看押她们的任务被交给了家人，因为别人都没有做这件事的时间。

但伊兰也想到了能用这些罪奴主做些什么事，让她们相信她们自己能够导引，然后把她们送回到霄辰人那里去。除了奈妮薇以外，只有艾雯、艾玲达和为数不多的几名家人知道她的计划。奈妮薇和艾雯对此很犹疑，但她们也知道，无论那些罪奴主如何竭力隐瞒自己被俘时发生的事情，她们之中迟早会有人露出马脚，她们甚至有可能会主动坦白这样的事。霄辰人非常奇特，就连那些霄辰罪奴也相信，任何能够导引的女人都必须被罪铐铐住，以免她们伤害别人。罪奴主则是有能力控制那些罪奴的女人，她们在霄辰人之中受到高度尊敬，如果霄辰人知道罪奴主也能够导引，他们的信念就会受到彻底的颠覆，霄辰的统治甚至有可能因此而崩溃。看上去，这似乎是非常简单的事情。

"黎恩，我知道你有好消息，"伊兰说道，"但如果罪奴主仍然没有屈服，那又是什么消息？"亚莱丝朝岚皱了一下眉。他只是静静守在门前，她显然不赞成让岚知道她们的计划，但她什么都没说。

"请稍等一下。"黎恩喃喃说道。实际上，这是个不容反驳的请求。奈妮薇的工作确实很出色。"不需要让她听到我们的交谈。"一团阴极力的光晕突然出现在她的周围，她一边导引，一边抖动手指，仿佛在指引风之力围绕住麦芮的椅子。固定好风之力以后，她又拢起双掌，仿佛是摸了摸她编织好的隔音屏障。这个手势当然不是导引的一部分，但这对黎恩是有必要的，因为她原先就是这样学习这个编织的。那名罪奴主轻蔑地撇撇嘴，她根本就不害怕至上力。

"不必着急，"奈妮薇将双手叉在腰间，有些尖刻地说，"我们有的是时间。"黎恩却从不像亚莱丝那样给人巨大的压力。

奈妮薇也没有给黎恩任何压力。黎恩确实是从容不迫地审视过她的手势后，才满意地点点头，站起身。这位家人总是竭力不进行任何导引，现在她能够随心所欲地使用至上力了，这让她感到非常高兴。如果她做出完美的编织时，她就会为之而骄傲。

"好消息是，"黎恩一边抚平裙摆的褶皱，一边说，"有三名罪奴也许已经能摆脱她们的罪铐了。"

伊兰挑了一下眼眉，和奈妮薇交换一个惊讶的眼神。在这五名被马瑞姆送来的罪奴之中，其中一个是霄辰人在托门首抓到的，另一个是在坦其克被抓到的，另外三个人全是霄辰人。

"有两名霄辰女子，玛蕊勒和吉拉丽仍然说她们必须戴着罪铐。"黎恩厌恶地抿住嘴唇。但她只停了一会儿，就继续说道："她们似乎真的是非常害怕恢复自由。艾丽维娅已经不这么害怕了，她说她只怕再一次被霄辰人捉住。她说她恨所有的罪奴主，她也是这样表现的。看见罪奴主时，她就会朝她们吼叫咒骂，但……"她带着怀疑的神情缓慢地摇摇头，"她在十三四岁时就已经戴上了罪铐，伊兰，具体戴上罪铐的时间，她也不记得了，因为她成为罪奴之后已经过了整整四百年！除此之外……艾丽维娅的力量可能比奈妮薇还强。”她说完最后这句话时有些喘息。家人会公开谈论年龄，但她们像两仪师一样，对于导引力量的差别总是三缄其口。“我们敢不敢释放她？这个霄辰野人能够将这整座王宫撕碎。”对于野人，家人也有着和两仪师一致的观点，至少大部分家人是这样。

了解奈妮薇的两仪师们在她面前都会谨慎地避开“野人”这个词，如果听到有人用轻蔑的口吻说出这个词，奈妮薇总是会异常气恼。而现在，她只是盯着黎恩，也许她正在竭力思考答案。伊兰知道自己的答案是什么，但这与安多或狮子王座都没关系，这是应该由两仪师做出的决定。此时此地，做决定的人应该是奈妮薇。

“如果你不放她自由，”站在门口的岚平静地说，“你也许最好把她还给霄辰人。”除了麦芮之外的四个女人听到他葬礼丧钟般的声音，都用阴沉的目光盯着他，而他却显得毫不在乎。“你们当然要紧盯着她，但如果在她想要得到自由的时候继续这样铐着她，那你们就和他们是同一种人。”

“这里没有你说话的份，护法。”亚莱丝坚定地说。岚冰冷的目光对上了她的瞪视。她气恼地哼了一声，摊开双手：“奈妮薇，你应该和他认真地单独谈谈。”

奈妮薇一定是相当尊敬这个女人，因为她的脸颊上出现了两团红晕：“别认为我不会这么做。”她的声音并不高，而且她自始至终都没看着岚，她刚才的优越感仿佛变得有些瑟缩了。她用披肩裹住肩头，清了清喉咙：“但他是对的，而且至少我们不必担心另外两个人。唯一让我感到惊讶的是，她们两个竟然过了这么久才明白，不能去学那些愚蠢的霄辰人。”

“对此我并不吃惊，”黎恩叹息一声，“你知道，珂拉曾经是托门首的智妇，在她的村子里是个很有影响的人。当然，她是一名野人。你以为她非常痛恨霄辰人，但她并没有，她们两个都不恨霄辰人，实际上，她非常热爱那个控制她的罪奴主，并非常担心我们会伤害那些罪奴主。蕾茉瑞刚满十九岁，是一名生活奢华的贵族。她的运气很糟糕，在坦其克陷落的那一天，她身上刚好迸发出至上力的火花。她说她恨那些霄辰人，想要他们为了在坦其克犯下的罪行而付出代价。但她会欣然回应莱蕊儿这个名字，这是她的罪奴名字，她却好像以为这才是她真正的名字。她会对那些罪奴主微笑，任由她们抚弄她。我并不是怀疑她们，我也不怀疑艾丽维娅，我只是怀疑会不会有人在罪奴主的调教下仍然不改变心意。我相信，如果有罪奴主要求她们两个帮助她逃跑，她们都会欣然从命。如果罪奴主想要给她们戴上罪铐，我想她们不会用很大的力气加以反抗。”

黎恩的话结束后，房里很久没有发出一点声响。

奈妮薇似乎正在进行心理斗争，她握住辫子，又松开手，将双臂紧紧抱在胸前。她的披肩流苏在微微颤抖着，犀利的目光扫过除岚以外的每一个人。

最后，她深吸一口气，直视着黎恩和亚莱丝说道："我们必须除去她们的罪铐。我们会看管她们，直到我们相信她们不再会有任何异心。尤其是蕾茉瑞，她需要穿上初阶生的白袍！我们绝对不能让她们有单独行动的机会，尤其不能让她们和罪奴主见面。但我们必须除去她们的罪铐！"她的语气极为猛烈，似乎她认为会遭到别人的反对。但伊兰脸上已经绽放出赞许的微笑。现在她们的身边又增加了三个不可靠的导引者，这很难被看成是一个好消息，但她们别无选择。

过了片刻，黎恩微微一点头，表示赞同。而亚莱丝已经微笑着绕过桌子，拍了拍奈妮薇的肩膀。奈妮薇的脸更红了，她只能用力清着喉咙，狠狠瞪着被风之力绑缚在椅子里的霄辰人，借此掩饰自己的表情，不过她做得并不成功。而且岚让她的尴尬变得更明显了。

"台沙，曼埃瑟兰。"他轻声说道。

奈妮薇张大了嘴，然后又微笑起来，唇边还带着些颤抖。她转过头看着岚，眼里闪烁着欢快的神采和一点泪光。岚带着微笑望向她，眼里没有一丝冰冷。

伊兰竭力不让自己惊呼出来。光明啊！也许他们的婚床并不真的那么寒冷。这个想法让伊兰的脸颊发热，她竭力不去看她们，让目光落在麦芮身上。这个被固定在椅子上的霄辰人直盯着前方，泪水不停地从她丰满的脸颊上流下来。面对这个将声音阻隔在外的编织，她已经无法否认自己能看到至上力能流了。伊兰把这个想法说出来，黎恩却只是摇摇头。

"如果强迫她们观看编织太长时间，她们就会哭泣，伊兰。"她的声音显得疲倦，又有一点悲伤。"但只要编织消失，她们就相信是我们在欺骗她们。她们只能这样想，否则她们就是罪奴，而不是罪奴主了。很难让这些猎犬的主人相信她们其实也是猎犬。恐怕我这次确实没办法给你任何真正的好消息。"

"是没有什么太好的消息。"伊兰说道。现在她们只不过又多了一个问题。在她被问题彻底埋葬之前，还会冒出多少个问题来？她真的必须得到一些好消息了。

第9章

一杯茶

回到自己的更衣室后，伊兰在爱森德的帮助下匆忙地换掉了骑马装。她选择这名白发女仆作为自己的侍女，这名身材苗条、神态庄严的女人动作有一点慢，但她很清楚自己该做些什么，从不会把时间浪费在闲聊上。实际上，除了对伊兰的衣着提出建议，以及日复一日地说伊兰就像她的母亲摩格丝以外，她很少会说一个字。房间尽头一座宽大的大理石壁炉里，火焰正在粗大的木柴上跳舞，但炉火并不能赶走多少寒意。伊兰迅速穿上一件品质上乘的蓝色羊毛长裙，这件衣服的高领子和袖子上镶缀着小粒的珍珠。她系在腰间的雕银腰带上配着一柄银鞘小匕首，脚上则穿了一双绣银丝的蓝色天鹅绒软鞋。在会见商人之前，她可能没时间再换衣服了，而她必须给那些商人留下一个难忘的印象。她必须让柏姬泰出现在她身边，身穿制服的柏姬泰总会给人们留下深刻的印象，而且在和商人会谈时，柏姬泰也可以借机休息一下。伊兰从自己脑海深处那团困扰和愤怒的情绪判断，女王卫兵的将军一定是被那些报告难住了。她迅速戴上珍珠耳环，然后告诉爱森德可以回自己的住处去烤火了。伊兰一直觉得她有关节痛的毛病，但当她要为爱森德治疗时，却遭到爱森德的拒绝。不管怎样，伊兰已经做好了准备，这次她不打算戴那顶王太女的冠冕，她将那顶王冠放在梳妆台上的象牙小珠宝箱上。她的珠宝并不多,而且其中大部分都已经抵押出去了,等到她订购的铠甲完成时,大概剩下的珠宝也保不住了。现在她还不需要担心这种事,她需要一点独处的时间,随后就必须继续去履行自己的职责了。

伊兰的起居室镶嵌着深色的墙板,宽阔的墙楣上雕刻着各种鸟雀,房间两端各有一座高大的壁炉和做工精致的壁炉架。这两座壁炉散发的热气都比更衣室的那个壁炉更多,但伊兰还是觉得铺在白色地砖上的地毯很有必要。让她感到惊讶的是,哈文·诺瑞已经在这里等她了,看样子,职责主动来找她了。

当伊兰走进房间时,职员总管从一张低背椅上站起身。他将一只皮制活页夹抱在胸前,微微欠身,迈开两条长腿,走到房间正中央螺旋花纹雕边的桌子旁边。诺瑞又高又瘦,有长长的鼻子,稀疏的白发竖在他的耳后,如同一簇簇白色的羽毛,这点总是让伊兰想到苍鹭。无论他的手下有多少负责撰写文案的职员,他的红色制服衣襟上还是能看到一小块墨水渍,不过那块墨水渍已经很旧了。伊兰有些怀疑那只活页夹后面还挡着别的墨水渍。如此穿着正式制服、将活页夹抱在胸前的姿势是哈芙尔大妈先做出来的,诺瑞在两天后才采取了这种姿势。伊兰并不知道这么做是为了表达对她的忠诚,还是只因为首席侍女也这么做?

“请原谅我的轻率,殿下,但我的确是有重要的事情。”不管事情是否重要,他的声音仍然是一如既往地波澜不惊。

“没关系,诺瑞总管,不过你不必着急。”诺瑞朝她眨眨眼,伊兰只能竭力不让自己叹气。她觉得诺瑞可能有一点聋,他们在交谈时,他时常会侧过头,似乎是为了能听得更清楚一些,也许这就是他的话音从不会有任何改变的原因。伊兰将声音提高了一些,但如果声音太高,诺瑞难免会觉得受到冒犯。“请坐,告诉我有什么重要的事情。”

伊兰坐进一把远离桌子的扶椅中,朝诺瑞指了指另一把椅子,但诺瑞依旧站着,他总是这样。伊兰只得将一条腿搭在另一条腿上,整理好裙摆,做好听取报告的准备。

诺瑞并没有拿出他的活页夹,那些文件中的每一个字都在他的脑子里,而这份文件只是为了方便伊兰亲眼观看。“殿下,最紧急,可能也是最重要的事情是,在丹纳巴您的庄园中发现了大量明矾,而且是最优等的明矾。我相信如果那些银行家知道这件事,他们……对于我以您的名义进行的调查就不会那么犹豫了。”他微微一笑,只不过是嘴唇稍微弯曲一下,但对诺瑞而言,这几乎已经相当于欢呼雀跃了。

诺瑞一提到明矾，伊兰立刻坐直身子，脸上露出灿烂的微笑。她也有一点想要欢呼雀跃了。如果站在她对面的不是诺瑞，而是其他人，也许她真的会欢呼着跳起来。她是如此高兴，片刻之间，甚至连脑海中柏姬泰的气恼似乎也减弱了。染坊和织布场都需要大量明矾，玻璃坊和造纸作坊也不能没有明矾，原先优质明矾的唯一产地只有海丹，光是靠明矾的贸易税支撑，海丹王室就已经平安传承了许多代。不过，尽管提尔的橄榄油和艾拉非的宝石也为这两个国家提供了巨大的财富，但这两个国家的政治一直相当混乱。

“这真是一个重要的消息，诺瑞，是我今天听到的最好的消息。”这很可能是她回到凯姆林以来最值得高兴的一件事，至少，这肯定是今天最好的消息。“那么，你需要多少时间打消银行家的‘犹豫’？”这种所谓的“犹豫”不如说是银行家在伊兰面前关上了大门：他们知道伊兰身后有多少持剑的人；她的敌人身后又有多少持剑的人。不过伊兰相信，明矾宝藏能把那些银行家拉过来，对此，诺瑞也坚信不疑。

“应该用不了很多时间，殿下，我相信，我可以用恰当的言辞告诉他们，如果他们无法为我们提供足够的援助，我就只能向提尔或凯瑞安发出请求。他们应该不愿意失去这笔利润的，殿下。”仍然是这种平淡无奇的声音，完全不像其他男人那样可能在声音中流露出一点得意的情绪。“当然，我们需要大量贷款来开采矿藏，运输矿石。丹纳巴处于山地之中，距离卢加德大道有一段很远的路程，但我们还是应该能筹到足够的资金，以满足您征募女王卫兵的需求，以及支持您建立学校的决心，殿下。”

“如果你不打算再劝阻我建立学校，那么我所需要的资金大概会超出你的想象，诺瑞。”伊兰差点笑了出来。诺瑞看守安多的国库就如同看守鸡窝的母鸡，他曾经坚决反对伊兰按照兰德的命令在凯姆林建立学校，他不断地为这件事和伊兰争辩，直到伊兰觉得他的声音就像一支钻头，一直钻进她的脑袋。迄今为止，凯姆林的学校只有十几名学者，带着他们的学生分散在新城的几家旅店里。但即使在这样的严冬中，仍然不断有学者来到凯姆林，现在他们已经在要求更多的活动空间了。伊兰并不打算给他们一座宫殿，但她还是要给他们一个交代。诺瑞在努力为安多的黄金做打算；但她要为安多的未来做打算。末日战争即将到来，但她必须相信，安多还会有未来，无论兰德会不会再一次将世界打碎。她不能只是坐以待毙，除了继续向前，她没有别的选择，即使最后之战将要终结一切，她也不相信自己已经束手无策。兰德建立了学校，也许是为了在世界终结时能够尽量留下一点东西。但安多的学校将是安多的，而不是兰德·亚瑟的，它的名字将是玫瑰学校，为了纪念摩格丝·传坎。一定会有未来，母亲的名字在那个未来中将不会被忘记。“或者你认为凯瑞安的黄金会因为转生真龙而流向安多?”

“我依然相信,我们的风险不会很大,殿下。不过我们也许应该关注一下塔瓦隆的动静。”他的声音没有变化,但他显然感到了不安,手指敲击了几下胸前的活页夹。“……白塔发布了一项声明,承认……兰德大人是转生真龙,并为他提供……保护和指引。那项声明中还宣布对白塔以外所有接近转生真龙的人予以诅咒。殿下,注意塔瓦隆的怒火不失为明智之举,这点您也清楚。”他意味深长地看着伊兰手上的巨蛇戒。诺瑞当然知道白塔的分裂,现在大概只有赛雷辛的佃农不知道这件事了。诺瑞至今都没有询问过伊兰支持哪一方,但他所说的是“白塔”,而不是“玉座”,这已经表明了他的考虑。只有光明才知道“兰德大人”在他的心里到底是怎样的人物。伊兰并不因此而责怪他,他是一个谨慎的人,这正是这个职位所需要的特质。

但爱莉达的宣告还是让伊兰感到震惊,她皱起眉,若有所思地抚弄着手上的戒指。爱莉达戴上这枚戒指的时间比她的生命还要长,那是个傲慢自大、执迷不悟、除了自己以外什么都看不见的女人,但绝对不愚蠢。“难道她真的以为他会接受这个宣告?”她半是喃喃自语地说道,“保护和指引?真想象不出还能有什么更好的支持!”指引?没有人能指引兰德,就算是用鞭子也不行!

“根据我在凯瑞安的朋友寄来的书信,他可能已经接受了,殿下。”诺瑞绝对不会承认他掌握着任何间谍组织,如果有人这样说他,他就算不会怒不可遏,至少也会嗤之以鼻。职员总管的职责是管理国家财富,监督首都的行政职员,并向国王提出各种施政建议。他当然不会拥有两仪师宗派和某些两仪师手中的那种眼线网络,但他的确和其他国家首都的一些知识渊博、消息灵通的人士有书信来往,所以他对于当前的局势总是能准确地把握。“我的那位朋友一周会送来一只鸽子,就在她上次送出鸽子之前,似乎有人用至上力攻击了太阳王宫。”

“至上力?”伊兰惊呼一声,打了个哆嗦。

诺瑞点了一下头,他的样子仍然像是在报告街道修缮的进度:“我的朋友说,发动攻击的可能是两仪师、殉道使,甚至是弃光魔使。恐怕她在这件事上只是转述了一些流言蜚语。太阳王宫中转生真龙所居住的一翼遭到严重破坏,转生真龙本人也消失了。很多人都相信,他是去了塔瓦隆,将要跪倒在玉座的面前。有些人相信他在那场攻击中死去了,但有这种想法的人并不多。我建议您在清楚了解局势之前不要采取任何行动。”他停顿了一下,侧过头想了想,然后语速缓慢地说:“殿下,根据我对他的观察,我并不相信他会死亡,除非我在他的尸体前面一直坐上三天。”

伊兰几乎被吓呆了，这非常像一个笑话，一个俏皮话，但哈文·诺瑞从不会说笑话！她也不相信兰德会死，绝不相信。至于说跪倒在爱莉达面前，那个顽固的家伙绝对不可能这么做。只要他能向艾雯低一下头，就有很多困难的事情都能克服，但他绝不可能这么做，艾雯还是他两小无猜的朋友。爱莉达想让他下跪，还不如教一头山羊如何参加舞会。但到底是谁攻击了他？霄辰人的力量肯定无法到达凯瑞安。如果弃光魔使决定要公开行动，这个世界所遭受的破坏肯定要恐怖得多。最糟糕的可能就是殉道使。如果兰德自己培养的战士开始反对他……不！她没办法保护他，无论他多么需要她的保护。他只能自己保护自己。

愚蠢的男人！伊兰在心中恨恨地说着。兰德总是举着他那面旗子四处招摇，仿佛惟恐没有人下手杀他！你最好保护好你自己，兰德·亚瑟，否则等你落入我手中，我一定狠狠抽你这个蠢家伙的耳光！

“你的朋友们还说了什么，诺瑞总管？”她将兰德推到一旁，高声问道。她还没办法去见兰德，现在她只能将全部精力投入在安多的事情上。

诺瑞的朋友们还说了很多事情，不过其中一些情报已经相当陈旧了。并非所有人都会使用信鸽，一些交给可靠商人递送的信件，往往需要用几个月时间才能送到收信人的手中；一些没良心的商人往往是收了邮费，却把书信扔到一旁。极少有人能有足够的钱雇佣邮差。伊兰曾经想过，在局势允许的时候建立一个王室邮政网络。诺瑞则遗憾地告诉她，当他收到来自艾博达和阿玛多的信件时，信中所记录的讯息，往往已经在凯姆林的街道上流传几个星期了。

并非全部讯息都是重要的。诺瑞的朋友的确不是真正的眼线和间谍，他们只是记录一些城市新闻、宫廷流言。来自提尔的讯息说到，愈来愈多的海民船只在没有领航员指引的情况下就绕过龙指湾，停泊在城市旁边的河道里。有传闻说海民船只在海上与霄辰战船进行过战斗，但这只是纯粹的谣言。伊利安相当平静，那里驻扎着许多兰德的士兵，他们刚刚从与霄辰人的战斗中撤退回来。除此以外，那里的朋友甚至不知道兰德是否在那座城市里。沙戴亚女王仍然在乡间漫长的撤退路程上，这件事伊兰已经知道了。但看样子坎多女王已经有几个月没见到查辛了。夏纳国王似乎仍然在调查妖境的征途中，但妖境现在似乎比历史上任何时期都更加平静。在卢加德，罗德蓝王正在召集每一名有武装扈从的贵族，那座城市正在为驻扎在安多边境的两支大军而担忧：一支军队里有许多两仪师，另一支军队里则全都是安多人。现在，这座城市还要为罗德蓝这样的浪荡子而担忧了。

当诺瑞的报告结束后，伊兰问道：“你有什么建议？”通常，对于那些发生在遥远地方，不算重要，也不会对安多有什么影响的事情，伊兰并不需要诺瑞的建议。诺瑞报告这些事只是为了让伊兰对世界上其他地方的状况有一个大概的了解，而伊兰也知道他会有怎样的建议——不必采取任何行动。但莫兰迪紧邻安多，而且它的首都坎多现在发生的事情也并非不重要。这一次，诺瑞总管抿起嘴唇，犹豫了一下，诺瑞的一举一动总是缓慢而有条不紊，但极少会犹豫。

“在这件事上，我没有建议，殿下。”最后他说道，“一般我会建议派遣使者去见罗德蓝，打探他的行动目的和原因。他这样做也许是在担心北边发生的变故，或者是为了提防艾伊尔人的侵袭。但尽管他并没有多少野心，他可能还是会对阿特拉北部有所企图。现在的局势，他就算入侵安多也不奇怪。但不幸的是……”他仍然将那只活页夹按在胸前。这时他稍稍摊开双手，叹了口气，也许是因为歉意，也许是因为忧伤。

不幸的是，她还不是女王，所以她不能向罗德蓝派出使者。如果她无法成为女王，而罗德蓝又接见了她的使者，那么届时安多的真正统治者也许会因此向莫兰迪发动战争，而现在鲁安大人和其他大贵族已经划地自治了。通过艾雯，伊兰有比职员总管更灵通的讯息管道。她并不打算向诺瑞透露自己的资源，但她打算消除职员总管心中的一些忧虑。这一定是职员总管额头上皱纹的原因：知道应该做什么，却不知道该怎么去做。

“我知道罗德蓝的军队，诺瑞总管，他的目标是莫兰迪。在莫兰迪的安多人已经接受莫兰迪北方贵族的誓言，这让其他人都很紧张，而且那里还有一支规模庞大的佣兵队伍。他们实际上是真龙信众，但罗德蓝以为他们是佣兵，他在暗中雇佣了他们，为的是让他们成为莫兰迪境内的一种威胁。现在，当莫兰迪境内还有外国军队时，莫兰迪的贵族们自然会感到危险，聚集在罗德蓝身边。当这些外国军队离开莫兰迪时，罗德蓝的秘密佣兵就能继续威胁那些贵族，让他们不敢叛离罗德蓝王。如果他的计划成功，他在未来也许会成为一个威胁，至少他肯定想夺回莫兰迪的北方领土，但他现在对安多并没有直接威胁。”

诺瑞睁大眼睛，向两旁侧过头，端详着伊兰。他舔了舔嘴唇，才开口道：“这样很多问题就清楚了，殿下。是的，是的，我明白了。”他又一次舔了舔嘴唇。“我在凯瑞安的朋友提到另外一件事，我……忘记说了。您应该已经清楚，现在凯瑞安人都知道您要登上太阳王座，并且有许多人都支持您。很多凯瑞安人正在公开谈论要前来安多，帮助您取得狮子王座，这样您就能更快取得太阳王座了。我想，也许您对于这样的事情并不需要我的建议？”

伊兰点点头，她相信自己对这件事的反应还是相当镇定的。来自凯瑞安人的支持要比那些佣兵糟糕得多。安多和凯瑞安之间有过太多战争，哈文·诺瑞不可能忘记这一点，他从不会忘记任何事。那么，为什么他要提到这件事，也许只是为了让伊兰不会因为凯瑞安支持者的突然到来而措手不及？还是因为伊兰所掌握的情报让他感到吃惊？让他不敢对伊兰隐瞒任何事情？他现在只是耐心地等待着伊兰的反应，就如同一只干瘪的苍鹭在等待着……一条鱼？

“准备好信笺，诺瑞总管，我将在上面签名并盖上印章，它们将被送往凯瑞安的各大家族。那封信中应该表明我是塔林盖尔·达欧崔的女儿，有权继承太阳王位。我将在安多的各项事务步入正轨后，前往凯瑞安取得我的王位。告诉他们，我不会带士兵前往。我知道安多士兵在凯瑞安的国土上会激起凯瑞安人的反抗之心。信的最后要写明我很感谢众多凯瑞安人对我的支持，希望安多和凯瑞安之间的所有嫌隙都能在和平的氛围中得到弥补。”聪明人自然能够看出这封信背后的意思，如果运气好的话，凯瑞安的聪明人会把它解释给那些不够聪明的人。

“真是个绝佳的应对之策，殿下，”诺瑞隆起肩膀，仿佛是鞠了个躬，“我很快就会把信写好。请容我冒昧问一句，殿下，您是否有时间签署王室账目？啊，没关系。我会晚些时候再派人把它们送过来。”他庄重而有些僵硬地鞠了个躬，准备离开。但他又说道：“请原谅我的大胆，但您又让我想到了您的母亲。”

看着房门在职员总管的身后被关上，伊兰很想知道能不能把他当作是自己人。如果没有众多政府职员，不要说安多，即使是管理凯姆林也是不可能的，而职员总管甚至能够让女王向他下跪。一句恭维的话并不等于表示忠诚的誓言，伊兰也并没有多少时间可以考虑这个问题。诺瑞走后没多久，已经有三名穿制服的女仆走了进来，将三只扣着银罩碗的托盘放在一张靠墙的长桌上。

一名身材圆胖的灰发侍女行了个屈膝礼，然后说道：“首席侍女说，殿下把午餐忘记了。”她打了个手势，另外两名年轻侍女掀开白银大盖碗。“她为殿下送来一些餐点，供殿下挑选。”

挑选。伊兰摇摇头。不过她在日出时吃过早餐后，的确有很长时间没吃过任何东西了。这三只餐盘中盛的分别是炖羊肉调芥末酱、无花果干烤鸡、松仁甜面包、奶油青蒜和马铃薯汤、葡萄干胡椒甘蓝菜卷，还有一个南瓜馅饼、一小碟苹果塔、一块有奶油冻的葡萄酒蛋糕。两只银酒罐中不断冒出白色的水汽，里面是两种不同的香料酒。第三只罐子里盛的是热茶。在一只托盘的一角放着伊兰一般会叫作午餐的清汤和面包。莉恩耐·哈芙尔并不赞同伊兰只吃这么一点东西，她总是说伊兰“瘦得像根钉子”，整个王宫都知道首席侍女的这个看法。但听到伊兰的命令，那名灰发侍女只能在房间正中央的桌子上铺好洁净的白色亚麻布，闷闷不乐地将面包、清汤、茶罐、银蜜罐、一碟无花果干和一套蓝色薄瓷茶杯茶盘放在上面。莉妮经常说，如果在午饭时塞满肚子，那么脑子在下午就放不下任何东西了。不过赞同莉妮这个观点的人并不多，侍女们都相信多吃一点才是好事。就连那两名年轻的侍女在端着其他食物离开时，也都是一脸失望。

汤很热，有一点轻微的香料味道，伊兰觉得非常可口。浓茶中加了薄荷，也令人感到愉快，伊兰甚至有点怀念那块被拿走的葡萄酒蛋糕了，但她的心思也没办法在这顿饭上逗留太久。刚刚咽下两口面包，戴玲就如同一阵旋风闯了进来，她穿着一套绿色骑装，大口喘着气。伊兰放下汤匙，想让戴玲喝一杯茶，才发现房里只有她手中一只茶杯。戴玲没理会她的邀请，她紧皱着眉头，表情相当可怕。

"在布雷姆森林出现了一支军队，"她高声说道，"这是艾伊尔战争以来从未发生过的事情。一个来自新布雷姆的商人在今天上午带来了这个讯息，那是个可靠的伊利安商人，名叫托姆恩，他不会报告任何虚假的消息。他说他在不同地点看到了艾拉非人、坎多人和夏纳人，他们加在一起差不多有数万人。"她一屁股坐进一把椅子里，不停用手掌给自己扇着风，脸颊微微泛红。看样子，她接到讯息后就一直冲了过来。"光明在上，边境国的军队怎么会出现在安多附近？"

"我打赌，这一定是兰德干的。"伊兰一边说，一边用手掌压下一个哈欠，喝光杯中的残茶，又重新倒了一杯。一整个上午的奔波已经让她非常疲累了，但足够的浓茶能让她的精神重新振作起来。

戴玲放下扇风的手，坐直身子："你不会以为，他派遣这支军队是为了……帮助你吧？"

伊兰倒是没想过这个可能性，有时候，她会后悔让这位长辈知道她对兰德的感觉。"我可不认为他……我的意思是……他应该没那么蠢。"光明啊，她实在是累坏了！有时候，兰德做事的风格就好像他是世界之王，但他肯定不会……不会……她倒真是想不出他不会做出什么事来。

她又伸手遮住一个哈欠，突然间，她瞪大眼睛，紧紧地盯着自己的茶杯。一股冰凉的薄荷味道。她小心地放下茶杯，但还是没能把杯子放进茶盘里。茶杯翻倒在桌上，茶水在桌面上漫衍开来。虽然知道完全没有用，但她还是向真源伸展过去，竭力想要让阴极力的生命和喜悦充满自己的身体，但她就好像在用渔网去捞风。柏姬泰的气恼比刚才弱了很多，不过仍然存留在她的脑海深处。伊兰拼命地想要激起自己恐惧或慌乱的情绪，但她的脑子里似乎塞满了羊毛，一切都变得异常迟钝。救救我，柏娅泰！她努力地想着，救救我！

“出什么事了？”戴玲从椅子里跳起身，“你在想什么？到底出什么可怕的事情了？”

伊兰朝戴玲眨眨眼。她忘记戴玲还在这里。“走！”她含混地说了一个字，又努力清了清喉咙，她的舌头仿佛有平时的两倍厚，“去找援兵！我……被囚禁了！”现在没时间解释。“快逃！”

戴玲猛吸一口冷气，僵在原地，然后她迈步向伊兰跑过来，一只手握紧了腰间的匕首柄。

房门打开了，一名仆人犹疑地探头进来。伊兰感到一阵宽慰，戴玲不会在有第三者的情况下杀她。那名仆人舔舔嘴唇，视线不停地在她们两人的身上游移。然后他走进房间，从腰间抽出一柄长匕首，又有两个穿着红白色制服的人走进来，手中同样拿着长匕首。

我不能像袋子里的猫一样被干掉，伊兰痛苦地想。她努力站起身，膝盖一直在颤抖，她不得不用手扶住桌子，但她还是用另一只手抽出了匕首。这把小匕首的雕花刀刃顶多也只是像她的手掌一样长，但这样也够了。只是她握住匕首柄的手指感到一阵阵麻木，就算是一个小孩也能把匕首从她的手中抢过去。但一定要反击，她想道。她的思维就像是在糖浆中游动，但她已经打定了主意。一定要反击！奇怪的是，时间似乎只过去了一点。戴玲已经变成了她的屏障，而刚走进门的那两个人正在关上门。

“刺客！”戴玲高声喊道，她举起椅子，朝那些人扔过去。“卫兵。有刺客！卫兵！”

那三个人向一旁躲开，其中一个人的动作慢了些，被椅子砸到腿。他惊呼一声，跌倒在同伙身上，两个人全都跌倒在地。第三名刺客是个身材瘦长、有着浅黄色头发和一双浅蓝眼睛的年轻男人，他已经举起匕首冲了过来。

戴玲挡住他的攻击，不停对他戳刺削砍，但那个人如同一只灵巧的黄鼬，一一轻松地躲过。他一挥长刀，戴玲尖叫一声，踉跄着后退一步，一只手紧紧地按在肚子上。那名刺客迅速地逼过来，又刺了一刀，戴玲惨叫着跌倒在地上。他抬腿迈过戴玲，朝伊兰走来。

现在伊兰和这名刺客之间已经没有任何障碍了。刺客迈着稳定的步伐，前进的速度并不快，那双蓝色的大眼睛谨慎地审视着伊兰。他当然知道伊兰是两仪师，所以他必须确定伊兰刚刚服下的药剂是否有效。伊兰竭力站直身子，瞪着那名刺客，她想要尽量争取一点时间，但刺客已经点点头，举起了匕首。伊兰却无法采取任何行动。刺客的脸上没有任何喜悦之情，他只是在奉命行事。

突然，刺客停住动作，满脸困惑，低头看着自己的身体。伊兰也愣了一下。他的胸前冒出了一尺长的钢刃，血沫从嘴里流淌出来，他一下撞在桌子上，又倒了下去。

伊兰踉跄一下，向下跪倒，她急忙扶住桌沿，才没有跌在地上。她困惑地看着这个流血不止的刺客。一把剑柄正竖在刺客的脊背上。她昏昏沉沉地想到，这块地毯染了这么多血，可能再也洗不干净了。她缓慢地抬起目光，扫过戴玲僵硬的身体，她似乎已经没有呼吸了。她望向门口，房门敞开着，另外那两名刺客躺在房门前，脖子几乎被切开一半，耷拉成一个奇怪的角度。另一名刺客正在和一个穿着红色外衣的人厮杀，他们两个喘息着，翻倒在地板上，正在争夺一把匕首。那名刺客的喉咙也被对方掐住了，他的另一只手正努力想要将掐住自己喉咙的那只手扳开。和刺客争斗的那个人有一张长方面孔，穿着女王卫兵的白领外衣。

*快一点，柏姬泰，*伊兰只能迟钝地想着，*请快一些。*

黑暗吞噬了她。

第10章

随后的计划

伊兰在黑暗中睁开眼睛，盯着一团白雾中舞动的昏黑影子。她感觉自己的脸很凉，身体其余的部位却很热，汗水涔涔。有什么东西约束着她的手臂和双腿，这让她的心中立时涌过一阵惶恐。然后她感觉到艾玲达就在房间里，这是一种单纯而舒适的感觉。还有柏姬泰，一团镇定、受到控制的怒意存在于她的脑海中。她们陪伴在她身边，安抚着她的情绪。她正在自己的卧室里，躺在她的床上，盯着亚麻床帐。热水袋排列在她的身边两侧，冬天用的沉重床帘系在雕花床柱上。房间里唯一的光源就是壁炉中跳动的火焰，但它只能在房间里增加一些闪烁的影子，而不能让伊兰看清楚任何东西。

伊兰下意识地朝真源伸展过去，立刻就感觉到了它。阴极力的感觉令人惊喜，伊兰想要用尽全力汲取它，但她最终还是不情愿地放开真源。她必须控制自己对阴极力的无限欲望。在刚才那段恐怖的时间里，她最害怕的并不是失去生命，而是再也无法碰触真源。现在想来还真是奇怪。

刚才的事情突然涌入脑海，她摇摇晃晃地坐起身，毯子滑到她的腰间。她立刻拉起毯子，赤裸的肌肤上满是汗水，碰触到空气让她感到难以忍受的寒冷。她们连一件衬衫都没有留给她。她竭力想效仿艾玲达那样赤身裸体在别人面前仍然从容自若，却无法做到。“戴玲，”她一边用毯子裹住身体，一边焦虑地说，她的动作很笨拙，她觉得身子里已经没有什么力气了，“还有那名卫兵，他们……”

“那家伙没受一点伤。”奈妮薇从影子里走出来，伊兰却觉得她就像是一团影子。她伸手按在伊兰的前额上，感觉不到很高的热度，便满意地“嗯”了一声：“我为戴玲进行了治疗，但她还需要时间恢复体力，她失血过多。你也做得很好。我还以为你发烧了，一个人身体虚弱的时候就很容易发烧。”

“她只让你服食了草药，并没有对你进行治疗。”床脚的一把椅子里传来柏姬泰尖刻的声音，在昏暗的光线中，伊兰只能在那里看到充满威胁感的一团影子。

“奈妮薇・爱米拉很清楚该做些什么。”艾玲达不动声色地说，伊兰只能看见她的白色罩衫和她身上的一点银光。看样子，她应该是蹲踞在墙边，她并不喜欢坐在椅子里。“她辨别出茶水中的叉根气味，但她并不知道该如何用至上力消除这种毒剂，所以她没有贸然行事。”

奈妮薇重重地哼了一声。柏姬泰的尖刻话语和艾玲达的辩护显然同样让她感到不屑，也许她对艾玲达的反感还要更多一点。奈妮薇就是奈妮薇，她不喜欢听别人说她有什么不知道或做不到的事情，而最近，任何敢质疑她治疗能力的人都会惹来她的反感，这大概是因为她知道家人之中有不止一个人的治疗技巧比她更强。“你自己应该也能辨别出来的，伊兰，”她直率地说，“绿麦芽和羊舌草是用来治胃痛的，但它们也能让你睡一觉。我想，你应该会想要睡觉的。”

伊兰正从毯子底下拉出皮热水袋，把它们丢在地毯上，好让自己能凉快一点，听到奈妮薇的话，她打了个哆嗦。伦蒂・麦克拉曾经给她和奈妮薇的茶水中加入过叉根，她一直想要忘记那次恐怖的经历。无论奈妮薇喂给她的是什么样的草药，它们的药效肯定不会比叉根更弱。伊兰觉得自己应该能在房间里走上几步了，她的思维也很清晰。从窗外洒进来暗淡的月光，现在已经是什么时候了？

她再一次拥抱真源，导引四股火之力，点燃了两盏立灯，被镜子映射的火光立刻照亮了房间。柏姬泰伸手遮住眼睛，将军制服真的很合适她，她一定能给那些商人留下极为深刻的印象。

“你还不应该导引，”奈妮薇眯起眼睛看着突然亮起的灯光，她仍然穿着白天那件低胸蓝色长裙，黄色流苏披肩垂挂在她的臂弯里，“你最好再休息几天，恢复一下体力。这段时间里，你需要充足的睡眠。”她朝地板上的热水袋皱起眉。“而且你需要保暖，你要尽量避免需要用至上力治疗的热病。”

“我想，今天戴玲证明了她的忠诚。”伊兰竖起枕头，让自己能靠在床头板上。奈妮薇厌恶地一摊手，床边的小桌子上，一只小银盘中放着盛满葡萄酒的银杯。伊兰带着一点怀疑的神情看了那只杯子一眼。“要证明这一点很难。我想，我欠了她的义，艾玲达。”

艾玲达耸耸肩，在她们到达凯姆林时，她就忙不迭地换上艾伊尔服装，丢掉丝绸衣裙，穿上宽松的羊毛罩衫和羊毛裙，仿佛她突然害怕起湿地人的奢侈来了。她的腰间系着一条深色披巾，一条深色手绢将她的长发系在脑后。现在她的模样就是一个标准的智者学徒，只不过在她的脖子上戴着一串用复杂的雕刻银碟做成的项链，这是她身上唯一的首饰，是艾雯送她的礼物。伊兰一直不明白她为什么要如此匆忙地更换衣饰。当她穿着湿地人的衣服时，麦兰和其他智者似乎对她完全不加以管束，但现在她一换回艾伊尔服装，那些智者立刻又将她紧紧地握在手心里，如同两仪师掌握初阶生那样。她们之所以还能让艾玲达留在凯姆林，只不过因为艾玲达是伊兰的首姐妹。“如果你这么认为，那你就确实欠她的。”她很像是在指出一件显而易见的事情，但她的语气很快又变成了亲切的责备，“不过这个义并不大，伊兰。你有理由怀疑，但你不能把所有事情都这样压在心上，我的姐妹。”她笑起来，仿佛突然想到一个精彩的笑话。“实际上，你这么做实在是有些骄傲。这样下去，我也不得不和你一样过分地骄傲了。只是智者们最后一定会把罪过都算到我头上。”

奈妮薇夸张地翻起眼珠，但艾玲达只是摇了摇头，她显然是在无奈地忍受着奈妮薇的无知。她从智者们那里学习到的，并不止是导引至上力的方法。

“好了，我们不会认为你们两个有多骄傲。”柏姬泰的口气很像是在压制着笑意，她紧绷着脸，几乎是差点就要笑出来的样子。

艾玲达谨慎地看了柏姬泰一眼，脸上没有任何表情。因为她和伊兰已经接受了彼此，所以柏姬泰也就以某种方式接受了她，当然，并不是两仪师和护法那样的关系，但她现在对艾玲达经常像对伊兰那样表现出一种姐姐教训妹妹的态度。艾玲达则并不很明白她们怎么会有这样的关系，以及该如何应对。即使她知道了柏姬泰的真实身份，对她也没有什么真正的帮助。有时候，她会以极其强硬的态度表示银弓柏姬泰吓不倒她；有时候，她又会对柏姬泰表现出令人吃惊的顺从；在其他时候，她也总是在这两种极端状态之间来回游走。

柏姬泰对她露出微笑，是一种饶有兴致的微笑，但这个笑容很快就消失了。她拿起膝头的一只细长的包袱，小心翼翼地将它打开，包袱里是一把有着皮握柄的长刃匕首。她的表情变得异常严肃，充满压迫感的怒意不停从约缚中传递给伊兰。伊兰立刻认出这把匕首，她曾经在那名黄发刺客的手中见到过一模一样的凶器。

“他们并不打算绑架你，妹妹。”艾玲达低声说。

柏姬泰的声音相当冷峻：“督伊林先用他的剑干掉两名刺客，他杀死第二名刺客时，将佩剑一直甩过房间，刺穿刺客的胸膛，就像该死的走唱人故事里写的那样。”她捏着握柄的末端，竖起那把匕首。“他从最后一名刺客身上夺下这把匕首，用它杀死了刺客。他们一共有四把形状一样的匕首，而这一把上面涂上了毒药。”

“刀刃上这些褐色污渍是灰茴香混合了桃核粉，”奈妮薇满脸厌恶，一边说，一边坐在床沿上，“只要看一眼那家伙的眼睛和舌头，我就知道杀死他的并不是刀刃。”

“蹊跷，”过了一会儿，伊兰才低声说道，这件事确实很蹊跷，“用叉根让我不能导引，也不能动。两个人把我撑起来，第三个人用一把毒匕首刺穿我，真是个复杂的计划。”

“湿地人总喜欢复杂的计划，”艾玲达不自在地瞥了柏姬泰一眼，她在墙边挪了挪身子，又加了一句，“有些湿地人是这样。”

“这个计划相当有效，”柏姬泰同样小心翼翼地把那柄匕首重新包起来，“你很容易接近，所有人都知道你一个人吃午饭。”她摇摇头，金色长辫也随之在脑后来回摆动。“幸运的是，第一个冲向你的人并没有拿这把匕首，只要它刺伤你，你现在就没命了。同样幸运的是，督伊林恰巧在那时经过，听到有人在你房间里摔倒，实在是只有时轴才会有的运气。”

奈妮薇哼了一声：“只要在你的手臂上割下一条足够深的口子，你就死定了。桃核是桃子最毒的部分，如果刺伤戴玲的刀子也涂了这样的剧毒，她也不可能活下来。”

伊兰看着面无表情的朋友们，叹了口气。真是个非常复杂的计划。难道光是间谍藏匿在王宫中还不够吗？“一名小保镖，柏姬泰，的确是……很重要。”她早就应该知道，柏姬泰一定会有她的筹划。柏姬泰的表情没有丝毫变化，但她们之间的约缚的确闪过了一点满意的火花。

“今天守卫你的那些女人只是个开始，”听柏姬泰的语气，她完全不认为自己的做法有什么问题，“我还会再挑一些卫士，二十人应该足够了。卫兵数量过少的话，就不能保证你的安全。该死的，现在你的安全才是最重要的事情。”伊兰对她的话并没有表示任何反对，只是听着她继续说下去：“在很多场合，男人没办法待在你身边，而女人则能继续守卫你，而且女人天生就比男人谨慎。人们会以为那些女人只是你的仪仗队——你的枪姬众，我们还会给她们一些特别的东西，比如一条绶带，这样能让她们看上去更像仪仗队。”艾玲达用锐利的目光扫视她一眼，但柏姬泰对此完全不在意。“问题是，她们应该由谁来指挥，”她若有所思地皱起眉，“有两三名贵族和号角狩猎者已经在为她们等级的高低而争吵了。那些该死的女人知道该如何发号施令，但我不太确定她们是否知道什么样的命令才是正确的。我可以将卡赛勒提升为副官，但我想，她更适合做一名旗手。”柏姬泰耸耸肩。“也许她们之中还有更适合的候选人，但我想，她们都更适合做士兵，而不是指挥官。”

哦，她全都想到了。二十人？她必须盯紧柏姬泰，以免这个数字上涨到五十人，甚至更多。在男人没法保护她的场合，女人仍然能保护她。伊兰打了个哆嗦，也许这意味着她在洗澡时旁边真的会有人监视。“卡赛勒应该能胜任，一名旗手足以率领二十个人。”伊兰相信她能说服卡赛勒不要做出太唐突的事情，并让那些卫兵在她洗澡时能留在浴室外面。“那个叫督伊林的人只是恰巧经过？柏姬泰，你认识他吗？”

“督伊林·麦拉尔，”柏姬泰缓缓地说道，她的眉毛交会成一个相当尖锐的角度，“一个满面笑容，却心肠冰冷的家伙。他的微笑全都是给女人的，他总是在追逐年轻女仆。就我所知，他曾经在四天里上了三张不同的床。他喜欢谈论他的‘战利品’，但他从不强迫任何拒绝他的人。他自称曾经当过商人的保镖和佣兵，现在，他是一名号角狩猎者。他的确懂得一些战斗技巧，因为他的能力，我已经任命他为副官。他是安多人，应该来自安多西部靠近巴尔伦的地方，他说他在继位战争时就曾为你的母亲战斗，不过他在那时应该还只是个男孩，但我问过他关于那场战争的问题，他全都答对了。也许他真的曾经被卷入其中。不管怎样，佣兵都很擅长为他们的过去编织谎言。”伊兰将双手交叠在肚子上，心里想着这个督伊林·麦拉尔，她只记得一个瘦削的男人和一张棱角分明的面孔。那时他一只手掐住刺客的喉咙，另一只手和刺客争夺着一把剧毒匕首。一个能力受到柏姬泰承认的男人，她正在尽量让这种有能力的安多人成为她的军官。也许这是一场恰逢其时的援救，一个人对付三个，佩剑如同标枪般飞过房间，的确很像走唱人的故事。“他应该得到相对的奖励，可以将他提拔为队长，让他指挥我的保镖，柏姬泰。卡赛勒可以成为他的助手。”

“你疯了吗？”奈妮薇喊道。但伊兰只是示意她噤声。

“知道他在身边，我会感到更加安全，奈妮薇。他不会追求我的，尤其是在卡赛勒和另外二十名像卡赛勒一样的人聚在他周围时。她们知道他的名声，会像鹰一样盯着他。柏姬泰，你要挑出二十个人？这点我答应。”

“二十，”柏姬泰漫不经心地说，“也可能多一点或少一点。”但她盯着伊兰的目光丝毫没有漫不经心的样子。她向前倾过身，双手扶住膝头。“我想，你知道你正在干什么。”很好，她终于不再争辩，而是开始像个护法一样了。“那么，督伊林不再是卫兵副官，而是卫兵队长了？因为他拯救了王太女的性命，这只能让他更加狂妄自大。如果你不命令他对这件事严格保密，明天全凯姆林的人大概都会知道这件事。”

伊兰摇摇头：“哦，不，这件事并不需要保密，就让全城的人都知道吧。有人想要刺杀我，而队长督伊林救了我的命，不过关于匕首有毒的事情不必泄露出去。所以，大家一定要小心自己的言行。”

奈妮薇哼了一声，斜睨了伊兰一眼：“伊兰，你要小心有一天聪明反被聪明误。”

“她很聪明，奈妮薇·爱米拉。”艾玲达站起身，抚平厚重的裙摆，然后拍了拍腰间的角柄匕首。这把匕首比她还是枪姬众时所佩戴的匕首要小一些，但仍然是一件相当有杀伤力的武器。“而且我会照看好她的后背。现在，我已经得到许可，能一直留在她身边了。”

奈妮薇气恼地张开嘴，但令人惊讶的是，她很快又将嘴闭上。她轻抚着自己的裙摆，显然是要努力让自己镇定下来。“你们全都瞪什么瞪？”她喃喃说着，“如果伊兰想让这家伙捏她的脸蛋，我又有什么话可说的？”柏姬泰张大嘴巴。伊兰很想知道，艾玲达是不是有些窒息，因为她的眼珠子都突出来了。

微弱的报时钟声从宫殿最高的塔楼上传来。伊兰愣了一下，现在的时间比她以为的还要晚。“奈妮薇，艾雯也许已经在等我们了。”伊兰一时找不到自己的衣服，“我的荷包在哪里？那里有我的戒指。”她的巨蛇戒就戴在手指上，但伊兰指的并不是这枚戒指。

“我可以单独去见艾雯，”奈妮薇坚决地说，“你现在的身体状况无法进入特·雅兰·瑞奥德。不管怎样，你已经睡了一下午，我打赌，你现在不可能很快再睡着了。而且我知道，你也做不到醒着进入恍惚状态。”她得意地微笑着，显然，这在她看来是另一场胜利。艾雯曾经教过她们如何在清醒时进入恍惚状态，但伊兰在费尽力气之后，虽然把自己搞得头昏脑涨，却总是无法做到艾雯所说的样子。

“你真的想要打赌吗？”伊兰喃喃地说道，“你赌什么？我现在可要把它喝下去了。”她瞥了床头桌上的银杯一眼。“我打赌，我会倒头就睡。也许你在那里面放了些什么东西，也许你曾经想过要骗我喝下它……嗯，当然，你不会这么做的。所以，我们要赌些什么？”

那种令人气恼的笑容从奈妮薇脸上消失了，取而代之的是两片出现在她脸颊上的红晕。

“好啊！”柏姬泰站起身，双手叉腰，带着责备的神情高声说道，“人家让你没有翻肠倒胃地受罪，你却像个娇纵的小姐般让人家为难。现在，不要去想什么戒指了，如果你乖乖喝下它，好好睡一觉，忘掉梦的世界的冒险，我也许会认为你已经够成熟了，不必安排一百名保镖在你周围。还是你需要让我捏着你的鼻子把它灌进你嘴里？”当然，伊兰从不认为柏姬泰能一直像真正的护法那样乖乖听话，但一百名保镖也太夸张了。

当柏姬泰说话时，艾玲达已经转过脸瞪着她，还没等她说完最后一个字，她已经开了口：“你不能这样对她说话，柏姬泰·塔荷琳。”她挺直腰杆，充分发挥自己身高的优势，穿着高跟靴子的柏姬泰并不比她矮多少，但勒紧披巾的艾玲达看起来完全像是一位真正的智者。的确，有些智者的面容看上去并不比她老多少。“你是她的护法，你应该问问安奈伦，什么才是护法应有的言行。他是一个伟大的人，但他仍然对奈妮薇言听计从。”安奈伦就是岚，这个词在艾伊尔语中的意思是独行客，艾伊尔人一直传颂着他的故事，对他非常敬仰。

柏姬泰上下打量着艾玲达，全身松弛下来，仿佛一下子矮了几寸。她张开嘴，脸上浮现出嘲讽的笑容，显然，她是打算用尖刻的话语戳破艾玲达吹起的气泡。她经常会这样做，但还没等她说出一个字，奈妮薇已经用不容置疑的口吻说道：“哦，为了光明之爱啊，算了，柏姬泰，如果伊兰说要去，那就只能让她去，什么都别说了。”然后她伸手指着柏姬泰。“否则我们以后可就有话要说了。”

柏姬泰盯着奈妮薇，双唇无声地翕动了两下，伊兰从约缚中体会到一种强烈的愤怒和挫败感。但柏姬泰最终还是跌坐回椅子里，双腿摊开，两只脚架在靴跟的狮头马刺上，表情阴沉地低声嘟囔着什么。如果伊兰不了解柏姬泰，她一定会以为柏姬泰要和奈妮薇结仇了。伊兰很想知道奈妮薇为什么会这么做，奈妮薇曾经像艾玲达一样尊敬柏姬泰，但现在这种情况已经彻底改变了。现在奈妮薇对待柏姬泰就像对待其他人一样颐指气使，而且她对柏姬泰的恫吓往往会成功。奈妮薇曾经说过，柏姬泰告诉过她，自己和其他人是一样的，奈妮薇肯定相信她的话。但不管怎样，柏姬泰依旧是柏姬泰。

“我的荷包呢？”伊兰又一次问道。柏姬泰这才去更衣室拿来她的绣金红荷包，这正是护法应该做的事情，只是以前柏姬泰在做这些事时总是要唠叨上一两句。这次，她把荷包捧到伊兰面前，还夸张地鞠了个躬，又朝奈妮薇和艾玲达撇撇嘴。伊兰叹了口气。这三个女人之间绝对没有任何矛盾，实际上，她们相处得很好，但如果她们不这样互相耍脾气就更好了。

那枚形状扭曲的怪异戒指被穿在一根样式朴素的皮绳上，躺在荷包最里面，它的上面是一些钱币。在它旁边，还有一块被仔细打成一个小包裹的丝绸手帕，手帕里有一些羽毛，那是伊兰最宝贵的东西。这枚戒指的材质看上去像是石头的，由蓝、红和褐三种颜色相互缠裹而成，但它摸上去却像钢一样坚硬光滑，而且似乎比钢铁还要沉重。伊兰将穿住戒指的皮绳挂在自己的脖子上，戒指落在她的胸前。然后她收紧荷包的勒绳，把它放到床头的小桌上。接着她拿起酒杯，芬芳的酒香飘向她的鼻尖，她挑起一侧的眉毛，笑着望向奈妮薇。

"我要回我的房间去了。"奈妮薇僵硬地说。她从床边站起身，严厉地看着柏姬泰和艾玲达，不知为什么，她额头上的那颗霁珊让她的面容显得更加强硬了。"你们两个要睁大眼睛！在你安排好那些保镖之前，她还是有危险的。即使那些保镖就位，我希望你们也不会放松警戒。"

"你以为我不知道吗？"当柏姬泰对奈妮薇怒目而视的时候，艾玲达已经开始发起反击了，"我不是傻瓜，奈妮薇！"

"这是你说的，"奈妮薇朝她们两个说道，"为了伊兰，我希望如此。其实这也是为了你们。"她收拢披肩，迈着平稳的脚步走出房间，那种从容不迫的样子和两仪师没有任何差别，显然她已经非常善于此道了。

"该死的，你一定以为你才是这里的女王。"柏姬泰嘟囔着。

"她才是过分骄傲的家伙，柏姬泰・塔荷琳，"艾玲达也说，"就像沙度的山羊一样骄傲。"她们相互点点头，仿佛已经达成共识。

但伊兰注意到，她们的这些话都是在奈妮薇关上房门后才说出口的。现在那个曾经对两仪师极度反感的人已经变成彻头彻尾的两仪师。也许岚在这件事上起了些作用，利用他的经验对奈妮薇进行一些指导。有时候，奈妮薇仍然需要费些力气才能保持平静，但自从她结婚以后，她在这方面已经愈来愈从容了。

伊兰喝了一口酒，觉得并没有什么特别的味道。这是非常好的酒，伊兰却不由自主地朝酒杯皱起眉，感到有些犹豫，她仿佛又想起那杯茶里的叉根味道。奈妮薇在这里面放了什么？当然不是叉根，但到底是什么？想要喝下这杯东西似乎有些困难，但她还是挑战般地喝光了杯中的酒。*我很渴，就是这样。*她一边想着，一边伸手把酒杯放在银托盘里。*我当然不是要证明什么。*

柏姬泰和艾玲达一直在看着她，直到她找到一个舒服的姿势，打算进入梦乡时，她们才交换了一个眼神。

"我要待在起居室里，"柏姬泰说，"我会在那里备好弓箭。你留在这里，以备她有什么需要。"

艾玲达并没有争辩，她抽出腰间的匕首，蹲下身去。从她所在的位置，她能看到所有从房门走进来的人，但进来的人却很难看到她。“在你进来之前，要连敲两下门，再敲一下，然后报出名字，否则我会认为进来的是敌人。”柏姬泰点点头，仿佛这是世界上最有道理的一句话。

“这太傻……”伊兰伸手捂住一个哈欠，“太傻了。”把这个哈欠打完之后，她才继续说：“没有人会……”又是一个哈欠，她差不多能把自己的拳头塞进嘴里了！光明啊，奈妮薇到底在那杯酒里放了什么？“会在今晚……杀我，”她懒洋洋地说，“你们……都知道……”她的眼皮变得愈来愈沉，不由自主地滑了下来。她将脸埋进枕头里，心里还想着要把话说完，但……

她正在宏厅里——凯姆林王宫的王座大厅，这是宏厅在特·雅兰·瑞奥德中的映射。在这里，现实世界中异常沉重的扭曲石戒指轻得仿佛要从她的乳沟里飘出来。这里也有光，却找不到光源，它不像阳光或灯光。即使在特·雅兰·瑞奥德的夜晚，这种光也足以让人看清周围的事物。一切都仿佛在梦中一样，而那种永远存在的，仿佛有一双眼睛正在背后窥看的感觉却更像是一场噩梦。不过她已经习惯了。

宏厅是进行大规模朝会、正式接见外国使节、签订重要条约和进行战争宣告的地方，这个长方形的巨大厅堂很符合它的名字和功能。除了她之外，现在宏厅中空无一人，仿佛一座巨大的洞穴。两排光芒闪烁的白色圆柱足有六十尺高，从大门一直延伸到宏厅的另一端。在宏厅的尽头，狮子王座立在大理石基座上，红色的地毯覆盖着基座的白色台阶，整座大厅则铺着红白色的石地板。王座的尺寸是为女性设计的，雕刻成狮爪形状的镏金椅腿非常粗重。在高椅背顶部，用红宝石铺成的底色上是月长石铺成的白狮子图案，宣示着坐在这把椅子上的人是一个强大国家的统治者。高高的穹顶上镶嵌着一扇扇彩色玻璃窗，窗户上能看到从安多建立伊始历代女王的画像，她们的画像之间是白狮子图案和一幕幕战争的场景。历代女王正是在这一场场战争中，将安多从亚图·鹰翼帝国残片中一座孤立的城市发展成一个大国。在百年战争之中诞生的许多国家现在都已不复存在，但安多从诞生之来，历经千年而不衰。有时候，伊兰觉得这些女王画像正在审视她，评判她有没有能力追随她们的脚步。

伊兰来到宏厅中不久，就有另一个女人出现了。那是一名黑发年轻女子，她坐在狮子王座里，身穿光滑的红色丝绸长裙，在袖子和衣襟上绣着银色狮子，她的脖子上挂着一串鸽子蛋大小的火滴石，头上顶着玫瑰王冠。她一只手轻按住王座的狮头扶手，威严地注视着大厅。当她看到伊兰时，脸上立刻露出错愕的神情，王冠、火滴石和丝绸长裙也都从她身上消失了，取而代之的是朴素的羊毛裙和一条长围裙。片刻之后，这名年轻女子便消失了。

伊兰笑了笑，即使是仆人也在做着登上狮子王座的美梦。她希望那个女孩不会在惊慌中醒过来，希望她能进入另一个愉快的梦境，一个比特·雅兰·瑞奥德更加安全的梦境。

王座大厅中又发生了其他的变化。排列在高大圆柱旁的两列工艺精巧的灯架似乎正在摇曳；高大的拱门刚才还是打开的，却在眨眼间关上了。在真实世界中的东西只有固定于一个状态相当长的时间，才有可能在梦的世界里留下映射。

伊兰想象着一块立镜，立镜立刻出现在她面前，她在镜中的倒影穿着一件高领绿色丝裙，胸前绣着银丝花纹，耳垂上别着两块翡翠，金红色的卷发上也点缀了小块的翡翠。她让头发上的翡翠消失，然后点了点头。这是符合王太女身份的装束，但太过炫耀也不好，在任何地方都要小心对自己的感觉……她的绿色丝裙变成塔拉朋风格的紧身裙，又变成黑色的海民宽松长裤。她双足赤裸，脸上出现了黄金耳环、鼻环和挂满徽章的细金链，手上也有黑色刺青。她的上身一丝不挂，正像亚桑米亚尔在海中时一样。伊兰红着脸，匆忙将服饰变回最初的样子，又将翡翠耳坠变成朴素的银耳环。对自己的服饰想象得愈简单，就愈容易维持它们。她努力让自己不去想那面镜子，镜子便从她眼前消失了，然后她抬起头，去看穹顶上那些庄严的面孔。“有些人登上王座的时候，也像我一样年轻。”她对她们说。但这样的人并不多，其中只有七个人让玫瑰王冠在自己的头顶逗留了相当长的时间。“有些人比我还年轻。”这样的人有三个，其中有一个当女王的时间还不到一年。“我并不奢望我能像你们一样伟大，但我不会让你们蒙羞，我会成为一名好女王。”

“在和窗户说话？”奈妮薇的声音让伊兰吃了一惊。她使用的是伊兰胸前那枚戒指的复制品，这让她的形体显得有些飘渺，几乎可以说是透明的。她皱起眉，大步向伊兰走过来，却被自己的裙摆绊了一下。她身上的深蓝色塔拉朋裙子比伊兰刚才想象的还要紧得多。奈妮薇看到自己的装束，吸了一口冷气，突然间，她换上一套同样颜色的安多丝裙，在袖子和胸前绣着金线花纹。现在她仍然时常会说，“优质、结实的两河羊毛衣服”才是最适合她的，但即使在这个她可以随心所欲变换衣着的地方，她也几乎没再穿过那样的衣服了。

“你在那酒里放了什么，奈妮薇？”伊兰问，“我感觉自己就像一根被熄灭的蜡烛。”

“不要试图改变话题，如果你在和窗户说话，那你就真的应该去睡觉，而不是留在这里了。我真有点想命令你——”

“不要这样，奈妮薇，我不是范迪恩。光明啊，被范迪恩那些人认为是理所当然的那些传统，我连一半还不知道呢。但我不愿意违抗你，所以请不要让我回去。”

奈妮薇瞪着她，狠狠地拉了一下自己的辫子。她身上衣服的细节出现了一些变化，裙摆变得厚重了一点，刺绣的图案也改变了，高领子陷下去，又升了起来，还出现了蕾丝护颈。她在这方面还缺乏必要的专心，但她额头上的红点从没有丝毫改变。

“好吧。”她平静地说道，在她脸上的怒容也消失了。黄色流苏披肩出现在她的肩头，她的脸上表现出一点点两仪师那种光洁无瑕的样子，在她的额角也出现了一些银丝，但她的言辞却和她的容貌及镇定的声音截然相反。“这次的事情让我和艾雯谈，我指的是今天发生的事情。每次你都喋喋不休地要把一切细枝末节都讲出来。光明啊！我真不希望她是玉座，如果她知道这件事，一定会怪罪到我们两个的头上。”

“如果我知道什么？”艾雯问道。奈妮薇猛地转过头，脸上完全是一副惊慌失措的表情。片刻间，她的流苏披肩和丝绸长裙变成一件见习生的彩色镶边长袍，就连那颗霁珊也消失了。虽然她很快就变回原来的样子，只是鬓角没有了白发，但这已经让艾雯的脸上露出令人担心的神情，她太清楚奈妮薇了。“如果我知道了什么，奈妮薇？”她严厉地问。

伊兰深吸一口气，她并不打算隐瞒什么，至少她会把所有重要的事情都告诉艾雯。而奈妮薇现在可能会把一切都说出来，或者变得像一块顽固的石头，坚持说没有任何事情发生，这只会让艾雯更凶狠地盘问她们。“有人把叉根放进我午餐的茶里。”然后她简单地将那些刺客和恰巧经过的督伊林，以及戴玲对其忠诚心的证明告诉了艾雯。她还向艾雯报告了爱伦娜和娜埃安被掳走、首席侍女在王宫中搜寻间谍、兰德遭受攻击以及无故失踪，甚至还有泽亚和珂丝蒂安由范迪恩进行指导的情况。艾雯听到这些事的时候，没有露出任何异样的表情。伊兰提到兰德时，她打断伊兰的话，说关于这件事她已经知道了。听到范迪恩在搜捕黑宗两仪师的事情上没有任何进展，她不满意地摇摇头，这是她对于伊兰的报告最强烈的一次反应。“哦，我要有保镖了，”伊兰最后说道，“二十个女人，指挥她们的是督伊林队长。我不想让柏姬泰为我成立一支枪姬众的队伍，但她差不多已经在这样做了。”

一只无背的扶手椅出现在艾雯身后，她没有回头看一眼就坐了下去，对于操纵梦的世界的技巧，她比伊兰和奈妮薇要强得多。她穿着深绿色的羊毛骑装，做工非常精致，但并没有任何装饰，很可能她在白天时穿着的就是这身衣服。“明晚……应该是今晚了，你们在莫兰迪和我见面。希望家人的出现不会让那些宗派守护者们发疯。”

奈妮薇已经恢复了过来，但她还是在用手指拨弄着裙摆，现在她衣服上的刺绣变成银色的。“我以为你现在已经将白塔评议会掌握在手心里了。”

“掌握一只白鼬也比掌握住她们来得更容易。”艾雯不带表情地说，“她们永远都在扭动挣扎，还会回头咬你的手腕。关于对抗爱莉达的战争，她们总算是能够听我的话了。不管她们怎样抱怨雇佣士兵的巨额资金，但她们也没有别的办法。而我们和家人达成的协议并不是战争的一部分，我们让家人相信白塔一直都知道她们的存在，如果评议会知道这件事，知道我们瞒着她们都做了些什么，大概她们全都会疯了。她们正竭尽全力想办法停止接受新的初阶生。”

“她们不能这样做，对吧？”奈妮薇问。她也为自己弄出一把椅子，那把椅子刚刚出现时，和艾雯的椅子完全一样。她回头确认了椅子没有问题，才坐了下去，而这时椅子变成一把三条腿的凳子。当她在上面坐稳时，它又变成有横栏椅背的乡村椅子，现在她的裙子也变成了开衩的骑马裙。“你已经发表了宣告，任何年龄的任何女子，只要通过测试，都能被白塔接受。对于家人，你只需要再发表一个宣告就行了。”伊兰想象出一把她的起居室的椅子，坐了进去，这对她来说是一件最容易想到的家具。

“哦，玉座的宣告就像法律一样，不容违抗，”艾雯说，“但评议会总有办法绕过这种宣告。她们最新的抱怨是我们只有十六名见习生。大多数姐妹对待芙芮恩和瑟德琳的态度仿佛她们仍然是见习生一样，但即使是十八个人也不足以训导这么多初阶生。现在已经有一些姐妹参与对初阶生的训练，我相信，她们之中的一些人希望寒冷的天气能够减少前来参加初阶生测试的人数，但她们的希望显然是落空了。”她突然露出微笑，在她的黑眸里闪烁出一点恶作剧的光彩。“我希望你能见见一名新来的初阶生，莎琳娜·麦罗伊，一位老祖母。我想，你一定会承认她是个不平凡的人物。”

奈妮薇的椅子突然消失了，让她重重地跌坐在地板上，但她似乎完全不觉得痛，只是愣愣地坐在那里，困惑地盯着艾雯。“莎琳娜·麦罗伊？”她用有些颤抖的声音问，“她是初阶生？”她的衣服变成伊兰从没见过的样式——如水波般柔顺的袖子，胸口处深深凹下，上面绣着花朵图案，缀着小粒的珍珠。她的长发一直垂到腰际，兜住头发的发网用金丝编成，上面装饰着月长石和蓝宝石，在她的左手食指上有一只样式朴素的金戒指。只有她的雫珊和巨蛇戒没有任何变化。

艾雯眨眨眼：“你认识她？”

奈妮薇站起身，盯着自己的衣服，然后她抬起左手，带着迟疑的神情摸了摸那枚金戒指。奇怪的是，她并没有改变这身衣饰。“也许不是同一个人，”她喃喃地说道，“不可能！”她又变出一个艾雯那样的椅子，又朝那把椅子皱皱眉，仿佛是在命令它保持原样。但是当她坐下去的时候，椅子还是出现了高椅背和雕花。“我记得有一个莎琳娜·麦罗伊……那是在我接受见习生测试时。”她匆匆地说道，“我并不需要报告这些事，这是规则！”

“你当然不需要。”艾雯说道，但她盯着奈妮薇的眼神却非常奇怪。伊兰知道，自己的眼神一定也和艾雯一样。但她也知道，如果奈妮薇固执起来，她完全能成为骡子的老师。

“艾雯，既然你提到了家人，”伊兰说，“那么你有没有想到誓言之杖？”

艾雯抬起一只手，仿佛要阻止伊兰说下去，不过她的回答依旧安静如常：“不需要特别去想，伊兰，以誓言之杖立下的三誓，正是让我们成为两仪师的根本。一开始我还不明白这一点，但现在我已经明白了。在我们收回白塔的第一天，我就会以誓言之杖立下三誓。”

“这太疯狂了！”奈妮薇脱口说道。她在椅子里向前倾过身子，双手紧握成拳头，按在膝盖上。令伊兰吃惊的是，这次她的椅子和衣服都没有任何变化。“你知道这代表什么。家人就是证据？有多少两仪师能活过三百岁？甚至能活到三百岁？不要阻止我谈论年纪。你知道，这是个荒谬的传统。艾雯，黎恩被称为长姊，因为她是艾博达最年长的家人，而家人之中真正最年长的是奥罗西娅·耐莫尼，她是提尔的一名油商，已经有将近……六百岁了！如果评议会知道这件事，我打赌她们肯定会将誓言之杖束之高阁。”

“光明在上，三百年是一段漫长的时间，”伊兰插话道，“但如果我知道我的寿命可能会缩短一半，可能我也不会高兴，艾雯。而誓言之杖将对你向家人许下的承诺产生怎样的影响？黎恩想成为两仪师，但当她立下三誓的时候，会发生什么事情？奥罗西娅呢？她会不会立刻就死去？当你不知道结果的时候，你不能要求她们这样立誓。”

“我不会要求任何事。”艾雯的脸上仍然镇定若素，但她已经挺直了后背，声音也变得冰凉而刚硬。她的目光仿佛要深深地刺入身边两个人的心中。“任何想要成为两仪师的女人都必须立下誓言。拒绝立誓，却又自称为两仪师的人将受到白塔的彻底裁决。”

伊兰在艾雯的注视下费力地咽了口口水，奈妮薇的脸色则变得惨白。艾雯的意思非常清楚，现在对她们说话的不是一个朋友，而是玉座，玉座在宣布判决时是没有朋友的。艾雯显然对她们的反应感到满意，于是她放缓口气：“我知道这个问题。”她用稍微平常一些的语气说。但她显然还是不允许伊兰和奈妮薇有任何争辩。“我希望所有记录在初阶生名册上的人都能有最好的发展，希望她们能够得到披肩，但我不希望任何人因此而失去生命。一旦评议会知道家人的事情，等到她们挥舞完拳头之后，我想我可以让她们同意，想要退休的两仪师都可以在退休时被除去三誓。”在很久以前，两仪师们就知道誓言之杖可以束缚一个人立下的誓言，也能解除这个誓言，否则黑宗两仪师怎么能说谎？

“我想，这应该是个很好的解决办法。”奈妮薇谨慎地表示赞同。伊兰只是点点头，她相信在这件事上还有更多可以做的。

“退休的两仪师成为家人，奈妮薇，”艾雯轻声说，“这样，家人也就和白塔建立牢固的联系。当然，家人可以继续她们自己的生活，遵守她们的规则，但她们必须同意，女红社将处于玉座的指挥之下，而不是听命于评议会。而且家人的位阶低于两仪师，她们必须成为白塔的一部分，不能再是一个完全独立的组织了。但我想，她们会接受的。”

奈妮薇又一次高兴地点点头，但她又想了想，脸上的笑容立刻消失了。她气恼地说：“但……家人的尊卑次序是由年龄决定的！这样做的话，一些能力还不足以成为见习生的老人，就会向退休的两仪师发号施令了！”

“她们已经不再是两仪师了，奈妮薇，”艾雯摸了摸戴在右手的巨蛇戒，微微叹息一声，“有些家人已经得到了这枚戒指，但她们并不会佩戴它。我们最终也要放弃它，我们将会成为家人，奈妮薇，而不再是两仪师。”听她的声音，她仿佛已经看到那个遥远的日子，那个还与她们间隔着漫长岁月的失落，但她还是放开那枚戒指，深吸了一口气。“现在，还有什么事情吗？还有一个漫长的夜晚在等着我。我希望能真正睡上一会儿，然后再去面对那些宗派守护者。”

奈妮薇皱起眉，她已经握紧拳头，并用另一只手捂住了巨蛇戒，但她显然已经不打算再为家人的事争论了。“你的头痛还是很厉害吗？我想，如果那个人的按摩能有点用，你的头应该不会那么痛了。”

“哈丽玛的按摩非常有效，如果没有她，我已经无法入睡了。有没有——”她的声音消失了，眼睛直直地盯着王座大厅的门口，伊兰也跟着转头看了过去。

一个男人正在看着她们，他的个子像艾伊尔人一样高，深红色的头发上夹杂着一点白丝，但艾伊尔人肯定不会穿上蓝色的高领外衣。他的身材相当壮硕，一张刚硬的面孔看上去有些熟悉。当他看到自己被她们发现，他立刻转过身，向走廊里飞奔而去，很快就从她们的视线中消失了。

伊兰倒吸了一口气，那个人肯定不是在偶然的梦境中进入特·雅兰·瑞奥德的，否则他现在应该是骤然消失。但伊兰还能听到他的靴子敲击地板的响亮声音。他可能是一名梦行者，智者们说过，梦行者在男性之中非常罕见，但也是存在的，否则他也一定拥有一件能进入梦的世界的特法器。

伊兰跳起身，尾随那个男人追了过去，但艾雯的速度比她更快。转瞬间，她已经出现在门口，朝那个男人消失的方向望过去。伊兰想象自己站在艾雯身边，于是她真的就站到了艾雯身边。走廊里已经寂静无声，只剩下摇曳不定的立灯、箱柜和织锦壁挂。

“你们是怎么办到的?”奈妮薇将裙摆提到膝上，跑了过来。她脚上穿着红色的丝绸长袜！当她察觉到伊兰在看她的袜子，立刻就放下裙摆。然后她也向走廊里望过去。“他去哪里了？他可能偷听到我们说的所有事情了！你们认识他吗？他让我想到某个人，但我怎么也想不清楚。”

“兰德，”艾雯说，“他倒是可以当兰德的叔叔。”

当然，伊兰想，但兰德肯定没有这样一个卑鄙的叔叔。

王座大厅的另一端传来一个轻微的金属敲击声。在高台后面，通往更衣室的门被关上了，房门在特·雅兰·瑞奥德中总是在敞开和关闭状态之间不停变化，但它们不会自动被推开或闭合。

“光明啊!”奈妮薇喃喃地说，“到底有多少人在偷听我们说话？那些人都是谁？为什么要这么做?”

“无论他们是谁，”艾雯平静地回答，“他们显然并不比我们了解特·雅兰·瑞奥德。他们不是朋友，否则他们也不会偷听。我想，这两个在大厅两端偷听的人彼此之间也不是朋友。那个男人穿着夏纳风格的衣服，在我的军队里有夏纳人，但你们也都认识那些人，他们之中并没有和兰德相像的。”

奈妮薇哼了一声:“无论他是谁，这里偷听的人也太多了。我想回到我自己的身体里去，在那里，我只需要担心间谍和涂了毒药的匕首。”

夏纳人，伊兰想，边境国人。她怎么忘记了这件事？当然，和叉根比起来，这只不过是一件小事。“还有一件事。”她努力提高声音，但言语中还是带着一点她不希望出现的小心翼翼，她就以这样的语气报告了戴玲关于边境国军队出现在布雷姆森林的讯息，以及诺瑞总管为这件事准备的信笺。她一边说，一边警戒地查看着走廊和宏厅，她不想让另一名间谍再偷听自己说的话了。“我想，边境国的四位国王应该就在布雷姆森林。”

“兰德，”艾雯吁了口气，她显得相当气恼，“他还真的是能把水搅浑。你知不知道，他们到底是来向兰德宣誓效忠的，还是要抓他去见爱莉达？我想不出他们还能有什么理由要行进四千里来到这里。他们现在大概只能用他们的鞋子来煮汤喝了！你知不知道，要在这么长的行军路线上维持一支大军的后勤供给有多么难?”

“我想,我可以去查一查。”伊兰说,“不管怎样……你给了我一些灵感,艾雯。”她不禁露出微笑,今天总算是有些好事了。“我想,我也许能利用他们维护狮子王座的安全。”

亚丝恩审视着面前高大的刺绣框,叹了口气,叹息到一半时,变成了一个哈欠。摇曳的灯火只散发出一点昏暗的光亮,但这并不是她的鸟雀都偏向一侧的原因。她想要到床上去,她不喜欢刺绣,但她必须保持清醒,这是避免和加丝玛交谈的唯一办法,只有加丝玛会管它叫“交谈”。那个傲慢自大的黄宗两仪师也在房间的另一边专心地刺绣,她认为所有拿着一根针的人都会对这种劳作充满兴趣。亚丝恩知道,如果她从椅子里站起来,加丝玛立刻就会开始唠叨各种关于她的重要故事。在魔格丁消失的这几个月里,她至少已经有二十次听过加丝玛是如何审问泰姆拉·奥班亚的;还有她是如何诱使红宗刺杀了曦云·飞宇,以阻止曦云逮捕她的。这件事她说了至少有五十遍!按照加丝玛的说法,黑宗完全是由她一手拯救的。而且她一有机会就会说这些事,这种聒噪不仅无聊,还非常危险。如果无上庭听到她的这些话,她们甚至会因此而丧命。所以亚丝恩只能压下一个哈欠,再次盯着她的作品,继续将针刺入紧绷的亚麻中。也许,如果把红雀绣得大一点,她就能让红雀的翅膀平衡一些了。

门闩的响声让两个人同时抬起了头。她们的两名仆人知道不能打扰她们,而那个女人和她的丈夫早就应该睡死了。亚丝恩拥抱了阴极力,准备好一个能将入侵者烧成灰烬的编织,加丝玛的身周也亮起至上力的光晕。无论是谁贸然闯入,他肯定会后悔到死。

走进来的是爱蒂丝,她将手套握在手中,黑斗篷仍然垂挂在背后。这名身材丰满的褐宗两仪师身上的裙子也是黑色的,没有任何装饰。亚丝恩痛恨穿着朴素的羊毛裙,但她们的确需要避免别人的注意,而且爱蒂丝穿这身衣服倒是挺合适。

爱蒂丝站稳脚步,朝她们眨眨眼,她的圆脸上闪过一丝困惑的神情。“哦,天哪,你们以为是谁进来了?”她将手套扔在门旁的小桌子上。她突然察觉到自己的斗篷,皱了皱眉,仿佛她在上楼时才披上了这件斗篷。她小心地解开脖子上的银领针,然后将斗篷扔在一把椅子上,又一屁股坐了进去。

阴极力的光晕在加丝玛的身上消失了,她转过刺绣框,好让自己能站起来,严厉的面孔让她显得比实际身材还要高一些,而她本身就相当高。她刺绣的鲜艳花朵应该是生长在一座花园里。“你到哪里去了?”她问道。爱蒂丝是她们之中位阶最高的，魔格丁在离开时命令她管理其余两个人，但加丝玛显然对此不在意。“你应该在下午回来，但现在都半夜了！”

“我没有注意时间，加丝玛。”爱蒂丝漫不经心地回答道。她显然已经陷入沉思。“从我上次去凯姆林到现在，已经过了很长的时间，内城依旧是那么迷人。我在一个熟悉的餐馆中吃了美妙的一餐。必须承认，那时凯姆林并没有这么多姐妹，不过她们并没有认出我。”她看了看她的领针，仿佛在思考这东西是从什么地方来的，然后她把领针塞进腰间的荷包里。

“你没有注意时间，”加丝玛冷冷地说着，将双手叉在腰间，也许她这么做是为了防止自己伸手掐住爱蒂丝的喉咙，她的眼里闪动着怒火，“你没有注意时间。”

爱蒂丝又一次眨眨眼，仿佛在为加丝玛的话感到吃惊。任何对身边的世界感觉迟钝的人都不可能活得长久，而在她们到达萨马拉之前，她已经粗心得不止一次遗落了她的伪装，足以让她的护法找到她。她们顺从魔格丁的命令，在这个混乱的地方等她回来，而那个所谓先知手下的暴徒就在这时涌入阿玛迪西亚。即使亚丝恩已经开始相信魔格丁抛弃了她们，她们仍然停留在这座已经快变成一片瓦砾的小镇里。想到这里，亚丝恩的嘴唇扭曲了一下。她们之所以决定离开，是因为爱蒂丝的护法肯尼特赶到了那里，那时他已经确信爱蒂丝是杀人犯，并且开始怀疑爱蒂丝属于黑宗，他决定无论他会遭遇怎样的后果，都必须杀死爱蒂丝。当然，爱蒂丝并不想接受这样的后果，所以她禁止任何人杀死那个男人，于是她们只能选择逃跑。这次，又是爱蒂丝指出，凯姆林是她们唯一的希望。

“你有没有探听到什么，爱蒂丝？”亚丝恩礼貌地问。加丝玛是个傻瓜。无论这个世界看上去多么破烂，任何事情也自有它们的规律。

“什么？哦，那里的辣椒酱不像我记忆中那么好了。当然，那已经是五十年前的事情了。”

亚丝恩压抑住一个叹息，也许现在的确应该让爱蒂丝遭遇某种意外。

房门再次被打开，提麦勒悄无声息地溜了进来，让房里的所有人都吃了一惊。这名身材瘦小、有张狐狸脸的灰宗两仪师在肩头披着一条绣有狮子图案的长袍，长袍在她胸前敞开着，露出里面奶油色的丝绸睡衣。她的一只手上戴着用扭曲的玻璃环穿成的手镯，那些圆环的外表和触感都很像玻璃，但即使是铁锤也不可能打断它们。

“你去了特・雅兰・瑞奥德。”爱蒂丝朝那件特法器皱起眉头，但她的语气并不严厉。她们全都有一点害怕提麦勒，因为魔格丁让她们从头到尾观看了莉亚熏垮掉时的样子。亚丝恩在获得披肩的一百三十多年时间里，见识过不少杀戮和折磨，但她从没见过有谁像提麦勒一样……热情如火。

加丝玛偷偷观察着提麦勒，她似乎并不知道自己正紧张地舔着舌头。亚丝恩急忙将嘴巴闭上，并希望没有人注意到她的动作。爱蒂丝则显然没注意到她在干什么。"我们有过协议，不使用那些东西。"她的声音几乎和恳求差不多了，"我相信，一定是奈妮薇伤了魔格丁。如果她能在特·雅兰·瑞奥德里打败弃光魔使，那我们怎么可能对抗她？"她转身看着其他人，竭力用叱骂的语气说："你们两个知道吗？"但她的声音至多只是焦躁地大喊。

加丝玛愤怒地和爱蒂丝对视着，而亚丝恩只是显出一副无辜的样子。她们都知道，但谁愿意去对抗提麦勒？她怀疑就算是爱蒂丝当场抓到提麦勒用特法器进入梦的世界，顶多也只是会象征性地反对一下。提麦勒很清楚自己的权威，所以她并没有俯首接受爱蒂丝的教训，向爱蒂丝道歉。她只是微微笑了笑，而她的眼睛始终都是冰冷的，那双黑色的大眼睛显得有些过分明亮。"你是对的，爱蒂丝，看样子，伊兰已经来了，而奈妮薇就陪在她身边，她们两个都在王宫里。"

"是吗？"爱蒂丝在提麦勒的注视下微微扭动着身体，"那么，"她舔了一下嘴唇，又一次挪动了双脚，"即便如此，在我们想办法越过那些野人，捉住她们之前——"

"她们只不过是野人，爱蒂丝。"提麦勒倒在一张椅子里，毫不在意地摊开四肢，但她的声音却越发严厉了。那种语气大概还不算是发号施令，但也绝对不容许其他人的质疑。"这里只有三个姐妹会给我们造成麻烦，我们能处理掉她们。我们能得到奈妮薇，也许还能得到伊兰。"她突然向前倾过身子，双手紧紧按住椅子扶手。虽然她只穿着睡衣，但从她身上散发出强大的压迫感，爱蒂丝后退了一步，仿佛差一点被她的目光推倒。"否则我们为什么要到这里来，爱蒂丝？这就是我们来此的目的。"

没有人再说话，她们的身后已经留下一连串的失败——在提尔，在坦其克。如果无上庭现在找上她们，也许只是为了取她们的性命。但如果她们能找到一位弃光魔使主子，情况就大不一样了。魔格丁非常想要奈妮薇，那么其他弃光魔使也许同样会对那个女孩感兴趣。真正困难的地方在于找到一位弃光魔使，好献上她们的礼物。但除了亚丝恩外，似乎没有人想到这一点。

"有其他人正在窥视我们的两个见习生。"提麦勒靠回到椅子里，用厌烦的声音说道，"一个男人让她们发现了他，还有另一个我看不见的人。"她气恼地撅起了嘴，但眼睛依旧是冰冷的。"我只能躲在一根圆柱后面。这样你高兴了吧，爱蒂丝，我在尽量躲避那些女孩。你高兴了吗?”

爱蒂丝只能结结巴巴地说提麦勒做得很好。

亚丝恩让自己感觉了一下她的四名护法，他们一直在向她靠近。当她们离开萨马拉时，她已经停止了伪装。四个人里，只有博沃是暗黑之友，但其余的三个人也会相信她所说的一切，对她百依百顺。除非有绝对的必要，她不会让房间里的这些人知道她的护法已经来了，但她希望自己身边随时都会有可以差遣的战士，肌肉和钢铁非常有用。如果遇到了最糟的情况，她还可以使用那根长手杖。魔格丁自以为已经将那根手杖妥善地藏了起来，实际上并非如此。

清晨的阳光透过起居室的窗户，将室内照成一片灰色。现在比夏安女士通常的起床时间要早一个小时。但这个早晨，她在天还全黑时就已经穿好了衣服。现在，她相信自己是夏安女士，那个制鞍匠的女儿蜜丽·斯甘已经完全被遗忘了。无论在哪一方面，她都是夏安·埃瓦因女士，多年来一直如此。威廉姆·埃瓦因爵士早已穷困潦倒，居住在一座摇摇欲坠的农舍里，他甚至没能力对这座农舍进行基本的修缮。他和他唯一的女儿，也就是这个家族最后的血脉一直住在偏僻的乡下，在那里，没有人会注意到他们的贫困。现在，他们的骨头都已经被埋进那座农舍旁的树林里。而她是夏安女士。也许这座设施完备的石头房屋还算不上一座官邸，但它肯定比得上任何富商的住宅。她也早已经死了，就在她签署文件，将全部财产留给她的“继承人”之后。这幢屋子里的家具做工都很精致，地毯是昂贵的上品，织锦壁挂甚至椅子坐垫上都绣着金丝花纹。蓝纹大理石壁炉中跳动着火焰，原先样式朴素的墙楣上现在都雕刻着埃瓦因家族的心与手纹章。

“再来一些酒，孩子。”她说道。法理恩急忙提起高颈银酒壶，在她的酒杯里倒满了热气腾腾的香料酒。这身胸口绣了一颗红心和一只金手的仆人制服很适合法理恩。当她迅速将酒壶放在橱柜上，退回到门旁站好时，她的长脸就像是一副僵硬的面具。

“你在玩一个危险的游戏。”玛芮琳·葛马芬一边说，一边在手掌间转动着她的高脚杯。这名褐宗姐妹骨瘦如柴，头发是毫无生命感的浅褐色，她看起来根本就不像一位两仪师。虽然现在她穿着一身质料上乘的蓝色羊毛裙，但她的窄脸和宽鼻子比法理恩更适合那身仆人制服。“我知道，她被屏障了，但只要她恢复导引能力，你就只剩下哀号的份了。”她的薄嘴唇扭曲了一下，仿佛是在微笑。“也许那时你连哀号都做不到。”

“这是莫瑞笛做出的安排，”夏安答道，“她在艾博达的任务中失败了，莫瑞笛要对她进行惩罚。我不知道这其中的细节，也不想知道，但如果莫瑞笛想把她的鼻子埋进泥巴里，我就会让她的鼻孔中除了烂泥以外什么都没有。难道你认为我应该违背弃光魔使的命令?”这个想法让夏安自己也打了个哆嗦。玛芮琳端起酒杯，想用喝酒的动作掩饰自己的表情，但她的眼睛里还是流露出紧张的神情。“你呢，法理恩?”夏安问道，“你想让我请求莫瑞笛将你带走吗？他也许会让你生活得轻松一些。”就算骡子能像夜莺那样歌唱，她的这句话也不可能变成事实。

法理恩丝毫没有犹豫，她挺直脊背，行了个标准的屈膝礼，面孔变得更加苍白了。“不，主人。”她慌张地说道，“我对现在的生活非常满意，主人。”

“看到了没?”夏安对另一名两仪师说。她并不相信法理恩真的满意现在的生活，但只要能不直接面对莫瑞笛，法理恩肯定愿意接受一切惩罚。为了完成莫瑞笛的命令，夏安也会竭尽全力虐待法理恩。没有人能知晓弃光魔使都知道些什么，也没有人知道他们会怎么想。她觉得自己的失误隐瞒得很好，但她绝不会有任何侥幸心理。“当她能再次导引时，她就不会再是一名女仆了，玛芮琳。”不管怎样，莫瑞笛说过，夏安如果愿意，随时都可以杀掉法理恩，就算是把玛芮琳杀掉也无所谓，所以夏安并不担心这两名两仪师会如何仇视她。

“也许是吧!”玛芮琳面色阴沉。她又瞥了法理恩一眼，面孔扭曲了一下。“魔格丁命令我向你提供一切可能的帮助。但我告诉你，我不会进入王宫。这座城市里已经有太多两仪师，让我厌烦至极；而王宫里又塞满了野人，我只要在那里走出十步远，肯定会有人发现我。”夏安叹了口气，翘起一条腿，靠回到椅子里，懒洋洋地踢着脚上的拖鞋。为什么人们总是要一直重复你已经知道的废话？这个世界上简直充满了傻瓜!

“魔格丁命令你们服从我，玛芮琳，这点我很清楚，因为莫瑞笛已经告诉我了。他没有告诉我他和魔格丁之间的关系，但我相信，只要他打一个响指，魔格丁肯定会跳起来。”这样谈论一名弃光魔使是危险的，但她必须把这件事讲清楚。“你是否想再一次告诉我，你有什么事情是不想做的?”

那名窄脸两仪师舔舔嘴唇，又瞥了法理恩一眼。她是不是在害怕会和法理恩有同样的下场？说实话，夏安宁愿现在伺候她的是一名正常的侍女，而不是什么两仪师。至少现在，这个两仪师对她还算俯首帖耳。但当这件事结束时，她们两个可能都难逃一死。夏安不喜欢这种前途未卜的情形。

“我没有说谎，”玛芮琳缓缓地说，“我在那里真的会被立刻发现，而且那座王宫中已经有人了。她能做到你想做的事，只是和她联系上还需要时间。”

“不要在这件事上耽搁太久，玛芮琳。”也就是说，王宫中的两仪师里有一个是黑宗？她一定是两仪师，而不仅仅是一名暗黑之友，只有这样她才能完成夏安的任务。

房门被打开来，姆雷林带着疑问的神情探头进来，魁梧的身躯几乎塞满了整个门框，不过夏安还是看到他身后跟着另一个男人。她点点头，姆雷林走到一旁，示意戴维德·汉隆跟进来，然后关上了房门。戴维德披着一件黑色的斗篷，他一只手伸进法理恩的裙子里，捏了一下她的屁股。法理恩凶狠地瞪了他一眼，却没有任何动作。戴维德也是对她惩罚的一部分，虽然夏安并不喜欢看到他这么对待这个女人。

“那种事以后再做吧！”她命令道，“情况进展如何？”那张长方形脸孔上立刻露出得意的微笑。“一切都和我计划的一样，”他将黑色斗篷的一侧甩过肩膀，露出红色外衣上代表军阶的金色花结，“你正在和女王贴身卫兵的队长说话。”

第 11 章

关于重要性的理念

兰德看也不看一眼，就迈步走过通道，来到一间巨大而黑暗的房间里。控制编织、与阳极力战斗所消耗的体力让他有些不堪负荷，他想呕吐，弯下腰吐出肚子里的一切。现在光是站直身体对他来说也是一件困难的事情。一点光线从房屋高处的几扇小窗户透进来，让握持着至上力的他刚好能看清房里的环境。这里摆满了各种家具和被布蒙上的大型物体，其中还有一些用来存放陶器的大桶，各种形状尺寸的箱子、盒子、板条箱和其他物品，能够迈开脚步的空地不过几尺见方。他相信，不会有什么仆人到这里来找东西，或者是进行清扫工作。这座王宫的最高一层有几个这样的储藏室，看起来就像是巨型农舍中被遗忘的阁楼。毕竟他是时轴，他不希望自己在打开通道时，恰巧有人在他的目的地里。这个通道的一侧边缘切掉了一个被烂布包裹的箱子一角，另一侧则深深地切进一张堆满花瓶和木匣的镶嵌长桌里。也许曾经有某位安多女王在这张桌子上吃饭，但那一定是一两个世纪以前的事情了。

*一两个世纪。*路斯·瑟林在他的脑子里沙哑地笑着。*真是漫长的一段时间啊！为了光明之爱，放弃吧！这里就是末日深渊！*

这一次，兰德并没有完全否认路斯·瑟林的抱怨。他匆忙地示意明从通道另一边的森林空地中走过来。明一来到他身边，他就关闭通道，放开阳极力。通道变成一根垂直的光丝，然后消失，那种想要呕吐的感觉也随之不见了。兰德的头仍然有点晕，但已经不再有想要一头栽倒在地的感觉，只有那种污秽的感觉仍然存在，暗帝的污染继续从编织中渗入他的身体。他将那只皮口袋换到另一侧的肩膀上，想借此掩饰自己用袖子擦去脸上汗水的动作，其实，他并不需要担心明会注意到这个举动。

明的蓝色高跟鞋踏在储藏室的地板上，扬起一团灰尘，她急忙从袖子里抽出蕾丝花边手绢，捂住鼻子，一个又一个地打起喷嚏。兰德一直希望明能够穿上裙子，但明现在只是穿着袖子和领口上绣有雪白花朵的蓝色外衣，以及紧身的浅蓝色马裤。她将有黄色刺绣的亮蓝骑马手套塞进腰带里。她的斗篷边缘绣着黄色的螺旋图案，别住斗篷的领针形状是一朵黄金玫瑰。这就是她的日常装束，这个样子的她几乎能吸引所有人的目光。兰德穿着劳工们经常会穿的褐色羊毛衣服，在过去几天里，兰德无论去哪里都会刻意宣示他的存在。但这一次，他只希望极少数的几个人知道他来过这里。

“为什么你要对着我笑，还像个笨蛋那样捏自己的耳朵?”明一边将手绢收回袖子里，一边问，她黑色的大眼睛里充满了怀疑。

“我在想，你可真漂亮。”兰德低声说。她的确很漂亮，兰德每次看到她的时候，都会不由自主地这么想，并且后悔自己实在太过软弱，无法命令她离开自己。

明深吸一口气，还没来得及伸手遮住鼻子，就又打了一个喷嚏。然后她瞪着兰德，仿佛这全都是他的错："我为你丢掉了我的马，兰德·亚瑟。我为你卷起了我的头发。我为你放弃了我的人生！我可不会放弃我的外衣和裤子！而且，这里没有人见过我穿裙子。你不会希望我被认出来吧？你肯定不可能带着这样一张脸在王宫里闲逛。”

兰德伸手摸摸自己的下巴，感觉一下自己的脸，但明现在看到的并不是这张脸。任何看着他的人都会看到一个比他矮几寸、年长几岁的男人，有着一头黑色短发，一双昏沉的褐色眼睛，鼻子上有一个巨大的疣。只有碰到他的人才能看穿面镜。在他将编织反转以后，即使是殉道使也无法察觉他的编织。但如果这座王宫中有殉道使，他的计划也许会失败。他这次来访绝对不能造成杀戮。不管怎样，明是对的，有这样一副面孔的人绝不可能单独在安多王宫出入。

“我们要迅速结束这里的事情，尽快离开，不能让任何人有时间想到，你在这里也就意味着我在这里。”

“兰德。”明以非常轻柔的声音说道。兰德小心地看着她，明伸出一只手，按在他的胸前，表情严肃地看着他，“兰德，你真的需要去看看伊兰；我想，还有艾玲达，你知道她可能也在这里。如果你——”

兰德带着矛盾的心情摇摇头，那种晕眩的感觉还没有完全消失。“不！”他只说了这一个字。光明啊！无论明说什么，他就是不能相信伊兰和艾玲达全都爱他。如果这是事实，他更不相信明不会因此感到困扰，女人绝对不可能这么奇怪！伊兰和艾玲达只有理由恨他，而不是爱他。至少，伊兰已经清楚告诉他这一点。更可怕的是，他同时爱着她们两个，他还爱明！他一定要像钢一样坚硬。但他觉得如果他同时面对她们三人，也许他就会变成碎片了。“我们要找到奈妮薇和麦特，然后以最快的速度离开。”明想开口，但兰德没给她说话的机会：“不要跟我争辩，明，现在没时间争论！”

明向一旁侧过头，露出一个愉快的微笑。“我什么时候和你争论了？难道我不是一直按照你说的去做吗？”她仿佛觉得这个谎言还不够蹩脚，又说道：“如果你想快一点，为什么我们还站在这个满是灰尘的储藏室里？”然后她又打了个喷嚏。

她并不打算听兰德的回答，所以她先走出了储藏室。这里显然并没有被完全遗忘，沉重的房门被打开时，铰链却几乎没有发出任何声音。明迅速向走廊两端望了望，走出去，向兰德招招手。长长的走廊空无一人，显然作为时轴的兰德在这里并没有发挥什么特别的效果，这让兰德不禁松了口气。即使是最胆小的仆人，看到他们两个从王宫最高层的储藏室走出来，也肯定会感到奇怪。不过他们很快就会遇到人了，安多王宫并不像太阳王宫或提尔之岩那样有着众多的仆人，但在这种规模的宫殿中，至少也会有几百名仆人。兰德走在明身边，竭力装作被这里的织锦壁挂、墙饰雕刻和华美家具吓呆的样子，这样的东西他们现在已经见过很多了，但一个普通的匠人可没有这种见识。

“我们需要尽快到下面去。”他低声说道。他们仍然没有见到任何人，但这种情况肯定不会持续很久。“记住，只要问第一个出现的仆人奈妮薇在哪里就可以了，尽量不要多说话。”

“谢谢你的提醒，我一直都觉得忘了什么事，但就是想不起来。”明给了兰德一个紧绷的微笑，又低声嘟囔了些什么。

兰德叹了口气。现在可不是玩游戏的时候，但明总是想要玩，就算她明白现在的情况有多么严峻，她也不会放弃游戏的心情。有时候，明所认为重要的事情和兰德概念中的重要事情完全不一样，他一定要盯紧她才行。

“法萨维女士，”一个女性的声音从他们身后传来，“是法萨维女士吗？”

兰德猛转过身，他肩头的皮口袋被高高甩起，又沉重地落在他的背上。一名肥胖的灰发妇人困惑地看着明。除了伊兰和艾玲达之外，她可能是兰德最不想见到的人，他急忙低下头，避免和她直接对视，一边还在奇怪她为什么穿着胸口绣有白狮子的红色制服。他只是个工匠，她没理由会注意他。

"哈芙尔大妈?"明欢快地喊道，"是的，正是我，能见到你真是幸运，恐怕我迷路了。你能告诉我，在哪里能找到奈妮薇吗？还有麦特·考索恩？我身边这个人有些东西要交给奈妮薇。"

首席侍女朝兰德微微一皱眉，然后才转向明。她向明的衣服挑了挑眉弓，也许她注意到的是明衣服上的灰尘，但对于这件事，她一个字也没说。"麦特·考索恩？我不认识他，他是一名新来的仆人或卫兵吗?"她有些犹疑地说，"至于说两仪师奈妮薇，她非常忙。我想，如果有什么东西要给她，可以先交给我，我会放到她的房里。"兰德一下子直起身子。两仪师奈妮薇？为什么那些真正的两仪师还会容忍她冒充两仪师？麦特不在这里？看样子，他从没来过这里。他的脑海中盘旋着各种色彩，几乎就要形成一个他能够识别出来的形象。转瞬间，这些色彩就消失了，但他还是踉跄了一下。哈芙尔大妈再次朝他皱皱眉，哼了一声，很显然地，她认为兰德是喝了酒。

明也皱起眉头，她若有所思地用一根手指轻敲下巴，不过她的这个表情只持续了很短一段时间。"我想，奈妮薇……两仪师应该想要亲自见见这个人。哈芙尔大妈，你能为他指明前往奈妮薇房间的道路吗？我另外还有别的事要忙。拿力，现在你要注意自己的言行举止了，去完成你的任务吧。哈芙尔大妈会照顾你的。"

兰德张开嘴，但还没等他说话，明已经几乎是跑着离开了，她的斗篷也在她背后飘了起来。烧了她吧，她一定是去找伊兰了！她一定要把一切事情都搞砸才满意！*你的计划失败了，因为你想活下来，疯子。*路斯·瑟林耳语沉闷而刺耳。*接受它，你就死了。接受它吧，不要再折磨我了，疯子。*兰德压下那个声音，但那个声音还在继续低哼着，如同他脑子里黑暗角落中的一只小虫。拿力？拿力是个什么名字?

哈芙尔大妈看着明的背影，惊讶地张大了嘴，直到明消失在走廊的转角，然后又整理了一下已经很整齐的红色制服，带着反感的神色转向兰德。虽然兰德已经用面镜伪装了自己，但她还是会看到一名远高于自己的男人。不过，莉恩耐并非一个会因为身高差距而受到影响的人。"看你的样子，我就不相信你，拿力，"她竖起眼眉，露出一副严厉的样子，"你可要小心了，不要走错半步，如果你有脑子的话。"

兰德一只手扶稳肩头的皮口袋，另一只手举到额头上，行了个礼，放粗声音说:“是的,夫人。”首席侍女也许认识他真正的声音,本来他的计划是在找到奈妮薇和麦特之前,一切交谈的事情都由明来进行的。光明在上,如果明真的带来了伊兰,甚至还有艾玲达,他该怎么办?“请原谅我的冒失,夫人,但还请快一点带我去见奈妮薇,我的事情非常紧急。”他微微举了一下那只皮口袋,“这东西很重要,她希望能尽早得到它。”如果他能在明回来之前把事情办完,他也许能带着明迅速离开,而不必去面对那两个人。

“如果两仪师奈妮薇认为这件事很紧急,”哈芙尔大妈毫不客气地说道,当她说出奈妮薇的名字时,刻意加重前面的敬语,“那么她应该留话,好让我们做好迎接你的准备。现在,跟我来吧,记住,做事和说话都要小心。”她没等兰德回答,就已经转过身,以优雅的步态向前走去。兰德别无选择,只能听从她的命令。在兰德的回忆中,首席侍女认为所有人都应该听从她的命令。

兰德迈开步子,很快就走到她身边。哈芙尔大妈惊讶地瞪了他一眼,他急忙向后退去,一边又行了个礼,低声向首席侍女道歉,他已经不习惯走在别人身后了。晕眩感仍然没有完全消失,污染的秽恶感强烈依旧,最近,只要明不在他身边,他的心情经常会变得很恶劣。

他们还没有走多远,走廊里就已经能见到穿制服的仆人了,他们在忙碌着擦洗、打扫、递送物品和其他各种工作。他和明离开储藏室时遭遇的那种空无一人的情形看来并不常见,这大概才是时轴的作用。他们沿着一道仆人使用的窄梯走到王宫下一层,看见更多的仆人。这里还有许多不穿制服的女人:古铜色皮肤的阿拉多曼女人;身材矮小、皮肤白皙的凯瑞安女人;还有橄榄色皮肤、黑眼睛的女人。看到她们,兰德急忙克制住脸上宽慰的微笑。她们并没有光洁无瑕的两仪师面孔,有些女人的脸上甚至长满许多皱纹。但当他靠近她们的时候,身上却会冒起鸡皮疙瘩。她们正在导引,或者至少握持着阴极力。哈芙尔大妈带领他走过两扇紧闭的大门,他身上的鸡皮疙瘩冒得更厉害了,在这两扇门后,一定还有其他女人在导引。

“请原谅,夫人,”他继续用低沉的声音说道,“这座宫殿中有多少位两仪师?”

“这与你无关!”哈芙尔大妈喝斥道。但她还是回头瞥了兰德一眼,又叹息一声,温和地说:“我想,告诉你也不会有什么害处,连同伊兰殿下和两仪师奈妮薇,一共有五位。”她的声音中出现了一点自豪。“这里已经很久没有招待过如此众多的两仪师了。”

兰德差点笑出来,不过他没有丝毫愉悦的心情。五位?不,这其中还包括了奈妮薇和伊兰。三名真正的两仪师,只有三名!她们到底是谁并没有关系。

他本来已经开始相信那个谣言——数百名两仪师正随着一支军队向凯姆林移动，她们有可能正准备追随转生真龙。他希望至少能有十几名两仪师会追随他，但看起来这些都不过是异想天开。谣言毕竟只是谣言，否则就是爱莉达的计谋。光明啊，麦特到底在哪里？色彩在他的脑海中闪耀，他觉得那是麦特的面孔，不禁踉跄了一下。

“如果你在来这里之前喝了酒，拿力，”哈芙尔大妈的声音极其严厉，“那么你应该为此而后悔，我会亲自监督对你的处罚！”

“不敢，夫人。”兰德低声说着，急忙又行了个礼。在他的脑海中，路斯·瑟林疯狂地笑着、哭泣着。他必须到这里来，但现在他已经开始后悔了。

奈妮薇和塔拉安身周包裹着阴极力的光晕，相隔四步距离，面对面地站在壁炉前面。壁炉中，明亮的火焰驱走一切寒意。*或者我只是用了太大的力气，所以才不会觉得冷*，奈妮薇有些气恼地想。雕花墙板上那只华丽的大钟告诉她，这堂课已经持续了一个小时，一个小时毫无间断的导引会让任何人的全身都暖和起来。在这里的应该是赛芮萨，而不该是她，但那名褐宗姐妹溜出王宫，只留下一张字条，说她在城里有紧急的事情要处理。凯瑞妮已经连续两天拒绝授课，范迪恩则自始至终就没有上过一堂课，她现在只是忙着教导珂丝蒂安和泽亚，完全没时间做其他事。

“就像这样。”她一边说，一边将魂之力能流朝那名身材如同男孩般的海民学生扫过去，而塔拉安则竭尽全力进行抵挡。奈妮薇加强了能流的力度，进一步压迫那个女孩，并同时导引出三个不同的风之力编织。一个编织搔了搔塔拉安蓝色亚麻衬衫里的肋骨。这只是一个简单的策略，但那个女孩还是惊呼一声，片刻间，她对真源的拥抱减弱了一些，充满她身体的至上力产生一阵摇曳。就在这一瞬间，奈妮薇加强了魂之力的压迫，用屏障向塔拉安压迫的感觉仍然像是在推动一道墙壁，而那种针刺的感觉已经均匀地分布在她全身的皮肤上，不再只是聚集于她的掌心。这并不是有利的进展，但是当最后两个风之力的编织捉住塔拉安的手臂时，塔拉安身上的阴极力光晕立刻消失了，风之力进一步将她穿着黑色宽松裤子的两条腿捆在一起。

奈妮薇知道，自己做得非常漂亮。这个女孩操纵编织的手段熟练而且灵巧。在对方握持至上力时屏障对方很容易失败，就算成功，这样的屏障也绝对不会牢固，除非施加屏障的人比对方强大许多，而塔拉安的导引能力又几乎不比奈妮薇差。奈妮薇费了些力气才压抑住心中的笑意，但也不禁有些震撼。就在不久前，姐妹们还在惊讶于奈妮薇的力量，相信只有弃光魔使才有可能比奈妮薇更强。塔拉安只不过还是个孩子，可能只有十五岁，也许更加年轻！她的潜力到底有多大，大概只有光明才知道。寻风手们从没提到过她的能力，奈妮薇也不打算去问她们之中到底还有多少这种能力超凡的人，她完全没兴趣去知道会不会有比她更强的海民女孩。

塔拉安的一双赤脚在绿色花纹地毯上来回挪动着，徒劳地尝试挣脱由奈妮薇轻松掌控的屏障，然后沮丧地叹了口气，低垂下目光。即使当她成功地领受奈妮薇的指导时，她也会表现出一副仿佛失败的模样。而现在，她显得绵软无力，就好像全身的重量都压在风之力的编织上。

奈妮薇放开能流，调整了一下披肩，打算指出塔拉安哪里做错了，并再一次告诉塔拉安，想要挣脱屏障是没有用的，除非你能比屏障你的人强大许多。无论是什么事情，必须告诉这名海民十遍，再向她示范二十遍，她才有可能相信。

"她在使用你自己的力量压制你，"森宁・丁・瑞奥的话音抢在了奈妮薇前面，"而且你又受到了干扰。这就像是摔跤，孩子，你应该懂得摔跤的技巧。"

"再做一次。"翟妲挥了一下满是刺青的黑色手臂。

房间里所有的椅子都被挪到靠墙的地方，虽然这里并不真的需要这么大的空间。翟妲正坐在一张椅子里，看着奈妮薇教学。她身边还有六名寻风手，全都穿着色彩缤纷的丝绸和亚麻衣裤，戴着黄金耳环、鼻环，耳鼻间还挂着缀满黄金徽章的细金链。对海民的教学总是这样，两名寻风手学徒中的一名接受教导，翟妲和寻风手坐在旁边观看。波涛长翟妲当然不能导引，但她总是会出现在教学现场，那些寻风手则绝不会亲自接受两仪师的教学。相对而言，两仪师茉瑞莉只要不是在进行教学，就必须表现得完全像寻风手的学徒一样。

奈妮薇了解海民的等级观念，所以她觉得今天前来参观的寻风手队伍非常奇怪。翟妲自己的寻风手舍琳坐在她的右手，她是个身材苗条、面容镇定的女人，身高和艾玲达相仿，远远高于翟妲。不寻常的是，翟妲的左侧是森宁，她只是一艘翔翼舰上的寻风手，那是海民船只中最小的一种，而森宁的翔翼舰更是一艘小型翔翼舰。这个女人的脸上皱纹堆积，发丝大半都变成了灰色。现在她只戴着六只耳环，但能看出来，她曾经佩戴过更多的耳环，而她左颊的细金链也一定悬挂过更多的黄金徽章。在耐丝塔・丁・瑞埃斯被选为诸船长之前，她曾经是诸船长的寻风手。但根据海民的法律，当诸船长和波涛长逝世时，她们的寻风手必须从最低等级重新做起。奈妮薇相信，现在森宁会坐在这个位置上，肯定不是因为翟妲对她的尊敬。芮宁是一名脸颊如同苹果般红润的年轻女子，她也在一艘翔翼舰上，现在她就坐在森宁的下手。面孔刚硬、眼神刻板的库凌坐在舍琳身边，如同一尊黑色的雕塑。凯伊瑞和特瑞丽坐在最外侧的椅子里，她们都是波涛长的寻风手。她们每只耳朵上都戴着四个粗大的耳环，细链上的徽章几乎像翟妲一样多。也许这么做只是为了将这对目中无人的姐妹分开，她们之间似乎存在着一种只有血亲才可能有的恨意。了解亚桑米亚尔简直比了解男人更困难，这两件事都能让一个女人发疯。

奈妮薇低声嘟囔了两句，用力拉了一下披肩，做好准备，开始编织能流，握持阴极力的纯粹喜悦几乎无法和她的烦恼相匹敌。奈妮薇又示范了一次。*再来一次，奈妮薇。赶快，奈妮薇。*这就是一直在奈妮薇耳边响起的话。至少蕾耐勒不在这里，她们总是想让她传授她自己也不知道的事情。每当她稍有闪失，蕾耐勒都要让她窘迫得满身冷汗才肯罢休。毕竟她在白塔也没受到过多少训练，虽然她很不愿承认这点。其他海民也不会给她任何面子，不过她们不像蕾耐勒那样对此充满兴致。不管怎样，经过一个小时的导引，她已经累了。该死的赛芮萨！

她再次发起攻击，但这一次，塔拉安的魂之力能流比她预料的要轻得多，她的能流向前推进的速度远超过她的预想。突然间，六个风之力编织从女孩那里射向奈妮薇。奈妮薇立刻用火之力切断它们，被切断的能流弹回到塔拉安身上，让她受到强烈的震撼。但还没等那些能流正常消失，又有六股风之力激射过来，速度比刚才还快。奈妮薇急忙进行抵挡，却惊讶地察觉到塔拉安的魂之力编织已经包裹住她的身体，切断她和阴极力的联系。她被屏障了！塔拉安将她屏障了！让她更丢脸的是，风之力能流紧紧地捆住她的手和脚，让她的裙子紧贴在双腿上。如果她不是因为赛芮萨而心烦意乱，这种事绝对不会发生。

“那个孩子捉住了她。”凯伊瑞的声音显得有些吃惊。如果看到她望着塔拉安时的冰冷眼神，大概没有人会相信她是这个女孩的母亲。实际上，塔拉安似乎正在为自己的胜利感到惭愧。她立刻放开能流，低头看着地板。

“塔拉安，做得很好。”奈妮薇说道。她这么说是因为那些海民没有给这个女孩任何赞扬，但她还是有些烦躁地让披肩落进臂肘里。不需要告诉这个女孩，她能做到这种程度只是因为侥幸，她学习的速度的确很快。而且奈妮薇也觉得自己无法再导引很长的时间了，当然，现在她的状态并不好。“恐怕今天就只能教到这里了——”

“再做一次，”翟妲命令道，她向前倾过身子，紧皱眉头，“我想要看看。”这不是解释，更不是道歉，只不过是单纯的命令。翟妲从不会做任何解释和道歉，她只要求别人的服从。

奈妮薇想告诉这个女人，她看不到她们所做的任何导引，但她立刻就放弃了这个想法。现在这个房间里一共有六名寻风手。两天前，她曾经这样对翟妲说过，现在她肯定不想重演那时候的情景了。她曾经想将那时的经历当作一种苦修，一种对她不假思索就乱说话的惩罚，但这样并不能让她好受多少。她真希望自己从没教过这些海民该如何连结。“再做一次，”翟妲严厉地说着，又转向塔拉安，“然后我就必须走了。”

这一次，奈妮薇准备好了对付那个女孩的诡计。她开始导引，以更加灵巧的手段对付塔拉安的编织，再也不轻易加重出击的力量。那女孩朝她露出不确定的微笑，难道她认为这一次奈妮薇不会被风之力能流干扰了？塔拉安的编织开始围绕她的能流卷曲。她敏捷地转动能流，捉住塔拉安的编织，她已经准备好应对塔拉安延展的风之力能流了，或者这次也许不是风之力。当然，这其中不存在任何危险，这只是练习，但塔拉安的魂之力并没有完成对奈妮薇编织的缠绕。奈妮薇的能流横扫出去，而塔拉安的能流却径自击中了她。阴极力再次在她的身周熄灭了，风之力束缚住她的手臂和双膝。

奈妮薇小心地深吸一口气。她应该祝贺这名年轻女子，但她却说不出口，如果她能伸出一只手，她一定会把自己的头发从头皮上拉下来。

“不要放开！”翟妲一边发出命令，一边站起身，迈着优雅的步伐走向奈妮薇。她的红色丝绸长裤在一双赤脚上轻轻波动，一条红色丝带随意地系在腰间，带穗在她体侧来回摆动着。寻风手们随她一同站起身，依照等级跟在她身后。凯伊瑞和特瑞丽走在最靠近波涛长的位置，却冷冷地无视对方的存在。森宁和芮宁跟在她们身后一步远。

塔拉安顺从地握持着对奈妮薇的屏障和绑缚，让奈妮薇如同雕像般站在原地。奈妮薇禁止让自己胡思乱想，实际上，她也只能像个坏掉的木偶般立在那里。凯伊瑞和特瑞丽用轻蔑而冰冷的目光审视着她。库凌的眼神中带着她对陆居者惯有的藐视，这个石头眼睛的女人没有冷哼、皱眉，或者做出任何表情，但只要在她身边待上一会儿，任何人都会明白她的态度。只有芮宁表现出一点极为轻微的同情，和一点略带歉意的微笑。

翟妲和奈妮薇对视着，她们的身高几乎没有差别。“你是否在以全力束缚她，学徒？”

塔拉安深深鞠了个躬，上半身几乎和地面平行，她依次碰了一下自己的前额、嘴唇和胸口，悄声说道：“完全依从您的命令，波涛长。”

“这是什么意思？”奈妮薇问道，“放开我，也许你能这样对待茉瑞莉，但如果你以为——”

“你说过，除非你比她强大许多，否则你不可能打破屏障。”翟妲打断了她的话，波涛长的声音不算严厉，但她显然不允许奈妮薇再说下去，“如光明所愿，我们会知道你告诉我们的是否正确。两仪师会巧妙地隐瞒事实，这是众所周知的事情。寻风手们，你们可以连结成环。库凌，你来操控连结，如果她真的摆脱了屏障，你们要保证她不会造成任何破坏。现在，我们要刺激她一下……学徒，我数到五，你就把她倒立过来。一……"

阴极力的光晕包裹住那些寻风手。库凌分开双脚，将两只手叉在腰间，仿佛正在船甲板上保持平衡，那张毫无表情的面孔像是在告诉奈妮薇，她肯定能从奈妮薇的话中查出一些蹊跷。塔拉安深吸一口气，挺直身体，用充满焦虑的眼睛注视着翟妲，眼皮连眨都不眨一下。

奈妮薇眨眨眼。不！她们不能这样对待她！不能让这种情况再发生了！"我告诉你们，"她的声音依然比她预料的要平静许多，"我不可能打破这个屏障。塔拉安太强大了。"

"二……"翟妲将双臂抱在胸前，盯着奈妮薇，仿佛她真的能看见编织。奈妮薇尝试推动屏障，但她感觉就像是在推动一堵石墙。"听我说，翟……嗯……波涛长。"现在和这个女人对抗肯定没好处，这些海民对于等级名目有着特别的坚持，她们顽固的地方实在太多了。"我相信，茉瑞莉已经告诉你们一些关于屏障的事情，她立下三誓，她不可能说谎。"也许艾雯对誓言之杖的坚持是正确的。

翟妲的表情没有任何变化，"三……"

"听我说!"奈妮薇完全不在乎自己的声音是不是变得有点着急，她更加用力地推动屏障，很快就开始动用她全部的力量，但这就好像用头去撞一块大石头。她本能地开始抗争风之力的绑缚，同样毫无作用，只有披肩的流苏在微微摆动，挣脱风之力的绑缚就如同挣脱屏障一样，是不可能的事情。但她没办法让自己停下来，不能让这种情况再发生了！"你要相信我的话!"

"四……"

不！不！不要再这样了！她拼命地抓挠这道屏障，但它就像石头般坚硬，像玻璃般光滑。她能感觉到屏障另一侧的真源，她几乎能看到它，就如同在眼角外侧有一团光明和温暖。她绝望地喘息着，在这片平滑的表面上来回摸索。它有一道边缘，就如同一个环，小到紧紧箍着她的双手，大到足以覆盖整个世界。当她要从这道边缘滑过去时，却发现自己又回到这个环的中心。这么做没用，她很早以前就明白这一点，而且她以前也做过这种毫无意义的挣扎。她的心脏几乎要把肋骨撞断了。她一边徒劳地让自己镇定下来，一边匆忙地重新去寻找那道边缘，并竭力不让自己滑回到屏障中心。她找到一个似乎……柔软一点的地方，她以前从没注意过这个地方，这柔软的地方似乎和其他地方并没有很大的差别，但她还是拼尽全力朝那儿发起冲击。结果，她发现自己又回到屏障中心。她狂暴地以全部力量再次向那柔软的一点扑去。一次又一次。她被抛回中心，立刻又撞过去。哦，光明啊！救命！她必须在——

她突然意识到，翟妲一直没有数到五。她盯着翟妲，大口喘息着，仿佛刚刚跑了十里路。汗珠不停地从她的脸颊和脊背上滚落下来，滑过她的胸前，流在她的肚子上，两条腿也不停地微微摇晃。波涛长直视着她的眼睛，若有所思地用一根细长的手指敲击着丰满的嘴唇。至上力的光晕仍然包裹着六名寻风手，库凌如同一尊轻蔑的雕像。但翟妲一直没有数到五。

"看样子，她的确是在用尽全力挣扎，库凌，"波涛长最后问道，"或者那些挣扎和呜咽只是在演戏？"奈妮薇竭力表现出一副庄重的神情。她没有呜咽！真的是这样吗？她紧皱眉头，但这种反应对翟妲来说就如同雨滴打在石块上，没有任何用处。

"她非常努力地挣扎，波涛长，"库凌有些不情愿地说，"她花费的力气甚至能把一艘风剪子扛起来。"她那双黑卵石般的眼里仍然充满轻蔑，只有以海洋为家园的人才有可能得到她的尊敬。

"放开她，塔拉安。"翟妲命令道。屏障和捆缚立刻都消失了，翟妲没有再看奈妮薇一眼，而是转身朝座椅走去，一边说道："寻风手们，在她离开之后，我有话对你们说。两仪师奈妮薇，明天这个时候再见。"

奈妮薇整了整裙摆，又一次焦躁地甩甩披肩，她想要恢复一点庄重的仪态，但这并不容易。汗水不断从她的身上滚落，她的全身都在颤抖。她当然不会呜咽！她竭力不去看那个将她屏障的女人。竟然两次将她屏障！现在塔拉安却如同一块柔软的牛油，双眼只是一动也不动地盯着地毯。奈妮薇拉紧肩头的披肩。"明天的课程由两仪师赛芮萨来完成，波涛长。"至少她的声音还是稳定的，"我要一直忙到——"

"你的示范比其他人的更加有效，"翟妲在说话时仍然没有看她一眼，"明天同一时间，否则我就派你的学生带你过来。现在你可以离开了。"她的语气显然不允许奈妮薇有任何辩驳。

奈妮薇努力咽下自己要说的话，喉咙顿时感到一阵苦涩。更加有效？这是什么意思？她实在是不想知道。

海民的纪律是极为严格的，奈妮薇相信，松散的纪律在航船上很可能会造成灾难性的后果。但她希望她们能明白，这里并不是在海民的甲板上，而且，只要她没有离开这个房间，她就仍然是海民的导师。这意味着她不能就这样简单地走出去，无论她多么希望如此。但更糟糕的是，海民的纪律对导师的定义和普通人并不一样。她当然可以拒绝与海民们继续合作，但只要她对她们订立的契约稍有违背，这些人一定会把她忘恩负义的丑行传遍整个世界！全世界的人都会知道，两仪师违背了自己的诺言，两仪师将会因此受到怎样的影响，奈妮薇完全不敢去想。该死的！艾雯是正确的，但她真是该死！

“波涛长，谢谢你允许我教导你们。”她一边说，一边鞠躬，并用手指依次碰了前额、嘴唇和心口，她的动作与其说是鞠躬，不如说是点了一下头。然后，她又不得不向寻风手们点了一下头：“寻风手，谢谢你们允许我教导你们。”如果那些进入亚桑米亚尔之中的姐妹，发现她们的学生能够命令她们在什么时候该教些什么，甚至还能命令她们在课堂以外该做些什么，不知道会有什么反应。在一艘海民船上，一名陆民教师的等级比普通甲板水手要高，但也仅此而已。一般来说，海民为了聘请陆民当老师，会提供整袋的金币，但姐妹们肯定得不到这样的报酬。

翟妲和寻风手们的反应，如同现在要告辞离开的只是一名普通的甲板水手，她们一言不发，显然是在等待她离开，而且相当不耐烦。只有芮宁带着催赶的神情瞥了她一眼。不管她说了什么，做了什么，她仍然是一名寻风手。塔拉安仍然站在原地，俯首帖耳地盯着其他人赤脚下的地毯。奈妮薇高昂起头，挺直后背，竭力维持着她能表现出来的每一点威严，离开房间，虽然她所努力维持的也只是几块残片而已。在走廊里，她用双手将门板狠狠地摔在门框上，巨大的撞门声让她感到非常满意。如果有人抱怨，她完全可以说是自己失手没有捉住门，这话本身也不算是一句谎话。

她从门口转过身，满意地拍拍双手。当她看到自己面前的人，却不由得愣了一下。

艾丽维娅穿着一身由家人提供的深蓝色长裙，乍看并没有任何特别的地方。她大概比奈妮薇高一点，蓝眼睛的两侧有着细细的鱼尾纹，金黄色的头发中露出缕缕白丝，那双蓝眼睛中放射出极为犀利的光芒，如同一头鹰正在盯着自己的猎物。

“黎恩·柯尔力夫人派我来告诉你，她将会和你共进晚餐，”和那双蓝色鹰眼相配的是一种缓慢的霄辰音调，“桑珂、琪莱芮丝和费梅勒也将出席这次晚餐。”

“你一个人在这里干什么？”奈妮薇问。她希望自己能够像其他两仪师那样，毫不费力地就能察知其他女人的导引力量，这也是一项她没来得及学会的技能。能够比她更强的可能只有一些弃光魔使了，而她是霄辰人。奈妮薇希望这里除了她们两个之外，还能有另外一些人。但她已经命令岚不许来看她帮海民授课，她不可能总是用从楼梯上滑下来之类的故事骗岚了。“如果没有人陪同，你任何地方都不应该去！”

艾丽维娅微微耸了一下肩。几天前，她脸上全都是奉承的笑容，比塔拉安还要胆小听话，而现在，她脸上看不到半点笑容。“所有人都没时间，所以我自己来了。不管怎样，如果你们总是监视我，你们就永远也不可能信任我。我是绝对不会去杀罪奴主的。”她的这几句话语气很随意，但奈妮薇却感到更加寒冷。“你应该从我这里学些东西。那些殉道使说他们是武器，我知道，他们并不坏，但我比他们还要强。”

“也许是吧！”奈妮薇整了整披肩，用严厉的声音说道，“也许我们并不像你想象的那么无知。”她绝不会介意向这个女人展示一些她从魔格丁那儿学到的编织，甚至包括一些她们认为太过狠厉，不能对任何人使用的编织。只是……她知道，这个女人的力量远超过她，这是无法逃避的事实。而现在想要在她的注视下保持镇定实在是件困难的事情。“不管怎样！在我们做出另外的决定之前，你的身边必须有两到三名家人监护。你要知道，这是为你好。”

“既然如此，”艾丽维娅的表情没有丝毫变化，“那么你有什么话要我带给黎恩·柯尔力夫人？”

“告诉柯尔力夫人，我不得不拒绝她的邀请。记住我对你说的话！”

“我会告诉她的，”这名霄辰女人慢条斯理地说着，完全不在意奈妮薇的口气，“但我并不认为这是邀请。她说，要在天黑后一个小时见到你，你也许应该记住这一点。”她意味深长地微微一笑，就转身缓步走开，似乎完全不急于赶回她的住所去。

奈妮薇盯着那个渐渐远去的女人。她会这么做，并不是因为艾丽维娅没有向她行屈膝礼，不仅是因为这件事。至少她应该记得要对两仪师保持一点笑容。奈妮薇瞥了一眼挡住亚桑米亚尔的那扇门，考虑了一下是否应该跟随艾丽维娅，以确保她按照自己的吩咐做事，但她还是转身朝相反方向走去。她的脚步也不急不缓。如果海民们在这时走出房间，看到她，认为她正在偷听，那当然是一件糟糕的事，但她绝对不会加快脚步。亚桑米亚尔并不是她在这座王宫中唯一想要躲避的人，这并不是一个邀请。桑珂·卡莉托凡、琪莱芮丝·爱曼和费梅勒·居阿德与黎恩·柯尔力一样，都是女红社的成员，晚餐只不过是个借口，她们肯定是想要和她谈谈寻风手的事情。更具体一点来说，就是这座王宫中的两仪师和海民“野人”之间的关系。她们不会过分责备她在海民面前损害了白塔的威严，她们还没有猖狂到这种程度，但也已经相差不远了。那顿晚餐一定会塞满尖锐的问题和更加尖锐的评论，而她不可能命令她们住嘴。她怀疑自己现在是否还能指挥她们，而且她们很擅长于找到她。教导她们要有骨气实在是个巨大的错误，至少，她不是唯一要容忍她们的人。但她觉得伊兰已经想办法避开最糟糕的那些场合。哦，该怎么让她们重新穿上初阶生和见习生的白袍？又该如何去对付那些亚桑米亚尔！

“奈妮薇！”一个陌生而轻柔的喊声从她身后传来。听口音，说话的是一名海民。“奈妮薇！”

奈妮薇强迫自己松开辫子，转过身，准备好一番严厉的言辞。现在她不是她们的教师，她们不是在一艘船上，她们该死的不应该总是来找她的麻烦！

塔拉安在她面前停住脚步，一双赤足在深红色地板上滑了一下。她喘息着，左顾右盼，仿佛害怕有人偷偷溜到她背后。每当一名穿制服的仆人出现在她的视线中，她都会打个哆嗦，只有在看清楚那不过是一名仆人时，她才会重新开始呼吸。“我能去白塔吗？”她喘息着问，说话时，她不停地绞着双手，两只脚来回挪动着，“我肯定不会被选上。她们说，永远离开大海是一种牺牲，但我梦想着能成为一名初阶生。我一定会非常想念我的母亲，但……求求您，一定要带我去白塔，一定要带我去！”

奈妮薇朝这个鲁莽的年轻女子眨眨眼。有许多女人都梦想成为两仪师，但奈妮薇以前从没听谁说过梦想成为初阶生，而且……亚桑米亚尔一直拒绝两仪师登上有导引能力的寻风手的船，也想尽办法阻止两仪师对她们进行深入调查。海民偶尔也会送她们的寻风手学徒前往白塔，艾雯说过，史册上记载成为两仪师的海民只有三个人，而且她们的导引能力都很弱。三千年的岁月足以让白塔相信，女性亚桑米亚尔之中有导引能力的人非常罕见，能力也很弱，不值得进行研究。塔拉安是对的，即使现在海民已经不再隐瞒自身的能力，但像她这么强大的人绝对不会被送进白塔。实际上，她们契约中的一条就是亚桑米亚尔两仪师能够放弃两仪师的身份，自由返回航船上。白塔评议会很快就要为此而嚎叫了！

“嗯，白塔的训练非常严格，塔拉安，”她温和地说道，“而且你至少要长到十五岁，而且……”这女孩刚说的一句话突然击中她的神经。“你会非常想念你的母亲？”她的声音中充满狐疑。

“我十九岁了！”塔拉安激动地回答道。奈妮薇看着她男孩般的面孔和身材，有些不太敢相信她的话。“我当然会想念我的母亲，难道我看起来有什么不正常吗？哦，我明白了。你不懂，我们的感情非常好，但她在公开场合要极力避免对我表示宠爱，对于我们，这是一个严重的罪行。母亲这么做会让她被剥夺职位，而且我们两人都会被倒挂在帆索上挨鞭子。”

奈妮薇听到塔拉安提到“倒挂”，不由得皱了皱眉：“我当然明白你们在回避这一点，但即使如此——”

“每个人都在竭力回避任何一点关爱的表示，但这对我来说更糟，奈妮薇！”确实，这个孩子……女人……年轻女子如果真的要成为初阶生，她首先就要学会不能打断两仪师的话。当然，她是不可能成为初阶生的。奈妮薇竭力想要制止她说下去，但话语如同洪水般从塔拉安的嘴里滔滔不绝地涌了出来：“我的祖母是罗塞恩部族波涛长的寻风手。我的曾祖母是达坎部族的寻风手，而她的妹妹是塔坎纳部族的寻风手。我的家族一共有五名寻风手，这是家族的骄傲。所有人都在盯着葛灵家族，看我们是否在滥用自己的影响力。我知道我们不可能得到任何来自家族的帮助，而我的姐姐身为一名学徒的时间却要比普通人长五年，我的堂姐更是多用了六年！这只是为了让别人相信她们没有接受特殊的照顾。当我观测星象，确定星辰位置时，即使我给出答案的速度和寻风手爱芬一样快，她们也会说我的速度太慢，并因此而惩罚我！当我尝海水的味道，说出我们所停靠的海岸时，只因我对海水味道的描述和寻风手爱芬不完全一样，她们就惩罚我！我将你屏障了两次，但今晚，我会因为做得不够快而被系住脚倒吊起来！同样是无关紧要的问题，发生在别人身上可以被忽略，发生在我身上就必须受到惩罚。就算我没有犯下错误，也会因为有可能犯错误而受罚！你接受的初阶生训练会比这更严厉吗？”

“我接受的初阶生训练，”奈妮薇有些无力地说，她只希望这个女人不要总是说什么被倒吊起来的话，“你应该不会想听这种事的。”连续四代拥有导引能力？光明啊！能够继承母亲导引能力的女儿简直是少之又少，白塔一定会迫不及待地想要得到塔拉安，但这种事是不可能发生的。“我想，凯伊瑞和特瑞丽实际上是彼此关爱的，对不对？”她想要改变一下话题。

塔拉安哼了一声：“我的阿姨非常狡猾，任何会让我母亲蒙羞的事情都会让她感到高兴，但我母亲不会让她的狡计得逞，会让她受到应得的惩罚。总有一天，特瑞丽会被分配到一艘翔翼上去，管制她的领航长会有一双铁腕和一副钢牙！”她撅撅嘴，又满意地点点头，然后猛然打了个哆嗦，像只受惊的小羊般睁大眼睛。原来只是一名仆人快步从她身后走过，这似乎让她想起要做什么，于是她继续一边东张西望，一边匆忙地说：“当然，你在上课时不能说，但你在其他任何时候都行。宣布我要去白塔，她们不能拒绝你的，因为你是两仪师！”

奈妮薇目瞪口呆地盯着这个女孩，难道她们会在她下次上课时忘记她说过的话吗？这个傻瓜亲眼看到她们是怎么对待她的！“我明白你非常想离开，塔拉安，但——”

“谢谢你，”塔拉安打断她的话，快速地鞠了个躬，“谢谢你！”然后她就回身拼命地跑走了。

“等等!”奈妮薇一边喊，一边追了几步，“回来！我没有答应任何事!”

仆人们都转过头来看着她，虽然很快又回到自己的工作中，但仍然会好奇地偷偷朝奈妮薇这里瞥上一两眼。她很想追上那个小白痴，但她害怕会一直追到翟姐和寻风手那里去。到时候，那个傻瓜可能会立刻说出她要去白塔，奈妮薇已经向她承诺了。光明啊，她也许真的会告诉她们!

“看样子，你好像刚吞下一颗烂杏。”岚说道。岚穿着合身的绿色外衣，高高的个子，英俊极了。她不知道岚已经来了多久，一个如此高大、如此威风凛凛的男人竟然能安静地站在那里，让你完全忽略他的存在，甚至连护法斗篷都没穿，这简直是不可能的事。

“一整篮烂杏。”她喃喃地说着，将脸颊靠在丈夫宽阔的胸膛上。能够倚靠他的感觉真是太好了，她是那么喜欢他的手指抚过自己的发丝，即使只是很短的一刻，即使她必须先把他的剑柄从自己的肋骨上挪开。无论被谁看到这番亲密的情景，她都无所谓，现在的麻烦本来就已经很多了。即使她告诉翟姐，她无意将塔拉安带到任何地方去，她们也一定会活剥她的皮。这一次，她不能向岚隐瞒这件事，实际上，她的任何事情可能都瞒不住岚。黎恩她们也会知道今天发生的一切，还有亚莱丝！她们会像对待茉瑞莉那样对待她，无视她的命令，看待她就如同寻风手看待塔拉安。看守艾丽维娅的任务大概全都要落到她头上，她早晚会因此惹来大祸，让自己蒙受巨大的羞耻。现在她似乎总是在做这种事，以各种方式让自己陷入困境，而且现在每隔四天，她都不得不去面对翟姐和寻风手。

“你还记得，昨天上午你是如何让我留在我们的房间里的?”她喃喃地说着，抬起头，刚好看到他脸上关注的神情被一阵笑容所取代。他当然记得。她的脸突然热了起来，和朋友们交谈是一回事，而和自己丈夫之间的事情似乎仍然有着完全不同的感觉。“好吧，我想让你现在就带我回去，让我在今后的一年时间里都不再穿上任何衣服!”起初，她对这种事还感到非常恼怒，但他总有办法让她忘记发火。

他仰头笑了起来，声音有些震耳。过了一会儿，她也笑了起来。但她实在有点想哭，因为她这么说并不是在开玩笑。

有了丈夫，就意味着她不必和另外一个或两个女人分享床铺了，而且她还因此有了一间起居室，虽然并不大，不过感觉很暖和。房里有一座大壁炉，一张小桌和四把椅子，这正是她和岚所需要的。她一走进起居室，就失望地发现自己享受两人世界的希望落空了。首席侍女正站在房里的绣花地毯上，威严如同一位女王，身上的衣裙一尘不染，脸上满是阴云。在房间的一角，有个衣着粗陋、样貌蠢笨的家伙，鼻子上长着一颗恶心的疣，肩头扛着一只沉重的皮袋。

"这个人说他有重要的东西要尽快交给你。"哈芙尔大妈说完之后，飞快地行了个屈膝礼，速度很快，但动作还算标准。她不会向伊兰以外的任何人认真地行屈膝礼，看样子，她对奈妮薇和那个鼻子上生疣的家伙一样不喜欢。"我不介意告诉你，我不喜欢他的样子。"

奈妮薇已经很累了，但她还是拥抱了真源，真源似乎已经到了很远的地方，但她仍然迅速做好导引的准备。这时，她的脑子里已经想到了刺客和其他各种可怕的念头。岚一定是看到她的表情出现变化，他朝那个生疣的家伙迈出一步，虽然还没握住剑柄，但他的身体却仿佛一柄出鞘的长剑。他的约缚还握在另一个女人的手里，那么他到底如何看穿她的心思？不管怎样，奈妮薇感到很高兴。她的力量也许和塔拉安在同一个层次，但她怀疑现在自己已经无法用至上力推倒一把椅子了。"这点我并不介意。"她开口说道。

"请原谅，夫人，"那个蠢笨的家伙匆忙地嘟囔着，一边碰了碰他额角油腻的头发，"赛恩夫人说您会迫不及待地要见到我。她说这是妇议团的事，是关于森布的事。"

奈妮薇打了个寒颤，过了一会儿，她才想起要把嘴合起来。"是的。"她缓缓说着，紧盯住这个家伙，一直看着那个可怕的疣实在是件困难的事，但她相信，自己从没见过这个人。妇议团的事。任何男人都不能把鼻子伸进妇议团里。不管怎样，她仍然握持着阴极力。"我……现在想起来了，谢谢你，哈芙尔大妈，相信你一定还有很多事情要处理。"

首席侍女犹豫着，带着狐疑的神情皱起双眉。她的目光滑过那个男人，落在岚身上，然后她皱起的眉头就舒展开了。她点点头，仿佛岚在这里给了她足够的安全感！"那么，恕我先行告退了，相信岚大人能应付这个家伙。"

奈妮薇压下心中的怒气，几乎不等哈芙尔大妈关紧房门，就转向那个鼻子上生疣的笨蛋。"你是谁？你怎么知道这些人的？你不是两河——"

那个人……发生了一阵波动，他变得更高了，突然间变成兰德。他穿着满是皱纹的羊毛衣服，手背上那两个金红色的怪物脑袋还在闪闪发光，那只皮袋仍然挂在他的肩膀上。看他的表情，现在他的身体状况应该很糟。他是在哪里学到这种技术的？是谁教他的？奈妮薇立刻想试试改变自己的容貌，让他知道自己也能做到这种事，但她很快将这个念头压了下去。

"看样子，你并没有照自己的话去做，"兰德开始对岚说话，仿佛奈妮薇完全不存在一样，"但为什么你会任由她装成两仪师？就算真正的两仪师放任她不管，她这么做也会伤害到自己。”

“因为她是两仪师，牧羊人。”岚平静地回答。他也根本没有看她！只是他依旧保持着随时都可能抽出佩剑的姿态。“至于说伤害到自己……有时候，她比你还要强大。你受到伤害了吗？”

兰德将目光转向奈妮薇，带着不信任的神情皱起眉。奈妮薇故意整了整披肩，让披肩上的流苏来回晃动，但兰德只是缓缓摇着头说：“你是对的。有时候，一个人会过于软弱，没办法去做他应该做的事。”

“你们两个在胡说些什么？”奈妮薇尖声说道。

“一些男人的事情。”岚答道。

“你不会明白的。”兰德说。

奈妮薇哼了一声。男人之间的交谈十次有九次都是无聊的胡扯。她疲惫却又不情愿地放开阴极力，不管是否疲惫，不管是否需要保护自己，能够碰触真源总是令人愉快。

“我们知道凯瑞安发生的事，兰德。”奈妮薇以优雅的身姿坐进一把椅子里。那些该死的海民真是把她累坏了！“这是你穿着这身衣服出现在这里的原因吗？如果你想要躲避那个攻击凯瑞安的——”兰德显得非常疲惫，比她记忆中更加刚强，但最为明显的还是疲倦。但他并没有坐下。奇怪的是，他似乎和岚一样，保持时刻准备拔剑作战的姿态，虽然他并没有佩剑。也许那次意图杀死他的袭击终于让他有了一点理智。“兰德，艾雯能帮你。”

“我并没有在躲避谁，”兰德说，“除非我要杀掉某个需要被杀掉的人。”光明啊，他的话简直就像艾丽维娅一样冰冷！为什么他和岚相互死盯着，却又装作一点事也没有的样子？“艾雯又能帮我什么？”他一边说，一边将那只皮袋放到桌上，看样子，那只软皮袋里放着某件相当沉重的东西。“我想，她应该也是两仪师了？”他的语气听起来似乎相当开心！“她也在这里吗？你们三个，其中两个是真正的两仪师。只有两个！不，我没时间应付这种事。我需要你保管一些东西，直到——”

“艾雯是玉座了，你这个愚蠢的羊毛脑袋！”奈妮薇吼道。对兰德这次的突然袭击让她感到很开心。“爱莉达只是个篡位者，希望你有足够的脑子，不会去接近她。我可以告诉你，你不可能这么轻松地离开这里，这里有五位真正的两仪师，包括我在内，还有另外三百名两仪师以及一支军队在追随艾雯，她们将要推翻爱莉达。你还是小心自己吧！无论你说些什么，你在不久前还差点被人杀死，而你现在正打扮成马夫的模样四处流窜！有什么地方能比待在艾雯身边更安全？就算是你的那些殉道使也不敢和三百名姐妹对抗！”哦，是的，这种感觉非常好。兰德想要掩饰住自己的惊讶，但他表现得相当糟糕。

过了片刻，他冷冷地说："如果你知道我的殉道使敢做些什么，你一定会吃惊的。我想，麦特应该在艾雯的军队里？"他伸手按住头，踉跄了一下。

还没等他站稳，奈妮薇已经从椅子里站起，努力抱住阴极力，双手捧起兰德的头，吃力地在他身上编织出研判术。她一直想找到一个更好的办法勘查人体内的病痛，但至今都没能成功，不过研判术对兰德来说已经足够了。编织还没有在他身上稳定住，奈妮薇已经倒吸了一口冷气。她知道兰德肋部在法美镇受的伤，那个伤口从未真正愈合过，它仿佛一个埋入兰德体内的邪恶脓包，奈妮薇知道的所有治疗方法对它都束手无策。现在，那个旧伤口上又添了另一道没有愈合的伤口，新伤口同样充满了强烈的邪恶，那是一种不同的邪恶，和前一个伤口中的邪恶仿佛互成镜影，也同样毒烈。这两种邪恶都是她的至上力无法触及的，它们让她毛骨悚然，让她不敢去碰触，但她还是竭尽全力朝它们伸展过去。某种看不见的东西挡住了她，如同一道结界。她看不见的结界，是阳极力编织成的吗？

奈妮薇停止导引，后退了一步。不管多么疲惫，她必须努力强迫自己，才能让自己放开至上力，任何姐妹在想到至上力男性的一半时，都难免会心怀畏惧。兰德平静地看着她，这让她更加感到寒冷，他似乎已经不再是那个她看着长大的兰德·亚瑟，而是完全不同的另一个男人。她很高兴岚就在身边，虽然她并不愿承认这一点。直到现在，岚依旧没有半点放松，他也许能和兰德像两个男人一样聊聊烟斗和啤酒，但他认为兰德是个危险人物。兰德看着岚的目光仿佛在说，他知道岚的想法，也接受他的想法。

"现在这个并不重要。"兰德一边说，一边将注意力转向桌上的那只皮袋。她不知道兰德所说的是他的伤口，还是麦特。兰德这时已经从口袋里取出两尊一尺高的雕像，它们分别是一个相貌睿智、留着长胡子的男人和一个相貌同样睿智、神情静谧的女人，他们都穿着长袍，单手捧着一颗清澈的水晶球。看兰德的样子，这两尊雕像都相当沉重。"我希望你能收好这两件东西，直到我派人来取走它们，奈妮薇。"他一只手按在那个女子雕像上，犹豫了一下。"当我使用它们的时候，我需要你的帮助，我们要一同使用他们。在此之前，我先要处理掉那些人，这是首先要做的。"

"使用它们？"奈妮薇怀疑地说。为什么在使用他们之前要先杀掉一些人？不过这应该不是个必须问的问题。"用它们做什么？它们是特法器？"

兰德点点头："利用这件特法器，你就能够接触到为女人制造的最强大的超法器，那件超法器被埋藏在索马金。不过这并没有关系。"他的手又移到了那个男人的雕像上。“用这个，我可以接触到有史以来最强的男性超法器。我……听说过这件事，一名男性和一名女性同时导引这两件超法器，就能够向暗帝挑战。总有一天，这两件超法器将被使用，我希望能借助它们的力量净化真源男性的一半。”

“如果能这么做，在传说纪元的人类为什么不这样做?”岚问道，他的声音如同钢刃出鞘时一样平静而稳定。“你曾经说过，我会让她受伤，”他的声音几乎已经无法变得更加坚硬了，但那声音的确是愈来愈坚硬，“而你会杀死她，牧羊人。”他的语气明确地告诉兰德，他不允许兰德这么做。

兰德用冰冷的目光看着岚同样冰冷的眼睛：“我不知道他们为什么没这么做，我不在乎为什么，但我们必须去做。”

奈妮薇咬住下唇，她没想到兰德会在这种私密的场合告诉她这种事，这让她感到有些晕眩。但她并不在意岚如此直率地反驳兰德。岚经常会抢在她前面说话，而她喜欢直率的男人。她需要思考，不是思考该如何做决定，她早已做出决定，现在她考虑的是应该如何实现自己的决定。兰德也许不喜欢这个决定，而岚绝对不会高兴。男人们总是以他们自己的方式思考问题，有时候，你必须让他们明白，他们的想法是行不通的。

“我想，这是个不错的主意。”她说道。这不算是个谎言，和另一种选择相比，这的确还不错。“但我不明白的是，为什么我要留在这里，像女仆一样等待你的命令。我会依你说的去做，但我们要一起行动。”

她是对的。他们一点也不喜欢她的决定。

第 12 章

冬天的百合花

又是一名差点在鞠躬时栽倒的男仆。伊兰叹了口气，继续沿王宫走廊悄悄向前走去，至少她在竭力不让自己的脚步发出声音。安多的王太女应该从容镇定，处变不惊，她很想迈步快跑，但她的深蓝色长裙很可能会把她绊倒。她几乎能感觉到那个矮个儿男仆瞪大眼睛盯着她和她的同伴。这不算什么，她很快就能忘记，就像她软鞋中的一粒沙。*那个该死的、自以为能够给所有人做出最好安排的兰德·亚瑟，他永远都让我的内心无法平静，*伊兰想，*如果他这次还能逃走……*

“记住，”她坚定地说，“他没有听到过跟间谍、叉根和一切与此有关的事情！”现在她最不希望出现的事情就是兰德决定“保护”她，男人总是会做这种糊涂事。

奈妮薇管男人的这种毛病叫“只会用他们的胸毛思考”。光明啊，他也许会让那些艾伊尔人和沙戴亚人回到凯姆林城里来！甚至进入王宫！虽然极不愿承认，但她的确没办法阻止他，除非她公开发动战争，甚至可能连战争也无法阻止他。

“我不会把他不需要知道的事情告诉他。”明一边说，一边朝一个双眼圆睁的瘦高女仆皱皱眉，她在行屈膝礼时差点瘫坐在红褐色的地砖上。伊兰瞥了明一眼，不由得想起自己穿马裤时的样子。也许她还有机会穿上这样的衣服？穿着裤子的感觉的确要比穿裙子自由许多，但那种高跟靴子走起路来肯定不太方便，虽然它们让明几乎像艾玲达一样高。即使是柏姬泰穿上那样的靴子，步伐也会变得不稳定。明的紧身裤和外衣几乎没办法遮住她的臀部，这种穿着实在是太丢人了。

“你对他撒了谎？”艾玲达的声音里流露出怀疑。她越过伊兰，盯着明，就连她调整披巾的动作都充满不高兴的意味。

“当然没有！”明尖声回答着，毫不退让地回瞪着艾玲达。

“如果有必要，那又当别论了。”艾玲达发出咯咯的笑声，却又仿佛被自己吓了一跳，急忙恢复一本正经的表情。

她到底会怎样对待她们？她们必须彼此喜爱，必须这样，但这两个女人从见面开始就一直相互瞪着，如同两只陌生的猫恰巧走进同一个狭小的房间里。确实，她们对所有事情都能达成共识，但伊兰希望她们不要再向对方展示自己使用匕首的技巧了。她们绝不能有任何分歧，因为她们不知道什么时候才能一同将那个男人握在手心里。她们只是很随意地摆弄一下自己的匕首，并没有什么威胁的意思，但她们的动作实在太明显了，而明带在身上的匕首数量也的确给艾玲达留下很深的印象。

一名身材瘦长的年轻男仆捧着一托盘高灯罩，朝伊兰鞠了个躬。不幸的是，他只顾盯着她们三个，忘记自己手中的东西，紧接着，玻璃撞击地板的碎裂声音立刻充满了走廊。

伊兰又叹了口气，她并不期望所有人都能很快习惯这里的新状况，当然，让所有人吃惊不已的并不是她，也不是艾玲达，甚至不是装束与众不同的明。令人吃惊的是紧跟在她们身后的卡赛勒和德妮，现在她有八名保镖，她早晨醒来时，就看到这两个人守在她门口。

伊兰在王宫中有卫兵随行，这肯定是令人吃惊的事，而这些卫兵全是女人，这就足以让那些仆人瞠目结舌了，现在大家肯定还不习惯这种事。柏姬泰说过，她会让这些卫兵更像是一种仪仗队，而她的确做到了这一点。她昨晚离开伊兰的房间以后，一定是去召集王宫中所有的裁缝和制帽匠。现在伊兰的女卫兵们都戴上一顶亮红色的帽子，宽帽檐上别着一根雪白长羽毛，有白色镶边的朱红宽绶带横过她们的胸口，上面还绣着站立的安多白狮。她们的白领红外衣用丝绸制成，剪裁跟普通的女王卫兵制服稍有不同，让它们更适合女性的身材。制服下摆几乎垂到膝盖上，猩红色的马裤在双腿外侧各有一道白色镶边。她们的手腕和脖子围着华丽的白色蕾丝缎带，黑色马靴用蜂蜡打磨得闪闪发亮。穿上这身华丽的衣服，就连神态平和的德妮也显得有一点不可一世了。伊兰怀疑，等她们的镶金剑带和剑鞘、漆光头盔和胸甲做好的时候，她们大概会变得更加骄傲。伊兰完全可以想象，当柏姬泰吩咐那些宫廷盔甲匠打造适合女性体型的盔甲时，他们的眼睛会瞪得有多大！

此时此刻，柏姬泰正忙着逐一面试女性候选者，好为伊兰挑出二十名贴身保镖，伊兰能感觉到她集中了全部注意力，但没有任何肢体动作。通常这种情形意味着柏姬泰正在看书，或者是下棋，但有任务时，她从不会偷闲去做那些事。伊兰希望柏姬泰真的会把保镖人数控制在二十人，她还希望柏姬泰忙得不会注意到她已经遮蔽了她们的约缚。为了向柏姬泰隐瞒一些事，她不得不向范迪恩询问解决办法，而范迪恩给她的答案相当简单，这也让她苦涩地想到，还有多少对其他两仪师很普通的事情，她却还没完全了解。很显然，每一名姐妹都知道该如何遮蔽和护法间的约缚，就连那些没有护法的姐妹也一样。

伊兰还有一种怪异的感觉，如果不是因为这些保镖，如果不是想要避开她们和柏姬泰，她绝对不会想到去问范迪恩这种问题，也就绝不会知道约缚还可以进行伪装。她现在并没有躲开这些保镖的打算，但万事总是有备无患，柏姬泰肯定不会允许她和艾玲达单独在城里行动，无论是白天还是黑夜。

当她们走到奈妮薇居所门口时，伊兰已经将所有关于柏姬泰的念头推出脑海，不到最后一刻，她还不能遮蔽约缚。兰德就在这扇门的后面，他有时候会塞满她的脑海，让她不禁怀疑自己就像故事中的那些傻女孩一样，为了一个男人就把自己的脑子丢到墙外。她一直都觉得这些故事一定都是男人写的。有时候，兰德的确让她觉得自己是个傻子。感谢光明，至少他还不知道这件事。

“等在这里，不要让任何人进来。”她命令那两名卫兵。现在不能让任何人打扰她，如果她的运气好，从这里走过的人也许还不会因为看到这两名新保镖就联想到她在这个房间里。“我不会在里面待太久。”

两名卫兵将手臂横放在胸前，行了个军礼，然后分别站在门两侧。卡赛勒一只手按在剑柄上，面孔如同岩石般坚硬；德妮双手握住她的长棍，微笑着。伊兰相信，这个健壮的女人一定认为她跟随明来到这里，是为了和一位秘密情人幽会，也许卡赛勒也这样想。她们在这两名卫兵面前显然不够谨慎。当然，没有人提到兰德的名字，但她们在交谈时不止一次提到了“他这样”或“他那样”之类的话。不过，这两名卫兵至少没有找借口离开，去向柏姬泰报告，看来她们已经认定自己是忠于伊兰的保镖，而不是忠于柏姬泰的。只是如果柏姬泰从约缚中感觉到异样，找到这里来，她们肯定不会把柏姬泰挡在门外。

伊兰察觉到，自己的身体在颤抖。每个晚上都会出现在她梦中的那个男人，就在这扇门的另一侧，她却还站在这里，自以为聪明地胡思乱想。她已经等待了那么长的时间，积累了那么多期待，现在，她却感到害怕。现在，她不能让自己犯任何错误，于是，她努力地振作起精神。

“准备好了吗?”她的声音并不像她所希望的那样强而有力，但至少没有颤抖。她的肚子里仿佛有许多大蝴蝶在来回扑飞，这种事情已经有很长时间不曾发生了。

艾玲达咽了口口水，才发出声音：“当然。”

“我准备好了。”明用很低的声音说。

她们没有敲门就闯进屋里，又急忙将门关上。

奈妮薇跳起来，瞪大眼睛，但伊兰完全没注意到她和岚，即使护法从烟斗中喷出的烟气已经充满整个房间。兰德真的在这里，实在无法相信，他就在这里。明向她描述过兰德把自己伪装成一副很丑陋的样子，但现在他没有半点伪装，只不过他的确穿着很简陋的粗布衣服，而他……实在太帅了。

一看到明，兰德就从椅子上跳起来，但他立刻又踉跄一下，双手扶住桌子，伏下身一阵干呕。伊兰拥抱真源，朝他走去，却中途停住脚步，放开至上力。她的治疗能力很弱，而且奈妮薇的动作像她一样快，阴极力的光晕出现在她身周，她的双手已经朝兰德伸了过去。

兰德向后退去，挥手拒绝奈妮薇的治疗。“这不是你的治疗术能解决的，”他用粗哑的声音说，“看来，是你赢了。”他的面孔如同一张僵硬的面具，藏住了表情，但伊兰觉得自己仿佛正融化在他那双眼睛里。艾玲达也一样。让她惊讶的是，艾玲达的快乐也让她感到快乐。她曾经一直希望能控制自己的情绪，让自己不会嫉妒艾玲达，而现在，她的这个心愿毫不费力地就成为现实。

对于兰德，站直身体已经成为一件费力的事情，将视线从伊兰和艾玲达的身上移开则更加困难，但他竭力掩饰住这两件事。“我们早就应该离开了，明。”

伊兰惊讶地张大了嘴，然后才吃力地说：“你不跟我说句话就要离开?”

“男人!”明和艾玲达不约而同地说出这个词，又惊讶地对视一眼，然后匆忙环抱双手。也许她们两个有着很多不同，但在作为女人这一点上，她们完全没有任何差别。

“如果那些想在凯瑞安杀死我的人知道我在这里，他们也许会将这座宫殿夷为平地，”兰德平静地说，“我甚至不能让他们对这里有任何怀疑。我想，明应该已经告诉过你们，那是殉道使干的，绝不要信任他们。也许他们之中只有三个是例外，达莫·弗林、佳哈·那瑞玛和艾本·霍普维，你或许能信任他们，至于其他人……”他握紧双拳，却似乎没注意到自己的这个动作。“有时候，你手中的一把剑会突然向你转过剑锋，但我还是需要一把剑，一定要远离所有穿黑衣的男人。现在没时间闲聊了，我最好尽快离开。”她错了，他并不完全像她梦想的那样，他曾经有些孩子气，但现在，那种感觉已经从他身上彻底消失了，仿佛被烈火烧光了一样。这让伊兰感到非常伤心，她没想到他会这样。

“他有一件事是对的。”岚叼着烟斗，用同样平静的声音说道。岚也是一个仿佛从未有过童年的男人，他的一双眼睛如同两块蓝色的寒冰，一根皮绳勒住他的前额，将他的头发编成发辫。“任何靠近他的人都会有很大的危险，任何人。”不知为什么，奈妮薇哼了一声，然后伸手按住桌上的皮袋，脸上露出微笑。但没过多久，她的笑容就僵住了。

“我的首姐妹和我会畏惧危险吗?”艾玲达将双拳叉在腰间，高声问道。她的披巾从肩头滑落，掉在地板上，她却好像完全没注意到。“安奈伦，这个男人对我们负有义，我们也对他负有义，这是我们必须解决的事情。”

明摊开双手：“我不知道‘义’是什么意思，但兰德，如果你不跟她们说些什么，我就绝不离开!”她装作完全没看见艾玲达对她怒目而视的样子。

兰德叹息一声，靠在一侧桌角上，用戴着手套的手抚过垂到脖子上的深红色卷发，他似乎正在悄声和自己争吵。

“很抱歉要让你们处理罪奴和罪奴主的事，”他最后说道，他的声音确实带着歉意，只是不算很多，伊兰倒是觉得他真应该为那种冷冰冰的态度道歉，“马瑞姆打算将她们交给那些和你们在一起的两仪师。我想，任何人都有可能犯这个错误，也许他是把那些智者和奈妮薇聚集的那些智妇都当成两仪师了。”他无声地笑了笑，但那笑意并没有出现在他的眼里。

“兰德。”明用警告性的低沉声音说道。

他竟然有胆子用疑问的眼神看着明，仿佛并不明白她的意思，然后他又说道：“不管怎样，你们应该有足够的人手管住几个人，直到你们能把她们交给……其他两仪师，那些跟着艾雯的两仪师。事情的变化总是出乎预料，对不对？有谁能想到，几个从爱莉达那里逃出来的两仪师会成为一支叛逆白塔的大军？艾雯还成了她们的玉座！红手队也成了她的部下。我想，麦特可以在这里停留一段时间。”不知为什么，他眨眨眼，碰了一下额头，然后才继续用那种令人气恼的冷淡声音说：“嗯，总是发生这种奇怪的事情。所以，如果白塔中的那些朋友有足够的勇气来到太阳下，我也不会感到惊讶。”

伊兰挑了一下眼眉，瞥了奈妮薇一眼。智者和智妇？红手队成了艾雯的部下，麦特也在艾雯那里？奈妮薇睁大眼睛，想要装出一副无辜的样子，这反而更让她的罪行无所遁形了。不过伊兰并不认为这件事需要解释，他迟早都会知道实际情况，现在需要的是说服他去找艾雯。不管怎样，她和他之间还有更重要的事情。无论这个男人装成多么镇定自若的样子，他只不过是在这里胡说八道，想把一切可能被她们咬住的事情都遮掩过去。

"这样不行，兰德。"伊兰双手紧握住裙摆，防止自己在他面前摇动手指或拳头。其他两仪师？他说的是那些真正的两仪师，他怎敢这么说？白塔中的朋友！他还相信奥瓦琳那封古怪的信？伊兰的言辞冷静而且坚定，其中没有任何废话："现在这些都不重要，我们需要好好谈一谈的是你、艾玲达、明和我。我们都要和你谈谈，兰德·亚瑟，在此之前，你不能离开这里！"

很长一段时间里，他只是看着她，表情没有丝毫变化，然后他响亮地吸了一口气，面孔变得如同花岗岩般坚硬。"我爱你，伊兰，"他毫不停顿地继续说下去，话语如同溃堤的洪水，势不可挡，他的脸却仿佛一堵坚不可摧的石墙，"我爱你，艾玲达，我爱你，明，我对你们的爱没有任何差别。我不只是想要你们之中的一个，我想要你们全部三个。所以，你们明白了，我是个好色之徒。现在，你们可以头也不回地走开了，毕竟这太过疯狂，因为我根本承担不起对任何人的爱！"

"兰德·亚瑟，"奈妮薇尖叫着，"这是我听过的最荒谬的话。这话不应该从你的嘴里说出来！同时告诉三个女人，你爱她们！你真比一个色鬼更恶劣！你要立刻道歉！"岚从嘴里拿下烟斗，紧盯着兰德。

"我爱你，兰德，"伊兰回应道，"尽管你没有问过，但我想嫁给你。"她的脸颊有些泛红，但她早就想把这件事说清楚了，脸上的一点红晕根本无关紧要。奈妮薇的嘴唇动了动，但没有发出任何声音。

"我的心在你的手中，兰德。"艾玲达说道。当她说出他的名字时，仿佛那是一件非常珍贵的宝物。"如果你为我和我的首姐妹制作新娘花冠，我会捧起它。"她的脸也红了，为了掩饰自己的表情，她弯下腰，捡起地上的披巾，将它挂在臂弯里。按照艾伊尔人的传统，她绝对不该说出这样的话。奈妮薇终于发出一些声音，就好像一阵被扼住喉咙的尖叫。

"如果直到这时你还不知道我爱你，"明说，"那么你就是个瞎子、聋子和死人！"她的脸并没有红，只是她的黑眼睛里带着一点调皮的光彩，好像就要笑出来了。"至于说结婚，好吧，我们三个会解决这件事的，就是这样！"奈妮薇用两只手捏住辫子，用力拉着它，从鼻孔中喷着大气，岚则只是专心地研究着他的烟斗。

兰德端详着她们三个，仿佛他以前从没见过女人，也不知道她们三个到底是什么。“你们全都疯了，”最后他说，“我想和你们结婚，和你们三个结婚。光明救我！但你们知道，这不可能。”奈妮薇瘫坐在椅子上，不停摇着头。伊兰能听到她在嘟囔着“妇议团一定会吞掉她们的舌头”之类的话。

“我们还有另外一些事需要讨论。”伊兰说。光明啊，明和艾玲达难道已经傻掉了？她努力地让自己的微笑显得不是那么……充满渴望。“我想，我们可以去我的房间，我们不该再打扰奈妮薇和岚了。”实际上，她有点害怕奈妮薇如果知道她要说些什么，一定会阻止她，在涉及两仪师的事情上，这个女人会立刻开始动用她的权威。

“好。”兰德缓缓地说。奇怪的是，他又说了一句：“的确是你赢了，奈妮薇，再见到你之前，我是不会离开的。”

“哦！”奈妮薇愣了一下，“是的，当然不行。我是看着他长大的，”她一边有点语无伦次地说着，一边朝伊兰露出一个虚弱的微笑，“我几乎从他出生时就认识他，我带着他学会了走路，如果不和我认真谈一谈，他是不能随便离开的。”

伊兰怀疑地看着她。光明啊，她的口气十足像是一位老保姆，不过，莉妮从不会这样唠叨。她希望莉妮还活着，一切平安，但她已经不敢多想这件事了。为什么奈妮薇会变成这样？这个女人一定隐瞒了什么，如果她不敢用自己的权威去推动某件事，那么肯定她也知道那是错的。

突然间，兰德似乎产生了某种波动，仿佛他周围的空气正在高热中颤抖。伊兰立刻把其他一切都忘了。转眼间，兰德已经变成……另一个人，个子矮一些，更粗壮一些，相貌丑陋粗蛮。伊兰非常不愿意他变成这样，甚至忘记他现在一定导引了至上力男性的一半。油腻的黑发遮住一张病态的苍白面孔，而那张脸上生了不止一个满是黑毛的疣，其中最大的一个裹住了鼻尖，一双松弛的嘴唇仿佛随时都可能流出口水来。他紧闭双眼，咽了口口水，双手紧握住椅子扶手，仿佛无法接受她们看着自己的表情。

“你仍然很英俊，兰德。”伊兰温和地说。

“哈！”明说道，“那张脸能让一头山羊晕倒！”明说得没错，但她不应该这样说。

艾玲达笑了：“你很有幽默感，明，这张脸足以让一群山羊晕倒。”噢，光明啊，艾玲达的话也没错！伊兰及时地吞下了一阵笑声。

“我就是我，”兰德把自己从椅子里撑起来，“只是你们看不到而已。”

德妮一看到兰德的伪装，脸上的微笑立刻消失了，卡赛勒的下巴垮了下来。*看来她们真的以为我在和秘密情人幽会*，伊兰一边想，一边偷笑。他露出一副闷闷不乐的表情，迈着迟钝的脚步走在两名卫兵之间。伊兰相信，她们一路上都在瞪着他，肯定没有人会怀疑他的身份。走廊里的那些仆人也许会认为他是因为犯下某种罪行而遭到逮捕，他看起来的确不像什么好人。卡赛勒和德妮看着他的时候表情都很严厉，似乎她们也是这么想的。

当伊兰吩咐那两名卫兵等在她的居所门外，而她、明和艾玲达打算带着这个男人进去时，她们显然不愿意服从这个命令。兰德的伪装似乎不再那么有趣了。卡赛勒抿住嘴唇，德妮的宽脸上显示出顽固而又气恼的情绪，伊兰差点要把带着巨蛇戒的手指伸到她们的鼻子底下，才让她们站到门口的两侧。但她们仍然是一脸怒气冲冲的样子。伊兰轻轻关上门，挡住她们犀利的目光，实际上，她非常想用力把这扇门摔上。光明啊，这个男人真应该把自己的伪装弄得不那么令人反感。

而他此时已经径自走向那张镶嵌桌子，靠在上面，他周围的空气发生波动，他再一次变成了他自己，手背上的龙头闪动着猩红色和金色的金属光泽。“我需要喝一杯。”他用沉重的声音嘟囔着。当他看到墙边长桌上的高颈银酒罐，就迈着不稳定的步伐走过去，斟满一只银杯，一口气喝下半杯葡萄酒。自始至终，他没有看那三名女子一眼。那是伊兰在吃早餐时剩下的甜味香料酒，现在它一定已经冷掉了。伊兰没想到自己这么快就会回房间，壁炉中的火炭也被埋在灰里，但伊兰没看到他用任何手段加热杯中的酒，至少应该能在杯口看到一些蒸汽才对。为什么他要走过去倒酒，而不是通过导引把酒拿过来？他以前都是这么做的，无论是倒酒还是拿灯，他都会使用风之力。

“你还好吗，兰德？”伊兰问，“我是说，你病了吗？”想到他身上可能有的那种病，伊兰觉得自己的肠子仿佛打了个结。“奈妮薇能——”

“我没事。”他声音刻板地说，但他仍然只是背对着她们。然后他喝光杯中的酒，又倒了一杯。“现在，告诉我你不想让奈妮薇听到的事吧。”

伊兰挑起眉弓，与艾玲达和明交换了一个眼神。如果他看穿了她的托辞，那么奈妮薇一定也发现了。为什么她会放她们离开？兰德又是怎么看穿的？艾玲达带着诧异的神情微微摇着头。明也在摇头，但她在笑，似乎是说，这种事情总是会发生。伊兰感到一点非常微小的刺痛，当然不是因为嫉妒，她们之间绝不存在嫉妒，她只是气明有那么多时间能够和兰德在一起，她却没有。好吧，如果他喜欢搞突袭……

“我们想要约缚你成为我们的护法。”伊兰一边说，一边抚平裙摆，坐进一张椅子里。明坐到桌子上，双腿来回摇摆着。艾玲达盘腿坐在地毯上，仔细地铺平她厚重的羊毛裙摆。“我们三个一同进行约缚。传统上，我们先要征求你的意见。”

兰德转过身，酒浆从他的杯子里泼出来，他还碰倒酒罐，又急忙将酒罐扶起。然后他一边咒骂着，一边将酒罐放回托盘里，从地毯上的那片湿渍旁走开。他的粗布外衣前襟上也有一大块酒渍，还有许多深色的污点。他只能一只手拿着酒杯，另一只手不停地擦抹洒在身上的酒。这让伊兰非常满意。

"你们真的是疯了！"他气冲冲地说，"你们知道前面有什么在等着我。你们知道和我约缚代表什么，即使我没发疯，和我约缚的人也必然会经历我可怕的死亡！而且你们是什么意思，三个人一同约缚我？明不能导引。并且埃拉娜·摩斯凡妮已经在你们之前将我约缚了，那时她根本就没问我。她和维林正带领一些两河女孩前往白塔，她约缚我已经有几个月之久了。"

"你却一直瞒着我？你这个羊毛脑袋的牧羊人！"明喊道，"如果我知道——"她从袖里弹出一把细长的匕首，瞪了它一会儿，又沉着脸将它收了回去。现在即使是为了兰德，她也不能杀掉埃拉娜了。

"这是违背传统的。"艾玲达带着疑问的语气说道。她从地毯上直起身，用手指摩挲着腰间的匕首。

"绝对违背传统。"伊兰的语气极为严厉。两仪师对任何一个男人这么做是令人反感的事情，何况是对兰德做这种事……她想起那个肤色黝黑、脾气火爆的绿宗两仪师。她那变化无常的幽默感和变化无常的脾气。"埃拉娜欠他的义就算她用一辈子也还不清！她也欠我们的义。等我捉住她的时候，她一定会希望我立刻杀了她！"

"等我们捉住她的时候。"艾玲达点了点头。

"那么，"兰德盯着手中的酒，"现在你们应该知道，提这种事是没意义的。我……我想，我最好回奈妮薇那里去。你跟我走吗，明？"他仿佛还不相信她们对他说的话，仿佛还在担心明也许会抛弃他，不过他的声音中并没有畏惧，而是一种听天由命的无奈。

"这件事是有意义的，"伊兰毫不退让地说，她朝兰德倾过身子，要以强势的态度逼迫他接受自己的话，"一个约缚并不会阻止你接受另一个约缚。姐妹们不会约缚同一个男人，只是因为传统上这样做是不好的，兰德，因为她们不想分享同一个男人，而不是因为她们不能这样做，而且这并不违背白塔的法律。"当然，一些白塔的传统和法律一样强大，至少在两仪师眼中是这样。奈妮薇正在逐渐变成两仪师传统和尊严的卫道士，如果她知道这件事，她的怒火也许立刻就会把屋顶冲破。"而且我们已经决定要分享你！如果你同意，我们就会分享你。"

说出这番话来是多么容易啊。伊兰一直相信她说不出这些话，直到她发现自己就像爱他一样爱着艾玲达，只是那是另一种爱。她也爱明，明是她的另一位姐妹，即使她们还没有经过共同出生的仪式。如果有机会，她一定会剥光埃拉娜的皮，唯一的原因就是她碰了兰德。但艾玲达和明不同，她们和她是一体的，从某种角度来看，她们就是她，她就是她们。

她让自己的声音和缓下来："我在问你，兰德。我们在请求你，请让我们约缚你。"

"明，"兰德的语气几乎可以说是责备了，他看着明，眼里满是绝望，"你知道，对不对？你知道，如果我亲眼看到她们——"他摇着头，再也说不下去了。

"我不知道关于约缚的事，她们不到一个小时前刚告诉我。"她和兰德对视着，伊兰从没见过像她这样温柔的目光。"但我知道你看到她们时会发生什么事，这正是我希望的。有些事情必须去面对，兰德，她们就是你必须面对的事。"

兰德一动也不动地盯着酒杯，就这样仿佛过了几个小时。终于，他将酒杯放回托盘里。"好吧，"他平静地说，"我不能说我不想这样，因为我想。愿光明烧掉我！但你们应该想一想你们要付出的代价，想一想你们将得到什么。"

伊兰不需要去想需要什么代价，她从一开始就知道，她也和艾玲达充分讨论过这件事，好让她也明白。她同样向明认真地解释过。有所得，必有所失，老话已经说得很清楚了，她们都没有去想代价，她们知道，她们愿意。但现在没有时间可以浪费了，她不能让他有太多时间可以思考，让他确信这么做只会导致惨痛的结局。这件事的决定权不在他！

她向阴极力展开自己，然后和艾玲达建立起连结，同时向她露出微笑。对彼此愈来愈深的了解，愈来愈亲密地分享彼此心灵和肉体的感觉，这成为她一个快乐的源泉。她们很快就能与兰德分享这些感觉了。她已经认真考虑过这件事，从每一个角度对它进行了研究，对于艾伊尔出生仪式的学习给了她很大的帮助。当她想到她们和兰德的关系时，这个仪式是她首先想到的。

她仔细地编织出魂之力，那是一种超过百股能流组成的编织，每一股能流都有极精确的位置。这个编织落到坐在地上的艾玲达身上，落到坐在桌上的明身上，两人身上的编织没有任何差别，而这两个编织又可以说是完整的一体。它们并不是智者们在出生仪式上使用的编织，但原则是一样的。出现在这两个编织中某一部分的状态会出现在编织所有的部分里。编织完成后，她便将连结的主控权转移给艾玲达。已经完成的编织继续维持着，艾玲达又立刻在伊兰和明的身上做出同样的编织，将它们与伊兰做出的编织融合成无法分割的一个整体。经过无数次练习后，现在她们已经非常熟练了，现在已经变成三个完全一样的编织。

一切都准备好了。艾玲达如同一块可以放心依靠的岩石，就像柏姬泰给她的感觉一样强大而安全。明捉住了桌沿，两只脚踝紧扣在一起。她无法看到能流，但她露出充满信心的笑容，只是偶尔会轻舔一下嘴唇。伊兰深吸一口气，在她眼中，她们三人被魂之力的花纹环绕并连结在一起，与之相比，即使是最精细的蕾丝也显得粗糙不堪。现在，她只希望她们的努力能够实现她所盼望的结果。她将编织从三个人身上延展出来，变成三条细线，三条线相互缠结，变成对护法的约缚，指向兰德。她将编织轻柔地放在兰德身上，如同为自己的孩子盖好毯子。魂之力的丝网包裹住兰德，将他拥抱在其中，他甚至没来得及眨一下眼，她就已经完成了。她放开阴极力。完成了。

兰德盯着她们，面无表情，慢慢地，他伸出手指，按住额角。

"哦，光明啊，兰德，你是如此痛苦，"明伤心地喃喃说道，"我不可能知道，我也无法想象。你怎么能忍受？有一些痛苦，你自己甚至察觉不到，就好像你忍受它们那么久，它们已经变成你的一部分。你手掌上的那两只苍鹭，你仍然能感觉到它们被烙入肌肤时的炽热，还有你手臂上那些图案的刺痛！还有你的肋下。哦，光明啊，你的肋下！为什么你不哭出来，兰德？为什么你不哭出来？"

"他是卡亚肯，"艾玲达笑着说，"就如同三绝之地一样坚强！"她的脸上满是骄傲，但在她笑的同时，泪水已经如同断线的珍珠从她脸上滚落下来。"黄金的脉络，哦，黄金的脉络，你真的爱我，兰德。"

伊兰只是盯着他，在脑海中感觉着他，那些伤口的痛苦和他已经遗忘的痛苦，那些紧张和猜疑，还有那些惊异。他的精神已经变得过于刚硬，如同一团干结的松脂，几乎就像石头一样坚硬，但在那些硬结中，金色的脉络一下一下地脉动着。每当他看着明、艾玲达和她，那脉络就会焕发出明亮的光芒。他真的爱她，他爱她们三个，这让她想快乐地大笑。其他女人也许会对爱情充满怀疑，但她一直都知道他的真正所爱。

"但愿光明让你们知道你们到底做了什么，"兰德低声说，"愿光明让你们不会——"那团松脂又坚硬了一点，他坚信她们一定会因此而受伤害，而他只是让自己变得愈来愈刚强。"我……我必须走了，至少我现在随时都能知道你们是否平安，不必为你们而担忧了。"他突然露出笑容，如果那笑容也能出现在他的眼里，那他几乎又像是个大男孩了。"奈妮薇现在一定非常害怕我会不打招呼就溜走，我不该让她继续担心下去了。"

"还有一件事，兰德。"伊兰努力张开口。光明啊，她本以为现在这段话应该是比较容易说出来的。

"我想，艾玲达和我应该好好聊一聊，"明急忙说，她挺身从桌上跳下来，"请原谅，我们先离开一下。”

艾玲达不疾不徐地从地毯上站起来，抚平裙摆：“是的。明和我还必须彼此了解一下。”她带着犹疑的神情看了明一眼，调整好披巾，然后就和明手挽手地离开了。

兰德小心地看着她们，仿佛他知道她们是故意要离开的。那种目光就如同一头被逼到死角的狼，但黄金脉络仍然在伊兰的脑海中闪耀着。

“她们从你那里得到了一些东西，我却没有。”伊兰说完这句话，立刻又停住了，她的脸像火一样烫。该死的！其他女人是怎么做这件事的？她小心地感受着他在自己脑海中的情绪，还有柏姬泰的情绪。现在柏姬泰的情绪还没有任何变化。她想象着用一块手绢将柏姬泰包裹住，然后将手绢系紧，于是，柏姬泰消失了，只剩下了兰德，还有那些闪亮的黄金脉络，如同狼狗一样大的蝴蝶在她心中扇动着翅膀。她费力吞下一口口水，又长长地吸了一口气。“你要帮我解开扣子，”她有些颤抖地说，“我自己没办法脱下这身衣服。”

当明和艾玲达走出房间时，那两名已经有些松懈的卫兵立刻站直身体，但走出来的只有明和那个艾伊尔女人。

“她的品味不可能那么糟。”那名身材健壮、双手紧握长棍、小眼睛的卫兵低声嘟囔着，明相信她并没有打算让别人听到这句话。

“太勇敢，又太天真了，”那个身材瘦削，很像男人的卫兵抱怨着，“将军警告过我们，她就是这样的人。”她一边说，一边将一只戴着铁手套的手放在狮头门把上。

“如果你现在进去，她也许会剥掉你的皮，”明有些幸灾乐祸地说，“你有见过她发脾气吗？她能让一头熊痛哭流涕。”

艾玲达松开明，站得离她远了一点，然后皱起眉头瞪着那两名卫兵：“你们怀疑我的姐妹对付不了一个男人？她是两仪师，她有一颗狮子的心。而你们都已经发誓要效忠于她！你们只能听从她的命令，而不能把你们的鼻子探进她的袖子里。”

两名卫兵对视了一眼，身材健壮的卫兵耸耸肩，瘦削的卫兵面孔扭曲了一下，但还是将手从门把上移开了。“我立下的誓言是要保护一个女孩的生命安全，”她用刚硬的声音说道，“这才是我要做的。现在，你们这两个孩子赶快去玩你们的布娃娃吧，让我完成我的工作。”

明很想抽出一把匕首，在那名卫兵前面耍一套汤姆教她的花样，她们不是只会玩布娃娃的孩子。那个瘦女人确实不年轻了，但她的头上还没有灰发。不管怎样，她看起来是一名相当强壮而敏捷的战士，而另一名卫兵魁梧的身体上也看不到半点肥肉。明在这两个人的身上看不见任何幻象和光晕，不过她们两个都是那种只要做出决定，就不再会有半点犹豫的人，至少她们现在不会再去打扰伊兰和兰德了。也许她并不需要把匕首抽出来。

明从眼角瞥到艾玲达不情愿地松开腰间的匕首。如果这个女人继续这样和她步调一致，她就难免要怀疑她们并没有把那个至上力戏法的作用全部告诉她。但这种情况在她们进行那场仪式之前就有了，也许她们真的有同样的想法。这种可能性让明感到很困扰。光明啊，他真的能同时与她们三个人结婚吗？也许那只是说说而已，他到底真的会娶谁呢？

“伊兰很勇敢，”她对卫兵说，“她是我见过的最勇敢的人，而且她也不愚蠢，低估她是一个严重的错误。”她们比她至少要年长十几岁，而且全都是经历过风浪、坚决果敢的战士。看样子，她们并没有把她的话当真。“好吧，艾玲达，我们总不能站在这里说话，对不对？”

“当然，”艾伊尔女子用力吁了一口气，瞪着那两名卫兵，“我们的确不能站在这里。”

两名卫兵完全没在意她们的离开，她们还有自己的工作，没有义务去管伊兰的朋友。明希望那两名卫兵能做好她们的工作。*她一点都不蠢*，明想着，*她只是有时候会任由自己的勇气控制理智*。现在明只希望她们不是在让伊兰掉进爬不出来的荆棘坑里。

明一边沿走廊向前走，一边侧目打量这名艾伊尔女人。艾玲达一直贴着走廊另一边的墙壁，甚至没有朝明这儿瞥上一眼。她从腰间的荷包里拿出一只华丽的雕花象牙手镯，将它戴在左手的手腕上，脸上露出一丝浅浅的、满足的微笑。从一开始，她对这件事就抱着一种明无法理解的从容态度。艾伊尔人习惯于数个女人分享一个男人的生活，这和明的生活环境截然不同。明是那么爱兰德，如果别无选择，她宁可和别人分享他，而在这个世界上，她只愿意和伊兰分享他。这个艾伊尔女人，却还是个陌生人。伊兰说她们彼此了解是非常重要的，但如果艾玲达不跟她说话，她又怎么能了解艾玲达？

但明并没有用很多时间担心伊兰和艾玲达。她脑海中刚刚出现的那种感觉实在是太奇妙了。兰德。脑海中的一个小球正在告诉她关于他的一切。她本以为那个仪式不会成功，至少对她不会产生作用。现在，她知道了他的一切，那么以后和他做爱时会是怎样的感觉？光明啊！他当然也会知道她的一切。她完全不知道那会是什么样的感受！

明突然意识到，那个情绪和感觉的小球变得和开始时不一样了。那里有一片……红色的咆哮……如同野火在吞噬干枯的森林。是什么……？光明啊！

她踉跄一下，差点趴在地上。如果她知道他体内竟然有这么凶猛的火焰，这种强烈的欲望，当他碰她时，她一定会感到害怕的！但……想到正是她点燃了这团烈火，这种感觉又非常好。她迫不及待地想要看看伊兰是否会做出同样的事情……她又踉跄了一下，这一次，她不得不扶住一只雕花柜子。哦，光明啊！伊兰！她们的脸颊如同火炉一样烫，那种感觉就像是在偷窥床帏里的激烈情景！

她急忙尝试了一下伊兰告诉她的那个技巧，想象那颗小球被一块手绢包裹住，什么都没有发生。她拼命又试了一次，但猛烈的火焰依旧在燃烧！她并没有阻止自己去看、去感觉，任何办法都无法转移她的注意力！任何办法都没用！也许，开口说一两句话会好一些。

"她应该喝些心叶茶的。"明有些语无伦次地说道。她以前从没把自己看到的幻象告诉过与之无关的人，而且也必须是带有幻象的人想听，她才会说。但她现在必须说些什么："她会在这一次中得到孩子，两个孩子，一男一女，全都健康又强壮。"

"她想要他的孩子，"艾玲达嘟囔着，她的一双绿眼睛直盯着前方，下巴紧绷着，汗滴从她的额头上渗出来，"我也不会喝下那种茶，如果我……"她晃了晃头，在走廊的另一边皱起眉盯着明："我的姐妹和智者们跟我提起过你，你真的能看到人们身上将会发生的事情？"

"有时候我会看到一些事情，我并不一定明白它们的意思，但它们总会变成现实。"为了让艾玲达能听清楚她的话，明刻意提高了声音。穿着红白色制服的仆人们都转过头来看着她们。明急忙走到走廊中间，她只能缩短一半的距离，不能再多了。过了一会儿，艾玲达来到她身边。

明不知道是不是应该告诉艾玲达，当她们三个人聚在一起时，她都看到些什么。艾玲达也会有兰德的孩子，四个孩子！但明有一种奇怪的感觉。那些孩子都会很健康，但明仍然感到有些异样。人们通常不喜欢听到他们的未来，即使他们嘴里说想知道。明非常希望能有人告诉她，她自己能不能得到……

她们两个一言不发地迈着步子。艾玲达用手指从脸上抹去汗水，费力地咽了口口水，明也在做一样的事。兰德所感觉到的一切都在那个小球里，没有半点遗漏！"那个手帕的办法对你也没用吗？"她有些沙哑地问。

艾玲达眨眨眼，脸颊变得通红，片刻之后，她说："这样好多了，谢谢你。我……他在我的脑子里，让我把那个办法忘了。"她一边说，一边皱起眉："它对你没用？"明可怜地摇摇头。这太让人害羞了！"但我一说出来，感觉就好很多。"她必须和这个女人成为朋友，只有这样，她们这种奇特的关系才有希望得到美好的结局。"很抱歉我对你们的'义'说了不好的话，我对你们的传统知道得并不多，而那个男人让我也变得不知道礼貌了。我没能管住我的舌头，但我可不想让你用拳头或刀子对付我。也许我也欠你的义，但我们要找一个和暴力无关的方法解决这个问题。比如说，等我们有时间，我可以帮忙照顾你的马。”

“你就像我的姐妹一样骄傲。”艾玲达一边嘟囔，一边皱紧眉头。她这样说是什么意思？“你也很有幽默感，”她的语气愈来愈像是自言自语了，“你不像是普通的湿地女人，对兰德和伊兰，你没有做任何蠢事，你让我想起……”她叹了口气，用披巾裹住肩膀，“我能找到一些澳丝楷。如果喝上一些，就不必去思考了……”她盯着走廊的尽头，突然顿住脚步。“不！”她喊道，“还不行！”

从对面走过来的人让明差点惊呼出声，兰德一下子被挤出她的脑海。明知道，伊兰的女王卫兵指挥官是个女人，实际上，她也是伊兰的护法，但明从没想过会在这里见到这样的一个人。这个女人留着一根又粗又长、编结复杂的金色发辫，上身穿着一件红色的白领短外衣，下身是一条宽大的蓝裤子，裤脚被塞进靴腰里，靴跟和明的靴子一样高。她的身周舞动着各种灵光和幻象，比明所见过的任何人都要多，仿佛有成千上万个幻象交叠在一起。伊兰的护法和女王卫兵将军……看上去总有些摇曳不定……明甚至怀疑自己是不是已经喝了那种澳丝楷。

看到那个女人，仆人们立刻都快步离开了，很快走廊里就只剩下她们三个。她似乎根本没看到明和艾玲达，差点就撞到她们身上。

“你该死的在帮她，对不对？”她高喊着，用清澈的蓝眼睛盯着艾玲达，“她先是该死的从我的脑子里消失了，然后……”她哆嗦了一下，显然是在努力控制自己，但她还是不由自主地喘着大气，她的两条腿似乎并不想撑住她的身体。她舔舔嘴唇，咽了一口口水，继续气愤地说道：“烧了她吧，我根本没办法集中精神了！我告诉你，如果我没猜错她正在做的事，我会踢得她满宫殿跑。我还要狠狠地抽她鞭子，让她一个月都坐不起来。还有你也逃不掉！”

“我的首姐妹是成熟的女人了，柏姬泰。”艾玲达毫不示弱地说。但她还是缩起肩膀，也不太敢去看柏姬泰的眼睛。“你绝不能把我们当孩子看待！”

“如果她真的能像成年人那样做事，我该死的就会像对待成年人那样对她，但她没有权力做那种事，不能在我的脑子里，不能！不能在我……”柏姬泰明亮的蓝眼睛突然鼓了起来，张大了嘴。如果不是明和艾玲达各捉住她的一只手臂，她一定会瘫倒在地上。

她紧闭双眼，啜泣着，呜咽着：“我要让她两个月无法下床！”她从另外两人的手中甩脱手臂，站直身子，用冰块一样清亮而又坚硬的蓝眼睛盯着艾玲达。“为我屏障她，我就饶了你。”艾玲达怒气冲冲地盯着她，而她却毫不理会。

“你是银弓柏姬泰!”明惊呼一声。在艾玲达喊出她的名字之前，明已经认出她，怪不得那个艾伊尔女人会怕她。银弓柏姬泰！“我在法美镇见过你!”

柏姬泰愣住了，仿佛被谁用刀子戳了一下，然后又慌张地向四周看了一圈，发现身旁没有其他人，才稍稍松了一口气。她将明端详了一番:“无论你看见过什么，银弓已经死了，我现在是柏姬泰·塔荷琳，就是这样。”她的嘴唇扭曲了一下，露出一副嘲讽的表情。“该死的柏姬泰·塔荷琳女士，如果你愿意的话，就这么叫吧。接受这种称呼就像在母亲节亲吻一头绵羊一样无聊，但我已经懒得理这种事了。那么你到底是谁？你总是像舞女一样炫耀大腿的曲线吗?”

“我是明·法萨维。”明答道。她真的是银弓柏姬泰，上百个传说中的英雄？这个女人怎么满口粗话！她为什么说银弓已经死了？她不就站在这里吗？而且，她的身上闪烁着那么多幻象，它们飞快地变幻着，让明几乎无法看清。但明相信，那一定是无数次冒险的经历，任何人也不可能在一生的时间中完成那么多次冒险。奇怪的是，那些幻象里有许多联系着一个比她年长的丑陋男人，其他幻象则联系着一个比她年轻许多的丑男人。明知道，那是同一个男人。无论她是不是传说中的英雄，那种盛气凌人的态度让明非常气恼。“伊兰、艾玲达和我刚刚约缚了一名护法,”她不假思索地说,“如果伊兰正在为此事庆祝，那么你在闯进去之前最好多想一想，否则吃亏的可是你。”这足以让她再想到兰德，那股炽烈的火焰仍在燃烧，没有半点减弱的迹象。但感谢光明，他已经不再……血液涌入她的脸颊。他经常会躺在她的臂弯里，他们也总是在一团狼藉的床上气喘连连，但现在的感觉实在太像偷窥了！

“他?”柏姬泰轻声说,“吃你娘的奶！她可以爱上一个小偷或者马贼，但那必须是她在清醒时做出的选择。在我看来，那个男人太俊美了，这对任何女人都不会是好事。不管怎样，她必须停下来。”

“你没有权力这样做!”艾玲达仍然面带愠怒地说着。柏姬泰勉强压下火气，露出一副有耐心的样子。

“她就像是个陶穆尔女孩，但陶穆尔女孩不管怎么胡闹，也不会把自己送上断头台。我相信，她有足够的勇气再去这样做，然后忘记这一切，回到我的脑子里。该死的，我不会再忍受这种事了!”她挺起胸膛，显然是准备好要和伊兰好好谈一谈。

“就把这当作一个善意的玩笑吧。”艾玲达恳求着，她竟然在恳求！“她只是对你开了一个善意的玩笑。”柏姬泰抿起嘴唇，表明了她心中的想法。

“伊兰告诉过我一种方法,”明一边说，一边急忙捉住柏姬泰的袖子,“那个方法对我没用，但也许——”然后她迅速向柏姬泰说明了那个方法。

“她还在，”过了一会儿，柏姬泰愤怒地说，“让开，明·法萨维，”她将手臂从明手中挣脱开来，“否则——”

“澳丝楷！”艾玲达的声音已经变得有些绝望了，她甚至开始不停地绞拧着双手！“我有一些澳丝楷！如果你喝一些……求求你，柏姬泰！我，我发誓我会遵从你，就像学徒对导师那样，但请不要打扰她！不要让她承受这样的羞耻！”

“澳丝楷？”柏姬泰嘀咕一声，开始揉搓下巴，“那就像白兰地一样吗？嗯，那个女孩做的事情实在是丢脸！不过她大多数时候还是很正经的。你说，她只是开了一个玩笑？”她突然露出笑容，张开双臂。“带我去喝点你们澳丝楷吧，艾玲达，我不知道你们两个会怎样，不过我打算好好喝上一顿……嗯……然后脱光衣服，在桌子上跳个舞。只喝一点可不过瘾。”

明完全不明白面前发生了什么事。为什么艾玲达要盯着明，又突然笑着说这是个“精彩的玩笑”。她只知道，伊兰会因为什么而丢脸。或许伊兰已经对此习惯了？她脑海中那个充满情感的硬球又一次喷出烈火。“我们现在就去喝澳丝楷吗？”她问道，“我想醉得如同一只淹死的老鼠，现在就要！”

当伊兰在第二天早晨醒来时，卧室冷如冰窟。凯姆林下了一场小雪。兰德已经走了，只留在她的脑海里。这样就好。她笑了笑，虽然那只是很浅的笑容，现在只能这样了。她疲倦地在毯子下伸了个懒腰，回忆起昨天半日整晚的放荡。她几乎无法相信那会是她！以前想到这种事情，她的脸颊会像太阳一样红，但现在她只想和兰德继续疯狂。她觉得自己不会再因为他而脸红了。

最让她高兴的是，他留给了她一件礼物。她一醒来，就看到自己的枕头旁边放着一朵盛开的黄金百合，柔嫩的花瓣上还能看到清亮的露水。无法想象他是如何在这样的隆冬季节找到这朵花的。她立刻围绕它编织出持续术，又将它放在墙边的小桌上，让自己每天早晨醒来时都能看到它。这个编织是她从魔格丁那里学到的，它能让这朵花永远地盛开下去，花瓣上的露珠也永远不会干涸。她要永远记住那个将一颗心给了她的男人。

她早晨得到的第一个讯息是艾丽维娅在昨晚消失了，家人们认为这是一起极为严重的事件，她们因此陷入一片骚乱。随后又是翟妲前来表示抗议，因为奈妮薇并没有依约去给亚桑米亚尔上课。伊兰这才知道，奈妮薇和岚也全都离开了王宫，没有人知道他们是什么时候离开的。没多久，她得知在她们从艾博达带出来的所有法器和特法器中，最强大的三件法器和另外几件不见了。她相信，丢失的那些特法器中有几件，只有随时可能遭到至上力攻击的女人才用得到。而奈妮薇在临别时潦草地写了一张字条，藏在剩下的法器和特法器里，这只让伊兰感到更加担忧。

第 13 章

好消息

太阳王宫的日光房铺着厚厚的地毯，房间两端各有一座壁炉，炉火烧得很旺，但房里依旧很冷。上午明亮的阳光从倾斜的玻璃屋顶透射进来，完全不受积在上面的一层薄雪影响。这是一个适合接受谒见的地方，凯苏安认为最好不要使用王座大厅。迄今为止，多布兰大人一直对她拘禁卡莱琳・达欧崔和达林・西斯尼拉的事情保持沉默。阻止他们继续制造破坏的最好办法，当然是牢牢控制住他们。但如果她的行动超过多布兰大人能够接受的范围，多布兰大概就不会这么安分守己了。多布兰和那个男孩的关系太密切，而且忠于自己的誓言，所以她不想对他使用暴力。回顾过去的岁月，她犯下过许多错误，有苦涩的悔恨，也有无辜牺牲的生命，但她不能在这里犯任何错误，绝对不能失败。光明啊，她真想找个人狠狠咬上一口！

"我要求我的寻风手回来，两仪师！"哈琳妮・丁・托加拉高声说道。她穿着绿色锦缎罩衫，僵直地坐在凯苏安面前，一双丰满的嘴唇紧紧抿着。她的脸上没有一丝皱纹，但她黑色的直发中间却已经有了许多白丝。她成为部族波涛长已经有十年了，在那之前，她已经在指挥一艘大型船只了。她的领航长黛兰・丁・希朗比她要年轻许多，穿着一身蓝色丝衣，她的椅子在波涛长椅子后面一尺的地方，这是海民的规矩。她们两个就好像是愤怒的化身，装饰在她们脸上的那些珠宝只是让她们显得更加可怕。当艾本捧着盛热香料酒的银杯向她们鞠躬时，她们甚至没看他一眼。

看到两个海民并未取走酒杯，那个男孩似乎有些不知所措，他不确定地皱起眉，继续保持着鞠躬的姿势，直到戴吉安微笑着拉拉他的红色外衣，将他带走。这名两仪师穿着有白色条纹的深蓝色长裙，好像一只愉快的凸胸鸽。艾本是个身材瘦长的小伙子，有着大鼻子和大耳朵，相貌绝对算不上英俊，但戴吉安对他总是照顾有加。他们一同坐在壁炉前的一张软垫凳子上，开始玩起翻绳游戏。

“你的姐妹正在帮助我们了解在这个不幸的时候都发生了什么。”凯苏安的语气相当和缓，甚至显得有些心不在焉。她喝下一口香料酒，等待着，完全不在乎海民们焦躁的目光。为了那个叫兰德的男孩，蕾菲拉和梅兰娜与海民订下了令人难以想象的契约。多布兰一直在抱怨完全履行这份契约是不可能的，但兰德还是可以控制住这些海民的。凯苏安一般并不会太在意这些海民，这也是为她们好，如果她真的把精力放在她们身上，也许早就像对付小虫一样把她们拍扁了。但亚桑米亚尔并不是她怒火的真正来源。

在房间另一端的壁炉前有五名两仪师。耐苏恩的面前立着一个阅读架，架上摊开一本她从太阳王宫图书馆中找到的大木封书。像其他姐妹一样，她穿着一身简朴的羊毛衣裙，这让她更像是一名普通的商人，而不是两仪师。她们已经没有丝绸了，不过她们对此并没有任何难过的表现。萨伦妮将头发编成一根根小辫子，又在辫子上缀了许多小珠子，她没有坐在椅子里，而是在一副大刺绣框前忙碌着，刺绣框上，一片花丛中有一朵鲜花正逐渐在她的针下成形。布莲安和柏黛恩正在下棋，爱萨在旁观棋，并等待着和两个人之中的胜者对弈。从外表来看，她们只是在无聊地打发上午的时光，完全不在乎这个世界正在发生着什么。也许她们知道，她们聚在这里只是因为凯苏安想要观察她们。她们为什么要向那个叫兰德的男孩发誓效忠？至少科鲁娜她们是站在兰德面前时才会决定向他立誓。她愿意承认，任何人都无法阻挡时轴的影响。而这五名两仪师因为企图绑架兰德被判处进行苦修，她们还没有被带到兰德面前，就决定向兰德立誓了。一开始，凯苏安倾向于相信她们做出的各种不同的解释，但在几天前，这些解释全都遭遇难以通过的瓶颈，这实在是令人不安。

“你的权威对我的寻风手不起任何作用，两仪师，”哈琳妮不容置疑地说道，“纱罗必须立刻回到我身边。”黛兰略一点头，表述赞同。凯苏安觉得，如果这名波涛长命令她的领航长从悬崖上跳下去，她也不会表示任何异议。在亚桑米亚尔的等级制度中，黛兰的地位远低于哈琳妮。凯苏安对海民也只有这一点了解。海民也许能发挥巨大的作用，也许没什么用，不管怎样，她一定能想办法控制住他们。

“这是两仪师的调查，”她温和地回答，“我们必须遵循白塔的法律。”这当然只是一种托辞，她一直都相信，法律的精神远比表面的文字重要。

哈琳妮挺起脑袋，如同一条被激怒的褋蛇，她又开始长篇大论地陈述起她的权力和要求，但凯苏安只用了半只耳朵在听她说话，脑子里却在想别的事情。

依莲安是一名皮肤白皙、头发乌黑的伊利安人，她强烈地坚持要在最后之战里跟随在那个男孩身边。柏黛恩刚获得披肩不久，甚至还没有光洁无瑕的面容，但她已经坚决地要履行绿宗的一切责任。还有爱萨，一个容貌可爱的安多人，当她说到要确保那个男孩活着去和暗帝作战时，眼睛都在发光。她也属于绿宗，而且比其他绿宗姐妹更加充满热情。耐苏恩总是全神贯注地盯着她的书卷，看上去就像是一只黑眼睛的鸟在检查她的虫子。她属于褐宗，如果她想要研究一只蝎子，就会毫不犹豫地和那只蝎子钻进同一只盒子里。萨伦妮也许很愚蠢，甚至还会在意别人是否注意到她的美貌，但这名白宗姐妹始终坚持她们那种冰冷的逻辑观——兰德是转生真龙，所以从逻辑上来讲，她必须追随他。鲁莽的理由，白痴的理由，但如果不是因为另一些事，凯苏安很可能会接受这些理由。

通向走廊的房门被打开，维林和索瑞林走了进来。那名满脸皱纹的白发艾伊尔女人将一件小东西交给维林，维林便把它放进腰间的荷包。维林穿着一件样式简单的青铜色长裙，戴着一枚花朵形的胸针。在凯苏安的记忆里，这是维林身上除了巨蛇戒以外出现的第一件首饰。

“这能帮助你睡眠，”索瑞林说，“但一定要记住，一次服用只能在水中加三滴，或者在酒中加一滴，只要多一点，你就有可能睡上一整天，甚至更长。再多一点，你就醒不过来了。它没有任何味道，所以必须小心。”也就是说，维林有失眠的问题。自从那个男孩从太阳王宫逃走，凯苏安就没有睡过一天安稳觉，如果她再不能好好睡上一晚，她可能真的要咬人了。耐苏恩等人都在用不确定的目光看着维林。那个男孩已经强迫她们成为艾伊尔智者的学徒，她们早已知道，那些艾伊尔女人在这件事上非常认真。只要索瑞林那瘦骨嶙峋的指头打一个响指，两仪师们悠闲的早晨立刻就要结束了。

哈琳妮向前倾过身子，伸出指尖，狠狠地弹了一下凯苏安的脸颊！“你没有听我说话！”

凯苏安并拢双手，越过自己的指尖看着那个女人。不，现在她还不能骑到这名波涛长的脖子上，她不会让这个女人哭着回到她的房间去，她要展现出柯尔伦所梦想的外交手腕，于是她以最快的时间梳理了刚才听到的一切。

“你是亚桑米亚尔诸船长的代言人，拥有她的全部权威，是我无法想象的权威，”她温和地说，“如果你的寻风手在一个小时内没有回到你身边，克拉莫必将重重地惩罚我。你要求我们为你的寻风手遭到拘禁而道歉，你要求我立刻让多布兰割让克拉莫向你们承诺的土地，我相信，这些就是你宣告的全部要点。”波涛长还说了一件事，就是要用鞭子抽她！

“很好，”哈琳妮安稳地靠回椅子里，脸上露出令人厌恶的得意微笑，“你要知道——”

“我完全不在乎你们的克拉莫。”凯苏安继续说道，声音依旧温和。世界上所有的人都在乎转生真龙，但的确没什么人在乎海民的克拉莫。她的语气始终都没有丝毫改变。“如果你在未经许可的情况再碰我一下，我会把你绑起来，塞进麻袋里，扔回到你的房间去。”不管怎样，外交毕竟不是她的强项。“如果你再拿你的姐妹的事来打扰我……嗯，我也许真的会生气。”她站起身，不再去看那个怒不可遏、刚刚张开嘴的海民，而是提高声音，朝房间的另一端喊道：“萨伦妮！”

那名身材苗条的塔拉朋人立刻从刺绣框前转过身，连脑后的发辫也被甩动起来，小珠子相互碰撞，发出一连串嗒嗒的撞击声。她匆忙走到凯苏安身边，完全没有犹豫，便展开深灰色的裙摆，行了个屈膝礼。那些智者也许教会了这些两仪师向她们行礼，但这些两仪师不必教，就自然会向凯苏安行礼。成为传奇人物的确有很多好处，特别是一名神秘莫测的传奇人物。

“护送她们两个回她们的房间，”凯苏安命令道，“她们需要在礼仪方面进行一些反思，确保她们完成这个反思，如果她们说出任何不礼貌的字眼，就用手掌抽她们，但要注意你的外交礼仪。”

萨伦妮愣了一下，微张开口，仿佛要指出凯苏安逻辑上的错误。但她瞥了凯苏安的脸一眼，就立刻转向两名亚桑米亚尔，挥手示意她们站起来。哈琳妮猛地站起身，黑色的面孔上满是愤怒的刚硬线条。还没等她继续发表长篇大论，黛兰碰了碰她的手臂，靠过去向她悄声耳语了几句。不知道领航长说了些什么，但哈琳妮最终闭上了嘴，她的表情没有丝毫缓和的迹象，不过她只是看了一眼房间另一端的两仪师，便示意萨伦妮在前面带路了。波涛长仍然装作是她自己决定要离开，但黛兰紧跟在她身后，仿佛在赶着她向前走一样。在房门关上之前，她又回过头向屋里瞥了一眼。

凯苏安几乎有些后悔下达如此蛮横的命令，萨伦妮肯定会一丝不苟地执行这个命令。那些海民实在令人气恼，而且至今为止，他们还没发挥任何作用，必须将这些小麻烦排除在思考范畴之外，这样她才能将注意力集中在重要的事情上。如果她找到他们的用处，肯定也必须费些力气进行修整，才能让他们成为称手的工具。她有些厌烦这些海民，甚至到现在还没认真想过这个问题。也许现在就该思考一下这件事？不，真正让她感到愤怒的是那个男孩，但她还不能将那个男孩握在手心里。

索瑞林响亮地哼了一声，将目光从萨伦妮和亚桑米亚尔的身上转移过来，紧皱双眉盯着聚在房间一端的两仪师。当她调整披巾时，挂在她手臂上的一堆手镯发出响亮的撞击声，这个女人的心情显然不太好。海民对于"艾伊尔野人"有着奇特的看法。不过，在凯苏安见到索瑞林之前，她对艾伊尔人的一些看法和海民几乎是一样的。当然，那名艾伊尔智者一点也不喜欢海民。

凯苏安带着一抹微笑走到索瑞林面前，没有人能让索瑞林走到自己面前。所有人都认为她们将会成为朋友，令凯苏安吃惊的是，她自己似乎也是这么认为，但现在还没有人知道她们之间的盟约。艾本捧着托盘出现在凯苏安身边，凯苏安随手将喝了一半的酒杯放在托盘上。穿红色外衣的男孩才露出放松的神情，又急忙跑回到戴吉安身旁。

"昨晚，"索瑞林说道，"齐赛恩·努贝亚要求侍奉卡亚肯。"她语气表明她对此非常不以为然。"在日出时分，简妮恩·帕莱拉也提出同样的要求，然后是英妮娜·达荷德和瓦耶勒·卡萨。她们从没得到过彼此交谈的机会，不可能共同策划这样的事，但我接受了她们的请求。"

凯苏安气恼地哼了一声："我相信，你已经让她们进行了足够的苦修。"她一边淡然地说着，一边飞快地转动着脑子。艾伊尔人的营地里囚禁着十九名两仪师，被愚蠢的爱莉达派来绑架那个男孩的十九名姐妹，现在，她们全都发誓要追随他！而最后这几名姐妹是最不可能向一个男人效忠的。

"是什么能让红宗姐妹立誓向一个能够导引的男人效忠?"维林自言自语地说道。索瑞林看了她一眼，她便恢复了沉默。奇怪的是，维林虽然也被迫成为艾伊尔人的学徒，但她却一副如鱼得水的样子。现在，她一天中的大半时间都待在艾伊尔人的营地里。

"不是苦修，凯苏安，"索瑞林刚健有力的手否认地一挥，又带起一阵黄金象牙手镯的碰撞声，"她们正在努力履行她们无法担负的义。我们称这些愚蠢的人为歹藏，但如果她们愿意努力，也许她们的罪行还是可以得到救赎的。"索瑞林的语气显得相当勉强，她对于这十九名两仪师可不止是厌恶而已。她给了凯苏安一个生硬的微笑。"无论何时，我们都会教给她们许多需要学习的东西。"

她显然是认为全部两仪师都应该成为智者的学徒。

“希望你们继续严格监督她们，”凯苏安说，“特别是最后这四个人。”她相信，她们会遵守这个荒谬的誓言，只是那个男孩不一定会喜欢她们履行誓言的方式，但这并不能确保她们之中没有一两个黑宗两仪师。一想到彻底根除黑宗的机会就在眼前，她却只能看着自己的努力如同泡沫般从指缝间溜走，凯苏安的心中就会泛起一股极为苦涩的失败感。在她一生中，只有一次失败能与此相比，那就是当她得知卡莱琳·达欧崔的堂亲在边境国的行动时，已经是事情发生的数年之后，她已经完全无能为力了。而现在，和真正重要的事情相比，即使是黑宗也无足轻重。

“我们一直都在严格监督我们的学徒，”容颜苍老的艾伊尔女人回答道，“我想，我必须提醒其他那些人，在能够像部族首领一样为所欲为时，应该心存感激。”没等索瑞林走到壁炉前，围在壁炉旁的其余四名两仪师已经站起身，并向她深深地行了个屈膝礼。索瑞林开始用低沉的声音给予她们指导，说话时，她还在不停地摇晃着一根手指，而那些两仪师只是俯首帖耳地倾听着。索瑞林也许认为她有许多东西可以教给她们，而她们也早已清楚，两仪师的披肩并不能为智者的学徒提供任何保护。在凯苏安看来，义倒很像是苦修。

“她……相当强大，”维林喃喃地说道，“很高兴她是我们这一边的人，但愿她没有异心。”

凯苏安用犀利的目光看了她一眼：“你似乎对某个人有些看法，却又不想说出口，是索瑞林吗？”她和索瑞林虽然已经建立了联盟，但这种联盟关系实在是很模糊，她和这名艾伊尔智者很可能仍然有着截然不同的目标。

“并非这件事。”那名个子矮小、身材丰满的两仪师叹了口气，虽然她有一张方正的面孔，但当她侧过头时，却像极了一只胖乎乎的麻雀。“我知道这与我无关，凯苏安，但碧拉和科鲁娜在我们的客人那里毫无进展，所以我和纱罗进行了一次短暂的交谈，经过若干温和的询问后，她终于说出整个故事。艾里尔在明白我已经知道一切后，也对所有这些事情进行了确认。海民刚到这里不久，艾里尔就找到纱罗，想要知道他们想从小兰德这儿得到些什么，而纱罗也在竭尽全力从他身上搜罗情报，想确切掌握关于兰德和这里的状况。他们进行了不止一次的会面，也因此建立了床笫之中的友谊。我想，这两个女人的这种关系多多少少也是因为她们想摆脱孤独的欲望，不管怎样，她们正极力隐藏这层关系。和这件事相比，其他秘密对他们来说也不算重要了。”

“为了隐瞒这个秘密，他们宁肯忍受连续数日的审问？”凯苏安有些不相信地问。碧拉和科鲁娜曾经让那两个人不分日夜地哀号！

维林的眼里微微闪烁着一点被压抑的愉悦光芒。“凯瑞安人有很多规矩，是个有洁癖的民族，至少在表面上是这样。也许在封闭的床帏中，她们像是发情的兔子，但在别人面前，她们甚至不会承认碰过自己的丈夫。而海民在这方面也像凯瑞安人一样固执。纱罗已经有了丈夫，只不过那个丈夫并不在这里，而破坏婚姻誓言在海民中是重罪。如果她的姐妹们发现她的罪行，纱罗就会成为‘一艘独木舟上的寻风手’，她们是这么说的。”

凯苏安感觉到自己的发饰正因摇头的动作而擦过肩膀，就在王宫遭受攻击后不久，艾里尔和纱罗被发现双双被绳索绑紧，塞住了嘴，扔在艾伊尔的床下。凯苏安怀疑她们两个知道这场攻击的秘密，而当她们拒绝回答为什么要秘密会面时，凯苏安更加确信了这一点，甚至她们有可能参与了这次攻击行动。虽然这明显是叛逆的殉道使干的。当然，这些殉道使到底是不是叛徒，现在也没有得到确定。她们已经浪费太多时间和精力。从艾里尔和纱罗口中挖出的这个秘密到底是不是另一件毫无意义的事情，凯苏安同样无法确定。

“维林，送艾里尔女士回到她的住所去，并为她遭受的待遇向她道歉。给她一些……微妙的保证，让她对自己未来的地位保持信心，同时也要让她明白这个保证的不确定性。让她清楚，她应该让我在第一时间知道所有关于她兄弟的讯息。”胁迫是一种工具，她很不喜欢使用这种工具，但她已经在三名殉道使的身上使用了这种工具。托朗姆·瑞亚丁制造的叛乱虽然已经完蛋了，但他也许还在制造麻烦。实际上，凯苏安并不在乎谁会坐上太阳王座，但那些觊觎王座的家伙们所实行的一系列阴谋诡计，很可能会影响到更加重要的事情。

维林微笑着略一点头：“是的，我相信这样做会有不错的效果，尤其他还非常不喜欢她的兄弟。对纱罗是否也该这样做？或者你想看看亚桑米亚尔之中会发生什么情况？我怀疑，即使面临巨大的危险，她不一定真的会背叛哈林妮。”

“她会背叛我需要她去背叛的，”凯苏安严厉地说，“把她关起来直到明天晚上。”绝不能让哈林妮以为她的要求会得到满足，海民只不过是用来对付那个男孩的另一件工具，仅此而已。任何一个人和任何一件事都只能以这个角度进行评判。在维林身后，珂丽勒已经悄然走进这间阳光房，并小心翼翼地关上门，似乎不想打扰任何人，这不是珂丽勒一贯的作风。她的身材像男孩一样细瘦，有一双黑色的浓眉和浓密光亮的黑色长发，无论她的衣着多么整洁，这让她总是显得相当粗野。平时这名黄宗姐妹总是会带着笑声一溜烟地冲进屋里，而现在，她蹭了蹭自己的翘鼻尖，带着犹豫的神情看着凯苏安，她的蓝眼睛里也没有了经常会见到的那种火花。

凯苏安向她打了个手势，珂丽勒深吸一口气，双手提起带黄色条纹的蓝裙摆，快步走过房间。然后她看了一眼房间一端簇拥在索瑞林周围的姐妹，还有另一端正在和艾本玩翻绳游戏的戴吉安，才用带着一点莫兰迪口音的声音轻轻说道："我带来了非常好的消息，凯苏安。"但是听语气，她显然并不能确定带来的消息有多好。"你吩咐过我，要缠住达莫，把他留在宫里，但他坚持要探视那些仍然留在艾伊尔营地的姐妹们。虽然他是个脾气温和的人，但只要他打定主意，就绝不会有任何动摇，而且他绝不相信这个世界上存在无法治愈的创伤，就如同不相信太阳会从西边升起。实际情况是，他去治疗了伊尔甘，结果，伊尔甘就好像从没被……"她的声音低了下去，因为她无法说出那个词，但那个词就好像火焰般在这些两仪式的眼前闪耀——静断。

"的确是好消息。"凯苏安的声音里没有流露出任何情绪。自己和至上力之间的联系有可能被切断，这是所有姐妹共同的恐惧，而现在，这种曾经无法治疗的创伤已经有了治疗的方法，而这个方法由一个男人掌握着。在姐妹们接受这个现实之前，一定会出现许多眼泪和谴责。当然，每个姐妹在得知这件事以后，都会认为这将是一个撼动全世界的发现——一个男人用至上力创造的奇迹！但与兰德·亚瑟相比，这只是一场茶壶里的风暴。"我想，她应该像其他人一样任由艾伊尔人抽打？"

"她不需如此。"维林心不在焉地说道，她正皱着眉，盯着手指上的一块墨水渍，但她的注意力显然不在那块墨水渍上。"智者们显然是认为兰德对伊尔甘和另外两个人……所做的事情已经让她受到足够的惩罚。艾伊尔人对待其他人就如同对待无用的牲畜。而对于这三个人，艾伊尔人则要尽力确保她们活下来。我听说艾伊尔人正在谈论要给罗耐勒找个丈夫。"

"伊尔甘知道其他人立下的誓言，"珂丽勒的声音仍然带着对这件事的惊诧，"达莫刚将她治愈，她就开始为自己死去的护法哭泣，但她已经准备好立下誓言。现在的问题是，达莫还想尝试对罗耐勒和萨莎勒治疗。"令人惊讶的是，珂丽勒脸上露出一副很像是挑战的神情，她像其他黄宗两仪师一样傲慢，但她一直都很清楚自己在凯苏安面前的位置。"凯苏安，既然知道有救治的办法，我就不可能坐视姐妹继续处在如此可怕的情况中，我想让达莫试试医治她们。"

"当然，珂丽勒，当然。"看样子，达莫的坚持对这名黄宗姐妹也产生了影响。凯苏安暂时不打算对此加以干涉，只要珂丽勒做得不要太过分。早在她得知夏纳发生怪异事件时，她就开始召集她信任的姐妹了。现在这些姐妹一部分聚集到她身边，另一部分被她派遣在其他地方。她的眼线监视史汪·桑辰和沐瑞·达欧崔已经有许多年了，但以前她一直都没能从她们身上得到任何有价值的情报。她当然信任她们，但这绝不意味着她会任由她们肆意妄为，现在她要面对的风险已经太多了，所以她也不能对这样一名姐妹完全放手。

房门被猛地推开，佳哈走了进来，拴在他黑色发辫上的银铃发出一阵阵脆响。他穿着剪裁合身的蓝色外套，那是梅瑞丝为他挑选的。房里的人都将视线转移到他身上，就连索瑞林和萨伦妮也不例外。但一听到他带来的消息，所有人立刻忘记他那张被阳光晒黑的漂亮面孔。

“埃拉娜失去知觉了，凯苏安，她突然就瘫倒在地上，梅瑞丝已经送她去卧室，并派我来找您。”

凯苏安压抑住惊呼的冲动，让索瑞林和珂丽勒跟在她身后，她知道，现在不可能将她们排除在局外。然后她命令佳哈带路。维林也跟了上来，凯苏安没有阻止她，维林非常善于注意被别人忽视的东西。那些穿黑色制服的仆人们完全不知道佳哈的身份，但他们都知道要为凯苏安让开路。凯苏安很想让佳哈再快一些，但如果那样，她就只有用跑才能跟上佳哈了。还没等她走多远，一个剃光前额头发的矮个儿男子便挡住她的路，向她深深鞠了个躬。面对这个一身黑衣、上半身被彩色横纹完全覆盖的小个子，凯苏安也不得不停下脚步。

“愿你得到光明的眷顾，两仪师凯苏安，”他的语气平稳如常，“虽然我知道你有急事，但我还是要告诉你，卡莱琳女士和达林大君已经不在阿瑞琳女士的宫殿里了，现在他们正乘船赶往提尔，恐怕他们现在已经脱离你的控制范围了。”

“我的控制范围也许会让你吃惊，多布兰大人。”凯苏安冷冷地说。她原本应该在阿瑞琳的宫殿里留下至少一名姐妹，只是她一直都相信这两个人是安全的。“你这样做明智吗？”她丝毫不怀疑这是多布兰干的，不过她怀疑多布兰是否有胆量承认这一点。怪不得在此之前，多布兰一直都没有向她提起过这两个人。

凯苏安的话似乎并没有对这个人造成任何影响，但他却让凯苏安吃了一惊：“达林大君将为真龙大人管理提尔，而让卡莱琳离开这个国家应该也是明智的行为，她已经放弃了叛乱的行为和对太阳王座的所有权，但也许仍然会有人利用她。也许，两仪师凯苏安，让他们处在仆人的监管下并非明智的决定。光明在上，你不该把他们当成犯人来拘禁，他们只是我们的……客人……而那些仆人也不可能对抗我的士兵。”

佳哈只是急着想要离开，梅瑞丝的手腕一向都很严厉。凯苏安也很想尽快赶到埃拉娜那儿去，所以她只说了一句：“希望你不会为今天的决定而后悔。”多布兰微微一鞠躬。

埃拉娜被送往最靠近她晕倒地点的卧室，这不是一个很大的房间，而凯瑞安人喜好的深色墙板让这里显得更小了。当一行人全都走进来时，这个房间立时变得相当拥挤。梅瑞丝打了个响指，指了一下，佳哈立刻退到一个角落里，不过这并没有让拥挤的状况改善多少。

埃拉娜躺在床上，双眼紧闭，她的护法伊万跪在床边，抚摸着她的一只手。"看样子，她似乎是害怕醒过来，"这名身材高瘦的护法说，"我相信她的身体没有问题，但她似乎非常害怕。"

珂丽勒将伊万推到一旁，伸双手捧住埃拉娜的脸庞。阴极力的光晕包围了这名黄宗两仪师，治疗的编织渗入埃拉娜的身体，但这名身材苗条的绿宗姐妹甚至连个哆嗦都没有打。珂丽勒摇摇头，向后退去。

"我的治疗能力也许无法和你相比，珂丽勒，"梅瑞丝不带表情地说道，"不过我也尝试过了。"在白塔中度过了漫长岁月后，她声音中的塔拉朋语调仍然十分浓重，但她的黑色长发被整齐地梳在脑后，露出一张相当严厉的面孔。"我们现在该怎么做，凯苏安？"在这些人里，凯苏安应该是最信任她的。

索瑞林盯着平躺在床上的两仪师，紧紧抿住的薄嘴唇没有丝毫变化，凯苏安想知道她是否在重新评估她们之间的同盟关系。维林也在盯着埃拉娜，表情中带着毫不掩饰的畏惧。凯苏安从没想过有任何事情能让维林害怕到这种程度，但她自己也感到一阵恐惧的寒意。如果现在她失去和那名男孩之间的这点联系……

"我们坐下来，等她自己醒来吧！"她以平静的口吻说道。现在已经没有别的事可以做了，没有了。

"他在哪里？"狄芒德一边狠狠地问着，一边在背后握紧拳头。他双脚分开地站立着，心里明白自己是这个房间的统治者，一直都是。不过，他还是希望色墨海格或者麦煞那会在这里。他们的同盟是脆弱的，只不过是一个协议——在其他弃光魔使被彻底扫清之前，他们不会彼此为敌，但这个同盟一直维持到了现在。他们已经合力压制了一个又一个对手，让他们的敌人落入死亡或更可怕的下场。但色墨海格要参加这样的会面并不容易，而最近麦煞那也变得畏首畏尾。如果她想要结束他们的同盟关系……"自从那些瞎眼睛笨蛋、那些白痴在凯瑞安失败后，兰德出现在五座都市里，包括荒漠中那个遭受诅咒的城市。另外有十二个市镇里也出现他的行踪。这还只是我们现在得到的报告！只有暗主才会知道那些野蛮人还会用马匹、绵羊，或者其他什么只会缓慢爬动的东西给我们送怎样的报告过来。"古兰黛刚一到这里，就把这里变成现在这种样子：

幻象墙让他们脚下的条纹木地板仿佛被围绕在充满鲜艳花藤和五彩鸟雀的森林中，甜美的气息和轻柔的鸟叫声充满在空气里，只有拱形屋门破坏了这种美丽的幻觉，这些都让狄芒德感到厌恶。为什么她要去回忆那些已经失去的东西？他们应该制造的是震撼矛和梭翼，而不是幻象墙，煞妖谷需要这些。而且，狄芒德记得古兰黛以前对与自然相关的东西都是不屑一顾的。

奥森加听到“瞎眼睛笨蛋”和“白痴”这两个词时皱了皱眉，但他立刻就抹平了那张平凡的、满是皱纹的面孔，那张和原先的他截然不同的面孔。无论他的名字是什么，他永远都知道可以挑战谁，不能挑战谁。“只是他的运气而已。”他平静地说道，但还是不禁揉搓了一下双手，这是他的一个老习惯。在这个纪元里，他穿得像是个十足的帝王，他的外衣上布满了黄金刺绣，几乎完全遮盖了衣服的红底色，靴子上缀着黄金丝穗。围绕在他脖子和手腕上的白色缎带，几乎足够给一个小孩做衣服了。他从不知道节制，如果不是因为他特殊的技艺，他绝不可能成为使徒。奥森加察觉自己双手的动作，急忙从座椅旁的圆桌上拿起昆达雅石酒杯，向散发着馥郁芬芳的深色酒浆深吸一口气。“简单的巧合，”他竭力用轻松的声音说，“下一次，他就会被杀死或俘虏，运气不可能永远保护他。”

“你也想依靠运气吗？”亚兰加在一张流线形的长椅上舒展开身体，仿佛那是张卧榻。他向奥森加露出一个朦胧的笑容，弯起一条腿，在长椅上踮起赤裸的足尖，让亮红色的裙摆一直落到大腿上。她丰满的胸部随着呼吸一起一伏，仿佛时刻都有可能撑破那一抹红缎胸兜。自从她变成女人之后，她的一切风格都改变了，但那颗装在女人躯体内的核心没有丝毫变化。狄芒德并不蔑视肉体的欲望，但迟早有一天，她的欲望会给她带来死亡，就像他们曾经历过的那样。当然，如果下一次死亡会是她的最后一次，他也不会有什么哀伤。“你负责监视他，奥森加，”她口中的每一个音节都散发撩人的意味，“这是你和狄芒德的任务。”奥森加打了个哆嗦，飞快地舔舔嘴唇。亚兰加发出充满磁性的笑声。“我要做的则是……”她将拇指按在椅子边缘，仿佛是要碾碎什么，然后她又笑了笑。

“我觉得，比起他们，你更应该担心自己。”古兰黛端起酒杯，喃喃说道。她只穿着一袭薄雾般轻柔的斯台瑟裙衫，成熟肉体的曲线清晰可见，而她声音中的轻蔑比她的肌肤更加显露无遗。“你、奥森加、狄芒德，还有莫瑞笛，无论他在哪里，你们对此都有责任。也许你应该害怕的不止是兰德的失败，还有他的成功。”

亚兰加笑着，握住古兰黛的一只手，她的绿眸闪烁着火花。“也许在只有我们两个的时候，你能向我解释一下你的话？”

古兰黛的长裙变成密不透风的黑色，她狠狠地骂了一句，用力抽出手，从亚兰加的长椅旁走开。亚兰加则发出吃吃的笑声。

“你是什么意思？”奥森加厉声说道，猛地从椅子里站起来，露出一副演讲者的姿态。他的双手捏住自己的翻领，语调变得庄重肃穆。“首先，我亲爱的古兰黛，我怀疑即使是我也没办法除去暗主在阳极力中留下的阴影。兰德对力量的掌握非常粗糙，他所尝试的一切最终证明都是无效的，我不相信他知道该如何开始，那完全超出他的想象。而且，只要暗主下命令，我们随时都会制止他的努力。我能明白，如果我们失败了，暗主的不悦将是多么可怕，那也许会超出我们的想象。但除此以外，被你点名的我们还有什么特别的事情需要去害怕？”

“像过去一样盲目，也像过去一样无聊。”古兰黛依旧喃喃地说着，她已经恢复了镇定，她的裙子又变成像薄雾般透明的细纱，只不过这次细纱的色泽变得鲜红如血。也许她的内心并不像表面上那样镇定，或者，也许这种激动才是她伪装出来的。除了这身斯台瑟的衣服，她身上的一切饰品都来自这个纪元：她的金色发丝中缀着火滴石，一块硕大的红宝石躺在她的双乳之间，一双赤金手镯挂在她的手腕上。不过有一个奇怪的地方，狄芒德不知道其他人是否也注意到了，在她左手的小指上套着一枚朴素的金戒指。古兰黛的身上从不会有任何朴素的东西。“如果那个年轻人真的除去暗主的影子，那么……你们这些导引阳极力的人将不再需要暗主的特别保护。那么，暗主还会……信任你们吗？”她微笑着，啜了一口酒。

奥森加没有笑，他面色苍白，手指滑过嘴唇。亚兰加在长椅边缘坐起身，一切妖冶的味道都从她身上消失了。她的双手按在膝上，如同一双鸟爪，双眼瞪视着古兰黛，仿佛正想掐断古兰黛的喉咙。

狄芒德松开了紧握的双拳，最终，他摊开双手。他一直都希望能让兰德去死，即使无法做到这一点，至少也能俘虏兰德，但古兰黛的话很可能改变了他的想法。在至上力之战中，有十几名中选使徒都因为暗主的怀疑而丢掉了性命。

“暗主相信你们所有人的忠诚。”莫瑞笛一边高声说着，一边大步走进房间，那种样子就好像他是暗主本尊——他似乎经常是这样认为的。现在他戴着一副男孩的面孔，但这丝毫没有减弱他的威严与高傲。也许他的话是要安抚房里的众人，但他的表情却相当严厉。在古语中，“莫瑞笛”的意思是死亡，现在他一身纯黑色的衣着让他非常符合这个名字。“只要他还信任你们的忠心，你们就不必为自己担心。”那个叫辛黛恩的银发女孩穿着一身红黑色衣裙，紧跟在他身后，就如同挺着一对丰满乳房的小宠物。不知为什么，莫瑞笛的肩上趴着一只老鼠，那只老鼠的白鼻子不停抽动着，嗅着这里的空气，一双黑眼则警戒地审视着房里的一切。也许这只老鼠的出现并没有什么特殊的原因。戴着一副年轻面孔的莫瑞笛仍然像以前一样，眼里看不到任何理智的火星。

“为什么你要把我们召集到这里来？”狄芒德问道，“我还有很多事要做，没时间闲聊。”他在无意中挺直了身子，好让自己的眼睛和莫瑞笛平齐。

莫瑞笛没有回答狄芒德，反而问道：“麦煞那又缺席了？真可惜，她应该听听我要说的话。”他捏住那只老鼠的尾巴，将它从肩膀上提起来，看着它舞动四肢，拼命挣扎，仿佛房间里只剩下这只老鼠。“看上去并不重要的小事，最后很可能会变得至关重要。”他喃喃说道，“比如说，这只老鼠。比如说，伊沙姆是否成功找到并杀死另一只老鼠——帕登·范。比如说一句话落进错误的耳朵里，或者是没有落入正确的耳朵。一只扇动翅膀的蝴蝶可能会导致世界另一边山脉的崩塌。”那只老鼠突然扭动身体，想要咬住莫瑞笛的手腕。莫瑞笛随意地将老鼠扔到一旁，老鼠在半空中变成一团火焰，一团比火焰更炽热的东西。莫瑞笛则微微笑了笑。

狄芒德不禁打了个哆嗦，这一定是至上力的作用，但他却什么都没感觉到。一个黑点从莫瑞笛的蓝眼睛上飘过，然后又是一个黑点。它们以稳定的速度不断出现，又不断滑走。上次狄芒德和莫瑞笛见面时，他的眼里还没有如此频繁的萨埃出现。他一定在不断地使用真力。除非万不得已，狄芒德绝对不会碰触真力。当然，现在只有莫瑞笛有这样的特权，因为他……已经受到了膏礼。这个肆意滥用真力的家伙真的是疯了，那比阳极力更容易上瘾，比烈毒更致命。

莫瑞笛走过条纹地板，伸手按住奥森加的肩膀，他脸上的微笑在萨埃的映衬下变得更加阴险。被他俯视的奥森加咽了口口水，也在脸上堆出一个不稳定的微笑。莫瑞笛平静地对他说道：“你从没有考虑过该如何移除暗主的影子，这样很好。”他刚才在房间外面偷听了多久？奥森加的微笑变得更加虚弱了。“兰德就不像你这么明智，告诉他们，辛黛恩。”

那名小个儿女子挺直身子，她的面容和身材都堪称一流，就好像一颗甜美的浆果，正等待采摘，但她蓝色的大眼睛却像一对冰块。谁也不知道，这颗浆果中会不会隐藏剧毒。“你们应该不会忘记珂丹卡，”她那低沉、美丽的声音中永远都蕴含着狂躁的放荡，而现在，这个声音中又多了一重嘲讽的意味，“路斯·瑟林有两把连接它们的钥匙。他也认识一个人，有足够力量使用珂丹卡中女性的一半，他计划使用珂丹卡。”

房间里的所有人几乎都同时开始说话。

“我还以为那些钥匙全都被摧毁了！”亚兰加一边喊，一边跳起身，她睁大的眼睛里流露出恐惧。“单纯使用珂丹卡就足以摧毁世界!”

“如果你阅读过除了历史书以外的任何东西,你就会知道,它们几乎是不可能被摧毁的!”奥森加不屑地对亚兰加说,但他也拉了拉衣领,仿佛是觉得呼吸有些不顺畅,瞪大的眼睛更是仿佛要跳出眼眶。“但这个女孩怎么会知道他有钥匙?她怎么会知道?”

辛黛恩的话刚一说完,古兰黛的酒杯就从手中掉落下来,在地板上弹跳了几下,她的长裙变得像血一样鲜红。她的嘴唇扭曲着,仿佛要呕吐一样。“你还想要与他正面对抗吗?!”她向狄芒德尖叫着,“你还希望有人为你找到他吗?!愚蠢!愚蠢!”

狄芒德知道古兰黛的性情反复不定,但他觉得古兰黛的反应还是有些过于激烈。他敢打赌,辛黛恩的这段声明并没有让古兰黛有丝毫惊讶,看样子,古兰黛终于厌倦了作壁上观,打算有所行动了。自始至终,狄芒德没有说一个字。

莫瑞笛一手捂住心口,另一只手用指尖挑起辛黛恩的下巴,就如同辛黛恩是他最亲密的爱人。辛黛恩的眼里燃烧着憎恨,但她的面容就如同一具精美的玩偶,没有任何变化,她只是柔软的玩偶,毫无抗拒地接受莫瑞笛的一切关心。“辛黛恩知道许多事情,”莫瑞笛轻声说道,“她会把她知道的一切告诉我,一切。”这个小女子的表情仍然没有变化,但她明显地抖动了一下。

对狄芒德来说,这个女人是个谜。一开始,他以为辛黛恩是兰飞儿的转生,直到麦煞那告诉他,这个女孩比兰飞儿弱小很多,他才知道自己错了。用来进行轮回的躯体应该选择与接受者本身条件最为吻合的,但奥森加和亚兰加却充分地表现了暗主残忍的幽默感。麦煞那和其余的人都认为这个女孩本身就是属于这个纪元的,不过她在提到兰德时也称他为路斯·瑟林,就像兰飞儿一样。她说到珂丹卡时,仿佛也很熟悉它们在至上力之战中造成的恐怖,那是仅次于烈火的恐怖。也许这些都是莫瑞笛教她的,出于某种只有莫瑞笛自己才知道的目的?或者只是为了制造更多的混乱?或者只是因为莫瑞笛是个彻头彻尾的疯子。

“看样子,他必须被杀死。”狄芒德说道,想要藏起满意的心情对他来说并不是件容易的事情。无论是兰德·亚瑟,还是路斯·瑟林·特拉蒙,只有那家伙死掉,他才能感到安心。“如果对他放任不管,他很快就会摧毁这个世界,还有我们,所以我们必须尽快找到他。”

“杀死?”莫瑞笛的双手振动了两下,仿佛在掂量某个东西的轻重。“这一点并没有错,”最后他说道,“但要找到他的确是个问题。当他碰触珂丹卡时,你们将会知道他在哪里,找到他,捉住他,或者如有必要,就杀死他。耐博力已经这样说了。”

“服从耐博力的命令。”辛黛恩的声音中充满了渴望。她低下头，房里回荡着众人对她的应和。但亚兰加显得闷闷不乐，奥森加露出绝望的神情，古兰黛则是一副怪异的、若有所思的样子。

弯下脖子和说出这句话同样令狄芒德感到痛楚。他们要捉住兰德，在他使用珂丹卡时，仅此而已。在那个时候，兰德应该正和某个女人一同操纵能够熔化大陆的至上力！看样子，莫瑞笛完全无意加入这个行动，他的两个宠物——魔格丁和辛黛恩当然也不会参加。现在他是耐博力，但因缘际会，下次当他死掉时，也许他将不会再得到一副新的躯体。也许这样的因缘很快就会到来。

第 14 章

面纱所隐藏的

汲伦胜利号在海浪间颠簸着，船尾舱中的油灯在它们的平衡环上摇曳不定。图昂安稳如常地坐在椅子里，赛露西娅手中的剃刀则一次又一次平稳地滑过他的头皮。从高高的船尾窗中，她能看到其他大船压过一个又一个灰绿色的海浪，溅起一片片白色的浪花。数百艘大船排成的队列一直延伸到远方的海平线，他们在坦其克留下了四倍于此数量的舰船。他们是瑞雅盖尔，归乡之人，而现在，他们终于开始了可伦奈，回归远征。

一只信天翁在天空翱翔，仿佛正在跟随汲伦胜利号，这是胜利的预兆。只是这只鸟又长又大的翅膀是黑色的，而不是白色的，但预兆是不会错的。它不会因为地点的改变而有所不同。黎明的猫头鹰叫声必然预示着死亡，没有云彩的落雨意味着不期而至的访客。无论在因法劳还是诺伦姆沙，都是如此。

化妆师手中的剃刀轻柔地滑过头顶，给她的心灵带来抚慰，这正是她现在需要的。昨晚，她在愤怒中下达了命令，任何命令都不应该在愤怒中下达。她几乎感觉到了尚摩西，仿佛自己失去了一切荣誉。她的平衡被扰乱了，不管有没有信天翁，这对于回归远征和尚尊都是不好的。

赛露西娅用温热的毛巾拭去图昂头顶上最后一团肥皂沫，然后又用干毛巾擦去头皮上的水渍，最后在刮净的头皮上用软刷敷上薄粉。当化妆师向后退去时，图昂站起身，任由披在身上的蓝色丝绸刺绣睡衣滑落到金蓝色花纹地毯上，清冷的空气立刻包裹住她黝黑的肌肤。跪在墙边的十名侍女中，有四个人以优雅的身姿站立起来，她们都剃光四肢的汗毛，身上只穿着半透明的白色纱袍。图昂购买她们，是因为她们有着同样出众的外貌和技艺。经过从霄辰出发的远航，她们都已经适应了海上的颠簸。现在，她们迅速拿起已经在雕花箱柜上放好的衣服，将它们捧给赛露西娅。赛露西娅从不允许达科维为她穿衣，即使是袜子和软鞋也不行。

当赛露西娅将一件象牙黄色的花褶长裙从图昂的头顶套下去的时候，比自己的化妆师更加年轻的女主人不由自主地比较起墙上高立镜中她们两人的倒影。赛露西娅有着金黄色的头发和凝脂般的奶油色皮肤，再加上一双冰冷的蓝眼睛，让她拥有一种庄重的美丽。如果不是她已经剃光了左侧的头发，任何人都会把她当成王之血脉的成员，而且是一位地位崇高的王之血脉，而不仅仅是一名侍圣者。这个想法让图昂感到吃惊。当然，任何僭越的念头都会让赛露西娅感到死一般的恐怖。图昂也知道，自己并不拥有像赛露西娅那般高贵的仪表，她的眼睛太大了，甚至还有一点棕褐色。如果她忘记戴起严厉的面具，她的心形面孔就会更像是个顽皮的孩子。她的头顶可能还不到赛露西娅眼睛的高度，而赛露西娅本身也不算很高。图昂能够骑乘最凶烈的战马，她擅长于摔跤，对于一些武器的使用也是得心应手，但智能才是她最为关注的。智能是最强大的工具，对于这件工具的锤炼花费她绝大部分的精力。不管怎样，她腰间那条宽阔的金丝编织腰带足以让其他人明白，她并不是一个穿着裙子的男孩。图昂听到过男人们在赛露西娅经过身边时低声议论她丰满的乳房，也许这和高贵威严并无关系，但如果胸部能再高耸一些，那种感觉应该也不错。

当四名达科维跑回到墙边，重新跪下时，赛露西娅带着打趣的口吻喃喃说道："光明在上，自从你第一天早晨被剃洗以来，你每一次都会这样做。难道经过这三年，你还认为我会在你的头顶上留下一点毛发?"

图昂意识到自己的手正在摩挲头皮，她不情愿地承认自己的确是在寻找残留的短发。"如果你这样做了，"她也用玩笑式的严厉语气说道，"我一定会抽你鞭子，作为你抽过我的那些鞭子的报答。"

赛露西娅将一串红宝石绕过图昂的脖颈，笑着说："如果你真要全数报答我，那我就再也坐不下去了。"

图昂露出微笑。赛露西娅的母亲将赛露西娅当成一件庆生礼送给图昂，从那时起，赛露西娅就成了图昂的保姆，更重要的，她是图昂的影子，一名无人知晓的保镖。从赛露西娅出生起的二十五年时间里，她一直在接受这样的训练——被秘密训练成为一名助手。在图昂十六岁的命名日上，当她第一次被剃洗时，她将她的传统家族礼物赠予赛露西娅，那是一座小庄园，为了感谢她的照料；一个原谅，为了她施行的惩戒；而且每一次赛露西娅对她进行惩罚，都要以一只装了一百枚王座金币的袋子作为酬谢。王之血脉聚集一堂，见证她成年的一刻，那些金币口袋的数量让他们全都吃了一惊。如果能得到这么多金币，他们之中有许多人也会愿意亲身接受这些惩罚的。图昂在孩提时代的确是非常……任性，那绝不止是简单的刚愎自用而已。最后一件传统礼物：赛露西娅可以自行选择自己将担任什么官职。当这名容貌端庄的女子放弃一切权力和尊位时，图昂不知道更加惊愕的是自己还是那些观礼的人。赛露西娅只要求成为图昂的化妆师兼首席侍女，继续当她暗处的影子，图昂为此非常高兴。

“也许我可以一点一点地，用十六年的时间来报答。”她一边说，一边打量着镜中的自己。她的脸上还带着微笑，因为她不想让赛露西娅以为自己真的会这么做。然后，她又换了个严厉的表情。她喜爱赛露西娅，因为没有人能取代赛露西娅的位置。在成年以前，她一年只能和母亲见两次面，而她从人生之初就被教导，她的亲生兄弟姐妹只是和她争夺母爱的竞争者。到现在，他们之中已经死了两个，另外三个都曾试图暗杀她。她的另外一个哥哥和一个姐姐则成为达科维，她们的名字被列进罪人名单，和能够导引的恶人们排在一起。即使是现在，她的位置也绝不是安全的，只要踏错一步，等待她的就有可能是死亡，或者是更加可怕的下场——身披锁链，在街市上被公开拍卖。光明在上，当她微笑时，她看起来仍然只有十六岁而已！

赛露西娅轻声笑着，从红漆衣架上拿起图昂常戴的那顶金线蕾丝软帽，金色的蕾丝上绣着乌鸦玫瑰标志。图昂剃光的头顶可以清晰地从蕾丝花纹之间显露出来。也许她和尚摩西还有一段距离，但不管怎样，为了可伦奈，她必须恢复平衡。她也许应该请求她的尊师安奈瑟为她主持一次苦修，但现在距离奈菲瑞的意外死亡还不到两年，她还不能完全适应取代奈菲瑞的安奈瑟。她觉得这件事只能由她自己来完成。也许她看到了某种预兆，只是自己还没意识到。蚂蚁不应该出现在船上，但一些甲虫是可能在船上生存的。

“不，赛露西娅，”她平静地说，“要面纱。”

赛露西娅不赞成地绷紧嘴唇，但她还是无声地将软帽放回衣架上。在私底下的场合，比如说现在，图昂允许赛露西娅自由地发言，赛露西娅知道该说什么，不该说什么。图昂只惩罚过赛露西娅两次，但光明在上，图昂对这两次惩罚就像赛露西娅一样后悔。她的化妆师在沉默中用一条轻薄的长面纱罩住图昂的头，又用一条缀着红宝石的金丝细带将面纱固定好，这条面纱比达科维的长袍更加轻盈透明，完全不会遮住图昂的面孔。但它藏住了最重要的东西。

然后，赛露西娅将一条蓝色绣金长披风覆在图昂的肩头，向后退去，深深鞠了个躬，金色发辫末端都碰到了地毯。那些跪着的达科维也面向船板低下头去。私人时间结束了，图昂一个人离开了船舱。

在隔壁的船舱中站立着她的六名罪奴主，每三个人站在舱室的一侧，她们的宠物都跪在她们面前宽阔的抛光船板上。罪奴主们看到图昂，都挺直身子，骄傲得如同她们红色裙装上银色的闪电，那些身穿灰衣的罪奴也挺起腰，同样显出自豪的神情。只有丽迪娅除外，她依旧蜷伏着，挂满泪痕的脸只是对着船板。蓝妮勒牵着这名红发罪奴，朝她怒目而视。

图昂叹了口气，昨晚她之所以会发怒，都是这名罪奴造成的，但她也应该控制好自己的情绪。她命令丽迪娅预示她的未来，她不该只是不喜欢丽迪娅的预言就命令鞭笞丽迪娅。

她俯下身，用涂着红漆的长指甲挑起丽迪娅满是雀斑的面孔，让这名罪奴直起上半身。丽迪娅哆嗦了一下，眼眶中又涌出了泪水，图昂小心地用手指抹去她双颊上的泪痕。“丽迪娅是好罪奴，蓝妮勒，用索芙酊剂治疗她的鞭伤。在鞭伤痊愈前，用狮心草为她止痛。她的每顿饭都要有甜牛奶布丁，直到她伤好为止。”

“服从大君的命令。”蓝妮勒严肃地回答道，但嘴角还是流露出一点笑容。所有罪奴主都喜爱丽迪娅，蓝妮勒并不想惩罚这名罪奴。“如果她变胖了，我会让她跑步的，大君。”

丽迪娅侧过头，亲吻着图昂的手掌，喃喃地说：“丽迪娅的主人很仁慈，丽迪娅不会变胖的。”

图昂继续从其他人面前走过，和每一名罪奴主说上几句话，拍拍每一名罪奴。她带来的这六名罪奴是她最好的罪奴，她们都热爱着她，就如同她宠爱她们一样，所以她们都渴望着能够被她选中。圆脸庞、黄头发的达莉和丹妮姐妹几乎不需要罪奴主的指导。查劳的头发已经变成像她眼睛一样的灰色，但她的身体依旧充满活力。瑟尔拉在紧密的黑色卷发中系着红色的缎带，她是她们之中力量最强的，这让她骄傲得如同一名罪奴主。提妮·麦勒恩比图昂还要矮，但在这六个人之中，提妮特别让图昂感到骄傲。

虽然没有人能反对图昂在即将成人时接受成为罪奴主的测试，但有许多人对此都感到难以理解，只有她母亲默默允许她的这个决定。当然，成为一名罪奴主是不可思议的事情，但图昂喜欢训练罪奴，她觉得那就像训练马匹一样有趣。现在对这两件事，她都很擅长，提妮就是她的训练成就。当图昂在申基法的码头上买下这名皮肤白皙的小罪奴时，她已经因为害怕和惊吓而濒临死亡，拒绝任何饮食，罪奴主们全都对她不抱任何希望，认为她活不久了。但现在，提妮微笑着凝视图昂，没等图昂伸手抚摸她的黑色发丝，就倾过身子，亲吻图昂的手指。曾经骨瘦如柴的她现在已经显示出一些肌肤丰盈的样子，牵住她的卡绰娜并没有责备她的逾矩行为，相反地，这名罪奴主严厉的黑脸上露出一点笑纹。她还低声说，提妮是一名优秀的罪奴。这句话没有错，现在已经没有人会相信，提妮曾经自称为两仪师了。

在离开之前，图昂又针对罪奴们的日常饮食和训练吩咐了几句，这些罪奴主和另外十二名跟随图昂的罪奴主都知道该做些什么，否则她们就不可能侍奉图昂。但图昂相信，拥有罪奴的人，必须以主动的精神对自己的罪奴负责。她熟悉自己每一个罪奴的特点，就如同她熟悉自己的面孔。

在船舱外面，披挂血红色和黑绿色涂漆盔甲的视死卫士们沿墙壁站立，图昂的身影一出现，他们立刻绷直了身体，如同两列坚不可摧的雕像。图昂的身边有五百名这种面容刚毅的战士，他们都自愿成为图昂的卫士，为了保卫她的安全，他们时刻准备牺牲自己的生命。头发花白的穆森格队长看着图昂的面纱，只命令两名卫士跟随她走上甲板。在通往甲板的门口两侧排列着身穿红绿色制服的巨森灵园丁，他们持着装饰黑色丝穗的巨斧，眼里放射出冷酷的光芒，警戒着可能存在的一切危险。如果图昂死了，他们不会跟随图昂去死，但他们都会不惜一切代价保护她。图昂可以将自己的生命交托给任何一双这样的大手，而不必有丝毫疑虑。

三张由多道桁梁撑起的大帆，悬挂在汲伦胜利号三根高耸的主桅上，凛冽的寒风将船帆鼓起，把巨舰飞快地朝前方的陆地推去。现在，图昂已经能够分辨出那片黑色海岸上的丘陵和岬角了。甲板上站满了人，这艘船上所有的王之血脉都穿上他们最好的丝绸衣服，他们丝毫不在意冷风吹起他们的斗篷，也不在意赤脚的船员们在他们身边来回奔跑。一些贵族过分地装出对那些船员视而不见的样子，就好像是在责备那些船员没有每走两步就向他们跪拜行礼。但看到戴着面纱的图昂时，他们也没有跪下来，只是向图昂微一鞠躬，且每个人弯腰的幅度都不比其他人大。只有尖鼻子的于里尔单膝跪了下来。所有人都认为于里尔是图昂的秘书，他当然是，但他也是图昂的膀臂，负责指挥图昂的觅真者。那个叫伦蒂·麦克拉的女人匍匐身体，亲吻着甲板，直到于里尔低声说了一句，她才急匆匆地站起身，满脸通红，双手不停地抚平红色裙摆上的皱纹。从坦其克到这里，图昂一直都不确定是否应该接受她的效忠，但她就像一名达科维那样俯首帖耳。不知为什么，麦克拉对两仪师恨之入骨，她提供了非常有价值的信息，图昂也给了她足够丰厚的赏赐，但与那些酬金相比，促使麦克拉这么做的似乎只是向两仪师复仇的欲望。

图昂向其他王之血脉点了点头，就登上船尾甲板，两名视死卫士紧跟在她身后。强风让她肩头的披风仿佛随时都会飞走，并把面纱紧紧地压在她的脸上，片刻后又要将面纱掀上她的头顶。这没关系，它飞不走的。图昂的私人旗帜在船尾高高飘扬，旗子上的图案是两头黄金狮子驾着一辆战车向前奔驰。旗帜下面，六名舵夫正竭尽全力控制住长长的舵柄。她当然不会戴那顶乌鸦与玫瑰图案的蕾丝帽，现在，看到这幅面纱的每一名水手都会立刻把这件事传出去。汲伦胜利号的船长是一个身材魁梧、满面风霜的女人，她有一头白发和一双令人惊异的绿眼睛。当图昂的软鞋踏上舰尾甲板时，她鞠了个躬，然后就立刻将注意力转回到她的船上去了。

安奈瑟站在船尾栏杆旁边，身上还是一成不变地穿着黑色丝衣。虽然她没有披斗篷或披肩，但从表面上看，寒风似乎对她没有造成任何影响。她是个身材苗条的女人，而她的身高就算以男人的标准来看也算是高的了，她炭黑色的面孔相当漂亮，但那双黑色的大眼睛射出的光芒却像锥子般尖利。她是图昂的尊师，她的真言者，这是女皇在奈菲瑞去世时亲自下达的任命。愿女皇永生。这是一件令人吃惊的事。那时安奈瑟的左臂已经得到完全的训练，准备好取代奈菲瑞的位置了，但女皇在水晶王座上说出的话就是法律。没有人应该害怕自己的尊师，但图昂的确有一点害怕安奈瑟。她走到安奈瑟身边，紧捏住栏杆，然后又不得不强迫自己松开手，好让自己不至于将涂漆的栏杆折断。那将是一个非常可怕的预兆。

“看样子，”安奈瑟开口了，她的声音就像一根钉子戳进图昂的颅骨，高个子的尊师皱起眉，俯视着她，声音中充满轻蔑，“你藏起了面孔，某种程度上可以这么说，现在，你只是女大君图昂了。但是所有人仍然知道你是谁，即使他们不会说出这一点，这场闹剧你还打算继续多久？”安奈瑟丰满的嘴唇露出冷笑，她用一只纤细的手打了个代表轻蔑的简单手势。“我想，这种白痴行为只是用罪奴藤条来惩戒可能已经不够了，如果你以为这样的一件小东西能够让你的眼睛小一点，那么你就是个傻瓜。她说的什么话让你感到愤怒？这一点，似乎没人知道。我只能向你表示抱歉，因为我似乎是没有正确判断你的怒火。”

图昂让自己的双手固定在栏杆上，强迫这双手不要颤抖，同时也强迫自己的面孔保持严厉的神情。“我会一直戴着面纱，直到有一个预兆出现，告诉我摘下它的时候到了，安奈瑟。”幸好，她的声音还维持着平静，但只有更好的运气才能保证没有其他人听到丽迪娅那语焉不详的预言。所有人都知道，那名罪奴有预言的能力，如果其他王之血脉知道她说了些什么，图昂很难想象他们会在暗中如何议论她的命运。

安奈瑟发出粗鲁的笑声，又开始更加详尽地向图昂阐述她是多么愚蠢。她说得实在是有些太详尽了，而且她完全不屑于压低声音。特韩船长直盯着前方，但她的眼睛几乎要从眼眶里瞪出来了。图昂的脸颊愈来愈热，让她觉得这幅面纱似乎都要燃烧起来了，但她还是留意地听着。

许多王之血脉都称他们的代言者为尊师，但王之血脉的代言者是侍圣者，侍圣者全都知道，如果他们的主人不喜欢他们所说的，他们就要受到惩罚，即使他们被称为尊师。而真言者是不能被命令、被强迫，或者是被惩罚的，真言者的使命就是说出赤裸裸的事实，不管你是否想听，真言者都要让你听到。那些称代言者为尊师的王之血脉都认为奥格文是个疯子，他是最后一个坐上水晶王座的男人，而那已经是千年以前的事情了。在他的尊师当着所有廷臣的面抽了他的嘴巴后，他却还让那名尊师活着，甚至没有剥夺她的爵位。那些王之血脉和这位大瞪着眼睛的特韩船长都不会明白图昂的家族传统。两名视死卫士的面孔在面罩后方也没有丝毫改变，他们懂得图昂的家族传统。

当安奈瑟的长篇大论终于停下来的时候，图昂客气地说："谢谢你，但我不需要苦修。"

曾经有一次，她咒骂奈菲瑞，愚蠢地诅咒她从楼梯上摔下去死掉，那时她请求她的新尊师为她履行这个义务。诅咒死亡足以让人几个月处在尚摩西之中。从某种意义上来讲，安奈瑟为她主持的苦修还是相当温和的，但图昂还是为此连续几天以泪洗面，甚至连睡衣都穿不了。不过，图昂并不是因此而拒绝接受苦修，苦修必须严厉，否则就无助于平衡的恢复。也许接受苦修，她的路会好走一些，但她不打算如此，因为她已经做出决定。而她也不得不承认，她从一开始就想要摒弃尊师的建议，根本就不想听这个新尊师说一个字。就像赛露西娅说的，她一直都很倔强。拒绝听取真言者的话是可憎的，也许她应该接受安奈瑟的谏言，以此恢复平衡。三条灰色的海豚在船边浮出海面，发出连绵不绝的叫声，三条海豚，只出现了一次，又消失不见了。这代表着要坚持自己选择的道路。

"当我们登岸的时候，"图昂说道，"苏罗丝女大君必须接受指挥。"坚持自己的决定。"必须留意她的野心。她率领先行者所立下的功绩超出女皇的期许，愿女皇永生。但如此巨大的成功经常会孕育与之相当的野心。"突然改变的话题让安奈瑟很不高兴，她挺直身子，紧紧抿住嘴唇，眼睛闪闪发光，毫不掩饰地说道："我相信苏罗丝对帝国有着最大的兴趣。"

图昂点点头，她对此并不那么确信，即使是她，也可能会因为这种想法而进入乌鸦塔。"我必须尽快和转生真龙取得联系，他一定要在末日战争之前在水晶王座前跪倒，否则一切都将无可挽回。"真龙预言中清楚地记载了这一点。

安奈瑟的表情立刻就改变了，她伸手按住图昂的肩膀，几乎就如同图昂是她的宠儿。这是逾距的行为，但她毕竟是尊师，而且，也许安奈瑟这种居高临下的态度只不过是图昂的想象。"你必须小心，"安奈瑟加重了语气，"在他有机会逃走以前，绝对不能让他知道，你对他是多么危险。"

安奈瑟又说了许多其他建议，但图昂把它们全都当做耳边风，那些话她已经听过上百遍了。她依稀能看见船头方向出现一座巨大的海港，艾博达，它和坦其克都将成为可伦奈的起点，这个想法让她感到一阵喜悦的战栗与成就感。在面纱之后，她只是女大君图昂，并不比其他许多王之血脉地位来得高。但在她的心中，她一直都是图昂·亚瑟姆·柯尔·潘恩崔，九月之女，她来此就是为了夺回祖先被偷走的财产。

寒冬之心

Winter's Heart

罗伯特·乔丹（Robert Jordan）著
李镭 译

下

中国出版集团
東方出版中心

目录

时光之轮 9：寒冬之心（下）

第15章

需要一名铸钟匠

箱子一样的马车让麦特想起匠民们的马车，匠民的马车就像是一些安放在车轮上的小屋子。但这辆车并没有适合居住的设计，它的车厢里紧贴着厢壁安装了许多储物橱和一些工作台。车厢内充塞着一股古怪的刺鼻气味，让麦特不由得皱了皱鼻子。他正坐在车厢里唯一一张三腿凳子上，并且不停地在这个硬邦邦的座位上挪动着身体的重心。那幢压在他身上的房子折断了他的腿和肋骨，给他留下许多伤口，现在这些伤口几乎都已痊愈，但仍然不断给他带来疼痛感。现在他很想得到同情，女人喜欢表达同情，只要你有正确的表现。他不让自己再去转动手指上的玺戒。如果让女人知道你很紧张，让她产生不好的联想，那么她的同情就会从窗口悄悄溜走了。

“听着，亚柳姐，”麦特尽量让自己显露出最迷人的笑容，“现在你一定已经明白，霄辰人对烟火完全不感兴趣，那些罪奴会耍一些叫做云光的把戏，我听说，和它们相比，你最好的烟火也只不过是烟囱中飞出来的几点火星。我这么说可不是要冒犯你。”

“我没见过什么云光。”亚柳妲浓重的塔拉朋口音中充满了轻蔑，她正朝一张工作台上一个像水桶那么大的研磨臼中俯视。一条蓝色的宽缎带松松地系住她齐腰长的黑发，那些头发从她的头侧垂下来，遮住了她的脸，满是黑渍的白色长围裙和深绿色长裙都无法掩饰住她婀娜的腰线和翘起的臀部。不过她感兴趣的只有手上正在进行的工作，她正在用一根几乎和她手臂等长的木杵，研磨一些粗糙的黑色粉末，这些粉末看起来有点像麦特在割开那些烟火棒时所见到过的黑粉，不过麦特仍然不知道它们到底是用什么做成的。“不管怎样，”亚柳妲说话时完全不在意麦特端详的目光，“我绝不会让你知道我们行会的秘密。你明白这一点，对吧?”

麦特皱了皱眉，自从他在瓦蓝·卢卡的马戏团里见到亚柳妲的许多天以来，他一直想要从她那里得到的并不是什么烟火的秘密，而他最害怕的就是亚柳妲会提到照明者行会。“但你已经不再是照明者了，难道你忘了？他们把你踢出……呃……你说过，你已经离开了那个行会。”麦特已经不止一次提醒过亚柳妲，正是他将亚柳妲从那些照明者的刀子下救了出来。那一次麦特的行动足以让大多数女孩扑进他的怀里，送上香吻和他想要的一切，但那时候亚柳妲丝毫没有要亲他的意思，更别提现在了。“不过，”麦特又换上轻快的语气，“你不必再害怕那个行会了。你制作夜花有多久了？当然，没有人会来妨碍你的。我打赌，你再也见不到一个照明者了。”

“你听到了什么讯息?”亚柳妲低声问道，她仍然低着头，但那根木杵的转动几乎已经停了下来，“告诉我。”

麦特感觉自己脑后的头发也竖了起来。女人们怎么会有这样的能力？你把所有线索都藏起来，她们却能直接挖出你隐藏最深的东西。“你想知道什么？我听到的传言你也都听说过，就是那些关于霄辰人的传言。”

亚柳妲猛转过身，一头长发如同鞭子般甩起，双手高举着那根粗重的木杵。她大约比麦特年长十岁，有双黑色大眼睛和两片娇艳柔润的丰满嘴唇。麦特不止一次想要吻一吻那双唇，大多数女人在被吻过一两次之后都会变得柔顺许多。而现在，亚柳妲龇出两排白牙，仿佛要咬掉他的鼻子。“告诉我!”

“我在码头附近和一个霄辰人玩过骰子。”麦特一边小心地望着那根被高高举起的木杵，一边不情愿地说道。男人的威逼恫吓往往是伪装出来的，女人却会在心血来潮时真的敲碎你的脑袋，而麦特的两条腿都已经在这张硬邦邦的凳子上坐麻了，他不知道自己能以多快的速度逃开。“我本来希望你能从别人那里听到这件事，但……那个行会已经不存在了，亚柳妲，坦其克的照明者礼堂已经没了。”在凯瑞安的照明者礼堂被放弃之后，坦其克礼堂成为唯一的照明者礼堂，在其他国家和地方，照明者只是为君王贵族们表演烟火的旅行艺人。“他们拒绝让霄辰士兵进入他们的礼堂，并在霄辰军队强行闯入时和霄辰人发生正面对抗。我不知道那时具体发生了什么事，也许是一名士兵错拿了一盏油灯进去，结果半个礼堂都被炸毁了。当然，这样说可能有些夸张。霄辰人认为是那些照明者使用了至上力，所以他们……”麦特叹了口气，尽量让自己的声音显得温和些。该死的，他真不想告诉她这件事！但她正瞪着他，那根该死的粗棒子随时都有可能敲开他的头顶。“亚柳妲，霄辰人把那个礼堂里还活着的人都抓起来了，在阿玛多的照明者，还有看上去像是照明者的人全都被抓起来了，他们全都成为霄辰人的达科维，也就是说——”

“我知道这个词的意思!”亚柳妲恶狠狠地说道，她又转回身，用木杵狠命地捣着臼中的粉末。麦特相信，如果那就是放在烟火中的粉末，它们一定已经爆炸了。“傻瓜!”亚柳妲愤怒地嘟囔着，杵臼相互撞击，发出响亮的声音，“瞎眼的大笨蛋！只要低下头就能走过去的，他们却根本看不到!”她吸着鼻子，用手背擦抹脸颊。“如果我把烟火给你，你会做什么？把它们全都扔到霄辰人的头顶去?”她的冷笑说明了她对此的看法。

“这又有什么错?”麦特反问道。只要一架合适的弩车，比如一架能够将十磅重的石头掷出五百步远的蝎子车，他就能让霄辰人吃个大苦头。“不过，我有个更好的主意。我见过你们用来将夜花送上天空的圆筒，你说过，它们能把夜花打到三百步那么高。如果让它们平射，我打赌它们能把夜花打出一千步远。”

亚柳妲盯着那只臼，还在不断地嘟囔着，麦特不由得说了一句:“我说得太多了。”现在他觉得自己还不如先和亚柳妲聊一些她的眼睛有多么漂亮之类的闲话。为了防止亚柳妲再提起行会秘密之类的话题，他急忙又说道:“亚柳妲，那些圆筒比弩车要小多了，如果把它们好好藏起来，霄辰人永远也不会知道炸烂他们的东西是从哪里飞来的。你应该认真考虑一下这件事，要让他们为摧毁礼堂付出代价。”

亚柳妲转过头，带着敬意看了麦特一眼。麦特感到有些惊讶，不过没有对此做出任何反应。他还能在亚柳妲的脸颊上看到泪痕，也许，如果他过去抱住她……女人在哭泣时通常都会寻求一些安慰。

还没等麦特踩稳地板，亚柳妲已经用木杵指着他，就好像手中擎着的是一把利剑。这名女子的手臂很细，但力气不小，那根木杵定在麦特面前，没有丝毫抖动。*光明啊，麦特想，难道她已经知道我要做什么了?*

“对于一个不久前才见过掷弹筒的人来说，能想到这个办法的确不错，”亚柳妲说，“我早就想到这个办法了，但我有我的理由。”她的声音忽然充满痛苦，但那种苦涩的情绪很快就消失了，取而代之的是一丝揶揄的意味:“你来解个谜吧！你很聪明，不是吗?”她一边说，一边挑起一侧眼眉。哦，到底是什么事让她觉得这么有趣？“你告诉我铸钟匠能有什么用，我就告诉你我的一切秘密，甚至包括那些能让你脸红的秘密，好不好？”

现在，这件事开始显得有趣了。一亲亚柳妲的芳泽相当有吸引力，但还是烟火更重要。亚柳妲会有怎样的秘密能够让他脸红？也许最后会是他让她吃惊呢？塞满他脑海中其他那些人的记忆并非只是关于战争的。“一名铸钟匠，”他在沉思中说道，他并不知道这个词是从哪里来的，那些古老的记忆甚至没有给他一点提示，“嗯，我想……一名铸钟匠能够……也许……”

“不，”亚柳妲的音调突然提高了，“你现在离开，过两三天再回来，我有工作要做，但你的问题和小花样太让我分心了。不，不要争论！你现在就离开。”

麦特满脸怒气地站起身，将他的黑色宽边帽扣在头上。小花样？小花样！该死的！他进来时就把斗篷随便堆在门口，当他弯下腰捡起斗篷时，又不由得轻哼了一声。他在这张凳子上已经坐了快一整天，但也许只有当他解开亚柳妲的谜题时，才可能获得一点进展。警铃还是报时钟，和这些没有任何关系。

“如果你不是已经属于另一个人的话，我也许想要亲吻像你这样聪明年轻的男人，”她用明显带着暖意的声音说，“而且你的屁股是这么漂亮。”

麦特猛地直起身，努力让后背朝着亚柳妲，他的脸颊已经非常热了，他可不想让亚柳妲看到他脸红。现在他已经能让自己忘记身上穿着的是什么了，除非有人向他提起这件事。在酒馆里总是难免会有这种意外，当他还只能平躺，腿上打着夹板，肋骨用皮带束住，全身裹满绷带的时候，泰琳就把他所有的衣服藏起来了，麦特至今都没找到那些衣服，不过那些衣服一定只是被藏起来，而不是被烧掉了。不管怎样，她不可能永远管住他。现在麦特身上属于自己的东西只剩下他的帽子、围住脖子的黑色丝巾和那个用皮绳挂在他衬衫里的银狐狸头，还有他的小刀。如果没有这些东西，他可就真的要坐立不安了。当他终于能从那张该死的床上爬下来时，那个该死的女人已经为他做好全套的新衣服。她甚至就坐在他身边，看着那些该死的女裁缝一寸一寸量过他的身体！现在，雪白的蕾丝缎带围在他的手腕上，几乎完全遮住他的手，更多的蕾丝缎带从他的领口溢出来，一直延伸到他该死的腰上。泰琳就是喜欢看男人身上有很多缎带。他的斗篷是耀眼的亮红色，紧紧裹住双腿的马裤也是同样的大红色，而这件斗篷的滚边还是金线绣成的漩涡花纹和白色玫瑰；在左肩部位，一片椭圆形白底色上还绣着密索巴家族的绿色剑锚标志。他的上衣底色是只有匠民才会使用的亮海蓝色，胸口和袖子上都绣着金色和红色的提尔迷舞图案。他完全不想去回忆自己不得不怎样做，才让泰琳没有在他的身上装饰珍珠、蓝宝石，以及天知道是什么种类的珠宝。而且，这件衣服太短了，简直是短得下流！泰琳也喜欢他该死的屁股，而且她似乎并不在意让别人看到它！麦特将斗篷在肩膀上撑开，至少这样能遮住他的身体，然后从门边抓起齐肩高的行路杖，他的屁股和腿只要走起来就不会痛了。“好吧，两三天。”麦特竭尽全力以最庄严的声音说。

亚柳妲轻笑一声，但麦特还是听到了。光明啊，一个女人的笑声真是比码头上一个流氓的连串恶骂更厉害！亚柳妲肯定是故意的！

一瘸一拐地从马车厢里走出来，麦特站在木制阶梯上，用力摔上车厢门。下午的天空就像早晨的天空一样，狂风呼啸，暗淡无光，彻底被乌云覆盖，凛冽的寒风不时像刀子般划过皮肤。阿特拉没有真正的冬天，但现在这种天气也已经够受的了。海面上风暴不断，陆地也在下着带冰粒的雨，潮湿的天气让这里显得比大雪皑皑的北方更加寒冷难耐，即使在没有下雨的时候，脚下的地面也满是泥泞。麦特紧皱双眉，蹒跚地向远处走去。

女人！不过亚柳妲的确很漂亮，而且她知道如何制造烟火。一个铸钟匠？也许他能在两天之内就解开这个谜题。至少亚柳妲现在还没有要追逐他的意思。最近似乎有许多女人都这么做。泰琳是不是对他做出了某种改变？让女人们都像她那样开始追逐他？不，这太荒谬了。风吹起他的斗篷，但他并没有心思去管斗篷。两名身材苗条的女子正从他身边走过，麦特猜她们应该是走钢丝的演员。她们都向他露出媚气十足的笑容，麦特也向她们报以微笑，并竭力让自己的脚步稳一点。泰琳并没有改变他，他还是以前的那个麦特。

和汤姆向麦特讲述过的流浪马戏团相比，卢卡的马戏团大了至少五十倍，许多五颜六色的帐篷和马车散布在一片广大的地区里，就像一座大村子。尽管天气很糟糕，麦特还是能从很远的地方就看到一些演员在卖力地演出。一名女子穿着有很长下摆的白色纱衣和紧身裤，正在两根高柱间的一根长绳末端来回摇摆。然后她飞起来，又被在另一根长绳末端晃动的人握住了脚踝。接着她转过身，抓住绳子，把自己拉回她原本的位置，再重新开始做同样的表演。在距离她不远的地方，一个家伙正在一只足有二十尺长的椭圆形大轮子上奔跑，当轮子竖起来的时候，那个人就比时刻可能摔断脖子的荡绳的女演员还高了。麦特还能看见一个赤裸胸膛的男人让三颗光可鉴人的球在他的手臂和肩膀上来回滚动，却从不用手去触碰它们。这的确很有趣。麦特觉得自己也许可以做同样的事，至少这些球不会让你流血和骨折，他往后的人生中大概还要受不少的伤。

不过，真正吸引麦特的还是那一排排整齐拴缚的马匹。那是很长的马队，二十几个人正在寒风中将马粪铲进手推车里，这里至少有几百匹马。卢卡似乎曾为某个霄辰驯兽师提供过庇护，因此得到丰厚的奖赏，女大君苏罗丝亲笔签署命令，允许他能够保留自己的全部牲畜禽兽。麦特的果仁还是安全的，并不是因为苏罗丝制定的马匹抽取办法并没抽到果仁，而是因为果仁还在泰拉辛宫的马厩里，所以麦特现在不可能得到他的马。加上泰琳在他脖子绕了根套索，她肯定不会让他很快离开。

麦特转身离开，开始考虑如果和卢卡谈不妥，就让车尔从这个马戏团里偷走几匹马。虽然车尔看上去肥胖蠢笨，但麦特知道，做这种事对他来说就如同闲庭信步，肥车尔是偷窃和骑术高手，就连马驹也能被他驱策疾驰。不幸的是，麦特怀疑自己可能没办法骑在马鞍上跑过一里路。不过，他必须考虑这项行动，因为他已经没有其他办法了。

麦特继续费力迈着步子，无聊地看着那些演员走钢丝演杂耍，他很想知道自己怎么会落到今天这步田地。该死的！他是时轴！他周围的世界应该因他而改变！但他被困在艾博达，成为泰琳的宠物和玩具。那个女人甚至还没等他的伤彻底痊愈，就扑向了他，就像鸭子扑向一只甲虫！而其他人竟然都觉得这是一件有趣的事。奈妮薇有那些家人奉承效忠，对一切都颐指气使。一旦艾雯搞清楚那些任命她为玉座的两仪师疯子们根本不是真正想拥戴她，塔曼尼和红手队就会将她带走。光明啊，伊兰也许已经戴上玫瑰王冠了，他根本还不认识这个女孩呢！兰德和佩林也许正躺在某座宫殿的壁炉前，一边喝着美酒，一边讲笑话。

他揉搓着前额，露出痛苦的表情。一团纷乱的色彩似乎正在他的脑海中旋转，最近，每当他想起兰德或佩林时，就会出现这种情形。他不知道为什么，也不想知道，他只希望这些事情能够全部停止，希望能离开艾博达；当然，还要得到烟火的秘密。不过逃跑比烟火更重要。

汤姆和贝瑟兰还在他们分手的地方等着他，现在他们正在卢卡那辆富丽堂皇的马车前和这位马戏团主喝酒。麦特并没有立刻走过去，不知为什么，卢卡完全不喜欢麦特，麦特对他也没什么好看法。当然，卢卡的确有他可恶的地方，他总是那样洋洋自得，自以为是，不停向身边所有女人献殷勤，似乎以为全世界的女人眼里只有他。光明啊，这家伙已经结婚了！

卢卡躺在一把镀金的椅子里，那一定是他从哪座宫殿里偷出来的。他一边大笑着，一边向汤姆和贝瑟兰挥手，十足像个贵族老爷，而汤姆和贝瑟兰只是坐在他两旁的凳子上。卢卡穿着色彩鲜艳的红色外衣和斗篷，上面用金线绣着星星和彗星，就算是匠民穿上这种衣服也会不好意思的！他的马车更是会让匠民也无地自容！这辆所有地方都被涂漆的马车，比亚柳妲的那辆要大许多，红蓝底色上还画着许多银色的月亮和金色的星星与彗星。与之相比，贝瑟兰身上绣着俯冲鸟雀的外衣和斗篷就太过平淡无奇了。汤姆正将一杯葡萄酒从他白色的长胡子下面送到嘴边，只穿着青铜色羊毛外衣和深色斗篷的他，几乎已经完全被马戏团主辉煌的光芒给淹没了。

但还有一个人麦特没找到。他迅速朝周围扫了一眼，发现在旁边的一辆马车前聚着一小群女人，她们有的和麦特年龄相仿，有的已经满头灰发。所有女人都笑声不断，而让她们快乐的肯定是被她们围在中间的那个人。麦特叹了口气，抬起伤腿朝那里走去。

“哦，我还不能决定，”一个男孩清亮的声音从那群女人中间传出来，“茉瑞茜，当我看着你的时候，你的眼睛是我见过最漂亮的，但当我看着奈林的时候，又觉得奈林的眼睛最漂亮。捷琳，你的嘴唇就像成熟的樱桃，爱蒂尔，我真想亲你的嘴唇，简梅妮，你的脖子真美丽，就像天鹅那样……”

麦特咽下一句脏话，竭力加快脚步，一边低声道歉，一边将那些女人向左右推开。被她们围在中间的果然是奥佛尔，这个身材矮小、肤色苍白的男孩笑着望向身边的女人们，那种龇牙咧嘴的笑容，原本应该让任何看到他的女人都把他的耳朵掴掉的。

“请原谅他的无理，”麦特牵起奥佛尔的手，一边喃喃地说道，“来吧，奥佛尔，我们要回城里去了，别再甩你的斗篷了。请原谅，他不知道他在说些什么，我不知道他是从哪里学来这些的。”

幸好那些女人在麦特牵着奥佛尔离开时，只是笑着摸摸这个男孩的头顶，有些人还低声称赞他是个讨人喜欢的孩子！麦特突然感觉一只手伸进他的斗篷下面，捏了一下他的屁股。这些女人！

离开那些女人之后，麦特皱起双眉，看着这个在他身边愉快蹦跳的男孩。从他们第一次相逢到现在，奥佛尔已经长大不少，但和同年龄的孩子相比，还是矮小许多，再加上那张大嘴和与之相配的耳朵，他永远也不可能变成一个英俊的男人。“如果你总是这样跟女人说话，迟早会惹上大麻烦。”麦特对他说，“女人喜欢安静、有礼貌、不苟言笑，甚至还有些害羞的男人。你应该培养一下这些气质，这对你有好处。”

奥佛尔瞪大眼睛，用充满怀疑的眼神望着麦特。麦特叹了口气。这个孩子现在有几个乐于照顾他的叔叔，除了麦特本人以外，每个叔叔都是他的坏榜样。

看到汤姆和贝瑟兰，奥佛尔立刻恢复笑容，他挣脱麦特的手，带着笑声朝那两个人跑过去。汤姆正在教他杂耍和演奏竖琴与长笛，贝瑟兰在教他用剑，而其他那些“叔叔”们则教授他各种各样的技艺。麦特想教他使用棍棒和两河长弓，但这得等力气再恢复一些才行。至于说奥佛尔从车尔和其他红臂队员那里学到了什么，麦特完全不想知道。

看到麦特走近，卢卡从他华丽的座位中站了起来，脸上愚蠢的微笑也变成了轻蔑和气恼。他上下打量着麦特，炫耀般地甩起那件花哨的斗篷，用念诵台词的语气说："我是个繁忙的人，我有很多事要处理，也许不用多久，我就能有幸为苏罗丝女大君举行一场私人演出了。"然后，他就大步向远处走去，一只手还举着他的花斗篷，仿佛那是一面迎风飘扬的旗帜。

麦特双手拢起自己的斗篷，不过他这么做只是为了要挡住冷风。他在宫里见过苏罗丝，只是从没接近过，而能够靠近苏罗丝正是麦特现在很想做的一件事。他无法想象苏罗丝会出现在这里观看瓦蓝·卢卡的马戏表演和珍禽异兽展览。麦特不知道如果苏罗丝真的从表演场地入口处的横幅下走过去，会是怎样的情景，这样的横幅悬在两根高竿顶端，用三尺高的红色字母写着各种嘉年华之类的词句。也许她会把躲在这道横幅后面的狮子都吃掉，或者至少也会把它们吓死。

"他还没同意?"麦特向卢卡的背影皱起眉，一边低声问汤姆。

"当他离开艾博达时，我们可以跟他一起走，"这位满面风霜的老人说道，"但不是免费的。"他气恼地挠着满头白发，重重地哼了一声，长胡子也被他吹了起来。"他说我们和他同行时，能够得到像国王般的待遇，我可不相信他。因为我们还没被抓起来，所以他还不认为我们犯了罪，但他知道我们正在逃避什么，否则我们就不会求他带我们离开了。最不幸的是，他至少要等到春天才会离开。"

麦特的嘴里一下子涌出不止一句脏话。要一直等到春天，天知道泰琳还会对他做些什么，也许让车尔去偷马不算是个坏主意。但他只是若无其事地说："那我还需要再玩几把骰子，如果他要给我们国王般的待遇，那我大概先要准备足够的金币。霄辰人至少有个好处，他们愿赌服输。"他一直在考虑自己的好运到底能维持多久。至少在他能够自己走出王宫之后，他还没有用自己的命去赌过什么。在他身体逐渐痊愈的时候，他还以为这是他的好运，或者是时轴终于在他身上产生了某些作用。

贝瑟兰面容严肃地看着麦特，他是一名皮肤黝黑、身材细瘦的小个儿年轻人，年龄比麦特还要小一些。当麦特初次遇到他的时候，他只是个纵情于酒色的家伙，最喜欢在酒馆中追逐女孩和参加斗殴。但自从霄辰人到来之后，他变得正经许多，对他来说，霄辰人是个非常严峻的问题。"麦特，如果我母亲知道我正在帮助她的爱人逃离艾博达，她绝对不会高兴的！她会给我娶一个像塔拉朋步兵一样斜眼有胡子的老婆。"

泰琳这个儿子似乎从不认为自己的母亲对麦特的所作所为有什么问题，直到现在，麦特还是无法接受他的这种伦理观。至少贝瑟兰认为他母亲对麦特实在是有点蛮横，因为这样，他才愿意帮助麦特。而贝瑟兰还相信，正是因为麦特的存在，刚刚被迫和霄辰人签订条约的泰琳女王才能得到一些慰藉！有时候，麦特真希望自己能回到两河，虽然有时候两河人也会把他搞糊涂，但他至少知道那里的人都在想些什么。

“我们现在能回王宫去吗？”奥佛尔不像是在提问，反倒像是在要求，“莉赛勒还要替我上阅读课，她念书给我听的时候，会让我枕着她的胸脯。”

“奥佛尔，你可真厉害。”汤姆捋着胡子，用手掌掩住一个笑容，然后他探过身，压低声音向另外两个男人说：“如果我想感受一下那个美妙的枕头，就必须先为那个女人弹一段竖琴才行。”

“莉赛勒很会让别人取悦她。”贝瑟兰发出会心的笑声。汤姆盯着他，眼里露出惊讶的表情。

麦特呻吟了一声，这次不是因为他的腿伤，或是羡慕艾博达的其他男人都能自己选择枕在谁的胸脯上。那些该死的骰子又在他的脑袋里旋转了，有糟糕的事情正在等着他，非常非常糟糕的事情。

第 16 章

意外的相遇

回城的路至少有两里多，而且一路上布满了低矮的山丘。当他们终于在一座小山顶上看到艾博达时，麦特的腿已经痛得有点受不了了。迄今为止，还没有任何一支军队的攻城器，曾经击垮这座城市涂着白色石膏的厚重城墙。城墙里的城市同样是白色的，只有在一些零星分布的尖圆顶上绘着细长的彩色条纹，那些表面覆盖白色石膏的房屋、尖塔、高塔和宫殿，在灰色的冬日天空下仍然熠熠生辉，一些残破的屋顶显示出这座城市在刚刚经历的战争中所遭受的破坏。不过实际上，霄辰征服者并没有让艾博达遭受很大的伤害，他们的速度太快，力量太强，艾博达人还没来得及抵抗，就都已经成为他们的阶下囚。

更令人惊讶的是，在如此恶劣的天气下，在一场战争刚刚结束时，艾博达的商业贸易依旧相当活跃。霄辰人鼓励商业活动，商人、船长和船员们只需发誓服从先行者，忠心等待回归之日，并全心侍奉归乡之人，就可以继续做自己的买卖，这意味着人们的生活基本上并没有改变。每次当麦特眺望这座城市的巨型海港时，都会发现拥挤在这里的船只愈来愈多。今天下午，他觉得自己甚至能踩着船甲板，一直走过海湾，到达拉哈德区，不过他可不愿意再去那个危险的地方了。不管怎样，从他能够下地时起，他就会经常到海港来。他关心的不是那些由多根桁梁撑起方形大帆的霄辰舰船，也不是那些由霄辰人接管，换上了霄辰船员的海民船。他总是盯着那些船帆上绣着黄金蜜蜂的伊利安船、绣着剑与手标志的阿拉多曼船和有新月标志的提尔船，不过现在他已经对那些船不抱什么妄想了。今天，他甚至没有向海港多瞥一眼。那些在他脑袋里旋转的骰子正发出一阵阵雷鸣般的吼声，无论将要发生什么，麦特觉得那肯定不是他会喜欢的事情。骰子发出的警告从不曾让他高兴过。

高大的拱形城门外，车马川流不息，行人更是拥挤不堪。许多马车和牛车组成的队伍一直延伸到城外的山丘上，等待着进入城门，却几乎无法前进半步。所有骑在马背上的都是霄辰人，他们之中有人像海民一样黝黑，也有人像凯瑞安人一样肤色白皙，但即使不是在马背上，也能够一眼就被认出来。他们有些人穿着肥大的裤子和样式怪异的紧身上衣，紧裹住脖子的高领一直顶到下巴，几排闪闪发光的金属扣子从衣领一直延伸到底襟；也有人穿着工艺精巧的刺绣外衣，衣襟长得几乎像女人的裙摆。一些女性穿着奇怪的骑马装，整件裙子似乎都由细长的百褶组成，裙摆开衩处露出色彩鲜艳的马靴，宽大的袖子一直下垂到她们踩在马镫里的双脚上。其中有几名女子戴着绣有蕾丝的面纱，遮住她们除了眼睛以外的全部面孔，这样下等人就无法看见她们的模样了。这些身穿奇装异服的男女都是王之血脉，其他骑在马背上的人则大都披挂着绘有鲜亮色彩的铠甲。这些士兵中还有女人，他们全都戴着如同巨大昆虫头颅的彩绘头盔，将面孔完全遮住。至少这里还没有披挂黑红色盔甲的视死卫士，在视死卫士面前，即使是其他霄辰人也会显露出紧张的神情。所以麦特知道，要尽量避开那种特别的战士。

不过，没有任何霄辰人对随人群车马一起向城门缓慢移动的这三个男人和一个小孩多看一眼。不管别人如何向前挪步，奥佛尔一直是蹦蹦跳跳的。麦特努力让自己的脚步显得更稳健一些，不让别人看出他有多么依赖自己的手杖。无论是战争，还是一座朝自己头顶砸过来的房子，这些旋转的骰子通常只会预告一些他必须用尽吃奶的力气才能逃过一死的劫难。当然，还有泰琳。他还不知道这次骰子停下来的时候会发生什么事！

几乎所有出城的车辆都由霄辰人驾驶或陪同，徒步跟随车辆的霄辰人穿着比那些马背上的霄辰人来得朴素许多，也就是说，正常许多。而那些艾博达车辆或者来自周边地区的车辆，只能老实地在一旁等着，让他们先过去。那些赶车的本地人都穿着长汗衫，女人裙摆的一角被缝起来，露出各种颜色的衬裙或者穿着长袜的腿。拖拉本地车辆的牲口全都是牛，看不见一匹马。等待的队伍中还能看到一些其他国家的人，那是由商人们的马车结成的一支支小队伍。贸易活动在南方的冬天里仍然非常活跃，这是北方国家做不到的，但也有一些北方商人走过积雪的道路，一直来到这里。一名身材矮壮的阿拉多曼女子用漂亮的黑色面罩遮住她古铜色的脸颊，骑马前行，跟在她身后的是四辆马车组成的一支商队。她正恶狠狠地盯着前面一个男人，那个满脸油光的男人率领着一支五辆马车的商队，他就坐在一名马车夫的旁边，厚重的长胡子被藏在他的塔拉朋面罩后方，他们显然是商场上的对手。一名身材瘦削的坎多女子在左耳垂上缀着一颗大珍珠，胸前挂着一条银链，她平稳地坐在马鞍上，戴着手套的手捉住鞍桥。也许她还不知道，只要她一进城，她身下的灰色骟马和为她拉车的马，就会被霄辰人按照遴选法进行征收了。本地马匹中每五匹就会被征收一匹。为了不打击商业繁荣，外地马匹中每十匹征收一匹，霄辰人会付钱给马主人。如果换作是别的日子，霄辰人的出价应该算是公平的，但远远比不上现在的市价。麦特的注意力或多或少总是会落在马匹上。一名肥胖的凯瑞安人穿着和他的马车夫一样的土褐色马褂，正因行程耽搁而气恼地大喊大叫，在他的胯下，一匹漂亮的枣红色母马正紧张地踱着步，那真是一匹好马，很有可能，曾经是一名军官的坐骑。*如果骰子停下来，到底会发生什么事？*

高大的拱形内城门旁也有卫兵，不过人们害怕的并不是他们。穿着绣有闪电图案蓝色裙装的罪奴主在拥挤的人群中四处穿行，她们的手里牵着银索，银索另一端系在身穿灰衣的罪奴脖子上。只要有一对这样的女人，就能够在任何骚乱发展成暴动前将之彻底镇压，但这并不是罪奴主四处走动的真正原因。从艾博达陷落的第一天，麦特还被困在床上无法动弹时，这些罪奴主就开始搜查城市里的每一个角落，寻找被她们称为马拉斯达曼尼的女人。现在，她们已经确信城中再没有这样的女人了，不过这些罪奴主的肩膀上仍然会挂着一条额外的银索。她们牵着罪奴，在码头上来回巡行，不放过每一艘大船和小艇。

在内城门旁，立着一排二十尺高的尖头长竿，上面插着十几个男人和两个女人的头颅，那些头颅上都涂了焦油，不过面目仍然能够辨识，他们都是冒犯了霄辰司法的人。在他们的头顶上就悬挂着这种司法的象征：一把刽子手的斩首斧，斧柄上杂乱地裹着打结的白色绳子。每颗头颅下面都有一张布告，载明这些犯人的罪行：谋杀、强奸、暴力抢劫或是意图行刺王之血脉。罪行较轻的犯人会被处以罚金、鞭刑，或成为达科维，霄辰人的判决基本上是公平的。被判处死刑的王之血脉会被送回霄辰，或是被那条打结的白色绳子勒死。不管怎样，他们的头颅不会被陈列在这里；但这些头颅中的确有三颗是属于霄辰人的。他们的法律对高位阶的人同样有效。有两颗头颅下面的告示上书写的是叛国罪，它们是亚桑米亚尔的诸船长和她的剑士长的头颅。

麦特早已对霄辰人这种示众行为司空见惯了。奥佛尔一边跳着，一边唱着一首很有节奏感的歌。贝瑟兰和汤姆一边走，一边交头接耳。看汤姆的样子，麦特依稀觉得他们是在谈论某种"有风险的事情"，但他根本不在乎这些。然后他们走进漫长昏暗的城墙隧道，隆隆的马车声把一切声音都淹没了。汤姆和贝瑟兰紧挨在一起，尽量远离马车，仍然继续窃窃私语。奥佛尔紧跟在他身后。当麦特心不在焉地走出城门洞时，却一头撞在汤姆的背上，他这才发现前面三个人都在城门前定住了脚步。麦特的一句脏话还没说出口，就看到让这三个人愣住的东西。他背后的行人拥挤过来，将他推到一旁，但他也只是愣愣地看着。

艾博达的街道上总是挤满了行人，但都不像现在这样水泄不通，就好像一道堤坝突然垮塌，让人群的洪流一下子涌进这座城市。麦特的眼前全都是人，中间还夹杂着一些他以前从没见过的牲畜：带斑点的白牛顶着指向天空的长弯角；浅褐色的山羊披着纤细的羊毛；而绵羊则生着四支角。马车和大车在每一条街道上一点一点地向前移动着，车夫们的吆喝声和咒骂声全都被嘈杂的人畜声淹没。麦特一个字也听不清楚，不过他还能分辨出他们的口音。一些人操着缓慢悠长的霄辰口音，一边交谈着，一边朝他指指点点。麦特低声骂了一句，将帽檐拉到自己的眼皮上，他知道自己的衣着风格的确是太过艳丽，但这些霄辰人对这里的一切都会大惊小怪，仿佛他们以前连酒馆和店铺都没见过一样。

"回归之日，"汤姆嘟囔着，不过他的声音并不算小，"当我们还在和卢卡闲聊时，可伦奈已经到了。"

麦特总以为霄辰人一直在谈论的回归之日应该是一场入侵，是一次大规模的军事行动。现在，他却看到一名马车夫叫喊着，朝一些男孩挥舞着长柄鞭子。那些孩子正簇拥在那辆车子旁边，翻弄着几只盛满泥土的木桶里仿佛葡萄藤一样的东西。另一辆马车上装着一架长长的榨酒器。随后的一辆车里装的似乎是酿酒大桶，里面散发出淡淡的啤酒花气味。一些马车里装着毛色奇特的鸡、鸭、鹅，这些家禽显然不是为了出售，而是一名农夫的固定财产。这根本就不是麦特想象的那种军队，但这种军队肯定比士兵组成的军队更加难以击败。

"刺瞎我吧，我们得找条路走过去才行！"贝瑟兰气恼地嘀咕着，踮起脚尖，想在人群中看得更远一些，"哪里有条清净点儿的街道啊？"

麦特这才想起一件他刚才没有真正注意到的事情——港口里停满了船只。今天他们去卢卡的营地时，港口里的船只数量差不多只有现在的三分之一或二分之一，而且仍然有不少船在朝港口内行驶，外海很可能还有更多的船。光明啊！从早晨到现在，到底有多少人在这里上岸了？还有多少人等在船上？所有这些船一共载来多少人？为什么他们都来到这里，而不是去坦其克？一个冷颤从上至下滑过麦特的背脊，也许今天来到这里的还不是全部将要回归的霄辰人。

“你最好找个偏僻的巷子回去，”麦特提高声音，好让贝瑟兰能够在这一片喧嚣中听到，“否则你天黑也回不到宫里了。”

贝瑟兰朝麦特皱起双眉：“你不跟我们回去？麦特，如果你还想花钱坐船离开……你知道这次她不会轻易放你走了。”

麦特同样对女王的儿子皱起眉，“我只想随便走一走。”他撒了谎。只要他一回宫，泰琳又会开始“宠爱”他。实际上，这不算太糟，只是泰琳从不在乎有谁会看到她抚弄他的脸颊，在他耳边轻声低语，她甚至不懂得避开她的儿子。而且，如果她在他身边的时候，他脑海中旋转的骰子停下来该怎么办？这些日子里，泰琳对他已经不仅仅是想要占有了，该死的，这个女人也许已经决定要和他结婚了！麦特不想结婚，至少现在还不想，而且他知道自己打算跟谁结婚，而那肯定不是泰琳·青泰拉。但如果她的打算和他不同，他又该怎么办？

麦特突然想起刚才汤姆低声谈论的那件“有风险的事情”。他了解汤姆，也了解贝瑟兰。奥佛尔正目不转睛地盯着那些霄辰人，就像那些霄辰人盯着周围的一切。他已经抬起腿，想要跑到霄辰人的队列旁去看个清楚，却被麦特一把抓住肩膀，用力推到汤姆的手中。“带这个孩子回宫里去，等莉赛勒替他上课后你再替他上课。忘记你们脑子里那些发疯的事，你们会把脑袋插到城门边上那些示众竿上去，还有泰琳的脑袋。”还有他自己的脑袋，这点千万不能忘记！

那两个人面无表情地盯着他，这进一步证明了麦特的怀疑。

“也许我应该跟你一起走走，”汤姆最后说道，“我们可以谈谈。你的确是非常走运，麦特，而且你有一种……冒险的天赋？”贝瑟兰点点头。奥佛尔在汤姆的掌控中不停地挣扎着，想要去看那些陌生人，丝毫不在乎他的监护人在谈些什么。

麦特没好气地哼了一声。为什么人们总想让他当英雄？这种事迟早会要了他的命。“我不需要谈什么事情，他们已经在这里了，贝瑟兰，如果你不能阻止他们进来，你也肯定没办法把他们赶出去。如果传闻没错，兰德会处理他们的。”那些涡流般的颜色又在他的脑海中旋转了，片刻间，它几乎淹没了骰子的声音。“你们已经立下了那个等待回归之日的该死誓言，我们全都立下了那个誓言。”拒绝这个誓言的人都会被锁上铁链，驱赶到码头去做苦工，或者在拉哈德区清理下水道，麦特根本不认为这样立下的是誓言。“还是等兰德吧。”那种颜色再次出现，又消失了。该死的！他根本不能去想……某个特定的人，它们又开始旋转了。“只要再等一段时间，自然会有结果。”

“你不明白，麦特，”贝瑟兰激动地说，“我母亲还在王座上，苏罗丝说过，她将能够统治整个阿特拉，而不止是艾博达一座孤城。但母亲不得不跪伏在地，向爱瑞斯洋对岸的某个女人宣誓效忠。苏罗丝说，我要和他们的一名王之血脉结婚，并剃光半边头发，而母亲只有倾听的份。苏罗丝装作她们是平等的，但她掌握着所有权力，不管她说什么，艾博达已经不再是我们的了，我们其他所有的领地也将一样。也许我们不能用武力把他们赶出去，但我们能让这个国家容不下他们。白袍众就明白这一点，问问她们‘阿特拉正午’是什么意思吧！”

麦特不用问也能猜到这是什么意思，但他控制住自己，没喊出现在光是艾博达城中的霄辰士兵，就比白袍众战争时全阿特拉的白袍众还要多。在一条挤满了霄辰人的街道上摇唇鼓舌没有任何用处，即使那些人看上去大部分只是农夫和工匠。“我只知道，你正急着将自己的脑袋插到那些竿子上，”虽然周围充满各种噪音，吵闹不堪，但他还是拼命压低声音，“你知道他们的窥听者，看看那边像是个马夫的家伙，还有那个背着个包袱的瘦女人。”

贝瑟兰朝着麦特指给他的那两个人皱起眉头，眼中露出凶光。如果他们真的是窥听者，光是贝瑟兰的这种表情，就足以让他们向上司报告他的“叛逆倾向”了。“也许当他们到达安多时，你就不会像现在这样无动于衷了。”他一边恨恨地说着，一边撞进人群，所有挡在他面前的人都被他推到一旁。如果这时爆发一场打斗，麦特丝毫也不会感到惊讶，而且他很怀疑贝瑟兰现在正想找人打架。

汤姆带着奥佛尔也想离开，但麦特拉住了他的袖子：“如果可以，就让他冷静下来，也让你自己冷静下来。汤姆，眼睛睁大些，把周围的一切都看清楚。”

“我的脑袋很冷静，而且我正在想办法让他冷静下来，”汤姆冷冷地说，“但他不可能什么都不做，这是他的国家。”他满是皱纹的脸上露出一丝笑容，“你说你不会冒险，但实际上，你会，贝瑟兰和我所做的一切与你的冒险相比，就好像是在傍晚的花园中散步。当你发疯的时候，你会比瞎子更瞎。来吧，孩子，”他一把将奥佛尔举到肩膀上，“如果你不能按时去听莉赛勒的课，她也许就不会让你枕在她的胸口上了。”

麦特皱起眉，看着汤姆扛着奥佛尔大步走开，走得比贝瑟兰还要稳当。汤姆的话是什么意思？他从不会冒险，除非情势逼迫他不得不这么做，不，他绝对不会。他不经意地朝那个皮包骨的女人和靴子上沾着马粪的男人看了一眼，光明啊，他们真的有可能是窥听者，任何人都有可能是，光是这一点就足以让他如芒在背。他觉得时时刻刻都有人在监视他。

他在街上向前挤了很长一段距离，而越是靠近码头，街上的人畜车辆就越是拥挤不堪。原来廊桥上的货摊都关门了，街上的小贩也都已收拾走人，在十字路口卖艺的杂技艺人们，已经没有任何空间可以进行表演。这里的霄辰人太多了，其中约有五分之一是士兵，即使那些士兵没有披挂盔甲，那种锐利的眼神和壮硕的肩膀，也绝不是普通的农夫和匠人们所能拥有的。不时会有一队罪奴主和罪奴走过，在人群中掀起一片纷扰，为她们让路的人往往比为武装士兵让路的人更多。人们这么做不是出于恐惧，至少霄辰人不害怕她们，他们尊敬地向这些蓝色裙子上嵌着红底色闪电花纹的女人鞠躬，并在她们走过去之后仍然向她们露出赞许的笑容。

麦特已经不再去想贝瑟兰了，除了一支由殉道使组成的军队，任何人都不可能将这些霄辰人赶走。一个星期前就有传闻说，一支殉道使的军队正从东方朝这里进攻，但至今都没有任何关于他们的确切讯息。或者一支装备着照明者秘密武器的军队也许同样能战胜霄辰人。光明啊，亚柳妲要铸钟匠干什么？

麦特努力让自己不到码头去，他已经受够了教训。现在他只想玩一把骰子，打发一下晚上的时间，最好能拖到泰琳睡觉后再回宫去。泰琳拿走了他的骰子，她说不喜欢看到麦特赌博，但麦特在床上时，她还和麦特赌过几把。不管怎样，骰子在城里随处都能找到，而且以他的运气，用别人的骰子很可能才是更好的选择。不幸的是，当他发现泰琳根本不打算按照约定，输了就放他走，而且根本就装作没听见他在说些什么的时候，他用泰琳的办法稍稍报复了一下这个女人，这真是个严重的错误，即使麦特因此感到不小的乐趣，但在那场赌博结束后，泰琳比以前坏了两倍。

每一间酒馆和旅店大厅都像街上一样拥挤，可怜的一点空间大概只够让酒客们举起酒杯，玩骰子根本就不可能，到处都是欢笑歌唱的霄辰人，还有面色阴沉，死死地盯着那些霄辰人，一言不发的艾博达人。麦特仍然不死心地向旅店老板询问是否有个空着的小房间，但所有人都只是向他摇头。当然，他也没奢望会有奇迹发生，即使在这一批新的霄辰人到来之前，艾博达的旅店就已经没有空房了。不过，他还是体会到了那些困在这里的外国商人的沮丧，没了马匹，他们完全不知道该如何将自己的货物运出这座城市。麦特有足够的黄金，能够付得起卢卡提出的一切价钱，但所有那些黄金都放在泰拉辛宫中的箱子里，他不可能一次拿出那么多黄金。有一次，他仅仅是和码头上的船长们聊了几句，泰拉辛宫的仆人们就把他像在猎场上捉住的牡鹿一样扛回宫里。如果泰琳知道他带走了远多于赌骰子所需的黄金……她肯定会知道的。哦，不！麦特知道自己必须有一个房间，一个有橱柜的阁楼，他可以将黄金暂时存放在那里。或者他必须靠自己的运气，用骰子赌出足够的钱来。但不管他的运气是好还是坏，今天他的这两个愿望都不可能实现了。那些该死的骰子仍然在他的脑海中翻滚不停。

麦特从不在任何地方停留太久，不是因为他找不到房间或者是赌骰子的地方，而是他那身能让匠民都相形见绌的鲜艳衣装太过惹眼，如果他的脸上再画上油彩，大概就真的跟小丑差不多了。一些霄辰人真的以为他是来找卖艺机会的，还付钱要他唱首歌！有那么一两次，麦特甚至打算靠这个赚点钱，但如果那些霄辰人真的听过他的歌喉，大概会立刻把钱要回去。艾博达人的腰带上插着弯曲的长匕首，满肚子都是无法向霄辰人发泄的怒气，而麦特无疑让这些人觉得很不顺眼。每当麦特发现有这样的人注意自己时，都会立刻退回到街上的人群里，他很清楚，自己还没有打架的力气。如果有人只是为了泄愤把他一刀捅死，即使杀人犯的脑袋被插在城门口的长杆上，对他来说也不会有任何好处。

他尽量找地方让自己能坐一下，比如被扔在巷口的空桶、酒馆前长凳上罕见的空位，或者是房屋门口的石头台阶，不过他总是坐不了多久，就会有人从房子里走出来，用扫帚把他赶走。他的肚皮已经饿得贴到后背上了，他觉得似乎所有人都在盯着他花哨的衣服。潮湿阴冷的空气正一点点渗入他的骨髓，而他唯一能找到的骰子就是那些继续在他的脑海中翻滚，仿佛马蹄一样敲击他脑袋的骰子，这些骰子从不曾发出像现在这样震耳欲聋的声音。

“现在只能回去继续给那个该死的女王当宠物了！”麦特吼了一句，用手杖把自己从街边的一只木箱上撑起来。几个经过的路人看着他，仿佛他脸上真的涂了油彩，麦特假装没看见他们，他不打算用手杖敲他们的脑袋，虽然这是他们应得的。

街上还是像刚才一样人满为患，如果麦特要从人群中挤过去，大概到半夜也回不了宫，当然，也许那时候泰琳就会睡着了。他的肚子不停地叫着，声音大得几乎能盖过他脑海里的骰子声。如果他回去得太晚，泰琳也许会命令厨房不要准备晚饭给他。他在街上艰难地走了十几步，转进一条狭窄的黑巷里，这里的路面没有铺石头，没有窗户的白石膏墙上布满了裂缝，许多地方都露出底下的砖块。空气中充斥着腐烂的恶臭，麦特希望在自己的靴子底下吱吱作响的只是泥浆，但那种恶心的气味让他很难欺骗自己。不过这里空无一人，他可以尽情迈开大步，当然，这得在他那条瘸腿的允许限度内。他时刻都在期待着自己能轻松地走上几里路，不会气喘，不会疼痛，也不需要拐杖。小巷曲折蜿蜒，其中大多数狭窄得让麦特的肩膀甚至会碰到两侧的墙壁。这座城市中无数条细若游蛇的小巷组成了一个庞大的迷宫，不熟悉路径的人很容易在其中迷路。在一个岔路口，麦特甚至要在三条几乎平行的小巷中选择一条，但他从不曾转错过一个弯。在艾博达，他总是要避开一些人的注意，所以他已经对这些小巷了如指掌。奇怪的是，即使是在这些隐蔽的巷子里，他仍然觉得仿佛有一双眼睛在盯着他，大概只要他还穿着这样的衣服，就永远也无法摆脱这种感觉。

有时他必须回到大街上，穿过密集的行人和牲畜，进入另一条巷子，或者必须从一座桥上挤过去，那就像是要从一堵人肉筑成的墙壁中钻过去一样。现在，他所在的地方距离王宫还有三条街，但他又快步走进一条阴影幢幢的巷子，一边还在想着王宫厨房里会有些什么吃的，在他两旁是一间灯火通明的酒馆和一间已经打烊的漆器店。这条巷子很宽，足够三个人并肩通行，只要走过这条巷子，就能看见泰拉辛宫前的莫海拉广场了。苏罗丝也住在那座宫殿里，她在这座宫殿里吃过第一餐后鞭打了宫中的许多厨师，所以现在泰拉辛宫中的餐点比以前美味许多，他也许能找到奶油牡蛎、浇汁烤鱼，还有胡椒鱿鱼。他在阴影中向前走了十几步，一脚踏在一块冰冻的泥地上，重重地跌倒在地，不由得痛哼了一声。幸好他在撞到地面前的最后一个瞬间转过身子，没有让伤腿撞在地面上。冰冷刺骨的液体迅速浸透了他的外衣，他只希望那液体是真正的水。

当一只靴子踏在麦特的肩膀上时，他又哼了一声。那家伙咒骂着朝巷子里踉跄几步，单腿跪在地上，一边肩膀靠在旅店的墙壁，总算是没有像麦特一样平趴在地面上。麦特的眼睛已经适应了这里昏暗的光线，让他能看清面前是一个身材细长、难以名状的家伙，他的脸上能看见一道长长的疤痕。他不是一个人，而是一个怪物，一个空手撕裂麦特朋友的喉咙，又拔出刺在自己胸口的匕首，向麦特掷过来的怪物。如果不是麦特突然栽倒，这只怪物很可能已经向他发动攻击了，也许是时轴的作用帮助了他。感谢光明！就在这些想法从麦特的脑海中如同闪电般划过时，那只古蓝已经从墙边站起，凶狠地瞪着他。

麦特咒骂一声，抓起掉落在地上的手杖，笨拙地将手杖掷向古蓝的两腿中间，希望能将它绊倒。古蓝却像流水般从手杖旁滑了过去，在冰冻的泥地上踉跄了一下后，就朝麦特扑了过来。这样一点耽搁已经足够了。麦特投出手杖后，立刻从衣服里摸到那枚徽章，一把拉断了挂在脖子上的徽章皮绳。古蓝已经扑到他面前，他拼命地向怪物甩动徽章，冰凉的银色徽章打在古蓝伸出的一只手上，立刻发出一阵嘶嘶的声音和皮肉烧焦的气味。怪物如同水银般飞快地流动、盘旋，竭力躲避被麦特来回乱挥的徽章，并想要捉住麦特，只要麦特被它碰到，死期也就不远了。这一次，怪物显然不再打算像在拉哈德区时那样戏弄麦特了，麦特只能不断挥舞狐狸头徽章。很快地，怪物的另一只手也被徽章击中了。徽章每次碰到怪物，都会发出嘶嘶的声音和焦臭气味，仿佛那是一块烧红的熔铁。古蓝愤怒地龇出牙齿，却只能步步后退，但它依旧双手大张，蜷起身子，只要麦特露出一丝空隙，它就会猛扑过来。

麦特一边迅速地挥舞徽章，一边站稳身子，双眼紧盯着这个仿佛是人的怪物。*他要让你和她都死。*这只怪物曾经在拉哈德区这样对麦特说话，那时它脸上还带着微笑。现在，它既不说话，也没有笑容。麦特不知道怪物所说的"她"和"他"是指谁，但他很清楚怪物要杀死他，而现在，他几乎连站稳身体都很困难。他的腿、屁股和肋骨都在火烧般地疼痛，刚才被古蓝踩到的肩膀更是疼得厉害。他必须回到街上，回到人群中，也许人群能够将这只怪物吓退，这个渺茫的希望是他现在唯一的救命稻草了。街道距离他并不远，他甚至能听到嘈杂的人声从背后传来。

麦特小心地向后退了一步，靴子踩到某种散发恶臭气味的东西上，让他撞在酒馆的墙壁上。他急忙拼命甩动徽章，才让那只古蓝再次后退。街道上的声音近在咫尺，却又好像在遥远的巴辛。巴辛早已灭亡，而他现在也快了。

"他就在这条巷子里！"一个男人喊道，"跟我来！快点！他就要逃走了！"

麦特一直在盯着古蓝，而古蓝显然是在向他背后的街道上窥望，并表现出犹豫的神情。"我不能让别人看到。"它狠狠地说道，"所以你还能再活几天，再活几天。"

它转过身，朝巷子里跑去，虽然它不时在冰冻的泥浆上打滑，但还是如同水银流动般迅捷，很快就转过了那家酒馆。

麦特紧追在它身后，他不知道自己为何要这么做，也许是因为古蓝想要杀他，而且还会再次杀他。它最后留下的话更是让麦特毛骨悚然。这怪物迟早会杀死他，如果他的徽章能够伤害这只怪物，那也可能会将它杀掉。麦特跑到酒馆的转角，看到古蓝回头瞥了他一眼，显然是在考虑应不应该回头干掉他。酒馆的后门半掩着，从门缝中传来呼喝欢唱的声音，怪物将双手伸进酒馆对面砖墙的一个洞里。麦特吸了一口气。古蓝似乎并不需要武器，但如果它在这里藏了些什么……那他这次可能真的是难逃一死了。转眼间，古蓝的胳膊也滑进洞里，然后是它的脑袋。麦特惊讶得张大了嘴。古蓝的胸口已经消失在那个砖洞里了，最后是它的两条腿，而那个砖洞差不多只有麦特的两只手大小。

"我可没有见过这种东西。"有人在麦特背后平静地说道。麦特打了个寒颤，才意识到巷子里并非只有他一个人。说话的是一位隆肩白发的老者，一张阴郁的脸上突起一个大鹰钩鼻，背上扛着一个包裹，他一边说，一边将一把很长的匕首收进衣襟。

"我见过，"麦特压低了声音，"在煞达罗荀斯。"他的记忆中有许多失落的空洞，这些空洞中又被填进许多陌生的记忆，而在煞达罗荀斯正视古蓝的记忆，就是他时刻想要忘掉的记忆之一。

“没有多少人能活着从那里出来。”那名老者开始仔细审视麦特。麦特觉得他饱经风霜的面孔有些熟悉，却又想不起来在哪里见过他。“你为什么要去煞达罗荀斯？”

“你的朋友呢？”麦特问，“那些你呼唤的人呢？”巷子里到现在为止都只有他们两个人，外面街道上的喧嚣声依然如故，看不出有什么人向这里赶来。

老者只是耸耸肩：“外面那些人根本听不懂我在喊什么，我这样喊只是为了把那只怪物吓走，没想到它竟然能……”他朝墙洞指了指，阴森地一笑，露出齿间的一个缝隙。“相信你和我都有暗帝的运气。”

麦特一咧嘴，已经有太多人说过他有暗帝的运气，而他一点都不喜欢听到这种话，因为他怀疑这种说法在他身上并非只是玩笑。“也许吧，”他喃喃地说，“请原谅，我还没有向我的救命恩人自我介绍，我是麦特·考索恩。你是刚到艾博达吗？”他这样说是因为注意到老者背后的包裹。“现在想要找一个睡觉的地方可不容易。”他注意到老者握住他手臂的手上满是节瘤，就好像那只手的所有骨头都被打碎，愈合的情况又很糟糕一样，但那只手相当有力。

“我叫诺奥·卡灵，我在这里已经有一段时间了。本来我在金鸭子旅店租了一间阁楼，但今早我的床位被一个肥胖的伊利安油商占去了，他原来的房间给了一个霄辰官员。我想，今晚我大概只能在某条巷子里找个睡觉的地方。”他揉了揉自己的大鼻子，轻笑两声，仿佛在说一件很平常的事。“不管怎样，睡大街也不是什么特别的事情。”

“我大概能给你找个更好的地方。”麦特的话还没说完，舌头就僵在嘴里。他发现脑袋中的骰子还在翻滚。当古蓝要杀他时，他的确忘记了那些骰子，但它们并没有随着古蓝的退却而消失。麦特不想知道还有什么比古蓝更加可怕的事情在等着他，但他肯定会知道，而那时，一切都已无法挽回了。

第17章

粉红缎带

寒风从莫海拉广场吹过，掀起麦特的斗篷，迅速地将他身上的污泥冻成硬块。他和诺奥快步走出巷子，这时太阳已经被屋顶掩住了一半，地面上拉出了长长的阴影。麦特一只手拄着手杖，另一只手握着系住银色狐狸头的皮绳，那枚狐狸头就放在他的外衣口袋里，他随时都能把它拉出来，他的斗篷只是垂挂在背后，此刻他根本没心思把斗篷拉到身前来御寒。他从头到脚都痛得要命，代表着厄运的骰子仍然在他的脑袋里翻滚不停，让他几乎没心思去想别的事情。他时刻警戒着周围的风吹草动，害怕那只古蓝从另一个墙洞中钻出来。莫海拉广场上的铺路石板间有许多缝隙，这让麦特感到不安，不过那只怪物似乎不会在公开场合攻击他。

广场周围的街道里传来各种噪音，但广场上只能看见一条瘦骨嶙峋的流浪狗跑过娜瑞妮女王的雕像。有人说这尊雕像举起的手是指向为艾博达带来丰厚收获的大海；也有人说这只手所指的是艾博达面临的巨大危险。还有人说这位女王之所以只露出一侧的胸部，是因为她的后继者们想要提醒国民，娜瑞妮女王并不是绝对坦诚的。

平时的莫海拉广场上总是能看到许多散步的情侣、叫卖的摊贩和乞食的乞丐，即使是冬日的寒风也无法将他们赶走。但自从霄辰人到来之后，所有的乞丐都被抓走，安排去做各种工作，而其余的人即使在白天也都会尽量远离这座广场。实际上，大家要躲开的是广场后面的泰拉辛宫，这座由许多雪白圆顶、大理石尖塔和雕铁围栏组成的庞大宫殿，是有光之仁慈、四风之主、风暴海守护者之称的阿特拉女王泰琳·青泰拉·密索巴的住所，当然，她实际控制的国土只有艾博达和周围骑马数日可达的地方。让人们害怕的并不是她，而是这座宫殿的新住客——苏罗丝·赛贝勒·梅戴拉斯，霄辰女皇御下的女大君，霄辰先行者的统帅，正是她给这座宫殿带来真正的威严气势。

这座宫殿的每个入口都站着穿绿色外衣、白色宽松裤子和绿色长靴、披挂镀金胸甲的密索巴家族卫兵，以及带着昆虫头颅一样的头盔、穿各种彩色铠甲的男女战士。苏罗丝女大君说，阿特拉女王需要安全和静谧的休息环境，而泰琳完全赞同她的说法。

麦特想了一下，便带着诺奥走向一个马厩门口，毕竟他带着陌生人，走在直通王宫正门的大理石阶道上可能不太方便，而且他在被泰琳找到之前先要把满身的污泥清洗干净。他上一次在酒馆里打架之后衣冠不整地回到宫里时，泰琳已经明确地表示了她的不悦。

几名艾博达卫兵握着长戟，站在马厩门的一侧，同样数量的霄辰人手持带穗的长枪站在另一侧，他们全都僵硬得如同那尊娜瑞妮的雕像。"光明祝福你们。"麦特客气地向艾博达卫兵低声说道。向艾博达人保持礼貌肯定是不会错的，但不管怎样，艾博达人肯定比霄辰人要温和得多。

"光明也祝福你，大人。"身材矮壮的艾博达军官一边回答，一边缓步上前。麦特认识他，他叫苏力凡·萨拉特，是个好人，总喜欢说几句俏皮话，也很懂马匹。苏力凡朝麦特摇摇头，用镀金的军官短杖敲敲自己的尖顶头盔。"你又打架了，大人？如果让她看见你这个样子，宫里肯定又要刮龙卷风了。"

麦特耸耸肩，竭力不让自己的身子太过明显地靠在手杖上。有这样说俏皮话的吗？这个肤色黝黑的男人真是有条剃刀般锐利的舌头，他相马的本领也只是一般而已。"我的一个朋友想住在我部下那里，没问题吧？"麦特粗鲁地问，"要知道，我的部下那里已经有不止一张空床了。"迄今为止，他的部下已经有八个在跟他走进艾博达市区后死在那里。

"我这里没问题，大人。"苏力凡一边说，一边看了一眼那位瘦骨嶙峋的老人，带着怀疑的神情咬着下唇。不过，至少在昏暗的光线下，诺奥的外衣做工还算不错，上面甚至还装饰着缎带，样子看起来比麦特要好得多，所以苏力凡很快就放心了。"不需要把一切都向她报告，所以，她应该也不会有问题。"

麦特皱起眉，但还没等他说出什么会让他和诺奥不得好死的话，三个身披重甲的霄辰人策马跑到他们身边。苏力凡立刻将注意力转移到他们身上。

“你和你的贵族妻子住在女王的宫殿里?”诺奥盯着马厩大门问道。

麦特拉着诺奥向后退去。“等他们先过去，”他朝那些霄辰人点点头。他的贵族妻子？该死的女人！还有他脑袋里那些该死的骰子！

一名霄辰人高声说道：“我在执行苏罗丝女大君的命令。”然后拍了拍挂在披甲肩膀上的皮背包。她的头盔顶上竖着一根细长的羽毛，表明她是一名低阶军官。她的胯下是一匹高大的褐色骟马，一看就知道脚力不错，另外两个霄辰人的坐骑也都是好马。除此以外，他们身上就没什么让麦特感兴趣的东西了。

“光明祝福你们，进去吧。”苏力凡向他们微微一鞠躬。

那个霄辰女人也在马鞍上向苏力凡鞠躬，她弯腰的幅度和这名阿特拉军官毫无差别。“光明也祝福你们。”她以缓慢的语调说完这句话，就带领两名部下走进了马厩。

“真是奇怪，”苏力凡看着那三个人的背影，喃喃自语，“他们总是向我们要求进门的许可，却不是向他们的人要求。”他用短杖朝大门另一侧的霄辰卫兵指了一下，那些卫兵纹风不动，甚至没有朝三名霄辰骑士瞥上一眼。

“如果你不允许他们进去，那会怎样?”诺奥低声问着，随手拉了一下拴在背上的包袱。

苏力凡转过身，腰挺得笔直。“我向我的女王立下了誓言，这就够了。”他的脸上没有任何表情，“她也立下了……自己的誓言。大人，给你的朋友找张床，同时警告他，在艾博达，有些事最好不要说，有些问题也最好不要问。”

诺奥显得有些迷惑，辩说自己只是好奇，但麦特以最快的速度和这名阿特拉军官互道祝福后，就推着他的新朋友走进了大门，然后他以最低的声音向诺奥解释什么叫窥听者。诺奥刚才的确从古蓝手中救了他一命，但他不会让这个老家伙再把他的命交给霄辰人。霄辰人之中还有一种叫做觅真者的，麦特对此所知非常有限，而即使是那些会随意谈论视死卫士的人，在提及觅真者时也会立刻闭嘴。不过麦特至少知道，和觅真者相比，白袍众的裁判团不过像是一群只会玩弄苍蝇的小男孩罢了。

“我明白了，”诺奥缓声说，“以前我还不知道这些。”他似乎对自己很生气。“你一定和霄辰人打过不少交道。你也认识那个女大君苏罗丝吗？我根本没想过你竟然会住在这里。”

“我喜欢在酒馆里和士兵聊天。”麦特没好气地答道。当然，只能在泰琳愿意放他出去的时候。光明啊，他也许就要结婚了！“苏罗丝不知道我的存在。”

他非常希望这种状况能维持下去。

那三名霄辰人已经离开麦特的视线，他们的坐骑也被牵进马厩里。几十名罪奴主正在对罪奴进行夜间训练，让她们在石板铺成的院子里沿着一个大环形路线行走。几乎半数穿灰袍的罪奴都是黑皮肤的女子，只不过她们的脸上都没有了寻风手的首饰。她们还有更多同伴在这座宫里和艾博达的其他地方，看来，霄辰人在来不及逃走的海民船上收获颇丰。

这些海民大多表情沉重而顺从，或者面无表情，还有七八个人只是呆滞地盯着前方，眼神混乱困惑，仿佛仍然不相信在自己身上发生的事情。每一名罪奴身边都有一名霄辰罪奴陪在身边，握着她的手，或者用手臂环圈住她，微笑着，朝她悄声耳语。当然，这些罪奴的脖子上都有一只银色的项圈，并透过一根银索连在罪奴主的银手镯上。这些罪奴主正用赞许的眼光看着她们，有几名眼神混乱的罪奴握着那根银索，仿佛握着自己的生命线。这让麦特想发抖，就算是裹在身上的湿衣服也不曾让他感到如此寒冷。

麦特带着诺奥以最快的速度走过院子，但这时，一名罪奴被一个身材丰满的灰发罪奴主牵着，恰好走到他面前。这名橄榄色皮肤的女子既非霄辰人，也不是亚桑米亚尔，看起来，倒很像阿特拉人。她看着罪奴主的眼神就像是一位管教坏脾气孩子的严厉母亲，她名叫苔丝琳·巴拉登，在成为霄辰人俘虏的一个半月之后，她的面容恢复了红润丰满，但她光洁无瑕的脸上完全是一副每顿饭只能吃石南草的表情。她缓步跟随着牵引她的银索，毫不迟疑地服从罪奴主低声说出的每一个命令。这时她停下来，朝麦特和诺奥深深地鞠了个躬，但就在这一瞬间，她黑色的眼睛里朝麦特闪出一丝强烈的憎恨。随后，她就继续跟着罪奴主在院子里沿环形道路行进了，很显然地，她也放弃了反抗。麦特看见过只犯一点小错的罪奴在这个院子中被倒吊起来鞭打，直到她们哀号不止，苔丝琳也遭受过这种刑罚。她从没对麦特做过什么好事，也许还做过几件对他不好的事，但麦特并不希望她会有这样的遭遇。

“总比死了好。”麦特嘟囔着，继续向前走去。苔丝琳是个强硬的女人，也许时刻都在计划该如何逃脱，但无论多么强硬的人，最多也只能做到这种程度。全体海民的诸船长和她的剑士长的脑袋已经被插在高竿上，他们甚至没来得及哀号一声，但这样并没能让一个海民罪奴获救。

“你真的这样想?”诺奥一边漫不经心地问着，一边又笨拙地拉了拉他的包袱，他那双不甚健康的手在握住刀子时相当灵巧，但在做其他所有事情时却都很不中用。

麦特朝他皱皱眉，但他的确也不知道这是不是自己真正的想法。那些银色的罪铐和泰琳给他戴上的无形镣铐实在是太像了，他很可能一辈子都要做泰琳的宠物了，虽然这样他的脑袋至少不会被插到高竿上。光明啊，现在他只希望脑袋里的那些骰子停下来，彻底消失！不，他在撒谎。他明白那些骰子在停下来的时候会发生什么事，他根本就不希望它们停下来。

车尔·万宁和残存的红臂队们居住的房间距离马厩并不远。这是一座粉刷着白石膏的长方形大屋，屋顶相当低矮，对于为数不多的幸存者来说，这里的床位实在太多了。

一头油亮秃头的车尔穿着衬衫躺在床上，一本书摊开在他的胸口，麦特很惊讶这家伙竟然会读书。车尔看了满身泥泞的麦特一眼，从牙缝里喷了一口气："又打架了？我打赌，她肯定要不高兴了。"他并没有站起身。除了少数几次令人吃惊的例外时刻，车尔认为自己与所有贵族都是平等的。

"麦特大人，遇到什么麻烦了吗？"哈南吼叫着跳起身，他的体魄和精神都相当强悍，现在他紧咬着牙，脸颊上的飞鹰刺青也因此扭曲了。"请原谅，但您不该亲自动手，告诉我们他长得什么样，我们会把他找出来的。"

剩下最后三名红臂队带着渴望的神情聚在他身后，其中两个人一手拿着外衣，另一只手还在朝裤子里塞着衬衫。第三个人名叫梅特温，他是一名还带着孩子气的凯瑞安人，但他比麦特大十岁。他拿起靠在床脚的剑，从鞘中抽出一段剑刃，看看它是否锋利。不过，高德蓝才是他们当中最会用剑的人，他有着像铁匠般壮硕的肌肉，但动作却相当敏捷。当麦特刚刚来到艾博达时，有十二名红臂队跟着他，现在死了八个，剩下的只能被困在这座宫殿里，没办法和酒吧女调情，也没办法玩骰子，喝到酩酊大醉，等着酒馆老板要别人把他们扛到床上去。以前他们这样做只不过会让自己的钱包扁一点，现在却可能会要了他们的命。

"诺奥会告诉你们发生了什么事，他讲得比我清楚，"麦特一边说着，一边把帽子向后推了推，"他会跟你们一起住，他刚刚救了我的命。"

屋里立刻响起一阵惊呼和对诺奥的赞叹声，大家用力拍着这名老者的背，使他几乎要栽倒在地。而车尔只是用一根胖手指塞在合拢的书页间，起身坐在他的薄床垫上。

诺奥将包袱放在一张空床上，然后就开始边打手势，边讲起他和麦特的遭遇。他把当时的情况说得活灵活现，但在他的故事里，他像小丑一样滑倒在泥地上，当麦特和古蓝英勇地战斗时，他却被吓得目瞪口呆。诺奥仿佛天生就会讲故事，就像走唱人一样，能够让你觉得故事就发生在眼前。红臂队们快活地笑着，他们知道，诺奥在有意地奉承他们的首领，也很欣赏他的做法。但是当诺奥说到刺客钻进墙上的一个小洞里，消失得无影无踪时，他们的笑声也戛然而止，因为诺奥把这段说得像真的一样可怕。车尔放下书，又从牙缝里喷出一口气，他和哈南曾经差点被古蓝干掉，他们能活到现在，只因当时古蓝的目标不是他们。

说完这些之后，老人坐到床上，仿佛用光了最后一点力气。麦特轻声说道："看样子，那东西想要的是我，也许它曾经跟我玩过骰子，只是我记不得了。只要你们别挡在我和它之间，你们不必担心自己会有危险。"他笑了笑，竭力做出一副开玩笑的样子，但除了他之外，没有人露出笑容。"不管怎样，明天早晨我就会把金子分给你们，你们将登上第一艘开往伊利安的船。把奥佛尔带着，汤姆和泽凌也会跟你们一起走，如果他们愿意的话。"他相信，至少那名捕贼人是会走的。"当然，还有尼瑞姆和罗平。"他已经习惯有那两个仆人伺候他，但这里不缺仆人。"塔曼尼这时一定就在凯姆林附近，找到他不会很难。"等他们走了以后，就只剩下他一个人面对泰琳了。光明啊，他宁愿再去对付那只古蓝！

哈南和另外三名红臂队交换了一个眼神。费尔金抓抓头，仿佛并不明白麦特在说什么，他也许真的不知道。这个瘦骨嶙峋的人不算一流的战士，但称得上是一名优秀的士兵，但在其他事情上，他的脑子都不是很灵光。

"这样不对，"哈南最后说道，"如果我们自己跑回去，塔曼尼一定会剥了我们的皮。"另外三个人一起点头，费尔金也明白这一点。

"你呢，车尔？"麦特问。

那个胖子耸耸肩："如果我把那个孩子从莉赛勒身边带走，他一定会在我睡觉时把我杀了。如果我是他，我也会这么做。而且我在这里有时间看看书，我在当蹄铁匠时可没这样的时间。"这家伙经常称自己为蹄铁匠或马夫，实际上，他是一个偷马贼。就麦特所知，他至少是两个国家里面最优秀的偷马贼。

"你们全都疯了，"麦特皱起眉头，"它想要的只有我，如果你们不碍它的事，它就不会杀你们。我的条件一直有效，只要你们想清楚了，随时都可以离开。"

"我曾经遇到过像你这样的人。"诺奥突然说。这名身材佝偻的老人简直就是艰难岁月和辛劳工作的缩影，但他的目光仍然明亮而锐利，现在，这双眼睛紧盯着麦特。"其他人会一心一意地跟着你这样的人，你也许会率领他们赢得光荣，也许会为他们带来毁灭。我相信，你的名字一定会被记录在史书里。"

哈南看上去像费尔金一样困惑。车尔啐了一口，躺回床上，再次打开书。

"我只希望自己的运气还没用光。"麦特嘟囔着。他知道名载史册的人都会有什么下场，这样的人往往都活不到寿终正寝的那一刻。

"最好在她见到你之前把自己清洗干净，"费尔金突然冒出这么一句，"你身上的泥点就像是她鞍褥里的一根刺。”

麦特气恼地拿起帽子，一言不发地大步走出房间，虽然想要装出一副健步如飞的样子，他还是不得不将大部分体重压在那根手杖上。还没等他关上门，屋里已经传出诺奥讲故事的声音了，他开始向红臂队们讲起自己怎么搭乘海民船旅行，并学习在冰冷的盐水里洗澡的技巧。麦特真想不出他还会再讲些什么故事。

为了缓解冬天的阴冷感，宫殿的走廊里都挂上了被称为“夏日挂饰”的艾博达花卉壁毯。麦特在这样的走廊里一瘸一拐地走着，一边打算着该如何在遇到泰琳之前把自己洗干净，但还没等他走出多远，已经有四名穿着绿白色制服的男仆和不少于七名女仆提出要帮他洗浴更衣，并信誓旦旦地保证绝对不会让泰琳女王知道。感谢光明，他们并不知道他和泰琳之间的一切，他和泰琳之间最要命的事情只有他们两个才知道，但现在他已经快受不了这些仆人了。更可怕的是，该死的泰拉辛宫中每一名该死的仆人都很支持这样的事，毕竟泰琳是他们的女王，自然可以为所欲为。更重要的是，自从霄辰人占领艾博达以来，泰琳的脾气就变得如同剃刀一样锋利，如果光鲜亮丽的麦特・考索恩能够安抚泰琳的怒火，让她不会因为一些琐碎的小事就把这些仆人的鼻子揪掉，那他们自然会把麦特从耳后到脚跟都擦洗干净，系上缎带，双手捧到泰琳面前！“泥巴？”麦特朝一名对他微笑的漂亮女仆吼道。这名女仆正拉开裙摆，向他行屈膝礼，在她敞开的领口里，丰满的胸部堪与莉赛勒相比。如果换作别的时候，麦特很可能会用些时间欣赏一下眼前的这副美景。“什么泥巴？我没看见任何泥巴！”女仆张大了嘴，望着麦特踢着瘸腿向远处走去，甚至忘记要站起身。

泽凌・散达飞快地从走廊的一个转角闪出来，差点撞在麦特身上。这名提尔捕贼人看到对面有人，急忙后退一步，还低声骂了一句，但是当他看清走过来的是谁，黝黑的面孔立刻变成了灰色。然后他一边低声道歉，一边想要从麦特身旁快步溜过去。

“汤姆也把你拉进他的愚蠢行动里去了？”麦特问。泽凌和汤姆一同居住在仆人区的一个房间里，他并没理由出现在这个地方。穿着黑色提尔外衣，长靴口有火焰形镶边的泽凌，在泰拉辛宫的仆人们中间就好像鸡群里的一只鸭子那样显眼。苏罗丝的纪律比泰琳更严格，所以麦特相信，泽凌一定是从汤姆和贝瑟兰那里接受了任务，才会跑到这里来。“有什么事就告诉我吧。我已经告诉哈南他们，如果他们离开，我就给他们路费。你也是一样，只要你走，我就给你黄金。”

看起来，泽凌并不打算告诉他任何事。这名捕贼人将拇指插进腰带里，直视着麦特的眼睛。“哈南他们是怎么说的？你认为汤姆做了什么蠢事？在这里，他比你和我更清楚该怎么做。”

“那只古蓝还在艾博达，泽凌。”汤姆清楚的只有贵族老爷们的权力游戏，而且他还很喜欢把鼻子伸进政治斗争里去。“今天，它还试图要杀死我。”

泽凌哼了一声，仿佛被一拳打在肚子上，他抓了抓自己的黑色短发。“我在这里还有事要做，还得待一段时间。”他的语气发生了细微的改变，仿佛在顽固地为自己辩白，却又难免有一点罪恶感，麦特从没见过他如此目光游移。这种表情只可能代表一件事。

“带着她跟你一起走，”麦特说，“即使她不愿意，那么你到提尔之后会在一个小时内让你的两条大腿上都坐一个女人。泽凌，女人就是这样，有人拒绝你，就肯定会有人接纳你。”

一名仆人抱着一大堆亚麻毛巾匆匆走过，看到满身泥泞的麦特，露出一副惊讶的表情。泽凌显然以为让仆人吃惊的是他自己，于是他急忙把拇指从腰带里抽出来，竭力装出一副谦恭的姿态，但他的努力并不很成功。同样是睡在仆人区，汤姆一开始就表现得仿佛这是他自己的决定。但当他在莉赛勒的房间中进进出出时，没有任何人对此感到奇怪，仿佛那样做的并不是汤姆，而是麦特。作为一名捕贼人的泽凌（当然不是捉贼人），曾经无数次地和趾高气扬的低阶贵族或洋洋自得的富商们正面对峙，他在这座宫殿里也始终不曾放低姿态。但泰拉辛宫中几乎所有人都知道他的底细，也都知道他应该待在下层的仆人区里。

“大人很聪明，”他一边用过于响亮的声音说着，一边僵硬地鞠了个躬，“大人很清楚女人。如果大人能原谅一名卑微的部下，那么我必须回到我的地方去了。”然后他转身朝远处走去，还刻意抛下了一句话：“今天我听说，如果大人回来时又像是从泥坑里被拖出来的一样，女王就会亲自用鞭子抽打大人一顿。”

这句话让麦特终于失控了，他用力推开泰琳居所的大门，大步走进去，随手将帽子甩到房间对面……然后他定住脚步，张大了嘴，他想要说的每一个字都冻结在舌头上，他的帽子掉在地毯上，翻滚了几下，但他丝毫没在意。一阵强风吹得三联拱大窗咚咚直响，窗外是可以俯瞰莫海拉广场的格栏长阳台。

泰琳向门口转过头，她坐在一把雕刻成竹节样式的镀金椅子里，一只手刚刚把金酒杯捧到唇边，她的黑色卷发闪动着光泽，只是在鬓角上有些许灰丝。在她那张美艳的面孔上，一双猛禽般的眼睛里跳动着显而易见的怒火。她的一条腿叠在另一条腿上，微微地抖动着，让她的白绿色裙摆掀起一阵阵涟漪。她的椭圆形领口上镶着一圈浅绿色缎带，映衬着一双半露的丰满酥胸和垂挂在那里的宝石婚姻匕首。房里并非只有她一个人，苏罗丝坐在她的正对面，一边皱起眉盯着酒杯，一边用长指甲有节奏地敲击着椅子扶手，虽然她的头发被剃成怪异的鸡冠状，但还是能看出她是个漂亮女人。和她相比，泰琳立刻就成了一只蜷缩在秃鹫面前的兔子。她的每只手上都有两根长指甲被涂成了蓝色。在她旁边还坐着一个小女孩，和苏罗丝一样，这个小女孩穿着做工精巧的花纹长袍和白色百褶裙，只是她的整个头都被包裹在一幅透明面纱里，而她的头发竟然都被剃掉了！虽然惊呆在原地，但麦特还是注意到这个女孩身上大量的黄金和红宝石。在女孩身后站着一名身材苗条的女子，她黝黑的肤色几乎能和她身上的黑色长袍媲美，而她的身材不输于任何艾伊尔女性，她将双臂抱在胸前，毫不掩饰地露出一副气恼的神情。她的黑色卷发被剪短了，但并没有被剃掉，所以她应该不是王之血脉或侍圣者。而在她耀眼的秀美光彩面前，泰琳和苏罗丝都黯然失色，如同被锤子敲了一记脑袋的麦特，同样没能忽略这个美人。

实际上，真正让麦特感到如雷轰顶的并不是苏罗丝和这两个陌生女人，而是他脑袋中的骰子突然停了下来，只给他留下一声震耳欲聋的轰鸣。麦特以前从没遇过这样的事情，他站在那里，等待着弃光魔使突然从大理石壁炉的火焰中跳出来，或者大地裂开，将这座宫殿吞下去。

“你不听我的话，小鸽子，”泰琳用宠爱却又危险的语气说道，“我已经说过了，到厨房去吃些糕点，洗个澡，等我召唤你。”她的黑眸里闪烁着光芒。“我们以后再谈谈你身上的泥浆。”

麦特在眩晕的感觉中重新梳理了一下刚刚发生的事情。他走进房间，骰子停住，然后……什么都没发生，什么事都没有！

“这个人怎么会突然闯进来，”那个戴面纱的瘦小女孩站起身，她的声音比窗外的寒风更冷，“苏罗丝，你告诉过我，这里的街道是安全的，我感到很不高兴。”

一定有什么事发生了！应该是已经发生了！只要骰子停住，就一定有事情发生。

“我向你保证，图昂，艾博达的街道就像霄达的街道一样安全。”苏罗丝的话让麦特稍稍清醒了一点，这位女大君的语气听起来很……不安。但苏罗丝从来都只会让别人感到不安。

一名身材均匀细瘦、仪态优雅的年轻男子，穿着几乎透明的达科维长袍出现在苏罗丝身旁。他低垂着头，手中握持着一只蓝色的长颈瓷罐，要为苏罗丝的杯中斟满酒。麦特看到他，又吃了一惊，他并没有意识到房间里还有其他人。除了这名金发男子以外，还有一名同样穿着透明纱袍、身材苗条的圆脸红发女子跪在一张桌子旁，那张桌子上放着香料瓶、盛酒的海民细瓷罐和一个热酒用的镀金黄铜小火盆以及拨火棍。一名神色紧张的灰发女仆穿着白绿色的密索巴家族制服，站在房间的另一端。房间的角落里还有一名霄辰人，但她静得仿佛一尊雕像，以至于麦特直到现在才发现她。这是一名矮个女子，她头顶的金发被剃掉一半，如果她不是穿着一直勒到下巴的红黄色上衣，她的胸部也许会比莉赛勒更加突出，不过麦特现在对此丝毫不感兴趣。霄辰人对他们的侍圣者看管得非常严，泰琳则对一切女人都很敏感，自从麦特能下床之后，泰琳寝室中就没有比麦特的祖母更年轻的女仆了。

苏罗丝看着那名斟酒的男子，仿佛在奇怪他是什么人，然后她摇摇头，转眼去看那个叫图昂的女孩。图昂则挥挥手，示意那名男子退下。那名穿白绿色制服的女仆快步走上前，从男子手上接过酒壶，要给泰琳斟酒，但她的女王也只是用一个很小的手势让她回到了墙边。除此以外，泰琳再没有任何动作。如果苏罗丝也在害怕这个图昂，泰琳当然不想被她注意到。

“我很不高兴，苏罗丝。”那个女孩又一次说道。她紧皱起眉，严厉地望着对面的苏罗丝，就算她站起来，也不会比坐在椅子里的这位女大君高多少。麦特相信，图昂一定也是一位女大君，而且地位比苏罗丝更高。“你挽回了局势，这会让女皇高兴，愿女皇永生，但你向东的进攻很不妥当，这种灾难性的行动绝不能有第二次了。而且，如果这座城市的街道真的是安全的，他又怎么可能受这么重的伤?”苏罗丝一只手握着椅子扶手，另一只手握住酒杯，指节全都泛白了。她瞪着泰琳，仿佛她受到这种指责全都是因为泰琳的错，泰琳只能向她报以歉意的微笑，并低下了头。哦，该死的，麦特知道要为此付出代价的是他自己！

“我不小心摔伤的。”他的声音仿佛是在房里点爆了一个烟火。苏罗丝和图昂仿佛都大吃一惊。泰琳看起来就像是一头要把兔子啄死的鹰。“殿下们。”他又加了一句敬语，但这对眼前的状况似乎没有任何改善。

图昂身后那名高女子突然伸手夺下图昂的酒杯，并将它扔进了壁炉，火星立刻喷涌起来，直冲烟囱。泰琳的女仆动了一下，仿佛是要把酒杯从壁炉中抢救出来，但那名侍圣者碰了她一下，让她重新低下头去。

“你这样是愚蠢的，图昂。”高女子说道。与她相比，图昂的严厉表情简直可以算是可爱，在她的声音中，麦特完全感觉不到霄辰口音里那种惯有的慢条斯理。“苏罗丝稳定地控制着这里的局势，在东方发生的事情在任何战争中都有可能发生，不要再用这种荒谬的琐事浪费时间了。”

苏罗丝又露出一丝惊讶的表情，然后才重新戴上冰冷的面具，麦特也几乎无法掩饰自己的惊讶。敢这样对王之血脉说话的人，被抽上一顿鞭子就已经是最幸运的下场了！

图昂惊愕地微微抬起头。“也许你是对的，安奈瑟，”她平静的语气中甚至带着一点顺从，“时间和预兆会揭示一切。但这个年轻男人显然在说谎，也许他是因为畏惧泰琳的怒火。如果他摔得这么重，恐怕当时他就没命了。而且我并没有在这座城市里看见能够让人摔成重伤的悬崖。”

他真的畏惧泰琳的怒火吗？好吧，这样说也许有点道理，但麦特绝对不喜欢别人提到这种事。他靠在齐肩高的手杖上，尽量让自己舒服一点。她们实在是应该让他这样的伤患先坐下来。“我是在你们占领这座城市时受伤的，”他一边说，一边露出嬉皮赖脸的笑容，“你们那时往城里扔了许多闪电和大火球。不过我已经恢复得差不多了，感谢你的关心。”泰琳将面孔埋在酒杯里，同时又越过酒杯边缘向他瞪了一眼。麦特知道，这一眼代表他不久后就要吃苦头了。

图昂站起身，向他走过来，裙摆随着她双腿的动作窸窣作响。那块面纱后面的黝黑面孔应该是相当漂亮的，但那张脸上的表情却如同一名正在宣判死刑的法官，而且麦特实在不喜欢她光秃秃的头顶。她的大眼睛清澈明亮，却又如同两块坚硬的寒冰。她的长指甲被涂成亮红色，麦特很想知道这代表着什么。光明啊，她身上的红宝石能让任何人在极度奢华的生活中度过漫长的岁月。

她伸出手，用指尖挑起麦特的下巴，麦特打个冷颤，向后退去。但看到泰琳凶狠的目光，麦特立刻就知道，如果他这样做，那么立刻就会尝到苦头，所以他只能愤懑地任由那个女孩仔细端详他脸上的每一根线条。

“你曾经和我们作战？”她问道，“你立下誓言了吗？”

“我发誓了，”麦特嘟囔道，“我也没有别的选择。”

“是这样吗？”她一边喃喃说着，一边缓缓转动他的头，又摸了摸他手腕上的缎带及脖子上的黑丝巾，并掀起斗篷边缘，审视着上面的刺绣。麦特忍受着，不让自己的身体因伤痛而显出丝毫懈怠，不过他的眼睛已经像泰琳一样在喷发怒火了。光明啊，麦特就算是在买马的时候也不曾如此仔细地审视过马匹！下一步这个女孩大概要看看他的牙了！

“这个男孩已经告诉你他为何会受伤，”安奈瑟用冷若冰霜的命令口吻说，“如果你想要他，那就把他买下来。今天是忙碌的一天，你现在应该上床休息了。”

图昂停了一下，她的眼睛正看着麦特手指上的长玺戒，那枚玺戒上以高超的工艺雕刻着一只奔跑的狐狸和两只飞翔的乌鸦，周围则环绕着一圈新月花纹。这是麦特偶然间买到的，不过他第一眼看到这枚戒指时就很喜欢，他怀疑现在图昂也想要这枚戒指。

她抬起头，望着麦特的面孔：“很好的建议，安奈瑟，那么，他值多少钱，泰琳？提出你的价格吧，我会双倍付给你。”

泰琳被酒呛了一口，咳嗽起来，麦特几乎跌在地上。这个女孩想买他？看起来她真的是在买一头牲口。

泰琳咳了一阵，才以不稳定的语气说道：“他是自由人，女大君，我……我不能出售他。”如果不是泰琳说话时还要努力不让自己的牙齿打颤，如果这个该死的图昂询问的不是他的价格，麦特大概会被眼前这一幕给逗笑了。自由人！哈！

这个女孩从麦特面前转过身，仿佛已经将他忘记了：“你在害怕，泰琳，光明在上，你不必害怕的。”她缓步走到泰琳面前，双手微微掀起面纱，俯下身轻吻了泰琳三下，两只眼睛各一下，嘴唇上一下。泰琳显然非常震惊。“你是我的姐妹，也是苏罗丝的姐妹，”图昂的声音温和得令人吃惊，“我将亲自将你的名字记入王之血脉，你将是女大君以及阿特拉女王泰琳，而且你还会得到更多，就像我们答应过你的那样。”

安奈瑟重重地“嗯”了一声。

“是的，安奈瑟，我知道，”女孩叹息一声，直起身，放下面纱，“这是忙碌而艰苦的一天，我已经累了，但我要让泰琳知道她将得到哪些领土，这样她就会安心。泰琳，在我的房间里有相关地图，你可以陪我去看一下吗？我还有很不错的按摩师。”

“这是我的荣幸。”泰琳说，她的声音并不比刚才显得更加安心。

那名侍圣者打了个手势，金发男子立刻跑去打开房门，并跪倒在门旁，保持房门敞开。房间里的贵妇们开始整了整衣服，检查头发，抚平裙摆上的皱纹。无论霄辰、阿特拉，还是别的什么地方，女人都是一样。红发达科维在帮助图昂和苏罗丝做这些事。麦特趁机将泰琳拉到一旁。麦特注意到，那名侍圣者的蓝眼睛不时会扫向他们，但至少图昂只是在专心地和达科维一同整理衣饰，似乎完全忘记他的存在。

“我可不止是摔了一跤。”麦特低声对泰琳说，“一个多小时前，那只古蓝又想杀死我。我最好离开这里，那个东西想要我的命，而且它会杀死所有接近我的人。”这是他刚刚想到的脱身之法，他相信成功的可能性会很大。

泰琳哼了一声：“它……它不可能得到你，我的小猪。”她看了图昂一眼，那种目光完全可以让图昂忘记泰琳是她的姐妹。“她也不可能。”至少泰琳还知道要把说话的声音压低。

“她是谁？”麦特问。看样子这次还是没希望。

“当然是图昂女大君，这你已经知道了。”泰琳继续压低声音，“图昂一句话就能让苏罗丝跳起来，而安奈瑟一句话就能让图昂跳起来，虽然我差不多可以发誓，那个安奈瑟只是一名仆人。她们可真是一群怪人，宝贝。”她突然从麦特的脸颊上抹下一点泥巴来，麦特还没察觉到自己的脸上也有泥。猛禽的气势立刻又回到了泰琳的眼里。“你记起那些粉红色缎带了吗，宝贝？我回来的时候，我们要看看你配上粉红色好不好看。”

她以天鹅般高贵的姿态随图昂和苏罗丝走出房间，她们身后是安奈瑟、侍圣者和达科维。房里只剩下麦特和那名已有祖母年纪的女仆，现在她已经开始收拾酒桌了。麦特颓然坐倒在一张竹节椅子里，用双手捧住了头。

如果换作其他时候，那些粉红缎带一定会让他火冒三丈。他根本就不该来找泰琳，现在，就算是那个古蓝也不重要了。骰子停了，然后……发生了什么？他遇到了三个陌生人，但骰子不会因为这种事就停下来，也许这和泰琳成为了王之血脉有关。但以前每当骰子停下来的时候，都会有一些事情发生在麦特自己身上。

麦特忧心忡忡地坐在椅子上，直到那名女仆收拾好一切，又叫来其他仆人将所有不必要的物品拿走。麦特一直坐在那里，直到泰琳回来。她并没有忘记粉红色缎带，而这让麦特在很长一段时间里忘了其他所有事情。

第 18 章

机　会

遭到古蓝暗杀后的日子对麦特来说只有无休止的烦恼，灰色的天空从没改变过，唯一不同的就是下雨和不下雨。

街巷之中有传闻说野狼在城外不远处杀死了一个人，那个人的喉咙都被咬烂了，当然，没有人会为此担心，大家只是有些好奇而已。艾博达城郊已经有许多年不曾见过狼踪。担忧的只有麦特，因为他知道，那并不是狼干的，古蓝并没有离开。哈南率领的红臂队顽固地拒绝离开，他们说有责任保护麦特的安全。车尔也没走，而且没有给出任何理由，只是喃喃地说，麦特有相马的好眼光，然后又啐了一口。莉赛勒美丽的椭圆形面孔足以让任何男人咋舌，她黑色的大眼睛更是会让男人们忘记该怎么说话。她向麦特问起奥佛尔的年纪，听到麦特说他已经快十岁时，她露出惊讶的表情，若有所思地用指尖敲了敲丰满的嘴唇。但在这之后，奥佛尔仍然不断向麦特说起她的胸部是多么柔软丰满，她读的书是多么有趣，麦特觉得莉赛勒和那些书对奥佛尔来说，也许要比他每晚玩的蛇与狐狸游戏更加有趣。当奥佛尔从那曾经属于麦特的寓所中跑出来时，汤姆经常就会夹着竖琴溜进去，光是这件事就足以让麦特感到愤懑了。但和其他问题相比，这只是一件无足挂齿的小事情罢了。

汤姆和贝瑟兰现在经常会一同外出，一走就是半天，或半个晚上，而且不会告诉麦特。他们从不在麦特面前提起他们的阴谋诡计，不过汤姆至少还会向麦特显露羞愧。麦特希望他们不会让人们因为他们的鲁莽而丧命，但他们对麦特的意见丝毫不感兴趣。贝瑟兰看着他的时候，目光里总是带着些许怒意。泽凌继续在贵族区溜进溜出，结果被苏罗丝发现，女大君命令将他吊在马厩里，抽了他一顿鞭子。麦特让车尔为他疗伤，因为车尔说给人或牲口疗伤没什么差别。麦特警告泽凌，下次受到的惩罚可能会更重，但这个傻瓜在当晚又跑到上层宫殿区。虽然这名捕贼人拒绝说出原因，但麦特相信，他来这里一定是为了与某个女人会见。麦特怀疑与他幽会的是一名霄辰女贵族，因为如果是宫里的仆人，他们就会老老实实地待在仆人区了。况且汤姆现在频繁外出，泽凌有很多时间单独使用他们合住的房间。

泽凌的目标当然不是苏罗丝和图昂，住在泰拉辛宫中的女贵族也并非只有她们两个，大多数霄辰贵族都在城中各自租房居住。不过的确有一些贵族陪侍在苏罗丝身边，而那个叫图昂的女孩身边也跟随着几名贵族。虽然那些贵族都留着奇怪的发型，不过她们之中有几分姿色的女子并不止一个，只是她们对任何没剃头发的人都是一副高高在上的态度，或者只把这样的人当成普通家具一样视而不见，天知道她们怎么有可能看上一个住在仆人区的男人。不过，女人对男人的品位都是不可理喻的。麦特只能不管泽凌了，就算是泽凌可能因为这个女人被砍头，但在他那种盲目的热情燃烧殆尽前，他是不会有任何理智思考的。女人总是会让男人产生各种奇怪的想法。

新来的船只不停地卸下人畜和货物，这种情况持续了几天，直到艾博达的高墙几乎快被撑裂了。不过这些人并没有在城中久留，他们很快就带着家人、牲畜、财产前往城市周围的乡野，准备在那里落地扎根。这其中还夹杂着成千上万的士兵。排列成整齐队伍的步兵和骑兵披挂着色彩鲜艳的盔甲，跨过大河，向东北方前进，一眼就能看出，他们都是久经沙场的老兵，麦特已经不再去费力计算他们的人数了。有时候，麦特还能看见一些霄辰怪兽，不过大多数怪兽都在城外登岸，没有进入城市街道。这些怪兽之中有身披青铜色鳞甲，被称为涛穆的三眼巨猫，它们是霄辰骑兵的坐骑，普通马匹只要看见它们，立刻就会慌乱发狂。苛利姆就像是没有翅膀的大鸟，它们不停扭动着一对长耳朵，长长的尖喙仿佛随时都要撕开猎物的皮肉。思雷狄特则有着长鼻子和更长的獠牙。雷肯和更加巨大的巨雷肯不时在天空中飞过，背上还驮着数量不等的霄辰人，这些生有大翅膀的巨型蜥蜴都被安置在拉哈德区的下方。麦特很快就记住了这些怪兽的名字，因为每一个和他喝酒的霄辰士兵都在不停谈论着雷肯侦察敌情是多么有效；苛利姆如何善于追踪目标；思雷狄特不仅能够托运重物，还有更大的用处；而涛穆太聪明了，甚至难以信任。霄辰士兵和普通的士兵一样，想要的无非是烈酒、女人和一点赌博，所以麦特不需要发号施令，就从他们口中套出许多情报。但这些士兵的确都久经沙场。由女皇统治的霄辰帝国疆域，比爱瑞斯洋到世界之脊之间的一切国家合在一起还要大，在帝国各地不断爆发的叛乱和暴动，让帝国士兵们视战争如家常便饭，而那些在阿特拉国土上开荒耕耘的霄辰农夫，则比这些士兵更加难以驱逐。

当然，这些士兵不会完全离开艾博达。这座城中驻留了一个强大的军团，组成它的不止有霄辰人，还有带着钢制面甲头盔的塔拉朋长矛手，和模仿霄辰人在胸甲上图绘彩漆的阿玛迪西亚长枪兵。阿特拉士兵也被编入了这支军团，其中并不只是泰琳的家族卫队。按照霄辰人的说法，这些来自阿特拉内陆，胸甲上绘着红色十字的士兵和守卫泰拉辛宫的那些士兵一样，都是泰琳的部下。奇怪的是，泰琳似乎并不因此而感到高兴，而那些来自内陆的阿特拉士兵显然也不是很高兴。他们和穿白绿色制服的密索巴家族士兵彼此瞪视着，就好像被扔进同一个箱子里的两只雄猫。相看不顺眼的并不是只有这些阿特拉人，塔拉朋人在仇视阿玛迪西亚人，阿玛迪西亚人在仇视阿特拉人，国家之间长久的仇恨正逐渐浮出台面，但到现在为止，他们也只是相互晃晃拳头，对骂几句。随舰队而来的五百名视死卫士停驻在艾博达。自从霄辰人控制艾博达以来，这里的犯罪率已经显著下降了，不过这些视死卫士还是不停地在艾博达街道上巡逻，仿佛小偷、流氓，甚至全副武装的强盗，随时都有可能从地里冒出来。阿特拉、阿玛迪西亚和塔拉朋人都在控制着自己的脾气，只有傻瓜才会顶撞视死卫士，而且没人能有第二次做这种事的机会。驻扎在城中的还有另一支部队，那是一百名披挂红黑色盔甲的巨森灵，他们偶尔会和其他部队一同巡逻，偶尔会扛着他们的长柄巨斧，单独在街头游荡。和麦特的那位巨森灵友人相比，他们简直是另一种生物。的确，他们有着同样的宽大鼻子、毛茸茸的耳朵、垂到脸颊的长眉毛和茶杯口大的眼睛，但这些被称为园丁的巨森灵看人的样子，就好像看着一些需要修剪枝条的灌木，没有任何人敢顶撞这些园丁，哪怕只有一次机会。

霄辰人在不停地离开艾博达，又有另一些人在涌入这座城市。商人们即使只能睡在阁楼上，也会在旅店的大厅里一边抽烟，一边聊着别人还不知道的时事，只要这些讯息不会影响他们牟取暴利。而这些商人的保镖既然无法分享商人的利润，更是会口不择言地大谈各种奇闻轶事，他们所说的故事里应该有一些是真的。海员们只要喝上一杯啤酒，或者是更带劲的热香料酒，就会把他们知道的一切都告诉你；只要他们喝得够多，他们就会说得更多。他们会跟你谈论他们去过的港口，见到的奇事，甚至还有他们上次喝得烂醉时做过的梦。情况已经很清楚，艾博达以外的世界已经像风暴海一样汹涌澎湃。到处都有艾伊尔人掳掠烧杀的传闻。除了霄辰人以外，还有许多支军队在朝不同的目标行军。它们分布在提尔、莫兰迪、阿拉多曼、安多和尚未被霄辰人完全控制的阿玛迪西亚。在阿特拉的中心地区，也有几十支规模不足以被称为军队的武装部队。除了在阿特拉和阿玛迪西亚的部队以外，麦特并不知道其他那些武装力量都要去攻打谁。实际上，他也不太清楚阿特拉人到底会把谁当敌人。阿特拉人总有办法在向邻居复仇的同时牟取利益。

但给这座城市带来最大震撼的讯息还是来自于兰德。麦特竭力不去想他和佩林，但是，当所有人都把转生真龙挂在嘴边时，想要躲开脑海中那些奇怪的彩色漩涡实在是一件困难的事情。有人说转生真龙已经死了，是被两仪师杀死的。在凯瑞安，白塔倾尽全力向他发动攻击；有时这个地点会变成伊利安或提尔。有人说他是被两仪师绑架了，现在成了白塔的囚徒。不，他是自愿前往白塔的，并向玉座宣誓效忠。最后这种说法赢得最多的支持。因为有不少人都说自己亲眼见到由爱莉达亲笔签署的告示，那上面就是这样写的。麦特既不相信兰德死了，也很怀疑他竟然会效忠于玉座。不知为什么，他觉得如果兰德死了，自己一定会知道。而且兰德也绝对不会跑进白塔的百里范围之内。不管是不是转生真龙，兰德肯定明白这样做绝对是愚蠢的。

各种各样关于兰德的讯息搅动着霄辰人，如同一根插进蚁巢的棒子搅动着蚂蚁群。白天和晚上的每个小时，都有高级军官走进泰拉辛宫，他们的手臂夹着古怪的羽毛头盔，靴子重重地踏在石板路面上，脸上毫无表情。骑着快马或巨雷肯的信使不断离开艾博达。罪奴主和罪奴在街上巡逻，再次开始搜捕能够导引的女人，而不再只是守卫在城门口。麦特在街上要不停地为军官让路，向罪奴主点头行礼。无论兰德现在的状况如何，他在艾博达也无能为力。他必须先离开这座城市。

在古蓝刺杀他之后的第一个早晨，当泰琳一离开寓所，麦特就烧掉所有粉红色缎带。它们堆在一起的体积可真不小。他还烧掉一件粉红色的外衣、两条粉红色裤子和一条粉红斗篷。房间里充满了烧羊毛和丝绸的焦臭气味。麦特打开窗户，把气味散出去，但他自己其实并不真的在乎这些味道。他穿上浅蓝色裤子和绿色的刺绣外衣，再披上一条华丽得刺眼的蓝色斗篷，才长吁了一口气。现在，他已经不再为这些刺绣蕾丝而苦恼了，至少它们不是粉红色的，他永远也不想再看见那种颜色了！

麦特将帽子扣在头上，大步走出泰拉辛宫。现在他重新下定了决心，要找到一个隐蔽的地方存放逃跑所需的一切，即使他要将城里的每一间酒馆、酒吧和酒馆都走上十遍、一百遍，即使他要把拉哈德区整个掀过来，他也要找到这个地方！灰色的海鸥和黑色翅膀的水鸟在铅灰色的天空盘旋，预示着又有一场风雨即将袭来。带着咸味的凛冽寒风扫过莫海拉广场，将他的斗篷猛掀起来。他用力踏在石板路面上，仿佛要把每一块石板都踩碎。光明啊，如果别无选择，他甚至可以穿这种衣服跟着卢卡逃走，也许卢卡能给他个扮演小丑的工作！而且，这样他还能方便地接近亚柳妲和她的秘密。

不知不觉间，他已经穿过广场，来到一座高大的白色建筑物前面。他很熟悉这栋房子，拱门上的招牌表明了这里正是“流浪的女人”旅店，一名穿黑红色铠甲的高大战士正从这家旅店中走出来，等待部下将他的坐骑牵过来。他手臂下夹着的头盔上插着三根细长的黑色羽毛。这是一个面容粗犷、鬓角略显灰色的军人，他没有注意到麦特，麦特也竭力不去看他。不管他的表情多么轻松自在，他毕竟是一名视死卫士，而且还是一名旗将。“流浪的女人”因为靠近王宫，所有房间都被霄辰高级官员租下了，所以，自从麦特能走路以来，还没来过这里。普通霄辰士兵并不是什么坏人，他们也都会公平赌博，并且会请别人喝酒。高级官员却都和贵族差不多。但不管怎样，麦特总要为这次搜寻行动找个起点。

旅店大厅和麦特上次来这里时没什么差别。虽然现在还是白天，但沿墙壁排列的油灯都已经点起，照亮了高大的厅堂。为了保暖，高大的拱窗都被百叶窗封死了。火焰在两座长壁炉中噼啪作响，空气中弥漫着一股淡淡的烟草味和菜肴香气，两名吹长笛的女子和一个在膝盖中间夹着一面小鼓的男人，正在演奏一支快节奏、音调高亢的艾博达乐曲。到现在为止，麦特还没看见有什么和以前不同的地方。不过，现在坐在这里的全都是霄辰人。其中一些人身穿铠甲，另一些人穿着刺绣长外衣，他们大多在研究摊开在桌子上的地图。一名灰发女子的肩头上绣着代表上罪奴主的火焰花纹，她正在一张桌子旁做着报告。另一张桌子旁，一名瘦削的罪奴主和一名紧随其后的圆脸罪奴似乎正在接受命令。有几个霄辰人剃光了头侧和背面的头发，好像在头顶扣了一个碗。在他们脑后留下的一股头发仿佛是一根粗尾巴，男性会将这股头发留到肩部，女性则会留到腰部。这些人应该都是低阶贵族。不过贵族不管低阶高阶都一样，那些小贵族的下人在看着霄辰官员时都是一副高高在上的样子，这只能说明他们的主人有能力给你找很大的麻烦。有几个霄辰人注意到麦特，皱了皱眉头，让麦特差点要转身离开。

这时麦特看见旅店的老板娘从大厅后面没有栏杆的楼梯上走下来，老板娘名叫赛塔勒·安南，是一个相当威严的女人，有双浅褐色的眼睛，鬓角略显灰色，耳垂上挂了一双粗大的耳环。她并不是艾博达人，麦特甚至怀疑她不是阿特拉人，但她也有婚姻匕首，这把匕首被悬挂在一条银项链上，垂在她窄而深的领口中间。她的腰间还佩着一把长弯刀。她知道麦特应该是一位领主，但麦特不知道她是否还相信这种谣言，或者这个虚假的贵族身份还能给麦特带来什么好处。不过，当她看到麦特时，立刻就露出了微笑，友好热情的微笑让她的脸变得更漂亮了一些，现在麦特只能过去向她问好了，当然，不能表现出过分的殷勤。这位老板娘强壮的丈夫是个渔船船长，而且他的身上已经有不少决斗留下的伤疤了。让麦特惊讶的是，赛塔勒径自向麦特问起奈妮薇和伊兰的讯息，甚至还有家人的情况。

“她们跟着奈妮薇和伊兰一起走了。”麦特悄声答道。他一边说，一边小心观察那些霄辰人，尽量避免引起他们的注意。在一群霄辰人面前谈论家人，他已经感到毛骨悚然了。“据我所知，她们都是安全的。”

“很好，如果她们之中有人被锁住脖子，我可要伤心死了。”这个蠢女人甚至没压低声音！

“不会的。”麦特嘟囔着，然后急忙向赛塔勒说明了他正在寻找的东西。幸好他说话的速度够快，否则赛塔勒大概还要表示一下她是多么为那些能够导引的女人感到高兴，麦特也为她们感到高兴，但还不打算为此而让自己戴上镣铐。

赛塔勒摇摇头，坐在台阶上，双手放在膝头，她深绿色的裙摆左侧一角被缝起来，露出红色的衬裙。艾博达人在选择衣着颜色时，真是比匠民还要大胆。在周围全都是霄辰人喧嚣的说话声和响亮的音乐声下，赛塔勒只是严厉地看着他。“你不知道我们的习俗，这才是麻烦的地方，”她说道，“爱宠是阿特拉古老而高贵的传统，许多年轻男女在成家前都会做一段时间的爱宠。主人将宠爱他们，娇惯他们，给他们山一样的礼物。但你要知道，爱宠不能主动离开主人。泰琳不该那样对待你，不过，”她用评判的语气说，“必须说，她给你选择的衣服很漂亮。”然后她抬起一只手画了个圈，“提起斗篷，转个身，让我好好看一看。”

麦特深深地吸了一口气。然后又连续深呼吸三次，他的脸涨得通红，胸中满是怒火。当然，他不是因为害羞才会脸红的，当然不是！光明啊，现在全城都知道了吗？“你到底有没有我要找的地方？”他用几乎窒息的声音问。

赛塔勒真的有这样的地方，麦特可以使用“流浪的女人”地下室中的一个置物架。她向麦特保证，那个置物架整年都是很干燥的。厨房的石地板下面还有一个小洞，麦特的黄金可以藏在那里。租用这两个地方的代价就是麦特撑开斗篷转两圈，让赛塔勒能够好好看看他现在的样子。她那副笑容简直就像一只猫！一个身穿红蓝色盔甲，有着一张秃鹫脸的霄辰女人显然也很喜欢麦特，她甚至还扔过来一枚沉甸甸的银币，这枚硬币一面印着一张严肃的女人面孔，另一面印着一把高大的椅子。

不管怎样，麦特现在有了可以存放衣物和黄金的地方。他回到王宫中泰琳的寓所后，也顺利找到了逃跑时能穿的衣服。

“恐怕大人的寓所现在状况很糟。”尼瑞姆可怜兮兮地说。这个皮包骨、肤色白皙的灰发凯瑞安人就算是得到一袋子的火滴石，也同样会是这种凄惨的表情，他那张长脸永远也圆不起来。他一边说，一边盯着门口，以防泰琳突然回来：“一切都肮脏透顶，恐怕霉菌已经把大人最好的几件衣服都毁掉了。”

“它们全都被放在一个橱柜里，那里本来只放着贝瑟兰王子儿时的玩具兵，大人。”罗平一边带着笑容说话，一边又拉了拉黑色外衣的衣领，那件衣服和泽凌的很像。这个秃头男人和尼瑞姆截然相反，他又矮又壮，肤色黝黑，隆起的肚子总是随着他的笑声微微颤动。在拿勒辛死后的一段时间里，他似乎总是在和尼瑞姆比谁叹的气比较多，但只过了几个星期，他就恢复了原本的样子。不过只要有人提起他原来的主人，那又不一样了。“不过它们的确很脏，大人，我相信，自从王子将他的玩具兵放在那里之后，就再也没有人去过那里了。”

麦特终于觉得自己的运气又回来了，他让尼瑞姆和罗平分几次把他的衣服送到“流浪的女人”旅店去，且一次只能带一两件，同时再带过去一袋黄金。他的黑柄长矛和没有上弦的两河长弓都立在泰琳卧室的一个角落里，这两样东西要最后再拿，因为把它们送出去可能跟麦特自己逃出去一样困难。他可以给自己做一张新弓，但他不打算丢掉艾杉玳锐。

我为这该死的东西付出太大的代价了，他一边想，一边摩挲着脖子上被丝巾遮住的那道伤疤。*我为太多东西付出太多代价了*。光明啊，以后他还会有更多伤疤和更多战斗，这都不是他想要的。他也不想要一个妻子，他甚至还不知道这个预言中的妻子是什么人。他明白，在前面等待他的灾难远比他所知道的更多，但首先他要完整无缺地逃出艾博达，其他的事情只能以后再去想了。

罗平和尼瑞姆弯腰缩颈地从他的面前消失了，两个人的衣服底下都藏了一只压扁的大钱袋。他们前脚一离开，泰琳就走了进来，她丢给麦特的第一个问题是，为什么他的两名贴身仆人好像赛跑一样在走廊里狂奔。麦特当然不会说实话，他立刻就用各种招数来引开泰琳的注意力。没多久，他就把其他事情都抛在脑后，只隐约感觉到他的运气终于开始在赌博以外的地方发挥作用了。现在他还需要做的就是得到亚柳妲手中的秘密。泰琳正一心一意地做着眼前的事情。在随后的一段时间里，麦特忘记了烟火、亚柳妲和逃亡，当然，只是一段时间。

在城里稍作搜索之后，麦特终于找到了一名铸钟匠。艾博达有一些打制铜锣的工匠，但铸钟匠只有一个，他的铸造厂位于西城墙外侧。他是个肤色苍白、情绪急躁的家伙，麦特见到他的时候，他正挥汗如雨地在巨大的铁熔炉旁工作。这个工厂是一个长方形的大房间，除了闷热不堪以外，这里倒更像是个刑讯室。用来提升重物的铁链从房梁上垂挂下来，火舌突然从熔炉中喷出，在麦特的视线中留下一团团灼目的黑影，让他陷入半盲的状态。还没等黑影完全从麦特眼前消失，另一股火焰又让麦特不得不眯起眼睛。满身汗水的工人们将在熔炉中熔化的青铜灌入一个一人半高的方形模子里，这个模子已经被放在用于将铜钟运送出去的滚轴上，还有一些同样的大型模子立在周围的石地板上，它们的周边还堆放着许多各种形状的小模子。

"大人真是爱开玩笑，"苏托马师傅勉强笑了两声，但他一点开心的样子都没有，被汗水湿透的头发都贴在他脸上，而他的笑声就像他的脸颊一样空洞。在应付麦特的同时，他还不停地皱起眉，瞪着他的工人们，似乎是在怀疑那些人都想要立刻躺下来睡觉一样。在这个酷热难耐的地方，就算是死人也肯定睡不着，麦特的衬衫已经因汗湿完全贴在身上，连外衣也出现了一块块汗渍。"我对照明者一无所知，大人，我也不想了解。那些烟火只是些花哨又没用的东西，但大钟可不一样，大人请原谅，我现在很忙。女大君苏罗丝为了庆祝她的胜利，订做了十三座大钟，它们是有史以来最大的钟。考温·苏托马将是它们的铸造者！"这些钟所代表的胜利，是外来者对他家乡的征服，但这点却好像没有对苏托马造成任何影响。他在说话的时候，还一边笑着，一边揉搓他瘦骨嶙峋的双手。

麦特试着让亚柳姐温柔一些，但这个女人却也像是青铜铸造的一样。不过，当她终于被麦特的一双手臂环抱住的时候，麦特感觉到她毕竟还是比青铜软得多，但那些让她颤抖的亲吻丝毫没有软化她的决心。

"我想，对一个男人，把他必须知道的事情告诉他就行了。"她坐在马车里的一张软垫凳子上，坐在麦特身边，一边喘息着一边说道。她所允许的限度只到接吻，不过她似乎非常热衷于这件事。她缀着珠串的细辫子在脑后乱成了一团。"男人总是不停地聊这个聊那个，你们自己也不知道片刻之后会说些什么。而且，难道你回来只是为了得到一个答案吗？"随后她就开始把自己和麦特的头发弄得更乱。

在从麦特口中得知坦其克照明者礼堂的情况之后，亚柳妲就没有制作过夜花了。麦特又去找过两次苏托马师傅，但在第二次的时候，那名铸钟匠已经不给他开门了。他正在铸造有史以来最大的钟，任何愚蠢的人都不能用他们愚蠢的问题来打扰他。

泰琳开始将每只手上的两根指甲涂成绿色，不过她还没有剃掉自己的头发，她告诉麦特，自己最终会剃掉半边头发。她还把长发拢到脑后，看着镏金边框的镜子，想象自己剃掉头发的样子。她想先适应这种怪异的样子，让自己适应霄辰风格，她不能在这种事情上犯错。不管贝瑟兰给了她多少阴沉的眼色，她全都无动于衷。

泰琳不可能知道亚柳妲的事情，但从他第一次吻过那名照明者的那一天开始，祖母年纪的女仆就全部从泰琳的房里消失了，取而代之的是一群头发雪白、满脸皱纹的老妇人。晚上，泰琳开始将她的弯匕首插在触手可及的床柱上，并在麦特身边大声地自言自语，评论麦特是如何看那些身披纱袍的达科维。实际上，她并不只是在晚上才用匕首去戳那些床柱。带着笑容的女仆们在召唤麦特去泰琳的房间时，往往只需要告诉他，泰琳又在戳床柱了。很快地，麦特就开始躲避那些脸上带着笑容的女仆。他并不是不喜欢和泰琳同床共枕，虽然她是个傲慢的女王，但所有贵族女人都是傲慢的。麦特只是觉得自己变成了一只被猫当成宠物的老鼠。在这里，冬天里白昼的时间比家乡两河要长得多，但麦特有点怀疑，泰琳要把他这些多出来的时间也全部吞掉。

幸运的是，现在泰琳不得不用愈来愈多的时间陪伴苏罗丝和图昂了，她的寓所被愈来愈频繁用来接待来访的朋友。至少图昂可以被看成她的朋友，而任何人都不可能和苏罗丝成为朋友，泰琳似乎已经接受了这个女孩，或者是这个女孩接受了她。关于她们之间的谈话内容，泰琳只是向麦特透露一点点，但她们现在经常一聊就是几个小时。麦特经常会看见她们一边在走廊散步，一边低声交谈，有时甚至会一同大笑起来。安奈瑟和赛露西娅经常会陪在她们身后，赛露西娅是图昂的金发侍圣者。有时这些女人的身后还会跟着两名目光严厉的视死卫士。

麦特依然不清楚苏罗丝、图昂和安奈瑟之间的关系。在表面上，苏罗丝和图昂是平等的，她们彼此都直呼对方的名字，也会为对方所开的玩笑而笑。图昂从不曾向苏罗丝发出过任何命令，至少麦特没听过。但苏罗丝似乎永远都会严格执行图昂提出的一切建议，而安奈瑟总是用剃刀般锋利的话语对图昂提出批评，丝毫不留情面。“糊涂”和一些更为可怕的字眼，是她经常会给予图昂的评价。

“这是最为严重的愚蠢，孩子。”一天中午，麦特在走廊里听到安奈瑟极为冷峻的声音，这时泰琳还没向他发出那种凶巴巴的召唤，而他正试图尽快溜出泰拉辛宫。现在他已经习惯贴着墙边走路，并在每个走廊转角都先观察一下有没有其他人经过。今天他要去找苏托马和亚柳妲，结果却先撞上了那三名霄辰女人（算上赛露西娅的话，一共是四个霄辰女人）。麦特一边警戒着周围是否有面带微笑的女仆出现，一边不耐烦地等待她们走过去。她们肯定不会喜欢麦特突然闯入她们私密交谈的现场。"一顿鞭子应该能纠正你的错误，清除你脑子里的垃圾，"那个身材高的女人继续用寒冰一样的声音说道，"请求我这样做吧，我会答应的。"

麦特用一根手指掏了掏耳朵，晃晃头，他一定是听错了。赛露西娅站在一旁，双手交叠在腰间，连一根头发都不曾动一下。苏罗丝则惊呼一声："难道你要为这个惩罚她！"她说话的速度虽然慢，却充满怒意，她的目光仿佛是要在安奈瑟身上盯出两个洞来。安奈瑟丝毫不理睬她，仿佛她只是放在旁边的一把椅子。

"你不明白，苏罗丝。"图昂的叹息吹动了遮住她面孔的薄纱，她看起来……很是顺从。麦特在知道她只比自己小一两岁的时候，曾经非常吃惊，他本以为图昂要比他小上十岁……至少小个六七岁是没问题的。"预兆显示了另外的结果，安奈瑟，"这个女孩又平静地说道，她没有丝毫气愤，只是简单地陈述事实，"相信我，如果它们发生了改变，我会告诉你。"

有人拍了一下麦特的肩膀。麦特回过头，看见一张洋溢着笑容的女仆的脸。好吧，现在他并不是很急着要出去。

图昂让麦特感到困扰。每次他们在走廊里相遇时，麦特都会努力表现出最礼貌的样子，可是图昂却对他视若无睹，就像苏罗丝和安奈瑟一样。但麦特觉得他们在走廊里遇到的次数有些太多了。

一天下午，他走进泰琳的寓所，在此之前，他已经确认过泰琳正在和苏罗丝进行密谈。在泰琳的卧室里，他发现图昂正在端详他的艾杉玳锐，他立刻僵在原地，看着那个女孩用指尖划过黑色矛柄上的古语铭文。一只乌鸦被雕刻在一块比乌鸦还要黑的金属上，而铭文的两端各镶嵌着一块这样的金属，还有一对这样的金属被嵌在微微弯曲的矛刃上。乌鸦是霄辰的皇家象征。麦特屏住呼吸，试图悄无声息地退出房间。

那张被薄纱遮住的面孔向他转过来，那的确是一张秀丽的面孔，如果她不是一副要咬穿一块木板的表情，麦特甚至可以确信她是个美人儿。他不再觉得她像是个男孩了，她一直勒在身上的那种宽腰带清晰地显示了她的曲线，但问题并不在这里。对于每一名比麦特的祖母更年轻的成年女人，麦特总是会或多或少地想象一下和她们跳舞或接吻的样子，就连那些盛气凌人的霄辰王之血脉也不例外，但他从不曾对图昂动过这种念头。一个女人一定要让人有伸出手臂抱一抱的欲望，否则又该如何与她打交道？

“我不认为泰琳会拥有这样的东西，”她的声音缓慢而又冷静，现在她已经将长矛放回到麦特的长弓旁边，“那么这一定是你的了。这是什么？你怎么得到它的？”这些冰冷的问题让麦特不禁咬紧了牙，这个该死的女人就像是在指使一名仆人。光明啊，就他所知，她甚至还不知道他的名字！泰琳说过，自从图昂提出要买麦特之后，她就从没有在这个女孩面前提起过他。

“它叫做长矛，殿下。”麦特抵抗着要靠在门框上的欲望，将拇指插在皮带里。她是霄辰的王之血脉。“我买了它。”

“我给你十倍的价钱，”图昂说，“它的名字是什么？”

麦特几乎笑了起来，当然，这不是因为高兴。*想都别想，只有我会买它，这代价只有我付得起。*“它的价钱不是用黄金衡量的，殿下，”不知不觉间，他的手伸到了黑色丝巾上，以确保丝巾仍然完好地掩盖住他的脖子，“只有傻瓜才会付这个价钱，更不要说十倍的价钱了。”

图昂审视着他，无论她的面纱如何透明，麦特仍然读不懂她的表情。然后，麦特仿佛又变得完全无足轻重。她迈着平稳的步伐从他身边走过，离开了泰琳的寓所，仿佛这里根本就不存在第二个人。

这不是唯一一次麦特和她单独相遇。当然，安奈瑟、赛露西娅和那些卫士不可能总是跟着她，但麦特还是觉得有太多次，当他因为某些事突然折回房间时，看到图昂只有一个人，也在看着他；或者是当他走出房间时，发现她恰好就在门外。不止一次，麦特在走出宫门时回头看去，看到她戴着面纱的脸就在窗前。当然，她应该是在眺望一些别的东西。她看到他，就会缓步走开，仿佛他并不存在。麦特想知道她在向窗外眺望什么，她却只是转身回到屋里，他只是走廊里的一盏灯，莫海拉广场上的一块石板。但这还是让麦特感到紧张，毕竟，她曾经提出要买下他，这种事情会让每一个男人感到紧张。

不过，即使是图昂也不可能干扰他现在愉悦的心情，事情都在朝好的方向发展。古蓝没有回来，它可能是去寻找一个更容易得手的“猎物”了。他在任何时候都竭力避开黑暗和僻静的地方，以免古蓝有机会向他发动突袭，他的徽章很有用，但足够的谨慎会更有用。在他最近一次去和亚柳妲见面时，亚柳妲几乎向他泄露了一些秘密，但她很快就清醒过来，急忙把他赶出了马车，但麦特相信，自己又朝成功迈进了一步。只要有足够的热吻，女人终究会把一切都告诉你。他和“流浪的女人”旅店保持着距离，以免引起泰琳疑心，但尼瑞姆和罗平正不停地将他真正的衣服送过去那里。泰琳床下铁箱里的东西也正一点一点地被送到"流浪的女人"厨房地板下的小洞里，现在那只铁箱已经空了一半。

但厨房地板下的那个小洞慢慢变成了他的噩梦，它用来储藏黄金的确很合适，不明所以的人即使打断几根凿子，也无法将它敲破。而且，一般的客人都会住在楼上。赛塔勒总是在确保厨房空无一人后，才会把黄金放进去。但如果每次罗平和尼瑞姆去"流浪的女人"时，赛塔勒都要把厨房里的人轰出去，这难保不会引起别人的怀疑。懂得其中关键的人可以轻松地把小洞上的地板掀起来。麦特决定要亲自去确认一下那里的状况。在很久以后，麦特会很奇怪，为什么那些该死的骰子没有警告他不要走这一趟。

第19章

三个女人

北风吹个不停，太阳还没完全从地平线升起来。本地居民说这样的天气肯定会下雨，遮住天空的乌云仿佛重重地压在走过莫海拉广场的麦特头顶上。“流浪的女人”旅店大厅中更换了许多新面孔，但这一次，麦特没有发现罪奴和罪奴主，也没看见乐师，不过充斥在这里的仍然只有霄辰人和烟草气味。大多数人都在吃早餐，他们偶尔会以犹疑的眼神看一眼面前碗里的东西，仿佛不知道自己正在吃的是什么。实际上，麦特对于艾博达人早餐喜欢吃的白粥同样感到奇怪。不过并非所有人的注意力都在食物上，身穿绣花长袍的三男一女正在一张桌上抽烟和玩牌，他们的发式表明他们是四个小贵族。他们桌子上的金币吸引了麦特的注意力。他们的赌注相当高。最大一堆钱币放在一个瘦小的黑发男子面前，他的肤色像安奈瑟一样深。现在他叼着一根长杆银嘴烟斗，带着狼一样的笑容看着他的对手们。麦特也带着黄金，不过他在纸牌上的运气从不曾像在骰子上那样好过。

赛塔勒女儿麦拉爱告诉麦特，赛塔勒在天没亮时就出去了，店里的事情现在由她来打理。她是一个身材丰满、令人愉快的年轻女子，有一双像她母亲一样呈浅褐色的美丽大眼睛。她的裙摆左侧被掀起，缝在大腿一半的地方，麦特在这里的时候，赛塔勒是不会允许她这样穿的。麦拉爱见到麦特时并不是很高兴，麦特走近她的时候，她甚至皱起眉头。麦特在这里时，有两个男人死在他手里，他们都是想要打碎麦特脑袋的强盗，但以前“流浪的女人”从不曾发生过这种事。麦拉爱曾经明确地表示过，她只有在看到麦特离开这里的背影时才会感到高兴。

现在麦拉爱对麦特的要求也没什么兴趣，而且麦特不可能对她做太多解释。只有赛塔勒知道厨房里都藏了些什么，至少他衷心希望如此，而且他肯定不能在这么多人面前泄露自己的秘密，所以麦特撒了个谎，说他很想念这里厨师的手艺，并巧妙地欣赏着麦拉爱的裙摆，仿佛在暗示他更想要见到她。麦特无法理解，当每一个艾博达女人都在展示半个胸部的时候，为什么多露出一点衬裙会有问题。但如果麦拉爱觉得这样代表着特别的意思，也许一点奉承会为他打开道路，于是他让自己露出最美好的微笑。

麦拉爱一边心不在焉地听着麦特说话，一边捉住了一个从身边走过的女服务生，麦特认识这个猫一样的深色眼睛女孩。“凯拉，天空队长育蓝的杯子几乎要空了，”麦拉爱的语气相当恼怒，“你应该让它一直是满的！如果你不能完成你的工作，女孩，艾博达有的是人能够顶替你！”凯拉要比麦拉爱大几岁，但她立刻就向麦拉爱行了个蹩脚的屈膝礼，然后又瞪了麦特一眼。还没等凯拉站起身，麦拉爱又捉住一个从身边经过的男孩，那个男孩正小心地捧着一只堆满脏碟子的大托盘。“不要浪费时间，罗斯！你还有工作没完成呢，赶快去把事情做好，否则我就把你送到马厩去。告诉你，你不会喜欢那里的！”

罗斯是麦拉爱最年轻的弟弟，他瞪着她，愤懑地嘟囔着：“真希望春天快一点来，这样我就能回船上去工作了。自从芙丽勒结婚后，你的脾气就没好过，不就是她年纪比你小都结婚了，你却还没有被求婚吗？”

麦拉爱伸手去敲他的头，被他轻松地躲开了，他手中的那些杯盘却差点摔在地上。“为什么不把你的衬裙钉在钓鱼码头上？”他一边吼着，一边在姐姐又一次挥起巴掌前跑掉了。

当麦拉爱最终把注意力转回麦特身上时，麦特叹了口气。他不知道钉起衬裙是什么意思，但只要看麦拉爱的脸色，他大概也能猜出这不是好话，现在这个姑娘就连耳朵都要喷出火苗了。“如果你想吃饭，那就以后再来，否则就等着吧，我可不知道你要等多久。”

麦拉爱的笑容相当阴险，没有人会选择等在这样的大厅里，每张椅子里都坐着霄辰人，还有更多的霄辰人站着，让端着食物酒水的女服务生们不得不一边走，一边小心地绕路。凯拉正在为那个黑皮肤的小个儿男子斟酒，并向他露出最甜美的笑容，她也曾这样向麦特笑过，但麦特却不知道她现在为何这么讨厌自己。不过他现在要对付的女人已经够多了。什么是天空队长？这个问题他可以以后再去找答案。

“我在厨房里等，”麦特说，“我想告诉恩妮德，我是多么喜欢她做的菜。”

麦拉爱张嘴要反对，但这时一个霄辰女人高声呼唤要求斟酒，那是一个目光严厉、穿戴蓝绿色盔甲的女人，她的头盔上有两根长羽毛。现在她正要喝临行前的最后一杯，但所有女服务生都在忙碌着，所以麦拉爱只能瞪麦特一眼，然后勉强换上一副笑脸，自己跑了过去。麦特挽起手杖，以花哨的姿势向她的背影鞠了个躬。

大厅中的烟草气味也渗透到厨房里，和这里的食物香气混在一起。鱼在烤架上翻转，面包在炉子里烘焙，肉块在煎锅上嗞嗞作响，灶火、烤炉和砌砖长壁炉中的熊熊火焰让这里变得相当热。六个女厨子和三名男仆正在首席厨师的指挥下忙碌着，所有人脸上都是汗水。首席厨师恩妮德穿着一件雪白的围裙，仿佛那是官员的制服，她手中的长柄木勺随着她发号施令来回挥舞。她是麦特见过的最圆胖的女人，麦特怀疑自己即使真的向她张开双臂，也没办法把她抱住。她立刻就认出了麦特，一丝狡黠的笑容出现在她椭圆形的胖脸上。

“你终于知道我是对的了。”她一边说，一边用勺子指着麦特，“你压在了错误的甜瓜上，结果却发现那个甜瓜其实是一条伪装的蓑蛴，而你却是一头蠢猪。”然后她就仰起头，大笑起来。

麦特强迫自己干笑两声。*该死的！现在所有人都知道了！我必须离开这个该死的城市*，他恨恨地想着，*否则我下半辈子就只能听这种该死的笑声了！*

不过麦特现在也明白了，自己关于黄金的担心实在是很愚蠢。炉子前面的那块灰色石板看起来非常牢固，和其他地板没有任何差别，只有用正确的方法才能将它掀开。罗平和尼瑞姆只要发现有一枚硬币从那个坑里消失了，肯定会立刻告诉他，敢在这个厨房里偷东西的贼，会被赛塔勒剥掉皮。他现在已经可以走了。也许亚柳妲在早晨时意志力会更弱一些，也许他还能在她那里吃个早餐，他今早没来得及吃东西就溜出宫了。

为了不引起别人的疑心，麦特夸赞起恩妮德的浇汁烤鱼，说这里的烤鱼比泰拉辛宫中的要好吃多了。不过他这么说并不夸张，恩妮德的确是一个能创造奇迹的厨师。听到麦特的奉承，她的脸上立刻焕发出喜悦的光彩。让麦特惊讶的是，她打开一个烤箱，拿出里面的一只大浅盘，放到厨房长桌的一端。她告诉麦特，大厅里的人可以再等一下。然后她一挥木勺，立刻有一名矮壮的男仆为麦特搬来一张凳子。

麦特看着这条金黄色的比目鱼，觉得自己的胃正在翻腾。现在的亚柳妲也许并不比其他时间更软弱，而且如果这么早就去打扰她，她很可能不会给他什么早餐吃。他肚子里的叫声愈来愈大了。

麦特将斗篷挂在通往马厩的门旁挂钩上，把手杖靠在一边，帽子塞在凳子下面，再卷起蕾丝袖口，以免它们会沾上盘里的汁水。

没多久，盘里就只剩下一堆白色的鱼刺和鱼头，而麦特还在回味齿间的余香。来到艾博达之后，他学会享受这里的许多奇怪的东西，但他还是没有动这条鱼的头，因为在那个小鱼头上，两只眼睛竟然长在同一侧！

就在麦特用亚麻餐巾擦嘴时，赛塔勒从通往马厩的后门走进来，她随手解下斗篷，甩掉上面的雨水。她身后还跟着一个女人，那女人一走进来，立刻将后门关上。她并没有脱下满是雨水的斗篷，甚至没有掀起盖在头上的兜帽。麦特站起身，恰巧看到藏在兜帽里的那张脸，差点将身下的凳子踢翻。他相信自己还是控制住了表情，但当他想要朝那个女人走过去的时候，还是觉得有些天旋地转。

"你在这里，实在是太好了，大人，"赛塔勒一边飞快地说着话，一边将斗篷交给一名男仆，"我正打算派人去找你。恩妮德，请让其他人离开厨房，把门口看好，我需要单独和这位年轻的大人谈一谈。"

首席厨师立刻将她的厨子和仆人们轰到马厩院子去，丝毫不理会他们嘟囔着外面正在下雨，或是哀嚎着还有菜肴没从火上拿下来，不过这些人看样子已经像恩妮德一样习惯了赛塔勒的这种命令。恩妮德甚至没再看赛塔勒和她的陌生同伴一眼，就跑到通往大厅的大门口，手中紧握着她的长柄勺子，就像是握着一把剑。

"真让人吃惊啊！"裘丽恩·马札一边说着，一边掀起兜帽，她穿着一袭黑色羊毛长裙，深深的领口显示出艾博达本地风格。不过这身衣服对她显得有些宽松，而且相当破旧，这倒是和她泰然自若的神情形成鲜明的对比。"当赛塔勒告诉我，她认识一个人，也许能把我带出艾博达时，我完全没猜到是你。"这个漂亮的褐色眼睛女人，脸上带着几乎像凯拉一样甜美的微笑，她那张光洁无瑕的面孔让所有人一眼就能知道她是两仪师。而现在，几十个霄辰人就在一道门的另一边，那道门正由一名厨师守卫着。

裘丽恩脱下斗篷，转身将它挂在一枚墙钉上。赛塔勒焦躁地低喝了一声："现在还不安全，裘丽恩。"她的语气不像是在和两仪师交谈，倒像是在喝斥她的女儿。"在我让你安全……"

通往大厅的门口突然传来一阵喧哗，麦特以自己一生中从没想过的飞快速度搂住裘丽恩的腰，一屁股坐在通往马厩门旁的凳子上，把两仪师紧紧抱在大腿上，假装和她亲嘴。这是个蹩脚的伪装方法，但他总不能用斗篷裹住这个两仪师的脑袋。裘丽恩愤怒地喘息着，但当她听到霄辰人的嗓音时，立刻恐惧地睁大眼睛，并伸出双臂，同样紧紧抱住麦特。麦特一边祈祷着自己的运气不要跑掉，一边看着通往大厅的门被打开。

恩妮德仍然大声抗议着，却只能一步步朝厨房退进来，她的勺子指着一名身上披着湿斗篷的侍圣者，他正不断地推着恩妮德，脸上满是怒容，头顶仅有的一根短辫子连肩膀都碰不到。他用一只手挡住恩妮德长柄勺的大部分挥击，虽然偶尔也会被恩妮德打中一两下，但他对此完全不理会。他是麦特见到过的第一个留着胡子的侍圣者，胡须覆盖了他的左侧脸颊，直到耳际，而他右侧的胡子全被剃光了。他的身后还有一名身材高大的女人，有双锐利的蓝眼睛和表情严厉的白皙面孔，身上穿着一条浅蓝色的百褶裙，背后是一袭华贵的蓝色绣花斗篷，用一根白银大别针扣在她的脖颈下面。她头顶的黑发被削成碗状，剩余的头发全部剃光。不管怎样，他们比带着罪奴的罪奴主好，至少要好一点。恩妮德意识到她的战斗已经失败了，就从那个男人面前彻底退开，但她还是紧握着勺子，双眼圆瞪，大概只要赛塔勒说一句话，她立刻就会再一次面对那名侍圣者。

“前面有个人看见老板娘从后面进来了。”侍圣者高声说道，他看着赛塔勒，但还是警戒着恩妮德的动作。“如果你是赛塔勒，安南，那么你应该知道，这位是碧绿将军艾格宁·塔玛拉斯女士。女大君苏罗丝·赛贝勒·梅戴拉斯女士亲自签署命令，这里要为塔玛拉斯女士提供住宿的房间。”他的语气发生了变化，不再像一个宣示主人身份的使者，更像是一个寻找住处的旅人。“要你们最好的房间，要有一张舒适的床，能俯瞰这里的广场，还要有一个无烟的壁炉。”

这名侍圣者说话时，麦特愣了一下。裘丽恩可能以为霄辰人是来找她的，在麦特嘴边发出一阵瑟缩的呻吟，她的眼眶里充满着泪水，麦特能清楚地感觉到她全身都在颤抖。那个艾格宁·塔玛拉斯女士朝发出呻吟的裘丽恩瞥了一眼，脸上露出厌恶的神色，转过身，不再去看抱在一起的那两个人。不过，引起麦特兴趣的是那个男人。伊利安人怎么会变成侍圣者？而且麦特依稀觉得他的脸有些面熟，很可能它是那些成千上万早已死去的面孔之一。麦特总是不由自主地会回忆起那些面孔。

“我是赛塔勒·安南，我最好的房间已经给了天空队长艾巴达·育蓝。”赛塔勒冷静地说道，侍圣者和王之血脉似乎丝毫不让她感到畏惧，她将双臂抱在胸前。“住在我第二套好房间里的是视死卫士的旗将富里克·卡瑞德。我不知道碧绿将军的等级是否比他们更高。你们之中谁留谁走,你们可以自己决定,我绝对不会拒绝任何霄辰客人,只要他们付给我房租。"

麦特紧张地等待着灾难的到来。一些比赛塔勒恭敬许多的人都曾被苏罗丝抽过鞭子,但艾格宁却笑了。"很高兴能遇到一个有点胆量的人,"她用那种平缓的霄辰语调说道,"相信我们能融洽相处,赛塔勒,只要你不滥用你的勇气。将军下达命令,懦夫服从,但我的甲板上从不会有懦夫。"麦特皱起眉。甲板,船只的甲板。为什么这仿佛触动了他脑海中的某样东西?有时候那些古老的记忆实在是讨厌。

赛塔勒点点头,她一直没避开过霄辰人的那双蓝眼睛。"一切都按照你说的去做,女士。但我希望你记住,'流浪的女人'是我的船。"赛塔勒的运气不错,她面对的是一个有幽默感的霄辰人。

艾格宁笑着说:"那么你也是你船上的将军了。"然后,她又叹了口气,摇摇头:"光明的真实啊,恐怕我在这里的等级并不算高,但苏罗丝要我在靠近她的地方待命,所以必须有些人住到次一等的房间里,有些人要搬出去,除非他们愿意挤一下。"她突然皱起眉,朝麦特和裘丽恩斜了一眼,厌恶地撇撇嘴唇。"相信你不会让这种事情随处出现吧,赛塔勒?"

"我向你保证,你在我的屋檐下绝不会再看到这种事了。"老板娘立刻回答道。

那名侍圣者也向麦特和坐在他膝头的那个女人皱起眉头,艾格宁拉了拉他的袖管,他才回过神来,随主子回到大厅。麦特轻蔑地哼了一声,这家伙愿意学他的主人假装清高,就让他去装吧。麦特知道伊利安的节日是什么样子,那几乎和艾博达的节日一样放荡——人们身上的衣服连一半皮肤都遮不住。而那些霄辰人的达科维和被霄辰士兵追捧的茜舞娘们还暴露得更多。

厨房门刚一关上,麦特就想把裘丽恩从他的大腿上推下来,但裘丽恩还是紧紧抱着他,还把脸埋在他的肩头,轻声哭泣。恩妮德重重地叹了口气,颓然倒在长桌旁,就好像她全身的骨头都酥软了一样。就连赛塔勒也显露出无力的样子,她坐倒在麦特刚才吃早餐时用的凳子上,用双手托住头。但没多久,她又站了起来。

"数五十下,然后就让那些淋雨的人进来。"她用嘹亮的声音说道,没有人能看出她刚才还在颤抖。她拿起裘丽恩的斗篷,从壁炉架的柴匣中捡出一根长劈柴,在壁炉中点燃劈柴的一端。"如果你需要我,我就在地下室里。但如果有别人问起我,那么你并不知道我在哪里。除非我有别的吩咐,否则除了你和我之外,谁都不能到那里去。"恩妮德点点头,仿佛老板娘只是给她安排了一件日常事务。“带她过来，”老板娘又对麦特说，“别耽误时间，有必要的话就把她抱下来。”

麦特不得不将裘丽恩抱起来，她仍然在无声地啜泣着，丝毫不松开紧紧抱住麦特的双臂，甚至不肯让脸离开他的肩膀。感谢光明，她还不算重，但走在赛塔勒身后的麦特还是感觉伤腿上传来一阵阵疼痛。如果不是这种伤痛，如果不是赛塔勒平稳安闲的脚步，也许这种怀抱佳人的感觉还会不错。

赛塔勒不急不缓地来到一扇沉重的木门前，就好像百里之内都没有霄辰人一样。她点亮门旁架子上的一盏油灯，小心地吹熄木柴，然后将油灯的高玻璃罩装好，拿起油灯，把那根冒烟的木柴放进一只小锡盘里，又不疾不徐地从腰间的荷包里拿出一把长钥匙，打开门上的铁锁，才示意麦特走进去。门后的台阶相当宽阔，完全可以让一只大桶横滚进去，但却相当陡峭。前方黑压压的，什么都看不见。麦特服从命令，走进去，停在第二级台阶上，等待赛塔勒重新锁上门，高举起油灯走到前面去带路。麦特可不想在这道台阶上摔跤。

“你经常这么做吗？”麦特一边问，一边挪动了一下裘丽恩的重心。两仪师已经不再哭泣了，但仍紧抱着他，全身不住地颤抖。“我是说，你经常会把两仪师藏起来吗？”

“我听到有人在悄悄谈论，城里还有一位两仪师。”赛塔勒回答，“于是我抢在霄辰人之前找到了她，我不能让两仪师落入霄辰人手里。”然后她回头瞪了一眼，让麦特立刻闭上嘴。麦特也愿意帮助任何人逃出霄辰人的控制，只要在他力所能及的范围内，而且他还欠裘丽恩一个情。

“流浪的女人”是一家储备充足的旅店，这座昏暗的地窖非常宽大，盛放葡萄酒和啤酒的大桶，以及装满土豆和芜菁的板条箱在石板地上堆成了高墙，中间只留下一些狭窄的走道。一排排高大的储物架上堆放着一麻袋一麻袋的干豆子和胡椒，无数只木箱里装着各种各样的食物。这里没有多少灰尘，空气中有一种储藏室里惯常会有的干燥气息。

麦特看到了他的衣服，它们被整齐地叠放在一个干净的置物架上，但他没机会去仔细查看那些衣物。赛塔勒领着他一直走到地下室的另一端。他将裘丽恩放在那里的一只大桶上，然后不得不用力拉开裘丽恩的手臂。裘丽恩从袖子里抽出一块手绢，轻轻擦拭着自己的红眼圈，看着她脸上的泪痕和破旧的衣裙，很难想象她是一位两仪师。

“她已经被吓破了胆。”赛塔勒一边说，一边将油灯放在另一只没了塞子的空桶上。这些空桶很快就会被运回到酿酒作坊去，这个用来堆放空桶的地方也是这个地窖里最空旷的地方了。“自从霄辰人来了之后，她一直在东躲西藏。

最近几天，她的护法们不得不带着她不断转移藏身之地，因为霄辰人现在不仅要搜索街道，还逐一搜索城中的房屋。任何人都受不了这样的恐怖行径。不过，我想他们大概不会搜查这里。”

想到头顶上的那些霄辰官员，麦特觉得赛塔勒也许是对的，不过麦特还是很高兴自己不必冒赛塔勒的这种风险。他蹲到裘丽恩面前，因腿上的疼痛忍不住哼了一声。“如果可以，我会帮助你。”他不知道自己该怎么帮她，但这是他欠她的。“能躲过那些人的搜捕，我由衷地为你感到高兴，苔丝琳就没这么幸运。”

裘丽恩将手帕从眼眶上拿开，紧盯着麦特。“幸运？”她气恼地喊了一声。看着她咬住下唇的样子，如果她不是两仪师，麦特就能肯定她是气坏了。“我本来可以逃掉的！那天一切都乱掉了。我完全不省人事，芬和布利瑞克差点没能把我从那座宫殿里救出来。两个男人带着一个昏迷的女人实在太引人注目，他们根本无法靠近城门。我很高兴苔丝琳被捉住了，很高兴！她一定给我吃了些什么，一定是的！所以芬和布利瑞克才没办法叫醒我，所以我才不得不藏身在小巷子里，在马厩中过夜，时刻在担心会被怪物找到。她的下场是她应得的！”

麦特眨眨眼，他以前还没听到过如此狠毒刻薄的话语，就是在那些古老的记忆里也找不到这样的话。赛塔勒向裘丽恩皱起眉头，她的手动了几下。

“不管怎样，我会竭尽全力帮助你。”麦特急忙说道。他站起身，走到两个女人中间。他不能让赛塔勒扇裘丽恩耳光，不管是不是两仪师，裘丽恩显然没心思去考虑罪奴会有怎样的感受。而这是一个简单的事实：创世主制造出女人就是为了让男人的生活不会那么轻松。光明在上，他该怎样把一名两仪师弄出艾博达？“我欠你一份情。”

裘丽恩的双眉微微一蹙，“欠我一份情？”

“那张要我警告奈妮薇和伊兰的纸条。”麦特缓缓地说。他舔了一下嘴唇，又说道：“你放在我枕边的那张纸条。”

裘丽恩不以为然地一挥手，但她的眼睛一直盯着麦特，眨也不眨一下。“等我们到达城墙以外，我们的一切债务就都结清了，麦特大人。”她的语气就像宝座上的女王一样尊贵。

麦特费力地咽了一口口水。那张纸条不是在他枕边，而是他在外衣口袋里找到的，也就是说，他找错了恩人。

麦特离开时并没有戳破裘丽恩的谎言。利用别人的错误，这是标准的两仪师式的谎言。麦特也没有把这件事告诉赛塔勒。这是他自己的问题，他为此感到恶心，他更希望自己从没发现这个错误。

回到泰拉辛宫，麦特直接走进泰琳的寓所，脱下自己的斗篷，披在一把椅子上，好将它晾干。大雨敲击着窗棂。麦特将帽子放到镀金雕花衣橱上，用毛巾把脸和手擦干，又想了想是否该换一件外衣。雨水已经浸湿了他外衣上的几块地方，他觉得全身都湿漉漉的。该死的潮湿！

麦特厌恶地吼了一声，用力把毛巾拧成一根短棍，扔到床上。他在故意耽搁时间，他甚至有一点希望泰琳会走进来，戳她的床柱，这样他就能暂时把必须做的事情扔到脑后。他不得不去做，裘丽恩让他别无选择。

这座宫殿的结构很简单。仆人们住在最下面一层，厨房也在那里，还有一些仆人住在地下室。第二层包括了一些公共厅堂和官员们狭窄的办公室。第三层提供给地位较低的客人们居住。现在这里住满了霄辰的王之血脉。最高一层是泰琳的寓所和一些高级客人的房间，比如苏罗丝、图昂和另外几个显贵。而就算是宫殿也会有阁楼。

麦特驻足在一道楼梯的底端，这道楼梯藏在走廊的一个转角里，不太容易被发现。他深吸一口气，才缓步向上走去。楼梯顶上是一个没有窗户的大房间，这里的屋顶很低，地板是粗木板。不管霄辰人到来之前这里存放过些什么东西，现在都已经被彻底清空了，取而代之的是许多木板拼成的小房间，每个房间的门都紧闭着。朴素的铁制立灯照亮了小隔间之间的狭窄走廊，雨滴击打在屋瓦上的声音在这里格外响亮。麦特走到楼梯顶上时，再次停下脚步，直到他确认没有听见任何脚步声，才恢复了呼吸。有一个女人正在小房间中哭泣。不过并没有罪奴主在这里质问他要做什么，很可能她们会知道他来过这里，但如果他的速度够快，也许她们不会知道他要找什么。

麦特不知道那个人在哪个房间，这是最麻烦的地方。他走到第一个房间前，稍稍打开门，往里头看了一眼。一名亚桑米亚尔女人穿着一条灰裙子，坐在一张窄床的床沿上，双手交叠在膝头。床、一只带有脸盆和水罐的盥洗架、一面小镜子占据了房间的大部分空间。几条灰裙子挂在墙上。罪铐的银手镯挂在墙壁的一只钩子上，透过一根银索和这名罪奴脖子上的银项圈相连。银索的长度让她能够走到这个房间里的任何地方。那些曾经有耳环和鼻环穿过的小洞现在都已经空了，看起来像许多伤口。当房门打开时，她脸上露出畏惧的神情，随后又变成若有所思的样子，甚至还流露出一丝希望。麦特一言不发地退出来，关上房门。*我不能把她们全都救走*，他苦涩地想，*我不能！光明啊！*他非常痛恨这样。

随后的几道门后都是同样布置的房间。麦特又找到三名海民女子，其中一个正痛苦地躺在床上，然后是一名正在睡觉的金发女人，她们的罪铐全都挂在墙壁的钩子上。麦特悄无声息地关上门，仿佛正在艾威尔太太的鼻子底下偷她的馅饼。也许这个金发女人不是霄辰人，但麦特不打算冒这个险。又打开了十二扇门后，他才如释重负地喘了口气，溜进去，再将房门关上。

苔丝琳躺在床上，头枕在手上，只有一双黑眼睛转向门口，盯住麦特。她什么都没说，只是看着麦特，就好像要在麦特的脑袋上盯两个洞出来。

“你在我的外衣口袋里放了一张纸条，”麦特轻声说道，这里的墙壁很薄，麦特甚至还能听到那个女人哭泣的声音，“为什么？”

“爱莉达要得到那些女孩，就如同她要得到令牌和圣巾，”苔丝琳仍然是一动也不动，她的声音中还残存了一些红宗两仪师的苛厉，“特别是伊兰。我想要……妨碍……爱莉达，如果我能做到的话，就让她去妄想吧。”她苦涩地轻笑了两声。“我甚至给裘丽恩吃了叉根，这样她就不会去打扰那些女孩了。看看我得到了什么结果，裘丽恩逃走了，而我……”她的眼睛再次转动，望向挂在钩子上的那只银手镯。

麦特叹了口气，靠在挂着灰色长裙的墙壁上。她知道那张纸条的内容——警告伊兰和奈妮薇。光明啊，他真希望她不知道，是另一个人将那张该死的纸条塞进他的口袋里。这张纸条实际上根本没有用，他们全都知道爱莉达在寻找那些女孩。一张纸条改变不了任何事！这个女人并不是真的想帮助她们，她只是……要妨碍……爱莉达。麦特完全可以拍拍屁股走人，他的良心不会谴责他。该死的！他真不该来找她。现在，既然他已经知道了……

“我会帮你逃出去，如果我能做到。”麦特不情愿地说道。

苔丝琳依旧躺在床上，就连表情和语气都没有任何变化。她像是在解释一件简单而微不足道的事情：“即使你能除掉这个项圈，我也不可能逃得很远，甚至无法离开这座宫殿。而且，任何能够导引的女人都走不出城门，除非她戴着罪铐。我自己也曾经在城门口当过看守，我知道。”

“我会找到办法的。”麦特一边喃喃地说着，一边抓着头发。找到办法？什么办法？“光明啊，你难道真的已经彻底屈服了？”

“你是认真的？”苔丝琳悄声说道，麦特差点没听见那微弱的声音，“我还以为你只是来嘲笑我。”她缓慢地坐起身，将双脚放在地上，一双眼睛专注地看着麦特。她的声音变得低沉而又急迫：“我真的屈服了吗？当我做出一件让她们高兴的事，罪奴主就会给我些甜头，我发现自己真的在渴望那些奖励。”她的声音里流露出恐惧的气息。“不是因为喜欢那些甜头，而是因为要让罪奴主高兴。”一滴泪水流出她的眼眶。她深深吸了一口气：“如果你帮我逃出去，我会做你所要求的任何事，只要那不是背叛白塔……”她紧咬住牙关，坐直身体，盯着麦特。突然间，她对自己点了一下头：“帮我逃出去，我会做你所要求的任何事。”

“我尽力，”麦特对她说，“我必须找个办法。”

她点点头，就好像麦特已经答应今晚带她逃走。“这座宫殿里还囚禁着另一个姐妹，爱德西娜·埃泽丁，她必须跟我们一起走。”

“另一个？”麦特说，“包括你在内，我至少看到了三四位两仪师。我现在还不敢确定是不是能带你出去，更别说——”

“其他人已经……变了。”苔丝琳绷紧嘴唇，“琪馨和提妮……我就像雪兰妮·凯米勒一样熟悉琪馨，但现在琪馨只会听从提妮了。她们两人背叛了我们，但爱德西娜还是她自己，我不会丢下她，即使她加入了叛逆者的阵营。”

“好了，听着，”麦特露出安慰的微笑，“我说过，我会竭尽全力帮助你逃出去，但我可能没办法让你们两个——”

“你最好立刻离开，”苔丝琳再次打断了他的话，“不管怎样，男人是不能出现在这里的。如果她们找到你，一定会对你产生怀疑。”她向麦特皱起眉，哼了一声：“如果你穿的不是这么招摇，情况可能还好一些。十个喝醉的匠民也不会像你这般惹人注目。赶快走吧，走！”

麦特嘟嘟囔囔地走了。这就是两仪师，你刚提出要帮助她，她就会让你在半夜里爬上一道悬崖，一个人去解救五十个关在崖顶牢房里的囚犯。这是另一个人的记忆，一个早已死去的人，但麦特记得这件事，就好像是他自己做的一样。该死的！他连该怎么把一位两仪师救出去都不知道，何况是两个！

麦特从楼梯底端的那个拐弯中转出来，差点撞在图昂身上。

“罪奴巢是不许男人进去的，”图昂的眼睛从面纱后面冷冷地盯着他，“你会受到惩罚。”

“我正在找一名寻风手，女大君，”麦特急忙说道，他屈腿向图昂行礼，并用平生最快的速度思考着，“她曾经帮助过我，我想，她也许会喜欢吃些蛋糕之类的东西。但我没找到她，可能她还没有被捉住……”麦特的声音消失了，他愣愣地看着图昂。这女孩严肃明断的面具消失了，她的脸上展现出笑容，她真的非常美。

“你真是善良，”图昂说，“很高兴你会如此仁慈地对待罪奴，但你一定要小心。的确有些男人会把罪奴带到他们的床上去。”她丰满的嘴唇厌恶地扭曲着。“你不会让别人把你当作变态吧。”那种严肃的表情又出现在她脸上，那是法官在宣判死刑时才会有的表情。

“感谢您的警告，女大君。”麦特感到有些不安。什么样的男人会想要把带着镣铐的女人弄上床？

然后麦特就消失了，至少图昂应该是这样想的。她稳步向远处走去，就好像没看见任何人，不过这还是女大君图昂第一次主动找上他。现在“流浪的女人”旅店中藏了一个两仪师，还有两个戴着罪铐的两仪师，她们都在等待着该死的麦特拯救！麦特相信，苔丝琳一定会尽全力把他的承诺告诉那个爱德西娜。如果他不能尽快把她们送出去，这三个女人也许会逐渐失去耐心。女人很喜欢说话，只要她们说得够多，她们就会把不该说的事情说出来。不耐烦的女人更是容易说出心里的秘密。麦特感觉不到脑海里有骰子在滚动，但他几乎能听到钟表倒数计时的滴答声，而连在钟表后面的则是刽子手的斧头。现在麦特就算在睡觉时也能筹划一场战争，但那些古老的记忆对他现在所面对的难题，基本上没有任何帮助。他需要的是一名谋士，一个擅长策划阴谋和进行奇思妙想的人。他应该和汤姆好好聊聊，当然，还有泽凌。

于是麦特出发去寻找这两个人，不知不觉间，他哼起了《我正在井底》。没错，他已经掉进井底。夜幕正在落下，暴雨滂沱。就像最近经常会发生的一样，这首歌的另一个名字从那些古老的记忆中浮出来——这原来是一首塔克多宫廷歌曲，塔克多是在法拉舍勒。一千年以前，它和另外许多国家被亚图·鹰翼碾碎。虽然经过了漫长岁月的流传，它的曲调并没什么改变，那时，它的名字是《曼登哈的最后一战》。麦特觉得这两个名字都实在是太符合自己的处境了。

第 20 章

背叛的问题

伯萨敏一边在泰拉辛宫最顶端的那些杂乱的小隔间中穿行，一边小心地抱住她的书写板。如果墨水瓶塞松动了，让墨水溅到衣服上，就很难洗掉了。雨终于停了，阁楼里陷入一片寂静。今天至少要让罪奴进行一点练习，人被拘束太久，肯定会情绪低落，而这些克难的隔间实在是太狭小了。但遗憾的是，今天她没有被指派散步的工作。李娜从没有被安排过散步的工作，虽然她曾经是苏罗丝最优秀的训练师，很受尊敬。李娜有一点严厉，但技巧相当高超，所有人都曾经认为年轻的李娜会突破年龄的限制，迅速成为上罪奴主。但世事无常，罪奴主永远都比罪奴多，在法美镇战败后，就再没有人见过李娜控御罪奴。和她有同样遭遇的还有汐塔。她们在离开法美镇后被苏罗丝接纳为私人部属。伯萨敏在喝酒时像其他人一样喜欢谈论王之血脉和他们的亲随，但在话题转移到李娜和汐塔身上时，她从不敢发出任何评论，虽然她经常会想到她们。

“李娜，你从对面开始，”她发出命令，“如何？你还想让爱桑德得到你工作懈怠的报告吗？”

在法美镇战败前，个子矮小的李娜有一种极具威势的自信，但现在，她苍白的脸颊上有一根肌肉在微微抽搐。她给了伯萨敏一个病态的、逢迎的微笑，然后才快步走进狭窄的走道里，一边还轻轻抚着她的长发，仿佛害怕它们会乱掉。除了李娜最亲密的朋友，所有人都或多或少地在欺侮她，这大概也是她曾过于张扬跋扈的报应。与众不同往往会对自己不利，所以伯萨敏也在小心避免犯下这样的错误，她将自己的秘密埋藏在心底最深的地方。她知道一些秘密，但对此三缄其口，所以别人并不知道她的这些秘密。而她想让所有人都明白，伯萨敏·泽埃米是完美罪奴主的典范。她要做到绝对的完美，无论是对她自己，还是对她训练的罪奴。

她集中精神，以最高效率完成检视的工作，她要确认罪奴们保持着自身和房间的整洁。如果有罪奴没做到，她就会在书写板上的记录页中划一个符号；如果遇到某个罪奴做得非常令人满意，她会给她一颗糖。除此之外，她不会在任何隔间里做片刻耽搁。大多数被她控御过的罪奴，不论来自帝国还是大海的这一边，都会带着微笑向她问好，甚至在她们跪下时，笑容也不会褪去。她们知道，她很严格，但也是公正的。而其他罪奴脸上就看不到笑容了。那些像她一样肤色黝黑的亚桑米亚尔罪奴大多用石块般的面孔对着她，或者向她显示出深深的怒意，她们大概都以为能把自己的表情掩饰得很好。

伯萨敏没有记下那些面带愤怒的罪奴，她不会像另外一些人那样惩罚她们。她们仍然认为她们在反抗，但她们已经不再去讨那些俗气的珠宝了。已经过去的就不该再留恋，现在她们懂得下跪，懂得按规矩说话。对于最棘手的个案，一个新的名字是相当有用的工具，它能够割断过去的一切，无论她们多么不情愿，最终都会接受这个名字。反抗之心会随着那些愤怒的表情一同消失，她们最终都会忘记自己原来的名字。这是一个已经让人习以为常的模式，就像日出一样，从不曾发生过错误。有些人立刻就屈服了，有些人先是震惊，然后才渐渐明白她们是谁。总是会有几个顽固分子要对抗几个月之久；但更多的人往往在前一天还尖叫着说发生了严重的错误，说她们绝对会通过测试，但第二天，她们就会平静地接受自己的命运。在大海的这一侧，过程细节会稍有不同，但无论是在这里还是在帝国，结果都是一样的。

对于两名罪奴，她记录了她们完全不进行清洁工作的错误。祖茜是一名亚桑米亚尔罪奴，她的个子甚至比伯萨敏还高。伯萨敏认为她应该被抽一顿鞭子，因为她的裙子上满是皱褶，头发蓬松凌乱，床铺也是乱成一团，而她的脸已经因为哭泣而浮肿了。她刚刚跪下，就又开始抽泣起来，泪水不断地沿着她的脸颊流下，为她量身订制的灰色长裙现在松垮垮地挂在她身上，虽然她本来就不是一个很胖的人。

祖茜是伯萨敏亲自给她取的名字，所以她对这名罪奴有一种特别的关注。

她摘下钢笔帽，蘸了一点墨水，记录下对祖茜的处置建议：应该将她送离王宫，安置在双罪奴居住的罪奴巢中，让一个来自帝国的罪奴陪伴她，最好这个来自帝国的罪奴已经有过和新罪奴成为知心朋友的经验。泪水迟早都会流光的。

但伯萨敏不知道苏罗丝是否会接受这个建议。苏罗丝已经完全占有了那些来自帝国的罪奴，一位王之血脉拥有的罪奴数量只要有苏罗丝的十分之一，就会被怀疑有叛乱企图，甚至会遭到正式指控，但苏罗丝却仿佛将所有那些罪奴都视作她的个人财产。如果苏罗丝不赞成伯萨敏的意见，她就必须另想办法。伯萨敏绝不会让绝望的情绪夺走任何一个罪奴！第二个被特别记录的是苔希，不过她并没有祖茜那样的对抗行为。

当伯萨敏推开房门时，这名伊利安罪奴温驯地跪着，双手交叠在腰间。她的床铺整理得干干净净，额外的灰色裙子整齐地挂在墙钉上，发刷和梳子摆放在盥洗架正确的位置上，地板也被擦过了。这些都是伯萨敏预料之中的。苔希从一开始就把自己打理得很好，现在她进食情况也很理想，她甚至还学会自己洗净盘子，所以她的身体状况很令人满意。除了特别照顾以外，罪奴的进食都有严格限制，不健康的罪奴是一种严重的浪费。但苔希绝对不会被系上缎带，送去参加最可爱罪奴的评比，她的脸上永远都带着怒容，即使在她睡觉时也是一样。但今天，她向伯萨敏露出了微笑，伯萨敏确信这个笑容在房门被推开前就已经出现在她脸上了。苔希不可能这么早就会微笑。

“我的小苔希今天感觉如何？”伯萨敏问道。

“苔希感觉非常好。”那名罪奴柔顺地回答。

换作以前，她必然会经过一番挣扎，才能按照规矩说话。就在昨天，她还因为无礼的冒犯而被抽了一顿鞭子。

伯萨敏若有所思地用指尖挑起她的下巴，仔细审视这名跪在地上的罪奴。她对于所有自称为两仪师的罪奴都有着深刻的怀疑。她很喜欢历史，甚至读过许多大统一之前那些用各种杂乱语言写成的作品的译本。那些古代统治者们肆意杀戮，反复无常，渴求更大的权力，为毁灭邻国和其他统治者而喜悦。他们大多都死于暗杀，而杀死他们的往往是他们的继承者或臣属。伯萨敏很清楚两仪师是怎样的人。

“苔希是好罪奴。”她和蔼地说道，然后从腰间荷包里拿出一块糖，剥开糖纸。

苔希向前倾过身子，接过那块糖，亲吻伯萨敏的手，并表达了谢意。她的笑容略有稍减。不过当伯萨敏把那枚红色的糖块放进她进嘴里时，她的笑容又回来了。这就是她的伎俩吗？假装屈服，高兴地接受奖励，以此欺哄罪奴主。这种情况以前不是没出现过，但考虑到苔希原来的身份，她很可能在谋划逃跑。

伯萨敏走回狭窄的走道中，写下一段格外强调的建议。苔希的训练和惩罚都应该加倍，并且要不依照任何规律给她奖励，这样她就不可能知道该做到如何完美才能赢得罪奴主的一点笑容。这是一个严厉的手段，她一直都在竭力避免使用这个手段，但即使是最倔强的马拉斯达曼尼在这种管教下，也会在短时间内变成最柔顺的罪奴。伯萨敏不喜欢摧毁罪奴的精神，但苔希需要彻底忘记过去的一切，最终她会为受到这种管教而高兴的。

伯萨敏比李娜更早结束工作。她在楼梯底端等待着，直到另一名罪奴主走下来。“把这个和你的报告一起交给爱桑德。”她将手中的书写板交给正走下最后一级台阶的李娜。

就像刚才接受伯萨敏的命令一样，李娜服从地接过书写板，然后一边快步向远处走去，一边偷瞥着伯萨敏的书写板。她大概是在确认伯萨敏是不是真的提交了关于她的报告。和法美镇之前的李娜相比，现在的李娜已经判若两人了。

伯萨敏披上斗篷，离开泰拉辛宫。她要回到自己居住的旅店去，在那里，她不得不和另外两名罪奴主分享同一张床。不过她回去只是为了从自己的铁匣子里拿些钱。今天她的工作只有检视罪奴，剩下的时间都由她自己支配。她暂时不打算再去找额外的工作了，而是要去买些纪念品。本地女人在脖子上戴的匕首看起来不错，不过她想找一把握柄上不镶嵌宝石的。还有那些漆器。这里的漆器简直和帝国的一样精美，而且样式都很……有异国风情。购物可以安抚精神，而她现在需要这样的安慰。

早晨雨停之后，莫海拉广场的石板地面还闪烁着水光，空气中饱含着一股令人愉悦的咸味，这让伯萨敏回忆起赫耶海岸边的那个小村庄，那是她的家乡。但刺骨的寒冷让她只能更加用力地裹紧斗篷，亚般耐从不曾有过寒冷，无论她走得多远，她从未曾习惯过异域的冬天。但对家乡的思念现在并不能让伯萨敏感到舒适。当她走过熙熙攘攘的街道时，李娜和汐塔充斥在她的脑海里，让她不停地撞在别人身上。有一次，她甚至差点撞到一辆正在出城的商人马车上，马车夫的一声高喝才让她回过神来，急忙向后跳去。马车队隆隆地驶过伯萨敏刚才所站的石板路面。女马车夫挥舞着她的鞭子，甚至没有看伯萨敏一眼，这些外国人根本就不知道尊敬罪奴主。

李娜和汐塔。所有经历过法美镇的人都在竭力遗忘那里发生的事情，除非是喝醉，他们对法美镇都是绝口不提。伯萨敏也是一样。只是她想忘记的并非那些可怕的、传说中的英雄们的幽灵，或者是战败的悲剧，或者是天空中出现的疯狂幻象。她时时刻刻都在希望自己那一天没有走上那段楼梯，希望自己不必去思考图黎在做什么。那是个对于金属土石有着强大操控力的罪奴。就在那个恐怖的时刻，她向图黎的巢中看进去，李娜和汐塔疯狂地想要从彼此的脖子上除去罪铐项圈，她们痛苦地尖叫着，双膝病态地颤抖，笨拙地摸索着脖子上的项圈，她们胸前的衣服上全都是呕吐物。幸好这两个陷入疯狂的罪奴主没注意到伯萨敏一步步向后退去，满脸惊惶。

看到两名罪奴主变成了马拉斯达曼尼，这对伯萨敏并非单纯的恐怖，而是对自己生死攸关的大事。她经常觉得自己几乎能看见罪奴的编织；罪奴出现在她身边时，她也总是能感觉到，并知道她们力量的强弱。许多罪奴主都能做到这些，所有人都知道，这种能力来自于长期控御罪奴的经验。但那两个绝望的罪奴主勾起伯萨敏心中不愿触及的心思，让她已经习惯的事实暴露出恐怖的另一面。难道她真的只是几乎能看到那些编织，还是她真的能看见？有时候，她觉得自己也能感觉到那种导引。罪奴主和普通人一样，都要接受每年一次的测试，直到二十五岁的命名日。她每次都能通过测试。只是……在李娜和汐塔的真实能力曝光之后，一次新的测试被提上议事日程。这次测试的目的是筛选出漏网的马拉斯达曼尼，这种打击可能让帝国本身也随之颤抖。李娜和汐塔的形象仿佛被烙在伯萨敏的大脑上。她很清楚，经过那些测试后，伯萨敏·泽埃米将不再是受人尊敬的霄辰帝国臣民，而是将以罪奴身份侍奉帝国的伯萨敏。那一天也让伯萨敏感到羞愧，她竟然将个人的畏惧放在帝国的需要之上，置于她所知道的一切真理和正义之前。战争降临法美镇的那一天，噩梦也随之而来。她没有控御罪奴，奔赴战场的最前线，而是在混乱中骑上一匹马，以最快的速度逃走了。

伯萨敏意识到自己已经停下了脚步，她正盯着一个裁缝店的橱窗，却不知道那里面展示的是什么。她对那些衣服不感兴趣。装饰着红底闪电花纹的蓝色长裙是她在许多年中穿的唯一一种衣服，她当然不会穿上那种放荡暴露的衣服。裙摆擦过她的脚踝，她迈步向前走去，但李娜和汐塔仍然在她的脑海中，挥之不去。而苏罗丝肯定也没忘记她们。

是亚纹找到了那两名戴着项圈的罪奴主，并把这件事向苏罗丝报告。苏罗丝庇护了李娜和汐塔，也以此保护了帝国。但危险依旧存在，如果她们突然开始导引该怎么办？也许为帝国着想，应该结束她们的生命。但即使对于高阶王之血脉来说，杀死罪奴主也相当于犯下谋杀罪。两名罪奴主的突然死亡肯定会引来觅真者，所以李娜和汐塔自由了，但她们再没有进行过控御。亚纹因为表现优异而成为苏罗丝的代言者。苏罗丝也出色地完成自己的工作，无论是多么令人不快。没有进行新的测试，伯萨敏的临阵脱逃也没有被追究，即使她那时留在法美镇，一切也不会有所不同，只可能会让她无法忘记的噩梦变得更多。

一队盔明甲亮的视死卫士从伯萨敏身旁走过，伯萨敏定住脚步，看着他们。人群纷纷为他们让开道路，就好像海浪在行驶的巨舰前面分开。欢乐终究会降临这座城市和这片土地，那是在图昂公开自己的真实身份，所有人都为她的到来而欢庆的时候。这样去想九月之女让她有一种掺杂着负罪感的快慰，就好像她是一个偷偷做了坏事，希望不会被别人发现的孩子。但在图昂除掉面纱之前，她只不过是女大君图昂，地位和苏罗丝相当。视死卫士迈着整齐的步伐，他们已经将全心全灵都奉献给女皇和帝国。伯萨敏朝与他们相反的方向走去，现在她已经决定，要用自己的全心全灵保护自己的自由。

对于挤在一个公共马厩和一家漆器店中间的小客栈而言，“天堂的金天鹅”实在是一个太过辉煌的名字。漆器店里总是塞满了军官，他们会买下那家店里的一切商品。马厩里系满了透过遴选法买来，还没进行分配的马匹，金天鹅里则住满了罪奴主。伯萨敏只有两位床伴，运气已经算是不错了。那家客栈的老板娘接到的命令是安排尽量多的罪奴主住宿，所以她只能让四名甚至五名罪奴主同睡一张床。不过这里的被褥非常干净，食物也很好，只是有些奇异。而不愿意和别人分享床褥的人大概就只能去睡干草堆了。

此时此刻，大厅里的圆桌旁还没什么人，一些住在这里的罪奴主肯定是在完成自己的工作，其余的人也许只是想避开这里的老板娘。这位名叫达奈拉·舒兰的老板娘正抱着双臂，紧皱眉头，看着几名女服务生卖力地擦洗绿色地砖。她是个瘦骨嶙峋的女人，颈后留着灰色的卷发，长长的下巴让她显得极具侵略性。虽然脖子上戴着一把镶满了红白色廉价宝石的可笑匕首，但她的样子还是像极了一位上罪奴主。那些女服务生应该都是自由人，但达奈拉·舒兰的每一个字都能让她们哆嗦一下。

当那位老板娘的注意力转向伯萨敏时，这名罪奴主也微微打了个哆嗦。“泽埃米女士，你知道我们对待男人的规矩，对不对？”她问道。虽然已经打过许多交道，但这里人们说话的方式还是让伯萨敏感到怪异。“我听说过你们的方式。你们要怎么做是你们的事，但不要在我的屋檐下做这种事。如果你们想要去会男人，就另外去找地方吧！”

“我向你保证，我没有在这里或任何地方和男人幽会过，舒兰太太。”

老板娘怀疑地向她皱起眉头：“嗯，那个人的确来打听过你。他是个漂亮的金发男人，已经不是男孩了，不过年纪也不是很老。他知道你的名字，而且他应该是你们的人，说话慢吞吞的，让人很难听懂。”

伯萨敏让自己的声音变得更加温和，她竭尽全力说服这位老板娘，让她相信自己并不认识老板娘所描述的那个金发男子，在完成工作之余，她根本没时间去理会男人。她没有说谎，不过如果有必要的话，她一定会向这位老板娘撒谎。金天鹅并没有被霄辰人征用，而即使是三个人睡一张床，也要比干草堆舒服得多。在去购物之前，伯萨敏又试探着询问过这位老板娘是否会喜欢一些小礼物。但是当她提议要送给老板娘一把镶嵌着更名贵宝石的匕首时，老板娘显然是觉得自己被冒犯了。伯萨敏的确无意用名贵的礼物贿赂她，但舒兰太太似乎是这样认为的，她紧皱眉头，喷着鼻息，满脸愤怒。而现在，伯萨敏也没信心能让这位老板娘对自己的看法发生丝毫改变了。不知为什么，这位老板娘似乎是坚信住在她店里的罪奴主们都把闲置时间用在放荡的生活上。当伯萨敏装作一心只想去购物，走上大厅侧面没有围栏的楼梯时，那位老板娘还是紧皱着眉头。

但伯萨敏现在更关心那个男人的身份。老板娘的描述没能让她想起任何人，那个人很可能是来调查她的，看来，她还是不够谨慎。伯萨敏不知道自己现在到底有多危险，她只希望那个人能再来一次。她需要知道。她需要知道！

打开房门，伯萨敏立时僵住了。她的铁匣子放在床上，盖子敞开着。不可能，那只铁匣子配着非常牢固的锁，而唯一的钥匙还在她腰间荷包的最深处。打开匣子的贼还在房里。奇怪的是，他竟然在浏览她的日记！光明在上，那家伙是怎么逃过舒兰太太的监视？

麻痹的感觉很快就消失了。她抽出腰间的匕首，张嘴想要尖叫。

那个人的表情却没有丝毫变化，他既不打算逃跑，也不打算攻击伯萨敏，只是拿出一样小东西，举到伯萨敏眼前。伯萨敏倒抽了一口气，僵硬地把匕首插回到鞘内，张开双手，让那个人看到她没有拿任何武器，也不打算有所反抗。

夹在那个人指缝里的是一块金边象牙牌，那上面雕刻着一只乌鸦和一座高塔。蓦然间，伯萨敏看清了这个人的样貌。金发的中年男人。也许他还算英俊，就像舒兰太太说的那样，但只有发了疯的女人才会去在意觅真者长得是否英俊。感谢光明，她没有在日记里写下任何危险的事情，但觅真者一定知道，他知道她的名字。哦，光明啊，他一定知道！

“关上门！”那个人一边说着，将象牙牌收了起来。伯萨敏服从了命令。她想要逃走，她想祈求宽恕，但那个人是觅真者，所以她只是颤抖地站立着。让她惊讶的是，那个人将日记放回匣子里，又朝房里唯一的一把椅子指了指。“坐下，没必要让自己这么不舒服。”

伯萨敏缓慢地挂起斗篷，坐到椅子上，她已经完全不在乎那种古怪的梯子型椅背让自己多么不舒服了。她没有刻意去隐藏自己的颤栗，即使是高阶王之血脉在觅真者面前也会颤抖。不过她还有一点希望，因为觅真者并没有立刻就带她走，也许他还不知道。

“你在打听一个名叫艾格宁·沙那的船长，”觅真者问道，“为什么?”

伯萨敏感觉胸口仿佛受到重重一击，她的希望破碎了。“我在找一位老朋友，”她颤抖得更厉害了，最好的谎言总是包含着尽可能多的真实，“我们都在法美镇待过，我不知道她是不是还活着。”对觅真者说谎就是背叛，但从法美镇逃走的时候，她就已经背叛了帝国。

“她还活着，”觅真者坐到床尾，他的目光一直没离开伯萨敏，那双蓝色的眼睛让伯萨敏只想再把斗篷披起来，“现在她是个英雄，一位碧绿将军，名叫艾格宁·塔玛拉斯，这是女大君苏罗丝给予她的奖赏。她也到了艾博达。你现在可以和她重修旧好了。当然，你要向我报告她见过什么人，去过哪里，说过什么，以及其他一切的一切。”

伯萨敏紧咬牙关，不让自己发出神经质的笑声。觅真者的目标是艾格宁，而不是她。感谢光明！感谢光明给了她无限的怜悯！她只想知道艾格宁是否还活着，她是否还需要警戒这个船长。艾格宁曾经放过她一次。但在这之前的十年里，伯萨敏只知道艾格宁是一个忠于职守的典范。她总觉得艾格宁会为那次失常的决定而后悔，会不计代价弥补那个错误，但令人极为奇怪的是，艾格宁至今都没有那样做。现在觅真者所怀疑的竟然是她，而不是……各种可能性在她的心中此起彼伏，不，其中很多是确定无疑的。她不再想笑，而是舔了舔嘴唇:“我该……我该怎样和她重修旧好?”毕竟她们之间从没有过什么友谊，顶多不过是点头之交，但现在告诉觅真者这些已经太迟了。“你刚刚说过，她已经成为了王之血脉，现在我已经没资格去找她了。”恐惧给了她勇气，虽然她现在觉得自己就像在法美镇时一样慌乱。“为什么你要让我成为针对她的窥听者? 你可以随时对她进行审讯。”她咬住自己的嘴唇，让自己的舌头稳定下来。光明啊，她只希望觅真者直接去审问艾格宁，觅真者是女皇藏在暗影中的一只手。愿女皇永生。以女皇的名义，他可以审问苏罗丝，甚至是图昂本人。当然，如果这个觅真者犯了错误，他一定会死得很惨。但审问艾格宁对他来说不会有什么风险，艾格宁只是低阶的王之血脉，如果他真的审问了艾格宁……

让伯萨敏感到吃惊的是，觅真者并没有简单地让她执行命令，而是仔细地审视着她。“我会向你解释一些事。”这句话给伯萨敏带来更大的震惊，她只知道，觅真者从不会做解释，“你只有活着才会对我，或者是对帝国有用。而如果你无法理解你要面对些什么，也就无法活下来。如果你把我告诉你的事情向别人透露一个字，那么你要去的地方就会比乌鸦塔更恐怖十倍。仔细听着，在这座城市落入我们手中之前，艾格宁被派往坦其克，她的任务之一就是收容逃出法美镇的罪奴主。奇怪的是，当其他船长都有所收获，帮助许多像你一样的罪奴主返回部队的时候，她却没有做出任何成绩。实际上，艾格宁杀死了她找到的罪奴主。我亲自向她查问了这件事，她并没有否认，甚至没有表现出任何愤慨激动的情绪。而且，她还与两仪师有过秘密来往。"觅真者以淡漠的口吻说出这个称谓，没有丝毫厌恶的意味，听起来只像是法官冷酷的指控。"当她离开坦其克时，所乘船的船长名叫贝尔·多蒙。当贝尔·多蒙的船只被征收时，他发动了一场小规模叛乱，艾格宁立刻买下了贝尔·多蒙，让他成为自己的侍圣者。显而易见，他对艾格宁来说是一个相当重要的人物。有趣的是，当她在法美镇时也曾经将贝尔·多蒙引荐给图拉克大君，贝尔·多蒙受到了大君的重视，那时他经常会受到邀请，和图拉克大君交谈。"觅真者皱皱眉。"你有葡萄酒或白兰地吗？"

伯萨敏打了个哆嗦。"隆娜有一瓶本地白兰地，不过那应该是劣质酒……"

觅真者命令她倒上一杯，她立刻服从命令。她想让觅真者继续说下去，想要尽量拖延那个必然结果的到来。她知道，艾格宁并没有杀死罪奴主，但如果她出面作证，她就必须接受与李娜和汐塔同样的命运。她不知道自己是否够幸运，不知道这名觅真者是不是能像苏罗丝那样看待自己对帝国的责任。当伯萨敏坐回到椅子上时，觅真者正盯着自己的酒杯，深色的苹果白兰地在杯中不断转动着。

"图拉克大君是强大的，"他喃喃地说道，"也许是帝国仅有的强大统帅。他的侍圣者决定追随他死去，这实在太遗憾了。光荣属于他们，但这让我没办法确认贝尔·多蒙在大君遇刺的过程中起了什么作用。"伯萨敏打了个哆嗦。有时候，王之血脉会彼此暗下毒手，但这种事情是绝对不会被直接说出来的。觅真者依然只是盯着酒杯，却没有喝上一口的打算。"大君命令我监视苏罗丝，他怀疑苏罗丝会对帝国造成危险，这是他亲口对我说的。大君去世后，苏罗丝掌握了先行者的指挥权。我没证据表明是苏罗丝下令谋杀了大君，但相关的线索实在是太多了。苏罗丝带了一名罪奴去法美镇，那是个年轻的两仪师。"这个称谓再次从他口中说出，同样显得那么冷漠严酷。"图拉克大君去世当天，她就逃走了。现在苏罗丝身边还有一名曾经是两仪师的罪奴，没有人见过她身上的罪铐被卸下，但……"他耸耸肩，仿佛这只是一件无足轻重的事情。伯萨敏瞪大眼睛，有谁会为罪奴卸下罪铐？一名经过良好训练的罪奴会成为最可爱的玩具，但如果被卸下罪铐，她会比喝醉的古姆蟾更危险！"而且，她很有可能还隐藏了一名马拉斯达曼尼。”觅真者提到的所有这些罪行都是不亚于叛逆的重罪，而他的语气始终稳定如常。“我相信，是苏罗丝下令在坦其克杀死罪奴主，也许是为了掩盖艾格宁与两仪师会面的事实。你们罪奴主总是说，你们只要看到马拉斯达曼尼就能认出她们来，对吗？”

他突然抬起头，伯萨敏努力让自己微笑着去注视那双令人血液凝固的眼睛。这个男人的脸没有什么特别之处，只有那双眼睛……伯萨敏很高兴自己是坐着的，她的膝盖剧烈地颤抖着，她只能用裙摆勉强掩饰住。“恐怕，这实际上对我们并不是很容易。”她还能让自己的声音保持稳定，“你……你已经有足够的证据，可以指控苏罗丝对图拉克大君的……的……谋杀了。”如果这名觅真者去对付苏罗丝，她和艾格宁也许都能平安脱身。

“图拉克是重要的，但我所效忠的是女皇。愿女皇永生。透过她，我在向帝国效忠。”他一口喝光了杯中的白兰地，脸色立刻变得像他的声音一样冷酷，“和帝国正在面临的危险相比，图拉克的死微不足道。这片土地上的两仪师正在图谋控制帝国，如果她们成功了，那种充满混乱和杀戮的日子就会回来。在那个时代里，所有男人夜晚闭上眼睛时，都不知道自己是否还能看到第二天的太阳。而一条叛逆的毒虫正在帮助那些两仪师，它在从内部蚕食帝国的躯体，苏罗丝甚至可能并不是那条虫子的头脑。为了帝国，在我确信能杀死整条虫子之前，我不敢处置苏罗丝。艾格宁是我用来消灭那条虫子的线索，而你是我用来查清楚艾格宁的线索，所以你要重新建立起和她的友谊，无论你要怎么做。你明白吗？”

“我明白，我会服从你的命令。”伯萨敏的声音在颤抖。但她还能说些什么？愿光明拯救她，她还能说什么？

第 21 章

财产问题

艾格宁仰躺在床上，双手高举，掌心朝着天花板，十指张开。浅蓝色的裙摆呈扇形在她的腿上铺开，她竭力不让身体有任何动作，以免把百褶裙压皱。这种衣着对她的动作有很大的限制，它一定是暗帝亲手发明的。她盯着自己的长指甲，如果现在她握住一条帆索，这些指甲里至少有一半会折断。她已经有一两年时间没握过帆索了，但她时刻都准备着这样去做。只要有需要，她完全有这样的能力。

“……真是白痴！”贝尔一边怒气冲冲地说着，一边拨弄着砖砌壁炉中燃烧的圆木，“让运气戳穿我吧。海鹰号当时正是顺风，它比任何霄辰船都更快。那时候前面确实有暴风，但……”艾格宁心不在焉地听着。她只知道贝尔已经停止挑剔这间房子，但又开始为那个老话题而抱怨了。

这个铺着深色墙板的房间并不是流浪的女人旅店中最好的房间，甚至算不上第一等的房间，但它已经基本满足了贝尔的需求，只是风景差一些。打开两扇窗户，只能看到旅店的马厩院子。一名碧绿将军的等级和旗将相当，在这个地方，地位低于她的大多都是常胜大军高级军官的副官或秘书。无论陆军还是海军，除了高阶王之血脉以外的王之血脉头衔，并不会让你的地位提高多少。

她小手指的指甲上，海绿色的涂漆在闪闪发光。以前她一直在渴望着地位的提升，甚至最终能成为黄金将军，指挥整支舰队，就像她母亲一样。当她还是个女孩时，一直在梦想着像母亲一样被封为女皇的海上之手，站在水晶王座的左侧，成为女皇本人的侍圣者，能够与女皇直接交谈。愿女皇永生。年轻女人都有着愚蠢的梦。她必须承认，在选择加入先行者时，她曾经想过自己会有一个新的名字。每个人都知道，夺回被偷窃的国土意味着有更多成为王之血脉的机会，不过她并没想到自己会有今天的晋升。现在，她成为了碧绿将军，这本来应该是她在十年后才可能有的期望。蓦然间，她已经站在一座陡峭山峰的坡路上，这座山峰穿过云层，女皇就端坐在它的峰顶。愿女皇永生。

不过，艾格宁不太相信自己会被授予指挥大型舰船的权力，更别说什么舰队了。苏罗丝表面上接受了她的故事，但如果真是这样，为什么她一直被留在坎特林？为什么当调令最终到来时，她却要来这里报到，而不是登上某一艘舰艇。当然，可供指挥的舰船数量是有限的，即使是碧绿将军也不能夺走其他舰长的指挥权。也许苏罗丝已经为她选择了另一个更接近这位女大君的职位，但她接到的命令只是尽快赶到艾博达，等候进一步的命令。也许，高阶王之血脉会直接和低阶王之血脉对话，而不必经过代言者。但苏罗丝似乎在给过她奖赏之后就立刻把她给忘了，这也可能代表着苏罗丝对她有所怀疑。截然不同的可能性在她的脑海中不停旋转。不管怎样，只要那个觅真者放弃对她的怀疑，她宁愿住在海水里。现在她还能在地牢中哀号，这说明那个觅真者至少还不确信她是有罪的，但只要他也在这座城市里，就会紧盯着她，不会放过她所犯的任何一个错误。现在那名觅真者不能动她一根手指头，但觅真者对付这种小麻烦都很有经验，只要他的眼睛没瞎，她就逃不过他的监视。她脚下的甲板暂时还是安稳的，但她要小心地迈出每一步。她可能做不成黄金将军了，不过以一位碧绿将军的身份退休也会是一种光荣的人生。

“怎么样？”贝尔问，“你说呢？”

贝尔是个健壮魁梧的男人，她一直都喜欢这样的男人。他正站在床边，上身只穿着衬衫，这不是侍圣者对待主人应有的态度。她叹了口气，让双手落回到肚子上。贝尔根本不愿学习侍圣者应有的举止仪态，他只把这件事当成一个玩笑，或一场游戏，有时候，他甚至说想要成为艾格宁的代言者。艾格宁只能一遍又一遍地向他解释，自己并非高阶王之血脉。有一次，她还打了他一顿，结果他拒绝和她同床共枕，直到她道歉。她竟然向侍圣者道歉！

但听到贝尔的发问，艾格宁急忙匆匆整理了一下刚才听到贝尔所说的一切，无非还是那些老套的争论，没有任何新鲜玩意儿。她从床上坐起身，开始掰着手指头驳回他所谓的正确方法。现在她经常要这么做，所以这些话她几乎可以倒背如流了。“如果你那时候逃跑，另外那艘船上的罪奴会折断你的桅杆，就像折断一根小树枝。我们被拦住不是出于偶然，贝尔，你清楚这一点。他们向我们喊出的第一句话，就是问我们的船是不是海鹰号。我让船转向逆风，并宣称我们正前往坎特林，并携带了要献给女皇的礼物，愿女皇永生，这样才减轻了他们的怀疑。如果我们有半点错误，哪怕是半点错误，我们都会被锁上铁链，等船一到坎特林就被卖掉。或者我们的运气再差一点，那就要被绑到刽子手那里去了。”她伸出拇指。“最后，如果你能按照我说的保持平静，你也不会被拍卖。你让我花了很多钱！”在坎特林，还有几个与艾格宁有着同样品味的女人，结果她们把贝尔的价格抬得格外的高。

贝尔是个顽固的男人，他满脸怒容，用力抓着自己的短胡子，喃喃说道：“我还是认为我们可以把它丢出船去，那个觅真者没证据证明它曾经在我的船上。”

“觅真者不需要证据，”艾格宁用嘲弄的口吻模仿贝尔的语气，“觅真者会寻找证据，而这个寻找过程是充满痛苦的。”如果贝尔能把他心里早已承认的事实说出来，那她差不多也能心满意足了。“不管怎样，贝尔，你也承认了让苏罗丝得到那些项圈和手镯并没有什么害处。如果没有人能靠近他，也就没有人能给他戴上项圈，我还没听说过有人曾经或将要靠近他。”艾格宁本来还想说，就算有人靠近了那个人也没关系，但她最终还是忍住了。贝尔对于尘世大海这一侧的各种版本预言并不很熟悉，但他很肯定地说，他们的预言中绝对没有关于转生真龙会跪倒在水晶王座之前的纪录。也许让转生真龙戴上男性罪铐是有必要的，但贝尔绝对不会明白这一点。“过去的事已经过去了，贝尔，如果光明眷顾我们，我们就能继续长久地效忠帝国。你说你了解这座城市，那这里有什么有趣或者值得一看的东西？”

“这里总是会有一些庆典，”贝尔带着不情愿的语气，慢吞吞地说道，他从来都不喜欢自己正在争论的话题被突然结束，无论这些争论是多么无聊，“有些也许合你的胃口，有一些我相信你不会喜欢。你的确……很挑剔。”他是什么意思？突然，他笑了：“我们会找到一位智妇，这里的智妇会倾听我们的婚姻誓言。”他用手指抹过头顶上被剃光的一半，向上翻起眼睛，仿佛是要看看他的头顶。“当然，我记得你告诉我的那些关于侍圣者的‘权利和特权’，侍圣者只能和其他侍圣者结婚，所以你需要先还给我自由。让运气戳穿我吧，你还没有结婚的嫁妆，不过我可以再回去做我的老本行，这样的话，你很快就能有一片土地当嫁妆了。”

艾格宁张大了嘴。这可不是他们之间的老话题，实际上，他们从没说起过这件事。她一直为自己冷静的头脑感到骄傲，她是因为高超的指挥技巧和勇敢无畏的精神才能成为一名舰长，无数次海战、风暴和船难将她的神经锻炼得无比坚强。而此时此刻，她觉得自己就好像一个第一次出海的新兵，正站在主桅顶端，向下俯瞰，头晕目眩，不知所措，整个世界都在她的眼前旋转，海面在她的视线中来回翻转，而她似乎马上就要掉进那片蓝色的汪洋大海中去了。

“这不是那么简单的事情，”艾格宁猛地站起身，逼得贝尔不得不后退了一步，光明诅咒的真实啊，她痛恨被别人看到自己喘息不定的样子！“如果我要释放你，我就必须证明你有过自由生活的能力，以确保你能以自由人的身份单独生活下去。”光明啊！这种口不择言的样子简直比喘息不定更糟糕。艾格宁想象自己站在甲板上，这让她的感觉好一点。“而你要做的，我想应该是买一艘船。”至少她的声音还算平稳，“就像你说的那样，我没有土地作为嫁妆，但我不允许你回去做走私买卖，你知道的。”她说的都是事实，虽然有些事情她没说，但她没撒谎。她在海上的岁月为她带来相当丰厚的收益，虽然和其他王之血脉相比，她的黄金也许少得可怜，但她还是能买下一艘船，只要贝尔想要的不是一艘巨舰。但她也没说过不能为贝尔买一艘船。

贝尔摊开双臂。侍圣者不该这样做。片刻之后，她已经将脸颊靠在贝尔宽阔的肩头，任由他将自己抱紧。“会好起来的，小心肝，”他温柔地说着，“总会好起来的。”

“不许叫我‘小心肝’。”她用责备的语气说着，眼睛凝望着贝尔背后壁炉中的火焰，呆呆地出神。在离开坦其克之前，她已经决定要嫁给这个男人，她总是喜欢以这种电闪雷鸣的方式做出决定。他也许是走私犯，不过她不会再让他做这种事了。他坚定、强壮，而且聪明，更重要的，他是个航海人，这对她来说是必需的。只是她还不了解他的生活传统。在帝国的一些地方，需要由男人先提出请求，即使女性只是有所暗示，也会让男人感觉受到冒犯。她也不知道该怎样去魅惑一个男人，她有限的几个情人都是和她同一等阶的男人，他们可以公开地彼此接近，而当那些男人被调往另一艘船，或者得到提升时，他们也可以平静地互道珍重。而现在，他是一个侍圣者，和自己的侍圣者同床共枕当然没问题，只要你不去四处炫耀。他可以像其他侍圣者一样，在床边弄个铺位，即使他可能从不会睡在上面。但摆脱一名侍圣者，让他失去侍圣者的权利和特权，这是一件非常残酷的事，不论贝尔怎样轻视这些权利和特权。不，她又在逃避了。或者更糟，她在欺骗自己。她全心全意地想要和这个叫贝尔·多蒙的男人结婚，但她不确定自己是否愿意和一个被释放的奴隶结合，这让她感到痛苦。

“既然我的主人这样命令，那就这样吧！”他郑重其事地说道，语气中却流露出愉快和嘲弄的心情。

她打了一下他的肋骨。下手不是很重，但也足以让他痛得哼了一声。他必须学会守规矩！她不想再去看艾博达了，她只想留在这里，留在贝尔的怀中，不需要做决定，只要永远地和他在一起。

一阵刺耳的敲门声响起，艾格宁将贝尔推开，贝尔至少还知道现在不该违抗她。他开始手忙脚乱地把外衣抚平，她则用力把裙摆抖开，并尽量抚平在床上压出的皱褶。虽然她在床上一动也不动，但裙子上还是出现许多皱纹。敲门的也许是苏罗丝的使者，或者是旅店的女仆，不管怎样，她不打算让任何人以为她曾经在床上滚过。

最后，艾格宁放弃了这种无用的掩饰，等待着贝尔扣好扣子，摆出一副他自以为是侍圣者应有的态度——就像一位站在后甲板上，正准备发号施令的船长。然后她暗自叹了口气，才喊道："进来！"打开门的女人却是她最不想看见的。

伯萨敏忧郁地看了艾格宁一眼，才急忙冲进房间，又轻轻把门关好。这名罪奴主深吸一口气，然后跪下来，僵硬地直起上半身。她那身有红底闪电花纹的深蓝色裙子看上去应该是刚刚洗净熨平的，和艾格宁的裙子形成鲜明的对比，这让艾格宁更加生气了。"阁下，"伯萨敏的声音里同样充满了犹疑，她又咽了口口水，"阁下，我恳请和您谈一谈。"她瞥了贝尔一眼，舔舔嘴唇。"如果可以，希望和您私下交谈，阁下？"

艾格宁最后一次看见这名罪奴主是在坦其克的一个地窖里，那时她从伯萨敏的脖子上取下罪铐，把她放走了。这样的事情，即使用来勒索高阶王之血脉也足够了！毫无疑问，她所犯下的是私自释放罪奴的"叛逆"罪行，只不过伯萨敏如果告发她，肯定也自身难保。

"无论你说什么，都不必瞒他，伯萨敏。"艾格宁镇定地说道。她正在布满暗礁的水域航行，除了镇定之外，她别无选择。"你想要谈什么？"

伯萨敏挪了挪膝盖，用更多时间舔着嘴唇，然后，话语如同开闸的洪水，突然从她嘴里奔涌而出："一名觅真者来找我，命令我和你重……新建立联系，并把你的一举一动向他报告。"说完这句话，她又咬住下唇，盯着艾格宁看，她的黑眼睛里充满绝望和恳求，就像她在坦其克的那个地窖里一样。

艾格宁冷冷地和她对视着。布满暗礁的水域，又刮起了暴风。她明白自己为什么如此突兀地被召唤到艾博达，无需解释，她知道，就是那个人。她也不需要问伯萨敏为什么要出卖那个觅真者。如果觅真者决定要直接审问她，那她迟早会把知道的一切都供出来，包括在那个地窖里发生的一切。到那时，伯萨敏很快就会重新戴上罪铐，所以现在她唯一的希望就是帮助艾格宁逃过觅真者的刺探。

“站起来，”艾格宁开口道，“坐下。”这个房间里幸好有两把椅子，虽然它们看上去都不是很舒服。“贝尔，我想，那个橱柜里应该有一瓶白兰地。”伯萨敏全身都在不停地颤抖，艾格宁只得将她扶起来，帮助她坐到椅子上。贝尔拿来了盛有一点白兰地的雕银杯子，他总算还记得要先把酒杯捧给艾格宁，并鞠了个躬。但是当他回到那个橱柜旁时，艾格宁看见他给自己也倒了一杯。他站在那里，手里握着酒杯，看着她们，仿佛这是世界上最平常的事。伯萨敏盯着他，眼睛都瞪大了。

“你以为自己已经被插在了长竿上，”艾格宁说道，那名罪奴主打了个哆嗦，目光猛地转回到艾格宁身上，她显然受到了惊吓，“你错了，伯萨敏，我唯一犯下的罪行就是释放了你。”她说的并不完全对，她毕竟已经亲手将那副男性罪铐交给了苏罗丝。和两仪师交谈并不是犯罪。觅真者也许会有所怀疑，在坦其克，他曾经企图在门外偷听她们说话。但她不是罪奴主，没有搜捕马拉斯达曼尼的责任，这顶多只能让她受到申饬。“只要他不知道，他就没理由逮捕我。如果他想知道我说了什么，做了什么，那就告诉他。不过要记住，如果他决定逮捕我，我会供出你的名字。”这个提醒可以防止伯萨敏自以为能够安全脱身，只把她丢给觅真者。“我甚至不会等到他让我发出一声尖叫。”

让艾格宁感到惊讶的是，那名罪奴主发出歇斯底里的笑声，直到艾格宁俯过身子，抽了她一巴掌。伯萨敏阴沉着脸，一边揉搓脸颊，一边说：“他几乎知道所有的事情，不过他还不知道那个地窖的事。”她开始向艾格宁讲述那名觅真者通过捕风捉影编织出的叛逆之网。艾格宁、贝尔和苏罗丝都被囊括进这个网络里，甚至连图昂也不能幸免，当然，这张网的一个重要部分就是那些两仪师。随着伯萨敏说出觅真者指控的一个又一个难以想象的罪行，她的声音也变得愈来愈慌乱。没过多久，艾格宁开始一口口地啜饮白兰地，只是小口地啜饮而已，她很平静。她完全掌控着自己的神经，她……这已经不是暗礁水域了，她正在下风头朝海岸猛冲，而驾驭这场暴风的正是炙魂魔君，他要来挖掉她的眼睛。伯萨敏的话让她的眼睛愈睁愈大。贝尔一口喝光了杯里的深色烈酒，看到他震惊的样子，艾格宁感到一些宽慰，但这种宽慰的心情又让她深感愧疚。她不该怀疑贝尔是杀人犯，而且，图拉克大君使用武器和徒手格斗的技艺都极为精湛，相较之下，他最不善于用剑，但他的剑术也是一流的。他能够像宰一条青鱼那样剖开贝尔的肚子。艾格宁会怀疑贝尔，是因为他在坦其克时身边还有两名两仪师，但这种怀疑肯定是荒谬的！那两个两仪师并没有参与任何阴谋，她们会出现在那里纯粹只是巧合。光明见证，她们只不过是两个女孩，一脸天真。她曾经建议她们，如果有机会就割断那个觅真者的喉咙，但那种软心肠的女孩根本不可能做出这种事来。这点的确很可惜。正是她们把那副男性罪铐交给了她。一阵令人颤栗的寒意爬过她的背脊，她曾经想按照那两名两仪师的建议处理这个罪奴。如果觅真者知道这件事，或者说，如果有任何其他人知道这件事，无论她是否把那件东西扔进海里，她肯定会被判定犯下叛逆罪行。*难道你是清白的吗？*她扪心自问。暗帝就要剜掉她的眼睛了。

泪水从伯萨敏的脸颊上滚下，她将酒杯紧握在胸前，就好像紧紧抱住自己。艾格宁不知道这名罪奴主是否在努力阻止自己发抖，但她显然是失败了。她颤抖着，盯着艾格宁，或者是艾格宁身后的某个地方，某个极为恐怖的地方。炉火并没有让这个房间的温度提高多少，但汗珠已经铺满了伯萨敏的脸。她继续用有些结巴的声音说道：“……如果他知道了李娜和汐塔的事。他一定会知道的！他会来抓我，还有其他罪奴主！你必须阻止他！如果他捉住我，我就把你供出来！我会的！”她突然举起酒杯，一口气喝光里面的酒，然后就开始剧烈地咳嗽和抽噎，但她还是把酒杯伸向贝尔·多蒙。她还想喝。贝尔没有动，就像一根竿子被竖在那里。

“李娜和汐塔是谁？”艾格宁问。她就像这名罪奴主一样害怕，但她牢牢地控制着自己的畏惧。“觅真者能知道关于她们的什么事？”伯萨敏的目光移到一旁，不再看艾格宁。艾格宁突然明白了。“她们是罪奴主，对不对？她们也被戴上了罪铐，就像你一样。”

“现在她们成为了苏罗丝的亲随，”伯萨敏悄声说，“但她们再不曾被允许控御罪奴。苏罗丝知道她们的事。”

艾格宁疲惫地揉了揉眼睛。也许这其中真的有什么阴谋，否则苏罗丝为了保护帝国，就应该把这两名罪奴主藏起来。罪奴主是帝国的支柱，是帝国力量的基础，如果人们知道罪奴主都是些能够学会导引的女人，那么帝国的核心也许会因此而彻底粉碎。她当然只会是这场大动荡中的一粒沙子，即使粉身碎骨也无足轻重。当初她释放伯萨敏时，并没有存心要违背自己的职责。从坦其克开始，有那么多事情都改变了，她不再相信任何能够导引的女人都应该被戴上罪铐。当然，那些犯下罪行的除外，也许还有那些拒绝向水晶王座发誓的，还有……她不知道。她的生活中曾经充满了像礁岩一般笃定的事实，指路的明星悬在她的头顶，放射出耀眼的光芒。她想要回到旧日的生活中，她想要一些确定的事情。

“我本来想，”伯萨敏又开口了，如果她继续这样舔嘴唇，她的嘴唇就要被舔破了，“阁下，如果觅真者……遭遇一场意外……也许危险就会随他而去了。”光明啊，这个女人竟然在密谋对抗水晶王座，她为了自己，竟然准备做出这种事！

艾格宁站起身。罪奴主别无选择，只能跟随在她身后。“我会考虑的，伯萨敏。你只要有时间，就可以来拜访我，这正是觅真者所期待的。在我做出决定之前，你什么事都不能做。明白吗？除了你的正常工作和我让你去做的事，什么都不能做。”伯萨敏明白，能够让其他人去处理这件危险的事情，让她大大地松了一口气。她再次下跪，亲吻了艾格宁的手。

把那名罪奴主推出房间后，艾格宁关上门，然后用力将酒杯掷向壁炉。杯子砸在砖块上，弹到一边，又从地毯上一路滚过去，上面留下了一个明显的凹痕。这套酒具是她父亲在她获得第一个指挥官职位时送给她的。她的力气仿佛在这个动作中全被耗光了。觅真者用所有那些子虚乌有的猜测和偶然的巧合编织成一根绞索，套住她的脖子，在最好的情况下，她大概也只能成为在市场上被出售的奴隶，这种可能性让她颤栗。无论她怎么做，觅真者已经捉住她了。

“我能杀死他。”贝尔握起双拳，那两只拳头就像他身体的其他部位一样，都是特大号的，“我记得他只是个瘦皮猴，他肯定习惯了别人对他俯首帖耳，想不到会有人掐住他的脖子。”

“你不可能找到他，贝尔，他不会在同一个地方和伯萨敏见面两次。即使你一直跟踪伯萨敏，他也很可能进行了伪装。你不可能杀死每一个和伯萨敏说话的男人。”

艾格宁挺直身子，大步走到书桌前，打开自己的文具箱。这只雕刻着波浪花纹的文具箱，里面的银盖玻璃墨水瓶和银沙罐都是她在得到第一个指挥官职位时母亲送给她的礼物。此外，还有一叠洁白的纸张，上面印着她刚刚得到的徽章——一把剑和一只锚。“我这就写好你的释放令，”她一边说，一边将白银钢笔蘸进墨水，“我还会给你足够的钱。”钢笔尖划过纸面。她能写一笔好字，航海日志必须整洁明晰。“也许不够买一艘船，但够你离开这里了。你搭从这里出发的第一艘船离开，把你的头发都剃光，这样就不会有麻烦了。不戴假发的秃头男人还是很容易受到注意，不过应该没有人……”贝尔从她的笔下拿走那张纸，让艾格宁吃了一惊。

“如果你释放我，你就不能命令我了，”贝尔说，“而且，你首先要确认我有能力独自生活。”他将那张纸扔进壁炉，看着它翻卷、变黑。“你说得没错，我们要找一艘船，我会把你抱上去。”

“好好给我听着！”艾格宁摆出她最有威严的仪态，但这对贝尔似乎没有丝毫影响。一定是因为她这条满是皱褶的裙子！

“你需要船员，”贝尔的声音直接盖过她的，“我可以替你找一队。”

“我要船员有什么用？我没有船；即使我有，我要逃到什么地方去，才能让那个觅真者找不到我？”

贝尔耸耸肩，似乎这并不重要。“首先，是船员。我认识那个厨房里的年轻人，就是抱着小妞亲嘴的那个。别摆脸色，亲个嘴没什么大不了的。”

艾格宁挺起身，她要让贝尔知道什么是规矩。她只是皱了皱眉，并没有摆脸色。那两个家伙就像两头牲口一样在公开场合求欢。而且，他是她的奴隶！他不能这样对她说话！

“他的名字叫麦特·考索恩，”贝尔丝毫没理会正要开口说话的艾格宁，“看他的穿着，他现在应该混得不错。我第一次看见他的时候，他还穿着农夫的外衣，为了躲避兽魔人，从一个连兽魔人都害怕的地方逃出来。最后我看见他的时候，半个白桥镇都因他而沸腾了。那时有个魔达奥要杀死他和他的朋友，如果不是我亲眼看见，我绝不会相信。任何能从兽魔人和魔达奥手中逃出生天的人，都会对我们很有用，特别是现在。”

“总有一天，”艾格宁嘟囔着，“我要去看看你说的那些兽魔人和魔达奥。”那些怪物就算是真的，也不可能像贝尔说的那么可怕。

贝尔笑着摇摇头，他知道艾格宁是怎样想那些暗影生物的。“而且年轻的考索恩大人在我的船上时还有同伴，他也能给我们很大帮助。你知道他，汤姆·梅里林。”

艾格宁屏住了呼吸。汤姆是个聪明的老头子，也是一位非常危险的老人，当艾格宁遇到贝尔时，他就和那两名两仪师在一起。“贝尔，这其中有阴谋吗？告诉我，拜托。”没有人会这样恳求自己的奴隶，即使他是侍圣者。但她非常想知道某件事时，那就不一样了。

贝尔又摇了摇头，他伸手按在石雕壁炉台上，盯着炉火，紧皱双眉。“两仪师会谋划让鱼该怎样游泳，她们也会用她们的谋略和苏罗丝打交道。但问题是，苏罗丝会接受吗？我见到过苏罗丝看罪奴时的眼神，那就像是看长满跳蚤、带着瘟病的癞皮狗一样。她真的会和两仪师说话吗？”他抬起头，一双眼睛清澈坦诚，没有任何对艾格宁的隐瞒。“我绝不说谎，我以我祖母的坟墓起誓，我不知道任何阴谋。但即使我知道十个阴谋，我也不会让那个觅真者或其他任何人伤害你，无论我要为此付出什么样的代价。”任何忠诚的侍圣者都会说这种话，但艾格宁从没听到任何侍圣者以如此直白的方式说出这些话。艾格宁深深地相信他，只是她知道，贝尔对她，并不是侍圣者对主人的忠诚，绝对不是。

“谢谢你，贝尔。”稳定的声音是指挥官最基本的要求，但现在艾格宁为自己能够发出如此稳定的声音而骄傲。“找到那个考索恩大人，还有汤姆·梅里林。也许我们还能做些事。”

在离开时，贝尔忘记向她鞠躬，但她完全没想到要因此而喝斥他。她不会让觅真者抓到自己，只要能阻挠那个觅真者，她将不惜采取任何手段。在释放伯萨敏之前，她已经有了这样的决心。她拾起那只有凹痕的杯子，在里面斟满白兰地。如果喝下这么多酒，她就无法思考了，但她只是盯着杯中深色的酒液，一滴也没有喝。不惜采取任何手段。光明啊，她并不比伯萨敏更忠诚！但这点改变不了任何事。不惜一切手段。

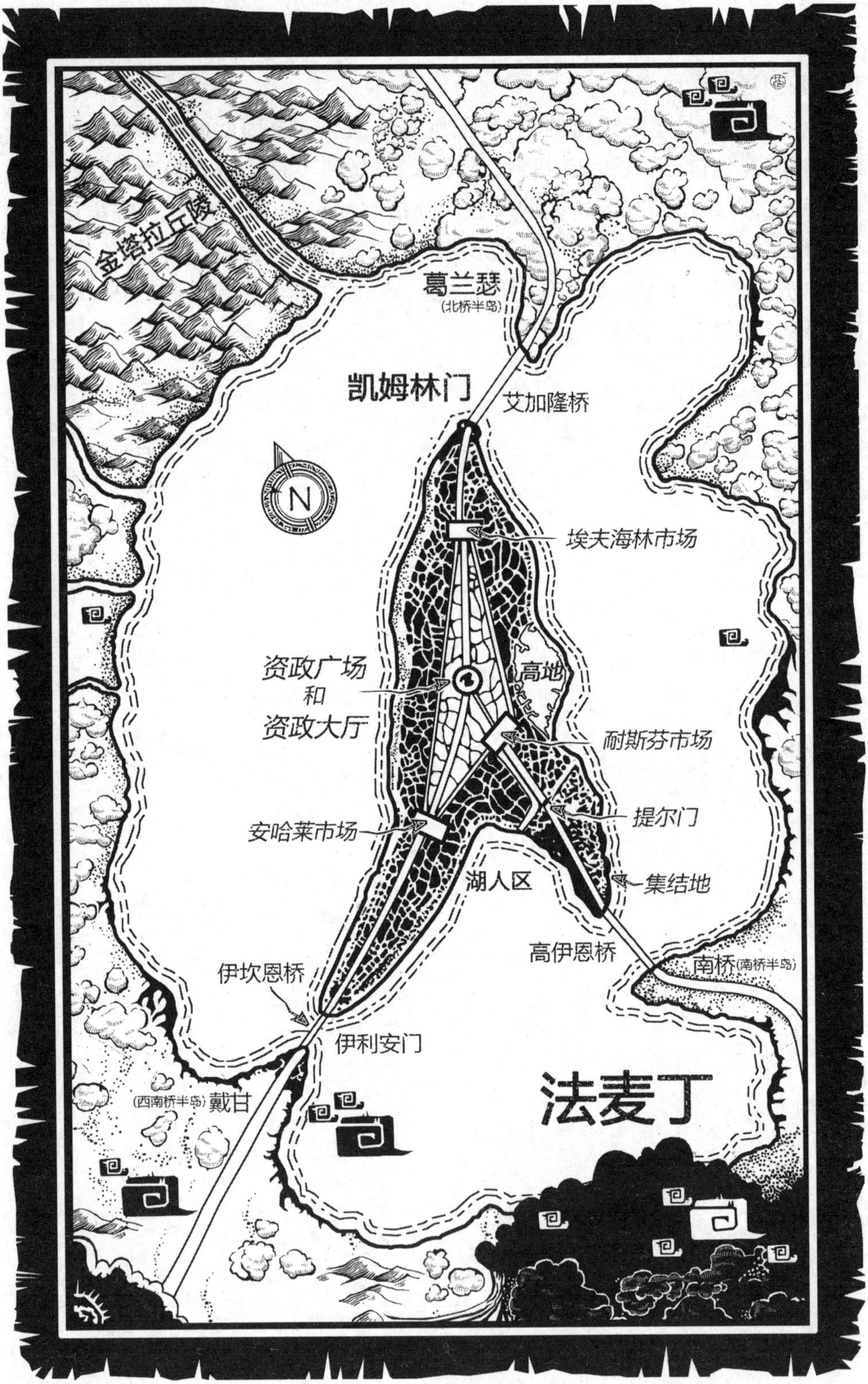
金塔拉丘陵
葛兰瑟
(北桥半岛)
凯姆林门
艾加隆桥
埃夫海林市场
资政广场
和
资政大厅
高地
耐斯芬市场
安哈莱市场
提尔门
湖人区
集结地
高伊恩桥
南桥(南桥半岛)
伊坎恩桥
伊利安门
(西南桥半岛) 戴甘
法麦丁

第22章

无中生有

安哈莱市场是法麦丁三处允许外国人交易的地点之一，虽然被称为市场，但这块方形大空地上丝毫看不到一座市场应有的样子，没有货栈，也没有摆放商品的摊位。这里的行人也相对稀疏一些，但同样有大城市中随处可见的喧嚣吵闹。人群中偶尔能看见几个骑马的人，几顶由身穿亮色制服的轿夫抬着的轿子，或者是一辆马车，无论轿子还是马车，都是门窗紧闭。这里的大多数人都用斗篷裹紧身体，以抵御从周围湖上刮来的寒风，让他们加快脚步的往往不是工作或生意，而是寒冷的天气。在广场周围，就像另外两个外国人市场一样，石墙石顶的银行、旅店，没有窗户的仓库和马厩交错分布，比肩而立。法麦丁是一座用石块和石板搭建的城市，在一年之中的这个时候，旅店最多只能租出去两三成的房间。仓库和马厩中经常也是空荡荡的。但到了春天的时候，贸易就会重新繁荣起来，商人们会为住宿和存放货物付出三倍的价钱。

广场中心有一个圆形的大理石基座，上面立着萨维恩·安哈莱的雕像。十二尺高的大理石雕像呈现了一个仪态高傲的女人，身穿裘皮镶边的长袍，脖子上挂着公职锁链。在代表首席资政的王冠下面，是一张严肃的大理石面孔。她的右手坚定地握着大理石剑柄，剑锋立于她穿软鞋的双脚之间。她举起左手，一根手指带着警告性的意味指向大约四分之三里外的提尔门。法麦丁的繁荣完全依赖与提尔、伊利安和凯姆林的商贸活动，但最高评议会一直都在警戒着外国人和他们堕落的生活方式。雕像下面站着一名街市卫兵，头戴钢盔，身穿缝着方形金属板的皮衣，左肩有一个金色的手印，他的职责是用长木竿赶走那些黑翅膀的灰色鸽子。萨维恩·安哈莱是法麦丁历史上最令人敬畏的三个女人之一，不过她们的名字到了湖对岸，知道的人就不多了。这座城市还出过两个在历史上非常著名的男人，但他们之中的一个出生时，这个地方的名字是亚伦玛多，另一个出生时，这里被称作费莫伦纳。不过法麦丁一直在努力遗忘这两个人——罗林·灭暗者和尤瑞安·石弓。实际上，这两个人正是兰德来到这里的原因。

有几个人向走过他们身边的兰德瞥了一眼，但也仅仅是瞥一眼而已。他在这里显然是个外国人，本地人不会有蓝眼睛，也不会像他这样把头发剪短到不超过肩膀，这里的男人甚至会把头发一直留到腰际，他们有的将头发束到颈后，有的用发夹别起来。他身上的褐色羊毛外衣可能属于任何一个生意还不错的商人。虽然寒风凛冽，但他也不是这里唯一不披斗篷的人。这里的人大多是留着尖胡的坎多人、在辮子上装饰小铃铛的艾拉非人，或是鹰钩鼻的沙戴亚人，这些来自边境国的男男女女会觉得这里的天气比他们家乡温和许多。而他身上也没有什么地方能看出他不是边境国人。对于寒冷，他只需要拒绝让它触及自己，忽视它，就像忽视一只小飞虫。如果他遇到需要行动的时机，斗篷也许会对他造成妨碍。

就连他的身高也没有引起任何人注意，在法麦丁有相当多身材很高的人，他们也都来自外国。曼奈·罗查德就只比兰德矮了一拳，兰德一直跟在他身后，如果有行人或轿子插进他们之中，兰德也不会着急，他甚至可以用这些来隐藏自己。他已经用奈妮薇的草药将自己的头发染成黑色，即使这个变节的殉道使突然转身，大概也不会注意到他，他并不担心会跟丢。法麦丁本地人都穿着颜色灰暗的衣服，在胸口和肩部装饰一些亮色的刺绣，如果是更富有的人，也许还会戴一支镶宝石的发夹。外国商人的衣服更加偏于冷色调，而且不会让他们显得很富有，他们的保镖和马车夫都用粗羊毛衣服紧裹住身体。曼奈大红色的丝绸外衣在这里非常惹眼。他像国王一样走过广场，一只手轻松地按在剑柄上，裘皮镶边的斗篷在他身后随风飘扬。他是个傻瓜，他的斗篷和剑都太引人注目了。他涂蜡的卷曲胡须表明他是个莫兰迪人，而莫兰迪人在这样的天气里应该不停地打哆嗦。还有那把剑……真是个彻头彻尾的傻瓜。

*你才是傻瓜，只有傻瓜才会到这个地方来，*路斯·瑟林在他的脑海中狂乱

地喘息着。疯子！疯子！我们必须离开！必须离开！

兰德不去听那个声音，他将棉手套拉得更紧一些，以稳定的步伐跟在曼奈身后。广场上有不少街市卫兵都在盯着这个家伙。外国人在这里被认为是性情莽撞的麻烦制造者，而莫兰迪人的名声尤其差。带剑的外国人总是会引起街市卫兵的注意，兰德很高兴自己把剑留在旅店中的明那里。明在他脑海中的印象要比伊兰和艾玲达更强，比埃拉娜更强，他只能模糊地感觉到她们，但明却仿佛生活在他的脑海中。

曼奈离开安哈莱，向城市深处走去。一群鸽子从屋顶上飞起，但它们并没有展开双翼，迎风飞向天空，而是撞在一起，翻滚着掉落在石板地面上。人们都惊讶地张大了嘴，就连专心盯着曼奈的街市卫兵也不例外，唯独曼奈头也不回地继续向前走去。不过，他即使看见也没关系，时轴的效果对他没什么意义，因为他早就知道兰德在这座城里，否则他就不会来这里了。

兰德跟随他来到欢乐街，一排光秃秃的灰色大树将这条街从中分成左右两条主道。兰德露出微笑。曼奈和他的朋友们也许以为他们非常聪明，也许他们在提尔之岩发现书架上北马瑞多平原的地图被放在最上面；或者是查辛的埃斯丹沙宫图书馆里那本摊开的、记录南方都市的书；以及其他各种被刻意留下的线索。任何人在匆忙中都有可能出现这种细小的遗漏，但只要将两三个这样的线索拼在一起，就能得出它们指向的目的地是法麦丁。曼奈和他的同伙发现这些线索的速度比兰德预料得更快，或者是有人帮助他们发现了这些线索。无论实际情况是怎样，都没关系。

兰德不知道为什么这个莫兰迪人要抢在其他人之前来到这里，不过他知道，他们都朝这里赶来。托沃、柯朗、葛德芬和齐斯曼，他们要在这里完成未能在凯瑞安做到的事。可惜的是，那些弃光魔使不会如此愚蠢，也到这里来追杀他，他们只会派其他人过来。兰德想要在其他人到来之前杀死曼奈。现在只有他和曼奈两个人，不过他要找一个更好的机会，确保能够悄无声息地干掉曼奈。曼奈来到法麦丁已经有两天了，他向每一个人询问有没有见过高个子的红发男人。看那种趾高气扬的架势，仿佛没有任何事情能让他担忧。他差不多已经见过了每一个多少与他的描述有些相似的人。到现在为止，他仍然认为自己是猎人，而不是猎物。

你把我们带到这里来寻死吗！路斯·瑟林呻吟着。到这里来的结果只能像死亡一样可怕！

兰德不安地耸耸肩。他同意最后这句话。如果能够离开，他会像路斯·瑟林一样高兴，但有时候，他能够选择的只有可怕和更加可怕。曼奈就在他眼前，他几乎伸手可及，现在这才是最重要的。

欢乐街两旁用灰色石块搭建的商铺和旅店，已经和安哈莱市场周围的建筑有了很大的区别，银匠铺代替了刀剪铺，然后又被金匠铺所取代。裁缝店的橱窗里出现了刺绣和织锦，羊毛衣服则渐渐消失了。街道上出现了由四辆或六辆颜色大小完全相同的马车组成的车队，这些马车的车门上往往还装饰着不同的家徽，骑马的人们的胯下坐骑也都是纯种提尔马或其他良骏。轿椅愈来愈多，徒步的行人则愈来愈少，即使在这些徒步的行人中，胸口和肩膀上装饰着华丽刺绣的人也要多过穿着制服的仆人了。人们的发夹上镶嵌着彩色玻璃，偶尔还能见到珍珠和更加贵重的宝石。当然，没钱坐轿子的人大多也是买不起宝石的。只有这里的冷风仍然和安哈莱一样。街市卫兵在街道上巡行，用同样警戒的目光扫视着行人，他们的数量比安哈莱市场要少一些，但也能确保监视到欢乐街的每一个角落。在欢乐街旁的每一个岔路口，只要不是狭窄的巷子，就会有一座石砌岗哨，岗哨顶部有一名哨兵负责监视街上的动静，底部则有两名卫兵，负责在发生犯罪行为时予以压制。法麦丁维持和平的手段相当严格。

兰德看着沿街道前行的曼奈，皱起了眉。难道他的目的地是位于这座岛正中心的资政广场？那里只有资政大厅，历史已经超过五百年的纪念碑。从那时起，法麦丁就已经是马瑞多的首都了。还有就是这座城市中最富有的女人的会计室。在法麦丁，男人的财富总是来自妻子的赠予，或是继承死去妻子的遗产。也许曼奈是要去和暗黑之友见面，但如果是这样，他又为何要这样不疾不徐地走着？

一阵晕眩感突然向兰德袭来，一张模糊的面孔出现在他的视线中。他脚步踉跄地撞在旁边一个行人身上，这个人比兰德还要高，一头金发，身穿亮绿色制服，怀里抱着一只大篮子。他伸出一只手，轻轻扶住脚步不稳的兰德。兰德看到他被太阳晒黑的脸上有一道长而皱缩的伤疤。他低下头，向兰德低声道歉，然后就快步向前走去。

兰德站稳身子，低声骂了一句。*你已经将他们毁掉了*，路斯·瑟林在他脑海中低声说着。*现在你又要去毁掉其他人。我们三个在彻底毁灭之前还要杀死多少人？*

*闭嘴！*兰德恶狠狠地想着，但响应他的只是一阵嘲讽的笑声。让兰德心烦意乱的并非遇到一名艾伊尔人。到了法麦丁之后，他已经遇到许多艾伊尔人。成千上万的艾伊尔人在知道本族的历史真相后，就逃亡到这里，他们开始遵循叶之道，除了以奉义徒的身份度过余生之外，他们不知道自己还能做些什么。兰德甚至不为自己的晕眩而担心，也无暇去想刚才出现在眼前的是谁的面孔。

一辆由六匹灰马拖曳的马车正从许多轿椅和行人中间穿过，男男女女们在各种店铺门前进进出出，但兰德已经找不到穿红色外衣的人了。他气恼地握起戴着手套的拳头，用力捶在另一只手的掌心里。

盲目前进肯定是愚蠢的，他也许会被曼奈发现。迄今为止，曼奈还不会想到兰德知道他在这里，这是一个不能放弃的优势。他也知道曼奈在城里的住宿处，那是一家专门招待外国人的客栈。他可以等明天再找机会。但曼奈的同伙可能会在今晚赶到。兰德有把握同时干掉他们之中的两个，即使他们五个聚在一起，兰德也不是没机会除掉他们，但他不可能悄无声息地把他们一举了结，那样他很可能会受伤，而且势必要丢掉自己的佩剑。他不愿失去那把剑，那是艾玲达的礼物。如果情况更糟糕一些……

一件裘皮镶边的斗篷从他的眼角处闪过，消失在前面的一个街道转角里，兰德立刻向那里跑去。旁边驻守岗亭的卫兵立刻站直身子，岗亭顶上的哨兵抽出腰间的响板，岗亭下的两名卫兵一个拿起身边的长棍，另一个举起一根捕拿杆。捕拿杆的叉形头能够轻易地卡住一个人的四肢或脖子，而且它包裹着铁皮，可以抵挡刀剑斧头的劈砍。他们都用严厉的眼神紧盯着兰德。

兰德向他们点点头，露出微笑，然后装模作样地向旁边街巷的人群中张望。他不是个逃跑的贼，只是个正在找人的人。长棍和捕拿杆都被放回原位。兰德没有再看那些卫兵，他又瞥见了那件斗篷，也许还有一件红外衣。穿着那套衣服的人已经转到另一条街里。

兰德举起手，仿佛是在朝某个人打招呼，然后就向目标跑了过去。离开欢乐街，转进侧巷里，这里的小贩高声叫卖着针线、发梳之类的什物。行人的衣着朴素了许多，人们往往只是戴着最简单的发夹，或者把头发挽成发髻。愈往巷子深处走，行人就愈稀疏，道路也愈曲折繁复。偶尔能看见一家廉价客栈，或者有三四层高的窄面石楼，肉铺、蜡烛作坊、理发店、锡匠铺、陶工铺和制桶作坊夹杂其间。马车无法驶进这种小巷里，轿椅和骑马的人也不会到这里来。屈指可数的几名身穿制服、提着篮子的仆人迈着不疾不徐的步子，眼高于顶地睨视着除了街市卫兵外的每一个人。当然，即使在这种街巷里，同样会有街市卫兵在巡逻和站岗。

现在兰德终于能清楚看到他的目标了。曼奈似乎长了些脑子，知道要用斗篷裹住他的外衣和那把没用的剑了，但兰德仍然一眼就能认出他来。曼奈似乎在竭力躲避所有人的注意，他紧贴着街巷边缘，肩膀几乎都磨到那些店铺的门面。他突然向周围扫视一圈，然后就跑进一条小巷里，那个巷口两侧分别是一个编筐作坊和一家招牌已经脏得看不清字迹的小酒馆。兰德差点笑了出来，他毫不迟疑地紧跟在曼奈身后。这样的小巷子里是不可能有街市卫兵和岗哨的。

道路变得更加曲折蜿蜒，而且复杂得如同一张蛛网。曼奈已经不见了，但兰德能听见他的靴子踏在泥泞路面上的声音，这声音在没有窗户的石墙间往复回荡，让兰德无法判断声源发自何处。兰德继续在仅容两个人并肩而过的小巷里奔跑，追踪那个声音。为什么曼奈要跑到这个迷宫里来？他显然在朝某个地方疾奔，但他根本不可能知道这些小巷通往哪里。

兰德突然意识到，现在他只能听见自己的脚步声了，他一下子站定脚步。四下里寂静无声。在他面前，小巷分成了三条。他屏住呼吸，竖起耳朵，还是寂静。就在他决定转身时，一个轻微的声音从距离他最近的巷口传来，仿佛是有个走路的人在不经意间把一块石子踢到了墙上。最好现在就干掉那家伙。

兰德转身进了那条巷子，却发现曼奈正在等着他。

这个莫兰迪人已经放开斗篷，双手按住剑柄，用细线编成的法麦丁和平结绑住了剑柄和剑鞘。曼奈带着一丝嘲讽的微笑："你就像只鸽子，用一点诱饵就能把你骗到。"他抽出剑刃。和平结的细线都已被割断，只是在表面上被伪装成完好无损的样子。"逃跑吧，如果你想的话。"

兰德没有跑，恰恰相反，他向前迈出一步，伸出左手按在曼奈剑柄末端，将抽出一半的剑刃按回剑鞘里。曼奈惊讶地睁大眼睛，但他还是没意识到，刚才他那得意的一刻已经要了他的命。他向后退去，试图让出抽剑的空间，但兰德半分不差地跟了上来，让剑刃始终只能留在鞘内。同时他一记钩拳，狠狠地打在曼奈的喉咙上，随着响亮的软骨碎裂声，这个叛徒立刻丢掉了杀人的心思。他蹒跚着向后退去，大瞪着眼，双手捂住喉头，拼命想要从裂开的气管中吸到一点空气。

兰德打算在曼奈的胸骨下面给予他最后一击时，一阵微弱的风声在他背后响起。兰德突然又想到曼奈刚才嘲讽的笑容，他一脚踹倒曼奈，自己也趁势倒在曼奈身上。他背后传来金属撞击石墙的沉重声音和一个男人的咒骂声。兰德捉住曼奈的佩剑，一个筋斗向前翻去，并抽出这把剑。曼奈发出一声凄厉而含混的尖叫。兰德蹲起来，立刻转身回头。

雷尔法·齐斯曼向下俯视着曼奈，惊讶地张大了嘴，他原本要刺穿兰德的剑刃却插在曼奈的胸膛上，血沫不断地从这个莫兰迪人的嘴角涌出来，他用脚跟蹬着地面，满是鲜血的双手紧握着刺入胸口的利刃，仿佛要把它从身体里拔出来。齐斯曼是个中等高度的男人，肤色在提尔人中算是白皙的，除了腰间的剑带，他身上的衣服就像兰德的一样朴素，而那条剑带也被遮在了斗篷下面，所以他在法麦丁同样不会被任何人注意到。

齐斯曼的惊愕只持续了很短的一瞬间。当兰德双手握剑，站起身时，他已经从曼奈胸前抽出佩剑，再不看一眼被他杀死的同伙，而是紧紧盯着兰德。他的双手在剑柄上紧张地来回搓动着。很显然地，他属于那些因至上力而感到骄傲，不屑于学习剑技的人。兰德自己从未有过这种不屑。曼奈最后抽搐了一下，双眼盯住天空，不再动弹了。

"该去死了。"兰德低声说道。但就在他向前走过来时，这个提尔人背后传来一阵响板的声音，然后又是一个响板发出声音，是街市卫兵。

"他们会把我们都抓起来，"齐斯曼喘息着说，语气显得相当慌乱，"如果他们发现我们站在一具尸体上，他们会把我们都吊死！他们一定会的！"

齐斯曼是对的，如果街市卫兵发现他们在这里，他们至少会被扔进资政大厅下的地牢里去。更多的响板响起，并迅速向他们靠近，那些卫兵一定早就注意到三个男人逐一进入同一条巷子里，也许他们甚至还看见了齐斯曼的剑。兰德不情愿地点了点头。

那个提尔人谨慎地向后退去。当他看见兰德并没有逼上来，便收起剑刃，没命地朝远处跑去，黑色的斗篷立刻在他背后飘了起来。

兰德将曼奈的剑扔到他的尸体上，便朝另一个方向跑去。那个方向还没有响板的声音。如果运气好，他能及时跑回到街上，混进人群里，他害怕的并不是绞索。如果脱去手套，露出他手臂上的龙纹，兰德相信自己将不会有任何生命危险。但法麦丁的资政们已经公开宣布，接受爱莉达那个奇怪的法令，如果他被丢进监牢，他就只能等待白塔的使者了。所以他也开始竭尽全力地逃跑。

齐斯曼终于跑进了人群，看到三名街市卫兵从他刚刚跑出来的巷口冲进去，他如释重负地叹了一口气，双手握紧斗篷，遮住佩剑，随着人潮向前走去。绝对不能有任何引起那些卫兵警戒的异动。两名街市卫兵扛着一只大麻袋从他身边走过，袋里装着一个被捆起来的犯人，只有脑袋露在麻袋外面，不停地东张西望，眼里满是惶恐的神情。齐斯曼打了个哆嗦，该死的，那可能也是他的下场！

齐斯曼觉得自己是个蠢货，只有蠢货才会听曼奈的话，和他抢先跑到这里来。他们应该等其他人到达，避开旁人的注意，分别进城，聚齐后再行动，这才是他们本来的计划。但曼奈想要得到杀死兰德·亚瑟的光荣，这个莫兰迪人疯狂地渴望着证明自己比兰德·亚瑟更强。现在，他自己却因此而送了命，又差点害齐斯曼跟着他一起完蛋，这点尤其让齐斯曼感到愤怒。和光荣相比，齐斯曼更想要得到权力，他一直在幻想着统治提尔之岩，甚至还有其他国家。他想要永生不死，这些都是已经被承诺过的恩惠。他的愤怒还源于他不知道是否真的应该杀掉兰德·亚瑟。暗主在上，他想要杀了兰德·亚瑟。只要兰德·亚瑟不死，他就没法睡个好觉，但……

“杀死他。”米海峨在派遣他们前往凯瑞安时这样命令他们，他们的失败让米海峨非常不悦，法麦丁将是他们最后一个机会。

“杀死他。”狄芒德在稍后一些发出同样的命令。他还吩咐说，如果他们再次被发现，还不如死掉的好。弃光魔使的这个命令也包括米海峨在内，仿佛他并不知道马瑞姆的命令。

再稍后，莫瑞笛说：“如果有必要，就杀死他，但更重要的是，把他所有的东西都带回来给我，这可以让我原谅你们先前犯下的罪行。”那个人说他也是弃光魔使之一，没有人会疯狂到说这种谎话，不过他似乎认为兰德·亚瑟手中的某样东西比兰德·亚瑟的性命更重要，而杀死他只是一个附属任务。

莫瑞笛和狄芒德是齐斯曼仅见过的两名弃光魔使，但他们已经让他头痛不已了，他们比凯瑞安人更可怕。齐斯曼相信，他们的沉默会比一位提尔大君发出的号令更快地致人死命。好吧，只要托沃和葛德芬一到，他们就能……

他的右臂突然被刺了一下，他低下头，惊讶地看到血迹正在他的衣服上迅速扩散。感觉上，这个伤口不是很深，但一个普通的窃贼不可能这样轻易就划破他的手臂。

“他是我的。”一个男性的耳语声在他背后响起，但是当他转过身，却只看到来去匆匆的行人。有几个人注意到他斗篷上的血污，然后就立刻转过了头。在这个地方，没有人想要与任何一点暴力沾上边，人们很擅长忽略自己不想见到的事情。

手臂上的伤口发出一阵一阵的疼痛，变得愈来愈难以忍受。齐斯曼放开斗篷，用左手按住变成黑红色的袖子，他能感觉到自己的右臂已经开始肿胀，并且烫得吓人。他看到自己的右手，面孔立刻在恐惧中扭曲。他的右手变成了黑色，而且肿得好像放了一个星期的尸体。

他开始疯狂地奔跑，将所有挡路的人都推到一旁，或者直接打倒在地上。他不知道自己到底发生了什么事，是怎么发生的，但他知道自己会有怎样的后果。他现在唯一的机会就是立刻逃出这座城市，逃到湖的另一侧，逃进那些山里。一匹马，他需要一匹马！一定会有机会的。他已经得到承诺，将永生不死！他只能看见徒步的人。所有人都在躲开他。他似乎听见卫兵的响板声，但这也许只是因为他的耳膜在充血。一切都变暗了。他的脸重重地撞在一样东西上，他知道自己跌倒了。他最后的想法是弃光魔使在惩罚他，但为什么要惩罚他，他完全说不出来。

当兰德走进马瑞多王冠旅店时，大厅里的圆桌旁只坐着几个男人。尽管这家旅店的名字很华丽，但装潢却相当朴素。三层旅店的上面两层大约有二十几个房间。在这里伺候酒客的男服务生穿着黄色的长围裙。大厅的两端各有一座石砌壁炉，熊熊的炉火让整个大厅温暖如春。百叶窗都已被关上并拴住，不过挂在墙上的油灯让房间里相当明亮。从厨房里散发出菜肴的香气闻起来，今天的午餐应该是城周围湖中的鱼。没法在这里吃午餐让兰德感到有些遗憾，马瑞多王冠的厨师手艺相当高超。

他看见岚坐在靠墙的一张桌子旁，那名护法用编结皮绳将头发束在背后，这种样子让不止一个法麦丁人对他侧目而视，但岚从不会摘下这根海多力。他盯着兰德的眼睛，兰德向房间后面的楼梯点了一下头。岚没有流露出任何疑问的神色，而是立刻放下酒杯，站起身，朝楼梯走去，就算是腰间只有一把小刀，他仍然全身散发着危险的气息，但兰德对这些并不在意。大厅里的几个酒客瞥了兰德一眼，不知为什么，他们在看到兰德的眼睛时，立刻将目光转向了一旁。

兰德走到厨房附近，在通往女士间的门前停下脚步，男人不许进入这里。除了描画在黄色墙壁上的一些花卉图案外，女士间并不比大厅漂亮多少。这里的立灯和壁炉也被涂成了黄色。女服务生们穿的黄色围裙和大厅里的男服务生们穿的一模一样。这里的老板娘娜赫拉太太是一位身材苗条的灰发妇人，她正和明、奈妮薇以及艾丽维娅坐在一起，一边喝茶，一边闲谈嬉笑。

看到那名前罪奴，兰德咬了咬牙，奈妮薇说这个女人坚持要跟着她们，但兰德不相信有人能违抗她的意愿"坚持"什么。为什么奈妮薇要带着艾丽维娅，兰德并不知道。自从兰德离开伊兰，来找奈妮薇之后，就觉得她做事总是神神秘秘的，就好像她拼命想要当一名两仪师。这三个女人都穿着高领的法麦丁裙装，绚丽多彩的花朵和鸟雀刺绣铺满她们的胸口和肩膀，直到下巴。奈妮薇有时也会对这样的衣服抱怨几句，毫无疑问，和这种精致的长裙相比，她更喜欢结实的两河羊毛裙。但现在，她仿佛觉得额头上的霁珊红点还不够惹人瞩目，又在身上佩戴了无数的珠宝，仿佛要参与一场皇家觐见。她的黄金细腰带、长项链和几只手镯上嵌满了蓝宝石和兰德不认识的抛光绿色宝石，在她右手的每根手指上还戴着一枚与之相配的戒指。巨蛇戒已经被她收起来了，为的是避开别人的注意，但现在她这身装扮能吸引到的观众，肯定比一枚巨蛇戒要多出十倍。许多人并不知道两仪师的戒指，但任何人都能看出她身上带了多少财富。

兰德清清喉咙，俯下身。"老婆，我们去楼上一下，我有事情要告诉你。"就要直起身时，他终于记起要说一句："如果你愿意的话。"他不能表现出更加急迫的样子，必须保持应有的礼仪。只是他希望她们不要再耽搁了，她们很可能这么做，哪怕只是为了向旅店老板娘显示她们绝不会对他唯命是从。不知为什么，法麦丁人总是以为外国女人都对男人俯首帖耳！

明在椅子里转过身，对他笑了笑，每次他叫她"老婆"时，她都会这样。她在兰德脑海中的形象变得温暖欢快，闪耀着喜悦的火花，而且她似乎觉得在法麦丁的这段时间过得很有趣。这时她又向娜赫拉太太倾过身子，但眼睛依然望着兰德。她压低声音，对那位年长的妇人说了些什么，娜赫拉太太立刻发出"咯咯"的笑声，并向奈妮薇做了个鬼脸。

艾丽维娅站起身，兰德还依稀记得她被交托给马瑞姆时的样子，但现在的她已经完全不同了。对兰德来说，所有被俘的罪奴和罪奴主都只是一个沉重的包袱，能够摆脱这个包袱对他来说是一件令人高兴的事情。艾丽维娅的一头金发里已经有了不少白丝，眼角的鱼尾纹也很明显了，但这双眼睛现在却变得相当有魄力。"如何？"她以悠缓的语调说道，双眼直视奈妮薇，她的语气既像批评，又像是命令。

奈妮薇瞪了这个女人一眼，然后才好整以暇地站起身，抚平裙摆上的褶皱。至少她还是站起来了。兰德这时已经跑上了楼梯，岚正在二楼的楼梯口等他，他所站的位置有意避开大厅里客人的视线。兰德压低声音，简略地向岚讲述了一下刚才发生的事情，岚岩石般的面孔没有任何变化。

"至少他们已经少了一个，"岚说完便朝他和奈妮薇的房间走去，"我去做好准备。"

兰德跑进他和明的房间，急匆匆地把衣服从高大的衣柜中抱出来，塞进一只柳条箱里。过了一会儿，明走进房间，她的身后还跟着奈妮薇和艾丽维娅。

"光明啊，你要把我的衣服都毁掉了。"明高喊着把兰德从柳条箱前挤开，然后把衣服一件件拿出来，在床上叠好，摆到兰德那把被和平结绑住的佩剑旁边。"我们为什么要收拾行李？"她问道。但她没有给兰德回答的机会。"娜赫拉太太说，如果我每天早晨抽你一顿鞭子，你就不会这么沉闷了。"她一边笑着，一边抖开一件她的外衣，她还带着几件肯定不会在这里穿的外衣。兰德说过会给她买新的，但她总是不肯丢下这些绣花外衣和长裤。"我告诉她，我会考虑这样做。她非常喜欢岚。"明突然提高嗓音，模仿那位旅店老板娘说道："我总是说，一个优雅温柔的男人要比一张漂亮的面孔好多了。"

奈妮薇哼了一声："有谁会想要一个自己只要打个响指就会从铁圈里跳过去的男人？"兰德看了她一眼，明更是张大了嘴。他们都亲眼见过，如果奈妮薇打个响指，岚甚至会从喷火的铁圈里钻过去。一个男人怎么会如此容忍自己的女人，兰德至今都无法理解。

“你想男人想得太多了。”这次是艾丽维娅缓慢的声音。奈妮薇皱起眉，却什么都没说，只是站在原地，用手指摩挲着手腕上的一只手镯。那只手镯很奇特，有四根扁平的金链将它和左手四指的四枚戒指连在一起。艾丽维娅摇摇头，仿佛在为奈妮薇的沉默感到失望。

“我们必须收拾行李，而且要快。”兰德飞快地说道。他有些奇怪奈妮薇为什么没说话，但看奈妮薇的脸色，他觉得她可能很快就要揪住辫子，大声喝斥屋里所有的人，让他们在几个小时内都无法开口了。

兰德又把刚才对岚讲的事情复述了一遍。明已经收拾好衣服，开始将她的书放进第二个柳条箱了，她明显加快了速度，甚至没有像往常那样用斗篷把书包起来。另外两个女人却只是盯着兰德，仿佛以前从没见过他一样。看到她们并没有像明那样理解自己的意思，兰德只得又不耐烦地说：“曼奈和齐斯曼伏击了我，他们知道我在跟踪。齐斯曼逃掉了，如果他知道这家旅店，他、柯朗、葛德芬和托沃就会和他一起到这里来。他们也许两三天后才到，也许一个小时之后就会到了。”

“我不是傻瓜。”奈妮薇依旧盯着他，声音中却没有什么火气，难道她的气恼只是装出来的？“如果你想快一些收拾好，就帮帮明，不要再这样像羊毛脑袋一样闲晃了。”她又看了兰德一会儿，才摇摇头，走出房间。

艾丽维娅在跟上奈妮薇之前又停下脚步，最后瞪了兰德一眼，她的身上已经彻底没有那种唯命是从的样子了。“你这样做只能要自己的命，”她不以为然地说，“你还有太多事要做，所以现在还不能死。你必须让我们帮助你。”

当房门被关上时，兰德仍然看着那扇门，双眉紧皱。“明，你在她身上有没有看到什么？”

“一直都有，但不是你所指的那些，而我也不明白那些都是什么。”她朝一本书皱皱鼻子，将它放到一旁。明随身带了不少书，但她从不会丢下任何一本，她挑出这本书显然是为了方便随时阅读，只要一有空闲，她就会把鼻尖埋进书页里。“兰德，”她的语速非常缓慢，“你做了很多事。杀死一个人，和另一个人对峙，但……兰德，我什么都没感觉到。我是说在和你的约缚里，没有恐惧，没有愤怒，甚至没有警戒！什么都没有。”

“我并不对他感到愤怒，”兰德摇摇头，又一次开始将衣服塞进柳条箱里，“他只是需要被杀死。仅此而已，我又为什么要害怕？”

“哦，”明悄声说，“我明白了。”她继续俯身去整理那些书。他们的约缚中只有一片寂静，似乎明已经陷入了沉思，但这片寂静中却仿佛有一根令人困扰的丝线在蠕动。

“明，我绝不会让你出任何事。”他并不知道自己能不能实现这个承诺，但他会为此竭尽全力。

明的脸上露出笑容。光明啊，她真美。“我知道，兰德，我也不会让你出任何事。”爱意在约缚中流淌，如同中午明媚的阳光。“但艾丽维娅是对的，你必须让我们帮助你。如果你清楚地描述一下那些人的容貌，也许我们可以帮你去打听他们的行踪。你不可能一个人搜遍全城。”

我们都是死人，路斯·瑟林嘟囔着。死人应该安静地待在坟墓里，但他们却从不懂得安静。

兰德几乎没注意到脑海中的声音，他突然意识到，自己不必描述那些人的长相，他能把他们栩栩如生地画出来。他从来都不会画画，但路斯·瑟林会，这原本应该会吓到他，但他的心情没有任何波动。

伊沙姆在屋中踱着步，审视着特·雅兰·瑞奥德中永不消失的微光。床上凌乱不堪的被褥在眨眼间就变得整洁如新，一转眼又变回了原样，满是花卉纹样的被单变成朴素的深红色，又变成拼布被。这里的一切都在不断变幻。对于这些，他并不在意，他没办法像弃光魔使那样使用特·雅兰·瑞奥德，但这是他感觉最自由的地方。在这里，他可以做他想做的人物，这个想法让他笑了起来。

他在床边停下，小心地抽出两把淬毒匕首，然后走出看不见的世界，进入清醒的世界。在这里，他成为了卢瑟，这种感觉很恰当。

清醒世界中的这个房间还是一片昏暗，不过从唯一一扇窗户中透进来的月光已经足以让卢瑟看清床上两个人的轮廓了。卢瑟毫不迟疑地将匕首分别插进这两具躯体，他们醒了过来，发出微弱的呼声。卢瑟拔起匕首，一次又一次地插下去，匕首上的剧毒足以让这两个人失去叫喊的力量，并迅速死去。但卢瑟想要亲手杀死他们，这种快感是毒药无法带给他的。当卢瑟将匕首刺入他们肋骨的缝隙，这两个人很快就停止了抽搐。

卢瑟在床单上揩净匕首，再小心把它们插回鞘中。他得到了许多礼物，但他还是无法抵抗剧毒和利刃。然后他从口袋中取出一根短蜡烛，吹去壁炉中炭火上的积灰，将烛芯点燃，他总是喜欢看看被他杀死的人。当然，最好还是看着人们在他的手中慢慢死去。最让他感到愉悦的是在提尔之岩杀死的那两个两仪师。当他凭空出现时，她们脸上犹疑的表情；当她们意识到他并非她们的救星时，那种恐惧的神色。那都是宝贵的回忆，那是伊沙姆的回忆，不是他的，但也是同样宝贵。无论是伊沙姆或卢瑟，都没有太多机会能杀死两仪师。

他仔细看了几眼床上的一男一女，然后掐灭烛火，将蜡烛放回口袋里，回到特·雅兰·瑞奥德。此刻，他的主人正在等他，他相信那是个男人，但仅此而已。卢瑟无法看到那个人，那种感觉和看灰人不同，恶心的灰人总会让你忽略掉他们。他曾经杀死过一个灰人，在白塔里，灰人的触感是冰冷而且空虚的，杀死他们就像杀死尸体。而这个人肯定是用至上力挡住了卢瑟的视线，让他的目光只能滑到一旁，就像水从玻璃上滑走，卢瑟只能依稀从眼角看到一个模糊的影子。“睡在那个房间里的两个人要永远睡下去了，”卢瑟说，“但那个男人是秃头，女人则满头灰发。”

“真可惜。”这个人开口了。他的声音仿佛在卢瑟的耳中融成一团，让卢瑟听不出这声音有什么特点。他一定是弃光魔使。除了弃光魔使之外，很少有人知道该如何找到他，而那些人之中几乎没有人能够导引，更没有人敢对他发号施令。别人只能乞求他的帮助，除非是暗主和弃光魔使，但卢瑟以前遇到的弃光魔使都不曾这样伪装过自己。

“您想让我再试一次吗？”卢瑟问。

“也许吧，等候我的命令，不要擅自行动。记住，不要把这件事告诉任何人。”

“服从您的命令。”卢瑟鞠躬答道。此时这个人已经编织出一个通道，那是一个巨大的缺口，对面是一片白雪皑皑的林地。没等卢瑟抬起头，他已经走了。这的确很可惜。卢瑟宁愿去杀死他的侄子和与他侄子通奸的荡妇。不过，他可以靠狩猎打发时间，那的确是一件乐事。他成了伊沙姆，伊沙姆比卢瑟更喜欢杀狼。

第23章

放开太阳

纱罗一只手用力捉住陌生的羊毛斗篷，同时竭力不让自己从更加陌生的马鞍上跌下去。她笨拙地踢着屁股下面的马，跟着哈琳妮和哈琳妮的剑士长毛德穿过那个撕开空间的大洞。片刻之前，他们还是在太阳王宫的一个马厩里，但转眼间……她不知道身在何处。他们脚下是一片很长的平地，她记得这种地形被称作“开阔地”，一片比风剪子的甲板更大的开阔地。周围是矮小的树木和山丘，而这些树里，她只认得松树。但这些树都太过矮小，也不够直，什么都做不了，只能提炼松脂和制作柏油。其余的树大多裸露着灰色的枝干，让她想到骨头。上午的太阳刚刚高过树梢，这里的空气比他们刚刚离开的城市更加刺骨，她希望自己屁股下面的马不会摔跤，把她甩到从积雪和腐叶中露出的石块上。她不信任马。和船不一样，牲畜有自己的想法，它们都是些反复无常的家伙，待在它们的背上肯定是危险的。而且马还有牙，现在这匹马只要一回头就能咬到她的腿，所以每次这匹马一低头，她就会向后缩缩腿，再拍拍它的脖子，说几句安慰的话。至少她希望这样真的能让这匹马高兴一点。

凯苏安依旧穿着深绿色衣裙，轻松地骑在一匹黑色鬃尾的高头大马背上，维持着他们刚刚穿过的那个通道。马匹并不让她感到困扰，任何事都不会困扰她。一阵冷风吹起凯苏安背后的黑灰色斗篷，她却没有流露出任何感到寒冷的迹象。她转过头来看着纱罗和她的同伴，点缀在她深灰色发髻上的黄金发饰随之来回摆动。凯苏安是个漂亮的女人，却也是那种混在人群中就不容易被认出来的人。也许她最醒目的相貌特点，就是那张光洁无瑕的脸和完全无法与之匹配的灰发。但只有你开始了解她，才会明白她身上没有半点平凡的地方。

纱罗非常想看看这个通道是怎样编织而成的，为此，她甚至愿意接近凯苏安。但在这个通道完成以后，她才被允许进入那个马厩。看见一面张开的帆并不能让你学会该怎样把帆撑起来。现在她只知道这个编织的名字。在穿过通道时，纱罗竭力避免与凯苏安对视，但她还是能感觉到那名两仪师的目光，那道目光让她不由得缩起脚趾，徒劳地想要在马镫上找到一个稳定的立足点。她希望透过研究这名两仪师找到办法减轻这种压迫感，但至今尚未成功。她没有被选中成为两仪师，她认为这是光明对她的护佑。在驶向凯瑞安之前，她从不曾遇到过两仪师，迄今为止她对两仪师依然知之甚少，对此她并不觉得有什么遗憾，因为她已经看见在凯苏安为首的这群两仪师中涌动的暗流，那些暗流深藏不露，却强大到足以彻底改变表层的一切。

那四名紧随凯苏安穿过通道的两仪师都骑马立于这片……开阔地的一侧，他们旁边还有三名护法。至少纱罗相信伊万是那个性情焦躁的埃拉娜的护法，托马斯是矮小的维林的护法，但她也确信，圆胖的戴吉安旁边的年轻人穿的是殉道使的黑色外衣，他肯定不会是护法，对吧？这个叫艾本的年轻人还只是个男孩，但是每当戴吉安看着他，那个圆胖两仪师的骄傲似乎就会膨胀得更加厉害。库梅拉是个相貌讨人喜欢的女人，但她那双蓝眼睛时刻都有可能变成两把匕首。她正在马鞍上侧过一点身，用那种刀子般的目光盯着小艾本，纱罗甚至有一种感觉，这道目光有可能把艾本的皮剥下来。

“我不会再容忍这些了。”哈琳妮一边嘟囔着，一边用赤足夹住胯下的母马，不让它乱动。她和纱罗同样穿着锦缎长裤，只不过她的是黄色，纱罗的是蓝色，这种质料的衣服让她们很容易在马鞍上打滑。哈琳妮的身子也在随着坐骑的动作来回摇晃，仿佛这匹马每走一步，她都要一头栽到地上。又一阵冷风刮过，吹起她的腰带末梢，鼓起她的斗篷，但哈琳妮根本不屑于拉住那件斗篷。驾船的人不会披斗篷，它会在你最危急的时刻缠住你的四肢，夺走你求生的机会。毛德干脆不披斗篷，他穿上他的蓝色絮棉外衣，在最寒冷的航线上，他就会穿上这件衣服。耐苏恩·比哈莱穿着青铜色的羊毛长裙，在骑马穿过通道时仍然不停地向四下扫视，仿佛要把周围的一切都看清楚。爱萨·潘弗紧拉着裘皮镶边的绿色斗篷，不知为什么，她总是一副阴沉的表情，而且其他两仪师似乎都不像她这样畏惧寒冷。

“她说，我有可能会见到克拉莫。”哈琳妮仍旧在一边嘟囔着，一边拉动马缰，让那匹母马转向与两仪师相对的空旷地另一侧。“有可能！就好像在赏赐我。”哈琳妮在提到那个“她”时，就好像被海蜇蜇了一下，她不需要说出那个人的名字。“我有这样的权利，这是我们的契约中载明的！她早已违背那个契约！我只能离开我的领航长和我的侍从！”布莲安·波罗黎这时穿过了通道，她的样子就好像这里正在进行激烈的战斗。跟在她身后的柏黛恩·尼拉姆则完全不像是个两仪师。她们两个都是绿宗两仪师。布莲安穿着纯绿色的衣服，柏黛恩的袖子和裙摆上有一些彩色条纹，这有什么意义吗？应该不会。“难道我在克拉莫面前要像觐见领航长的甲板女孩那样奉献全心吗？”当数名两仪师聚在一起时，她们光洁无瑕的面孔就会变得特别明显，如果不看她们的发色，仅从面容根本无从判断她们是二十岁还是四十岁。柏黛恩看起来不过像是一个二十岁的女孩，从她的裙子上，纱罗也得不到什么有用的讯息。“难道我还要晒自己的床单，洗自己的衣服？她根本就对我们的契约视若无睹！我不能允许这种事！绝对不能！”从昨晚凯苏安向她们宣布了和她同行的条件到现在，哈琳妮已经这样抱怨过不下十几次了。凯苏安的条件非常严格，但哈琳妮别无选择，只能全盘接受，这让海民们感到前所未有的苦涩。

纱罗心不在焉地听着，不时点点头，低声发出赞同的响应。她当然同意哈琳妮，她的姐妹在期待着她的响应，但她的大部分注意力都集中在两仪师身上。毛德与她不同的地方就在于倾听两仪师交谈时完全不加掩饰。哈琳妮对别人就像一根浸湿的绳结，没有丝毫宽容可言，但她对毛德却格外地容忍，让别人总以为她这名目光犀利的灰发剑士长是她的情人，况且他们两个还是鳏夫和寡妇。不过只要了解哈琳妮的人都知道，这是不可能的，哈琳妮从不会和地位低于她的人谈情说爱，而现在，这意味着她已经无法找到情人了。他们的坐骑终于停在树林边缘，毛德的一只手臂撑在高鞍头上，另一只手按在腰间的象牙剑柄上，心无旁骛地注视着那些两仪师和她们身边的男人。他是从什么地方学会骑马的？他看起来非常……惬意，即使他不佩戴长剑和匕首，旁人也一眼就能看出他的等阶——他戴着八只最沉重的黄金耳环，以及他绿色腰带上的花结。难道两仪师身上没有任何表明位阶的标志？她们真的毫无组织可言？白塔曾经如同一座宏伟的机器，将各国的王座改造成它所需要的样子，而现在，这台机器显然已经垮掉了。

“纱罗，她把我们带到了什么地方？”哈琳妮的声音如同冰冷的剃刀。纱罗的面孔立刻失去了血色。服务一名比自己年轻的同胞总是很困难的，而哈琳妮更加难以伺候，私底下，她相当冷淡，在公众场合，她能让领航长胆颤心惊，更别说寻风手了。因为那个叫明的年轻陆民说，她有一天会成为亚桑米亚尔的诸船长，让她现在变得更加盛气凌人。她用严厉的目光盯着纱罗，将金香盒拈到鼻孔下，仿佛要驱逐某种难闻的味道，但寒冷早已抹去香盒中散发的一切芬芳。

纱罗急忙望向天空，想要判断太阳的位置，她有些希望自己没有将六分仪锁在白浪花号上，因为他们不能让陆民们看到六分仪，更不可能让他们看到六分仪如何被使用。不过她也怀疑六分仪在这里管不管用。周围这些树可能不算很高，但她依旧无法看到地平线。在北方不远处，丘陵变成山岭，山脉从东北方一直延伸到西南方。她不知道自己所在的地方有多高，这种高低起伏的地形太复杂了。但即使是这样，寻风手也能进行大致的估测，况且哈琳妮的问题是不能不回答的。

"我只能猜测，波涛长。"听到纱罗的回答，哈琳妮的下巴立刻绷紧了，但寻风手不能把猜测当成确切的讯息。"我相信，我们在凯瑞安以南八百至一千两百里的地方，更确切的情况，我就不知道了。"任何一名用弦棍的学徒，如果只能给出如此粗糙的位置讯息，都会在甲板主的瞪视下羞愧得无地自容，但是纱罗在说出这个答案时想到的并不是这个。眼前的事实让她全身颤栗，满帆行驶的风剪子一天也只能走四百里。毛德若有所思地咬住了嘴唇。

哈琳妮缓慢地点点头，她的目光延伸到纱罗背后遥远的地方，仿佛在看着高扬起风帆的风剪子驶过分开空间的至上力通道。如果海民懂得这样的技艺，那么大海就将真正属于他们。波涛长全身抖了一下，向纱罗倾过身子，目光如同钩子般死死钩住纱罗。"你必须学会这个，无论付出什么代价。告诉她，你会为她监视我，只要她能教你。光明在上，如果你够真诚，她会相信的。或者你至少要接近其他两仪师，让她们来教你。"

纱罗舔舔嘴唇，她希望哈琳妮没有见过她的颤栗。"我曾经拒绝过她，波涛长。"她需要一个理由解释为什么两仪师会拘留她一个星期，而真相应该是最安全的。哈琳妮什么都知道，除了维林提出的那个秘密，除了纱罗已经答应凯苏安的要求，只为了掩藏那个秘密。愿光明怜悯她。她为艾里尔感到遗憾，但她是如此孤独，而在意识到这一点时，她已经走得太远了。哈琳妮不会在傍晚和她一边啜饮蜂蜜酒，一边谈心，让她能够缓解因为丈夫米沙尔不在身边而产生的寂寞。即使一切顺利，她也还要再等几个月，才能重新在他的臂弯中酣然入梦。"请原谅我的唐突，但她现在为什么会相信我？"

"因为你想要学习。"哈琳妮伸出手掌凌空一斩，"陆民总是相信贪欲。你当然要告诉她一些事，以证明你是可信的。我会决定每天该告诉她些什么，也许我能借此掌控她的舵柄。"纱罗觉得哈琳妮的手指仿佛插进了她的头骨。她绝对不想和凯苏安说话，至少在找到办法摆脱这个两仪师的控制之前，都不要跟她打交道。如果她不得不每天都和凯苏安说话，或者更糟糕，要对凯苏安说谎，那么凯苏安肯定能从她嘴里撬出更多的情报。那不是纱罗能够承受的，很可能也不是哈琳妮能承受的，这结果就像太阳升起一样确定无疑。"请原谅，波涛长，"她竭尽全力，以最尊敬的态度说道，"请允许我——"

这时，萨伦妮·耐姆达在她们面前勒住马缰，她的话语也随之中断了。当最后一名两仪师和护法穿过通道后，凯苏安便消去了通道。珂丽勒虽然有点瘦，却是个相当漂亮的女人，她面带笑容地和库梅拉聊着天，一边还玩弄着垂在肩头的黑发。梅瑞丝是个身材高的女子，眼睛比库梅拉还要蓝，一张英俊而严厉的面孔甚至能让哈琳妮望而却步。她打着果断的手势，指挥那四个牵驮马的脚夫，其他人都勒住缰绳，静立在各自的位置上。看样子，这一行人已经准备好离开这片空旷地了。

萨伦妮长得很可爱，不过她今天没有戴任何首饰，身上也只穿了一件素白色的长裙，这个陆民似乎对色彩完全不感兴趣，她的斗篷也只是单纯的黑色镶一圈白色裘皮。"凯苏安要求……命令……我作为你们的侍从，波涛长，"她一边说，一边尊敬地低下了头，"我会尽可能回答你们的问题，帮助你们了解这里的风俗习惯。也许你们会因为我跟在身边而感到不习惯，但我必须遵从凯苏安的命令。"

纱罗露出微笑。她怀疑这个两仪师并不知道，在船上，侍从只不过相当于这些陆民口中的奴仆。哈琳妮也许会笑着要求这名两仪师去为她洗衣服，不过这样大概能让哈琳妮的心情好一些。

但哈琳妮并没有笑，她在马鞍上挺直身子，让她的脊柱仿佛变成一根主桅，而她的眼睛更是几乎从眼眶中凸了起来。"我没有感到不习惯！"她喝道，"我只是想……让某个人……让凯苏安回答我的问题。是的，凯苏安。而且我相信，我不必服从她或是其他任何人！我只听命于我们的诸船长！"纱罗皱起眉头，这种愚蠢的表现不像是她的姐妹所应有的。这时哈琳妮深吸一口气，用更加坚定的语气说："我是亚桑米亚尔诸船长的代言人，我要求得到应有的尊敬！这是我的要求，你听到了吗？"

"我可以请求她重新为你们指派侍从。"萨伦妮犹疑地说。不过她似乎是确信这种请求不会产生任何效果。"你必须明白，那天她已经给了我非常明确的指导。不过我应该控制住自己的脾气，这是我的失误。激动只能破坏逻辑。"

"我明白什么是服从命令。"哈琳妮蜷伏在马鞍上，怒气冲冲地说道。她的样子就好像恨不得要掐断萨伦妮的喉咙。“我赞同要服从命令！”她几乎是在怒吼了，“不管怎样，已经执行过的命令就可以忘记了，它们不再需要被提起了。你明白我的意思吗？”纱罗侧目看着她。她在说什么？萨伦妮执行了什么命令？为什么哈琳妮要她忘记那个命令？毛德毫无顾忌地挑起了眉毛，哈琳妮肯定也察觉到毛德的表情，她的脸变得如同黑色的风暴云。

萨伦妮则仿佛什么都没注意到。“我不知道一个人该怎样故意去忘记某件事。”她缓缓说道。在她的额头上出现了一道细小的皱纹。“我以为，你的意思是，我们应该装作忘记她，是这样吗？”哈琳妮响亮地叹了口气，她似乎在表达一种焦躁的情绪，但纱罗觉得她实际上是感到宽慰。宽慰！

不管哈琳妮是否感到宽慰，她现在终于恢复为平时的状态，镇定自若，充满威严。她瞪视着两仪师，仿佛要逼迫两仪师低下头去。“你可以告诉我，我们在哪里，现在要去哪里。”

“我们在金塔拉丘陵，”凯苏安突然出现在她们面前，她的坐骑扬起前蹄，拍打地面，砸得积雪四散纷飞。“我们要去法麦丁。”她不仅稳稳地坐在马鞍上，甚至好像根本没注意到坐骑的动作！

“克拉莫在法麦丁？”

“我听说过，耐心是一种美德，波涛长。”尽管凯苏安使用了哈琳妮的正确头衔，但她的态度并没有半点敬意，“你们将与我同行，一定要跟上我们。如果我不得不把你们像麻袋一样捆在马鞍上，那肯定不会让任何人感到愉快。我们进入法麦丁后，必须保持安静，除非我让你们说话，我不会容忍你们因无知而造成任何问题。你们要让萨伦妮指导你们，她已经得到了我的指导。”

纱罗预料哈琳妮会立刻勃然大怒，但哈琳妮一语未发，虽然她显然是很努力才控制住自己。凯苏安转身离开后，哈琳妮狠狠地低声嘟囔了几句。当萨伦妮催马走到她们身边时，她又立刻咬紧了牙，波涛长显然不打算让两仪师听到她在说些什么。

实际上，和凯苏安同行就是跟在她的屁股后面。他们向南穿过树林，和凯苏安并肩同行的是埃拉娜和维林，哈琳妮也曾试图策马跑在凯苏安旁边，但凯苏安的一个眼神明确地表示了，她不欢迎别人出现在她身边。这一次，纱罗所预料的怒火仍然没有出现，不知为什么，哈琳妮只是向萨伦妮皱了皱眉头，就调转马头，回到纱罗和毛德中间。她没有再向跑在纱罗另一侧的萨伦妮问任何问题，只是朝着凯苏安的背影怒目而视。如果纱罗不了解哈琳妮，她一定会认为哈琳妮目光中的愤懑比怒火更多。

对纱罗而言，她很高兴能这样安静地骑马，骑马真是一件很困难的事，她可不想在这个时候说话。这时，她突然明白为什么哈琳妮要这么做，她一定是在努力抚平那些两仪师的浪涛，一定是这样。如果不是情况特殊，哈琳妮从不会控制自己的脾气，现在她一定已经怒火中烧了。如果她的努力没有得到她想要的成果，纱罗相信哈琳妮一定会把她先烧死。想到这点，纱罗就感到头痛。愿光明帮助并指引她，她必须想出办法，能让她的姐妹不会因为受到她的监视而被扯掉脸颊链。到那时，她也要被指派给一个平底船的波涛长，那样的波涛长只懂得抱怨自己为什么得不到提升，并将自己的怨气无目的地砸向周围所有的人。更可怕的是，米沙尔可能会因此宣布他们的婚姻誓言破裂。她必须想出办法。

纱罗偶尔也会在马鞍上转过头，看一眼走在他们背后的两仪师，她没办法从前面那三个两仪师身上得到任何讯息。凯苏安和维林虽然在不断地交头接耳，但她们的声音很轻，纱罗一个字也听不到。埃拉娜仿佛只是在注意前方的道路，目光始终没离开南方，她不止一次加快坐骑的速度，但凯苏安只需低声说一句，埃拉娜就会再次勒住马缰，虽然她显然是很不愿意这样做。没过多久，她就满面阴云，眼里几乎要喷出火来。

凯苏安和维林似乎对埃拉娜非常关心，凯苏安不时会拍拍埃拉娜的手臂，就好像纱罗拍抚自己坐骑的脖子，维林则总是笑盈盈地看着她，仿佛埃拉娜刚刚大病初愈。但这些对纱罗没有任何意义。不知不觉间，纱罗想起了其他一些事。

在船上，想要谋取更高的职位，并不能只凭编织风流、预测天气和测绘定位的能力，更重要的是领会每一道命令字里行间的隐意，注意每一个微小的手势和表情，明白人们之间的从属关系，强弱差距。勇气和能力永远不可能让一个人爬到很高的位置。

跟在他们身后不远处的是四名两仪师，耐苏恩、依莲安、柏黛恩和爱萨，她们并非结成一队，只是走在一起而已。她们并不相互交谈，甚至彼此不看一眼，她们之间似乎根本没有友谊可言。纱罗把她们和萨伦妮划分到一条船上，这些两仪师全都装作服从凯苏安的指挥，是一支团结的队伍。这当然只是假相。梅瑞丝、珂丽勒、库梅拉和戴吉安在另一艘船上，她们真正听命于凯苏安。纱罗觉得埃拉娜在这两艘船上摇摆不定。维林似乎属于凯苏安的船，却并不在那艘船里，感觉上她更像是在孤身游泳，只不过有一只手被凯苏安牵着。也许这还不算奇怪，更让纱罗吃惊的还是两仪师的地位序列。

两仪师似乎认为导引至上力的能力，要比其他经验和技艺更重要，她们就像混在酒馆里的水手，只凭肌肉的力量比较强弱。当然，凯苏安在她们之中地位最高，而其他两仪师的位阶序列就比较复杂了。如果按照力量来评价，一些在耐苏恩船上的两仪师应该得到凯苏安船上另一些两仪师的尊敬。虽然凯苏安船上的两仪师对此并无异议，但她们的敬意中夹杂着另一种复杂的感情，就好像耐苏恩船上的这些长辈都犯了某种令人伤心，而且尽人皆知的罪行。在导引能力上，耐苏恩仅次于凯苏安和梅瑞丝，但就算是她，面对力量最弱的戴吉安时也会显得心神不宁，似乎时刻都想要否认自己犯下过任何罪行。和她同一条船的其他人也都是这样，她们行事都非常谨慎，纱罗能看到的往往只是微微扬起的下巴，略微挑动的眉梢，嘴角瞬间的抽动，但这些都逃不过纱罗经验丰富的眼睛。也许这些对纱罗不会有什么用，但如果她必须解决眼前这种一团乱麻的局面，那她就只能从最微小的地方开始抽丝剥茧。

风从一行人背后吹来，让纱罗的斗篷贴在她的背上，斗篷边缘在她身前不住地舞动。纱罗对此则毫无察觉。

那些护法们也许是另一条线索。他们聚集在队伍的末尾，被耐苏恩为首的一队两仪师挡住了。纱罗本以为十二名两仪师至少应该有多于七名护法，每个两仪师都应该有一名护法，或者更多。纱罗气恼地摇摇头。红宗两仪师当然不会有护法，她对两仪师并非全无了解。

但现在重要的并非护法的数量，而是这些人会不会都是护法。纱罗也清楚地看见过鬓发斑白的老达莫和漂亮的佳哈穿着黑色外衣，但他们仿佛突然就成了两仪师的人。她一直都不太愿意仔细去观察那些穿黑衣的男人，实际上，甜美的艾里尔差不多让她成了半个瞎子，她还是很清楚那种黑色衣服的样子和意义。不管艾本的情况如何，纱罗几乎可以确信，达莫和佳哈应该已经是护法了。只要梅瑞丝抬一下指头，佳哈就会像耐萨恩和巴森一样立刻跳起来。珂丽勒总是会向达莫露出微笑，看起来，达莫既是珂丽勒的护法，也是他的情人。但纱罗无法想象珂丽勒这样的女人怎么可能让一个瘸腿秃头的男人上她的床。她的确对两仪师所知不多，但她相信，约缚能够导引的男人，在任何地方都是无法接受的。如果她能证明两仪师这样做了，也许仅凭这一点，她就能彻底摆脱凯苏安的控制。

"那些男人已经无法再导引了。"萨伦妮低声说道，纱罗猛地在马鞍上直起身，结果差点从马背上摔下来，她急忙用双手捉住马鬃，才稳住身体。冷风掀起她的斗篷，蒙住她的头，她不得不伸手把斗篷按下去。这时他们已经离开树林，来到一条宽阔的大道上，这条路蜿蜒向南，一直通往大约一里外的一座湖泊。那座湖的西部边缘是一条狭窄的芦苇地带，芦苇外面是一片平坦的棕黄色草海，一直延伸到远方的地平线。这座湖泊实在是一片可怜的水域，最长的地方不过十里。湖中间倒是有一座面积不算小的岛屿，整座岛屿都被遍布塔楼的高墙围绕着。那座岛上肯定有一座规模相当大的城市，但纱罗对那座岛只不过瞥了一眼，她的眼睛一直盯着萨伦妮，这个女人难道能读懂她的心思吗？“他们为什么不能导引？你们……你们是不是……把他们……驯御了？”纱罗相信这个词没有用错，但她明白，这样对待男人和杀死他们没有差别，她一直认为这只不过是一种相对温柔的死刑。

萨伦妮眨眨眼。纱罗察觉到这名两仪师在自言自语。这时，她们正跟随凯苏安走下一道山坡。她审视着纱罗，然后将目光转到那座岛屿城市上。“纱罗，你注意到了一些事，你最好不要把你对那些男人的观察告诉别人。”

“比如说，他们已经成为护法？”纱罗低声说，“这就是你们能约缚他们的原因？因为你们已经驯御了他们？”她希望能从这名两仪师口中套出些什么，但两仪师仅仅瞥了她一眼。直到她们走下山坡，回到路面上，她都没有再说话。这条路很宽，泥土路面被诸多车辆行人踩踏得很结实，但现在这条路上只有他们这一队人。

“这并不是秘密。”萨伦妮终于开口了。不知为什么，她似乎并不愿提起这个不是秘密的原因，“不过它也不是广为人知的事情。我们不会经常提起法麦丁，即使是出生在那里的姐妹，也很少会再回去。不过，你在进入那里之前应该知道，这座城市里有一件特法器，或者是三件特法器，关于这个，没有人知道。它无法进行研究，也不能被移动，它一定是在大崩毁时被制造出来的。那时，导引至上力的疯狂男人们制造的恐惧压倒了一切，但为了得到安全，竟然愿意付出这样的代价。”两仪师难以置信地摇摇头，垂到她胸前的缀珠细辫子也随之来回摆动。“这件法器模拟出一个聚落，我想，至少在主要方面，它和聚落是相同的。不过巨森灵恐怕不会这样想。”她沉重地叹了一声。纱罗惊讶地抽了口冷气，然后又与哈琳妮和毛德交换一个困惑的眼神。为什么一名两仪师会害怕传说？哈琳妮张张嘴，却又示意纱罗来提出这个问题。也许她需要和萨伦妮成为朋友，以此来帮助哈琳妮？纱罗真的感到头痛了，但她的确也很好奇。

“那会怎么样？”纱罗谨慎地问。这个女人真的相信那种十五尺高、为大树唱歌的巨人是存在的？在另一些传说里，这种巨人又是挥舞着巨斧的武士。埃斐英偷走你所有的面包，巨森灵则砍掉你的脑袋。光明啊，自从哈琳妮拉着牵绳学走路时开始，她就再没听过这些传说了，那时她的母亲正在逐步提升自己的位阶，并刚刚受命将哈琳妮和自己的亲生女儿一同抚养。

萨伦妮惊讶地睁大了眼睛：“你真的不知道？”她的目光转移到前方那座岛屿城市上，脸上则是一副仿佛就要进入舱底服劳役的表情。“在聚落里，你不能导引，你甚至无法感觉到真源，任何在聚落外进行的编织都无法影响聚落内部。实际上，这里有两个聚落，小的被大的笼罩于其中，大的针对男性。但我们到达桥头时，就要进入小聚落了。”

“你们在那里无法导引?”哈琳妮问。两仪师点点头，目光却没有离开那座城市，一丝冰冷的微笑抽动着哈琳妮的嘴角。“也许我们找到住处之后，我们可以讨论一下关于指导的事。”

“你读过那个哲学理论了?”萨伦妮看起来很是惊讶，“就是那个关于指导的理论，现在认同这个理论的人不多了，但我还是相信，这其中有许多值得学习的地方。这样的讨论一定会很愉快，能让我暂时不去想其他的事情。希望凯苏安能给我们这样的时间。”

哈琳妮张大了嘴，盯着两仪师，甚至忘记紧捉住马鞍。幸好毛德捉住她的手臂，才没让她栽下马去。

纱罗从没听哈琳妮提到过什么哲学理论，但她丝毫不在乎她的姐妹在说些什么，只是愣愣地望着法麦丁，并费力地咽了一口口水。她曾经学习过阻止别人使用至上力的方法，也曾经亲身经历过遭到封锢、无法导引的感觉，这都是她训练的一部分。但一个人即使遭到封锢，也还是能感觉到真源，如果感觉不到真源，又会怎样？那应该和看不到太阳差不多吧？如果失去了太阳，又会怎样？

当他们逐渐靠近湖边时，纱罗愈来愈清晰地感受到了真源，那种感觉甚至比她第一次触摸到真源的欢愉更加真实明确。她只能努力阻止自己去汲取阴极力。但那个两仪师能看到光晕，知道她的状况，很可能也知道发生这种状况的原因，她不会让自己和哈琳妮因此而蒙羞。水面上漂浮着不少小船，它们的长度大多不过二十尺长。一些船在张着渔网，另一些船划动着长桨，快速前进着。强风在湖面上卷起一重重波浪，有时两个浪头撞在一起，喷起大量白沫，现在这片水域对行船来说可能相当危险。不管怎样，这些船让纱罗有了一种熟悉的感觉。只是纱罗习惯的海船不会伸出四支、八支或十二支的船桨，对纱罗而言，这毕竟是一种夹杂着陌生感觉的小小安慰。

大路随着一片凸出的土地向湖中延伸了大约半里。突然间，真源消失了。萨伦妮叹了口气，之后就再没有任何特殊的表现。纱罗舔舔嘴唇，这不像她担心的那么糟糕，她只是感觉……空虚……但她可以承受，只要不必承受太久。冷风不停地想要钻进她的斗篷，突然间，她感觉身体冷了许多。

大道的最后一段进入了一个村子。灰色石块砌成的房屋以颜色更深的石板当成屋顶，排列在道路两旁。村子的另一边就是水面了。妇女们提着大桶，忙碌着各种家务，但看到这支队伍时，她们都会暂时停下脚步。不止一名村妇会紧盯着纱罗，一边还用手揉着鼻子。在凯瑞安时，纱罗就差不多已经习惯了这种目光。她的注意力正集中在村子另一头的堡垒上，那是一座十五尺高，完全用大石块紧密砌成的建筑。这座堡垒角落的塔楼上，戴着有隔栅面甲头盔的士兵正俯视着下方的情况，他们之中有一些人还擎着绷紧弦的强弩。横跨湖面的大桥在靠近村子的一端立着一道铁板大门。大门两侧，沿道路站立着更多士兵，他们全都头戴铁盔，身披方形鳞甲，在肩膀左侧嵌着一枚金色剑徽。一些士兵腰间佩剑，另一些装备着长矛或十字弩。纱罗很想知道，他们是否在等待着有两仪师冲杀过来。一名头盔上插着黄色羽毛的军官示意凯苏安停下，然后他走上前，摘下头盔，带着灰色斑纹的长发披散到他的背上，一直垂到腰间。他有一张严厉而阴沉的面孔。

凯苏安在马背上俯下身，和那个人低声交谈了几句，然后从马鞍下面拿出一只沉甸甸的钱包。那名军官接过钱包，后退了一步，挥手示意一名士兵上前。那是一个瘦骨嶙峋的高大男人，不过没有戴头盔，与那名军官一样垂到腰际的长发被束在背后。他手里捧着一块书写板，先向埃拉娜尊敬地点了一下头，然后开始询问她的姓名，并仔细地把两仪师的名字记录下来。在他用钢笔尖去蘸墨水时，他一直把舌头咬在齿缝里。那名军官则把头盔夹在腰间，面无表情地审视着凯苏安背后的其他人，那只钱包被他拎在手里，仿佛已经完全被忘记了。他要不就是不知道刚刚和他说话的是一名两仪师，要不就是他完全不在乎这种事，在这里，两仪师和普通女人没有区别。纱罗打了个哆嗦。在这里，她也只不过是一个普通女人，而且还在被一种失落的感觉深深困扰着。

“他们会记下所有外国人的名字，”萨伦妮说，“资政们要求知道都有谁进入了这座城市。”

“也许他们在迎接波涛长时，不会接受贿赂。”哈琳妮冷冷地说。那名干瘦的士兵已经从埃拉娜面前走开，朝哈琳妮和纱罗走过来。和其他陆民一样，脸上戴满首饰的海民贵妇也让他显露出惊讶和好奇的表情。

“女士，请告诉我您的名字？”他再次低下头，礼貌地向萨伦妮问道。萨伦妮在说出名字时，没有提起她是两仪师。纱罗也只是说了自己的名字。但哈琳妮庄重地说了全名，哈琳妮·丁·托加拉·双风，梭玳茵部族的波涛长，亚桑米亚尔诸船长的特命大使。那名士兵眨眨眼，然后再次咬住舌头，低头开始记录。哈琳妮皱起眉，当她想要让某个人吃惊的时候，那个人就必须吃惊。

当这个士兵还在书写时，一名身材矮壮、戴着头盔、肩膀挂了一只皮囊的士兵走到哈琳妮和毛德的坐骑中间，透过他的格栅面甲，纱罗能看见一条满是褶皱的疤痕将他的一侧嘴角提起来，让他总像是在冷笑。他以非常尊敬的态度向哈琳妮点了一下头，然后伸手去拿毛德的剑。

当剑士长从那名士兵中夺回佩剑时，萨伦妮急忙向哈琳妮说：“女士，你必须先把剑给他，让他处理，否则你就必须把剑留在这里，这也正是凯苏安出钱购买的服务。在法麦丁，没有人能携带小刀以外的刀剑武器，除非那件武器被系上和平结，无法从鞘中拔出。就连这些城壁卫兵也不能带着武器离开他们的岗位。是不是这样？”她朝那名皮包骨的士兵问道。那名士兵立刻给出肯定的回答，并且赞扬这是一项非常优秀的法规。

毛德耸耸肩，将佩剑从腰带上抽出来。那个脸上永远带着冷笑的士兵又要求他交出象牙柄匕首。然后他将匕首插在自己的腰带里，又从皮囊中抽出一根细绳，熟练地在海民长剑的剑柄和剑鞘上缠裹出一重精致的绳网。在缠裹的同时，他还不时从腰带里拿出一枚印章，在绳网中压上一块软铅片，不过这样做丝毫没有减缓他缠网的速度。

“那个名单会被送往另外两座跨湖大桥，”萨伦妮继续说着，“出城的人必须出示自己携带的武器，表明和平结没有被打破，否则他就会被扣押，直到治安官确认城中没有其他罪行发生。如果城中平安无事，那么破坏和平结的人最轻也要受到鞭笞的惩罚。大多数外国人都会在入城前交出武器，以节省这笔开支。但如果我们这样做，就必须也从这座桥出城。但现在只有光明知道我们会从哪个方向离开。”她向凯苏安望过去。后者正在阻止埃拉娜策马驰上那座长桥。然后萨伦妮用几乎听不见的声音说：“至少，我希望这是她留下武器的理由。”

哈琳妮哼了一声：“这太荒谬了，那人们又该怎样自卫？”

“在法麦丁，任何人都不需要自卫，女士。”矮壮的卫兵用沙哑的声音说道，不过他的语气里并没有嘲笑的成分，他只是在陈述一个简单的事实。“街市卫兵会清除一切罪行。如果任由进入法麦丁的人佩戴刀剑，这里很快就会和其他地方一样了。我听说过那些地方的情况，女士，我们可不想让这里也变成那种样子。”他向哈琳妮点了一下头，然后就跟着捧书写板的士兵，大步向后面那些护法走了过去。

毛德大概检查了一下自己的佩剑和匕首，它们的柄和鞘都被严谨细致地包裹起来。然后剑士长小心地把它们插回腰间，一边注意着不让和平结里的铅片刮到自己的丝绸腰带。“只有在智慧失败时，剑才会有用。”他说道。哈琳妮又哼了一声。纱罗很想知道，如果法麦丁真的是这么平安，那个士兵脸上的伤疤又是从哪里来的。

抗议的声音在他们背后响起，但很快又平静下去。纱罗敢打赌，这一定是因为梅瑞丝发了话，有时候，这个两仪师甚至比凯苏安还要严厉。她的护法就像是埃玛雅人训练的守卫犬，只要一声呼哨就会猛蹿起来，而且梅瑞丝在指挥其他两仪师的护法时绝不含糊。很快地，所有人的佩剑都被缠上了和平结。驮马背上的包袱也都经过搜查，以确认没有夹藏武器。一行人终于上了桥，马蹄在石板上敲打出一连串响亮的声音。纱罗努力观察周围的一切状况，一连串诡异的遭遇让她提起了十二分的精神。

桥面非常平坦，像他们刚刚走过的大道一样宽。桥面两侧各有一道低矮的石栏，可以防止马车冲下桥去，但肯定挡不住来自两侧水面的袭击。这座桥很长，差不多有四分之三里，而且像箭杆一样直。桥下经常会有船只通过，不过都是没有桅杆的划桨船。

走过大桥，他们面前出现了两座高耸的塔楼和夹在塔楼中间的箍铁城门。萨伦妮告诉海民，这道门被称作凯姆林门。肩膀上戴着金色剑徽的士兵向女士们恭敬地点头，又用怀疑的目光瞥着那些男人。城门里面的大街……街面宽阔平直，路上挤满了行人和车辆，街两旁是两三层高的石砌房屋。但不管纱罗如何努力眨眼，她的视线还是一片模糊。真源消失了！纱罗知道，只要她离开这个地方，一切就都会恢复原样。光明啊，她现在就想离开，她到底要在这里停留多久？克拉莫也许就在这座城里，哈琳妮要尽快见到他。也许是因为他的身份，也许是因为哈琳妮觉得他能帮助自己成为诸船长。纱罗要一直等到哈琳妮离开，要等到凯苏安放弃她们的约定。在此之前，纱罗的锚只能牢牢地嵌在这里，这个没有真源的地方。

萨伦妮还在不断地说话，纱罗却听不进去几个字。他们穿过一片巨型广场。广场中央立着一尊高大的雕像，那尊雕像的手直指凯姆林门。一列掉光叶子的大树将广场对面的街道分为两半。轿椅、马车和披挂方形鳞甲的士兵在人群中来回穿梭。对于所有这些，纱罗都置若罔闻，她颤抖着，在马鞍上蜷缩成一团。这座城市消失了，时间消失了，一切都消失了，只剩下她对失去真源的恐惧。她以前从不曾意识到无形的真源给她带来多么大的快乐与慰藉，它永远都存在，永远都有汲取不尽、无法形容的快慰感。当她不导引至上力时，丰富多彩的生命也会随之黯淡。现在，真源本身也消失了，彻底消失了。这是她所知道，能知道的一切。真源消失了。

第24章

资政之中

有人摇晃了一下纱罗的手臂，是萨伦妮，这名两仪师正在跟她说话："它就在那里，在资政大厅里面，在那座穹顶下。"萨伦妮收回手，深吸一口气，握紧马缰，然后喃喃地说道："这有些荒谬，似乎我们愈靠近它，感觉就愈糟糕。但这种感觉的确很真实。"

纱罗努力直起身子，那种空虚感并没有消失，她强迫自己不去理会，但她还是觉得自己仿佛一颗没了核的水果。

他们所在的地方是一片用白色石板铺成的巨大圆形广场，广场中心矗立着一座大型宫殿，那是座装饰着一个半球形蓝色穹顶的纯白色圆形建筑。在穹顶下方，这座宫殿最高的两层都被表面雕成凹槽形状的粗大圆柱围绕着。宫殿两旁各有一道通往第二层的白石阶梯，不断有人沿着这两道阶梯上上下下。在他们的正前方，立在宫殿第一层的拱形青铜大门敞开着。宫门两旁的白石墙壁上雕刻着几位戴着华丽头带的女性雕像，每个雕像都有真人的两倍大小。雕像中间是一束束谷穗、一捆捆末端在风中飘扬的布匹，以及一堆堆金、银、铁，和流淌出钱币及宝石的口袋。在那些雕像脚下还雕刻着许多小人形，他们或在驱赶马车，或在铸炉和织机旁工作。这座宫殿对法麦丁人来说应该是一座纪念碑，宣示着他们在商业贸易上的成功，但在纱罗眼中，这只不过代表着这些陆民的愚蠢。如果你让其他人认为你在贸易中获利比他们更多，那么你得到的将只能是愈来愈强的嫉妒；你的交易伙伴会变得顽固执拗，向你提出无数荒谬的条件；而你很可能别无选择，只能接受这些条件。

她察觉到哈琳妮正朝她皱眉，便在马背上挺了挺腰杆。“请原谅，波涛长。”真源消失了，但它还是会回来的。它当然会回来！而纱罗还有自己的职责。虽然空虚感依然存在，纱罗还是为自己的恐惧感到羞惭。哦，光明啊，那种空虚感实在是难以忍受！“我好多了，我会注意的。”哈琳妮只是点了点头，却仍然紧皱眉头。纱罗不由得感到头皮发麻。如果哈琳妮没有当场训斥你的过失，那只是因为她打算稍后给你更严厉的惩罚。

凯苏安带领一行人纵马跑过广场，又穿过资政大厅敞开的大门。现在他们所在的地方是一个非常高大的房间，看起来应该是一座室内马厩。除了他们以外，这里还有十二名身穿蓝色外衣的轿夫，聚集在装饰着金色剑手徽章的轿子旁边。一些穿着蓝色马甲的马夫正从一辆有剑手徽章的马车前卸下马匹，另外两名马夫正牵着马沿一条散发出干草和马粪气味的宽阔廊道向里面走去，一些人推着沉重的大扫帚在清洁地面。所有这些人都对他们投来惊讶的目光。

一个面色光润、身材圆胖的中年男人快步朝他们走来，他一边搓着双手，一边不住地向他们微微点头。其他人的长发都只是用绳子简单地束在颈后，但他用的却是一只银发夹，他的蓝色外衣也是用上好的羊毛衣料做成的，左胸前还绣着一个很大的剑手徽章。“请原谅，”他一边说，一边向凯苏安露出一副油滑的笑脸，“我无意冒犯你们，但我相信，你们一定是走错地方了。这里是资政大厅，而且……”

“告诉首席资政巴色拉，凯苏安·梅莱丁来见她了。”凯苏安在说话时已经跳下了马。

那个人的笑容消失了，他的眼睛瞪得老大。“凯苏安·梅莱丁？我以为您……”凯苏安严厉的目光让他一下子闭上了嘴，然后他用手掩住嘴，咳了两声，脸上又恢复那种恭敬有加的微笑：“请原谅，两仪师凯苏安，是否能允许我引领您和您的同伴到休息室去？你们将在那里得到热情周到的接待，而我则会尽快将您的讯息报告给首席资政。”当他仔细去看凯苏安身后的那些人时，眼睛不由得又瞪大了一点。他显然也能认出两仪师，至少是当一群两仪师聚在一起的时候，看到纱罗和哈琳妮，他眨了眨眼。但这个陆民的控制能力很强，他并没有露出更多惊讶的表情。

“孩子，我允许你现在以最快的速度奔跑到爱勒丝面前，告诉她我来了。”凯苏安一边说，一边解下斗篷，扔在马鞍上。“告诉她，我会在穹顶下等她，而且我没有多少时间。好了，快一点！”这个法麦丁人的笑容没有消失，而是变得有些可怜。他只犹豫了一下，就转身拼命地跑走了，一路上还大声命令马夫们来牵马。

凯苏安下过命令后，似乎就把那个人给忘了。“维林、库梅拉，你们两个跟着我。”她飞快地说着，“梅瑞丝，将所有人聚在一起，直到我……埃拉娜，回来，埃拉娜！”埃拉娜不情愿地调转过马头，从大门前返回来，闷闷不乐地下了马，她那身材细瘦的护法伊万忧心忡忡地看着她。凯苏安叹了口气，仿佛她的耐心就要用光了。“如果有必要，就坐在埃拉娜身上，梅瑞丝，总之不能让她离开。”她一边说，一边把缰绳丢给一名干瘦矮小的马夫。“我希望在我和爱勒丝谈完之后，所有人都已经做好了离开的准备。”梅瑞丝点点头，凯苏安又转向那名马夫，“它只需要一点水，”她宠爱地拍了拍自己的坐骑，“今天我没有让它跑太多路。”

纱罗很高兴自己可以把坐骑交给一名马夫，并且不用做出什么指示。即使那名马夫把这家伙杀掉，她也丝毫不介意，她不知道自己头晕目眩地骑马跑了多久。如果仅凭她的感觉，她一定是坐在马鞍上从凯瑞安一直颠簸到了这里，无论这条路有几百里，她觉得自己的身体肯定已经像自己的衣服一样凌乱不堪了。突然间，她意识到佳哈那张漂亮的面孔不见了。维林的护法，满头灰发、身材矮壮的托马斯正牵着本属于佳哈的斑点灰马。那个年轻人到哪里去了？梅瑞丝对他的缺席没有显露出任何关心。

“首席资政，”哈琳妮一边怒气冲冲地嘟囔着，一边让毛德扶她下马，她的脚步像纱罗一样僵硬，而毛德跳下马时身姿还是非常轻盈，“那个人是这里的重要人物吗，萨伦妮？”

“你可以称她为法麦丁的统治者，其他法麦丁的资政会称她为她们之中的第一人。”萨伦妮一边说话，一边将马缰交给马夫。她全身都整肃如常。当真源刚刚被那个特法器偷走时，她或许有过些许不安，但现在，她已经恢复彻底的冷静，就好像一座冰雕，那名马夫在看到她的面孔时，踉跄了一下。“首席资政曾经是马瑞多女王的廷臣，但自从马瑞多……解体后，大多数首席资政都认为她们是马瑞多统治权理所当然的继承者。”纱罗知道自己对于陆民历史的知识就像她的内陆地理知识一样贫乏，但她的确从未听说过马瑞多这个国家。不过萨伦妮提供的讯息对哈琳妮来说已经足够了。如果那个首席资政是这里的统治者，梭玳茵部族的波涛长就必须和她会面，即使这只是为了哈琳妮的尊严。所以她迈着还有些蹒跚的脚步朝凯苏安走了过去。

“哦，没错，”还没等哈琳妮张开嘴，那个令人难以忍受的两仪师已经说道，

“你也跟着我，还有你的姐妹，你的剑士长就不用了，让男人走进这座穹顶已经够糟了，也许一个带剑的男人会让那些资政们忐忑不安的。有问题吗，波涛长?”哈琳妮用力闭上嘴，纱罗甚至觉得仿佛听见她牙齿相撞的声音。“很好。”凯苏安喃喃自语着。纱罗几乎要呻吟出来，现在她姐妹的脾气只可能变得更加可怕了。

她们跟随凯苏安穿行在一条铺着蓝色石板的宽阔走廊中，走廊墙壁上装饰着色彩鲜亮的壁毯，带有反光镜的镀金立灯照亮了这里的每一个角落。穿着蓝色制服的仆人们一看到她们，都会露出惊讶的神色，然后向她们行过陆民的礼仪，便匆匆跑开。凯苏安领着她们踏上一道长而且陡的白色阶梯，这道阶梯毫无支撑地悬挂在半空，只是偶尔会碰到一面灰白色的墙壁。凯苏安如同天鹅般走在队伍最前方，为了能跟上她，纱罗的小腿已经有些灼痛感了。哈琳妮则必须小跑着才能保持在队伍中的位置，但她脸上就好像戴了一张木头面具，丝毫没有疲惫的神情。库梅拉似乎并不因为这种快速行进而感到吃力，不过她也流露出一丝惊讶的表情。圆胖矮小的维林一直跟在凯苏安身边，不时还回过头向哈琳妮和纱罗笑一笑。有时候，纱罗觉得自己很恨维林，但维林的笑容中却没有任何恶意或者嘲讽，纱罗看到的只有鼓励。

凯苏安带领她们走过最后一段被墙壁包裹住的螺旋形楼梯，来到一座被镀金雕花栏杆围住的圆形高台上……纱罗惊讶地倒抽一口气。一座高过百尺的蓝色穹顶完全覆盖住这里，在穹顶下，她看不到任何支撑的梁柱。陆民建筑对她来说就像他们的历史和地理一样神秘，除了凯瑞安之外，她对陆民几乎还是全无了解。她知道如何绘制风剪子的结构蓝图，也知道如何监督建造这样的船，但她根本无法想象该如何建造这样的房屋。

她们刚刚走过的楼梯尽头是一道用白色石块砌成的圆拱形房门，这座穹顶以下一共有四道这样的门，它们分别标志着一条通往这里的阶梯。现在穹顶里除她们之外没有别人，这似乎让凯苏安感到很满意，不过这名两仪师所做的只是微微点了一下头。

“库梅拉，让波涛长和她的姐妹看看法麦丁的防护。”她的声音在巨大的穹顶下发出微弱的回声，然后她拉着维林走到远一些的地方，开始窃窃私语，谁也听不到她们在说些什么。

“请原谅，”库梅拉对哈琳妮和纱罗说道，虽然她刻意压低声音，但在这个空间里，她的声音还是比在外面响亮不少，“和平啊，即使对凯苏安而言，现在这种状况也是相当棘手的。”她抚了一下自己的褐色短发，然后摇摇头，让自己的头发落回原位。“那些资政们不想见到两仪师，特别是出生在这里的姐妹们，我想，她们大概是想装作至上力根本就不存在。的确，她们的历史让她们有这么做的理由，在最近这两千年里，她们也有手段支持这样的假相。但不管在什么时候，凯苏安毕竟是凯苏安，只要她看到一个膨胀的脑袋，就会设法让充满那颗脑袋的气体漏出来，即便那颗脑袋上还顶着王冠或资政头带。她上一次来到这里已经是二十年前的事情了，那是在艾伊尔战争期间，我怀疑那些还记得这件事的法麦丁人如果知道她又回来了，大概会立刻躲到床底下去。”库梅拉发出一阵揶揄的轻笑，纱罗则看不出这件事有什么好笑的地方。哈琳妮抿了抿嘴唇，就好像她觉得肚子有些痛。

“你们想要看看那个……屏障吗?”库梅拉继续说着，“我想，这个名字很贴切，不过你们也只能看看它的外观而已。”她小心地走近镀金栏杆，俯身向下望去，就好像她很害怕从这么高的地方摔下去一样，但她那双蓝眼睛变得异常犀利。“如果能对它进行研究，我愿意付出任何代价，但这当然是不可能的，谁也不知道它全部的功能是什么。”她的声音中充满了敬畏和遗憾。

纱罗对于高度并无畏惧，她走到两仪师身边，越过精致的雕花栏杆俯身向下望去。她当然很想看看那个偷走真源的东西。过了一会儿，哈琳妮也走到她们旁边。让纱罗吃惊的是，让库梅拉如此不安的高度竟然只有不到二十尺，而下面是一片平滑的地面，蓝白两色的抛光石板铺成了一个不断盘旋的复杂图案，图案正中心有一个两端极为尖锐、镶着黄边的红色椭圆形。三名身穿白衣的女子以等距间隔坐在下面这个圆形大厅的边缘，紧贴拱顶的墙壁，每一名白衣女子身边的地板上都嵌着一只大约六尺直径，看上去好像是用雾水晶做成的碟子，一条完全透明的水晶从碟子中间横贯而过，指向大厅正中心。这些雾水晶碟子周围还围绕着一圈金属环，上面像罗盘一样雕刻着大小不一的刻度花纹。但在大刻度中间，似乎总是能看到更加细小的刻度。纱罗觉得距离她最近的那只金属环上依稀还能看到一些数字，但她不太确定。

海民寻风手看到的只有这些，没有任何诡异或恐怖的东西。她本以为会看到某种巨大黑暗的东西，在不断吸收着光明。她紧握住栏杆，以免自己会摔下去，同时绷紧了膝盖，让自己的双腿不至于打弯。不管怎样，正是下面这个东西将光明偷走了。

一阵软鞋摩擦地面的窸窣声，表明有另一队人正从她们刚刚通过的那道拱门走上这座高台。那是十来个面带微笑、将发丝盘在头顶上的女人，她们的长裙外面还罩着一条柔软的蓝色丝袍，丝袍上用金线绣着各种华丽的图案，丝袍后摆一直拖到地面上。这些人显然知道该如何标明等级。她们全都戴着一条粗大的黄金项链，项链末端坠着一颗黄金镶边的椭圆形红色珐琅，在她们的黄金窄头带上也有一颗同样的镶金红珐琅。不过她们之中有一个人佩戴的是红宝石，而不是珐琅，蓝宝石和月长石几乎完全覆盖住那个人的金头带，她的右手指上还戴着一枚沉重的金玺戒。她的外貌高大庄重，一头黑发被盘成一个硕大的球形发髻，鬓角斑白若雪，但她脸上仍然看不到皱纹。其他人的身材面貌各不相同，只是都已经上了年纪，神情中流露出身居高位者的威严，而那个佩戴红宝石的人在她们之中远比她的宝石更加耀眼。她黑色的大眼睛里充满了同情和睿智，她所释放出的不仅仅是威严，还有不容反抗的压迫感。不需提醒，纱罗也知道这就是法麦丁的首席资政。

“我是爱勒丝·巴色拉，法麦丁的首席资政。”她的声音浑厚悦耳，那种语气似乎是在做出一个期待着欢呼的宣告，她的声音在穹顶中回荡，仿佛有许多人在响应她的宣告。“法麦丁欢迎哈琳妮·丁·托加拉·双风，梭玳茵部族的波涛长，以及亚桑米亚尔诸船长的特命大使。愿光明照耀你，成就你的繁荣发达，法麦丁人因为你的到来而感到欢欣快乐，我将借此加深对亚桑米亚尔的了解。但漫长的旅途一定已经让你感到疲惫，我在我的宫殿中为你安排了舒适的下榻之地，等你休息、用餐后，我们可以再次交谈，为了我们共同的利益，也为了光明的意愿。”其他人都展开长袍下摆，向哈琳妮微鞠一躬。

哈琳妮微一点头，脸上露出一丝满意的微笑。这里终于有人知道要对她表达应有的敬意了，而且这些人竟然没有因为她和纱罗的首饰感到吃惊，这肯定也让海民的波涛长感到欣慰。

“看样子，从哨站传递讯息的速度还像以前那样迅速，爱勒丝，”凯苏安说道，“难道这里不欢迎我吗？”

爱勒丝的微笑瞬间变得有些勉强。一些资政的笑容消失了，其他人上翘的嘴角也显得很是僵硬，还有一名相当漂亮的资政，表情可说已经变成了怒容。这时，凯苏安已经挡在她们和哈琳妮之间。

“我们感谢你将波涛长带来这里，两仪师凯苏安。”首席资政的声音中却听不到什么谢意。她挺直身子，双目直视前方，目光径自越过了凯苏安。“相信在你离开时，我们能找到某种方式向你表达我们的感谢。”

首席资政的意思已经非常明白，就差直接命令凯苏安离开了。但这名两仪师只是向对面比她更高大的女人微笑着，她的微笑中没有不快，不过也没有什么愉悦。“恐怕我暂时还无法离开，爱勒丝，谢谢你为我们提供住所。高地上的宫殿可说是这个世界上最好的旅店了。”首席资政惊讶地睁了睁眼，又如同下了决断般将双眼眯成一条缝。

“凯苏安必须留在我身边。”哈琳妮说道。她努力让自己的声音显得镇定舒缓，爱勒丝刚要开口，又被她打断了："不欢迎她的地方，也不会欢迎我。"这是她们之间契约的一部分，也是她们能跟随凯苏安的条件。在见到克拉莫之前，她们必须依照凯苏安的指示前往任何一个地方，并且让凯苏安和她们一同接受她们所得到的一切邀请。最后这一条和契约中的其他内容相比，似乎显得微不足道，但凯苏安显然知道她在陆民中间会得到怎样的对待。

"不必沮丧，爱勒丝。"凯苏安带着信任的表情向首席资政俯过身。她说话的声音相当大，回声让穹顶里的所有人都能听清楚她说的每一个字。"我相信你已经没有什么坏习惯需要我来纠正了。"

首席资政的面孔立刻涨得通红，在她背后，不止一名资政皱起眉毛，一些资政看着她的目光完全改变了。她们是怎样获取权位，又是怎样失去的？除了爱勒丝，这里一共有十二名资政。这显然是个巧合。一个部族中最重要的十二位领航长才有选举波涛长的权力，而波涛长也经常是她们之中的一员。诸船长由十二名最有权威的波涛长选出，正因如此，哈琳妮才会接受那个女孩奇怪的预言，因为她正是亚桑米亚尔十二首之一。而其实已经有两名两仪师告诉过她，那个女孩的预言总是能够实现。波涛长和诸船长都是可以被废黜的，当然，废黜的原因必须十分有力，比如严重渎职或失去统御的智慧，而且废黜提案必须由十二首共同提出。陆民政治似乎有所不同，而且经常显得过于繁冗复杂。现在，爱勒丝的眼睛紧盯着凯苏安，充满恨意，又如同一只被射中的猎物，也许她能感觉到另外十二双眼睛正在盯着她的后背，这些资政正在重新对她做出评价。凯苏安为什么要搅进这里的政治漩涡中？为什么又要采取如此鲁莽的方式？

"有一个男人在导引，"维林突然说道。她站在十步以外，正朝栏杆下面俯视，她的声音很快就传遍了穹顶，"最近你们这里经常有男人在导引吗，首席资政？"

纱罗也向下望去，并不由自主地眨了眨眼。那三只雾水晶碟子中原本清澈的水晶条现在变成了黑色，而且它们也不再指向大厅中央，而是约略指向同一个方向。下面的一名白衣女子站起身，低下头去仔细查看水晶指定的金属环刻度，另外两名女子已经向一道圆顶大门跑去。纱罗立刻就明白了，三角定位法对于任何巡风手而言都是一项简单的知识。在那道大门后有一幅地图，那个进行导引的男人所在位置很快就被标定在地图上面。

"如果是女人导引，水晶就会变成红色，而不是黑色。"库梅拉悄声说道。她仍然和栏杆保持着一定的距离，但她也用双手握着栏杆，俯视着下面的情景。"它会发出警告，确定位置，并进行防御。它到底还能做些什么？那些制造它的女人们一定想要更多功能。也许她们还有另外的需要，也许它还有极为危险的用途。”她的声音中听不到恐惧，反而显得相当兴奋。

“我想，应该是一名殉道使，”爱勒丝镇定地说着，将目光从凯苏安身上移开，“他们不会对我们造成困扰。只要服从我们的法律，他们也能进入法麦丁。”不管她有多么镇定，她身后已经有人像第一次见到陆民的甲板女孩那样开始交头接耳了。“请原谅，两仪师，法麦丁欢迎你，但恐怕我还不知道你的名字。”

维林仍然在望着下方的大厅。纱罗又向栏杆外瞥了一眼。那三根黑色的水晶……变了，她不由得再次眨眨眼。本来指向北方的黑色水晶突然恢复清澈，重新指向大厅中央，它们不是转动回来的，只是从一个状态突然变成另一个状态。

“你们可以称我为艾德文娜。”维林说。纱罗急忙压抑住自己惊讶的表情，库梅拉则连眼睛也没眨一下。“首席资政，你有没有回忆起一段历史？”维林低着头，继续说道，“桂尔·亚玛拉桑对法麦丁的围攻只持续了三个星期，随后就是一场恐怖的劫难。”

“我想，她们并不想听这段历史。”凯苏安厉声说道。那些资政之中不止一人显露出不安的表情。光明在上，那个桂尔·亚玛拉桑是什么人？纱罗似乎听说过这个名字。显然，他是一名陆民征服者。

爱勒丝瞥了凯苏安一眼，用力抿了一下嘴唇：“历史纪录，桂尔·亚玛拉桑是一名卓越的统帅，也许仅次于亚图·鹰翼。两仪师艾德文娜，你怎么会想起他？”

在纱罗的印象里，跟随凯苏安的两仪师永远都会对她俯首帖耳，唯命是从。但维林却似乎根本没听到凯苏安的警告，她的视线也一直没离开下面的大厅：“我只是刚刚想到，他无法使用至上力，但他还是攻陷了法麦丁，就如同压烂一颗熟透的李子。”这名圆胖矮小的两仪师停了一下，仿佛突然想到某件事。“你们都知道，在伊利安、提尔、安多和凯瑞安都驻扎着转生真龙的军队，更别说成千上万忠于他的艾伊尔人，凶暴的艾伊尔人。我觉得奇怪，你们为什么会对殉道使的侦察如此无动于衷。”

“你要把她们吓坏了。”凯苏安再次严厉地说道。

维林终于从镀金栏杆前转过了身，她睁大眼睛，就像一只圆滚滚的、受惊吓的小鸟，她的胖手甚至还像翅膀一样扇动着。“我，我不是要……哦，不，我相信，如果转生真龙打算对付你们，他早就采取行动了。不，我怀疑是霄辰人……你听说过他们？从阿特拉和更遥远的西方传来的讯息实在是可怕，他们似乎能摧毁一切挡住他们脚步的东西。我怀疑在转生真龙的计划中，对付他们比征服法麦丁更重要。当然，如果你们做了某些会激怒他的事情，情况就不一样了，比如故意为难他的追随者。不过我相信，你们有足够的智慧，不会去做这种蠢事。”这个两仪师显得非常坦诚，而资政们这时已经发生了骚动，就好像见到蓑鲉的小鱼们让水面泛起了涟漪。

凯苏安叹了口气，她的耐心显然已经用尽了：“艾德文娜，如果你想要讨论关于转生真龙的事，那么请先容许我离开。我现在只想洗洗脸，喝杯热茶。”

首席资政立刻打了个哆嗦，仿佛她已经忘记了凯苏安的存在。“是的，是的，当然，卡蜜瑞、娜韦丝，你们可否陪伴波涛长和两仪师凯苏安前往……前往我的宫殿，招待她们休息？”这个短暂的犹豫大概是她不希望凯苏安入住自己宫殿的唯一表示。“我想要和两仪师艾德文娜做进一步的交谈，如果她愿意的话。”爱勒丝说完便带着其他资政朝离开穹顶的楼梯走去，当维林被她们裹挟在其中时，突然流露出警戒和犹疑的神情。纱罗相信，她现在这种表情一定也和刚才那种坦诚一样，是装出来的。现在她明白佳哈为什么会失踪了，但她还是不知道两仪师为什么要这样做。

接受爱勒丝命令的两名资政其中之一，正是刚才对凯苏安怒目相视的漂亮女子，另一个是一名身材苗条的灰发女人。她们再次展开长袍，微鞠一躬，询问哈琳妮是否愿意跟随她们前往高地，并用非常华丽的辞藻描述她们为能够陪同波涛长而感到多么荣幸。哈琳妮却只是阴沉着脸。她们尽可以在她脚下的路面上洒满玫瑰花苞，但重要的是，首席资政离开了，把哈琳妮丢给了她的属下。纱罗又开始考虑是否有办法暂时躲开她的姐妹，直到哈琳妮的脾气冷却下来。

凯苏安没有再去看跟着爱勒丝离开的维林，但当她们从另一道拱门离开时，她的嘴角略微翘了一下，然后突然说道：“卡蜜瑞和娜韦丝，你们的全名是卡蜜瑞・珀维和娜韦丝・马斯琳吗？我听说过你们。”两名资政的注意力立刻从哈琳妮身上转移到凯苏安身上。“有些规则，是任何资政都应该遵守的。”凯苏安依旧保持着强硬的语气，伸出双手各捏住她们的一侧袖子牵着她们向楼梯走去。两名资政并没有反抗，只是交换一个担忧的眼神。哈琳妮显然已经被她们忘记了。在连接楼梯的拱门前，凯苏安停下来，回头看了一眼，但她要找的并不是哈琳妮或者纱罗。“库梅拉？库梅拉！”

穹顶下的另一名两仪师打了个冷颤，又有些不舍地朝栏杆外张望了一眼，才转身朝凯苏安追了过去。哈琳妮和纱罗别无选择，只能快步跟在她们身后，她们现在连该怎样走出这里都还不太清楚。拉着两名资政的凯苏安沿着盘曲的楼梯疾步而下，并低声向资政们说着什么。库梅拉挡在她们三人和两名海民之间，所以纱罗完全听不清凯苏安在说些什么。卡蜜瑞和娜韦丝都竭力想要说话，但凯苏安根本没有给她们机会。那名两仪师摆出一副一本正经的表情，而两名资政的眼神中出现了愈来愈多的忧虑。光明在上，凯苏安到底要干什么？

“这个地方让你不舒服吗？”哈琳妮突然问道。

“我觉得就好像失去了双眼，”说完这句话，纱罗不禁打了个哆嗦，“我很害怕，波涛长，光明在上，我能控制住自己的恐惧。”光明啊，她的确希望自己可以，因为她别无选择。

哈琳妮点点头，朝走在前面的那些人皱起眉。“我不知道爱勒丝的宫殿是否有足够我们两个一同洗浴的浴盆，她们大概也不懂什么是蜂蜜酒，不过我们总还能找到些合用的东西。”她瞥了纱罗一眼，笨拙地碰碰这位姐妹的手：“我从小就怕黑，在我害怕的时候，你也从没丢下过我。我同样不会丢下你，纱罗。”

纱罗踉跄了一下，几乎栽倒在地。自从哈琳妮被任命为领航长后，她就不曾在公开场合中叫过纱罗的名字，而她在更早的时候就已经不会用这种亲密的语气跟纱罗说话了。“谢谢你，”纱罗说，然后她又努力地说出了这位波涛长的名字，“哈琳妮。”

她的姐妹又拍了拍她的手，对她笑了笑。哈琳妮并不善于微笑，但这个笨拙的表达还是让纱罗感到温暖，但当她的目光转向前方那些人时，其中就没有半点温暖可言了。“也许我能和法麦丁立下一个不错的契约，凯苏安已经让她们魂不守舍了。纱罗，你要去查清楚凯苏安到底捉住了她们哪只痛脚。我现在很想挫挫那个爱勒丝的锐气，哼，竟然一句话都不说就从我面前走开！不过我们也不能让凯苏安给克拉莫制造任何麻烦。你必须去查清楚，纱罗。”

“我觉得凯苏安会给所有还能呼吸的人制造麻烦，”纱罗叹了口气，“我会努力去做的，哈琳妮，我会竭尽全力。”

“你会的，姐妹，你一直都这么做，我知道。”

纱罗又叹了口气。她的姐妹的确让她感到温暖，但现在就去测试这种温暖实在是为时过早。也许她仍然要供认自己的罪行，但她无法承受同时失去婚姻和地位的打击。自从维林直白地告诉她凯苏安会保守她的秘密后，纱罗此刻第一次开始考虑主动认罪。

第25章

约 缚

在“资政之首”旅店中，兰德正盘腿坐在床上，背靠着墙壁，吹着他的银长笛。这根笛子是汤姆在很久以前送给他的，感觉上，那已经是一个纪元前的事了。这个房间四壁都贴着雕花墙板，从窗外看去可以俯瞰耐斯芬市场，这比“马瑞多王冠”旅店的那个房间要好多了。他身边的枕头是用鹅毛填充的，床上配有绣花顶罩和帷幔，盥洗台上的镜子里看不到任何气泡，就连壁炉的石台上也有一点简单的雕花。这是为富商准备的房间，兰德很高兴自己在离开凯瑞安时带了足够的黄金在身上，他已经不太注意要携带旅费了，毕竟，转生真龙所需的一切都会被准备妥当。不过，他至少还能用这根长笛为自己挣到一个宿处。现在他吹的是《长夜挽歌》，他从没听过这首曲子，不过路斯·瑟林听过，就像绘画的技巧一样。兰德觉得他应该为此感到害怕，或是愤怒，但他只是静静地吹着笛子。路斯·瑟林则在不住地哭泣。

“光明啊，兰德，”明嘟囔着，“你只想坐在那里，吹那种东西吗？”她在绣花地毯上大步地来回踱着，裙摆也随之飘扬转动。她、伊兰和艾玲达的约缚让兰德觉得自己仿佛再不知他物，也再没有任何欲望。他在呼吸，他和她们约缚在一起，这全都是再自然不过的事情。“如果她说错了话，如果她已经说溜了那个……我绝不会让任何人把你抓进爱莉达的监牢!”埃拉娜的约缚从不会让兰德有这种感觉，那个约缚从没改变过。但自从凯姆林的那一天开始，它就一直在增强，它就像是一个闯入者，一个在他背后窥伺的陌生人，一颗他靴子中的沙砾。“你一定要吹这个吗？它让我想哭，还让我头皮发麻。如果她让你陷入危险……”明从宽松的袖子中拉出一把匕首，让它在手指间来回翻滚。

兰德将长笛从唇边拿开，静静地看着她。明的脸涨红了，她突然用力喊了一声，猛力掷出匕首。匕首插在门框上，不停地颤动。

兰德心不在焉地玩弄着手中的乐器，他在注意埃拉娜。“她很快就会来了。”埃拉娜昨天就到了法麦丁，兰德不明白她为什么要一直等到现在才来找他。在兰德的脑海里，埃拉娜的情绪如同一团乱麻：紧张、警戒、忧虑和决心，而超出这一切之上的，则是强烈的愤怒，几乎无法克制的狂怒。“如果你不愿意留在这里，你可以去——”明用力一摇头。明在兰德脑海中的情绪紧贴着埃拉娜，那里也充满忧虑和愤怒。但爱意如同迷雾中的灯塔，闪烁着温暖的光芒，无论是当她看着他，或是没有看他时。那里面同样也有恐惧，无论明如何隐藏这种情绪。

兰德将长笛放回到唇边，开始吹起《喝醉的小贩》。这首曲子足以让死人哈哈大笑了。路斯·瑟林却还在朝他嚎叫。

明将双臂抱在胸前，审视着兰德，然后突然抖抖裙摆，将上面的皱纹一一抚平。兰德叹了口气，放下长笛，等待着。当一个女人突然开始整理衣服时，那就像是男人在拉紧盔甲的缚索，检查马鞍的肚带。女人在准备要冲锋时，男人如果逃跑，就只能像条狗一样被砍倒在地。明有着强烈的决心，就像埃拉娜一样，兰德觉得仿佛有两颗太阳正在他的脑子里闪耀。

“在埃拉娜来到这里之前，我们不会再谈论她了。”明不容置疑地说，就好像是兰德要故意扯到这个话题一样。虽然恐惧并没有消失，但她的决心变得更加坚定，不断被压倒，又不断地弹起来。

“当然，老婆，只要你愿意。”兰德答道，他还以法麦丁形式低下头表示赞同。明响亮地哼了一声。

“兰德，我喜欢艾丽维娅，即使她对奈妮薇颐指气使，我还是喜欢她，”明一只手叉在腰间，跨步上前，伸出另一只手指着兰德的鼻子，咬牙切齿地说，“但她要杀死你。”

“你说过，她会帮助我死亡，”兰德平静地说，“这才是你所说的。”他对死亡有怎样的感觉？离开明的哀伤，离开伊兰和艾玲达的哀伤，因为他为她们带来的痛苦而哀伤。在一切终结之前，他还想看看他的父亲。除了这些之外，死亡对他几乎是一种解脱。死亡是解脱，路斯·瑟林疯狂地说着。我想要死。我们应该去死！“帮助我死亡和杀死我并不一样。”兰德现在已经很擅长忽略路斯·瑟林的声音了，“除非你现在认为你所看见的幻象有另外的意义。”

明愤怒地摊开双手：“我看见的，我都已经清楚地告诉你了。如果我看到的和我告诉你的不一样，就让末日深渊吞了我吧。真不知道你怎么会这样想！”

“我迟早都会死，明。”兰德耐心地说着。不止一个人曾经这样对他说，而他们都是他必须相信的人。要活着，你就必须死。他仍然不明白这句话的意思，但他明白这个冰冷的事实。就像真龙预言中记载的那样，他必须死。“我希望不会太快，我的计划还需要时间。很抱歉，明，我不该让你约缚我。”但他不够坚强，无法拒绝，他无法坚强到能将她推开。有些事他必须去做，但他还太软弱，无法胜任，他需要在寒冬中痛饮，直到寒冬之心也变得如同阳之日的正午。

“如果你不约缚我，我们会把你绑起来，好完成这件事。”如果她们这样做，兰德不知道她们和埃拉娜又有什么差别。但他决定不问明这个问题。明当然和埃拉娜不一样。

这时明跪爬着上床，双手捧住兰德的脸。“听我说，兰德·亚瑟，我不会让你死。如果你敢违抗我，去死了，我会追上你，把你带回来。”兰德脑海中严肃的情绪突然混入一股愉悦。明用吓唬人的口气说：“我会把你带到这里来，让你的头发一直长到腰间，再给你戴上一只月长石发夹。”

兰德向明微笑着，明还是能逗笑他。“我从没听说过比死还可怕的命运，不过我想，你说的大概就比死更可怕。”

一阵敲门声响起。明的身子僵住了，她一声未出，只用唇语念出埃拉娜的名字。兰德点点头。让他吃惊的是，明一把将他推倒在枕头上，自己则扑到他的胸前。然后她又支起上半身，兰德意识到她是在用盥洗台上的镜子看自己的样子。最后明找到一个她喜欢的位置，半卧在兰德身上，一只手搂住兰德的脖子，另一只手贴着自己的脸颊，按在兰德的胸口上，然后她喊道：“进来。”

凯苏安走进房间，停住脚步，看着那把钉在门框上的匕首，皱起眉。她穿着一条做工精致的深绿色长裙，披着裘皮镶边的斗篷，用一只银领针扣住斗篷的领子。看上去，她就像一名成功的商人或是银行家，不过这两种人都不会像她这样在铁灰色的发髻上挂满黄金鸟雀、星星和月亮。她没有戴巨蛇戒，至少从这点看来，她还知道要掩饰自己的身份。“孩子们在吵架吗？”她温和地问。

兰德几乎能感觉到路斯·瑟林彻底沉默了，就像蜷伏在阴影中的岩猫。路斯·瑟林几乎像他一样对这个女人时刻保持着警戒。

明满脸通红地爬起身，拼命抚平裙摆。“你说过是她的！”她的语气中充满了责备。这时埃拉娜才走进房间。凯苏安关上了门。

埃拉娜瞥了明一眼，就不再看她，而是将注意力集中在兰德身上。她解下斗篷，扔在房间里的一把椅子上——这里只有两把椅子。但她的一双黑眼睛始终没离开兰德。她捉住深灰色的裙摆，用力握紧双手，她同样没有戴两仪师的金戒指。从她的目光落在兰德身上的那一刻开始，欢乐就沿着她的约缚向兰德涌来。其他情绪还在，紧张、愤怒，但兰德从没想过她会觉得快乐！

兰德并没有改变自己的姿势，反而又开始玩弄起长笛。"凯苏安，我是否应该为见到你而感到惊讶？你这么突然地冒出来，的确不太合我的心思。是谁教你神行术的?"这只可能是神行术。片刻之前，埃拉娜还只是他思维边缘一个模糊的影子，而随后她就成为了一个强烈的意念。兰德本以为是埃拉娜自己学会神行术，不过看到凯苏安，他立刻就明白是谁施展了这个异能。

埃拉娜紧绷双唇，就连明也表现出不赞成的样子。从一个约缚中传来的情绪在不断地跳跃飘摆，另一个约缚中确实愤怒掺杂着快乐。为什么埃拉娜会感觉到快乐？

"仍然像山羊一样无礼，"凯苏安不以为然地说，"孩子，我不认为访问自己出生之地需要你的许可。至于说神行术，这同样与你无关。"她打开领针，将这枚领针别到腰带上伸手可及的地方，然后卸下斗篷，将斗篷挂在一侧手臂上，折叠整齐，仿佛这件事要比兰德重要得多。她的声音中流露出一丝恼怒："正是因为你，我才不得不花费力气送了许多人过来。埃拉娜疯狂地想要再见到你，只有铁石心肠的人才会拒绝她。索瑞林说，有些立誓效忠你的人如果不跟着埃拉娜来找你，将没有任何用处，所以我不得不把耐苏恩、萨伦妮、依莲安、柏黛恩和爱萨带过来。还有哈琳妮和她的姐妹，她的剑士长，以及其他一些人。哈琳妮在得知埃拉娜将要出发去找你时，她甚至不知道应该要晕倒、尖叫，还是咬死一两个人以表达她激动的情绪。还有你的三个黑衣朋友，我不知道他们是否很渴望见到你，但他们也来了。既然我们已经找到了你，我就可以让海民和那些姐妹来见你，让你处置她们了。"

兰德骂了一句，猛地跳起身："不！让她们离我远一点！"

凯苏安的黑眼睛眯成了一条缝："我警告过你要注意谈吐，我不会再警告你了。"她皱起眉，又审视了兰德一会儿，然后点点头，仿佛是相信兰德已经记住了她的告诫。"那么，是什么让你以为能命令我该做些什么，男孩?"

兰德显然是在努力挣扎着。他没办法向凯苏安发号施令，他无论何时何地都不能向凯苏安发号施令。明说过，他需要这个女人，这个女人将要教导他一些他必须学会的东西，但这只是让兰德更加对这个女人感到不安。最后他终于说道:“我只想做完在这里必须做的事情,然后安静地离开。如果你告诉她们我在哪里,至少要让她们明白,我不可能让她们靠近我,至少在我准备好要离开之前绝对不能。”凯苏安向他挑起一侧眉弓,等待着。兰德深吸一口气,为什么她总是要让一切都变得这么困难?“如果你不告诉她们我在哪里,我会非常感激你。”然后,他又极为不情愿地说:“拜托你了。”明重重地呼了一口气,仿佛她刚才一直都没呼吸。

“很好,”过了一会儿,凯苏安说道,“只要你努力,就完全可以显示出足够的礼貌,虽然这让你一脸牙痛的表情。我想,我暂时能为你保守这个小秘密,她们并非全都知道你就在这座城市里。哦,是了,我应该告诉你,梅瑞丝已经约缚了那瑞玛,珂丽勒得到了达莫,年轻的艾本现在是戴吉安的了。”她的语气就好像这件事只是她偶然想起,随口说一说。

兰德的脏话还没有出口,凯苏安已经举起手,一巴掌几乎扇掉了他的下巴,他眼前全都是转来转去的黑点。房里其他两个女人都倒抽了一口气。“我告诉过你,”凯苏安不疾不徐地说,“不会再有警告了。”

明朝兰德走了一步。兰德微一摇头,这有助于驱散他眼前的黑点。他很想揉一揉下巴,但他还是用力将两只手按在身侧,同时又努力不让自己将手中的笛子捏碎。凯苏安则是一副什么事都没发生过的样子。

“为什么达莫他们会接受被约缚?”兰德质问道。

“如果你见到他们,就自己去问好了。”凯苏安回答,“明,我想,埃拉娜大概希望能够和他单独待一会儿。”不等明回答,她已经转身朝门口走去,一边还说着:“埃拉娜,我在下面的女士间等你,不要耽搁太久,我想回高地去了。明?”

明瞪了埃拉娜一眼,埃拉娜则瞪着兰德,然后明一甩双手,就跟着凯苏安走了,一边低声嘟囔着什么,一边用力摔上房门。

“我比你自己更喜欢你。”埃拉娜抱起双臂,审视着他。愤怒和喜悦在她的约缚中纠缠在一起。“我一直希望,如果靠近你的话,情况会更好一些,但你在我的脑子里还是一块石头。即使站在这里,我也不知道你的心情是不是真的很乱。即使是这样,能站在这里也会更好一些,我不喜欢和护法分离这么长的时间。”

兰德并没有理会她,也没有再去注意沿着约缚不断涌来的喜悦。“她不曾问我为什么会来法麦丁。”他低声说着,眼睛盯着房门,就好像能透过门板看到凯苏安。凯苏安一定想知道的。“埃拉娜,是你告诉她我在这里,一定是你。你的誓言呢?”

埃拉娜深吸一口气,又过了一会儿,才用尽全力回答道:“我不知道凯苏安是不是在乎你。我一丝不苟地坚守着我的誓言，无论你让我多么难以守住这个誓言。”她的声音变得愈来愈严厉，愤怒在她的约缚中也愈来愈猛烈。“我对一个彻底抛弃我的男人忠心耿耿，我又该怎样向你效忠？更重要的是，你都干了些什么？”她向兰德走过来，站到他面前，怒火就在她的双眼中燃烧。兰德比她高出了一尺，她却仿佛丝毫没注意到这一点。“我知道，你一定干了些什么。我曾经连续昏迷了三天！你都干了什么？”

“我决定，如果我打算被约缚，那就应该是我愿意的人。”他在埃拉娜的手掌快掴到他脸上时捉住了它。“今天我已经被抽过耳光了。”

埃拉娜瞪着他，牙齿露出唇外，仿佛是想要咬断他的喉咙，约缚中只剩下愤怒和屈辱，如同匕首般让兰德感到刺痛。“你让别人约缚了你？”她吼叫着，“你怎么敢！无论她是谁，我要在法庭上指控她！我要用鞭子抽她！你是我的！”

“埃拉娜，”兰德的声音如冰一般寒冷，“如果有更多两仪师知道你约缚了我，那么要被抽鞭子的就是你。”明曾经告诉过他，埃拉娜是可以信任的，因为明曾看见这个绿宗两仪师和另外四名两仪师“被他握在手中”。兰德的确信任埃拉娜，以一种古怪的方式信任着她，但他也被埃拉娜握在手中。他不想这样。“释放我，我会否认你曾经这样做过。”在岚将自己和麦瑞勒的事情告诉他之前，他还不知道可以这样做。“释放我，我也会取消你的誓言。”

沸腾的怒意在约缚中减轻了，但并没有消失，埃拉娜的表情也随之恢复镇定。她以平静的声音说道：“你捏痛我的手了。”

兰德知道，他能感觉到从约缚传来的疼痛。他放开手，埃拉娜揉搓着手腕，兰德也知道，她这是在故意要让他看到自己有多么痛。她就这样，一边揉着手腕，一边坐到房里空着的那把椅子上，将两条腿交叠在一起。看上去，她似乎是在思考着什么。

“我已经在考虑要放开你了，”最后她说道，“这是我做梦都想要做的事。”她露出一丝悔恨的微笑。“我甚至问过凯苏安，能不能把约缚转给她，你该知道我有多么绝望了吧。我知道的是，只有凯苏安才能掌握你，但她拒绝了，她对我的请求怒不可遏，因为我没先问过你这件事。而且她说，就算你同意了，她还是会拒绝，”埃拉娜摊开双手，“所以，你还是我的。”她的表情并没有改变，但是当她这么说的时候，喜悦的心情再一次出现了。“无论我是如何得到你的，你都是我的护法。我对你负有责任，这是我必须坚守的，正如同我要坚守服从你的誓言。所以，我不会放开你，将你交给任何人，除非我知道她能正确地掌握你。是谁约缚了你？如果她有足够的能力，我会让她拥有你。”

想到凯苏安有可能接受他的约缚，兰德的背脊立刻传来一阵颤栗。埃拉娜始终无法用这个约缚控制他，兰德也不认为其他两仪师有这样的能力，除了凯苏安。光明啊！千万不要让他冒这种风险！他没有回答埃拉娜，反而问："是什么让你认为她不在乎我？"不管是否信任埃拉娜，他不打算让埃拉娜知道，也不打算让其他任何人知道。伊兰、明和艾玲达所做的也许不会冒犯白塔法律，但如果她们和他的联系被泄露出去，她们要害怕的将远不止两仪师的惩罚。他坐到床沿上，双手转动着长笛。"只是因为她拒绝了我的约缚吗？也许她并非像你想象的那样对我漠不关心。我在凯瑞安时，她来找我，而且在那里停留了很长时间。除了我之外，她没有别的理由。难道我真的要相信，当我恰巧来到这里时，她就会想要回来拜访友人？她把你带到法麦丁来，就是为了找我。"

埃拉娜不以为然地答道："兰德，她每天都想知道你在哪里，就算是赛雷辛的一个牧羊人也会想知道你在哪里，全世界都想知道。我只知道你在遥远的南方，而且你连续几天都停留在同一个地方，只是这样而已。我知道她和维林要来这里的时候，我不得不乞求她，我不得不向她下跪！只因为这样，她才答应带我同行。但直到我离开通道，站在这座城市旁边的山丘上时，才感觉到你就在这里。我一直以为我要到提尔才能找到你。我们来到这里时，凯苏安教了我神行术。所以，你以后别想那样轻易就抛下我了。"

凯苏安教了埃拉娜神行术？这并不能让兰德知道是谁教了凯苏安神行术，不过兰德认为这不重要。"达莫他们三个是自愿接受约缚的吗？还是说那些两仪师对他们所做的，就像你对我做的一样？"

埃拉娜的双颊微微泛红，声音仍然稳定："我知道，梅瑞丝向佳哈提出过请求，佳哈思考了两天，然后接受了。就我所知，梅瑞丝从没逼过佳哈。其他人是怎样，我没有亲眼见证，但就像凯苏安所说的那样，你可以自己去问他们。兰德，你必须明白，他们害怕回到你的那个'黑塔'去。"提到黑塔时，埃拉娜的嘴唇厌恶地扭曲了一下。"他们害怕会因为你遭受的攻击而受到惩罚。如果他们逃走，他们又会成为被追杀的逃兵。我相信这是你下达的命令。除了两仪师，他们还能投奔谁？他们也应该这样做。"埃拉娜露出微笑，仿佛是看到某种很奇妙的东西，她的声音也变得兴奋起来："兰德，达莫发现了治疗静断的方法！光明啊，现在我说出这个词的时候，舌头不会再感到僵硬了。他治好了伊尔甘、罗耐勒和萨莎勒。她们也都已经立誓向你效忠，就像其他所有人一样。"

"你是什么意思？其他所有人？"

"我说的是所有被艾伊尔人看管的姐妹，就连红宗姐妹也不例外。"听她的语气，她似乎对此也还不太敢相信，惊异的情绪同样出现在她的约缚里。她用双脚踩住地面，向兰德倾过身子，眼睛直盯着他。"所有人都发了誓，还接受了你判处耐苏恩她们所要接受的苦修。你知道，我说的是那五个最先向你立誓的姐妹。凯苏安不信任她们，她不让她们带护法来。我承认，起初我对她们也有怀疑，但我现在相信，你可以信任她们。她们对你发过誓，你知道这对一名两仪师来说意味着什么。兰德，我们不能违背誓言，这是不可能的。”

就连红宗也不例外。当那五名两仪师俘虏向他宣誓时，兰德曾经非常惊讶，爱莉达派遣她们来绑架他，她们做到了。兰德本来相信那些两仪师会立下那种誓言，完全因为他是时轴，但时轴的作用在百万次机缘中也只有一次会发生，对因缘做出随机的改变。而且，无论如何，兰德都很难相信红宗两仪师会向一个能导引的男人宣誓效忠。

“你需要我们，兰德。”埃拉娜站起身，仿佛是要向兰德走过来，但她只是站在原地，不眨眼地看着兰德，双手似乎是下意识地抚弄着裙摆。“你需要两仪师的支持，否则你就只能逐一征服每一个国家。而到现在为止，你在这方面做得并不好。凯瑞安的叛乱在你看来也许是结束了，但并非所有人都乐于见到多布兰被任命为你的代理人。如果托朗姆·瑞亚丁重新出现，会有许多人倒向他。我们听说，达林大君缩在提尔之岩里，自称为是你在提尔的代理人，但那里的叛军并没有走出哈登莫克，归附于他。至于说安多，伊兰·传坎也许会宣布她将在登上王座后支持你，但她已经将你的军队赶出凯姆林。等到她控制了安多全境，我怀疑你的军队在那个国家就再没有立足之地。两仪师能够帮助你。伊兰会听从我们的建议。凯瑞安和提尔的叛军都会听从我们。在三千年的时间里，白塔阻止了无数场战争，平息了无数次叛乱。也许你不会喜欢蕾菲拉和梅兰娜与哈琳妮签订的条约，但她们得到了你所要求的一切。光明啊，你这个男人，让我们帮助你吧！”

兰德缓慢地点点头。两仪师向他效忠，这应该能让全世界的人看到他的力量。他害怕两仪师会操纵他，让他成为傀儡，但这种恐惧也蒙蔽了他的眼睛。他不喜欢承认这一点，但他的确曾经是个傻瓜。

只知道信任的人就是傻瓜，路斯·瑟林说道，*不知道信任的人同样是傻瓜。只要我们活得够久，我们就全都是傻瓜。*他的声音听起来似乎还有些理智。

“回到凯瑞安去，”兰德吩咐道，“告诉蕾菲拉和梅兰娜，我要她们去见哈登莫克的叛军，让她们也带着碧拉和科鲁娜。”这四个就是明所说的，除了埃拉娜之外他还可以信任的两仪师。明是怎样评判凯苏安带来的另外那五名两仪师的？她们会以各自的方式为他服务，但这还不够，暂时还不够。“我希望达林·西斯尼拉成为我在提尔的代理人，我在提尔制定的法律要得到实施。我不会限制她们在条约中加入什么条件，只要那里的叛乱得到平息。然后……怎么了?”

埃拉娜的脸沉了下来。她坐回到椅子里。“我刚刚来到这里,你又要赶我走了。既然那个女孩在这里,我想,这样也好。”她叹了口气,“你不知道我在凯瑞安都经历了什么,我必须遮蔽住这个约缚,否则你们两个所做的事情就让我彻夜难眠。但我又不能彻底将它遮盖,因为我不喜欢和我的护法彻底断绝关系,这实在是太困难了。只是想到要回凯瑞安,就让我感到可怕。”

兰德清了清喉咙:“这就是我要你去做的。”现在他已经知道了,女人在谈论一些事情时比男人更开放,但这还是会让他感到震惊。他希望伊兰和艾玲达在他与明做爱时也会遮蔽住约缚。他们两个同床共枕时,绝不会有第三者的空间,这就像他和伊兰在一起时一样。他当然不想和埃拉娜谈论这样的事。“当你在凯瑞安的任务完成时,我在这里的事情可能也已经做完了。如果我没有……如果我还没做完,你可以回到这里来,但你必须和我保持距离,直到我下达别的命令。”那种喜悦受到了压抑,但还是再度跳跃了起来。

“你不会告诉我是谁约缚了你?”看到兰德只是摇头,埃拉娜叹了口气:“我最好还是走吧。”她站起身,将斗篷挂到臂弯里。“凯苏安并没有多少耐心。索瑞林告诫她要像母鸡看管小鸡一样看管我们,她正是这样做的,只不过是以她的方式。”走到门口时,埃拉娜停下来,问了最后一个问题:“你为什么会来这里,兰德?凯苏安也许不在乎,但我在乎。如果你愿意,我会保密的。我自己在聚落中根本待不了几天。为什么你愿意留在这里,留在这个根本感觉不到真源的地方?”

“也许这对我来说并非那么糟糕。”兰德说了谎。兰德觉得自己能够告诉她,他相信埃拉娜会为他保守秘密,但埃拉娜将他视作她的护法,而且她是绿宗两仪师。没有任何解释能让埃拉娜在这样的情况下离开他。但在法麦丁,埃拉娜并不比明更能保护自己,甚至她可能还不如明。“走吧,埃拉娜,我已经浪费了很多时间。”

埃拉娜离开后,兰德便靠回墙上,继续玩弄他的长笛,但他现在并不想吹这支笛子。明说过,他需要凯苏安,凯苏安却对他漠不关心,有的只是不超过常人的一点好奇心,以及非常糟糕的态度。他必须让凯苏安对自己产生更大的兴趣。光明在上,他该怎么做?

在爱勒丝宫殿前面的广场上,维林有些费力地从轿椅里挤出来,她的身体结构并不适合这种狭小的空间,但轿椅算是法麦丁最快捷的交通工具了。马车迟早都会被人群堵住,也去不了一些维林想去的地方。从湖面上吹来的湿润的风在渐渐变冷,黄昏中的最后一点阳光正在退去,但维林并没有拉起被风吹开的斗篷。她从钱包里掏出两枚银角子，递给轿夫，她当然不该这样做，这些轿夫都是爱勒丝的小厮。但艾德文娜不懂得这里的规矩。轿夫们也不会接受她的钱。但那两枚银币立刻就消失在他们的口袋里了。两名轿夫中比较年轻的那个甚至还向她深深地鞠了个躬，他是个相当英俊的中年男人。然后，他们才扛起轿子，朝宫殿角落里一座低矮的马厩跑去。维林叹了口气。一个已经步入中年的小厮。她回到法麦丁没多久，就已经觉得自己仿佛从不曾离开过这里，但她必须小心。这种想法对她来说可能是危险的，不能让爱勒丝或其他人揭破她的伪装身份，那个流放维林·玛瑟雯的判处到现在也还是有效的。法麦丁对于两仪师违反法律的事情总是保持沉默，但资政们没理由害怕两仪师。而为了自身的原因，白塔对于姐妹被羁押鞭笞的罕见事例也都保持沉默，她可不想成为白塔为之保持沉默的最新案例。

爱勒丝的宫殿当然比不上太阳王宫和安多王宫，也比不上其他王国的宫殿，这是爱勒丝自己的宅邸，与她首席资政的职位无关。另外一些或大或小的宫殿排列在它的两旁，每座宫殿都被高墙围住，只空出高地和湖面相接的一侧。那里是陡峭的悬崖，而这里也是整座岛上唯一的高地。不过爱勒丝的宫殿仍然算得上是一座宏伟的建筑。当这座城市还被称为费莫伦纳时，巴色拉家族的女人们就已经在这里操纵各种贸易和政治活动了。高高的圆柱围绕着巴色拉宫，支撑起上下两层步道，宫殿的墙面上绝大部分都覆盖着白色大理石。

维林在一个起居室里找到了凯苏安。宽阔的大理石壁炉中跃动着火焰，如果不是为了保暖而拉起了厚布帘，从这里就能俯瞰湖面的景致了。在凯苏安的座椅旁，一张镶嵌小桌上摆着她的缝纫篮，她正在一片静谧中摆弄着针线和刺绣框。房里并非只有她一个人。维林将斗篷挂在一张软垫椅的椅背上，自己坐进了另一把椅子。

爱萨甚至没有瞥维林一眼，这名平时都面带笑容的绿宗姐妹站在凯苏安面前，双眼瞪视，满脸通红，显得相当激动。爱萨总是很在意她和其他姐妹之间的尊卑关系，也许有些太在意了，所以她会如此忽视维林。她的情绪一定相当混乱。“你怎么能让她自己离开?”她向凯苏安问道，“没有她，我们该怎样找到那个人?”啊，原来是这样。

凯苏安依旧低着头，聚精会神地看着手中的刺绣，她的绣花针不停地在花纹间上下穿梭。“你可以等她回来。”

爱萨将双手握成拳，叉在腰间。“你怎么能这样满不在乎？他是转生真龙！这个地方对他来说可能是一个死亡陷阱！你必须……”看到凯苏安挑起一根手指，她猛地闭上嘴。这是凯苏安唯一的动作，但对她来说已经足够了。

“我已经受够了你的吵闹，爱萨，你可以走了，马上！”

爱萨犹豫着，但她的确别无选择，于是她依旧红着脸，抓起深绿色的裙摆，行了个屈膝礼。虽然她大踏步走出了房间，脸上依然是怒气冲冲，但她的确没有再做任何耽搁。

凯苏安将刺绣框放到膝头，靠在椅背上。“能给我倒杯茶吗，维林？”

维林不由自主地微微颤抖了一下，凯苏安根本没朝她的方向看过一眼。“当然，凯苏安。”一只沉重的雕银茶壶就放在墙边小桌的一座四腿案几上，而且幸好茶水还很热。

“放埃拉娜走是明智的吗？”维林问。

“如果我阻止她，那么就很难向那个男孩隐瞒一些事情了，不是吗？”凯苏安漠然地答道。

维林不急不缓地将茶水倒进一只蓝色薄瓷茶杯中，这不是海民瓷器，不过也已经非常精致了。“你是否知道他为什么要来法麦丁？当我推断出他不再四处乱窜，只是因为他可能就在这里时，差点把舌头吞进肚子。也许这其中存在危险，我们应该尝试阻止他。”

“维林，他可以去做他内心想要做的一切事情，只要他能活着迎接末日战争。只要我能够陪伴他足够长的时间，让他再次学会欢笑和哭泣。”凯苏安闭上眼，用指尖揉搓额角，叹了口气。“他正在变成一块石头，维林，如果他不能重新学会做一个人，那么即使赢得最后战争，结果也不会比失败更好。年轻的明告诉他，他需要我，我从明口中得知了这件事。当然，我没有引起她的怀疑，但我只能等待他来找我。你也看到了他对埃拉娜和其他姐妹的铁石心肠。教导他是困难的，即使是他主动向我求教。他会和导师对抗，他认为他必须把每一件事都做好，自己学会一切。而如果我不让他明白，他将什么都学不会。”她的双手落在膝头的刺绣框上。“今晚我做刺绣的状态似乎很好，这对我来说并不常见。你倒好茶了吗？我也许还要再做一会儿。”

“哦，是的，当然。”维林匆匆倒满第二只茶杯，并将小瓶子原封不动地收回到口袋里。能够确认凯苏安的目的，这点很不错。“你要蜂蜜吗？”她用自己最含混的声音问道，“这件事我总是记不住。”

第 26 章

预　期

伊兰随着艾雯走过伊蒙村黄褐色的草原，这里的变化让她感到有些伤心，而艾雯似乎已经被眼前的情景吓呆了。当艾雯刚刚出现在特·雅兰·瑞奥德中时，一根长辫子垂在她的背上，她的身上则穿着朴素的羊毛长裙，裙摆下露出一双结实的鞋子。伊兰相信，艾雯还居住在两河时应该就是这种样子。而现在，她的黑发披散在肩头，只用一顶精致的蕾丝小帽子松松地束住，身上的衣服也变得如同伊兰一样精美华丽。在她蓝色丝裙的胸衣、高领口、裙摆和袖口上都用银线绣满花纹，银丝天鹅绒软鞋取代了厚重的皮鞋。伊兰需要时刻集中精神，才不至于让自己身上的绿色丝绸骑装变成令人羞愧的样式。但毫无疑问，她的这位朋友是有意改变自己的衣着。

她希望兰德仍然爱着伊蒙村，但这已经不再是他和艾雯生于斯、长于斯的小村庄了。她们周围一个人都没有，毕竟这里是梦的世界。而伊蒙村显然已经是一座有着相当规模的城镇了，一座正在繁荣发展的城镇，差不多每三幢房子里就有一幢是工艺考究的石砌房屋，有些房子高度甚至达到了三层。用瓦片铺成的屋顶已经多过茅草屋顶，而且这些瓦片具备了彩虹的每一种颜色。一些街道铺上了平整的新石板，上面几乎还没有任何磨损的痕迹，一道厚实的石墙正围绕这座城镇逐渐成形，城墙上还能看到塔楼和铁板大门，即使是边境国的小型城垒也不过如此。城墙外筑起许多磨坊和锯木场，一座铸铁厂和几家生产羊毛布料和地毯的织工作坊。城里则分布着不少家具、制陶、裁缝、刀剪和金银工匠的店铺，店铺橱窗中的货品有许多完全可以媲美凯姆林城中的货品，也有些货品的风格显然是来自于阿拉多曼和塔拉朋。

这里的空气有些冷，但还不算凛冽，地面上暂时还没有积雪，太阳高挂在天空的最高处。不过伊兰仍然希望在清醒的世界中，现在还是黑夜，她想要在清晨到来之前能够稍微睡一下。最近这些日子里，她始终都处在疲惫的状态，有太多的事情要做，时间却又如此有限。她们到这里来，是因为她们相信不会有什么间谍会来这里找她们，但艾雯还是目不转睛地望着这个她出生的地方。伊兰愿意到这里来也有她的原因，不是为了兰德，她想要亲眼看一看伊蒙村。不过，现在最让她感到困扰的是，她在梦的世界中也许只度过了五分钟，清醒的世界却已经过去了一个小时，或者刚好相反。现在凯姆林应该已经是早晨了。

艾雯站在草原的边缘，回头望着那座宽阔的石桥。石桥下，湍急的溪水从一片岩层间的泉眼中喷涌而出，力量足以冲倒一名成年男子，随后便迅速变宽为一条小河。一根高大的大理石柱立在草原正中央，上面刻满了名字，两根高高的旗杆竖在石雕基座上。“战争纪念碑，”她喃喃地说道，“有谁能想到，在伊蒙村会出现这样的东西？不过沐瑞说过，就在这个地方，曾经爆发过一场壮烈的战斗，那是在兽魔人战争时期，那是曼埃瑟兰的灭亡之战。”

“我研究过这段历史。”伊兰低声说着，又朝没有旗子的旗杆瞥了一眼。它们只是暂时没有旗子而已。伊兰在这里无法感觉到兰德，哦，他还在她的脑海中，就像柏姬泰一样。那是一个情绪的死结，像岩石一样坚硬，而且给伊兰带来一种真实却难以解释的感受，让伊兰知道，他正在很远的地方。只是在特·雅兰·瑞奥德中，她无法知道他位于哪个方向。她想念这一点小小的情绪，她想念他。

旗帜出现在两根旗杆顶端，略一飘扬，又消失了，不过伊兰已经能看清一面旗子是蓝色上绣着一只红鹰，那是独一无二的红鹰。曾经有一次，当她和奈妮薇在特·雅兰·瑞奥德中来到此地时，她甚至觉得自己瞥见了那头红鹰。伊兰相信自己一定是看错了，诺瑞总管已经针对伊蒙村的变化向她提出谏言。她爱兰德，但如果有人想在兰德长大的地方重新将曼埃瑟兰从古老的坟墓中拖出来，她必须对此予以关注，无论这可能对兰德造成怎样的痛苦，那面旗帜和那个名字仍然具有足以威胁安多的力量。

“我从珀黛·考索恩和另一些两河初阶生那里听说过家乡的变化，”艾雯向草原周围的房舍皱起眉，“但她们也没提到这些。”这些房屋大多数都是石砌房屋。一间小旅店旁边出现了一大片岩石房基，那上面一定能建起非常高大的房屋，而那片石基的中央还生长着一棵巨大的橡树。在石基的另外一边，一幢比那个小旅店大许多倍的旅店已经快完工了，一块雕刻着一队弓箭手的大招牌就挂在新旅店的大门上方。“不知道我父亲还是不是村长，我母亲还好吗？我的妹妹们呢？”

“我知道，你明天就要出动军队了，”伊兰说，“或者不如说，就是今天。但是，当你到达塔瓦隆之后，总能找出几个小时回到这里来看看。”神行术让这样的事情变得很容易。伊兰觉得或许她也应该派人到这里来，但她不知道可以信任谁来完成这个任务。她能够信任的人并不多，而她需要他们去做的事情却太多了。

艾雯摇摇头，“伊兰，我不得不用鞭子来对待把我养育大的人，因为她们不相信我是玉座，或者是自以为只要认识我，就能违反律法而不必付出代价。”七色圣巾突然出现在她的肩头，艾雯注意到这个变化，皱皱眉头，圣巾又消失了。“我不相信自己能以玉座的身份来面对反抗我的伊蒙村，”她伤心地说，“现在还不能。”然后她打了个哆嗦，声音重新恢复了力量：“伊兰，时光之轮转动不休，一切都在改变，我必须适应，我会适应的。”她的话语像极了史汪·桑辰，那个在塔瓦隆分裂前的史汪·桑辰，无论是否戴着圣巾，艾雯都很像一位玉座。“你确定我不能将一些加雷斯·布伦的士兵派遣给你？你至少需要一支保卫凯姆林的军队。”

她们突然被闪光的新雪包围了，她们从膝盖以下都没在雪中，皑皑白雪覆盖住屋顶，成为一座座白色的雪堆。她们已经不止一次见到过这种变化，而她们所做的只是将突然而至的寒冷隔绝在感觉之外，并没有想象出斗篷和更暖和的衣服。

“在春天以前，没有人会进攻我。”伊兰说。军队不可能在冬天行动，至少在不借助神行术的情况下不可能，这正是艾雯的军队所具备的优势。积雪会阻挡所有人的脚步，如果积雪融化，泥浆会让道路更加难以行走。也许正是积雪挡住了那些边境国人，让他们无法继续向南进军，他们可能以为今年再也不会有冬天了。“而且，当你到达塔瓦隆时，你将需要每一个能用的人。”

艾雯点点头，没有再提这件事。这并不出伊兰的预料。在过去一个月里，加雷斯·布伦一直在努力征募新兵，但现在他麾下的士兵数量仍然只有他计划中所需的一半。不过艾雯说，他已经准备好开始实行他的计划了，虽然这显然让艾雯感到困扰。“伊兰，我要做出困难的决定。时光之轮按照自己的意愿编织命运，但要做决定的仍然是我。”

伊兰冲动地迈过积雪，用力抱住艾雯。当艾雯被她抱入怀中时，积雪消失了，只在她们的衣裙上留下一些潮湿的斑点。她们踉跄着，差点摔倒，又好像在共舞。

“我知道，你会做出正确的决定。”伊兰笑着说，但她笑得有些勉强。艾雯的脸上则见不到笑容。

“希望如此，”艾雯的语气相当严肃，“因为无论我怎么决定，都会有人因为我的决定而死。”她拍了拍伊兰的手臂。“你也明白这种决定的意义，对不对？现在我们都需要回到床上去了。”她又犹豫了一下，才继续说道：“伊兰，如果兰德再来找你，一定要让我知道他都说了些什么，任何关于他打算做什么、他会去哪里的线索，都要告诉我。”

“我会尽量把我知道的一切都告诉你，艾雯。”罪恶感让伊兰的心中感到一阵刺痛。她对艾雯几乎无所不谈，但她还是隐瞒了自己、明和艾玲达约缚了兰德的事情。伊兰曾经非常小心地向范迪恩询问过这个问题，范迪恩的回答很清楚，白塔律法并不禁止这样做，但是否允许这样做，则不清楚。伊兰也听一名柏姬泰征募的艾拉非佣兵说过：“不被禁止的就是被许可的。”这样的话倒很像是莉妮的那些谚语，不过伊兰怀疑自己的老保姆大概不会说出这种随性的话。“他让你感到为难，艾雯。我的意思是说，让你为难的并不是那些普通的事情，我能看出来。到底是什么事？”

“伊兰，我的眼线报告了一些非常糟糕的谣言，我希望那只是谣言而已，但如果不是那样……”现在她已经彻底变成了一位玉座，一位瘦小的年轻女子，像钢铁一样坚强，像山岳一样巍峨，果决之心在她的黑眸中闪耀，让她的下颌显露出刚毅的线条。“我知道，你爱他，我也爱他，但我恢复白塔的目的不是让他像对待罪奴那样给两仪师戴上镣铐。好好睡一觉，做个好梦，伊兰，一个好梦的价值远比人们所想象的更珍贵。”说完这句话，她就消失了，回到醒来的世界。

伊兰盯着艾雯刚刚站立的地方，愣了一会儿。她刚刚在说什么？兰德绝不会这样做的！即使是为了对她的爱，他也不会这样做！她抚弄着脑海中那个岩石般的硬结。现在他在很远的地方，那种闪耀着黄金光芒的脉络现在只剩下了回忆。他当然不会。带着这样困扰的心情，伊兰走出梦境，回到她沉睡的躯体中。

她需要睡眠，但她刚回到自己的身体里，阳光就落在她的眼皮上。现在是什么时候？今天她还要见许多人，要做许多事。她想要一下子睡几个月。她在和自己的责任抗争，但责任赢了。今天仍旧会是忙碌的一天，每天都是这样忙碌。她用力睁开眼，感觉眼皮中仿佛被揉进沙粒一样干涩，仿佛她根本就没有过一分一秒的睡眠，但从射进窗户里的阳光判断，太阳升起来应该已经有一段时间了。她可以继续躺在床上，但她无法忘记责任。艾玲达在酣睡中翻了个身，伊兰用力戳了一下她的肋骨，如果她不能再睡了，那么艾玲达也别想这样躺在床上。

艾玲达猛地醒过来，伸手去抓床边小桌上的匕首，但没等她的手指碰到黑色的角质刀柄，就垂了下去。“有什么东西把我弄醒了，”她嘟囔着，“我还以为是沙度……看看太阳！为什么你现在还不叫醒我？”她一边问，一边手忙脚乱地从床上爬起来。“我的确被允许可以留在你身边……”她将满是皱褶的睡裙拉过头顶，扔到一旁，“……但如果莫娜勒认为我行为懒惰，一样会用鞭子抽我。难道你想要整天都躺在床上吗？”

伊兰呻吟一声，爬下了床。爱森德已经等在通向更衣室的门口，如果没有伊兰的特别命令，她绝不会叫醒伊兰。当艾玲达穿衣服时，伊兰只能顺从地接受这位白发侍女沉默的服侍。但伊兰的耳边并不清静，艾玲达一边穿衣服，一边在笑着说让别人穿衣服的孩子才是乖孩子，她还猜测伊兰一定是忘了该如何穿衣服，所以才需要别人来帮她。自从她们一起睡之后，艾玲达每天早晨都会抒发一下这样的感慨，她一定觉得这样非常有趣。除了响应侍女该穿戴何种衣饰的建议，伊兰什么话都没说。当最后一颗珠贝纽扣终于被扣上后，她开始站在立镜前面，端详自己的模样。

“爱森德，”她以闲适的语气说道，“艾玲达的衣服准备好了吗？”这件稍有些银线刺绣的精致蓝色羊毛裙很适合她今天要应付的场面。

爱森德的眼睛亮了一下。“艾玲达女士全部的丝缎服饰都准备好了，它们都经过仔细的掸扫清洁，熨烫平整，并被精心收放好了。”说完，她指了指靠在墙边的一排衣柜。

伊兰回过头，朝自己的姐妹抛去一个笑容。艾玲达却只是盯着那些衣柜，仿佛里面装满了毒蛇。然后她吞了一口口水，匆匆将暗色披巾罩住头顶，结束了穿衣的过程。

当伊兰让爱森德离开时，这位老侍女还向艾玲达说了一句：“只要您需要，随时都可取用。”

“好吧，”艾玲达嘟囔着，戴上她的银项链，“我不会再拿你穿衣服的事开玩笑了。”

“这样很好，否则我就会让爱森德也伺候你穿衣服，那一定很有意思。”

艾玲达只是嘟囔着，说有些人根本就不懂玩笑话。她显然不同意伊兰说的。伊兰本来以为她的姐妹可能会要求把所有那些衣服都扔掉，但艾玲达根本没提这样的事，反倒让她有点惊讶。

早餐已经在起居室准备好了，摆在艾玲达面前的是葡萄干烤火腿、杏干炒蛋、松果干鱼，还有涂着牛油的新鲜面包，以及配蜂蜜的浓茶，那蜂蜜看上去就像糖浆一般浓稠甜美。伊兰的面包上看不到牛油，茶水里只有一点蜂蜜，剩下的只有谷物热粥和被认为特别有利于健康的草药。伊兰到现在也还没有怀孕的感觉，但明已经把她见到的一切告诉艾玲达和柏姬泰，那时她们三个一起喝酒，全都喝醉了。现在，她的生活完全处在她的护法、戴玲和莉恩耐·哈芙尔的管辖之下，她们为她安排了一种"适合女性特殊时期的生活方式"。如果她下令让厨房给她准备一顿大餐，那她永远也看不到这个命令被执行。就算她自己溜到厨房去，厨子们也只是会用疼惜中夹杂着责备的眼神看着她，直到她乖乖离开她们的管辖范围。

对伊兰来说，无法再碰香料酒、甜品和其他美食并不是很大的打击(她还可以承受，除了当她看见艾玲达大嚼果酱馅饼和布丁的时候)。真正要命的是，现在宫里的每一个人都知道她怀孕了。当然，这也意味着他们都知道她做了什么，只是不知道那个他是谁。男人们还有点良心，懂得把这种事藏在心里。当然，他们都知道，这点伊兰很清楚。但那些女人从不知道什么叫稍加掩饰，不管她们是否接受伊兰的行为，现在有半数的女人在看着她时，就像是看着一个不懂事的孩子；另外一半则是一脸若有所思的神情。伊兰强迫自己吞下碗里的白粥，并把成团的燕麦用勺子塞进嘴里。粥的味道其实还不差，但她的眼睛还是盯着正在被艾玲达切成一片片的火腿，还有那盘杏干炒蛋。她甚至有些期待怀孕时的孕吐，这样她至少能和艾玲达分享一下自己肚子里的稠粥。

今天的第一个觐见者在伊兰还没吃完饭时就已经来到她面前，在宫中女人们的口里，他也是伊兰孩子父亲的第一候选人。"女王陛下，"督伊林队长一边说，一边摘下羽毛帽，华丽地鞠了个躬，"职员总管正在等待陛下的召见。"这名队长的一双黑眼睛眨也不眨，能看出他在杀人时也不会眨动这双眼睛，而他胸前的绶带，他脖颈和手腕上的缎带只是让他显得更加刚硬。艾玲达用亚麻餐巾擦了擦下巴上的油渍，看着这个男人，脸上没有任何表情。站在门旁边的两名女卫兵都微微皱着眉。督伊林喜欢捏女卫兵胸部的名声早就传开了，而且他还很喜欢在城中的酒馆里大肆贬低女卫兵的能力。在女卫兵眼里，这第二点才是最糟糕的。

"队长，我还不是女王。"伊兰高声说道。伊兰几乎每次都要纠正他的这个错误。"我的亲卫队招募情况如何？"

“迄今为止，只有三十二个人，殿下。”这个面孔瘦削的男人双手按在剑柄上，嘴角带着一抹笑容，一副优哉的样子，很难想象他真的是在觐见他的女王。“柏姬泰女士要求非常严格，能够让她满意的女人可不多。但只要给我十天时间，我就能召集到一百个能力更强的男人，他们都会把您放在心上，就像我一样。”

“我不这样想，督伊林队长。”伊兰必须努力不让自己的声音中出现怒意。督伊林一定听到过那些关于他们两个人的谣言，难道她没有公开否认这件事，他就会以为这是真的？以为她觉得他很有……吸引力？伊兰推开粥碗，不让自己打哆嗦。三十二人？人数的增长相当快，一些决定投效伊兰、谋取官位的号角狩猎者的确相当有能力。伊兰勉强承认，她的亲卫队不可能全部夜以继日地守卫她，她们必须轮换休息。但无论柏姬泰怎样说，她还是觉得一百人实在是太多了，只是柏姬泰在这件事上再也不会做出任何让步。“请告诉职员总管，他可以进来了。”伊兰说道。督伊林又一次以同样华丽的动作鞠躬。

当督伊林捉住狮头门环，拉开房门时，伊兰站起身，走到他面前，一只手按在他的手臂上，脸上还露出微笑。“再次感谢你救了我的命，队长。”她的微笑已经可以说是宠爱了。

而这家伙竟然向她露出挑逗的笑容！站在门里和门外的女卫兵们都双眼直视自己的正前方，纹风不动。那个家伙关上门离开后，伊兰转过身，看到艾玲达正盯着她，脸上就像刚才盯着督伊林一样，毫无表情，或者说，只是多了一点纯粹的惊愕。伊兰叹了口气。

她走到艾玲达身边，伸手环抱住自己的姐妹，在她耳边悄声告诉她为什么要这样做。伊兰相信她的女卫兵会当着她们的面谈论一些很少会告诉外人的事情，但有些事情，她几乎不敢告诉任何人。“我恰好看见一名女仆走过，艾玲达，女仆们传播流言的速度比任何人都要快。有愈多的人认为我的孩子是督伊林的，我的孩子就愈安全。如果有必要，我也会让这个男人捏我的胸部。”

“我明白。”艾玲达缓慢地说。她盯着自己的盘子，双眉紧皱，就好像被她的勺子拨来拨去的除了杏干和鸡蛋以外，还有其他一些东西。

诺瑞总管的报告就像每一天一样，由宫中和城中的日常事务、他在外国首都的探子们传递回来的情报、从国内外商人和银行家那里收集到的讯息混合而成。不过他带来的第一条讯息对伊兰来说是最重要的，虽然不一定是她最感兴趣的。

“城里最有信用的两位银行家……低头了，殿下。”他的声音还是那样枯燥无味。他将自己的皮制资料夹抱在干瘦的胸前，侧目瞥了艾玲达一眼，他仍然不适应在自己作报告时，还有别人在旁听，无论是艾玲达还是女卫兵。艾玲达朝他龇了一下牙。他眨眨眼，然后用骨瘦如柴的拳头捂住嘴，咳嗽了一声："荷弗雷先生和安德斯卡太太起初还有些……犹豫，但他们像我一样了解这里的明矾市场。现在就说我们已经得到他们的资金可能还为时过早，不过已经有两万金克朗经过我的安排被运进王宫的金库，随后还会有更多黄金会运来。"

"通知柏姬泰殿下。"伊兰一边下达命令，一边掩饰住自己宽慰的心情。现在柏姬泰招募到的卫兵数量还不足以保卫像凯姆林这样巨大的城市，更别说做其他事情了。在春天到来之前，伊兰不可能看到来自传坎家族产业的税金。但佣兵的薪金却是昂贵的，在柏姬泰招募到足够士兵来替代他们之前，伊兰还不能因为缺乏金钱而失去他们。"第二件事呢，诺瑞总管？"

"恐怕下水道必须进行一次大规模清洁了，殿下，老鼠在那里大规模滋生，就好像春天已经到来一样。还有……"

诺瑞按照自己对不同讯息的重视程度来排列报告的先后次序。他还没查出是谁救走了爱伦娜和娜埃安，似乎他认为这是他的失职，实际上，从这两个人失踪至今还不到一个星期。谷物价格正在迅速攀升，导致其他食品价格也一同上涨。修理宫殿顶部需要更长的时间，费用也超过泥瓦匠人最初的预算，不过食物价格在冬天总是会上涨，泥瓦匠们的费用也总是会超过他们的预算。诺瑞承认，来自新布雷姆的讯息已经有几天时间了，不过那些边境国人似乎只满足于驻扎在那里。诺瑞不知道他们到底有什么打算，如果他们的军队规模真的有传说中的那样大，甚至是一支规模小得多的军队，也早就会把他们驻地周围的村镇劫掠一空了。伊兰也不明白那些边境国人是怎么想的，但至少现在的状况还能令她满意。关于两仪师在凯瑞安向兰德宣誓效忠的谣言，至少说明了艾雯为什么会如此关注兰德的行动，不过应该不会有任何两仪师真的这样做。在诺瑞的评估中，这是最不重要的讯息，但对伊兰来说则不是。兰德不能排斥艾雯率领的两仪师，他不能排斥任何两仪师，他亟需她们的力量，但兰德似乎正在这样做。

莉恩耐·哈芙尔很快就取代了诺瑞的位置。她走过门口时，向女卫兵们点了点头，然后又给了艾玲达一个微笑。也许这位身材圆胖的灰发妇人曾经奇怪为什么伊兰会称呼艾玲达为姐妹，但这种疑虑从不曾在她的表情中有所流露。现在，她显然是真心赞成她们的这种关系，不过，无论她的脸上是否带着微笑，她的报告比起职员总管的要严峻得多。

"殿下，乔·斯科立特被阿劳恩家族收买了，"莉恩耐的圆脸冷酷得如同刽子手，"他已经两次被发现从阿劳恩部下手中接过沉甸甸的小袋子。毫无疑问，爱特·诺哈姆也在接受某个人的酬金。她没有偷窃，但她在一块地板下藏了超过五十枚金币，而且昨晚她又向那里加了十枚金币。”

“像其他人一样处理。”伊兰有些伤心。首席侍女在宫中已经确认了九名间谍，并查清楚了其中五个人的雇主。莉恩耐发现的每一个叛徒都足以让伊兰感到气愤，但她的理发师和发型师的背叛尤其让她感到难过，这两个人都曾经服侍过她的母亲，看样子，他们还没有将忠诚转移到摩格丝的女儿身上。

当哈芙尔大妈低声说着“遵命”时，艾玲达的脸色十分严峻。但伊兰不打算解雇这些人，更不会听从艾玲达的建议，杀死他们，这样做只会让伊兰不知道的间谍代替他们的位置。*没有被发现的间谍是敌人的工具*，她的母亲曾经这样对她说，*但如果你发现他，他就是你的工具*。汤姆则告诉她，*如果你发现了一个间谍，就一定要用襁褓裹住他，用勺子喂他甜粥*。这些背叛她的人将“发现”她想让他们发现的东西，当然，这其中不会全部是事实，比如柏姬泰招募的士兵数量。

“还有其他事吗，哈芙尔大妈？”

“暂时没有了，殿下，不过还是有值得怀疑的，”莉恩耐的脸色比刚才更加严肃，“还是有。”

跟随在首席侍女后面的是两个商人代表团。先是一大批坎多人，他们都戴着宝石耳环，银制公会项链一直垂到他们的胸口。然后是六名伊利安人，他们的素色外衣和裙子上只有很少一点刺绣。伊兰在一间小一些的接见室和他们谈了话。这里没有白狮壁挂，壁炉两旁的织锦挂毯上绣的是狩猎场景，抛光的木墙板上没有任何雕刻。他们是商人，不是外交官，但他们之中有些人看到伊兰只请他们喝酒，自己却滴酒不沾，显然是觉得受到轻视。无论是坎多人还是伊利安人，都会向跟随在她身后走进接见室的两名女卫兵多瞥上几眼。不过如果这些人还没听说过她遇刺的事情，那他们一定是聋子。女卫兵进了房间后，就自动站在房门两旁，而在房门外，还有她的另外六名卫兵。

坎多人都在不断地偷偷端详艾玲达，甚至忘了仔细去听伊兰在说些什么。伊利安人在被艾玲达吓了一跳之后，就都不再去看艾玲达所在的那个角落了。毫无疑问，这些人都非常重视伊兰身边的这个艾伊尔人，虽然她只是一言不发地坐在房间的角落里。但不管是坎多人还是伊利安人，商人们的目的只有一个，说服伊兰不要激怒转生真龙，以避免他的军队和艾伊尔人将安多彻底摧毁。不过他们对此只字未提，也完全没有提起艾伊尔人和真龙军团在距离凯姆林不远的地方都有大规模的营地。他们只是礼貌地询问了伊兰在从城头除去真龙旗和光明之旗以后还有怎样的计划，伊兰又将同样的答案“安多会与转生真龙结盟，但并非被他征服”重复了两遍作为回应，他们以含混的词句表达了对她的支持，暗示他们正全心全意地企盼着安多的王女登上狮子王座，但自始至终，他们没有说出任何明确的承诺。毕竟，如果伊兰失败了，无论是谁戴上安多王冠，他们也还想在这里受到欢迎。

当伊利安人鞠过躬离开后，伊兰合上眼睛，揉搓着额角。在午餐之前，她还要接见一批玻璃匠。下午还有五个商人和工匠的代表团，真是非常忙碌的一天，充满烦琐的陈词滥调和含混的外交辞令。因为奈妮薇和茉瑞莉不在，今晚她还不得不再次承担起教导寻风手的责任。和她们打交道比接见最糟糕的商团还要可怕，这样她就没多少时间去研究那些从艾博达带来的特法器了，而且到时候她很可能疲倦得连眼睛都睁不开。如果又要让艾玲达把她扛到床上，那实在太丢人了。但她也没办法，有太多的事要做，一天的时间实在太少了。

在玻璃匠出现之前差不多还有一个小时时间，但艾玲达冷酷地否决了她去看一眼那些特法器的建议。

“这是柏姬泰对你说的吗?”伊兰问道。她的姐妹正拖着她沿一道狭窄的石板阶梯向上攀登。四名女卫兵走在她们前面，其他卫兵尾随在后，她们都刻意装作对她和艾玲达之间的谈话听而不闻的样子。但伊兰就觉得女卫兵拉莎芮·杜曼科的嘴角带着一丝微笑。她是一名身材矮壮的号角狩猎者，一个在提尔人中间偶然能见到的金发碧眼的女人。

“难道非要柏姬泰告诉我，我才知道你只是窝在房间里，又极度缺乏睡眠吗?”艾玲达不屑一顾地答道，“你需要新鲜空气。”

高处柱廊里的空气的确相当清新，虽然太阳高悬在灰色的天空中，但绕过光滑石柱的风还是有些凛冽。还在保护伊兰，准备要阻止鸽子伤害她的女卫兵们不得不按住她们插羽毛的帽子，伊兰则倔强地拒绝将寒冷隔绝在感知以外。“一定是戴玲对你说的。”她嘟囔着，又打了个哆嗦。戴玲说过，一个有了孩子的女人每天都要做长时间散步。她也从不会忘记提醒伊兰，不管她是不是王女，她的实际身份只是传坎家族的家主。如果传坎家族的家主想要和塔拉文家族的家主见面，她就先要走过宫中的几条走廊才行。

“莫娜勒生了七个孩子，”艾玲达说，“她叮嘱我一定要让你呼吸新鲜空气。”她只不过在肩膀上裹了一条披巾，却仿佛根本没感觉到身边的寒风。艾伊尔人就像两仪师一样完全忽略掉身外的寒暑。伊兰却只能用手臂抱紧身体，一脸苦相。

“不要生气，姐妹，”艾玲达指了指下方白瓦屋顶外面的一个马厩，“看，黎恩·柯尔力已经在查看茉瑞莉·辛德文是否回来了。”一道熟悉的垂直光柱出现在马厩院子里，在旋转中变成一个分开空间，高宽各有十尺的通道。

伊兰仍然紧皱眉头，俯视着黎恩。她没有生气，她也许不应该教黎恩神行术，毕竟这名家人还不是两仪师，但其他姐妹都没有足够的力量进行这种编织。而且，既然寻风手能够学习神行术，那么为数不多的几个拥有这种潜力的家人应该也可以学习，而且她一个人不可能做完所有的事。光明啊，冬天竟然有这么冷吗？她已经习惯了隔绝寒暑，几乎要忘记对温度的感受。

让伊兰感到惊讶的是，茉瑞莉骑马走过了通道，一边还在抖落裘皮镶边的黑斗篷上的雪花，她的身后跟着顶盔贯甲的卫兵。茉瑞莉是七天以前离开的，她的消失让寻风手们很不高兴，这名灰宗两仪师则欣然接受了这个能够逃离海民寻风手的机会。她们需要每天在同一地点打开通道，查看她是否回来，但伊兰以为她至少还需要一个星期才会回来。当十名披着红斗篷的卫兵全数进入马厩院子时，瘦小的灰宗两仪师已经下了马，把缰绳扔给马夫，快步跑进宫中。从马厩里迎出来的一名女马夫急忙跳到一旁，才没有被她撞到。

“我喜欢新鲜空气，”伊兰努力阻止自己的牙齿相互撞击，“但如果茉瑞莉回来了，我还是应该下去了。”艾玲达挑起一侧眉弓，似乎是怀疑她在找借口，但她还是领头向楼梯口走去。茉瑞莉的返回是非常重要事情，看她匆忙的样子，她带回的消息可能很好，也可能很糟。

当伊兰和她的姐妹走进起居室时(*当然，还是有两名女卫兵紧随在她们身后，站到房门两边*)，茉瑞莉已经在等她们了，她被雪水浸湿的斗篷被挂在椅背上，浅灰色的骑马手套别在腰带里，一头黑发则显得有些散乱。在她的黑眼睛下面，能看到明显的黑眼圈，面孔显得苍白疲惫。伊兰觉得她一定像自己一样疲惫。

虽然茉瑞莉用最快的速度从马厩走到这里，但房间里已经不止她一个人了。柏姬泰紧皱眉头，脸上露出思考的神情，她的一只手扶着雕花壁炉台，另一只手握住黄金色的长辫子，几乎和奈妮薇一模一样。今天，她穿着肥大的深绿色裤子和红色短外衣，一种相当炫目的色彩搭配。督伊林队长卖弄地向伊兰鞠了个躬，插着白羽毛的帽子在他手中划了一个漂亮的弧形，这里本来没有他的位置，但伊兰也没有命令他离开，甚至还给了他一个非常热情的微笑，的确是非常热情。

刚刚将一只银制大托盘放在墙边一张小桌上的圆胖年轻侍女眨眨眼，又瞪大了眼睛看着督伊林，过了一会儿，她才仿佛回过神来一样，行了个屈膝礼，快步跑开了。伊兰维持着脸上的微笑，直到房门关上。只要能保护她的孩子，无论什么事情她都会去做。那只盘绳纹的托盘上放着为其他所有人准备的热香料酒和为她准备的清茶，好吧，至少她的茶也是热的。

“我很幸运。”茉瑞莉坐下之后，叹了一口气，然后又隔着酒杯犹疑地看了督伊林一眼。她知道那个督伊林救了伊兰的命的故事，但她离开时，那个谣言还没被传播开。“黎恩打开的通道距离边境国军队的营地不到五里，他们一直驻扎在那里，没有挪动过半步。”她耸了耸鼻子。“如果不是在冬天，那里一定会充满排泄物的臭气。你是对的，伊兰，四位边境国王都在那里，他们分扎了四座营寨，营地间只隔了一到两里的距离。四支有着相当规模的边境国军队。我第一天找到了夏纳人。这段时间里，我一直在和那四位国王会谈，我们每天都在一座不同的营地会面。”

“希望你也用了一点时间看过那里的情况，”柏姬泰尊敬地说，她对所有两仪师都保持着敬意，除了与她约缚的那一位，“他们有多少人？”

“他们的数量不可能数得清。”督伊林以不容置疑的语气插话道，笑容第一次从他的窄脸上消失了，他盯着自己的酒，耸了耸肩，“不过，你看到的也许会有些价值。只要他们的人够多，那他们也许在威胁到凯姆林之前就会把自己饿死。如果没有了食物和饲料，这个世界上规模最大的军队也只不过是同等数量的一堆尸体。”然后，他恢复了笑容。柏姬泰盯着他的背，面色阴沉，但伊兰微微抬起一只手，示意她的护法保持沉默。

“他们的食物并不充足，队长。”茉瑞莉冷冷地说道，虽然难掩疲惫之色，但她还是在椅子上坐直了身体，“但他们还能支撑一段时间。而且，我们也不应该希望边境国人被饥饿杀死。”在离开海民一段时间后，她的眼神中不再有那种诚惶诚恐的情绪，而是恢复了两仪师那种彻底的平静，但她显然非常不喜欢督伊林，不管他是否救过伊兰的命。“至于说人数，他们差不多有二十万人，即使他们的军官大概也没办法把这样一支军队的确切人数统计出来。虽然他们没办法填饱肚子，但他们还能握紧手中的剑。”督伊林又耸了耸肩，对两仪师的瞪视则丝毫不予理会。

瘦小的灰宗两仪师没有再看督伊林一眼，也没有故意忽视他，就好像督伊林对她而言只是房间里的一件家具。“那支军队中至少有十名姐妹，伊兰，而且她们都在竭力隐藏自己。我认为她们不是艾雯的支持者，不过她们也不一定是爱莉达那一边的。有许多姐妹现在仍然保持着中立，恐怕她们要在白塔的纷争结束后才会回来。”她又叹了一口气，这次也许不是因为疲惫。

伊兰皱皱眉头，将茶杯放到一旁。这次厨房没有送来一点蜂蜜，她又真的不喜欢茶水的苦涩味。“茉瑞莉，他们有什么目的？我说的是边境国王，不是那些姐妹。”十名姐妹会让那支军队更危险十倍，特别是对兰德。“他们来到这里肯定不是为了打雪仗。”

灰宗姐妹微摊开细瘦的双手：“他们的长期目标，我只能猜测，而他们眼前的目标，就是想要见你，而且愈快愈好。他们一到达新布雷姆就派出骑兵信使，但积雪让他们的信使至少还要一个星期才能赶来。沙戴亚的泰诺比在无意中或是假装无意中，泄露了他们知道你和某个同样让他们很感兴趣的人存在特殊的关系，或者至少你们对彼此相当熟悉。他们知道，当某个特殊事件发生时，你恰巧身在法美镇。”督伊林困惑地皱起眉，但没人理睬他。“因为那里的姐妹，我没告诉他们关于神行术的事，但我的确说过，我很快就会回去。”

伊兰和柏姬泰交换了一个眼神。女护法只是耸了耸肩，不过并非对此表示漠然或者不屑。伊兰希望能利用边境国的军队影响她的对手，帮助她登上王位，但她的计划中有一个很大的缺陷——她的实际身份只是传坎家族的家主和一位已故女王的王太女。这种身份并不能和真正的国王平起平坐，国王们也不一定愿意会见像她这样的人。柏姬泰的耸肩只是庆幸这个缺陷已经不存在了。不过伊兰现在很想知道，这些来自边境国的人怎样才能知道这种罕为人知的秘辛。还有，如果他们知道这样的事，还有多少人也都知道了？她必须保护自己未出生的孩子。

“你愿意立刻返回吗，茉瑞莉？”她问道。灰宗姐妹毫不迟疑地答应了，她微微睁大的眼睛似乎是表明，只要能躲开那些寻风手，她情愿再跑到那片屎尿堆积的营地去。“我们一起出发，如果他们想要尽快见到我，那么就是今天了。”他们知道的事情太多了。她不能耽搁，绝不能让她的孩子受到任何威胁，绝对不能！

第 27 章

突袭王者

当然，要去新布雷姆并不是说说那么容易。

“这样做并不明智，姐妹。”艾玲达沉着脸说道。这时茉瑞莉已经匆匆起身去做一下简单的洗漱整理，她推开房门时，还警戒地看了看周围是否有海民。伊兰的姐妹之一命令她离开，她立刻退出起居室。艾玲达双臂交叠，肩头裹着披巾，看起来非常像一位智者。她站在房间中央，俯视着坐在写字台旁的伊兰。“非常不明智。”

“明智？”柏姬泰双脚叉开，双拳叉在腰间，“明智？这个女孩就算是被‘明智’咬了鼻子，也不会知道明智是什么！为什么要这么急？先让茉瑞莉做好灰宗该做的事，用几天或者一周的时间安排好谈判。女王们痛恨被突袭，国王们则鄙视这种做法。相信我，我为此付出过不少代价，他们一定会让你后悔这样做。”护法的约缚散发出愤怒和挫折感。

“我要趁他们没有准备的时候采取行动，柏姬泰，这样也许能帮我查清楚他们对我到底了解多少。”伊兰有些愤懑地推开滴上墨渍的信纸，从蔷薇木雕花纸匣中又拿出一张信纸。茉瑞莉的讯息赶走了她的疲倦，但想要写出平稳整洁的字迹对她来说还是很困难，而且用词也必须适当。这不是安多王女发出的一封信，而是绿宗两仪师伊兰·传坎的信笺，这是她想让他们看到的，她必须让他们看到。

“该死的，艾玲达，要让她明白些道理，”柏姬泰嘟囔着，“如果你做不到，我就只好看看能不能组织一支像样的护送队了。”

“不需要护送，柏姬泰，你跟我走，两仪师应该带上她的护法。当然，还有艾玲达。”伊兰停下笔，朝她的姐妹笑了一下。艾玲达则对她报以一张冷脸。

“伊兰，我知道你的勇气，”艾玲达说，“对此我非常欣赏，但即使是沙麦得康德也知道何时该保持谨慎！”艾玲达竟然在谈论谨慎？她根本不知道什么是谨慎，除非……除非谨慎咬住了她的鼻子！

“两仪师和她的护法？”柏姬泰喊道，“我告诉过你，现在你不能再四处冒险了！”

“不要护卫！”伊兰不容置疑地说着，用钢笔蘸了墨水，又重新开始写信，“这不是冒险，这是必须去做的。”柏姬泰摊开双手，骂了几句。这几句伊兰以前从没听过。

令伊兰惊讶的是，督伊林并没有因为自己被留下而表示反对。和四位国王会谈肯定不会像接见商人那样无聊，但他反而请求留下来去完成他自己的工作，因为伊兰的这次会谈并不需要他。这让伊兰很满意，一名王室卫兵队长会让边境国人把她看作王女，而且很难保证督伊林到时候不会在那里和她调情。

但伊兰其他的卫兵都和督伊林截然相反。一名女卫兵跑了出去，她显然是去找卡赛勒了。没多久，伊兰的信还没写完，这个高大的艾拉非女人就大步走进起居室，她的身后跟着伊兰的全体亲卫队。最后，柏姬泰不得不喝止她的抗议，并命令她们全都出去。柏姬泰似乎终于明白了，伊兰在这件事上没有任何讨价还价的余地，于是她和卡赛勒一同走出起居室去更换衣服。她走的时候嘴里还不停骂着脏话，又重重摔上房门，但她至少是走了。她本来应该为换下这身将军服而高兴的，但伊兰从约缚中感觉到，她的这些脏话都是真心话。艾玲达没有说脏话，但她一直在喋喋不休地警告伊兰注意各种事情。只是伊兰还有许多事情要做，现在的情况也相当混乱，所以她有足够的理由对姐妹的唠叨听而不闻。

爱森德被叫来，为伊兰准备合适的衣服，伊兰则匆匆地吃着被提前送来的午餐。叫来这份午餐的不是她，是艾玲达。莫娜勒说过，少吃一顿饭就像吃饭过饱一样对身体有害。哈芙尔大妈承担下接见玻璃匠和其他代表团的工作，不过看她低头应命时阴沉的脸色就知道，这绝对不是她喜欢的工作。在离开之前，她告诉伊兰，已经找到了一些山羊，伊兰需要喝很多山羊奶。凯瑞妮在得知自己要在今晚教导寻风手之后，立刻呻吟了一声，但至少她没反对。伊兰希望自己能在日落前回到凯姆林，而那时她肯定已经累得无法再去教那些寻风手了。对于即将到来的会谈，虽然范迪恩对边境国有着极深的了解，但她没有向伊兰提出任何建议。伊兰对于边境国早有研究，这是她所接受教育的一部分，而且她早已和这名白发苍苍的绿宗两仪师谈论过该如何对付那支边境国的军队。伊兰很想让范迪恩随她一同前往，一个长期在边境国生活的人也许能看到一些她注意不到的细节，但伊兰只敢在爱森德给她穿衣服时最后再问范迪恩几个问题，重新温习一下范迪恩已经告诉过她的事情。然而她意识到这种自我安慰是没必要的，她的精神已经高度集中，就像柏姬泰在拉弓时一样。

黎恩终于被找到了，她又在试图说服一个被俘的罪奴主，让她明白罪奴主也是能导引的女人。自从送走茉瑞莉后，黎恩每天都要在马厩院子里编织出指向布雷姆森林中同一地点的通道。在宫中没有足够详细的布雷姆森林地图，让茉瑞莉能够标出边境国军营的准确位置。如果现在由伊兰和艾玲达编织通道，她们进入布雷姆森林的位置和军营的距离也许要在十里以上。当茉瑞莉回来的时候，布雷姆森林中已经不下雪了，但十里的积雪路程至少要用两个小时才能走完。现在伊兰只想尽量节省时间，所有人都必须发挥最快的速度。

海民们一定已经察觉到宫中发生了不同寻常的事。伊兰的女卫兵们在走廊里来回奔忙，传递各种消息，不停地带某个人去见伊兰，但伊兰叮嘱了所有相关的人，绝不能向海民泄露这件事的一丝讯息。如果翟妲知道这件事以后，要求随她同去，即使伊兰拒绝，她也会让一名寻风手自己打开通道。这名波涛长会让情况变得更复杂，这绝不是伊兰所希望的。现在，翟妲仿佛变成这座宫殿的主人，如果让边境国的国王们看到这位颐指气使的波涛长，那么这场谈判就要被毁了。让他们看到督伊林和她调情，可能也比这个更好一些。

爱森德似乎从不知道什么是匆忙，但其他人总算还能配合伊兰的节奏。当太阳升到天顶时，伊兰已经坐在焰心背上，在布雷姆森林的雪地中缓步跋涉了。从凯姆林到这里，就算是一只鸟也要飞上差不多两百里路，但伊兰只迈出一步，就进入这座由高大的松树、羽叶木、橡树和其他光秃秃的阔叶木组成的森林。她们偶尔会见到一小片草地，皑皑白雪如同绒毯般覆盖住地面，上面只能看见茉瑞莉纵马驰过的蹄印。茉瑞莉先行一步，将伊兰的信送到边境国营地去。伊兰、艾玲达和柏姬泰将在她之后一个小时到达那片营地。从凯姆林到新布雷姆的道路就在西方数里之外，但这里却仿佛是千里内都没有人烟的地方。

对于伊兰，选择服饰就像选择盔甲那样重要。她的斗篷衬着貂皮镶边，不过斗篷本身的质料只是深绿色的羊毛呢，柔软厚实；她的骑装质料是绿色丝绸，没有任何装饰，就连她的厚骑马手套也只是深绿色的朴素的皮革。除了没佩剑以外，这就是两仪师面对国王时的武装。她身上唯一佩戴的珠宝就是雕成海龟形状的一只琥珀胸针，如果有人看到这只胸针而感到奇怪，那就由他去吧。伊兰的敌人们没有能力差使边境国军队来捉拿她，即使是爱莉达也不行，但那里有十个姐妹，或者更多。她们也许是爱莉达的人，伊兰不打算就这样被绑回白塔。

"如果我们现在回头，也不会损害我们的义，伊兰。"艾玲达紧皱双眉，仍然是一身艾伊尔装束，戴着银项链和宽厚的象牙手镯。她胯下的枣红马很壮实，但比焰心和柏姬泰的瘦灰马矮了一拳。这匹马的名字叫羽箭，性格温驯，容易驾驭。现在马背上的艾玲达也要比以前轻松多了，她的裙摆被提到膝盖以上，露出一双穿着黑色长袜的腿，身上除了那条披巾，看不到任何用来保暖的衣物。和柏姬泰不同的是，她仍然没有停止说服伊兰。"突击确实会产生意想不到的效果，但你也需要他们的敬重。"

"我不能丢下茉瑞莉，"伊兰努力保持着耐心，也许她已经感觉不到疲倦了，但她也没有更多的精力去容忍这种没完没了的教训，她只是不想咬掉艾玲达的鼻子，"她带去我就要到达的信，却等不到人，这肯定会让她觉得受到愚弄。更坏的是，我会觉得自己也是个傻瓜。"

"觉得自己是傻瓜要好过真的是傻瓜。"柏姬泰低声嘟囔着。她的深色斗篷铺展在马鞍后面，编结复杂的长辫子从兜帽开口处一直垂到腰际，她拉起兜帽，但仍然将脸孔露在外面，这是她唯一向卷起一团团积雪的凛冽寒风做出的让步。她不想让自己的视线被遮住。而她弓匣上用于保持弓弦干燥的遮布也打开来，这样她随时可以将弓拿在手中。伊兰曾经问过她为什么不佩一把剑，却让她大为光火，就像伊兰询问艾玲达这个问题时一样。柏姬泰了解弓，但她说，如果她握住一把剑，很可能先会把自己割伤。她的绿色短外衣和松腿裤子能够与春夏时的森林融为一体，在雪地的映衬下却显得非常刺眼。现在她是护法，不是女王卫兵的将军，恢复这个身份的柏姬泰不像伊兰想象的那么高兴。她的约缚中，强烈的警戒感里混杂着同样强烈的郁闷。

伊兰叹息一声，呼出一口白气："你们两个知道我来这里是为了什么，从我做出决定时开始，你们就知道了。为什么你们会突然把我当做吹制的玻璃泡，惟恐被碰碎了？"

那两个人越过伊兰，交换了一个眼神，她们都在等待对方说话，但等来的只是沉默，于是她们只好在沉默中将目光转向前方。突然间，她知道了。

"我的孩子出生以后，"她不带表情地说，"你们两个都会是她的保姆。"明说伊兰腹中怀的是女儿，伊兰不知道她是不是把这件事也告诉了她们两个，也许她们已经在那个烂醉之夜把这件事忘掉了。如果能先有一个儿子会更好，这样他在妹妹到来之前就可以开始剑术训练。不过女儿才拥有继承权，孤单的儿子只会被排挤出局。伊兰很想有更多的孩子，但没有迹象说明她还会有一个孩子。愿光明赐予她更多兰德的孩子，但她必须实际一些。“我自己则不需要保姆。”

艾玲达被太阳晒黑的脸颊在困窘中变得更黑了，柏姬泰的面孔则没有丝毫变化，但和艾玲达一样的情绪也沿着约缚传了过来。

她们跟随茉瑞莉留下的足迹，缓慢地走了大约两个小时，伊兰相信她们距离边境国营地一定已经很近了。这时，柏姬泰忽然向前方一指：“夏纳人”，然后伸手将弓拉出弓匣，约缚中的警戒彻底压倒郁闷。艾玲达碰了碰腰带上的匕首柄，仿佛要确定它就在那里。

一些骑马的人等在茉瑞莉足迹旁边的大树下，人和马纹风不动，让伊兰差点以为他们是树林的一部分。直到她看见那种奇怪的夏纳盔饰，才知道有人来迎接自己了。他们的坐骑并没有像夏纳的重甲骑兵一样披挂铠甲，但所有的夏纳战士都穿戴全副盔甲，背上扛着长柄重剑，腰带和马鞍上挂着佩剑和钉头锤。他们甚至不会眨一下眼睛。有一匹夏纳战马甩动了一下尾巴，这个动作在这群人里显得特别突兀。

当伊兰和她的两名同伴在这群夏纳人面前勒住缰绳时，迎上来的是一个面容冷峻的夏纳军官，他的盔饰看上去像一双细长的羽翼。他用沙哑的声音说道：“两仪师伊兰，艾沙王将确保你的安全，我也将向你立下这样的保证。我是卡因·尤卡塔，法伊森领主，如果你和你的随从在我们的营地中受到伤害，那么和平将抛弃我，妖境将吞噬我的灵魂。”

伊兰并没有因为他的话而感到安慰，所谓要保护她安全的承诺只是让她明白，这里在安全保障上曾经出现过问题，也许这些问题现在都没有得到解决。“两仪师需要夏纳人的安全保证吗？”伊兰开始运用起在初阶生时学到的保持平静的自控方法，但奇怪的是，她发觉自己并不需要刻意去保持内心的波澜不惊。“你可以带路了，卡因领主。”卡因点点头，转过坐骑向前走去。

一些夏纳人面无表情地瞥了艾玲达一眼，便沉默地跟随在她们身后，只有马蹄碾压硬雪的声音打破了沉寂。夏纳人的营地已经近在眼前，伊兰看到了全副武装的巡逻兵。几分钟之后，他们已经走在夏纳人的营帐之间了。整座营地的面积似乎比伊兰想象中来得大，帐篷和篝火错落分布在树木之间，一眼望不到边际，一排排被拴住的马匹和车辆同样延伸到了伊兰的视线之外。当伊兰和她的护卫经过时，士兵们都带着好奇的神情抬起头。这些面色刚强的男人都剃光了头，只剩下头顶的一束黑发，有些人的这一束头发还一直垂到肩头。很少有人会穿戴全副盔甲，但盔甲武器都放在每一个士兵伸手可及的地方。这里的气味不像茉瑞莉描述的那么可怕，但她的确能闻到人马的屎尿气味掺杂于正在篝火上烹煮的食物香气之间。这里没有人露出饥饿的样子，但有许多人的脸色都相当憔悴，他们还没有饿肚子，只是肯定很久没吃过肥腻的东西了。伊兰没有在任何一堆篝火上看到烤肉叉，肉食比谷物更难取得，而在这样的深冬里，就算是谷物也不容易找到，光是热汤肯定不能让男人有力气。他们需要尽快离开这里，没有任何地方能长时间支撑这样一支军队的粮食供给。伊兰需要让他们以正确的方向行军才行。

伊兰在这里见到的并非都是剃了头的士兵，这里还有制作羽箭、修理马车、打造马蹄铁的工匠。洗衣女工们搅动着煮沸的大锅，裁缝和士兵的妻子们在缝缝补补，所有这些人也都有着士兵一样坚毅的面孔。一支军队中经常会带着大量辅助人员，有时候这些人的数量会和士兵一样多。但伊兰始终没见到两仪师。姐妹们当然不会挽起袖子，用木棍搅动洗衣大锅，或者缝补破掉的衣服裤子，但为什么她们要藏起来？伊兰努力不让自己拥抱真源，不让自己从海龟形的法器上汲取阴极力。一次只能进行一场战争，她先要为安多而战。

她们来到一座异常高大的白布尖顶帐篷前面，卡因下了马，又扶伊兰下马。当他犹豫着是否要去扶柏姬泰和艾玲达时，柏姬泰已经跳下马，把缰绳递给一名士兵。艾玲达则半跌半跳地也下了马，她的骑术有所提升，但上马下马对她来说还是很困难。下马时，艾玲达还向周围瞪视一圈，看看有谁敢取笑她。然后她掸掸宽大的裙摆，从头上解下披巾，将它披在肩膀上。柏姬泰盯着被牵走的坐骑，仿佛还在后悔没把弓箭从马鞍上拿下来。卡因掀开帐帘，向伊兰一鞠躬。

伊兰深吸一口气，领着两名同伴走进帐篷，她不能让边境国人将她看成一个来求告的人，她来这里不是为了企求，为了辩护。在她小时候，加雷斯·布伦告诉过她，*有时候，你会发现对方的实力远超过你，你已经无路可逃，伊兰，这时你的行动必须超出敌人的预料，你必须进攻。*她必须从一开始就保持攻势。

当伊兰踏在帐篷中的厚地毯上，茉瑞莉立刻向她走过来，这名小个子灰宗姐妹的微笑里没有多少宽慰，不过她显然很高兴能看见伊兰。除了她以外，帐篷里只有五个人，两女三男，其中一个男人走过来接下伊兰一行人的斗篷和手套。他应该是仆人，不过看他微向外弯的双腿和脸上的伤疤，他以前肯定是骑兵。他朝艾玲达眨了眨眼，才退回到一张毫无装饰的木桌旁，那张桌子上的银托盘里放着一只高颈酒壶和一排酒杯。另外四个人就是边境国的国王们了。除了那张桌子以外，帐篷里的家具只有几把没有靠背的行军椅和四只盛满热煤的大火盆，这不是安多王女应该期待的迎接场面。这里应该有许多仆人和廷臣，在谈到正题之前，应该先有一段闲聊，应该有参谋和资政在这些统治者耳边向他们提出各种建议。但现在这种情况正是她所希望的。

茉瑞莉在离开王宫之前接受了治疗，眼底的阴影已经不见了，她以高贵的仪态对伊兰进行了介绍："这位是伊兰·传坎，绿宗两仪师，就像我之前对你们说过的那样。"仅此而已。根据范迪恩的描述，伊兰已经判断出面前的四个人都是谁。

"欢迎你，两仪师伊兰，"夏纳的艾沙说道，"愿和平及光明眷顾你。"他的个子甚至不比伊兰高，而且相当瘦削。他穿着青铜色的外衣，垂在脸侧的头顶束发已经完全变白了，但脸上看不见任何皱纹。看着他略带忧伤的眼睛，伊兰提醒自己，艾沙王被认为是一位贤明的统治者、一名手腕圆滑的外交家和一个强大的战士，但从外表上，丝毫看不出他具有这些特质。"想要喝一杯吗？这里的香料酒并不是新酒，但岁月给了它一种特别的烈性。"

"当茉瑞莉告诉我们，你今天就会从凯姆林赶来时，我承认如果她不是两仪师，我真的不会相信她的话。"坎多的艾森勒大约比茉瑞莉高出半拳，是一名身材丰满的女人，黑发中稍有一点灰丝，她的脸上带着微笑，却没有半点慈祥的感觉。她穿着工艺精致的蓝色羊毛长裙，王者的尊严则让她仿佛穿上另一层华服。她的眼睛也是蓝色的，清澈且平静。

"我们很高兴看到你的到来，"艾拉非的培塔有着令人惊讶的浑厚优美嗓音，他的声音让伊兰感到温暖而惬意，"我们有许多事要和你讨论。"范迪恩说过，他是边境国最美丽的男人，不过这可能是很久以前的事情了，时间在他脸上留下深深的皱纹，只有额角处还有一些灰色的短发。他穿着朴素的绿色外衣，个子很高，肩膀很宽，身材相当健壮，但他肯定不蠢。

当其他国王的身上都流露出岁月留给他们的雍容优雅时，泰诺比却在炫耀着她的青春。虽然她算不上是个美人，她的鹰钩鼻太高太尖，嘴也太大了，但她的眼睛几乎是紫色的，眼角上翘，是她脸上最美艳的部位，也许是她唯一漂亮的地方，现在这双眼睛正直视着伊兰。另外三位国王的穿着相当简单，而她的浅蓝色长裙上却缀满珍珠和蓝宝石，发丝间还装饰着更多蓝宝石，这是宫廷中的穿着，但在军营里却显得格格不入。前三位国王谨守礼仪，她却……"光明在上，两仪师茉瑞莉，我知道你说的是实话，但她看上去更像个孩子，而不是两仪师。你没有说过她会带一个黑眼睛艾伊尔人来。"她说话时紧皱眉头，声音高亢。

艾沙的表情没有任何变化，但培塔的嘴唇绷紧了。艾森勒朝泰诺比瞥了一眼，就像是一位看着女儿的母亲，一位非常气恼的母亲。

“黑眼睛?”艾玲达困惑地嘟囔着，“我的眼睛不是黑色的。在我越过龙墙之前，我只见过卖货郎是黑眼睛的。”

“你知道，泰诺比，我只能说实话。我向你保证，我所告诉你的都是事实。”茉瑞莉说道。

伊兰按住茉瑞莉的手臂，不让她再说话：“你只要知道我是两仪师就够了，泰诺比，这是我的姐妹，塔戴得艾伊尔九谷氏族的艾玲达。”艾玲达朝四位国王笑了笑，至少是龇了龇牙。“这是我的护法，柏姬泰·塔荷琳女士。”柏姬泰微微一鞠躬，金色的发辫也随之摆动了一下。

伊兰对两个同伴的介绍让那些边境国人都吃了一惊——艾伊尔女人是她的姐妹？她的护法还是个女人？不过这四位国王所统治的地方都紧邻妖境，在那里，噩梦也会在白天化成实体，任何喜欢大惊小怪的人在边境国都活不了多久。不过伊兰没有给他们冷静下来的机会。*在他们知道你要做什么之前进攻*，加雷斯·布伦这样告诉她，*持续攻击，直到你打垮他们*。

“我们的客套话是否应该到这里就够了?”伊兰一边说，一边从那名老兵捧来的托盘里拿起一只散发着香料酒芬芳的酒杯。一种带着警告意味的情绪从护法的约缚中汹涌扑来。艾玲达侧目盯着她手中的酒杯。不过伊兰并不打算喝酒，她只是想看看她们会有什么反应。“只有傻瓜会以为你们跑到这里来是为了入侵安多。”她走到一张椅子前，坐了下去。不管那些边境国人是不是国王，他们别无选择，只能跟着她走过去，否则就只能看着她的背影了。当然，还有柏姬泰的背影，护法会紧随在她身边。像往常一样，艾玲达盘腿坐在地毯上，将自己的裙摆铺成标准的扇形。他们终于也走了过来。“是转生真龙让你们来到这里，”伊兰说，“你们要求觐见我，也是因为我曾经身在法美镇。问题是，为什么这对你们如此重要？你们以为我能告诉你们更多在那里发生的事，以为我知道的比你们更多？瓦力尔号角被吹响了，传说中的英雄们来到现世，对抗霄辰入侵者。转生真龙在天空中与暗影战斗，所有人都看见了他的英姿，如果你们知道这些，那你们知道的就跟我一样多。”

“觐见?”泰诺比难以置信地说道，她刚要坐下去的身子也在半途停了一下，然后才重重地落在椅子上，让行军椅发出仿佛要解体的哀鸣。“没有人要觐见你！就算是你已经拥有安多王座!”

“不要偏离主题，泰诺比。”培塔温和地打断她的话。他仍然站立着，不时会吮一口香料酒，伊兰很高兴能看到他脸上的皱纹，培塔的声音完全能迷惑任何女人的心神。艾森勒在坐下之前又快速地瞥了泰诺比一眼，低声嘟囔了些什么，伊兰觉得自己听到她在用懊悔的语气说“结婚”，不过伊兰完全不明白她是什么意思。不管怎样，她在椅子上刚一坐稳，就把注意力转移到伊兰身上：“如果换成别的时候，我也许会喜欢你的强硬态度，两仪师伊兰，但遭到伏击并不是一件令人愉快的事，尤其是当这场伏击是你的盟友帮忙安排的。”

泰诺比皱起双眉，但艾森勒那双犀利的眼睛没有再朝她瞥上一眼。坎多女王郑重地对伊兰说道：“法美镇发生的事情并非那么重要，不，培塔，我们必须把该说的事情对她说清楚，她已经知道太多了。伊兰，我们知道，你在法美镇时是转生真龙的同伴，也许还是他的朋友。你是对的，我们不是侵略者，我们到这里来是为了寻找转生真龙。但我们长途跋涉来到这里，却发现根本没有人知道要怎么找到他。你知道他在哪里吗？”

伊兰掩饰住这个唐突的问题带给自己的宽慰心情。如果他们认为她和兰德之间的关系不仅限于同伴和朋友，他们就不会这样问她。她会对他们报以同样直接的态度。攻击，继续攻击。“为什么你们想要找到他？你们的信使可以为他送去你们想要告诉他的一切讯息。”这个问题就像质问他们为什么要带来如此大规模的一支军队一样有效。

艾沙一直没有喝酒，也没有坐下，他将双拳叉在腰间，严肃地说：“对抗暗影的战争一直在妖境持续着，最后战争也将在妖境爆发，我们最终的战场在煞妖谷。而他却完全忘记了边境国，只是留在自从兽魔人战争以来就再没有魔达奥出现过的土地上。”

“卡亚肯会决定该在哪里跳起枪矛之舞，湿地人，”艾玲达哼了一声，“如果你们追随他，那就要在他所指的地方战斗。”没有人看她，他们全都在看着艾玲达，没有人接受艾玲达的挑衅。

伊兰让自己的呼吸保持平稳，与他们对视，眼睛眨也不眨。一支如此强大的边境国军队不可能是爱莉达用来捉拿伊兰·传坎的陷阱，但转生真龙兰德·亚瑟就不同了。茉瑞莉在椅子上挪动一下身体，伊兰已经向她下了命令，无论这名灰宗姐妹主持过多少条约，一旦伊兰开始说话，她就必须保持沉默。信心从柏姬泰的约缚中流过来；兰德的则是一块坚硬的石头，无法解读，远在天边。

“你们知道白塔关于他的宣告吗？”伊兰平静地问。现在他们一定已经知道了。

“白塔声称一切不经白塔允许就与他接触的人，都会受到诅咒。”培塔保持着同样的平静态度。他终于坐了下来，严肃地看着伊兰：“你是两仪师，但这对你同样有效。”

“白塔的指头伸得太长了，”泰诺比嘟囔着，“不，艾森勒，我就要这样说！全世界都知道白塔已经分裂了。伊兰，你追随的是爱莉达还是那些叛逆者？”

“这个世界自以为知道很多事情，但实际上它知道的很有限。”茱瑞莉的声音仿佛让帐篷里的温度降低了不少。这名会随着伊兰的指尖转动，会在寻风手的目光下呻吟的小个女子稳稳地坐在椅子上，直视着泰诺比。两仪师光洁无瑕的面孔冷若寒霜。“白塔的事情只有白塔中的人才知道，泰诺比，如果你也想知道，那就要先请求将你的名字写入初阶生名册。二十年后，你也许能知道一点。”

光明照耀的王者，泰诺比·斯·巴歇尔·卡扎笛，北地之盾，妖境之剑，卡扎笛家族家族家主，沙海尼、埃斯耐勒、库恩沃和甘耐领主瞪视着茱瑞莉，眼里爆发出暴风般的怒火，但她什么都没说。伊兰对茱瑞莉多了一些敬意。

茱瑞莉违抗了伊兰的命令，但这并没有让伊兰感到不悦。她救了伊兰，让伊兰不必用谎言搪塞泰诺比的问题。艾雯告诉过她，她应该将自己当成真正的两仪师，认为自己已经立下了三誓，现在，伊兰感觉到了这个叮嘱的重要。她不是正在努力争取母亲王座的安多王太女，至少不仅是这样，她是绿宗两仪师，所以她必须谨慎对待自己的言辞，而不只是隐瞒自己想要隐瞒的东西。

“我不知道他的确切位置。”这是实话，她只能指出他所在的大致方向，应该是靠近提尔，但她不知道距离这里有多远，而且她不信任他们，甚至不敢把这个方向告诉他们。她必须谨慎地判断自己该说些什么，该怎么说。“我只是大约知道现在他打算在哪里逗留一段时间。”他已经连续几天没移动过了，在这之前，他从不曾在一个地方停留超过半天。“我会尽可能把我知道的告诉你们，但你们要同意在一个星期内向南进军。不管怎样，你们在这里滞留得愈久，你们的大麦也会像肉一样消耗殆尽。我向你们承诺，向南就会靠近转生真龙。”至少在开始向南的时候，他们会靠近他。

培塔摇了摇他的秃头：“你想让我们进入安多？两仪师伊兰，或者我该称你伊兰殿下？我希望光明佑护你得到安多的王冠，但这不足以让我的人为你而战。”

“两仪师伊兰和伊兰殿下是同一个人。”她对他们说，“我没有请求你们为我而战，实际上，我全心希望你们能够顺利穿过安多，不必让你们的剑刃见到一次阳光。”她举起酒杯，润了润嘴唇，依旧没有喝下一口。警戒再次涌过护法的约缚，让伊兰不禁笑了一下。艾玲达从眼角看着他，皱起眉头，即使是这个时候，她们仍然在看护她这个准妈妈。

“很高兴能有人认为这种事很好笑。”艾森勒冷冷地说，“培塔，你应该学会像南方人那样思考，他们在这里玩弄着权力游戏，她大概已经对此驾轻就熟了。我一直都听说，达斯戴马是两仪师创造的。”

“想想她的策略，培塔，”艾沙审视着伊兰，脸上露出微笑，“我们以入侵者的身份向凯姆林移动，所有安多人都会看到我们。这里的冬天是温和的，但我们还是需要几个星期的时间才能到达凯姆林城下。这段时间足够她召集安多各大家族来对抗我们，那时候，她将得到狮子王座。至少会有足够的人向她宣誓效忠，其他人也再没有力量反抗她。”泰诺比在椅子上挪动了一下，皱着眉整了整自己的裙子，但是当她看着伊兰时，目光中流露出一种之前从未有过的敬意。

“当我们到达凯姆林时，两仪师伊兰，”艾森勒说，“你将会……引领我们平安地离开安多。”这句话中并没有什么太多的疑问。“的确非常聪明。”

“如果一切按照她的计划进行，”艾沙脸上的微笑退去了，他看也不看便伸出一只手，那名老兵将一杯酒放在他的手中，“那将不会有战争发生，无论是流血的，还是不流血的。”

“我非常希望这事件中不会流下任何一滴血。”伊兰说。光明啊，必须是这样，否则她不但没能让她的国家避免内战，还会将安多拖进更大的灾难。“我会努力实现我的计划，相信你们也会全力帮助我。”

“你是否还知道我的达弗朗舅舅在哪里，两仪师伊兰？”泰诺比突然说道，“达弗朗・巴歇尔，我非常想见到他，就像我想见到转生真龙一样。”

“巴歇尔领主就在距离凯姆林不远的地方，泰诺比，但我无法承诺当你到达那里时他还没有离开。你对这样的答案满意吗？”伊兰将精神集中在呼吸上，以此隐藏自己的焦虑。她已经无法回头了。现在她能够确定，他们会向南进军，但如果她现在无法和他们达成协议，安多一定会血流成河。

很长一段时间里，帐篷中只有火盆中火焰的噼啪声，艾森勒和另外两个男人交换着眼神。

“只要我能看到我的舅舅，”泰诺比有些激动地说，“我同意。”

“以我的荣誉起誓，我同意。”艾沙果决地说道。紧接着是培塔略显温和的声音：“光明在上，我同意。”

“那么我们就达成协议了，”艾森勒喘了一口气，“现在该你说了，两仪师伊兰，我们要去哪里才能找到转生真龙？”

一阵颤栗穿过伊兰的身体，她说不出这是欢喜还是恐惧。她已经实现了来这里的目标，也让自己和安多都承受了风险，现在只有时间能告诉她是否做出了正确的决定。她毫不犹豫地答道："我告诉过你们了，我无法确定他在哪里，不过你们在莫兰迪找一找也许会有好处。"这是实话，但好处是属于她的，而不是他们的。今天，艾雯从莫兰迪出发了，带走了她的军队，而爱拉瑟勒·任厦和其他南方贵族的士兵正是被这支军队牵制着，才不敢轻举妄动。也许边境国的军队能够逼迫爱拉瑟勒、鲁安和佩利瓦做出支持她的决定。戴玲相信他们会这么做，但伊兰一直没看见他们行动。愿光明实现她的目标。

除了泰诺比之外，这些边境国人似乎并没有因为知道该去哪里寻找兰德而感到喜悦。艾森勒长长地呼出一口气，几乎就像一声叹息。艾沙点了一下头，若有所思地咬住嘴唇。培塔喝下了半杯酒，这是他开始会谈以来第一次真正喝酒。看样子，不管他们多么想要找到转生真龙，他们肯定不急着见到他。泰诺比则让那名老兵再给她一杯酒，并继续说着她是多么想要见到她的舅舅。伊兰没想到这个女人会有这么重的家庭观。

在一年里的这个时候，黑夜来得很早，现在白天只剩下一两个小时了。艾沙建议伊兰可以在他的营地中过夜，艾森勒则认为她的帐篷会更舒适，不过，当伊兰宣称她必须立刻离开时，他们丝毫没有显露出任何遗憾的表情。

"你能如此迅速地跨越遥远的距离，这的确不同寻常，"艾森勒喃喃地说道，"我听两仪师提起过神行术，那是一种已经失传的异能？"

"你在这一路上遇到过许多姐妹吗？"伊兰问。

"遇到过一些，"艾森勒答道，"现在到处都是两仪师。"就连泰诺比也突然变得面无表情了。

伊兰等待着柏姬泰将斗篷披到她的肩头，然后点了点头："原来是这样。能将我们的马牵来吗？"

在离开帐篷，走进树林之前，他们没有再说话。屎尿的气味在营地中并不明显，但伊兰还是觉得这里的空气要清新许多，雪也变得更白了。

"你很安静，柏姬泰。"艾玲达一边说，一边还用脚跟踢着枣红马的肋骨，她一直都认为这头畜生不踢一踢就不会向前走。

"护法不会代替她的两仪师说话，该死的护法只能听，只能看好她的后背。"柏姬泰不以为然地回答道。在这座森林里，在如此靠近夏纳人营地的地方，应该不会有东西威胁到她们，但柏姬泰的弓匣依然敞开着，她的眼睛也不断地在树林间搜索着。

"这比我习惯的谈判要草率得多，伊兰，"茉瑞莉说，"一般情况下，这样的谈判要持续数天甚至数周，或是几个月。你很幸运，他们不是阿拉多曼人，或者凯瑞安人。"她陷入了思索。"边境国人直率坦诚，容易对付。"

直率坦诚？伊兰微微摇着头，他们想要找到兰德，却不说是为什么。他们也隐瞒了姐妹们的存在。但至少在他们向莫兰迪进军之后会逐渐远离他。现在必须这样，而且她必须警告他，但得先找到不会给他带来危险的办法。*照顾好他，明，她想着，为我们照顾好他。*

离开营地几里之后，伊兰勒住马，开始像柏姬泰一样搜索这座森林，尤其是她们身后的方向。太阳已经低垂到树梢上。一只白狐狸一闪即逝，有什么东西在光秃秃的树枝上闪动了一下，也许是一只鸟，或是一只松鼠。一头黑鹰突然从天空落下，一声尖叫戛然而止。没有人跟踪他们。她担心的不是夏纳人，而是那些躲藏起来的姐妹。在茉瑞莉带来讯息时，消失的疲惫感在她和边境国人达成协议后就回来了。她现在只想以最快的速度爬上床，但她不想让她不知道的姐妹看到她如何编织通道。

她可以编织一个连接宫中马厩院子的通道，但这样有可能会杀死某个恰巧经过那里的人，所以她让通道连接到另一个她熟悉的地方。她太累了，所以费了很大的力气才将这个编织完成。而直到那根垂直的细线凭空出现，打开，对面露出一片完全被白雪覆盖的草地时，她才想到自己没有使用别在胸前的法器。这里是凯姆林南边的一片草原，加雷斯·布伦经常会带她来这里观看女王卫兵的骑术演练，只要加雷斯一声令下，许多骑兵小队就会排列成整齐的四列纵队。

“你就这么看着它吗？”柏姬泰问。

伊兰眨了眨眼。艾玲达和茉瑞莉正关切地看着她，柏姬泰的脸上看不到任何表情，但约缚中流露出明显的担忧。

“我只是在思考。”伊兰踢了一下焰心，走过通道。床实在是太美妙了。

从这片旧训练场到四十尺高的白色城墙之间的路程并不远，在靠近城门的地方，道路两旁的市场建筑现在都空荡荡的，但目光犀利的卫兵们仍然在监视这里的动静。当伊兰和她的同伴走进城门时，守门的卫兵盯着她们，却没认出她来，他们应该都是佣兵。除非伊兰坐在狮子王座上，否则他们根本不会知道她是谁。如果光明眷顾她，如果她的运气够好，他们会在那个王座上看到她的。

夜幕正迅速落下，天空变成深灰色，拉长的阴影覆盖了街道，她们偶尔还能见到一个正忙着完成工作，回家去吃晚饭，享受炉火的人。两名轿夫抬着一顶黑漆商人的轿子从前方一条街道小跑过去。片刻之后，又有一辆由八匹马拉着的马车辚辚驶过。箍铁车轮撞击石板地面，发出震耳欲聋的响声。某个地方又发生了一起火灾，现在晚上经常会发生火灾。四名卫兵策马从她身边走过，甚至没多看她一眼；就像城门口那些卫兵一样，他们不认识她。

她在马鞍上摇晃着，心里想着温暖的床，突然间，她吃惊地意识到自己被从马鞍上抱了下来。她睁开眼睛(她并不记得自己闭上过眼睛)，发现自己被柏姬泰抱在怀里，进入王宫。“放我下来，”她疲倦地说道，“我还能走。”

“你已经站不起来了，”柏姬泰在喝斥她，“不要乱动。”

“你现在不能见她！”艾玲达大声说着。

“她需要休息，诺瑞总管，”茉瑞莉以坚定的语气说道，“明天再来吧。”

“请原谅，但这不能等到明天。”诺瑞回答。奇怪的是，这次他的语气相当坚定：“我请求立刻觐见她！”

伊兰克制住晕眩的感觉，抬起头。哈文·诺瑞仍然将他的皮制资料夹紧紧抱在干瘦的胸前，这位无论谈论王冠还是谈论修理屋顶都是一副淡漠表情的职员总管，现在却拼命蹦跳着，想要从艾玲达和茉瑞莉中间闯过来。她们各拉着他的一只手，努力要把他向后拖。

“放我下来，柏姬泰。”伊兰又说了一遍。让她惊讶的是，柏姬泰听命了，不过仍扶着伊兰。伊兰很感谢柏姬泰，因为她觉得自己的两条腿其实没办法支撑太久。“出了什么事，诺瑞总管？艾玲达、茉瑞莉，放开他。”

职员总管刚摆脱两个女人的牵制，就立刻跑了过来。“殿下，您离开后很快就有讯息传来。”现在他的声音一点也不平稳了，忧虑堆满他的眉头，“有四支军队……他们的规模应该都不算大。光明啊，就在不久之前，五千人也可以算是一支军队呢。”他揉搓着自己光秃秃的头顶，把他耳后的雪白毛发弄得更加凌乱了。“有四支小规模军队正从东方逼近凯姆林。”他的语气终于稍稍恢复了正常。“他们在一周内就会到达这里，他们一共有两到三万人，对此我还无法确认。”他将资料夹朝伊兰略微伸了伸，仿佛是要让伊兰看看里面的文件。直到现在，他的表情仍然相当激动。

“是谁的军队？”伊兰问。爱伦娜和娜埃安在东边都有领地和军队，但她们不可能召集到两万人，而且积雪和泥泞应该能拦住她们，直到春天。“应该”和“结果”之间没有任何关系，伊兰似乎听到了莉妮苍老的声音。

“我不知道，殿下，”诺瑞回答，“现在还不知道。”

伊兰并不真的关心这些军队的主人是谁，关键是他们正朝这里前进。“诺瑞总管，我希望你在天亮时将城墙外能找到的食物全部收购下来，运进城里。柏姬泰，让负责征募佣兵的旗手宣布，所有佣兵还有四天时间接受征募奖金，加入女王卫兵，否则他们就必须离开凯姆林。诺瑞总管，也要向城里的所有人发布类似的公告。想要在城市被围攻之前离开的人现在就走，这样会减少我们需要喂养的人口，应该还能促使更多的人加入我们的部队。”她推开柏姬泰，大步向自己的寓所走去，其他人只得紧跟在她的身后。“茉瑞莉，向家人和亚桑米亚尔通知这件事，她们也许不想留在被围攻的城市中。柏姬泰，把地图拿到我的寓所。还有，诺瑞总管……”

现在没时间睡觉，没时间疲惫，她需要守卫这座城市。

第28章

布袋中的讯息

在麦特承诺会帮助苔丝琳逃走的第二天早晨，当他正在为苔丝琳、裘丽恩和那个他从没见过的爱德西娜而心烦意乱时，泰琳宣布她将会暂时离开艾博达。“苏罗丝将带我去看看现在由我统治的阿特拉领土，我的小鸽子。”她的匕首插在雕花床柱上，他们躺在乱成一团的亚麻被褥之间，而他身上只有那条遮住脖颈处伤疤的丝巾，她则一丝不挂。她的皮肤的确很好，是他触摸过的最柔滑的皮肤。她正懒洋洋地用涂成绿色的指甲滑过他身上的另一道伤疤。麦特的身上已经有了不少伤疤，不过除了脖子上的那一道勒伤外，麦特从不曾想过要掩饰它们。现在他的这身皮大概卖不了几个钱了，但泰琳却很喜欢这些疤痕。“这实际上不是她的主意，图昂认为这样会……对我的统治有帮助……我应该亲眼看看我的国家，而不是只依靠地图来了解它。只要是那个女孩的建议，苏罗丝都会遵从，但她昨天就要求这个建议马上得到实施。我们将乘坐巨雷肯飞越王国各地，这样能加快我们视察的速度。看样子，我们一天会行进两百里。哦，别担心，小猪，我不会让你爬上那种怪物的。”

麦特长长地吁了一口气，让他感到困扰的不是坐在巨雷肯上飞行，实际上，他倒是很想试试。他只是担心如果无法尽快逃出艾博达，天知道苔丝琳、裘丽恩，甚至是那个爱德西娜会不会做出什么蠢事来。还有那个白痴的贝瑟兰，那位目空一切的王子几乎像那些女人一样让麦特忧心忡忡。泰琳却因为即将乘坐霄辰怪兽飞行而显得相当兴奋，这让她看上去比平时更像是一头鹰了。

“我会离开一个多星期，宝贝，嗯，”她的绿指甲滑过他肋骨上一道足有一尺长的疤痕，“我是否应该把你绑在床上，好确保当我离开的时候，你会安全无恙呢？”

面对泰琳恶作剧式的微笑，麦特尽力露出他最有魅力的笑容。他当然知道她是在开玩笑，但他有理由担心她的玩笑会变成事实。今天她为他选了一身刺眼的大红衣服，现在他身上不是红色的只有上衣和斗篷上绣制的花朵、脖子上的黑丝巾，还有领口和袖口上的白色蕾丝，而这些白色蕾丝让他这身衣服显得更红了。不过，他穿衣服的速度还是非常快，因为他想要早一点离开这里。对于泰琳，聪明的男人应该学会不要以为会有确定的事情，她也许不是在开玩笑。

看样子，泰琳并没有夸大苏罗丝的急躁。泰琳的起居室里现在多了一座镶满宝石的柱面钟，这是苏罗丝送给她的礼物。从麦特起床开始，这座钟只走了两个多小时，他就陪着女王向码头前进了。苏罗丝和泰琳骑马走在最前面，她们身后是大约二十名王之血脉和他们的侍圣者，那些侍圣者总是向王之血脉们低垂下剃光了一半的头，然后又越过鼻尖斜睨着其他所有人。麦特骑着果仁跟在他们后面，阿特拉女王的“爱宠”不能和王之血脉相比，这当然也包括泰琳。在这方面，他甚至比不上那些世袭的仆人。

王之血脉和大多数侍圣者的坐骑都相当俊美，有着光润的皮毛、弓形脖颈、迈着优美的步伐的母马，或是胸部宽厚、肩背强壮、眼睛炯炯有神的骟马。麦特在跑马上从没有什么运气，但他敢用果仁和这些马中的任何一匹赌一场。这匹宽鼻子的枣红骟马长相并不惹眼，不过麦特相信，这些骏马中没有几匹能跟得上果仁短跑的速度；在长跑中更是会被果仁远远地甩在后面。果仁已经被闷在马厩里很长一段时间了，就算没办法奔跑起来，它也很想蹦跳一下。麦特不得不使用了全部控马的技巧（其中有些技巧还是来自其他人的记忆）才稳住它的步伐，到码头的路只走了一半，他的腿已经一直痛到屁股上了。如果他想要快点离开艾博达，那只能走海路，或是跟随卢卡的马戏团。他有个好主意，保证能让那家伙在春季前离开。也许这是个危险的主意，但他没什么选择，走海路有可能会更危险。

缀在队伍最后面的并非只有他一个人，超过五十名男女在他身后排成两列纵队。现在他们半透明的日常衣着外面，总算是加了一件厚实的白色羊毛长袍。他们之中有的人牵着背负大柳条筐的驮马。王之血脉不能没有仆人服侍，对他们来说，这么一点仆人可能连伺候他们睡觉都不够。这些达科维一直都低垂着头，盯着石板路面，表情像牛奶一样滑顺。他曾经见过一名达科维被判罚去接受鞭刑，那是个年纪和他差不多的黄发男人，结果他跑着去传达那个惩罚他的命令，自始至终没有任何耽搁，更别说试图逃避鞭刑了。麦特对此完全无法明白。

麦特的前面还有六名罪奴主，她们的脚踝从开叉骑马裙中露出来，其中有一两个人的脚踝相当漂亮。这些女人也都是一副趾高气扬的样子，好像她们就是王之血脉。绣着闪电花纹的斗篷从她们的背上垂下来，常常被冷风掀起，她们却毫不理会，仿佛寒冷并不会触及她们，或是根本不敢碰她们。其中两名罪奴主牵着罪奴走在她们的马旁边。

麦特偷偷审视着那些女人。其中一名罪奴有双浅蓝色的眼睛，个子很矮，铐住她脖子的罪铐的另一端被固定在一名身材圆胖、橄榄色皮肤的罪奴主手腕上。兰德曾见到这名罪奴主牵着苔丝琳进行训练。这名黑发罪奴被她称作普拉，但她光洁无瑕的面容只可能是属于两仪师的。当苔丝琳告诉麦特，这名两仪师已经成为真正的罪奴时，他还半信半疑。但现在，每当那名灰发罪奴主在马鞍上俯下身，向这个曾经名叫瑞玛·嘉弗雷的女人说些什么时，普拉都会欢笑着，高兴地拍着双手。

麦特打了个哆嗦，如果他试图从普拉的脖子上取下罪铐，她一定会拼命地呼救。光明啊，他在想什么！光是要弄走那三名两仪师已经够他受的了，他不想再去救更多的人了。愿光明烧了他吧，但那个普拉还是在他的脑子里打转！

艾博达是一座巨大的海港，也许是全世界最大的海港，一个个码头如同灰色岩石的长手指，从环绕城市的堤岸伸展出来，几乎所有的停泊点都被大小不一的霄辰船占据了。当苏罗丝出现在港口上时，在帆索上攀爬的水手们纷纷发出响亮的欢呼，雷鸣般的声音呼喊着她的名字。其他船只上的人也挥舞手臂，发出喊声，但他们之中许多人似乎根本不知道他们在为谁欢呼。毫无疑问，他们认为必须这样做。在那些船只上能看到被风吹起的伊利安黄金蜜蜂旗、提尔的新月旗和梅茵的金鹰旗。兰德显然没禁止商人们与受控于霄辰人的港口进行贸易，或是商人们背着他偷偷来到这里。各种色彩从麦特的脑海中闪过，他摇摇头，让自己的思路清晰一些。如果有利可图，商人们甚至会和杀了自己老妈的人做买卖。

最南边的码头已经清走了所有闲杂船只，戴着插细羽毛彩漆头盔的霄辰军官等在那里，扶着苏罗丝和泰琳走进在那里待命的大划艇之一，那些划艇两侧各有八名持长桨的桨手。泰琳站在划艇上，最后亲了麦特一下，为了让麦特的头垂下来，她几乎要把麦特的头发给拉断。然后她还捏了捏麦特的胸部，就好像他们还在该死的床上一样！

苏罗丝不耐烦地皱着眉头，直到泰琳在划艇中坐稳，她还在气恼地对她的侍圣者亚纹比手画脚，让那个五官分明的女人不停地在划艇座位间爬来爬去，为她取来这样或那样的东西。

霄辰军官们也向其他王之血脉鞠躬行礼，但那些王之血脉只能在他们自己的侍圣者帮助下沿梯子爬进划艇。罪奴主们则帮助罪奴爬下梯子。没有人帮助的那些穿白袍的达科维，将大柳条筐抬进划艇，然后自己也爬进去。很快地，所有划艇都朝拉哈德区南边驶去，霄辰人的雷肯和巨雷肯都被豢养在那里。他们一路上穿过了一支由许多霄辰舰船和几十艘被俘获的海民船组成的大船群。那些海民船上已经更换了霄辰人的多横梁大帆和新的帆索，船上的水手也都是霄辰人。除了那些麦特不愿意去想的寻风手和一些被卖为奴隶的人之外，活下来的亚桑米亚尔全都被聚集到拉哈德区，和其他达科维一起清理淤塞的运河。麦特没办法救他们，他不欠他们的，而且现在他要应付的麻烦已经够多了，他无能为力，就是这样！

麦特想要立刻纵马跑开，远远地离开那些海民船。码头上没有人多看他一眼，那些军官在送走划艇后就走掉了，而一些麦特不知道的人牵走了驮马。霄辰船上的水手从索具上爬下来，继续完成他们各自的工作，货运公会的工人们只顾推着他们装满大袋子、箱子和木桶的矮轮手推车。但如果麦特走得太快，泰琳也许会认为他打算逃出城去，那样她会立刻派人捉住他。所以他只是坐在果仁的背上，在码头末端像一只傻鹅般挥舞手臂，直到泰琳已经不可能用望远镜看见他为止。

尽管腿部传来一阵阵刺痛，麦特还是让果仁慢跑着离开了码头。他尽量不去看海面。穿着朴素的商人监督着他们的货物被运上或运下船只，有时候还会将一只袋子塞给穿绿色皮马甲的人，好让他们的货物在运送时能够得到特殊照料，或是搬运速度更快一些，不过麦特很难想象这里的工人还能怎样加快速度。南方人走路时总是一路小跑，只有在夏日正午的阳光下除外，那时候的太阳几乎能烤熟鸭子。而现在，灰色的天空下，冷风卷起一重重海浪，无论太阳升到什么位置，人们都不会觉得暖和。

当麦特到达莫海拉广场时，他已经先后见到了二十多名罪奴主，牵着罪奴，在码头上的外来船舶间巡视，登上每一艘刚刚到港的船进行搜查。麦特相信，港口上一直都会有罪奴主，所以他只能指望卢卡了。海路的风险太大，只能作为紧急情况下的备选方案，卢卡虽然也不可靠，却是他唯一的选择。

回到泰拉辛宫，麦特从果仁的背上爬下来，痛得咧了咧嘴，然后才从马肚带里抽出手杖。一名马夫跑过来牵走了果仁，他则一瘸一拐地走进宫里，他的左腿几乎已经无法支撑他的体重了，也许泡个热水澡会减轻一些疼痛，也许那样他就能够思考了。针对卢卡的行动必须出其不意，但在和卢卡摊牌之前，他还有另外几个小问题需要解决。

“啊，你在这里。”诺奥突然从他眼前冒了出来。自从安排诺奥在宫中住下以来，麦特难得能看见这个老头子。他知道诺奥每天都会溜到城里去，只有晚上才回泰拉辛宫睡觉。不过现在他看起来很有精神，身上的灰色外衣也是刚洗过的。诺奥整了整袖子上的蕾丝，向麦特露出信任的微笑，也让麦特看到他牙齿上的牙缝。“你在谋划些什么，麦特大人，我很愿意为你效力。”

“我在谋划着让我的腿轻松一些。”麦特以尽量轻松的口吻说道。诺奥看上去没什么危险性，根据哈南的报告，他在睡觉前总会给红臂队们讲些故事，他们也非常喜欢他的故事。他告诉他们，在艾伊尔荒漠的另一边有个叫做施博亚的地方，在那里，能够导引的女人们都会在脸上刺满花纹，只有犯下超过三百条罪行才会被判处死刑。巨人们居住在高山脚下，他们比巨森灵还要高大，而且他们的脸还生长在肚子上，他还说曾经去过那里。喜欢说这种故事的人不会是危险分子，但麦特曾经见过他如何摆弄藏在外衣下面的长匕首，从一个男人握住武器的方式，就知道他能用这件武器做些什么，所以麦特不相信诺奥会是个安全无害的人。“如果我还有别的计划，我会记得你的。”

诺奥微笑着，用一根弯曲的手指敲了敲鼻翼。“你还不信任我，这可以理解。不过，如果我对你不怀好意，那么我在那天晚上的巷子里就应该下手了。你有一种特殊的眼神，我见过强大的人在拟订计划时的样子，也见过恶棍眼里比末日深渊还要黑暗的影子，我在你的眼里就看到了这些。你在思考一个危险的计划，但就连你也不知道它到底有多危险。”

“我的眼睛只是有些累。”麦特笑着靠在手杖上。强大的人在拟订计划？这个老家伙也许在施博亚见过这种场面，当然，他也许还见过那些所谓的巨人。“不过我要谢谢你在那条巷子里救了我。如果我还能为你做些什么，尽管说好了。但现在，我要去找个盛满热水的浴缸。”

“那个古蓝喝血吗？”当麦特蹒跚着想要走开时，却被诺奥一把捉住手臂。

光明啊，麦特希望自己从没有在这个老家伙面前提过这个名字，他也希望柏姬泰从没跟他讲述过这种怪物。“为什么你要问这个？”古蓝靠喝血维持生命，除了鲜血，它们什么都不吃。

“昨晚又发现一具被割开喉咙的尸体，而那个人体内和他的床上没有一丝血迹。我跟你说过这件事吗？他就住在靠近摩丁门的一家旅店里。也许那个怪物曾经离开过艾博达城，但现在它又回来了。”诺奥向麦特的背后瞥了一眼，然后仿佛是朝某个人恭谨地鞠了个躬，他直起身的时候，又低声说道：“如果你改变主意，我时刻准备效劳。”

当诺奥快步跑开以后，麦特回过头，看见图昂正站在一盏镀金立灯下，透过面纱看着他。她只是偶然看到他吗？像往常一样，麦特看见她的时候，她已经转过身，沿走廊离开了，白色的百褶裙在她的身上发出轻微的窸窣声。今天，她身边没有人陪伴。

麦特在一天里第二次打了个哆嗦。这个女孩没有跟苏罗丝和泰琳一起离开，这点让麦特感到非常可惜。但他毕竟已经得到了面包，就不该再为掉在地上的面包屑感到可惜。可是他要对付两仪师，对付霄辰人，古蓝想要杀他，不止一个老家伙在他这里探头探脑，现在还有一个干瘦的女孩总是盯着他的后背，这只能让他觉得自己是个怪物。也许他不该再用泡澡这种事浪费时间了。

当麦特派罗平去贝瑟兰的玩具柜里拿走他剩余的衣服，又让尼瑞姆去找泽凌之后，终于觉得自己的心情好了一些。他的腿依旧在火烧般地疼痛，走路时摇摆不定，但如果他不打算浪费时间，那么他也许应该加快行动速度。他想要在泰琳返回之前离开艾博达，现在他有十天时间，如果要确保安全，那这个时间还要缩短一些。

当捕贼人向泰琳寓所的卧室中探进头时，麦特正在泰琳的高立镜前打量着自己。那身红色的衣服已经被塞进衣柜，和别的花哨衣服堆在一起，也许泰琳的下一个爱宠会喜欢它们。现在麦特穿的外衣是他所有衣服中最朴素的一件，上等质料的蓝色羊毛外衣，没有任何刺绣。任何人都不会觉得这件衣服寒酸，也不会有人盯着他看个不停，总之，是一件合适的衣服。

“如果再有一些蕾丝就好了，”他嘟囔着，又捏了捏衬衫的领口，“只要一点就好。”这件衣服的确是很朴素，几乎都有些呆板了。

“我对蕾丝可不怎么了解，”泽凌说，“这就是你要我来的原因？”

“不，当然不是。你在笑什么？”那家伙咧开的大嘴几乎要把他的黑脸分成两半了。

“我很高兴，苏罗丝走了。如果你不想问我蕾丝的事，那么你想做什么？”

该死的！泽凌勾搭上的那个女人一定是苏罗丝的达科维之一！而且现在这个达科维还被苏罗丝留下来了，否则泽凌绝对没理由如此在乎苏罗丝是不是走掉，更不可能因此而高兴。这家伙竟然打算拐走苏罗丝的财产！好吧，也许和两个罪奴相比，这并不算什么。

麦特一瘸一拐地走到泽凌身边，伸出一只手臂抱住他的肩膀，然后带着他走进起居室。“我需要一套罪奴服，穿它的女人大概有这么高。”他将一只手举到和肩膀平齐的位置，“而且比较瘦。”他向泽凌露出自己最真诚的微笑，但泽凌的脸上的笑容立刻消失了。“我还需要三套罪奴主的衣服，还有一副罪铐。而我恰巧想到，最会偷的人应该是捕贼人。”

“我是一名捕贼人，”泽凌甩掉麦特的手，大喊着，“不是贼！”

麦特抹去脸上的笑容：“泽凌，你知道，如果我们要把那些两仪师带出城门，就要让那些门卫认为她们是罪奴。苔丝琳和爱德西娜本来就穿着罪奴的衣服，而且她们也有罪铐，但我们需要伪装裘丽恩。苏罗丝会在十天内回来，如果我们那时还没逃掉，以后我们离开时，很可能你就永远也无法带走你的小美人了。”其实麦特很怀疑如果这次逃不掉，那么他们以后都别想再逃了。光明啊，这座城市真是能把男人折磨死。

泽凌将拳头塞进他深色提尔外衣的口袋里，瞪着麦特。实际上，他在瞪着背后的某个地方，那里一定有这名捕贼人非常不喜欢的东西。最后，他的面孔扭曲了一下，喃喃地说：“这可不容易。”

随后的日子很不容易度过。女仆们都在笑话麦特的新衣服，当然，也就是他以前穿的那些衣服。她们在麦特身边嬉笑着打赌当泰琳回来时，他会以多快的速度换回原来那些衣服。大多数女仆都认为麦特只要一听到泰琳回来，就会一边在走廊里狂奔，一边剥掉身上的衣服。麦特根本不在乎她们说些什么，除了关于泰琳回来的那部分。当他第一次听到一名女仆提到这件事时，心差点从胸口跳出来，他还以为泰琳真的提前回来了呢。

许多女人和几乎全部男人认为他更换衣着是他要离开的预兆，他们说麦特是要“逃跑”，并对此很不高兴，他们甚至开始采取一切手段阻碍麦特。在他们的眼里，麦特是抚慰泰琳坏脾气的良药，他们不希望泰琳在回来的时候因为失去麦特而严惩他们。如果他没有命令罗平和尼瑞姆在泰琳的寓所中时刻看管他的物品，他的那些旧衣服可能又要无影无踪了。车尔和红臂队则在马厩里看住了他的果仁。当他和两名罪奴一同消失时，人们一定会把他们联想在一起。但麦特竭力让自己相信，因为在此期间泰琳不在艾博达，而他又表现出一副急于逃跑的样子，所以泰琳将不会受到责罚。每一天，即使下雨，他也会骑着果仁在马厩里转几圈，而且每天都会将时间拉长，就好像在锻炼体力。过了一段时间，他发现自己的体力还真的有所提升，虽然他的腿和屁股仍然疼得厉害，但他已经有信心能连续骑马走十里路，至少是八里路了。

如果天气晴朗，罪奴主就会在麦特遛马时带罪奴出来散步。那些霄辰女人知道他不是泰琳的财产，但麦特却听到她们称他为泰琳的玩具！“泰琳的玩具”，就好像这是他的名字一样！她们并不关心他是不是还有别的名字，对她们来说，一个人只能是达科维，或者不是达科维，而麦特这种似是而非的身份似乎让她们感到乐趣无穷。麦特在罪奴主的笑声中继续骑马，一边努力告诉自己，这样做是对的。愈多人认为他要在泰琳回来之前逃走，泰琳就愈安全，只是这对他并不是什么值得高兴的事。

他偶尔会在散步的罪奴中看见两仪师的面孔，除了苔丝琳之外，这里还有三名两仪师，但麦特仍然不知道其中哪一个是爱德西娜。她有可能是那个个子矮小、肤色白皙的女子，麦特看到她的时候总会想起沐瑞；也可能是那个有淡金色头发的高个子；或者是那名身材苗条的黑发女子。所有这些人都被罪铐的银项圈铐住脖子，连在项圈上的银索另一端连接着罪奴主手腕上的银手镯。不过罪奴主们并不会扯动银索，强迫罪奴朝某个方向行进。麦特每次看见苔丝琳时，都觉得她的表情比以前更加严肃，她永远都只是盯着正前方。每一次，她的脸上都显露出更多的决心；有时决心中还夹杂着一点慌乱。麦特开始对她的耐心感到担忧，他想要让苔丝琳安心。他不需要那些古老的记忆告诉他，混合着慌乱的决心能够杀死一个人。只是他不敢再靠近阁楼上的那些罪奴巢了，图昂仍然会在他不经意回头时出现在他面前，看着他，瞥他一眼，或者是做些别的事。只是她出现得太频繁，让麦特很不舒服。不过麦特还没有足够的证据可以确信她是在跟踪他。她没理由跟踪他，但她出现得确实太频繁了。

有时候，她的侍圣者赛露西娅也会跟随在她身边。麦特也在她身边见到过安奈瑟，但那个奇怪的高个儿女子随后便从泰拉辛宫中消失了，至少在走廊上再也见不到她了。麦特听说，她“在休息中”，麦特不太清楚这个词的意思，他只希望安奈瑟如果真的离开了，最好也能带走图昂。如果这个女孩再一次看见他跑到罪奴巢去，很可能不会再相信他是去和某个寻风手幽会。也许她还想买下他？如果是这样，麦特也仍然不明白她的动机，他从来都不明白女人会被男人身上的哪些东西吸引，她们似乎会朝着一个普普通通的男人瞪大眼睛。不管泰琳怎么说，麦特知道自己并不俊美。女人们为了让男人上床会说谎，而当她们得到了，就会说更多的谎。

不管怎样，图昂只是个小麻烦，一只在他耳朵边绕来绕去的苍蝇，仅此而已。饶舌的女人和盯着他的女孩并不能让他感到紧张，让他手心出汗的是泰琳，虽然她现在离开了。如果她突然回来，发现麦特准备逃走，她也许会改变主意，把他卖给图昂。现在泰琳已经是女大君了，麦特相信，她在不久之后就会剃掉头发。作为一位真正的霄辰王之血脉，谁知道她还会干些什么？泰琳只是让麦特手心出汗，但还有另一些东西会让一个男人汗透衣衫。

麦特又从诺奥那里听到一些关于古蓝杀人的事情，有时汤姆也会告诉他这样的讯息。现在每天晚上都会出现一具新的尸体，只是除了麦特和那两个老头子以外，没有人会想到他们的真正死因。麦特继续尽一切可能待在人多的公开场所，他不再睡在泰琳的床上，也从不会在同一个地方睡两夜。如果他要睡在马厩的干草堆里，那也没关系，他以前睡过干草堆，虽然他已经不太记得衣服里掺杂着干草是什么感觉了。不管怎样，睡在干草里总比被割开喉咙要好。

麦特在决定要救出苔丝琳之后做的第一件事就是去找汤姆，那时汤姆正在厨房里，和厨师谈论该如何烹制蜂蜜烤鸡。汤姆和厨师有很多共同话题，就像他和农夫、商人或贵族一样，他能够和所有的人相处得很好，善于将每一个人透露给他的讯息合并成有效的情报。他会从不同角度看待一个问题，并立刻挑出其中缺失的关键环节。在讨论过烤鸡的话题之后，汤姆马上就向麦特指出让两仪师通过卫兵审查的唯一办法，然后，整个任务都变得简单了，至少麦特在很短一段时间内有了这样的感觉。只是他们很快又发现新的障碍。

泽凌也拥有和汤姆同样的眼光，也许这和他作为捕贼人的经验有关。有些晚上，麦特会与他和汤姆在仆人区共住的小房间里计划该如何克服那些障碍，而这些障碍才是真正让麦特浑身冒冷汗的事情。

泰琳离开的当天晚上，他们就开始了第一次会议。这时贝瑟兰却恰巧闯进来找汤姆。不幸的是，贝瑟兰先在门口听了听他们在说些什么，而且他听到他们足够多的谈话内容，不可能编造一个故事搪塞过去。非常不幸的是，他也想参与进来，他甚至提出了自己的行动计划。

“一次起义。”他一边说，一边坐到两张窄床间的那张三腿凳子上。除了这些以外，房里唯一的家具就是一只盥洗架，上面放着洗脸盆和一只缺口的白陶水罐，但没有镜子。泽凌坐在一张床的边缘，身上只穿着衬衫，脸上带着难以解读的复杂表情。汤姆躺在另一张床上，皱着眉，端详着自己粗大的指节。麦特只好靠在门板上，以免还会有人闯进来，他有些哭笑不得。汤姆显然早就知道贝瑟兰的疯狂计划，这也正是他一直在安抚这位王子的原因。“只要我振臂一呼，人们就会奋起回应。”贝瑟兰继续说道，“我的朋友们和我已经说服全城的人，他们都做好了战斗的准备！”

麦特叹了口气，将更多身体的重心转移到没有受伤的那条腿上。他怀疑，如果贝瑟兰振臂一呼，他和他的朋友们就只好自己单独起义了，大多数人也许会喜欢谈论起义和战争，但真正要干起来就是另一回事了，尤其是当他们的对手是真正的士兵时。“贝瑟兰，在走唱人的传说里，拿着干草叉的马夫和投掷鹅卵石的面包师能够为了争取自由而击败正规军。”汤姆重重地喷了一声鼻息，白色的长胡子也随之抖动了一下。麦特没理他。“但在真实的生活里，马夫和面包师只会被杀掉。我一眼就能看出什么是优秀的士兵，那些霄辰士兵非常优秀。”

“如果我们解救出那些罪奴，还有那些两仪师，她们就会为我们而战！”贝瑟兰坚持着。

“贝瑟兰，在阁楼里至少有两百名罪奴，甚至更多，其中大多数是霄辰人。如果真的能把她们救出来，她们会立刻奔向罪奴主。光明啊，我们甚至连那些不是霄辰人的罪奴也无法信任！”麦特举起一只手，阻止了想要说话的贝瑟兰。“我们没办法弄清楚谁能信任。我可不打算杀死一个女人，而她唯一的罪行就是戴着镣铐，你呢？”贝瑟兰的目光转向一旁，但他的下巴依旧紧绷着。他不打算放弃。

“不管我们是否能解救罪奴，”麦特继续说着，“如果人们起义，霄辰人就会将艾博达变成屠场，他们镇压叛乱的手段非常严厉，贝瑟兰，非常严厉！我们可以杀死阁楼上的所有罪奴，而他们会从营地带来更多罪奴。当你的母亲回来时，只能看到城市变成一堆瓦砾，你的脑袋被插在城门口。她的头很快也会跟你的头排在一起。如果你的母亲说不知道亲生儿子的计划，他们不会相信的，你会相信吗？”光明啊，她真的不知道吗？这个女人有足够的勇气去干这种事。他不认为她有这么傻，但……

“她说我们是老鼠，”贝瑟兰苦涩地说：“‘在猎犬身边，老鼠只能安静地趴着，否则就要被吃掉’。麦特，我不喜欢当老鼠。”

麦特的呼吸轻松了一些：“活老鼠比死人好，贝瑟兰。”根据贝瑟兰的表情判断，麦特的话也许并不能给他什么安慰，但这句话的确很真实。他鼓励贝瑟兰加入他们的会议，至少这样能稍稍约束住贝瑟兰，只是这位王子很少会过来。现在只能依靠汤姆来安抚王子的热情了，但汤姆也只能让贝瑟兰答应，在他们离开之后的一个月内不会号召起义。麦特能够接受这样的结果，虽然他并不对此感到满意。而在其他事情上，他们每走出两步就要撞上石墙或陷阱。

泽凌的情人对他似乎相当重要，为了她，泽凌丝毫不介意脱掉自己的提尔衣着，换上泰拉辛宫仆人的白绿色制服，并且连续两晚不睡觉，在通往罪奴巢的阶梯附近扫地。没有人会对拿着扫帚的仆人多看一眼，即使是仆人们也不会注意到泽凌。泰拉辛宫有这么多人，平时出现一两张陌生的面孔是很正常的事。在扫了两天两夜的地之后，泽凌报告说罪奴主会在早晨和天刚黑时各检查一次罪奴巢，白天也会不定时进出那里，但夜里，罪奴就无人看管了。

“我听到一个罪奴主说，她很高兴自己没有被分配在营地……”泽凌平躺在自己的薄床垫上，伸手捂住从嘴里冒出来的一个哈欠。汤姆坐在他的床沿上，而麦特就只剩下凳子了，这总比站着好，虽然也好不了多少。现在时间已经很晚了，这座宫殿里的人基本上都已经入睡。“在营地，她们还要守夜。”捕贼人继续说道，“她还说她很高兴能让罪奴在晚上睡个好觉，这样她们在太阳升起时就会焕然一新。”

“所以我们必须在夜间行动。”汤姆一边喃喃地说着，一边用手指抚着白色的长须，但他们都知道夜晚行动的危险。霄辰巡逻队会整晚在街道上巡行，原来的保民兵就不会这么做。而且那些艾博达的士兵们还很喜欢接受贿赂，但他们都已经被霄辰人解散了。现在艾博达街道上的值夜部队是视死卫士，任何想要贿赂他们的人都活不到接受审判的那一刻。

“你找到罪铐了吗，泽凌？”麦特问，“还有那些衣服？衣服不会像罪铐那么难弄到。”

泽凌又用手捂住嘴，打了个哈欠。“该弄到手的，自然会弄到手。你也知道，这些东西都是不会被随便乱扔的。”

罪奴自己不可能走过城门，这是汤姆发现的，或者按照汤姆的说法，是莉赛勒发现的。这是一名居住在“流浪的女人”旅店的高级军官告诉她的，而莉赛勒很喜欢那名军官如同歌声般悦耳动听的嗓音。

“王之血脉能够随意将罪奴带出城。”汤姆在随后的一次会议中说道。这次，他和泽凌都坐在床上，麦特已经开始恨那张凳子了。“不过如果跟随王之血脉的罪奴人数太多，可能还是会受到盘问，但罪奴主就需要一份经过王之血脉签署并盖章的命令，才能带罪奴出城。城门和码头上的卫兵那里有全部有效的印章图案，所以我没办法随便刻个章蒙混过去。我需要一份真正的出城令，复制上面的印章。那么，剩下的问题就是三个罪奴主要去哪里找了。”

“也许莉赛勒能算一个。”麦特提出建议。她不知道他们在做什么，把这个计划告诉她是有风险的。汤姆曾经问过她各种问题，当然，对她来说，汤姆只是想要彻底了解霄辰人的生活状况，所以她也很愿意用汤姆的问题去问她的霄辰友人们，不过她应该不会愿意冒险让她漂亮的头颅被插在城门口。如果她只是拒绝参与麦特的计划，没有把这个计划透露出去，那还是麦特的幸运。“你的情人女士如何，泽凌？”对于第三名罪奴主，麦特也有了人选。他要求泽凌去找一套适合赛塔勒的罪奴主衣服，只是他现在还没机会让赛塔勒试穿看看。自从在“流浪的女人”旅店见到裘丽恩之后，他只去过那里一次，为的是让裘丽恩明白他正竭尽全力实现对她的承诺。裘丽恩并不明白，但赛塔勒却抑制住了那名两仪师的怒火，没有让她向麦特大喊大叫。看起来，赛塔勒能成为裘丽恩最合适的罪奴主。

泽凌不安地耸耸肩。“为了说服瑟拉跟我一起走，我费了很大的力气，她很……胆小，我能帮助她克服这种心态，我可以的，我知道。但她肯定不可能假扮成罪奴主。”

汤姆抚着胡须。“莉赛勒不可能离开，看样子，她很喜欢旗将亚玛达的歌声，甚至已经打算要嫁给他了，”他遗憾地叹了口气，“恐怕以后从她那里得不到什么讯息了。”而他的表情似乎是在说，以后也不能枕在她的胸前了。

“那么，你们两个想想我们还能请谁扮演罪奴主，再想办法找到一张那种命令。”

汤姆找到了制作命令用的墨水和纸张，他也能够模仿任何人的字迹，仿制一切印章。他很瞧不起仿制印章这种手艺，他说，任何人只要有萝卜和小刀，就都能做好这件事。而仿写另一个人的字迹，直到那个人以为这是他自己写的，这才是一门艺术。但他们都还没能找到一纸出城令。霄辰人不会随便放置他们的命令，就像他们不会乱扔罪铐一样，所以，泽凌也没能找到一副罪铐。只要向前走两步，就会撞上石墙。六天时间就这样过去了。还剩四天。麦特觉得自从泰琳走后仿佛已经过了六年，而距离她回来只剩下四个小时了。

第七天，汤姆在走廊里拦住刚刚骑马回来的麦特。这名曾经的走唱人脸上带着悠闲的微笑，说话的声音压得很低。匆匆经过的仆人们根本不可能听到他在说些什么。“根据诺奥的说法，古蓝昨晚又杀人了。觅真者已经接受命令，就算不吃不睡也要找到杀人犯，但我不知道下这道命令的是谁。他们的所有行动都是秘密。但我可以确认，他们已经准备好拷问台，烧红了烙铁。”

无论汤姆的声音有多小，麦特仍然不由自主地回过头去，想要看看是否有人在偷听。他只看到一个名叫纳尔文的矮个子灰发男人，他穿着仆人制服，但麦特从没见过他为什么差事奔忙，或者是搬运什么东西。他朝麦特眨眨眼，然后又向四周张望着，并皱起眉头。麦特想要吼叫，但他露出一副笑容，并竭力表现出安全无害的样子。纳尔文就这样皱着眉头走开了，麦特确信这家伙会是泰拉辛宫中第一个尝试想把果仁偷走的人。

“是诺奥告诉你觅真者的事？”等到纳尔文走远，麦特立刻以怀疑的语气悄声说道。

汤姆不以为然地摇晃着干瘦的手掌，“当然不是，他只跟我说了死人的事情。不过他听到一些小道讯息，而且知道它们的含义，这是一种罕见的天赋。我真想知道他是不是真的去过沙塔，”汤姆喃喃地说道，“他说他……”然后前走唱人在麦特的瞪视下清了清喉咙："好吧，这些事以后再说。除了令人伤心的莉赛勒，我的确还有别的讯息来源。他们之中有几个是窥听者，窥听者真的好像是能听到所有的事情。"

"你和窥听者聊过？"麦特的声音仿佛是生锈铰链的摩擦声。他的确觉得自己喉咙生锈了！

"这和普通人谈话没什么不同，只要他们不知道你知道，"汤姆笑了出来，"麦特，对待霄辰人，你必须假定他们全都是窥听者，这样，你就能知道你想要知道的，并且不会说错话。"他咳嗽着，用指节抚了抚胡子，他脸上谦逊的微笑除了是在要求得到赞扬以外，不可能有其他意思。"我只是恰巧知道有两或三个人真的是窥听者，不管怎样，多一点情报总没坏处。不过，你真的想要在泰琳回来之前走掉吗？她走了以后，你看起来好像有一点……被遗弃的样子。"

麦特只能呻吟一声。

那天晚上，古蓝再次发动袭击。还没等麦特吃完早餐的鱼，罗平和尼瑞姆就七嘴八舌地把这件事告诉了他。他们说现在整座城市都陷入骚动，最新的牺牲者是一个女人，她是在一个巷口被发现的。突然之间，人们都开始谈论这件事，将最近发生的几起凶杀案联系在一起。人们相信有个疯子正在街巷中游荡，所以要求霄辰人加派夜间巡逻队。麦特推开盘子，他的饥饿感已经消失了。加强夜间巡逻，这还不是唯一的坏消息。苏罗丝如果知道这件事，也许会提前回来。当然，也会把泰琳带回来。也许只剩下两天的时间了，麦特这时感觉有些想吐。

在这天上午剩下的时间里，他一直在泰琳卧室的地毯上一瘸一拐地踱着步，完全不在意腿部的疼痛。他要想出一个办法，想出一个能在这两天里逃出去的办法，但他找不到任何可能性。腿部的疼痛的确在减轻，他已经丢下手杖，并努力让自己恢复一些体力。他也许能连续走上两三里路不休息，至少不需要长时间的休息。

中午时，泽凌给他带来仿佛是一个纪元以来唯一的好消息。严格说来，这也不算是什么消息。在泽凌带来的布袋中，用两件衣服裹着一副银色的罪铐。

第29章

另一个计划

“流浪的女人”旅店中，那座能看见横梁的地下室相当宽大，现在这里只有五个人，却好像汤姆和泽凌的房间那样拥挤。放在一只桶上的油灯让这里充满了摇曳的影子，距离油灯远一些的地方就完全陷入了黑暗之中，一排排储藏架和粗石墙壁之间的过道宽度刚刚能让木桶滚过去，但让麦特感觉到拥挤的并不是这些储藏架。

“我请求你的帮助，但并不是要让自己的脖子戴上镣铐。”裘丽恩冷冷地说道。经过赛塔勒一个星期的悉心照料，吃着恩妮德烹调的菜肴，这名两仪师看上去已经不再那样憔悴了。麦特第一次见到她时，穿在她身上的破旧衣服也换成一件质料上乘的蓝色高领羊毛长裙，袖口和领口上还有一点蕾丝。在晃动的灯光下，她脸上的愤怒并没有被影子遮住，她的眼睛仿佛是要在麦特的脸上钻出两个洞来。“如果出了任何意外！我都将软弱无助！”

这对麦特没有任何意义。出于好心去帮助别人，不管是何种程度的好心，就不要在意能得到怎样的回报。他在裘丽恩的鼻子底下摇晃着罪铐，银索在他手中蜿蜒摆动，如同一条银色的蛇，在昏暗的灯光下闪闪发亮。项圈和手镯碰撞着岩石地面。裘丽恩拉紧深色裙摆，向后退去，躲避着罪铐。她盯着麦特手中的东西，嘴唇扭曲着，仿佛盯着一条毒蛇。麦特不知道这副罪铐是否适合裘丽恩，这只项圈似乎比裘丽恩细长的脖子要大很多。“只要我们一出城，赛塔勒就会帮你拿下它，”他严厉地说道，“你信任她，不是吗？她冒着被砍头的危险把你藏在这里。我告诉你，这是带你出去的唯一办法！”

裘丽恩顽固地扬起下巴。赛塔勒气恼地嘟囔着什么。

“她不想戴上这种东西。”芬在麦特身后用刻板的声音说道。

“如果她不想戴上这东西，那她就不必戴。”布利瑞克站在芬旁边，他的声音更加刚硬。

裘丽恩的两名黑发护法就像一个豆荚里的两颗豌豆般相像。芬有一双眼角上扬的黑眼睛，坚硬的下巴仿佛能凿碎石头，他比布利瑞克要矮一点，也许胸膛和肩膀还要壮实一点，但他们可以毫无困难地穿上对方的衣服。芬的黑色直发几乎垂到肩膀，蓝眼睛的布利瑞克则留着颜色稍浅的短发。布利瑞克是夏纳人，为了避免被别人注意，他削掉自己头顶的束发，又留起头发，但他并不喜欢这样。芬是沙戴亚人，除了裘丽恩之外，他似乎没什么喜欢的东西。他们都非常喜欢裘丽恩。他们两个谈吐相仿，思维相仿，动作也相仿。现在他们穿着邋遢的衬衫和工人们常穿的素色羊毛背心，这种背心一直垂到他们的大腿上，但就算在这种昏暗的灯光下，也只有瞎子才会把他们当成是普通的苦力。白天时，他们在赛塔勒安排的马厩里工作……光明啊！麦特觉得他们看着自己的样子就像狮子在看着一头朝它们龇牙的山羊。麦特移动了一下位置，让他们彻底离开自己的视线，藏在他衣服里的匕首让他感到些许安慰。

“如果你不听他的，裘丽恩，你也要听我的。”赛塔勒将双手叉在腰间，俯视着苗条的两仪师，浅褐色的眼睛里充满怒意。“我要让你回到白塔，即使这需要我一步步把你推回去！也许在这次的旅程中，你能让我看到你明白什么是两仪师。现在，我只希望能够看见一名有理智的成年女人，但我看到的却是一个只知道在床上又哭又闹，乱发脾气的初阶生！”

裘丽恩盯着她，那双棕色的大眼睛几乎瞪大到了极限，仿佛是不相信自己的耳朵。其实麦特也不确定自己是不是听错了。老板娘并没有掐住两仪师的喉咙。芬哼了一声，布利瑞克则低声说了几句应该不是太好听的话。

“你们只需要走出城门卫兵的视线就行了。”麦特急忙对赛塔勒说道，他希望在裘丽恩彻底爆发之前转移她的注意力。“一定要摘下斗篷的兜帽……”光明啊，他必须给赛塔勒找一件那种样式怪诞的斗篷！不管怎样，如果泽凌能偷来一副罪铐，那么他也就能偷一件斗篷。“……卫兵们只会把你当成罪奴主，你可以在天亮之前返回，没有人会发现，除非你一定要戴着你的婚姻匕首。”他为自己的话笑了两声。但赛塔勒并没有笑。

“难道你以为我能停留在一个会把女人变成牲畜的地方？只不过因为她们能够导引？”赛塔勒笔直地走到麦特面前，“难道你以为我会让自己的家人留在这里？”她的眼睛瞪着麦特，仿佛两颗灼热的火球。麦特当然没想过这种问题，他想要解救罪奴。但为什么赛塔勒对这件事的反应会如此强烈？不过赛塔勒的想法是明智的。她的手抚弄着插在腰间的曲形长匕首柄，艾博达人不会容忍被欺凌，而赛塔勒在这方面是一个纯粹的艾博达人。“在霄辰人到来的两天之后，等我看清了他们是怎样的人，我就开始筹划出售‘流浪的女人’了，我在几天前就应该把这里的一切转交给莉德尔·艾隆尼德。我还会留在这里，只是因为地下室里还藏着一位两仪师。如果你已做好出发的准备，我就能将这里的钥匙都交出去，然后跟你一起走。莉德尔已经快等不及了。”说出最后这句话的时候，她回过头，意味深长地看着裘丽恩。

麦特想起了自己的金子，他气恼地想要提出这个问题。莉德尔会让他从厨房的地板下面拿走那么大一堆黄金吗？但另一件事让他一下子停住了呼吸。他仿佛突然间看到自己身后跟着赛塔勒的全部家人，包括她已经结婚的儿女们和孙子们，也许还有几位叔叔婶婶和堂兄妹。他们也许有几十人，甚至是上百人。赛塔勒也许不是本地人，但他的丈夫在这座城市里有着众多亲属。布利瑞克的表情始终没有丝毫变化。该死的护法！该死的两仪师！还有最最该死的旅店老板娘！

“赛塔勒，”麦特小心地说，“我离开艾博达的时候，并不能带太多的人。”他还没有把卢卡的马戏团告诉赛塔勒，他也许并不能说服那个家伙，而他要卢卡带上的人愈多，卢卡就愈不可能帮他。‘送我们出城后，你就回来吧。如果你一定要走，你可以搭乘你丈夫的渔船。不过我建议你再等几天，也许要等上一个星期。当霄辰人发现有两名罪奴失踪了，他们肯定会禁止所有人出城的。”

“两个？”裘丽恩尖声问道，“苔丝琳和谁？”

麦特打了个冷颤，他还没打算要把这件事告诉她，但看着眼前这名两仪师，他只觉得这是个坏脾气、任性和被宠坏的女人。如果任由裘丽恩胡思乱想下去，让她怀疑他的计划将会失败，那她可能就会决定实施她自己的疯狂计划，这会把一切都毁掉。如果她试图自己逃走，肯定会被捉住，而她肯定会反抗。一旦霄辰人知道就在这座城市中，就在他们的鼻子底下还有自由的两仪师，他们肯定会再次加强对马拉斯达曼尼的搜索，进一步增加街上的巡逻队。当然，这不是为了搜寻那个“疯子杀手”，最糟糕的是，他们很可能会强化出城的监管措施。

“爱德西娜·埃泽丁，”麦特不情愿地说，“我只知道她的名字。”

“爱德西娜，”裘丽恩缓缓地说道，双眉微微蹙起，“我听说她已经……”话说到这里，她突然停住，眼里放射出犀利的光芒。“他们还囚禁着其他姐妹吗？如果苔丝琳也在争取自由，我同样不会把其他姐妹丢在这里！”

麦特努力不让自己叹气。裘丽恩不止是坏脾气和任性，麦特现在觉得她根本就是一头不亚于布利瑞克和芬的雌狮。“相信我，我不会把两仪师丢在那些小窝里，除非她自己想要留下。”麦特竭力让自己的声音更悦耳些。这个女人至少还有坚强的意志，她会坚持要救出另外那两个像普拉一样的两仪师吗？光明啊，他真不该搅进两仪师的事情里。关于这件事，他不需要古老的记忆来警告！他自己的记忆就足够了。

芬用一根坚硬的手指戳了戳麦特的左肩后侧，警告他说：“不要这么油嘴滑舌。”

布利瑞克戳着麦特的另一侧肩膀：“你在跟谁说话！”

裘丽恩哼了一声，不过她没有戳麦特。麦特觉得自己的脖子后面有一个结松开了，那里是刽子手的斧头落下的地方。两仪师擅长让别人曲解自己的语意，但她们肯定不喜欢其他人用这种伎俩对付她们。

麦特转向赛塔勒：“塔勒，你乘你丈夫的船，这样才更加——”

“也许你说得对，”老板娘打断了他的话，“是贾斯菲在三天前就已经带着他的全部十艘船和我们所有的亲人离开了。我相信，如果他回来，公会一定会找上他，他的船里不该搭载乘客的。他们正在前往伊利安，并在那里等我。你要知道，我并不打算真的到塔瓦隆去。”

这一次，麦特真的皱起了眉头。按照他原先的计划，如果卢卡坚决不帮他，贾斯菲的渔船对他来说也会是一种选择，但这是个极度危险的选择，也许这样做就是在发疯。码头上的罪奴主肯定会怀疑为什么要派罪奴登上渔船，而且还是在晚上，但那些渔船始终都留在麦特的脑海里。好吧，现在他只能更加用力地去扳倒卢卡了，他要把全部的力气都使出来。

“你让你的家人在这种季节出海？”裘丽恩的语气里夹杂着怀疑和轻蔑，“最猛烈的暴风即将到来的时候？”赛塔勒背朝着两仪师，骄傲地昂起了头，那不是她因为自己而感到的骄傲。“贾斯菲能在奇摩的齿缝里平安行驶。我相信他，就像你相信你的护法们，绿宗两仪师，或者我的信任比你更多。”

裘丽恩突然皱紧眉头，拿起那盏铁制油灯，用灯光照着旅店老板娘的脸。“我们以前在哪里见过吗？有时候，当我看不到你的脸时，就会觉得你的声音听起来很熟悉。”

赛塔勒没有回答两仪师，却从麦特手中拿起那副罪铐，摸索着那只分成许多小段的宽手镯。这只手镯应该是用许多银块拼合而成的，但它的工艺非常精巧，让人完全找不到它拼合的接口在哪里。

“我们最好先测试一次。”

“测试?”麦特大喊一声。那双浅褐色的眼睛冷冷地瞥了他一眼。

“并非所有女人都能成为罪奴主，这你应该知道。我希望自己可以，但我们最好在开始行动前确认好这一点。”她紧皱眉头，审视着这只牢固的手镯，将它在手中不停地转动。“你知道该怎样打开这东西吗？我连它的接缝都找不到。”

“我知道。”麦特无力地说道。在一次和霄辰人的闲聊中，他曾经问过他们如何在战斗中使用罪奴主和罪奴，这是他唯一一次和霄辰人谈论她们。他甚至从没想过罪奴主是如何被遴选出来的，他只想到可能会与她们作战。那些古老的记忆总是让他想到战争、战场，但他从没想过要如何去确认一个人是否能当罪奴主。“确应该测试一下。”如果赛塔勒不能……光明啊！

打开罪铐的机关对麦特来说是一件简单的事情，手镯尤其简单，只需要在连接银索那一点的对面各按住上下两个点就行了，单手就能操作。那只手镯随着一阵清脆的金属声弹开了。项圈的机关更加复杂一点，需要两只手来打开。他按住项圈上银索连接点两侧的两个点，用力按下去，然后将按压的力道朝两个方向错开。什么都没发生。他将力道朝反方向错开，项圈就在银索连接点旁边的位置上打开了，弹开时的金属撞击声要比手镯弹开时刺耳很多。这很简单。当然，麦特为了搞清楚这个机关，在宫里和泽凌足足折腾了将近一个小时。但这里却没有人赞扬他，甚至没有人在看到他解决这个难题之后，稍微流露出一点惊叹的表情！

赛塔勒用手镯扣住自己的手腕，将银索缠绕在小臂上，然后拿起那只打开的项圈。裘丽恩盯着项圈，脸上满是厌恶的表情，她的双手抓紧裙摆。

“你还想要逃走吗?”老板娘低声问道。

过了一会儿，裘丽恩站起身，扬起下巴。

随着清脆的金属撞击声，赛塔勒将项圈扣在两仪师的脖子上。麦特觉得自己一定是把项圈的大小看错了，它密合地裹在裘丽恩高领子外面，裘丽恩的嘴唇稍稍有些扭曲。麦特几乎能感觉到身后布利瑞克和芬紧张的情绪，他自己也屏住了呼吸。

这两个女人同时迈出一步，从麦特身边走过。麦特恢复了呼吸。裘丽恩不确定地皱起眉，然后她们迈出了第二步。

两仪师哭喊一声，倒在地上，全身痛苦地抽搐着，她一句话都说不出来，只是发出愈来愈响亮的呻吟声。她蜷缩成一团，手臂、双腿，甚至手指都颤抖着扭曲成一个奇怪的角度。当裘丽恩倒在地上时，赛塔勒也跪倒下去。她的双手伸向裘丽恩脖子上的项圈，但布利瑞克和芬的速度比她更快。这两名护法的动作也变得有些奇怪了。布利瑞克跪下去，扶起还在哀号的裘丽恩，让她靠在箱子上，然后为她按摩颈部。芬则揉搓着她的手臂。项圈松开了，赛塔勒站起来。裘丽恩还在哭泣着，不住地痉挛。她的护法还在帮她按摩，仿佛要抹去她身上的一切不适，他们用冰冷的目光瞪着麦特，好像这一切都是他的错。

麦特看着自己精心设计的计划化为泡影，根本没注意到那些护法的目光，他不知道下一步该怎么做，该从什么地方重新开始。泰琳也许再过两天就要回来了，他得在那以前离开。

他拍了拍赛塔勒的肩膀，喃喃地说："告诉她，我们会试试别的办法。"什么办法？很显然，只有真正拥有罪奴主能力的人才能控制罪铐。

他走到通往厨房的楼梯下，拿起帽子和斗篷。这件结实、朴素的羊毛斗篷上没有刺绣，男人不需要刺绣，他肯定也不会想念那些刺绣。还有那些蕾丝！他不喜欢那些！

这时，旅店老板娘追上了他。"有别的计划吗?"麦特在黑暗中看不清她的脸，但罪铐的银索即使在这里也仍然闪烁着微光。她在摸索手腕上的手镯。

"我总会有备用计划的，"麦特说了个谎，将手镯从她的手腕上卸下来，"至少你现在不必再冒着被砍头的危险了。只要我将裘丽恩从你这里带走，你就可以去找你的丈夫了。"

赛塔勒只是哼了一声，麦特怀疑她知道自己根本没有什么备用计划。他想要避开坐满霄辰人的大厅，便穿过厨房，走进马厩院子，从那里的马车大门走进莫海拉广场。他并不害怕那些霄辰人会注意到他，怀疑他为什么要来这家旅店。当他踏进"流浪的女人"的大门时，大厅里那些霄辰人只把这个衣着简朴的年轻人当成是替老板娘跑腿的一名仆人。但那座大厅里有三名罪奴主，其中两个牵着罪奴，麦特只是不想见到她们。他害怕自己最终不得不丢下仍然戴着罪铐的苔丝琳和爱德西娜。该死的，他只不过答应苔丝琳会竭尽全力！

失去热力的太阳仍然悬挂在天空的高处，但海风已经在逐渐加强了，浓浓的海盐味和寒意说明很快又要下雨了。除了一支由人类和巨森灵组成的视死卫士小队还在广场上稳步行进，莫海拉广场上的每个人都加快了脚步，想要在大雨来临前完成自己的事情。当麦特到达娜瑞妮女王袒露胸部的高大雕像脚下时，一只手落在他的肩上。

"一开始我还没认出你，你的漂亮衣服哪里去了，麦特·考索恩?"

麦特转过身，发现面前站立着他在见到裘丽恩的那一天，遇到的那名身材极为壮硕的伊利安侍圣者，这可不是什么令人愉快的偶遇。那个圆脸的家伙脑袋上只剩下一半的胡子和一半的头发，看上去真的很奇怪。更奇怪的是，他上身只穿着衬衫，正在寒风中瑟瑟发抖。

“你认识我？”麦特谨慎地问。

那名大汉咧开大嘴，朝他笑了笑：“幸运找上我了，我认识你，你在我的船上有过一次令人难忘的航行。航行的起点有兽魔人和煞达罗苛斯，中间则是魔达奥和燃起大火的白桥镇。麦特大人，我是贝尔·多蒙。你想起来了吗？”

“我想起来了。”麦特的确是想起来了，以某种特殊的方式。那次航行的大部分经历在他脑海中都已经变得非常模糊，充满各种空洞，而被塞进空洞的是其他人的记忆。“如果有时间，我们真该坐下来，喝一杯热香料酒，好好聊聊往事。”如果是麦特先发现贝尔，这应该永远也不会发生。他所记得的那次航行似乎给他一种奇怪的厌恶感，就像是一场致命的疾病。当然，他曾经生过重病，一种奇怪的重病，这又是一个令人不愉快的记忆。

“现在就很好。”贝尔笑着伸出一只粗壮的手臂，揽住麦特的肩膀，带着他回身朝“流浪的女人”旅店走去。

看起来，不使用暴力就躲开这个壮汉是不可能了，所以麦特只能跟着他。一场打斗肯定会引起霄辰人的注意，而且麦特也没有打赢的信心，贝尔看起来很胖，但他的脂肪下面是坚硬的肌肉。不管怎样，喝上一杯应该没什么问题。而且，麦特依稀记得贝尔是个走私船长，他也许掌握着进出艾博达的秘密路线。如果能够问几个聪明的问题，也许麦特就从贝尔口里套出这样的路线来，特别是还有美酒的帮助。麦特的外衣口袋里放着一只装满金币的钱包，如果能让这家伙醉得像阳之日的提琴手，麦特很愿意把这些金子都花光。喝醉的人总是知无不言，言无不尽。

贝尔揽着他走过大厅，一边还向两旁的王之血脉和军官们不停地鞠躬，那些人几乎不看他一眼。但他并没有向厨房走去。麦特本以为他们能从恩妮德那里要一条长凳，然后坐到厨房的角落里去，但贝尔却带着他踏上没有栏杆的楼梯，一直走进旅店后方的一个房间。麦特以为贝尔来这个房间是要拿他的外衣和斗篷，壁炉中明亮的火焰让房间很温暖，但麦特突然感觉这里比外面还要冷。

贝尔关上房门，环抱双臂，站在门前，庄重地说道：“在你面前的是碧绿将军艾格宁·塔玛拉斯女士。”然后他又换成平常的语气：“这就是麦特·考索恩。”

麦特的目光从贝尔转向那个僵硬地坐在梯子形靠背椅里的高个儿女子身

上，今天她穿着浅黄色的百褶裙，外面罩着一条刺绣花朵图案的长袍。麦特记得这个女人。她白皙的面孔表情严厉，一双蓝色的鹰眼就像泰琳的眼睛一样犀利而咄咄逼人。不过，麦特怀疑艾格宁找他来不是为了甜蜜的亲吻，她的双手相当纤细，但上面有剑士常有的厚茧。麦特没机会问她会不会用剑，也不需要提这种问题。

“我的侍圣者告诉我，你的生活经常与危险相伴，考索恩先生。”贝尔刚做完介绍，她就开口了，她缓慢悠长的霄辰口音中散发出居高临下的强硬气势。的确，她是王之血脉。“我需要这样的人来驾驶我的船，我会付给你优渥的报酬，用金币，而不是银币。如果你还认识其他像你这样的人，我也会雇佣他们，但他们必须能做到守口如瓶，不要多问我的事。贝尔还向我提过另外两个名字，汤姆·梅里林和泽凌·散达，如果他们也在艾博达，我同样能用得上他们的技艺。他们认识我，知道他们可以把性命交付给我。你也可以，考索恩先生。”

麦特坐到房间中的第二把椅子里，将斗篷甩到椅背上。他没资格和一名低阶王之血脉平起平坐。这个霄辰人的黑发被削成碗形，小指的指甲涂了绿漆，这些都说明她正是一名低阶王之血脉。但麦特需要好好思考一下。“你有一艘船？”他提出这个问题的主要目的，其实还是想拖延一下时间。艾格宁恼怒地张开嘴，向王之血脉提问是一件应该极为谨慎对待的事情。

多蒙“嗯”了一声，摇摇头，有那么一刻，艾格宁看起来更加愤怒了，但她刚强的面孔很快就恢复平静，只有目光像锥子一样，仿佛要将麦特穿透。她站起身，双脚分开，双手叉腰，直视着麦特，以冰冷的声音说道：“最晚等到春末的时候，只要我的黄金从坎特林运过来，我就会有一艘船。”

麦特叹了口气，看来他还是没机会用霄辰人的船把两仪师带出去。“你怎么会认识汤姆和泽凌？”贝尔当然会把关于汤姆的事告诉她，但，光明啊，她怎么会知道泽凌？

她转过身，以不容置疑的口气说道：“你问的问题太多了，恐怕我终究还是无法用你。贝尔，让他出去。”最后这句话是一个纯粹的命令。

贝尔没有从门前走开。“告诉他，”他在催促艾格宁，“迟早要知道全部情况，否则他就会让你陷入更大的危险。告诉他。”身为一名侍圣者，他似乎有些太专横了。霄辰人很善于安置自己的财产，每个人都必须明白自己的位置。艾格宁一定远不如她看上去那般强势。

这时的艾格宁看上去非常凶狠，她大步来回走动，将裙摆踢得前后乱飞，又紧皱眉头，瞪着贝尔，瞪着麦特。最后，她停住脚步。“我在坦其克帮过他们。”她说完这句话，又沉吟了一会儿，才继续说道：“那时还有两个女人与他们同行，她们的名字是伊兰·传坎和奈妮薇·爱米拉。”她的双眼专注地看着麦特，她在判断麦特是否认识这两个人。

麦特的胸口一紧，那种感觉不是疼痛，而更像是在看着他下注的赛马朝向终点线冲刺，而其他赛马紧跟在它身后，它是否能第一个跑回终点还是个未知数。光明在上，奈妮薇和伊兰去坦其克干什么？她们在那里需要霄辰人的帮助？汤姆和泽凌对于这些细节始终三缄其口。不管怎样，现在这不是重点，艾格宁要的是能够为她保守秘密，并且不惧危险的男人。她自己也面临着危险。很少有人能威胁到王之血脉，除非是其他王之血脉，或者……“觅真者在调查你。”麦特说道。

艾格宁猛然抬起头，这足够证明麦特的猜测了。她的手伸向腰间，仿佛要抽出佩剑。贝尔挪动脚步，伸出一双大手，盯着麦特，目光突然变得比艾格宁的更加凶狠。这名大汉的样子不再那么好笑了，他看上去非常危险。一个念头袭入麦特的脑海，也许他无法活着离开这个房间。

“如果你需要从觅真者的手心里逃出去，我能帮你，”麦特迅速地说，“必须到不受霄辰人控制的地方去。只要你留在有霄辰人的地方，觅真者就能找到你，你最好尽快离开这里。要弄到金子不难，但首先要让觅真者无法抓到你。汤姆告诉我，觅真者正在频繁行动，他们已经准备好了拷问台，烧红了烙铁。”

艾格宁面无表情地盯着他，过了许久，她又和贝尔对视片刻。“也许的确应该尽快离开。”她喘了口气，声音立刻又变得坚定起来，脸上曾经有过的忧虑也消失了。“我想，觅真者不会阻止我离开这座城市，他们会以为只要跟踪我，就能找到一些对他们来说比我更重要的东西，他们会一直跟踪我，直到我离开已经被瑞雅盖尔占领的地区。只要他们认为我要进入还未回归的土地，他们便会召唤士兵来逮捕我，那时我就需要你的朋友汤姆·梅里林的技巧了，考索恩先生。我必须能够从觅真者的眼皮底下消失。我还没拿到从坎特林运来的黄金，但我还有足够的钱酬谢你们提供的帮助，你尽可相信这一点。”

“叫我麦特吧！”麦特向艾格宁露出他最动人的笑容，无论多么刻板的女人也会被他的这种笑容给软化。艾格宁表面上并没有任何软化，她只是皱了皱眉，但麦特所了解的一件事就是他的微笑能产生怎样的效果。“我现在就知道该如何让你消失，不用再等了，这点你也明白。觅真者也许明天就会逮捕你。”这句话起作用了。艾格宁没有表现出畏惧的神情，麦特怀疑没有什么事能让她害怕，但她几乎是在点头了。“现在要做的只有一件事，艾格宁。”他得到的回答很可能会像亚柳妲的烟火一样把他炸烂，但他没有丝毫犹豫，有时候，握在手里的骰子必须丢出去。“我不需要黄金，但我需要三名能够管住自己舌头的罪奴主。你能找到合适的人选吗？”

仿佛是过了几个小时后，艾格宁点了点头。麦特心中涌过一阵欢喜，他的马第一个到达终点了。

“贝尔·多蒙。”汤姆叼着烟斗，有些无力地说道。他躺在他的窄床上，将薄枕头折叠起来，垫在头底下，似乎正在端详从他的烟斗中升起，在这个没有窗户的房间里慢慢飘散的蓝色烟雾。房里唯一的小灯洒下一片摇曳不定的光芒。“还有艾格宁。”

“现在她是王之血脉了，”泽凌坐在床边，望着手中烟斗烧焦的烟锅，“不知道是不是喜欢这样。”

“你的意思是说，他们是不值得信任的？”麦特一边问，一边不在意地用拇指把烟叶塞进烟锅里。他匆忙抬起拇指，轻声骂了一句，然后把拇指塞进嘴里，以缓解被火烫到的灼痛。他仍然只能选择坐在凳子上或是站着，不过这一次，他并不介意这张凳子。和艾格宁的交谈在下午就结束了，但汤姆直到天黑时才回到泰拉辛宫，泽凌则更晚才现身。麦特把自己的收获告诉他们，他们却不像麦特预料的那样兴高采烈。汤姆叹着气说，他刚刚仔细观察过那些出城令的印章。而泽凌更是怒气冲冲地瞪着房间角落里的一只包袱，不消说，那只包袱里装的正是现在已经不需要的罪奴主衣服。拇指的感觉好些之后，麦特继续说道：“我告诉你们，觅真者已经把他们吓破了胆。”也许他的话有些夸张，但他们肯定是相当害怕。“艾格宁也许是王之血脉，但是当我告诉她要罪奴主做什么的时候，她连眼睛都没眨一下。她说，她知道有三个罪奴主能满足我的需要，明天就能让她们做好准备。”

“艾格宁是个值得尊重的女人，”汤姆喃喃说着，并不时会喷出一个烟圈，“奇怪，虽然她是个霄辰人，但这是真的，我觉得就连奈妮薇也有些喜欢她，伊兰就更不用说了，艾格宁也喜欢她们两个，即使知道她们是两仪师。她在坦其克帮了我们大忙，而这绝不仅仅是普通的帮助。我的确很想知道她怎么会成为王之血脉。不管怎样，我们应该可以信任艾格宁，还有贝尔，他是个有趣的家伙。”

“一名走私犯，”泽凌的口气充满轻蔑，“现在他成了她的人。侍圣者可不是简单的奴隶，有些王之血脉一言一行都要听从侍圣者的安排。”汤姆向他挑了挑蓬松的眉毛，这是泽凌得到的唯一响应。过了一会儿，捕贼人耸耸肩，不情愿地说：“我想，贝尔是值得信任的，至少是值得信任的走私犯。”

麦特哼了一声。也许他们在嫉妒他，是啊，他是时轴，他们必须适应这一点。“明天晚上，我们行动。这个计划的唯一改变，是我们有了三名真正的罪奴主，还有一个王之血脉可以带我们出城。”

“这些罪奴主将带领三名两仪师出城，然后放开她们，却不会想到要发出警报。”泽凌喃喃地说，“我曾经在提尔遇到过兰德·亚瑟，那时我看见硬币被抛掷五次，落下时全都是边缘碰到桌面，就直立在那里。最后我们走开了，只留下那枚硬币继续立在桌子上。现在我相信，任何事都有可能发生。”

“不管你们是不是信任他们，泽凌，这个计划不能再改了。”麦特气恼地说道，那名捕贼人却只是瞪着角落里的包袱。麦特摇摇头。“他们在坦其克帮了你们什么，汤姆？该死的，别用那种冰冷的眼光盯着我！你们知道，他们知道，我应该也要知道。”

“奈妮薇不让我们告诉任何人，”泽凌郑重其事地说，“伊兰也不让我们说，我们答应过她们。你可以认为我们已经对此发过誓了。”

汤姆在枕头上摇摇头：“事情总有变化，泽凌，而且不管怎样，这不是真的誓言。”他吹出三个完美的烟圈，一个套住一个。“他们帮助我们弄到一副男性罪铐，我们把它毁掉了，黑宗显然是想要把它用在兰德身上。所以你应该明白，为什么奈妮薇和伊兰要我们隐瞒这件事，如果让人们知道有这种东西存在，只有光明知道还会有什么故事会发生。”

“有谁会在乎人们谈论什么故事？”男性罪铐。光明啊，如果黑宗把它锁在兰德的脖子上，或者霄辰人这么做了……那些绚丽的色彩又在麦特的脑海里旋转，他强迫自己不去想兰德。“无聊的闲谈不会伤害……任何人。”这次没有色彩出现，只要他不去想……色彩再次开始旋转。麦特紧紧咬住烟嘴。

“不对，麦特，故事是有力量的。走唱人的故事和吟游诗人的史诗，以及所有的街谈巷议都是如此，它们会激发人们的热情，改变人们对这个世界的看法。今天，我听到有人说兰德已经对爱莉达发誓效忠，说他就在白塔。麦特，那家伙相信这些谣言。而如果有足够多的提尔人也相信这个谣言呢？提尔人不喜欢两仪师，对不对，泽凌？”

“是有些人不喜欢。”泽凌应声道。然后仿佛是被汤姆捏住鼻子一样，他又慢吞吞地说：“大多数提尔人都不喜欢。不过见过两仪师的提尔人并不多，他们应该不会知道这个谣言。提尔的法律禁止导引，去提尔的两仪师也很少，就算是去了，也不会表明身份。”

“你没有回答我们的问题，我的喜欢两仪师的提尔朋友，而且你所说的实际上是在支持我。提尔支持兰德，至少提尔贵族是支持他的，因为他们害怕如果不支持兰德，兰德就会回去。但如果他们相信白塔拘禁了兰德，也许兰德就不会回去了，如果他们相信兰德成为白塔的工具，那他们只是多了一个反对兰德的原因。如果让足够多的提尔人相信这两件事，那么兰德能做的可能就只是抽出凯兰铎，然后不得不离开提尔。这还只是一个谣言。这个谣言在凯瑞安、伊利安或其他任何地方都可能造成同样的危害。我有点想知道男性罪铐在一个有转生真龙和殉道使存在的世界上，会造成什么样的谣言。但我太老了，不想去探究这种事了。”

麦特明白，必须让敌人错误判断自己的行动，身处于敌人意想不到的地方，而且敌人一定也会这样对付你。有时候，战争中的敌对双方会因此而陷入混乱，非常奇怪的事情也会在这种混乱中发生，这些事情的解决往往是悲剧。没有人想要城市被烧毁，成千上万的人死去，只因纵火的人相信不存在的事情。庄稼因为同样的原因被烧光，无以计数的人在随之而来的饥荒中被饿死。

“我不会随意提起男性罪铐，”他说道，“不过我想，应该要有人把这件事告诉……他?”色彩闪耀而过。也许他能忽视它们，或者是习惯它们，它们的消失就像出现时一样迅速，而且它们并不会让麦特真的感到有什么不舒服。麦特只是不喜欢他不明白的事情，特别是当这种事也许和至上力有关的时候。藏在他衬衫下面的银色狐狸头也许能为他挡住至上力，但这种保护就像他的记忆一样，有许多漏洞。

“我们与伊兰和奈妮薇很久没联系了，”汤姆说，他的眉毛随着他皱眉的动作略有起伏，“我想，伊兰和奈妮薇如果认为这件事够重要，就应该已经找到办法让他知道了。”

“这件事也不一定就很重要，”泽凌一边说，一边弯下腰，哼着拉下一只脚上的靴子，“那东西毕竟已经沉到了海底。”他阴沉着脸把靴子扔到墙角的包袱上。“麦特，你今晚还打算让我们睡一会儿吗？我们明天应该是没觉可睡了，我希望至少能每隔一天睡上一觉。”

那天晚上，麦特睡到泰琳的床上。不是为了纪念些什么，这种想法让麦特有些想笑，不过他的笑声也许要比哭还难听，他选择这里只是因为这里有舒服的羽毛床垫和鹅毛枕头。过了这一晚，他不知道自己什么时候才能再躺在这么一张正经的床上。

但现在最大的问题是，他根本睡不着。他躺在黑暗中，一只手枕在头下，系着徽章的皮绳绕在他的手腕上，让他随时都能向滑过门缝，朝着对他发动偷袭的古蓝甩出那枚徽章。但让他无法入睡的并不是古蓝。他总是不禁要在脑子里把自己的计划重新思考一遍。这是一个很好的计划，也很简单，至少相对于它要达到的目的，已经是非常简单了。只是，任何一场战争都不是按照计划进行的，哪怕是最好的计划。伟大的将军们的名声不是来自于他们制订了辉煌的计划，而是因为他们在所有计划都被破坏之后仍然能赢得胜利。所以，当第一缕曙光照亮窗户时，麦特仍然睁着眼，在手指间翻滚着那枚徽章，竭力思考着行动中还会出现什么问题。

第 30 章

冰冷的大雨

这个早晨非常寒冷，灰色的云团遮住升起的太阳，从风暴海吹来的强风让窗户上的玻璃不停地啪啪作响。在传说故事里，这不是那种会出现英勇救援和胜利逃亡的日子，倒像是一个会发生谋杀案的日子。对于希望能再活到下一个黎明的人来说，这可不是什么好念头。不过麦特的计划是简单可行的。现在他有了一名霄辰的王之血脉可利用，不会再有什么应付不了的差错了。麦特竭力说服自己相信这一点。

在麦特穿衣服时，罗平为他送来早餐，有面包、火腿和一些黄色的硬干酪。尼瑞姆正在收拾最后几件要送往“流浪的女人”旅店去的衣服，其中包括一些泰琳给他的衬衫，它们毕竟都是品质一流的衬衫，尼瑞姆说他可以想办法去掉上面的蕾丝。像往常一样，他的语气就像是在谈论如何缝制一副裹尸布。这个总是可怜兮兮的灰发小个子对于针线很有一套，他曾经缝合过不少麦特身上的伤口。

“尼瑞姆和我会带着奥佛尔从宫殿后面运垃圾的小门出去。”罗平带着夸张的忍耐表情复述他们的行动计划，他的双手在肚子前面紧紧地握在一起。宫廷里的仆人很少会错过吃饭的时间，而现在罗平的黑色提尔外衣在他的圆肚子上勒得比以前更紧了。不过，今天他系上了所有的外衣扣子，外衣的下襟也不再是敞开的了。“除非下午垃圾车进出的时间，否则那里除了卫兵，不会有其他人。而且那些卫兵已经习惯看到我们把大人的东西送出去，所以他们不会注意到我们。在“流浪的女人”旅店，我们会取出大人的黄金和所有衣物。梅特温、费尔金和高德蓝会带着马匹与我们会合。然后我们和红臂队就会带着小奥佛尔，在下午三点左右通过达莱门。我有可以使用遴选马匹的令牌，它们就在我的口袋里。除了必备的坐骑外，我还能动用两匹驮货的牲畜。在北方大道上有一座废弃的马厩，大约就在天堂舞台以北一里的地方，我们可以在那里等待大人。大人的命令就是这样的吧？”

麦特咽下最后一口干酪，掸掸双手：“你认为我让你把这个计划背了太多遍吗？”他一边说，一边披上外衣，这是一件朴素的深绿色衣服，任何人遇到今天这种事情都会想尽量穿得朴素一些。“我想要确认你已经把它铭记在心了。记住，如果你在明天日出时还没看见我，你就要继续前进，直到你遇见塔曼尼和红臂队。”清晨查看罪奴巢的罪奴主会发出警报，如果不能在此之前出城，他就要试试自己的运气能不能挡住刽子手的斧头了。曾经有人告诉过他，他命中注定要死而复生，不管那是不是个预言，他非常确信，这件事已经发生过了。

“当然，大人，”罗平面无表情地说，“一切都按照您的命令行事。”

“一定的，大人，”尼瑞姆仍旧是满脸哀伤，“大人下达命令，我们遵从。”

麦特怀疑他们在说谎，不过即使他们等上两三天应该也不会有什么问题，那时他们就会明白，他是不会去找他们了。如果有需要，三名红臂队员也会说服他们。那三名红臂队员会追随麦特·考索恩，但如果他的脑袋掉了，他们不会愚蠢到把脖子伸到断头台上去。不知为什么，麦特不确定罗平和尼瑞姆是否会这么愚蠢。

当奥佛尔知道要离开莉赛勒时，他并不像麦特想象的那么伤心。当麦特帮他收拾要送往旅店去的行李时，他们讨论了这个问题。奥佛尔的全部家当都被整齐地排列在他的窄床上，这个房间曾经是麦特寓所的一间小起居室。

“她要结婚了，麦特。”奥佛尔耐心地说道，他的语气就好像是在为一个傻瓜解释一个显而易见的问题。他打开一只莉赛勒送给他的雕花小木匣，看到他的红鹰羽毛安全地放在里面，就合上匣盖，将木匣收进他要背在肩膀上的皮袋子里。他总是很小心地收藏这根羽毛，就像他小心地放置那只装了二十枚金币和一把银币的钱袋一样。“她的丈夫不会让她再教我阅读了。如果我是她的丈夫，我就不会。”

麦特“哦”了一声。莉赛勒只要打定主意，就会立刻付诸行动，她昨天宣布将要嫁给旗将亚玛达，而婚礼将在明天举行。虽然按照艾博达的习俗，举行婚礼应该是在几个月以后的事情。麦特不知道亚玛达是不是一个优秀的将军，但他显然无法对抗莉赛勒和她高耸的双峰。今天，他们去查看芮安诺山的一座葡萄园，这是新郎送给莉赛勒的结婚礼物。“我还以为你想要……我只是猜的……你要带她跟我们一起走，或是做些别的什么事。”

“我不是孩子了，麦特。”奥佛尔不以为然地说，他将包住斑纹海龟壳的亚麻布重新裹好，再把这个小包裹也放进袋子里。“你会跟我玩蛇与狐狸吧？莉赛勒很喜欢陪我玩这个，但你总是没时间。”

尽管麦特已经将奥佛尔的许多衣服放进一件斗篷里，裹了一个大包袱，这个孩子却还有一条裤子、几件衬衫和几双袜子不得不放进他的皮袋子里。当然，还有他去世的父亲留给他的蛇与狐狸游戏。一个人很难舍下自己的东西，而奥佛尔在他十年生命岁月里失去的比大多数人一生所失去的还要多，但他仍然相信，不打破规则也能赢得蛇与狐狸的胜利。

“我会的。”麦特向他承诺。如果他能离开这座城市，他就会和奥佛尔玩蛇与狐狸，为了取得胜利，他已经打破许多规则。“在与我会合之前，你要照顾好疾风。”

奥佛尔咧开嘴笑了笑，对他来说，这已经是很愉快的表情了。这个孩子喜欢那匹长腿的灰色骟马不亚于喜欢蛇与狐狸。

不幸的是，贝瑟兰是另一个认为赢得胜利要守规矩的人。

“就在今晚。”他的声音非常激动，在泰琳房间里的壁炉前，他正来回踱着大步，这名身材苗条的王子眼中散发出的寒意，让壁炉中的火焰也不再显得温暖了。他的双手背在身后，仿佛他要阻止它们握住腰间窄刃佩剑的剑柄。波浪纹雕花的大理石壁炉台上，那只柱状宝石钟敲响了四下，表明现在是上午的第二个小时了。“我们已经进行了连续几天的警告，现在我差不多可以采取一些大规模的行动了！”

“我不想要任何大规模的行动。”麦特对他说。他不想让这个家伙采取任何行动，但贝瑟兰恰巧在早些时候看见汤姆溜进“流浪的女人”的马厩。汤姆要去安抚裘丽恩的心情，让她心情愉快，直到艾格宁今天晚上派来她的罪奴主。不管怎样，汤姆去那家旅店应该不是什么大事情，有许多理由值得让他去那里逛逛，即使现在那里塞满了霄辰人。但贝瑟兰一下子就扑在这件事上，就像鸭子扑向一只甲虫，叼住就再不肯松口。“你的几位朋友在海湾路两侧烧掉一些霄辰人的物资仓库就足够了。记住，一定要在午夜以后放火，而且不论他们把防火时间订在什么时候，最好再延迟一小时。”如果运气好的话，他在午夜之前就应该出城了。“这样会把他们的注意力引向南边，而且你知道，失去储存物资对他们将是很大的打击。”

“我说过，我会做这件事，”贝瑟兰没好气地说，“但光是放一把火肯定算不上什么大行动。”

麦特坐回椅子里，将双手放在雕花的竹扶手上，皱起眉，他想要让双手休息一下，但他的玺戒却随着他的手指敲击镏金竹扶手不停地发出金属撞击声。“贝瑟兰，当仓库着火时，人们会看见你在酒馆里痛饮，对不对?”贝瑟兰的脸色阴沉得可怕。“贝瑟兰?”

贝瑟兰甩开双手：“我知道，我知道，我绝不能让我母亲陷入危险。我会被人们看见在酒馆里喝酒，到了午夜的时候，我会醉得像老板娘的丈夫！我一定会被看见，如果你在这件事上下注，肯定能赢！我不是要逞英雄，麦特，这是一场对抗霄辰人的战争，无论我母亲是否要参加。”

麦特竭力不让自己叹气。他几乎成功了。

三名红臂队从马厩里牵马出来，这当然没办法隐藏。那天上午，他已经两次注意到一名女仆将一些钱币交给其他人，那个女人也两次都恶狠狠地瞪着他。车尔和哈南一直谨慎地在马厩旁的营房里看守，现在全宫殿的人都知道麦特·考索恩很快就要离开了，每个人都在为他会在什么时候出发或是能否成功而打赌。麦特只能尽量保证不会有人知道他会在什么时候离开。

随着上午的时间渐渐消逝，风愈来愈强了，但麦特仍然缩在果仁背上，紧抓着斗篷，在马厩院子中一圈圈地绕着，他骑马的速度比平时更慢。果仁的蹄铁在石板地面上发出单调、沉闷的敲击声。他偶尔会看一眼天空中的黑云，摇摇头。不，麦特·考索恩不喜欢在这样的天气里走远路，麦特·考索恩喜欢留在温暖干燥的地方，直到天空恢复清澈。那才是他喜欢的。

在马厩院子里训练罪奴的罪奴主们也知道他就要走了，也许这不是那名下注的女仆告诉她们的，但一个女人知道的事情总是很快就会被一里内的所有女人知道。野火掠过干木头的速度也赶不上女人们传播谣言的速度。一名高个子的黄发罪奴主瞥了麦特一眼，又摇摇头。一名身材矮壮、脸黑得好像海民的罪奴主大声笑了出来。是的，他只是泰琳的玩具。

罪奴主与他无关，但苔丝琳就不同了。麦特已经连续几天没见过苔丝琳接受训练，不过今天她总算出现了。罪奴主们任由寒风吹起她们的斗篷；罪奴则用衣服紧紧裹住身体，只有苔丝琳除外。她丝毫不理会飘在背后的灰色斗篷；每经过一处坑洼凸起时，她都会稍微踉跄一下。她大睁着双眼，两仪师的面孔上写满忧虑。有时，她会飞快地瞥一眼牵着她的那名体态丰满的黑发罪奴主，并带着不确定的神色舔舔嘴唇。

麦特感到肠子一阵痉挛。苔丝琳想要做什么？如果她现在决定屈服……

“一切都好吗?”当麦特下了马，把缰绳交给车尔时，车尔这样问他。冰冷沉重的雨滴正从天空中落下。罪奴主们忙着将她们的罪奴赶进房间，嬉笑着，为了躲避雨滴而奔跑着。一些罪奴也在笑，她们的笑声让麦特的血液也为之凝结。车尔显然不打算让别人怀疑他们为什么要站在雨里说话。这个肥胖的男人弯下腰，抬起果仁的左前蹄，查看上面的马蹄铁。“你看起来比平时更紧张一点。”

“一切正常。”麦特对他说。他的腿和屁股疼得仿佛有牙齿在咬他，但他却没心思理会这种疼痛和落在身上的雨水。光明啊，如果苔丝琳现在回来……“记住，如果你今晚听到宫殿中有喊声，或是其他异常的声音，你和哈南就不要再等了。你们立刻骑马出城，去找奥佛尔，他会在……”

“我知道那个小淘气在哪里。”车尔放下果仁的腿，直起身，从牙缝中啐出一口痰。雨滴沿着他的脸颊不断地滑落。“哈南也没蠢到不懂得如何给自己穿靴子。我知道该怎么做，你只需要做好你的那个部分，确保你的运气能有用。来吧，孩子，”他对果仁说话时的语气要温暖得多，“我给你找了一些上好的麦片，我还有一条热气腾腾的炖鱼要去吃呢。”

麦特知道他也应该吃些午饭了，但他觉得自己的肚子里好像塞了一块石头，根本没有任何空隙可以再放进食物了。他一瘸一拐地走回到泰琳的寓所，将湿斗篷扔到椅子上，然后就站在原地，盯着角落里的黑矛和未上弦的长弓。他计划到临走时才回来这里拿走艾杉玳锐，那时王之血脉和仆人们应该都已经睡了，仍然保持清醒的只有卫兵，但他不能冒险让任何人看见这支长矛。如果他在深夜拿着武器走在泰拉辛宫的走廊里，即使是那些称他为玩具的霄辰人也会怀疑他在干什么。他还打算把长弓也带走，想要在两河以外找到优质的黑杉木几乎是不可能的，而且那些外国制弓匠总是把木材切得很短。没上弦的长弓总应该高出用弓者两拳才好，但也许他真的已经用不到这张弓了。他需要用双手使用艾杉玳锐，而在他丢下长弓去拿长矛的空档，敌人也许就把他干掉了。

“一切都会按照计划实现。”他大声说道。该死的，这句话听起来就像是羊毛脑袋的贝瑟兰说的！“我不打算在这座该死的宫殿里杀人!”这句话也一样蠢。运气在玩骰子时非常有用，但如果要在其他地方依靠运气，那只能要了自己的命。麦特躺在床上，将两只穿靴子的脚叠在一起，继续端详着他的弓和长矛。通往起居室的门敞开着，他能听到那座圆柱钟轻微的“滴答”声。时间在一点一点过去，光明啊，今晚他需要自己的运气。

窗外透进来的光线在缓慢地减弱，他却愈发迫不及待。不止一次，他想站起来看看太阳是不是在天空中停住了，但灰白的天空终于被紫色的夜幕所覆盖，然后，天彻底暗了下来。钟响了两下，再之后就只剩下风声和雨滴击打窗户的声音，就算是在雨水中继续劳作的工人们现在也会放下工具，回家去了。没有人为他点亮这个房间里的灯盏，让炉火重新旺盛起来，昨晚也是这样，这里只有他一个人。卧室壁炉中的火焰愈来愈暗，最终熄灭了。现在，所有人都在行动。奥佛尔应该在那个老马厩中睡着了，那座马厩的屋顶差不多还是完整的。钟声表明，夜晚已经过去了一个小时。仿佛又过了一个星期的时间，起居室传来四声钟响，代表着夜晚第二个小时过去了。

麦特从床上站起来，摸索着走进黑暗的起居室，推开一扇高窗。冷风裹挟着雨滴穿过精致的白色雕花铁窗栏，很快就打湿了他的外衣。月亮被乌云遮蔽，整座城市都被黑色的大雨所包裹，连能够带来短暂光亮的闪电都没有，所有街灯都被雨水和寒风熄灭。当他们离开泰拉辛宫后，黑夜会掩护他们，而任何发现他们的巡逻队都会给予他们特别的注意。风吹透了他潮湿的衣服，让他打了个哆嗦，急忙将窗户关上。

麦特坐进一把雕花竹椅里，将手肘支在膝盖上，望着冰冷壁炉上的那座钟。在黑暗里，他无法看见那座钟，但还是能听到稳定的“滴答”声。他一动也不动地坐在那里，但表示另一个小时过去的钟声一下让他打了个哆嗦。现在他只能等待。再过一会儿，艾格宁就会将罪奴主带到裘丽恩面前。如果她真能像她所说的那样找到三名罪奴主，如果裘丽恩不再像第一次戴上罪铐时那样浑身抽搐，那么她、汤姆和其他人就会离开“流浪的女人”，在达莱门附近与他会合。如果他无法赶到达莱门，汤姆就会依靠他的萝卜印章提前出城。他对于自己伪造的出城令很有信心。如果麦特的计划完蛋了，至少他们还有机会。如果，太多如果了，再去想它们不会有任何意义，现在已经无法再回头了。

当……钟声响起，好像一块水晶敲击汤匙。当……现在，泽凌正在去找他心爱的瑟拉。如果他的运气好，贝瑟兰应该开始在某个酒馆里喝酒了。麦特深吸一口气，在黑暗中站起来，逐一摸过袖子里、外衣下和靴口中的匕首，还有一把匕首挂在他的领子里面。好了，他离开寓所。除了开始行动，其他任何选择都已经太迟了。

空旷的走廊中只有很昏暗的光亮，每三到四盏立灯中只有一盏是亮的。在镜子中留下倒影的小团火光，和火光中间的灰色影子让这里不是一团漆黑。他的靴子踏在地板上，发出响亮的回声，然后他开始在大理石阶梯上奔跑。在这样的黑夜里，似乎没有人会来打扰他，但如果有人看到他，他最好能表现出一副光明正大的样子来。麦特将拇指插在腰带里，放慢脚步，这并不比从厨房的窗台上偷走馅饼更糟糕。想到这里，他满是空洞的回忆似乎在告诉他，在他小时候曾经有一两次因为偷馅饼而被打个半死。

麦特踏上马厩院子边上的柱廊，翻起领子以抵挡透过白色凹槽圆柱吹进来的雨滴。该死的雨！光是走在柱廊里，麦特就觉得自己要被淹死了。墙上的油灯都已经熄灭了，只有在敞开的门洞前还有两盏灯是亮着的，这是大雨中唯一的两点亮光了。麦特看不清宫门外的卫兵，但他相信，那些霄辰士兵仍旧一动也不动地站着，就好像现在是风和日丽的下午。那些艾博达人很可能也一样，他们不喜欢低人一等的感觉。过了一会儿，他退到前厅门后，以免自己全身湿透。马厩院子里没有任何动静。他们在哪里？该死的，在哪里？

骑马的人出现在通往宫外的大门口，走在最前面的是两名步行的持灯侍从，麦特无法透过雨水数清他们的人数，只能肯定那里有不少人。霄辰信使会有持灯侍从吗？在这样的天气里，也许会有。麦特的面孔扭曲了一下，又向后退了一步，一直退到前厅。他背后昏暗的灯光让他面前的门洞变得一片漆黑，但他还是努力向外窥望。过了几分钟，四个披着斗篷的人影从黑暗中冒出来，快步向门口走过来。如果他们是信使，那他们就会迅速走过前厅，甚至不会多看他一眼。

“你的手下车尔太无礼了。”艾格宁说道。她一走过那些凹槽圆柱，就掀起斗篷的兜帽，在黑暗中，她的面孔只是一团影子，但她冰冷的声音已经清楚地告诉麦特，是谁正在走进前厅。麦特不得不向后退去。她的眉毛紧皱在一起，一双蓝眼睛如同寒冰雕成的钻头。表情严肃的贝尔紧随在她身后，一边还在摇落斗篷上的雨水。他们身后是两名罪奴主，一名头发是黄色，皮肤白皙；另一名留着褐色长发。她们都低垂着头，双眼直视脚尖前的那块地板，这让麦特无法看清她们的面貌。“你没告诉我，她还带着两个男人。”艾格宁继续说着，又脱下手套。麦特很奇怪这个霄辰人怎么会改变慢吞吞的霄辰口音，以如此快的语速说话，她根本就不给麦特插嘴的空隙。

“你也没告诉我赛塔勒也要走，幸好我知道该如何随机应变，计划总是需要不断修改，船锚也会有变干燥的时候。说到干燥，难道你刚才一直在外面跑吗？相信你还没被注意到吧？”

“你是什么意思？修改计划？”麦特问道。他用力抓了抓头发。光明啊，他的头发里都是水！“我已经安排好了一切！”为什么这两名罪奴主还这样一动也不动地站着，就像两尊雕像？而这两尊雕像所代表的含义肯定是“不情愿”。“在外面的那些人是谁？”

"从旅店里来的人。"艾格宁不耐烦地说，"首先，我需要一支像样的随从队伍，好让街上的巡逻队不会对我产生怀疑。那两个……护法？他们都身材健壮，是很合适的持灯侍从，而且，我不想在这种糟糕的天气里和他们失散。我们最好一开始就在一起。"她转过头，沿着他的目光看到了两名罪奴主，"她们是汐塔和李娜，我怀疑她们并不希望你在今晚之后还会记住这些名字。"

那名白皮肤的女人在听到"汐塔"这个名字时哆嗦了一下，她的同伴在听到"李娜"时也有同样的反应，她们都没有抬起头。艾格宁捉住了她们的什么把柄？没关系，现在重要的就是她们到了这里，准备做他想让她们去做的事。"不要再浪费时间了，"麦特说，"让我们按照新的计划继续吧。"他任由艾格宁去实现她的计划，没有再多说什么。毕竟，当他躺在泰琳卧室的床上时，已经决定要冒计划改变的风险了。

第31章

埃斐英所说的

那名霄辰贵妇露出惊讶的表情，甚至还有不小的愤怒。这时麦特已经和她一起赶往罪奴巢。汐塔和李娜自然认识路，而麦特则应该去拿他的斗篷和他要带走的一切。那两名罪奴主跟着他们走过昏暗的走廊，她们的斗篷垂在背后，眼睛依旧只是盯着地板。贝尔走在最后，仿佛在看管那两名罪奴主。落在他头侧的辫子摇摆着，他的眼睛不放过任何一个十字路口，有时候，他会摸一下腰间，仿佛在寻找一把剑或是一根棒子。除了他们之外，挂满织锦的走廊里一片寂静。

“我还有一件小事，”麦特对艾格宁说，他竭尽所能让自己的声音显得更轻松一些，还给了那名霄辰女人一个微笑，“不需要麻烦你们，我很快就回来。”他最吸引人的微笑并没有比昨天在旅店房间里的时候效果更好。

“如果你现在坏我的事——”她的声音中充满威胁。

“记住这是谁的计划。”麦特低声说。艾格宁哼了一声。光明啊，女人们总是认为她们能取代你掌控一切，而且还能做得比干这一行的男人要强得多！

但艾格宁至少没有再说什么。他们迅速来到宫殿顶层，登上那道黑暗狭窄的楼梯，来到拥挤的阁楼，这里只点着几盏灯，比下面的走廊更加昏暗。隔间之间的狭窄走廊如迷宫般错综复杂，其中充满了阴影，一切都寂然不动。麦特感觉到自己的呼吸轻松了一些，如果李娜没有那样长长地吁了一口气，他也许还会更轻松一点。

李娜和汐塔知道每一名罪奴都住在哪个小房间里，她们没有快跑，但也没有丝毫耽搁地走进阁楼深处。这也许是因为贝尔仍然紧跟着她们。当然，这种情景并不会增强麦特的信心，但如果只靠愿望就能成事，那乞丐也不会挨饿了。一个人总有别无选择，必须去做的一些事情。

艾格宁最后瞪了他一眼，又重重地哼了一声，没说什么便跟随一行人走掉了，斗篷在她身后不停地甩动。麦特望着她的背影，皱了皱眉头。如果那个女人穿的不是裙子，光看她走路的样子，任何人都有可能把她当成男人。

他的确有件事要做，而且不是小事，也不是他想去做的事。光明啊，他一直在说服自己不要去做这件事！但该死的是，现在他只能去做。当艾格宁跟随贝尔消失在走廊转角时，他立刻朝附近的一个房间飞奔而去。在他的记忆里，那是距离他最近的一个囚禁海民罪奴的房间。

麦特悄无声息地推开木门，溜进这个伸手不见五指的房间。睡在房里的那个女人正发出一阵阵粗鲁的鼾声。麦特缓缓向前摸去，直到膝盖碰到床沿。他以更快的速度摸到躺在床上的人，及时找到那个人的头，并在她就要发出喊声时捂住了她的嘴。“我想要你回答一个问题，”他悄声说道，该死的，如果他走错房间该怎么办？如果这根本就不是寻风手，而是一个该死的霄辰女人呢？“如果我从你的脖子上取下项圈，你会做什么？”他抬起手，屏住呼吸。

“如果光明佑护，我会救出我的姐妹。”黑暗中的海民声音让麦特恢复了呼吸，“如光明所愿，我们会冲到海港，找到我们被奴役的同胞，尽可能解救他们。”黑暗中，那个女人的声音压得很低，但她的语气愈来愈激动：“如光明所愿，我们会夺回我们的船，一直杀向大海。那么！如果这是个圈套，就惩罚我吧，或者杀了我。我已经到了屈服的边缘，就要放弃自己了，让我蒙受将要永远烧灼我的羞耻，但你让我记起了我是谁。现在，我将绝不屈服。听到我的话了吗？绝不！”

“如果我要你等三个小时再这么做呢？”麦特仍然俯在她身上，“我记得亚桑米亚尔的时间感很准，你们在心中衡量一个小时，误差只有几分钟。”有这个记忆的不是他，那个人曾经乘坐亚桑米亚尔的船从奥罗拉伦前往巴莱斯塔，一名眼睛美丽如新星的海民女子在拒绝和他一同登上海岸时，潸然落泪。

“你是谁？”她悄声说道。

“人们叫我麦特·考索恩。你觉得这很重要吗？”

“麦特·考索恩，我是耐提勒·丁·萨库拉·南星。”麦特听到她啐口水的声音，知道她要做什么。于是他也在自己的手掌上啐了口水，然后两只手在黑暗中握在一起。她的手像麦特的一样，满是厚茧，强壮有力。“我会等，我会记住你，你是个伟大的人。”

“我只是个赌徒。”麦特对她说。她引领着他的手摸到她脖子上由多个节段组成的项圈，随着一下金属撞击声，项圈被打开了。耐提勒长长地吁了一口气，麦特将她的手指按在项圈的机关上，教会她如何打开这个机关。他让她将项圈闭合又打开，重复三次才感到满意，如果他要做，他就要确保万无一失。“三个小时，请尽量准时。”

“尽我所能。”她悄声答道。

她可能会把一切毁掉，但如果麦特不能冒这个险，又有谁可以？运气一直在帮助他。也许最近他的好运不算太多，但他恰逢其时地遇到了艾格宁。麦特·考索恩仍然握着运气。

麦特以同样安静的动作溜出这个房间，关好房门……又差点咬住了自己的舌头。在他面前是一个灰发女人宽阔的背影，这个女人身上穿的是红底色衣裙，在她面前是高昂着头的艾格宁，更远处是被李娜用罪铐牵着的苔丝琳。麦特没有看见贝尔、汐塔和他从未曾谋面的爱德西娜。艾格宁仿佛一头雌狮在俯视着她的猎物，苔丝琳却睁大了眼睛，颤抖着，一副魂不守舍的样子。李娜的嘴唇扭动着，似乎随时都有可能呕吐出来。

麦特不敢呼吸，他小心地朝那名灰发女人迈出一步，伸出双手。如果能在她喊出来之前制服她，他可以将她藏在……哪里？汐塔和李娜肯定想要杀死她。麦特不知道艾格宁对这两名罪奴主有多强的控制力，但这个女人肯定认识她们两个。

艾格宁冷峻的蓝眼睛越过那名灰发罪奴主，看了麦特一眼，然后她的目光又回到灰发罪奴主的身上。“不！”她厉声说道，“现在不能浪费时间改变我的计划了。上罪奴主，苏罗丝大君说过，我可以随意使用罪奴。”

“当然，大人。”灰发女人的应答声显得相当困惑，“我只是想告诉您，苔希还没训练好，实际上，我正是来找她的，最近她的进步很大，大人，但……”

麦特继续屏住呼吸，踮着脚尖向后退去。他沿着狭窄的楼梯，一点点退下阁楼，同时伸手扶在墙上，尽量撑稳自己的身体。他记得这段木头楼梯的台阶都很结实，踏上去不会发出任何声响，但他不敢心存侥幸。必须做的事情，总要去做，但过分依靠自己的运气就是错误，这才是长命的秘诀，而他现在绝对不想死。

来到楼梯底下，麦特停下来，猛吸了一口气，他的心脏差点要停止了跳动，然后，他的心跳终于缓慢了一点。他不想让这颗心脏在明天就停止运作。自从见到那个灰发女人，这好像是他吸进的第一口气。光明啊！如果艾格宁认为能控制局势，那很好，就让她去对付吧。艾格宁一定是在那两个罪奴主的脖子上套上了绞索！她的计划？好吧，至少她有一点说对了，现在不能浪费时间。麦特又开始奔跑。

他一直跑到臀部阵阵剧痛，又被一张绿松石镶嵌的桌子绊了一下，幸好他捉住一块夏季织锦，才没栽倒在地。挂在黄色大理石檐口上，绣着鲜艳花卉的丝绸织锦被撕开一半，绿松石桌子上的白色高瓷瓶翻倒下来，在红蓝色的石板地面上撞得粉碎，巨大的撞击声在走廊里一直向远处回荡。麦特立刻以不输任何男人的速度没命地狂奔。如果有人听到声音，到这里来查看，他将找不到麦特·考索恩，这时麦特·考索恩已经跑到两条走廊之外了。

最后，麦特终于一瘸一拐地来到泰琳的寓所，走过起居室，进入卧室。这时他才意识到，这里的灯全都点亮了，壁炉中跃动着熊熊火焰，壁炉旁的镏金木筐中堆满新柴。泰琳双手伸到背后，正在解开胸衣的扣子，看见麦特走进来，她皱起眉头，她的深绿色骑马裙上满是皱褶。炉火劈啪作响，不断向烟囱里喷出一团团火星。

“我没想到你会回来。”麦特一边说，一边拼命地思考。他虽然对今晚可能的突发状况进行过无数次演练，但泰琳提前回来却从不曾出现在他的预想范围之内，麦特觉得自己的大脑仿佛冻僵了。

“苏罗丝得知一支军队在莫兰迪消失了，”泰琳直起身，缓缓地回答道，她的语气有些心不在焉，一双眼睛却只是盯着麦特·考索恩，“我不知道是哪支军队消失，又是如何消失的，但苏罗丝决定以最快的速度返回。我们将其他人丢在身后，骑着一头霄辰人的飞行怪兽回来，同行的只有驾驭那头怪兽的女子。一到码头，我们就骑上快马全速进城。苏罗丝去了广场对面的那家旅店，她的全部军官都在那里，她和那些军官今晚大概都不会睡觉了……”

泰琳走到麦特面前，用手指摩挲着他的绿色外衣，喃喃地说：“养一只小狐狸的问题就是，迟早他都会想起自己是一只狐狸。”那双黑色的大眼睛凝视着麦特。突然间，她伸出双手捉住麦特的头发，拉低他的头，拼命地吻在他的唇上，让麦特的脚趾头都蜷缩起来。

她终于放开麦特，喘息着说：“这是为了让你知道，我会多么想念你。”然后，她的表情丝毫没有改变，却狠狠地抽了他一巴掌，让他眼冒金星。“这是为了惩罚你要瞒着我溜走。”她转过身，将乌黑色的头发从肩膀绕到身前。“为我解开扣子吧，我可爱的小狐狸，我们回来得太晚了，我不想叫醒侍女们。但这些指甲让我根本没办法解开扣子。让我们最后共度一晚，明天，我就送你走。”

麦特揉搓着脸颊，这个女人可能把他的牙都打掉了！不过她至少让麦特感到一点欣慰。如果苏罗丝在“流浪的女人”，她就不会看到泰拉辛宫中不该让她看到的事情，他的运气还在。现在他只是担心面前的这个女人，而他现在无法回头了。

“我今晚就要走。”他将双手放在泰琳的肩膀上，“而且，我要带走阁楼上的两名两仪师，跟我走吧！我会让汤姆和泽凌去找到贝瑟兰，还有——”

“跟你走？”泰琳的脸上满是难以置信的表情。她转过身，看着麦特，高傲的脸上流露出轻蔑的表情。“小鸽子，我没想过要成为你的爱宠，我也不打算成为难民，把阿特拉丢给某个霄辰人选中的傀儡。我是阿特拉女王，愿光明护佑我，我不会丢下我的国家。你真的要解救两仪师？我希望你平安无事。如果你一定要这么做，我也希望那些两仪师能顺利逃走。但无论如何，你做这种事都像是要把自己的脑袋插在城门口的杆子上。亲爱的，你的头太漂亮了，不应该砍下来，再涂上柏油。”

麦特想要再次抱住她的肩膀，但她已经向后退去，犀利的目光让麦特垂下了双手。他尽力让自己的声音充满急迫感：“泰琳，我已经让所有人都相信我急于在你回来之前逃走，这样霄辰人就会知道，你和我做的一切没有任何关系。但现在——”

“我回来了，而且吓坏了你。”她高声打断他的话，“所以你绑住我，把我塞在床底下。当我在早晨被发现时，我会气得发狂，会对你恨之入骨！”她微笑着，但她的眼睛闪闪发亮，不管她怎样称他为小狐狸，说会送他走，但她一定是真的很生气。“我会悬赏缉拿你，并告诉图昂，当我捉住你的时候，就会把你卖给她，如果她还想买你的话。我会成为一位真正的王之血脉，满心怒火。他们会相信我，小鸽子，我已经告诉苏罗丝，我要剃掉头发。”

麦特虚弱地笑了笑，他相信她没说假话，当他被捉住的时候，她就会卖掉他。“女人就是黑夜中的石南迷宫。”谁都知道这句谚语，就连女人自己也走不出这座迷宫。

泰琳坚持要指导麦特该怎么捆绑她，她似乎为此而感到骄傲。麦特将她的裙子撕成布条，当成绳索，这可以表明她的返回出乎麦特的预料，麦特将她制服以后，来不及去找合适的绳子。绳结打得非常紧，无论她怎么挣扎都拉不开。当绳结被系好后，她立刻就开始挣扎，而且用尽全力，也许她的确是想要夺回自由。当她失败之后，连嘴唇也扭曲起来。她的脚踝和手腕在她背后被紧紧地捆在一起，一根布索一端系在她的脖子上，另 端系在床柱上。这样她就没办法蠕动到外面的走廊里。当然，也不能让她大喊大叫。当麦特温柔地将她的丝绸手帕塞进她的口中，并用另一条手帕系好时，她微笑了，但她的目光仍然凶狠异常。真是黑夜中的石南迷宫。

"我会想念你。"他低声说着，将她推到床沿下。让麦特惊讶的是，他知道自己真的会想念她。光明啊！他急忙拿起斗篷、手套和长矛，吹熄房里所有的灯。女人总让男人在不知不觉间陷入这座迷宫。

走廊仍然是空的，除了他自己一瘸一拐的脚步声以外，听不到任何声音。但是，当他到达通往马厩院子的前厅时，刚刚放松一点的心情立刻又紧绷起来。

这里只剩下一盏立灯还亮着，在那些花朵织锦上投下了摇曳的光影。泽凌和他的女人并不在这里；艾格宁一行人也不见踪影。麦特在泰琳身上花了不少时间，现在他们应该都已经在这里等他了。在柱廊外，滂沱大雨如同一道黑色的幕帘，遮住了外面的一切。他们是不是去马厩了？艾格宁似乎为她自己把计划改变不少。

麦特低声咕哝了一句，用斗篷裹紧身子，打算穿过大雨，跑进马厩，今晚他可是受够女人了。

"你真的要离开了，我可不允许，玩具。"

麦特骂了一声，转过身，发现图昂就站在他面前。在透明的长面纱后，她黝黑的面孔相当严肃，一只用火滴石和珍珠穿成的小头环，将面纱固定在她剃光的头顶上，她的宽腰带和长项链上也几乎完全由这两种宝石组成。在这个时候还会注意到这些珠宝，麦特实在是对自己感到有些惊讶。光明在上，她怎么现在还没睡？该死，如果她现在跑掉，呼唤卫兵来阻止他……

麦特拼命向这个纤弱的女孩扑过去，但她灵巧地摆脱了他的双手，并一拳打飞艾杉玳锐。这一拳让麦特的手腕几乎麻痹了。麦特原本以为她会逃走，但她却向麦特挥出雨点般的拳头，钻头般的指节和斧刃般的掌缘不断向麦特袭来。麦特的手脚很快，汤姆甚至说他从没见过有谁比麦特动作更快，但现在他只能勉强挡住这个女孩的攻击，根本没机会捉住她。如果麦特不是在竭尽全力避免自己的鼻梁或身体的其他部位被打断，他也许会觉得这副情景非常好笑。虽然他的身材只是中等身材略高，但也要比这个女孩高大许多，然而这个女孩却一直在向他猛攻，就好像她才是他们之中身材和力量都尽占优势的那一方。不知为什么，女孩丰满的嘴唇微微翘起，仿佛是在微笑。如果换作其他时候，麦特一定会认为她那双水灵灵的大眼睛里散发出喜悦的光芒。让他被烧死吧，在这个时候想到对面的女人有多漂亮，简直就像评论她身上的那些珠宝一样荒谬！

她突然向后退去，伸手扶正固定面纱的宝石环。她脸上已经没有任何欢愉，而是充满专注的神情。她谨慎地站稳脚跟，目光须臾未曾离开麦特的脸，双手却开始缓慢地提起她的白色百褶裙，一寸一寸地把裙摆提到膝盖以上。

麦特不明白为什么她不高呼求援，但他知道，现在她要踢他了。好吧，他不会束手就擒！他再次向女孩扑过去，一切都在瞬间发生。他的肋部被狠狠地戳了一下，迫使他单膝跪倒在地。图昂几乎把裙摆提到了臀部，她跃起在半空，穿着白色长袜的细腿如同一道闪电射向他的头部。

当麦特看到诺奥用双臂环抱住那个女孩时，他觉得自己一定是非常震惊，但他的速度比女孩更快。图昂终于张开了嘴，麦特已经爬起来，将她的面纱塞进她的嘴里，宝石头环也掉落在地。她当然不会像泰琳那样合作。麦特必须用力握住她的下巴，才不至于被她咬断手指。愤怒的吼声从她的喉咙里喷出，她的眼睛跃动着刚才她发动进攻时不曾有过的怒火。她在诺奥的臂环中挣扎着，拼命踢蹬双腿，但那个老人仍旧稳稳地抱住她，一次又一次避开她的后脚跟。不管诺奥的年纪有多大，可能受过多少伤，对付这个女孩却显得游刃有余。

“你经常惹上这种麻烦的女人吗？”他不疾不徐地问道，麦特能清楚地看到他微笑时露出的牙缝，他披着斗篷，肩上还背着包袱。

“经常。”麦特没好气地答道。图昂的膝盖撞在他原本就在疼痛的大腿上，让他哼了一声。他单手解开绕在脖子上的丝巾，用它绑住图昂嘴里的面纱。但在最后一刻，他还是被图昂在拇指上狠狠咬了一口。光明啊，他该拿她怎么办？

“我不知道这就是你的计划，”诺奥说话时丝毫不见喘气。虽然那个女孩还在他怀中以旺盛的精力挣扎着。“不过你应该已经看出来了，我今晚也要离开，相信再过一两天，这里就不会欢迎被你带进来的人了。”

“明智的决定。”麦特嘟囔了一句。光明啊，他应该记得要警告诺奥的。

麦特蹲下身，一边躲避着图昂的踢蹬（虽然不是完全成功），一边捉住她的双腿。一把从他的袖子里滑出的匕首开始割开女孩的裙摆，然后，麦特从裙摆上撕下长长的一条，捆住图昂的脚踝。幸好他刚刚在泰琳身上练习过如何进行这种捆绑，否则他并不习惯捆绑女人。他又撕下一根布条，从地上捡起宝石头环，然后痛哼了一声，站起身，立刻又哼了一声，因为女孩并起双腿，又踹在他的大腿上。当他将头环重新帮图昂戴好时，图昂瞪着他的眼睛。她已经结束了无用的踢蹬，但她并不害怕。光明啊，麦特觉得如果自己处在她的位置上，一定早就狼狈不堪了，绝不会像她这样，还是这么漂亮。

泽凌终于到了，他披着斗篷，全副武装，腰带上插着他的短剑和锯齿匕首，一只手拿着细竹竿。一名身材苗条的黑发女子，身上穿着达科维外出时穿的那种厚实的白色长袍，紧紧抓着泽凌的右臂。她看起来比麦特想象中要大上五六岁，容貌很漂亮，有双玫瑰花蕾般的嘴唇，但脸上却是一副闷闷不乐的样子。她的一双黑色大眼睛胆怯地四处张望着，当她看到图昂时，立刻尖叫一声，放开泽凌，仿佛刚刚被她抱在怀中的是一只滚烫的火炉。她匍匐在一进门的地板上，头顶紧贴在膝盖上。

“我只能从头开始再说服瑟拉一次了。”捕贼人叹了口气，关注地看着他的爱人，麦特明白他为什么会迟到了。不过，泽凌的注意力很快转移到仍然被诺奥抱在双臂之间的那个女孩身上，他将那顶可笑的锥形小红帽推到脑后，搔了搔头。“我们该拿她怎么办?”

“把她放在马厩里。”麦特答道。如果车尔说服了马夫，让他和哈南代替马夫照料晚间信使的坐骑，那么这样做就不会有问题。这本来只是个以防万一的备用计划，但现在情况不同了。“放到干草棚里，这样，马夫早晨去棚子里叉干草时，她才会被发现。”

“我还以为你要绑架她。”诺奥叹了口气，将图昂被捆住的双脚放回地面上，但还是继续抓紧她的上臂。这个小女孩高昂着头，完全不屑于再做任何抗争，虽然她被塞住了嘴，但轻蔑的表情还是清晰地出现在她脸上。她拒绝反抗，不是因为这样做毫无希望，而是因为她没有选择这样做。

脚步声从走廊里传来，而且愈来愈响，那可能是艾格宁，或是因为苏罗丝的返回而出动的誓死卫士，甚至是巨森灵。

麦特急忙示意其他人躲进门旁边黑暗的角落里，自己则蹒跚着捡起黑矛，泽凌拖着瑟拉走进左侧的角落，瑟拉蜷缩在那里。泽凌站在她身前，双手持住竹杖，那根竹子看起来实在是一件很可怜的武器，但捕贼人能够让它发挥出巨大的效果。诺奥把图昂拖到对面的角落，松开抓住她的一只手臂，将手探进外衣里，那里藏着他的长匕首。麦特稳稳地站在房间正中央，背对着外面的疾雨之夜，艾杉玳锐立在他的面前。他的腿还没有从图昂的踢蹬中恢复过来，所以他并不奢望能够与任何人再进行一次像样的战斗，但如果最坏的情况出现，他至少还能在一些人身上留下点记号。

当艾格宁大步走进前厅时，麦特全身一软，急忙用长矛支撑住身体。这次他终于看见了爱德西娜，但他不记得自己曾经在哪一次的罪奴训练中看见过她。那是一名身材苗条、相貌俊俏的女子，身上穿着罪奴的灰色长袍，黑发披散在腰间。尽管汐塔牵着束缚她的罪铐，爱德西娜看起来却相当平静，她是一名身陷桎梏的两仪师，一名相信这个桎梏很快就会被打开的两仪师。而苔丝琳则显得急迫焦躁，她不停地舔着嘴唇，盯着通向外面的门口。李娜和汐塔牵引着两名两仪师跟随在艾格宁身后，目光同样死死地盯着房间对面的那道门。

“我必须安抚住那个上罪奴主，”艾格宁一走进来便说道，“她们对于她们的罪奴非常保护。”看到泽凌和瑟拉时，她皱了皱眉头。即使在她愿意帮忙解救罪奴时，麦特也没想过有必要把瑟拉的事情告诉她，但艾格宁显然不喜欢发生这种她意料之外的事情。“当然，当她看见汐塔和李娜时，情况就好了一些，”这个霄辰女人继续说道，“但——”她的声音消失了，仿佛被刀子割断了一样，她看见了图昂。

艾格宁是一名皮肤白皙的女人，但现在，她的脸白得令人担心。被塞住嘴的图昂瞪着她，仿佛刽子手瞪着等待行刑的犯人。“哦，光明啊！”艾格宁跪倒在地，声音沙哑，“你这个疯子！即使只是碰触九月之女，也必将被缓慢地折磨至死！”那两名罪奴主猛吸一口气，同时跪了下去。她们不仅拉住罪铐，让身后的罪奴同她们一起跪下，还逼迫她们伏下身，面孔紧贴着地板。

麦特哼了一声，仿佛图昂又狠狠地踹在他的肚子上。实际上，他的感觉比被踹一下更可怕。九月之女。埃斐英告诉他的是真的，无论这多么有违背他的希望，他会死而复生。他不知道以前的经历是否算是如此。他会放弃这个世界上一半的光，只为了拯救这个世界。他从来都不想思考一下这是什么意思。他将要结婚了。

“……她是我的妻子。”麦特轻声说道。有人发出仿佛要被掐死的声音，他觉得那应该是贝尔发出来的。

“什么？”艾格宁尖叫着，她的头猛然转向麦特，使得垂在脑后的头发一下子甩到她脸上。麦特从没想过霄辰女人还会发出如此高亢急切的声音。“闭嘴！不能这样说！”

“为什么不能？”麦特问。埃斐英的答案永远是真的，永远。“她是我的妻子，你们该死的九月之女是我的妻子！”

他们盯着他，只有泽凌除外，捕贼人摘下自己的小红帽，盯着那顶帽子。贝尔摇摇头，诺奥轻声笑着。艾格宁张大了嘴，两名罪奴主吸着冷气，仿佛看到一个疯子正在躁狂中胡言乱语。图昂也盯着他，但她的表情完全无法解读，所有想法都被藏在那双黑色的大眼睛后面。哦，光明啊，他该怎么办？首先，要尽快离开……

赛露西娅跑进房间。麦特呻吟了一声，难道这座该死宫殿里面所有的人都要跑来这里吗？贝尔想要捉住她，但她以闪电般的灵活动作避开了，这名体态丰腴的金发侍圣者并不像平时那样端庄稳重。她绞拧着双手，扫视四周，仿佛是一只正在寻求避难之处的猎物。“请原谅我的冒昧，”她用充满畏惧的声音说，“但你所做的实在是太过愚蠢和疯狂了。”她呻吟一声，蜷伏在两名跪倒的罪奴主中间，双手搭在她们的肩膀上，仿佛是要寻求她们的保护。她的蓝眼睛不停地向房里的每一个角落闪烁着。“无论预兆如何，如果你能回头，一切都还有挽回的机会。”

“别害怕，赛露西娅。”麦特用安抚的语气说道。赛露西娅没有看他，但他还是打着安慰的手势，他在那些陌生的记忆中找不到任何办法可以对付一个歇斯底里的女人，所有那些男人在遇到这种事情时唯一的想法就是躲起来。“我向你保证，没有人会受伤害。没有人！相信我，现在你不必害怕。”

不知为什么，赛露西娅的脸庞闪过一阵惊愕的表情，但她很快就稳住了身体。她继续跪在地上，将双手交叠在膝头，突然间，她不再有半分畏惧，而是恢复成平日那个高贵庄严的赛露西娅。“我会遵从你，只要你不伤害我的主人。而如果你伤害了她，我会杀死你。”

如果这番话是艾格宁说的，麦特也许会愣一下，但听到这个肤若凝脂的女人这么说，麦特几乎有些不知所措了。

光明在上，女人是危险的，但麦特没想到自己会不知道如何对付一名侍女。至少她已经不再歇斯底里了。麦特很奇怪女人们怎么能在如此短的时间里，发生如此巨大的变化。

“我想，你大概是要把她们全都丢到干草棚里去？”诺奥问。

“不！”麦特看着图昂，而图昂也在盯着他，只是麦特仍然读不懂女孩脸上的表情。一个像男孩一样干瘦的小姑娘。而麦特喜欢的女人多少都要有些肉感。霄辰皇位的继承人。麦特甚至连普通的贵族女人都不愿去碰。一个想要购买他的女人。现在大概更想在他的肋骨间刺进一把匕首。而她将成为他的妻子，埃斐英的答案永远是真实的。“带她们一起走。”他说道。

图昂的脸上终于有了明确的表情。她在微笑，仿佛突然间明白了一个秘密。她微笑着，他却在颤抖。哦，光明啊，他怎么会抖得这么厉害？

第32章

智慧的一部分

“黄金车轮”是一家相当有规模的旅店，紧邻埃夫海林市场。它的大厅是长方形的，天花板下横亘着厚重的房梁。现在是中午时分，但大厅里只有不超过五分之一的小方桌旁坐着客人，一名外地商人和一名本地女子分别坐在方桌两侧。这些女子都衣着严整，将头发挽在头顶，或者束在颈后，她们也都是商人或银行家。在法麦丁，银行业和商业是禁止男人介入的。大厅里的所有外国人都是男性，因为外来的女性商人都会去女士间。空气里充满烹调鱼和羊肉的香味。偶尔会有客人呼唤大厅后面的男服务生，除此以外，商人和银行家们都刻意压低交谈的声音。雨滴击打屋顶的声音几乎淹没了其他一切声响。

“你确定?”兰德一边问，一边收起已经有些皱褶的雕像素描。

“我想，应该就是他。”答话的是一名下巴突出的男服务生。他在绣着黄色马车轮的长围裙上擦抹着双手，语气显得有些犹豫。“看起来很像他，他应该就快回来了。”他朝兰德身后望了望，叹了一口气。“你最好买杯酒喝，或者离开，高戈太太不喜欢我们在工作时聊天，也不喜欢我们谈论她的客人。”

兰德回头瞥了一眼。一名身材瘦削、头上用高象牙梳挽着一个深灰色发髻的女子站在通往女士间的黄色拱门中，正在审视着大厅里的情况。她的眼光半像是在查看领土状况的女王，半像是在端详自家田地的农夫，这是旅店老板娘特有的眼光。当她看到兰德和那个长下巴的服务生身上时，双眉立刻就皱了起来。

“热香料酒。”兰德将一叠硬币递给男仆。其中的铜币用来买酒，一枚银币用来酬谢他提供的讯息，虽然这只是一个非常模糊的讯息。自从他杀死曼奈，齐斯曼逃走以来，已经过去一个星期了。这些日子里，被兰德询问到的人只会向他耸一下肩，或者是摇摇头。

大厅里有不少空桌子，兰德选了一张靠角落的。在这里，他能看见从外面走进来的人，同时又能隐藏自己。当他从一张张桌旁走过时，一些谈话声钻进了他的耳朵里。

一名白皮肤的高个儿女子穿着深绿色的丝绸长裙，她正在向一个身材壮实、穿着黑色提尔紧身外衣的男人摇头。女人的发髻呈象牙灰色，让她从侧面看上去有点像凯苏安。那个男人壮得好像一块石头，但黝黑的方脸上写满了担忧。“不必担心安多的情况，亚德麦拉先生，”女子用安慰的语气说道，“相信我，安多人会彼此相互叫嚷，挥刀舞剑，但他们之间绝对不会发生真正的战争。你最好的选择仍然是保持现在的贸易路线。凯瑞安的税要比法麦丁重五分之一，想一想，这会让你增加多少成本。”提尔人愁眉紧锁，似乎是正在认真思考成本问题，或是在考虑这个提议对他来说会不会真的是最好的。

“我听说那具尸体真的完全变黑了，而且肿胀得非常可怕，”另一张桌子旁坐着一个身材干瘦、穿着深蓝色外衣的白胡子伊利安人，“还听说资政们下令把那具尸体烧掉了。”他夸张地耸起眼眉，用手指轻敲着鼻梁侧面。他的那只尖鼻子让他看上去很像一只黄鼠狼。

“艾泽罗斯先生，如果城里真的有瘟疫，资政们一定会发布公告的。”坐在他对面的是一名身材苗条的女子，她卷起的长发被两只精致的象牙发梳固定在头顶。她很漂亮，不过脸有点像狐狸，又冷静得如同两仪师，一双褐色眼睛的眼角上能看到淡淡的鱼尾纹。“我诚挚地建议你不要将生意转往卢加德，莫兰迪是最不安定的国家，那里的贵族们坚决反对罗德蓝王组建军队。而且相信你已经听说了，现在那里还有两仪师在大肆活动，只有光明知道她们想在那里干什么。”那个伊利安人不安地耸耸肩。这些日子里，没有人知道两仪师要干什么，包括那些原先信任两仪师的人也是一样。

一个留着灰黑色山羊胡的坎多人在左耳垂上戴了一颗大珍珠，他正向前倾过身子，看着对面穿深灰色丝绸长裙、黑色头发被紧紧地盘在头顶的矮胖女商人。“希梅尔女士，我听说转生真龙已经加冕成为伊利安国王，”他皱起眉头，让前额出现更深的沟壑，“因为白塔的宣告，我正考虑让我的春季商队沿艾瑞尼河前往提尔。河岸大道也许相当难走，但伊利安的裘皮市场不值得我冒那么大的风险。”

矮胖的女子笑了笑，但那笑容在她的圆脸上并没有停留多久：“珀萨温纳先生，我有可靠的讯息，说那个人在戴上伊利安王冠后，几乎没有在那个国家露过面。不管怎样，白塔会对付他，可能他已经被白塔控制住了。今天早晨，我收到讯息，提尔之岩遭到围攻，难道你在那里能找到合适的裘皮市场？不，提尔不是一个能够避开风险的地方。”珀萨温纳先生前额的沟壑更深了。

兰德走到角落里的那个小桌子旁，将斗篷扔到椅背上，背靠墙坐了下去，又将衣领翻起来。那名长下巴的男服务生拿来一只锡酒杯，里头盛着冒热气的香料酒。放下酒杯时，他还匆匆谢过兰德的银币，然后就快步向另一名喊他的客人跑去。大厅的两端各有一座大壁炉，旺盛的炉火驱走空气中的寒意。也许有人注意到兰德现在仍然没有脱下手套，但没有人多看他一眼。兰德将酒杯放在双手中间，假装盯着酒杯的样子，却时刻注意着旅店门口的动静。

他听到的大多数谈话都无法引起他的兴趣，有些事情他早就知道，而且知道得比这些人更详细真实。伊兰和那个白皮肤的女人有着相同的看法，但她对安多人的了解远不是一个法麦丁商人能比的。不过，提尔之岩遭到围攻对他来说却是个新闻。

但兰德并不为此感到担心。提尔之岩从没被攻破过，除了他以外。他知道埃拉娜就在提尔，他感觉到埃拉娜从法麦丁北边跳跃到更遥远的北方。一天之后，她又到了遥远的东南方。现在她和兰德之间已经有了相当长的一段距离，这让兰德无法确定她是在哈登莫克还是提尔城内，但埃拉娜应该就在那片区域。她的身边还有另外四名兰德可以信任的姐妹。如果梅兰娜和蕾菲拉能够从海民手中得到兰德想要的一切，她们一定也能在提尔实现他的目的。蕾菲拉是提尔人，这应该对她们的行动有帮助。即使没有他，这个世界仍然能够坚持一段时间。这个世界必须坚持住。

一名高个儿男子从前街走进大厅，他披着潮湿的长斗篷，脸藏在兜帽里。兰德的视线一直跟随他上了大厅后面的楼梯。这时那个人已经掀起兜帽，露出一缕灰色的头发和一张苍白的窄脸。他不可能是那名男仆所说的人，任何有眼睛的人都不会把他和培拉奥·托沃搞混。

兰德继续端详他的酒，但心中开始有些气恼。明和奈妮薇已经拒绝无目的地乱串酒馆了，他怀疑艾丽维娅也只不过在拿着那张画装装样子而已。而今天，她们三个全都去了城外的丘陵，这还是兰德借助明的约缚做出的推断。他还能感觉到明很兴奋。她们三个都认为齐斯曼在刺杀兰德失败后已经逃走了，其他黑塔叛徒或者是跟他一起逃走，或者根本就没来。这几天下来，她们一直在说服他离开法麦丁。但至少岚还没放弃。

为什么那些女人一定是错的？路斯·瑟林在他的脑海中恶狠狠地耳语着。这座城市比任何监牢都更可怕。这里没有真源！为什么他们要留在这里？为什么理智健全的人会留在这里？我们可以骑马出城，到屏障外面去，只去一天，几个小时也行。光明啊，只要几个小时就行！那个声音在疯狂地笑着。哦，光明啊，为什么我的脑袋里会有个疯子！为什么？为什么？

兰德愤怒地压住路斯·瑟林，让他变成一只在耳边嗡嗡叫的小虫。他曾经想过要陪那些女人一起出城，哪怕只是感觉一下真源也好，但只有明对此表现出很大的热情，奈妮薇和艾丽维娅绝口不提她们出城的原因。虽然她们早晨出去时还没下雨，但那时天空中已经是乌云密布了。这并不是她们第一次出城，兰德非常怀疑她们只是为了感觉一下真源，能够暂时汲取至上力。没关系，他能够忍耐无法导引的感觉，他能够忍耐失去真源的空虚。他能忍耐！他必须忍耐，这样他才能杀死那些想要杀他的人。

你不是为了这个！路斯·瑟林喊道。他努力突破兰德的压制。你在害怕！你害怕当你使用那件特法器时那可怕的病会压倒你。它会杀死你，会让你陷入连死都不如的境地！它会把我们都杀死！他拼命地呻吟着。

酒液泼洒到兰德的手腕上，浸湿他的袖子。兰德放开酒杯。这只酒杯原先就不是正圆形的，现在虽然它有些变形，但也不至于引起别人的注意。他不害怕！他不会让恐惧触及到他。光明啊，最终他必须死，他已经接受了这个结局。

他们想要杀死我，所以我要他们死，兰德想，这需要一点时间，是的，也许到那时，那个病就会过去了。烧死你吧，我必须活到最后战争。在他的脑海中，路斯·瑟林笑得比以前更加狂野了。

另一个高个儿男子迈着大步从通往马厩院子的门走进旅店，那道门紧挨着大厅后面的楼梯，他一边抖落斗篷上的雨水，一边朝女士间的门口走去。他的鼻子很尖，嘴角带着冷笑，轻蔑的目光迅速扫过大厅里的所有人。他看起来和托沃的确有点像，却要比托沃大上二十岁，身上也多了三十磅的肥肉。他将头探进黄色的拱门，用清亮而娇柔的声音喊道："高戈太太，我明天一早就走，所以不要算我明天的住宿费，记住！"他有很重的伊利安口音。托沃是塔拉朋人。

兰德拿起斗篷，将酒杯留在桌上，头也不回地走了出去。

正午的天空灰暗而阴冷，雨并没有减弱多少，一阵阵冷风从湖面上吹来，任何人都不会有心情在这种天气逛街。兰德一只手拢住斗篷，好遮住外衣口袋里的素描，另一只手拉住兜帽，以免它被大风吹起来。雨滴顺着风势打在他的脸上，仿佛一颗颗冰粒。一顶轿椅从他身边经过，轿夫们湿透的头发紧贴在背后，他们的靴子不时踏进石板路面上的水坑里，溅起一片片水花。有几个人用斗篷紧裹住身体，快步前行。现在距离天黑还有几个小时。他走过一家名叫“平原之心”的旅店，却没有进去。然后又是一家叫“马瑞多三女士”的旅店。他告诉自己，他不想在这样的大雨中继续游荡，也没必要在这样的天气里再一家挨一家地串旅店了。但他知道自己在说谎。

一个矮胖的女人裹着深色斗篷，从街道的另一头走了过来。她忽然转向兰德，一直走到兰德面前。她掀起斗篷，兰德这才看出，对面的是维林。

“原来你在这里，”维林说道，雨滴落在她仰起来的脸上，但她仿佛丝毫没有察觉，“你的老板娘以为你想要走到埃夫海林去，恐怕琪恩妮太太对于在她旅店中进出的人并不是很注意。现在我的鞋和袜子都湿透了。当我还是个女孩时，真的很喜欢在雨中行走，但现在这种活动对我来说，似乎已经失去魅力了。”

“凯苏安派你来的？”兰德问。他竭力不让自己的声音显露出带着期望。在埃拉娜离开后，他一直住在“资政之首”旅店，就是为了让凯苏安能找到他。他害怕如果凯苏安必须在一家又一家旅店中寻找他，就会失去对他的兴趣。而直到现在，凯苏安始终都不曾再找过他。

“哦，不，她不会这样做的，”维林似乎对兰德的这种想法感到很惊讶，“我只是以为你想听到一些新闻。凯苏安和那些女孩一起去了城外。”她若有所思地皱起眉，侧过脑袋。“不过艾丽维娅应该不能被称之为女孩了，她是个让人很感兴趣的女人，只是年纪太大，不能成为初阶生，这点实在是不幸。哦，是的，非常不幸。她在如饥似渴地学习各种知识。我相信，她掌握了一切利用至上力进行破坏的技艺，但她对其他方面几乎一无所知。”

兰德将维林拖到街边一幢石砌的单层房屋旁，他们至少能在屋檐下躲避一些雨水，虽然寒风在这里依然强劲。凯苏安和明她们在一起？这也许没有什么特别的地方，两仪师一直都非常关注奈妮薇，而且根据明的说法，艾丽维娅要比奈妮薇的力量更强。“什么新闻，维林？”他低声问。

那个圆胖的小两仪师眨眨眼，仿佛忘记了关于新闻的事情。然后，她突然笑了：“哦，是的，是霄辰人，他们到了伊利安。别这么担心，他们还没到伊利安城，但他们已经跨过边界，在海岸和内陆都安扎了大量营地。我对军事不怎么了解，每回我阅读历史时，遇到军事内容总是会跳过去。但我能看出来，不管他们是否到了伊利安城，那里肯定是他们的目标。你发起的战役似乎没能减缓他们的脚步，这也是我不喜欢了解那些战役的原因，它们很少能改变历史的长期进程。你还好吗？”

兰德强迫自己睁着眼睛。维林端详着他，看起来就像一只肥胖的麻雀。所有那些杀戮，所有那些死去的人，而这一切改变不了任何事。任何事！

她错了，路斯·瑟林在他的脑海中嘟囔着。战争可以改变历史。他的语气似乎很不高兴。最大的问题是，有时你不知道历史将会如何改变，直到一切已无法挽回。

“维林，如果我去找凯苏安，她会见我吗？她会不会跟我谈一些关于礼貌以外的事情？她似乎只在意我对她不够礼貌。”

“哦，天哪，恐怕凯苏安在某些方面是非常传统的，兰德，我从没听过她说谁太过傲慢，但……”她将指尖按在嘴唇上，思考了一会儿，然后点点头。雨滴仍旧不停地从她脸颊上滑落。“只要你能消除给她造成的坏印象，至少是尽量做一些弥补，我相信她会听听你要对她说什么。姐妹们不会在意头衔或王冠，兰德，而凯苏安是我所知道的对此最为不屑一顾的人。她只在意人们是否愚蠢，如果你能让她看到你不是个蠢货，她自然会认真和你谈一谈。”

“那就告诉她……”兰德深吸了一口气。光明啊，他真想亲手掐死齐斯曼、柯朗，还有每一个背叛他的家伙！“告诉她我明天就会离开法麦丁，我希望她能跟我一起走，做我的资政。”兰德的前半句话让路斯·瑟林松了一口气。但如果他不止是一个声音，兰德会认为当他听到后半句话时，立刻变得僵硬了。“告诉凯苏安，我接受她的训导，我为我在凯瑞安的行为感到抱歉，以后，我会竭尽全力注意自己的礼貌。”他在说这些话时甚至没怎么咬牙。除非明是错的，他需要凯苏安，而明所见到的幻象从不曾出错。“好了，你已经得到你想要的东西了？”兰德向维林皱起眉。

维林微笑着，拍了拍他的手臂：“如果你来到法麦丁，以为只要宣示自己的身份，就能征服这座城市，那么当你发现在这里无法导引时，就应该马上离开了。看样子，你是在寻找什么东西，或是什么人。”

“也许我已经找到我需要的了。”兰德说道，但这并不是他想要的。

“那么，兰德，今晚就去巴色拉宫吧，它就在高地上，任何人都能告诉你它的具体位置。我相信她会见你的。”维林裹紧斗篷，她似乎刚注意到那上面的潮湿。“哦，天哪，我必须去换一下衣服了，我建议你也这么做。”她转过身，又停住脚步，回头看着兰德，一双黑眼睛眨也不眨。突然间，她的声音变得清晰有力，其中没有半点含混：“你可能会把事情弄得更糟，兰德，但现在你任命凯苏安为你的资政，我怀疑你已经不可能做得更好了。如果她能接受这个任命，而你又的确不是一个真的蠢货，你就会听从她的建议。”她快步向雨中走去，看起来有点像一只矮胖的天鹅。

有时候，这个女人让我感到害怕，路斯·瑟林嘟囔着。兰德点了点头。凯苏安并不让他害怕，只是让他警戒。任何不曾向他宣誓效忠的两仪师都让他警戒，只有奈妮薇除外。但他现在也无法完全相信奈妮薇了。

当兰德走完返回“资政之首”旅店的最后两里路时，雨停了，但风却愈来愈大。那家旅店的招牌在风中摇摆着，发出吱吱嘎嘎的声音，招牌上面画着一个面容严肃的女人，头戴着首席资政的宝石冠冕。这家旅店的大厅比“黄金车轮”的小一些，但这里的墙壁上都贴着抛光雕花的壁板，天花板下的横梁被油漆成红色，桌椅的摆放也不像“黄金车轮”旅店那样拥挤。通往女士间的门框也被漆成红色，上面还雕刻出模仿蕾丝花边的图案，在白色大理石壁炉的眉石上也雕刻着同样的图案。“资政之首”的男服务生们都用光亮的银发夹固定住自己的长发，现在大厅里只能看见两名男服务生站在通往厨房的门口旁。不过坐在酒桌旁的也只有三个男人，他们都是外国商人，彼此之间都坐得很远，只是专心地看着面前的酒杯。也许他们是竞争对手，因为他们都会不时抬起头，皱着眉看一眼另外两个人。他们之中的一个灰发男人穿着深灰色的丝绸外衣，另一个瘦削的家伙有一张刚硬的面孔，在耳垂上缀着一颗鸽子蛋大小的红色宝石。“资政之首”旅店招待的是富裕的外国商人，但现在法麦丁这样的商人并不多。

当兰德走进大厅时，女士间壁炉台上的座钟(明告诉他，那座钟被放在一个银匣子里)正在用它的小铃铛报时。还没等兰德甩净斗篷上的雨水，岚也走了进来，这名护法看到兰德时摇了摇头。不过兰德并不期待他能找到那两个人，即使是时轴也不该有这样的妄想。

没过多久，他们就一同坐在壁炉前的一张红色长凳上，手里捧着热气腾腾的酒杯。兰德把自己的决定和做出这个决定的原因告诉岚，至少他告诉了岚一部分原因，比较重要的那个部分。“如果我现在能找到他们，我会立刻杀死他们，然后逃走。但杀死他们改变不了任何事，至少不足以改变任何事。”他盯着炉火，皱起眉头。“我可以再等一天，希望能在明天找到他们，或者再等几个星期、几个月，但世界不会等我。我以为可以迅速结束这件事，但情况的发展已经超出我的预期，也许还有些事情，我仍然不知道。光明啊，如果我不是听到了那些商人的谈话，谁知道情况到底会恶化到什么程度?”

“你永远也不可能无所不知，”岚平静地说，“而你所知道的永远不可能完全正确。你认为是最重要的那一部分也可能恰恰是错误的。智能的一部分来自知识，勇气的一部分来自行动。”

兰德向炉火伸长双腿：“奈妮薇有没有告诉过你，她们会和凯苏安一起出去？现在她们正一同纵马驰骋呢。”她们应该正在返回这里。兰德能感觉到明和他的距离愈来愈近，她很快就会回来。她仍然在因某件事而兴奋不已，这种感觉时强时弱，明似乎正在努力抑制她的心情。

岚露出微笑。现在如果没有奈妮薇在身旁，他极少会有这种表情，但笑容并没有触及他冰冷的眼睛。“她禁止我把这件事告诉你，不过既然你已经知道了……她和明已经说服艾丽维娅，如果她们能引起凯苏安的兴趣，她们也许能说服凯苏安帮助你。所以她们找到了凯苏安，并请求她教导她们。”护法的笑容消失了，只剩下一张如同石雕般的面孔。“我的妻子为你做出了牺牲，牧羊人，”他的声音依旧保持着平静，“我希望你记得这一点。她对此没有说过什么，但我相信，凯苏安把她当成了一名见习生，甚至有可能只是初阶生。你知道这对奈妮薇是多么难以承受。”

“凯苏安会把所有人都当成初阶生。”兰德嘟囔着。傲慢？光明啊，他该怎么对付这个女人？但他必须找到对付她的办法。他们谁都没有再说话，只是沉默地看着炉火，直到他们伸向壁炉的靴子上都冒起白气。

约缚中传来了警告，兰德转过头，看到奈妮薇就站在通往马厩院子的门口，她身后就是明和艾丽维娅，她们都在抖落斗篷上的雨水，整理自己的骑马裙，并紧皱眉头看着衣服上的水渍。在这样的天气里，难道她们认为身上的衣服还应该是干的吗？像往常一样，奈妮薇戴着她的特法器珠宝，腰带、项链、手镯和戒指，还有那副样式古怪的手镯和戒指连在一起的法器。

明一边整理着衣服，一边带着微笑望了兰德一眼，看到他在这里，明并没有非常惊讶。暖意沿着约缚流入兰德的身体，其中充满了明的关切，还有她竭力压抑的兴奋。另外两个女人用更多一点时间审视着岚和兰德，然后才将斗篷交给走上前来的男服务生，走到两个男人身边，把手伸到壁炉前取暖。

“和凯苏安一同骑马很愉快吗？”兰德一边问，一边举起酒杯，痛饮一口甜酒。明的目光猛地转向他，一阵刺痛的罪恶感从约缚中涌来，但她的表情则是纯粹的愤怒。结果那口酒差点呛到兰德，明怎么会认为瞒着他去见凯苏安反而是他的错？“不要瞪着岚，奈妮薇，”勉强咽下那口酒之后，他急忙说道，“是维林告诉我的。”奈妮薇将气恼的目光转向了他。兰德只能摇摇头。他早就听说过，无论是什么错，永远都是男人的错，而且女人们往往会坚信这就是事实！“我向你们道歉，为了你们在她那里所承受的一切。我知道这都是为了我，但你们已经不需要再这样做了，我已经请求凯苏安成为我的资政，我请维林向她转达我的请求，我们会在今晚会面。如果运气好，明天她会和我们一起离开。”兰德以为这些女人会在惊讶中长吁一口气，但事情并不如他所愿。

“凯苏安是个令人印象深刻的人，”艾丽维娅一边说，一边整理着自己被兜帽弄乱的花白金发，她的声音悠长而略显沙哑，让人很难忘记，“一位严格的尊长，很善于教导学生。”

“有时候你至少还能看到成片的森林，羊毛脑袋，只要有人牵着你的鼻子，把你带到森林前面。”明抱起双臂，约缚中传来赞同的心情，当然，兰德不会以为明只是在赞同他决定停止寻找那些叛徒。“记住，她要你为凯瑞安的事情向她道歉，你要把她当成你的姑妈，她不会容忍你说任何废话，不要在她面前犯错。”

“凯苏安并不像看起来那么可怕。”奈妮薇朝她的两个同伴皱了皱眉，她的手向垂在肩头的辫子动了一下。不过艾丽维娅和明只是面不改色地看着她。“她不可怕！再过一段时间，我们就能消弭我们之间的……分歧。我们所需要的只是一点时间。”

兰德和岚交换了一个眼神，岚微耸了一下肩，又喝了一口酒。兰德缓缓地呼出一口气。奈妮薇和凯苏安之间还有分歧，但她认为只要用一段时间，就能弥合她们的分歧。明认为凯苏安是一位严厉的姑妈。艾丽维娅则认为她是严格的教师。依照兰德对奈妮薇的了解，她和凯苏安之间在分歧消除之前一定会迸发出不少火花。而兰德不想要姑妈，也不想要老师，但不管怎样，他不能丢下她们不管。想到这里，兰德也往肚子里灌了一口酒。那些酒桌旁的商人应该听不到他们说话，不过奈妮薇还是压低声音，并将倾身向兰德靠过来。“凯苏安让我知道了我的两件特法器的用途，”她的声音很低，脸上却满是难以掩饰的兴奋，“我打赌，她身上的那些首饰一定也是特法器。她一碰到我的特法器，就知道它们的功用。”

奈妮薇微笑着，用拇指拨弄着右手上的三枚戒指之一，那枚戒指上镶嵌着一颗浅绿色的宝石。“我知道只要将它设置好，它就能够侦测出三里范围内导引阴极力的人，但凯苏安说它还能侦测出阳极力，她似乎还认为这枚戒指能为我指示导引者的方向，只是我们不知道该如何使用。”

艾丽维娅从火炉前转过身，重重地哼了一声，但她也压低声音：“当她表示不知道该怎样使用这个功能时，你竟然有满意的表情，我在你的脸上看到了。你怎么能因为无知而感到满意？”

“我只是很高兴她并非无所不知。”奈妮薇嘟囔着回过头瞪了那个比她高大许多的女人一眼，但她的笑容很快又回到脸上。“兰德，最重要的还是这个，”她的双手按在腰间的宝石细腰带上，“她管这个叫‘井’。”兰德愣了一下。奈妮薇“咯咯”地笑了起来，她真的是在“咯咯”笑！“这是一口井，”她伸手捂住嘴，继续笑着，“或者是一个桶，里面装满了阴极力。总量并不大，但我只要通过它拥抱阴极力，就能将它充满，就像使用法器那样。这是不是很棒？”

“很棒。”兰德兴味索然地应和着。凯苏安头发上的那些装饰品原来是特法器，而且其中一件很有可能也是“井”，否则她就应该无法认出奈妮薇的“井”。光明啊，他一直以为没人能找到两件有相同功能的特法器。现在兰德知道凯苏安即使在这里也能导引，这只能让他更加担心今晚和她的会面。

兰德想要让明陪他一起去，但还没等他说话，琪恩妮太太快步走了过来。她的白色发髻紧勒在头顶上，仿佛要把脸皮也拉紧。她带着怀疑和斥责的表情看了兰德和岚一眼，并咬住嘴唇，仿佛在思考他们到底做错了什么。兰德知道，这位老板娘看着每一个住在她旅店里的商人时，都是这种眼光，至少对男性商人都是如此。如果这里的客房不是这么舒服，食物不是这么好吃，琪恩妮可能根本就找不到一个客人。

“法萨维女士，这封信是今天上午有人要我交给你丈夫的。”她将一封草草用蜡封住的信交给明，然后扬起下巴，“还有一个女人要找他。”

“是维林。”兰德急忙说道。他知道这个问题必须尽早解释清楚才好，而且他也希望老板娘能早一点走开。有谁知道他在这里？凯苏安？跟随凯苏安的一名殉道使？其他两仪师？他朝明手中叠成一个小方块的信笺皱起眉，急切地等着琪恩妮太太离开。

明拧了拧嘴唇，又努力不去看兰德，这让兰德知道她很想笑，而且惹她发笑的正是兰德自己。愉悦的情绪在约缚中跳动着。“谢谢，琪恩妮太太，维林是我的朋友。”

老板娘的尖下巴翘得更高了。“法萨维女士，听我的话，如果你有个漂亮的丈夫，你就需要看紧自己的朋友。”

看着琪恩妮太太大步向红色的门洞走去，明的眼里闪动着同样沿约缚传来的笑意，她用力抿着嘴唇，不让自己笑出声来。那封信没有被交到兰德手里，明用拇指撬开蜡封，自行将信打开，那样子就好像她从小就生活在这座疯狂的城市里。

明在阅读这封信时微微皱起眉，但约缚中唯一的警示只是一个转瞬即逝的火花。她将信纸揉成一团，向壁炉转过身。兰德急忙跳过去，抢在明把那封信扔进火里之前夺下了它。

“不要做蠢事，”明捉住他的手腕，死死地盯着他，一双黑色的大眼睛闪动着可怕的严肃神情，约缚中只剩下强烈的关注，“请不要做蠢事。”

“我答应过维林，尽量不去做蠢事。”兰德说。但明的脸上并没有出现笑容。

兰德在胸前抚平那张信纸。信上蜘蛛腿般的字迹对他来说很陌生，而且信尾没有署名：

我知道你是谁，我也希望你一切顺利，但我同样希望你离开法麦丁。转生真龙只能带来死亡和毁灭。现在我知道了你来这里的原因。你杀死了曼奈，齐斯曼也死了。托沃和葛德芬就住在伊利安门附近，蓝鲤街上一个鞋匠的住宅顶层，那个鞋匠名叫泽朗姆。杀死他们，然后离开，把和平留给法麦丁。

女士间的钟在报时。离天黑还有几个小时的时间，他要到那时才会去见凯苏安。

第33章

蓝鲤街

明盘腿坐在床上，对于正穿着骑马裙的她来说，这个姿势显然比不上她穿长裤时舒服。她手指间来回翻滚着一把匕首，汤姆曾经告诉过她，这只是一个无用的技巧，但有时候，这个小手段很能吸引人们的目光。兰德站在房间中央，捧起佩剑，审视着上面被割断的和平结，丝毫没在意明的动作。他手背上的龙头图案闪烁着金红色的金属光泽。

“你也承认了，这是一个陷阱，”明怒气冲冲地说道，“岚也承认了。就算是半瞎的赛雷辛山羊也不会主动走进陷阱里去！‘只有傻瓜才会亲吻黄蜂，吃掉火焰！’”她引用着谚语。

“如果你知道陷阱的存在，它就不是一个真正的陷阱。”兰德不在意地答着话，将和平结上一根断开的绳头和其他细绳缠在一起。“如果你看到了陷阱，你也许能找到办法走进去，却不会被它陷住。”

明用最大的力气掷出手中的匕首，它从兰德面前飞过，钉在门板上，不住地颤抖。明被自己的动作吓了一跳，她想起自己上次扔出匕首后发生的事情，至少她这次没有趴在兰德身上，凯苏安也不会在这时走进来。烧死这个男人吧，那把匕首飞过他面前时，明脑海中的那个冰冷的硬结甚至没有颤抖一下，他甚至连一点惊讶都没有！“即使你在那里找到葛德芬和托沃，即使你知道他们的同伴可能藏在附近。光明啊，他们可能已经在那里召集了五十名打手！”

“在法麦丁？”正在看着门板上那把匕首的兰德转过头来，却又继续端详起他的和平结，“我怀疑这座城里找不到几个佣兵。明，相信我，我不打算在这里丢掉性命，我会先看清楚怎样拆掉这个陷阱，然后才会靠近它。”他没有丝毫恐惧，甚至也没有多少其他的情绪，就好像一块石头！他不打算丢掉性命，难道其他人想要丢掉自己的性命吗?!

明跳下床，拉开床头柜，从里面拉出一条皮带。琪恩妮太太在她的每个房间里都放着这样一条皮带，她才不管住在这些房间里的是不是外国人。这条皮带有明的手臂那么长，大约和她的手掌一样宽，一端有一根木柄，另一端分成双股。她高声叫嚷着：“也许只有我把这个用在你身上，你才能弄干净鼻子，闻闻面前到底是什么！”

这时，奈妮薇、岚和艾丽维娅走了进来。奈妮薇和岚披着斗篷，岚的腰间佩着剑。奈妮薇除掉了身上大部分的首饰，只剩下一只镶宝石的手镯和那条宝石腰带，也就是那口装满阴极力的井。岚轻轻关上门，奈妮薇和艾丽维娅则盯着将皮带高举过头的明。

明急忙把那东西扔在绣花地毯上，又一脚把它踢进床底下。“真不明白，为什么你会让岚干这种事，奈妮薇。”她尽量让自己的语气显得严厉一些，却不是很成功。为什么这些人总是挑最尴尬的时刻走进来。

“有时候，两仪师必须信任护法的判断。”奈妮薇一边冷冷地说着，一边戴上了手套，她的脸好像白瓷娃娃一样，毫无表情。哦，现在她从头到脚都变成了两仪师。

明想对她说，*他不是你的护法，他是你的丈夫，你至少还要去照顾他。我却不知道我的护法会不会娶我，如果我要跟着他，他甚至会把我绑起来！*明并没有为了这件事和兰德争执。如果兰德要当个彻头彻尾的傻瓜，除了跟他一起去杀人，明还有更好的办法拯救他。

岚用真正严厉的语气说：“牧羊人，如果我们要做这件事，我们最好在天还亮着的时候就赶过去。”他的蓝眼睛比任何时候都显得更加刚硬，如同两枚抛光的宝石。奈妮薇担忧地看着他，那种神情让明几乎要为她感到难过了，不过只是几乎而已。

兰德将挂上佩剑的腰带系在腰间，然后披上斗篷，转向明。他的面孔像岚一样坚硬，灰蓝色的眼睛也一样冰冷，但在明的脑海中，那颗冰冷的石头闪耀着强烈的黄金光芒。明想要伸双手捉住他染黑的齐肩长发，用尽全力亲吻他，无论现在有多少人正看着他们。但明只是将双臂抱在胸前，扬起下巴，让自己脸上不以为然的表情更加明显一些。她不会让兰德死在这里，也不打算让兰德看到自己会因为他的顽固而屈服。

兰德没有把她抱进怀中，但是他点了点头，仿佛真的懂得明的心情，然后他拿起门旁小桌上的手套。"我会尽快赶回来，明，然后我们就去找凯苏安。"在他跟着岚走出房间后，黄金脉络仍然在明的脑海中闪耀着。

奈妮薇握住门把，回头看着明。"明，我会照看好他们两个。艾丽维娅，请留在这里，确保她不会做出任何蠢事。"她真的已经变成了冷静、镇定、威势迫人的两仪师。这时，奈妮薇朝走廊里转过头。"烧了他们！"她气恼地喊着，"他们也不等我！"然后她就跑进走廊，连房门都没关。

艾丽维娅关上房门。"我们玩游戏打发时间好不好，明？"她走到壁炉前，坐到一张凳子上，从腰间的荷包里拿出一根线绳，"玩翻绳吗？"

"不，谢谢，艾丽维娅。"听到艾丽维娅充满期待的请求，明心中满是无奈。兰德也许对艾丽维娅现在的表现感到满意，但明对她有着更深的了解。而对她了解得愈多，明就愈感到吃惊。表面上，这名前罪奴是一名早已步入中年的女人，相当强势，甚至会给人相当的压迫感，至少她让奈妮薇感到很大的压力。奈妮薇很少会对别人说"请"，只有艾丽维娅例外。但艾丽维娅在十四岁时就成为了罪奴，所以她也有很多怪癖，喜欢儿童玩的游戏就是其中之一。

明希望房间里能有一座钟，可只有在王宫里才可能在每个房间都摆上钟。她在艾丽维娅的注视中来回踱着步，在脑子里一秒一秒地数着，竭力判断着兰德他们是否已经离开旅店足够远了。当她确信他们已经不可能再看得见旅店时，她就从衣柜里拿出斗篷。

艾丽维娅冲过去挡在门口，双手叉在腰间，脸上再没有任何孩子气的表情。"你不能去找他们，"她的声音缓慢，但绝对不容置疑，"你去只会给他们添麻烦，我不允许这样。"她是一名金发碧眼的女子，和明的拉娜姑妈外表截然不同，但明却在她身上看到拉娜姑妈的影子。无论明做了什么错事，拉娜姑妈似乎总会知道，而且她总有办法让明不再想重复那个错误。

"你还记得我们关于男人的那些交谈吗，艾丽维娅？"艾丽维娅的脸变成了亮红色。明急忙又说道："我告诉过你，那些男人从不会用自己的脑子思考。"她经常听到女人们嘲笑别的女人对男人一无所知，但在遇到艾丽维娅之前，明从没见过真正对男人一无所知的女人！"如果没有我，兰德只会惹上更多的麻烦，我要去找凯苏安，如果你想阻止我……"她举起了握紧的拳头。

艾丽维娅皱起眉，看了她许久，最后，她终于说道："我去拿斗篷，让我跟你一起去。”

蓝鲤街看不到轿椅和穿制服的仆人，马车肯定无法驶进这种狭窄曲折的街巷。石板屋顶的店铺和房屋排列在街道两旁，大部分房屋都是两层的，有些房屋间隔着更加狭窄的巷子，因为刚下过雨，路面还有些湿滑。冷风一直想要掀起兰德的斗篷，街上已经重新挤满行人，三名街市卫兵停下脚步，盯着佩剑的兰德。他们之中有一个人的肩膀上扛着捕拿杆。过了一会儿，他们才继续沿街道上巡逻。鞋匠泽朗姆的店铺就在街对面不远的地方，那幢房子有三层高，还没把斜坡屋顶里面的阁楼算在内。

一个小下巴、皮包骨的男人将兰德的钱币放进他的荷包里，用一根小木棍从他手推车的炭烤架上挑起一张火色诱人的肉饼。他的脸上满是皱纹，身上的深色外衣也相当破旧了，灰色的长发用一根皮绳拴在脑后，他的目光从兰德的佩剑上扫过，又迅速地移开了。“为什么你要打听那个鞋匠？这可是最好的羊肉。”他咧嘴一笑，让他的下巴几乎完全看不见了。他的眼睛突然闪烁起狡猾的光亮：“就算是首席资政也吃不到比这个更好的羊肉。”

我小时候吃过一种被称作“馅饼”的肉饼，路斯·瑟林喃喃地说着，我们可以在乡下买到那种馅饼……

兰德用两只手交替拿着那张肉饼，透过手套，他还是能感觉到肉饼有些烫手。他压低声音：“我想知道给我做鞋的是怎样的人，他是不是对外地人反感？如果一个人对你没有好感，他就不可能为你做出最好的东西。”

“好的，太太。”那个没下巴的男人一边说着，一边朝一名身材矮胖的灰发女人点头，而那个女人只是斜着眼看他。他用粗纸包好四张肉饼，将纸包递给那个女人，然后才接过她的钱。“谢谢太太，光明照耀你。”那个女人将纸包收进斗篷里，一言不发地快步走开了。卖饼的人朝她后背瞪了一眼，然后才转过头看着兰德。“泽朗姆从不会对外国人反感，而他的老婆蜜尔萨更不会允许他这么做。自从他们最小的孩子结婚搬出去以后，蜜尔萨就将他们房子的顶层租了出去，不过她的房客都要接受她天黑锁门的习惯。你是要吃掉这张饼，还是只打算盯着它？”

兰德急忙咬了一口肉饼，又抹去下巴上的肉汁，然后走到一家小刀剪铺的屋檐下。街上有不少行人都在吃着随手买来的小吃——肉饼、炸鱼、堆满在锥形纸筒里的烤豌豆。其中有三四个人像兰德一样高，还有两三个女人的个子完全比得上普通的男人，他们也许是艾伊尔人。那个没下巴的卖饼人可能并不像看起来那么狡猾，或者只是因为兰德从早饭时到现在还没吃过任何东西，兰德很想大口把这张饼吃完，然后再买一张，但他强迫自己慢慢吃这张饼。泽朗姆的生意似乎很不错，不时会有人走进他的店里，那些人手中大多会拿着一双需要修补的靴子。但如果想要从那名鞋匠的眼前偷偷上楼，应该是不可能的。

如果那两个叛徒住在那幢楼的顶层，就算是鞋匠的妻子晚上将楼门锁住也不会给他们带来任何不便。那幢楼的南边有一条巷子，将它和一幢单层房屋切割开来。从那里跳下去非常危险，但在另外一边，一幢两层的裁缝铺和它比邻而立。泽朗姆的房子只有在前面才有窗户，它的背面则是另一条用来运走垃圾的巷子。兰德已经查看过那里，但一定有一条路能够爬到房顶上，好为它更换瓦片。那幢房子和裁缝铺之间的高度相差并不大，从裁缝铺再经过三幢相互紧邻的两层房屋，就是一幢单层的蜡烛作坊，从那里再跳到街上或那排房屋后面的巷子里相当容易，晚上这么做不会有什么风险。即使是白天，只要谨慎避开巡逻的街市卫兵，跳到后面的巷子里也是相当安全的。因为蓝鲤街有一个转角，所以距离这里最近的岗哨也看不到这里。

两个向鞋匠铺走来的人引起兰德的注意，他急忙转过身，假装在观看刀剪铺小橱窗里陈列的刀剪。那两人之中有一个相当高，但还比不上艾伊尔人，他们的手中并没有靴子，脸都藏在斗篷里。虽然他们都用双手拢住斗篷，但当他们的斗篷下摆被风吹起时，都露出剑鞘的末端。一阵强风吹掉了那个较矮的人的兜帽，他急忙重新把兜帽戴好，而兰德已经清楚地看到查奥·葛德芬的脸。那个叛徒用一只银发夹将头发固定在颈后，发夹上还镶着一颗红色的大宝石，但他依然是一个面孔强硬的男人，脸上带着一种挑战的表情。走在葛德芬身边的肯定是托沃，而且像托沃那么高的人并不多。

兰德一直等到两名前殉道使走进泽朗姆的房子，然后舔掉手套上最后一点肉渣，转身去找奈妮薇和岚。他在蓝鲤街的拐弯处找到他们两个。在这里，他们看不见泽朗姆的房子。那家被兰德考虑在逃离路线内的蜡烛作坊就在兰德身后，它被一条小巷和狭窄的蓝鲤街夹在中间，而蓝鲤街的转角就在兰德面前不远的地方。在距离他不超过五十步远的地方是一座街市卫兵的哨塔，和蜡烛作坊在同一条巷子上的一座三层高的家具作坊挡住了那座哨塔，让街市卫兵无法看到这里的情形。

“只有六个人认识托沃和葛德芬。”岚说道。虽然经过的行人并不会多看他们一眼，他还是压低了声音。两个佩剑的男人会让这里的人们不自觉地加快脚步。

“这条街上的一名屠夫说那两个人去他那里买过肉，”奈妮薇说，“他们买的量只够两个人吃。”她瞥了岚一眼，就好像她提供的才是真正有用的线索。

“我看见他们了，”兰德说，“现在他们已经进了鞋匠的房子。奈妮薇，你能把我和岚从后面那条巷子里举到屋顶上吗?”

奈妮薇皱起眉,朝泽朗姆的房子看了一眼,一只手摩挲着腰间的珠宝皮带。“一次一个,可以,但这会用掉井里超过一半的阴极力,我没办法把你们再接下来。”

“让我们上去就可以了,”兰德对她说,“我们可以从屋顶上一直爬到那个蜡烛作坊顶上,从那里跳下来。”

奈妮薇当然反对这个方法,奈妮薇总是反对一切不是由她提出来的方法,但他们还是朝鞋匠房子的背后走去。“我把你们放到屋顶上,然后就只能等你们出来?”她一边嘟囔着,一边怒气冲冲地向左右扫视,路边的行人纷纷躲避着她的目光,就像躲避佩剑的兰德和岚一样。她从斗篷下面伸出手,让两个男人看到她手腕上那只镶着浅红色宝石的手镯。“它能够为我罩上一层比钢还要硬的护甲,我甚至不会感觉到刀剑劈砍到身上,我还以为我会跟你们一起进去。”

“然后你做什么?”兰德轻声问,“用至上力困住他们,方便我们杀他们? 还是你亲手杀他们?”奈妮薇盯着面前的石板路面,皱起了眉。

兰德走到泽朗姆店铺旁边的那幢单层房子前,尽量装作无所事事的样子向周围扫视一圈。现在这里没有街市卫兵,但他还是以最快的速度催促奈妮薇进了运垃圾的窄巷子。在他杀死曼奈之前,他也没发现街市卫兵。

“你很冷静。”走在兰德身后的岚说道。

奈妮薇又飞快地向前走了三步,然后头也不回地答道:“我没想到会是这样。”她并没有放慢前行的速度。“我以为这会是一次探险,与暗黑之友的战斗,消灭殉道使叛徒。但你们到这里来只是为了执行他们的死刑。你们会对他们发动偷袭,出其不意地杀死他们,对不对?”

兰德回头向岚瞥了一眼,但那个比他年长的男人只是摇了摇头,显得和他一样困惑。他们当然会出其不意地杀死那两个叛徒,这不是决斗,就像奈妮薇说的一样,这是在执行死刑。至少,兰德非常希望会是这样。

房子后面的巷子比他们刚才走过来的那条小巷还要宽一些,土石混杂的路面上满是车辙的痕迹,他们的面前只有没窗户的石墙,没有人会在垃圾车经过的地方开一扇窗子。

奈妮薇抬起头,看着泽朗姆的房子,然后,她突然叹了口气:“如果可以的话,就趁他们睡着时杀死他们吧。”虽然这是一句很可怕的话,但她的声音压得很低。

一股看不见的力量围住兰德的胸部,将他缓缓抬到空中,一直升到鞋匠房子的屋顶上。然后那股力量消失了,兰德的双脚踏在屋顶斜坡上,他的靴子在潮湿的灰瓦片上滑了一下，才稳住身体。

兰德伏下身，用四肢攀住屋顶。过了一会儿，岚也飘了上来，护法像他一样攀住屋顶，然后向下望了一眼。

“她走了，”岚向兰德转过脸，又朝前指了一下，“我们从那里进去。”

在屋脊附近有一个天窗，天窗上面是一副挡雨的金属遮板。兰德攀住天窗，将身体放下去，落进一个充满灰尘的房间，只有从天窗中透进一些昏暗的光线，让这里不至于漆黑一团。他放开手，跳下约一两尺的高度，站到地板上。这里只有一张三条腿的椅子和一只盖子被掀开的箱子，除此之外，这个房间就像这只箱子一样空空如也。泽朗姆的妻子把这幢房子的三层租出去之后，这个阁楼显然不再用来存放东西了。

兰德和岚悄无声息地搜索整个阁楼，在地板上找到一个活门。岚摸了摸活门上的黄铜铰链，悄声告诉兰德，铰链是干燥的，而且没生锈。兰德拔出剑，点了点头，岚猛地拉开活门。

兰德不知道下去以后会遇到什么，但他还是单手撑住活门的边缘，纵身跳了下去。他用脚尖着地，轻轻落进另一个房间里。这里的墙边上排满衣柜和橱柜，一只只木箱子堆积在一起，许多椅子被排放在空桌子上，看样子，这里取代阁楼成了储物间。但最出乎兰德预料的是地板上的两个死人，看样子，他们好像是被拖进这个储物间，扔在这里。

那两个死人的面孔已经发黑肿胀，无法辨识了，但其中身材较矮的那一个头上有一只镶嵌一枚大红宝石的银发夹。岚这时也轻悄地跳了进来，他看到这两具尸体，挑了挑眼眉，这是他脸上唯一惊讶的表情。

“帕登·范在这里。”兰德悄声说。这个名字刚从他的口中说出来，他肋侧的那两道伤口就开始跳动，那道旧伤如同一块寒冰，叠在它上面的新伤则如同赤红的烙铁。“信是他送来的。”

岚用剑指了指头顶的活门，但兰德摇摇头。他本来想亲手杀死这些叛徒，而现在，托沃和葛德芬已经死了。他相信齐斯曼也死了。金色车轮旅店中那个商人所说的发黑肿胀的尸体应该就是齐斯曼。兰德意识到自己并不真的在乎是谁杀死了这些叛徒，如果柯朗死在某个陌生人的手里，他也不会在乎。重要的是他们必须死。但帕登就不一样了。帕登驱遣兽魔人侵犯两河，还给了他另一道无法愈合的伤口。如果帕登就在眼前，兰德绝不会允许他逃走。他示意岚依照刚才阁楼上的方式配合行动，然后就站到储藏间的门前，双手握紧剑柄。岚一下子将屋门拉开，兰德猛冲了进去。这是一个大房间，被灯光照得很亮，一张有床柱的床靠在房间对面的墙边。火焰正在一座小壁炉中噼啪作响。

兰德的速度救了他的命，他的眼角捕捉到一丝闪动，有人拉住了甩在他身后的斗篷。他笨拙地转过身，挡住一把弯曲匕首的劈砍。他必须集中自己的全部意志，才能让身体动起来。他肋侧的伤口不再跳动，而是在咬啮他。路斯·瑟林在嚎叫。兰德的意识中只有痛苦。

“我告诉过你，他是我的！”那个瘦骨嶙峋的人尖叫着，一跃闪开了兰德的斩击。这个人的面孔因为愤怒而扭曲，硕大的鼻子和耳朵凸起在脸上，让他仿佛是某种专用来吓唬小孩的木偶，但他的眼里只有纯粹的杀意。他咆哮着，牙齿外张，看上去就像一只想要咬死猎物的黄鼠狼。一只患了狂犬病的黄鼠狼，就算面对一头老虎，他也会不顾一切地扑上来。不过他手中的那把匕首可以轻松地杀死无数头老虎。“我的！”帕登的声音仿佛要撕裂兰德的耳膜。当岚冲进这个房间时，他已经再次扑了上来。“你去杀那个丑家伙！”

当岚从帕登面前转向一旁时，兰德才发现房间里还有第四个人，那是个面色苍白的高大男子，现在他已经向护法发动凶狠的攻击。兰德认出，那是托朗姆，他面色憔悴，但他挥剑的技巧仍然不亚于一位剑技大师。岚以同样高超的战技对抗着他的进攻，和他进行着一场钢铁与死亡之舞。

这个曾经想要夺取凯瑞安王位的人却出现在法麦丁，身上只穿着一件破旧的外衣，这些都让兰德感到惊讶，但他的眼睛始终不敢离开帕登，并竭尽全力向他挥出手中的利剑。很早以前，沐瑞就说这个曾经是卖货郎的帕登，是比暗黑之友更可怕的存在。肋下的伤口让兰德眼前发黑，脚步踉跄，但兰德还是向帕登步步进逼，完全不理会背后的脚步声和剑刃的撞击声，也不理会路斯·瑟林在他脑海中的呻吟。帕登时进时退，竭力想要用那把曾经在兰德肋侧留下伤口的匕首刺穿兰德。当兰德逼得他步步后退时，他发出愈来愈刻毒的咒骂。突然间，他转过身，向房间对面跑去。

仿佛要撕开兰德肉体的痛苦减弱成阵阵刺痛，而帕登已经从这个房间里消失了。兰德谨慎地追了过去。在房门口，他看到帕登并没有躲起来。他正在楼梯口等着兰德，手中仍然紧握着那把弯曲的匕首，那枚硕大的红宝石在匕首柄端闪闪发光，仿佛这个没有窗户的房间里所有的灯光都被它吸收在里面。兰德一走进这个房间，烈火和寒冰就开始在他的体内咆哮，直到他的心脏也开始随之悸动。在这里，即使要站直身体也需要钢铁的意志，而如果向前迈出一步，随之而来的痛苦会将钢铁也捏成粉末。但兰德迈出了第一步，第二步。

“我要让他知道，是谁杀死了他。”帕登气恼地叫嚷着。他在瞪着兰德，但他似乎正在对自己说话：“我要让他知道！如果他死了，他就不会继续在梦中折磨我，是的，那时他就不能这么做了。”帕登的脸上露出微笑，他举起空着的那只手。

托沃和葛德芬将斗篷搭在臂弯里，走上楼梯。

“在找到他们之前，我们不该靠近他，”葛德芬愁眉不展地说道，“米海峨会杀死我们的，如果——”

兰德不假思索便使出碎风斩，随后是铺扇式。

那两个死人复活的幻象消失了，帕登尖叫一声，向后跳去，鲜血从他脸上流下。突然间，他侧过头，仿佛听到了什么，片刻之后，他向兰德发出一阵暴怒的尖叫，然后就奔下楼梯。

兰德带着惊异的心情想要继续追下去，但岚捉住了他的手臂。

“街上已经全都是卫兵了，牧羊人。”岚的左侧衣襟上有一片深红色的潮湿痕迹，但他已经将佩剑收回到鞘内，这是他取得胜利的证明。“我们该回屋顶去了，再晚一些恐怕难以脱身。”

“在这座城市里，手里拿着武器的男人甚至没办法走过一条街。”兰德喃喃地说着，收起了自己的佩剑。岚没有笑，如果没有奈妮薇在身边，他很少会笑。叫嚷声从下面的楼梯间传来，也许街市卫兵已经捉住了帕登，也许帕登会在这里被绞死。这种推测并不可靠，但他只能接受这个结果。虽然兰德早已厌倦总是被动地接受结果。

在阁楼里，岚跳起来，攀住活门的边缘，把自己拉了上去。兰德不知道自己能不能也这样跳上去，肋侧的疼痛已经随着帕登的逃走消失了，但他觉得自己的肋下仿佛刚刚被铁棍击打了无数次。他努力在腿上聚集力量。而岚这时从活门里探下头，向兰德伸出一只手。

“他们也许不会马上冲上来，牧羊人，但这里也不是久留之地。”

兰德握住岚的手，让护法将自己拉上去，然后再从天窗爬上屋顶。他们伏低身子，在潮湿的瓦片上向屋脊爬过去。街上肯定有许多卫兵，但他们仍然有机会逃走，而且他们还可以向奈妮薇打个讯号，让她想办法吸引那些卫兵的注意力。

就在兰德快要爬到屋脊上时，跟在他身后的岚突然惊呼一声，滑倒在屋顶斜坡上。兰德转过身，捉住岚的手腕，但岚的体重将他也拉倒了。他们徒劳地挥舞着手臂，想要捉住一些牢固的东西，但他们都没有再说一个字。岚的双腿很快就到了屋檐外，然后是他的整个身子。兰德戴着手套的手指终于扣住了一样东西，他不知道那是什么，也不在乎那是什么。现在他的头和一侧肩膀也垂到了屋檐外，岚悬在半空中，再往下三十尺才是隔开这幢房子与旁边那幢单层房子的小巷。

“放手。”岚平静地说。他抬头看着兰德，双眼冰冷刚硬，他的脸上没有任何表情。“放手。”

“等太阳变成绿色的吧！”兰德答道。如果他能把岚往上拉一点，只要能让他捉住房檐……

他手指扣住的那个东西在一声脆响中断掉了，地面朝他们扑了过来。

第34章

蜂雀的秘密

奈妮薇将粗大的绿色穗带叠好，放回小贩手中的大托盘里，将手伸进斗篷，把斗篷拉紧，以免被风吹开。实际上，她的注意力一直都集中在蜡烛作坊旁的巷子里，但她必须尽量掩饰自己的焦急。她身上的斗篷要比这里人们的衣着好很多，不过幸好它还不算非常华丽，所以并没有引起旁人太多的注意。不过，如果有人看见她的腰带，那情况可就不一样了，身上有珠宝的女人不会经常出现在蓝鲤街，也不会购买街边小贩的东西。奈妮薇已经把这名小贩盘子里的穗带都挑拣了一遍，这个面容消瘦的女商贩脸色变得相当阴沉。但奈妮薇已经从其他小贩那里买了三条穗带、两根缎带和一包别针。别针总是很有用的，但她还不知道剩下的这些东西能派上什么用场。

她突然听到卫兵塔楼那边传来一阵骚乱，街市卫兵的警板被敲响了，而且声音愈来愈大。卫兵们从塔楼上爬了下来。塔楼附近的路人都停下脚步，从那里的十字路口向蓝鲤街眺望，然后又急忙将身子紧贴在街边的房屋上，好为狂奔而过的街市卫兵让开道路。那些卫兵一边奔跑着，一边还在头顶挥舞着木警板，不仅仅是一两支巡逻队，而是一大群武装士兵沿着蓝鲤街直扑过来，还不断有更多街市卫兵从其他街道上加入其中。没能及时让开道路的行人都被推到了一旁，有一个人干脆被卫兵们踩在脚下，当那个人倒下时，没有一名卫兵放慢脚步。

小贩托盘中的穗带有一半洒到了街上。奈妮薇以最快的速度贴到街边的墙壁上，那名小贩靠在她身边，还在张嘴惊呼着。街道上塞满了士兵，捕拿竿和硬头棍如同树林般立在他们头顶上。许多士兵撞到了奈妮薇的肩膀，将她向前推过去。卖穗带的小贩呼喊着，她的托盘已经不见了踪影，但那些士兵只是紧盯着他们的目的地。

当最后一个士兵跑过去时，奈妮薇距离她原先站立的地方已经超过了三十尺。穗带小贩愤怒地吼叫着，朝那些士兵的背后摇晃着拳头。奈妮薇气恼地将自己凌乱的斗篷整理好，但她现在没有时间叫嚷，她还在想着……

突然间，奈妮薇的呼吸仿佛冻结在喉咙里，那些街市卫兵们聚集在那里，上百个人彼此吼叫着，仿佛他们突然不知道下一步该做什么。他们的面前就是那个鞋匠店铺。哦，光明啊，岚，还有兰德。当然还有兰德，但最重要的还是她的岚。

奈妮薇让自己恢复了呼吸。一百个人。她碰了碰那条珠宝腰带，那口井，井里面只剩下不到一半的阴极力，但这应该足够了。这必须是足够的，虽然她还不知道足够做些什么。她拉起斗篷的兜帽，向鞋匠店前面的那些士兵走去，没有人注意她，她可以……

两只手捉住她，将她向后拖去，并强迫她转过身。

她看到凯苏安捉住她的一只手臂，另一只手臂在艾丽维娅的手里，她们两个拖着她快步向远处走去。明走在艾丽维娅身边，不停地回头观望，眼里充满忧虑。突然间，明打了个哆嗦。“他……他应该是从高处掉下来了。”她悄声说着，“他失去了知觉，而且受了伤，我不知道他伤得有多重。”

“我们在这里帮不了他，也对我们自己没好处。”凯苏安镇定地说。她不断扫视着周围的情况，悬挂在她发髻上的黄金吊坠随着她转头的动作，在她的兜帽中时隐时现。她用一只手抓着奈妮薇，另一只手拉住兜帽，她的斗篷完全被风吹到了背后。“那些男孩很快就会让这里的女人露出面孔，我们要在那之前离开。今天下午在蓝鲤街被找到的两仪师肯定会因为那个孩子而遭到讯问。”

“放开我!”奈妮薇拼命地挣扎着。岚！如果兰德失去知觉，那么岚又会怎样？“我必须去救他们!”那两个女人捉住她的手却好像铁铸的一样。她们身边的每一个人都还在看着那家鞋匠店。

“你做得已经够多了，蠢女孩，”凯苏安的声音如同冰冷的铁块，“我早就告诉过你法麦丁的看门狗。呸！你的导引在资政间已经引起严重的混乱，如果他们被那些卫兵捉住，那都是因为你。”

“我还以为阴极力没关系，”奈妮薇无力地说，“那只是一点阴极力，而且导引的时间也不长，我……我以为她们不会注意到。”

凯苏安反感地看了她一眼：“这边，艾丽维娅。”她拉着奈妮薇绕过那座已经空无一人的卫兵塔楼。街上的人三五成群，都在喋喋不休地说着话。一个男人用力挥舞着手臂，好像正在耍着一根捕拿竿。一个女人指着那座没人的塔楼，惊讶地摇着头。

“说些什么，明，”奈妮薇恳求着，“我们不能就这样丢下他们。”她不敢去求艾丽维娅，艾丽维娅的表情比凯苏安还要严厉。

“别从我这里找同情。”明低沉的声音几乎像凯苏安一样冰冷，她用眼角瞪了奈妮薇一眼，又转过脸去看着街上了。“我请求你帮我阻止他们，但你却像他们一样只是个羊毛脑袋。现在我们只能靠凯苏安了。”

奈妮薇哼了一声：“她能做什么？难道要我要提醒你，岚和兰德就在我们身后，而且距离我们愈来愈远吗？”

“那个男孩不是唯一需要学习礼貌的人，”凯苏安喃喃地说，“他还没有向我道歉。不过他已经告诉维林，他会道歉，那时我还认为可以接受他的道歉。呸！那个男孩只会给我找更多的麻烦。我会竭尽全力，女孩，我能做的肯定比你和那些街市卫兵去斗殴更有用。从现在开始，你必须严格按照我说的去做，否则我就让艾丽维娅坐到你身上！”艾丽维娅点点头，就连明也在点头！

奈妮薇一脸气愤。应该是这个女人听她的指挥！但不管怎样，首席资政的客人能做的显然比奈妮薇·爱米拉更多。就算是奈妮薇戴上巨蛇戒，可能也做不了什么。为了岚，她只能容忍凯苏安。

但是当奈妮薇询问凯苏安该如何解救那两个男人时，凯苏安唯一的答案就是：“也许我能做些事情，但那绝对不是我想做的。只是我让那个男孩立下了承诺，我也要信守我的承诺，我只希望他记得这一点。”她的声音依旧像一块寒冰，这并不是一个能让奈妮薇感到安慰的回答。

兰德在黑暗和痛苦中醒来，发觉自己面朝上平躺着，背部能感觉到粗糙的岩石地面。他的手套和靴子都不见了，既然被脱掉了手套，他们一定已经知道了他的身份。他小心地坐起身，他的脸擦伤了，浑身上下每一块肌肉都痛得仿佛被狠揍了一顿，不过似乎并没有骨折。

他缓缓地站起来，摸索着石砌墙壁向前走去，几乎立刻就走到了角落，然后他又摸到一扇箍铁的粗木门板。在黑暗中，他的手指摸到门板上的一个小铁门，但无法将它打开，那个小铁门周围的缝隙中也看不到任何光线。在脑海中，路斯·瑟林开始喘息。兰德继续向前走，感觉着周围的环境，他的赤脚感觉到冰冷的石板地面。没走几步，他就碰到另一个角落，然后是第三个。他的脚趾踢到地面上的一个东西，他一只手扶住墙，弯下腰，摸到那是一只木桶。然后他继续绕这个房间行走，一直回到那扇铁门前。他被关进了一个三步长、两步宽的一只黑匣子里。然后他举起一只手，发现这里的石砌屋顶仅比他的头高出一尺。

被关起来了，路斯·瑟林沙哑地喘息着。又是一个匣子。那些女人把我们放进匣子，我们必须出去！他吼叫着，我们必须出去！

兰德忽略掉脑海中的尖叫声，从门口处退回到牢房中心，然后盘腿坐在地面上，尽量远离牢房四壁。在黑暗中，他竭力想象那些墙壁距离他很远。但只要他伸出手，不需伸直胳膊，他就能碰到那些石墙。他能感觉到自己在颤抖，就好像那是另外某个人的身躯，正在不受控制地抖动着。墙壁和石屋顶在压迫着他，他必须和这种感觉抗争，否则当他被带出这座监牢时，他就会变得像路斯·瑟林一样疯。他们迟早会带他出去，即使只是为了将他完整地交给爱莉达。派遣信使前往塔瓦隆，再等待爱莉达的使者回来，这需要多少个月？如果在这附近有忠于爱莉达的两仪师，时间可能会更快。当他意识到自己衷心希望这座城里就有爱莉达的追随者时，恐惧加剧了他的颤抖，现在他只想离开这个匣子。

“我不会投降！”他喊道，“我会更加坚强，我的坚强将克服一切！”在这个狭小的空间中，他的声音发出雷声般的共鸣。

沐瑞的死是因为他不够坚强，因为他没做到必须去做的事。沐瑞·达欧崔，她的名字总是出现在那张名单中的第一位，那张名单就雕刻在兰德的脑子里——因为他而死去的女人。名单上的每一个名字为他带来的折磨都足以让他忘记肉体的痛苦，忘记那些触手可及的石墙。克拉瓦尔·赛甘，她的死是因为他剥夺了她所珍视的一切。莉艾，查林艾伊尔柯赛达氏族的枪姬众，她死在他的手中，因为追随他进入了煞达罗苟斯。简迪琳，米雅各布马部族寒峰氏族的枪姬众，她的死是因为想得到为他守门的荣誉。他必须坚强！他一个接一个地回忆着那张名单上的名字。那是一张很长的名单。在痛苦的火焰中，他耐心地锻造着自己。

准备工作耗费的时间超出凯苏安的预期，这主要是因为她必须让所有人明白，一场像走唱人故事中那种大规模的营救行动是不可能的。所以，当她走在资政大厅里被灯光照亮的走廊中时，黑夜已经降临，她步履从容，不疾不徐。只要稍微加快脚步，人们就会认为你心中存有焦虑，这样他们就能占据优势。如果在她的生命中存在某一个时刻，她必须从一开始就占据绝对的优势，那就是今晚。

这个时候的资政大厅走廊应该已经看不到什么人了，但今天的突发事件改变了一切正常规律。穿着蓝色外衣的职员们在四处奔忙着，只有看到这一行人时，才会停下脚步，倒吸一口冷气。他们很有可能从没见过四位两仪师结伴同行。凯苏安不愿意承认奈妮薇也是两仪师，毕竟她还没立下三誓。今天发生的骚乱无疑会让他们对这一队人的出现更加感到困惑。走在队尾处的那三个男人造成的震撼效果并不亚于两仪师。这些职员也许还不明白他们的黑色外衣和他们高领子上的别针代表什么意思，但三名佩剑的男人同时出现在这里，已经是一副非常罕见的情景了。不管怎样，如果他们还有一点运气，就不会有人跑去向爱勒丝报告，有这样一队人正要闯入资政们的紧急会议。让凯苏安觉得有些可惜的是，她不能单独带领这些殉道使，就连戴吉安也对她的这个建议表示明确的反对。而更让人感到可惜的是，她的这些同伴们都无法做到像四名两仪师一样镇定。

“这样做不会有用的，”奈妮薇嘟囔着，这也许是她离开高地后第十次这么说了，“我们应该从一开始就发动有力的打击！”

“我们的速度应该更快一点，”明阴沉着脸，“我能感觉到他在改变。如果他以前是一块石头，那么他现在就是一块铁！光明啊，她们要对他做什么？”只是因为明连结着那个男孩，她就在喋喋不休地报告着那个男孩的状况，一次比一次更加恶劣。凯苏安还没告诉她法麦丁的牢房是什么样子，因为这个女孩在听到那些绑架兰德的姐妹是如何对待兰德时，就曾经崩溃过一次。

凯苏安叹了口气。集结在她身边的实在是一支差强人意的军队，但即使是临时拼凑出来的军队也需要纪律，特别是当战场就在眼前的时候。如果她没有强迫海民们留下，那这支队伍的情况只可能变得更加糟糕。“如果有必要，我完全可以把你们轰回去，”她坚定地说，“奈妮薇，不要再说话了，梅瑞丝和珂丽勒也能使用你那条腰带。如果你不停止那种孩子气的抱怨，我会让艾丽维娅带你回高地去，再让你得到一些真正值得哭泣的东西。”这是她会带上那个奇怪野人的唯一原因。艾丽维娅对于那些她无法直视的人会显得非常温顺，但她会以足够严厉的目光瞪着这两只叽叽喳喳的小鸟。

奈妮薇和明不约而同地转头看了那名金发女子一眼，两只小鸟终于安静了，虽然她们显然并不驯服。凯苏安并不太在乎咬牙切齿的明，但奈妮薇阴沉的目光却让她感到烦恼。这个女孩有着很好的素质，但她的训练结束得太早了。她在治疗方面的能力几乎能算得上是一种奇迹，但她在其他方面还相当平庸，她并没有经历过那些她必须承受的训练，虽然凯苏安相信她可以在那些训练中坚持下来。实际上，凯苏安有些同情她，并非每个人都有机会在白塔接受训练。当她刚刚接受披肩，为此而心中充满骄傲，对自己的力量满怀信心时，她曾经在黑丘中心处的一个农场里，被一名几乎掉光牙齿的野人教训过，但那个野人没机会能在白塔接受教育。哦，这真是一支令人担心的小军队，但她必须率领这支军队去把法麦丁踩在脚下。

职员和信使塞满资政会议室圆柱前厅的一半空间，但他们毕竟只是职员和信使。所有职员都在犹豫着，每个人都在等待别人先说话，而那些穿红色外衣的信使们知道这里不是他们说话的地方，早已退到蓝色地板的边缘。那些职员在凯苏安面前分开，为她让出道路，依然是没有人敢说一个字。当凯苏安将雕刻着手与剑纹章的大门推开一扇时，她听到这群人同时发出的惊呼声。

资政会议室并不大，四盏带镜子的立灯将这里映照得相当明亮。地面被一张巨大的金、蓝、红三色提尔地毯完全覆盖，房间一侧的高大壁炉让房里温暖如春，但通往阳台柱廊的玻璃门被夜风吹得不住发出震响，就连壁炉台上的镀金伊利安高座钟发出的滴答声也被它淹没了。十三把镀金的雕花座椅被排成正对屋门的一个半圆形，看上去倒是很像十三个王座，只是坐在这些椅子里的女人们一个个都愁眉不展。

爱勒丝坐在这个半圆形最顶端，看到凯苏安率领着她的小队伍走进会议室，她立刻紧皱起眉头。“两仪师，此次会议不容外人介入，”她的声音庄重而冰冷，“稍后我们可能会倾听你的发言，但——”

“你们知道你们的牢房里关着什么人。”凯苏安打断了她的话。

无论凯苏安的语气有多么肯定，爱勒丝还是打算敷衍了事。“我想，应该关了几个男人，在公众场合喝醉的人、一些因斗殴和偷窃而被逮捕的外国人、一个边境国人在今天因为涉嫌杀害三个人而被捕。但我手边没有详细的纪录，两仪师凯苏安。”

当首席资政提到那个杀人的边境国人时，奈妮薇深吸了一口气。她的眼里闪烁着危险的光芒，但至少还有足够的理智，能闭上自己的嘴。

“看来，你们是想要隐瞒拘押转生真龙的事实了。”凯苏安平静地说道。她本来非常希望维林费尽心力的准备工作能够震慑住她们，迫使她们让步，但现在的情况并不乐观。不过，尽快解决这个事件的可能性仍然存在。“我可以从你们的手中接收他，我曾经面对过二十个以上的能导引的男人，他不会让我恐惧。”

“感谢你的好意，”爱勒丝以和缓的声音答道，“但我们首先要联系塔瓦隆。”她在讨价还价，当然，必须要做的，就无法避免。“你是否介意告诉我们，你是怎么知道——”

凯苏安再次打断她的话：“也许我应该先介绍一下我身后的这些殉道使。”

三名穿黑衣的男人如同接到命令一般走到前列。凯苏安不得不承认，他们的身上的确散发着一种危险的气氛。头发斑白的达莫看起来如同一头正在牙痛的灰熊；漂亮的佳哈如同灵活的黑豹；年轻的艾本瞪着资政们，眼睛眨也不眨，瞳孔中放射出凶险的光芒。他们的出现给那些资政带来强大的压迫感，有几个资政在座椅中挪动着身体，仿佛要向后退去。希普伦张开嘴，露出参差不齐的牙齿。像凯苏安一样满头灰发的赛贝恩瘫软在椅子里，用瘦长的手掌给自己扇着风。卡蜜瑞的嘴唇扭曲着，仿佛要吐出来的样子。

爱勒丝的神情相当坚强，但她也将双手紧按在腹部。“我曾经告诉过你，殉道使可以自由进入这座城市，只要他们遵守这里的法律。凯苏安，我们不害怕殉道使，但我必须承认，看到你和他们搅在一起，我感到很惊讶。尤其是在你刚刚提出那种要求之后。”

很明显地，两仪师凯苏安在爱勒丝口中已经变成普通人凯苏安，但凯苏安还是为就要对她做的事情感到抱歉。爱勒丝有效地统治着法麦丁，但今晚之后，她也许再也无法恢复以前的威势了。“难道你忘记了今天发生的事情，爱勒丝？有人在这座城中进行了导引。”资政们再次发生一阵骚动，担忧的神色在她们脸上更加沉重了。

“那只是一次反常现象。”爱勒丝声音中的冷静消失了，取而代之的是愤怒，也许还有一点畏惧。她的眼里闪烁着阴冷的光芒。“也许屏障的探索功能出了错，我们审问过当时在那里的每一个人，没有人看到任何可能是——”

“即使是我们以为完美无缺的东西可能也有瑕疵，爱勒丝。”凯苏安开始从她的井中汲取阴极力。她知道，自己的小黄金蜂雀能容纳的阴极力远比奈妮薇的腰带要少。“瑕疵在被发现之前，也许会存在许多个世纪也无人知晓。”她编织出足够的风之力，爱勒丝头顶的宝石冠冕漂浮起来，落到凯苏安的脚前。“但一旦它被找到，那么所有人都会知道它的所在。”

十三双眼睛盯着那顶冠冕，资政们仿佛都被冻僵，甚至没办法再呼吸了。

“在我看来，那道裂缝并不像谷仓门那么大，”达莫高声说道，“我还是觉得它戴在你的头上会更好看。”

阴极力的光晕突然在奈妮薇身周闪耀。冠冕飞向爱勒丝，就在即将撞碎首席资政的头颅时，它的速度减缓下来，最后稳稳地落在爱勒丝毫无血色的面孔上方。阴极力的光芒并没有从那个女孩身上消失。好吧，就让她使用她的井吧。

“那么……”爱勒丝咽了一口口水，但她的声音还是有些嘶哑，“如果我们把他交给你们，就可以了吗？”她没有说明是要把兰德交给凯苏安，还是殉道使，不过她说话的目标更有可能是凯苏安。

“我想，这样就足够了。”凯苏安依然保持着冷静的语气。爱勒丝的身体如同牵线木偶般软了下去。其他资政显然也被眼前的导引所震惊，她们相互交换着询问的眼神，最后，目光集中在爱勒丝身上。资政们神情笃定，纷纷向她点头。凯苏安深吸一口气，她曾经向那个男孩承诺过，无论她做什么，都是为了那个男孩，而不是为白塔或者其他任何人。而现在，她为了那个男孩而严重地伤害了一位贤明的女人。“爱勒丝，我很抱歉。”她说道。*男孩，你欠下的债已经太多了*，她在心里想。

第 35 章

珂丹卡

兰德骑马走出凯姆林门，头也不回地踏上向北的宽阔石桥。太阳如同一个淡金色的圆球，刚刚离开地平线，升起在无云的天空中，冷冽的空气让他呼出的气息变成一团团白烟。湖面上吹来的风扬起他的斗篷，但他并不觉得寒冷，寒冷对他来说只是某种遥远而不真实的东西。他比任何冬天都更冷。昨天晚上，为他打开牢门的卫兵惊讶地发现他的脸上竟然带着一丝微笑。现在，这抹微笑还在他的脸上，让他的嘴角微微翘起。奈妮薇用她的腰带上最后一部分阴极力为他治好了身上的淤伤。当他们走到出城的桥头时，一名戴着头盔的军官挡住了他，那是一个身材粗壮、面容粗鲁的男人，他一看到兰德，立刻吃了一惊，就好像兰德的脸上依旧满是青肿和伤痕。

凯苏安在马鞍上向前倾过身体，低声和那名军官说了几句话，然后递给他一份折叠起来的文件。他向凯苏安皱皱眉，才打开文件，开始阅读上面的内容。没多久，他猛地一抬头，困惑地盯着那些在凯苏安身后耐心等待的人们，然后又将文件从头至尾读了一遍。他的嘴唇无声地歙动着，仿佛要确定上头写的每一个字，惊诧的神色始终没从他的脸上消退。这份文件上有全部十三位资政的签名用印，它命令看守城市出入道路的军官不得检查这一行人的和平结，不得搜检他们的行囊，这队人的名字要彻底从登记簿上抹去，这份命令本身也要被烧毁。这些人从没来过法麦丁，无论是两仪师还是亚桑米亚尔，都不曾来过这里。

“结束了，兰德。”明温柔地说着，催赶她强壮的褐色母马向兰德的灰骗马更靠近一些，这样，她和兰德之间的距离就比奈妮薇和岚之间更近了。岚身上的撞伤和断掉的手臂已经在兰德之前被奈妮薇治好了。

明的脸上和约缚中都充满了忧虑，她放开斗篷，任由它随风飘扬。她的手则轻轻拍抚着兰德的手臂，“你不必再去想那件事了。”

“我很感激法麦丁，明。”兰德的声音遥远而没有任何情绪，就好像他刚刚掌握阳极力的那些日子。他本来总会为了明而让自己的声音温暖一些，但现在这却好像是他再也做不到的事情。“我的确在这里找到我所需要的。”如果一把剑有记忆，它也许会感激锻造它的烈火，却绝对不会喜爱火焰。当守桥的卫兵挥手示意他们通过时，他催动灰马，缓步过桥，沿着夯实的泥土路面向山丘走去，直到那座城市被树林彻底遮蔽，他都没有回头看过一眼。

蜿蜒曲折的道路穿过冬日的森林丘陵，这片森林中大多数树冠都只剩下了灰色的干枝，只有松树和羽叶木上还带着绿色。突然间，真源出现了，仿佛就在兰德眼角余光所及的地方脉动着，召唤着他，让他感到充实，如同饥饿将死的人突然见到珍馐美味，他不假思索地向真源伸展过去，让阳极力填满他的空虚。火焰的爆裂，寒冰的凛冽，这一切都裹在一层油腻的污染之中，他肋侧那个更大的伤口也随着污染的涌入而悸动。他在马鞍中摇晃了一下，感觉到头晕目眩，肠胃在一阵阵抽搐，但他仍然在为了控制那决堤而来的能量拼命战斗着，不让它烧毁自己的神智；在席卷一切的风暴中飞翔，不让风暴吞噬自己的灵魂。在至上力男性的一半中，没有宽恕和怜悯。男人必须与之抗争，否则就是死亡。他能感觉到身后的三名殉道使也用阳极力充满身体。他们痛饮着阳极力，如同刚刚走出沙漠的人痛饮清泉。在他的脑海中，路斯·瑟林宽慰地叹了口气。明又向他靠近了一些，他们的腿已经贴在一起。“你还好吗?”她忧心忡忡地问，“你看起来好像是病了。”

“我就像雨水一样好。”他对她说。他在说谎，而且谎言的范围不仅限于他的胃。他是一块钢，但令他惊讶的是，他还是不够坚硬。兰德原本打算送明去凯姆林，让艾丽维娅保护她，如果这个金发女人将要帮助他死亡，他就必须先能够信任她。他甚至已经想好该怎样对明说。但当他看着明的那双黑眼睛，那些话就再也说不出口了。他在干枯的树丛间转过坐骑，回头对凯苏安说：“就是这里。”

凯苏安当然一直跟在他身后，他们全都紧跟着他。从昨晚开始，除了睡觉的几个小时外，哈琳妮几乎就没有让他离开过自己的视线。兰德本想将海民撇开，但在这个问题上，凯苏安给出了她的第一个建议：你已经和她们立下契约，男孩，你应该像遵守一切条约那样遵守它；或者你可以告诉她们，你撕毁了那个契约，否则你就只是一个贼。她的用词非常直接，对于一个贼的看法，她也在语气中表露无遗。兰德从未承诺过会遵循她的建议，但她根本就不愿意成为他的资政，这让兰德不敢冒险这么快就排斥她的建议。所以，那名波涛长和另外两个海民才能与艾丽维娅并辔而行。他们身后是维林和另外五名已经向他宣誓效忠的两仪师，然后是四名凯苏安的同伴。兰德相信，凯苏安像她们一样很想离开他，也许要离开的时候，她会走得更快。

在别人眼中，这个地方并没有什么特别的地方，但在他的眼里，一道细长的光芒如同一盏明灯般立在这片被潮湿泥土和腐叶覆盖的林间空地上。就算是另一个能够导引的男人走过这道光柱，也无法看见它。兰德并没有下马，他用风之力将厚厚一层断枝落叶拨到一旁，又铲走下面的泥土，直到一只用皮绳捆紧的细长包袱显露出来。兰德让仍然沾有泥土的包袱飞进自己手中，包在其中的是凯兰铎。他不敢将这把剑带进法麦丁，因为没有剑鞘，他只能把它寄放在桥头的堡垒中，而看到这把剑的人很可能会察觉到他的身份。这个世界上很可能没有第二把水晶剑了，知道转生真龙有这样一把剑的人又数不胜数。但无论他多么小心，最终却还是被关进一个黑暗狭窄的石盒子……不，这已经结束了，结束了。路斯·瑟林在他意识的阴影中喘息着。

兰德将凯兰铎插进马鞍的肚带里，调转坐骑，面对着其他人。马匹都在寒风中夹紧尾巴，只是不时会有一匹马踏一下蹄子，甩甩头。它们已经在马厩中被关得太久，现在都想跑上两趟。挂在奈妮薇肩头的皮袋和她佩戴的珠宝特法器很不协调。关键的时刻即将到来，奈妮薇正下意识地抚摸着那只鼓胀的皮袋，她竭力想要隐藏自己的恐惧，但她的下巴还是在抖动着。凯苏安面无表情地看着他，她的兜帽已经被掀到背后，偶尔会有一阵强风吹动她发髻上的黄金鸟雀和游鱼、繁星和月亮。

“我要除掉真源中男性一半的污染。”兰德说道。

那三名殉道使现在和其他护法一样，只穿着朴素的深色外衣和斗篷，他们交换着兴奋的眼神。但这句话在两仪师之间引起一阵骚动。耐苏恩张大了嘴，这个表情出现在这名像小鸟一样纤细的两仪师身上，显得格外不协调。

凯苏安的脸上依然没有任何表情。“用什么？”她有些怀疑地向兰德腿下的那个包裹挑起一侧眉弓。

“用珂丹卡。”兰德回答。这个名字是路斯·瑟林给他的另一个礼物。它清晰地出现在兰德的脑海中，就好像兰德一直都知道它。“你知道它们是巨大的雕像，是超法器，一座埋在凯瑞安，另一座在索马金。”

哈琳妮猛地抬起头，让她鼻链上的黄金徽章也随之抖动许久。兰德所说的索马金正是海民的岛屿。

“它们非常巨大，难以移动，但我有一双被称为‘钥匙’的特法器，利用这两把钥匙，我可以在世界的任何地方使用珂丹卡。”

危险，路斯·瑟林嚎叫着。疯狂。兰德没理会他。在这个时刻，他关注的只有凯苏安。

凯苏安的枣红马抖动着一侧黑耳朵，它似乎比骑在它背上的人更感到兴奋。“那两件超法器中的一件是为女人制作的。”凯苏安冷冷地说，“那么你要让谁使用它？还是说，这两把钥匙让你能同时使用两个珂丹卡？”

“奈妮薇会和我连结。”他相信奈妮薇，只相信奈妮薇一个。奈妮薇是两仪师，但她也是伊蒙村的乡贤，他必须相信她。奈妮薇微笑着，向兰德坚定地点点头，她的下巴已经不再颤抖了。“不要阻止我，凯苏安。”凯苏安什么都没说，只是审视着兰德，一双黑眸在衡量和评估他。

“请原谅，凯苏安，”库梅拉打破沉默，她催赶胯下的花斑马走上前，“年轻人，你有没有考虑过失败的可能？有没有想过你的失败会引发什么样的后果？”

“这也是我必须要问的问题，”耐苏恩严厉地说道，她在马鞍上挺直身体，黑眼睛平视着兰德，“我看过的文献中不止一次提到，尝试使用那两个超法器会导致灾难性的后果。如果共同使用，它们的力量将足以将这个世界像一颗鸟蛋一样压碎。”

就像一颗蛋！路斯·瑟林附和着。它们从没有被测试过，从没有被真正使用过。疯子才会这样做！他尖叫着。你是疯子！疯子！

“我在前不久才听说，”兰德对两仪师们开口了，“五十个殉道使中就有一个人发疯，必须像狂犬一样被杀掉。现在，应该有更多殉道使发了疯。这样做的确有风险，但也有成功的可能。如果我不去试，那么可以确定的后果就是愈来愈多男人将会疯狂，也许会有几十个失去理智的殉道使，也许我们全都会发狂。要不了多久，这个世界上就会有太多疯狂的殉道使，再也无法轻易除掉。你们想要在最后战争到来之时，看到几百个疯狂的殉道使肆意横行吗？而我也许正是他们之中的一员？这个世界还能有几成存活的机会？”他是在对那两名褐宗两仪师说话，但他所关注的还是凯苏安。凯苏安那双几乎是纯黑色的眼睛一直没离开过他。他需要把这个两仪师留在身边，但如果她想要劝阻他，那么无论后果如何，他都会拒绝她的建议。如果她要阻止他？阳极力在他的体内咆哮着。

“你要在这里做这件事吗?”凯苏安问。

“在煞达罗苟斯。”兰德对她说。她点了点头。

“如果我们要冒摧毁世界的风险,那里会是一个合适的地方。”

路斯・瑟林凄厉地哀嚎着,但那声音愈来愈小,最后遁入兰德脑海中黑暗的深渊,只剩下微弱的回声。但现在已经没有地方可以躲藏,没有安全的庇护所了。

兰德编织的通道并没有直接进入煞达罗苟斯废墟,而是通往那座城市北方一片林木稀疏的丘陵。马蹄踏在贫瘠、坚硬的土地上,周围只有一些矮小的无叶树木和凌乱的积雪。当兰德下马时,他透过树梢,能依稀看到那座曾经被称为爱瑞荷的城市,曾经高耸的塔楼现在只剩下犬牙嶙峋的残基,洋葱状的白色圆顶能够将整座村庄纳入其中。兰德没有看太长的时间,虽然早晨的天空非常清澈,但那些惨白的圆顶却没能映出太阳的光辉,仿佛那片废墟依旧被阴影笼罩着。即使在如此远离那座城市的地方,兰德身上第二道无法愈合的伤口也在微弱地刺痛着,那是帕登・范的匕首给他留下的伤痕,来自于煞达罗苟斯的匕首。那道伤口并没有和压在它下面的旧伤一同吞噬兰德,这两道伤口正在相互对抗,相互咬啮。

凯苏安开始发号施令,仿佛她身边的人本来就应该听从她的命令。两仪师总是这样,时刻都不会放过掌握权柄的机会,不过兰德并没有试图阻止她。岚、耐萨恩和巴森骑马进入树林,在那里进行巡逻,其他护法迅速将剩下的马匹在树林的矮枝上拴好。明在马镫上站起身,将兰德的头拉过来,吻了一下他的眼睛,然后便一言不发地和那些男人一同去拴马了,约缚中洋溢着明对他的爱意,还有对他的满怀信心,兰德不由得惊讶地凝望着她的背影。

艾本满脸笑容地走过来,接下兰德的缰绳,他的一双大耳朵和鼻子加在一起,几乎占据了他的半张脸。不过他现在已经是一个身材细瘦的青年,再没有任何笨拙的样子了。“导引时不会再有污染,这实在太好了,真龙大人。”他兴奋地说道。兰德觉得艾本应该有十七岁了,但他的声音要更加年轻一些。“我每次只要想到那种污染,都会忍不住要把肚子里的东西全吐出来。”然后他就牵起灰马,笑着跑开了。

至上力在兰德体内咆哮,秽恶的感觉玷污了阳极力纯粹的生命,腐败的细流正在将疯狂和死亡注入他的身体。

凯苏安将两仪师、艾丽维娅和那名海民寻风手聚集在他身边。哈琳妮因为自己被排斥在外而大声发着牢骚,直到凯苏安伸手一指,她才闭上嘴,向山丘顶端走去。毛德穿着那种奇怪的蓝色拼布外衣，和哈琳妮一起坐在一块突出的山岩上，安抚着她的情绪。不过，这名剑士长的眼睛不时会扫过周围的树林，并用手拂过腰间佩剑的长象牙柄。

佳哈从拴马的树林中走出来，边走边打开凯兰铎的包袱，水晶剑透明的长柄和微微弯曲的锋刃在暗淡的阳光中熠熠生辉。梅瑞丝向他招招手，他立刻加快脚步，走到那名两仪师身边，达莫和艾本也跟了过去。凯苏安并没有向兰德寻求使用凯兰铎的许可，但兰德能够忍受这些，至少现在，他能忍受。

"那个女人简直能激怒一块石头！"奈妮薇嘟囔着，她大步走到兰德身边，一只手用力按在肩头的皮袋上，另一只手同样用力地紧握着从兜帽里垂下来的粗辫子，"要我说，最好让她掉到末日深渊里去！你确信明没犯错?！好吧，我想她应该没有错。但……你能不能别再这样笑了？你简直能让猫都紧张起来！"

"我们应该开始了。"兰德对她说。奈妮薇眨了眨眼。

"难道我们不必等凯苏安吗?"没有人会想到她刚刚还在抱怨凯苏安，但她现在却好像不太敢去冒犯那个两仪师。

"她会履行她的责任，奈妮薇，而我将借助你的力量做我必须做的事。"

奈妮薇还在犹豫着，她将那只皮袋抱在胸前，朝凯苏安和她周围的那群人担忧地看了一眼。艾丽维娅已经离开那群人，正用双手拢紧斗篷，快步朝她和兰德走来。

"凯苏安要你把身上的特法器给我，奈妮薇。"她用悠长柔和的霄辰语调说道，"不要争辩，现在我们不能浪费时间。而且，如果你要和兰德连结，它们对你也没有用了。"

这一次，奈妮薇瞪着凯苏安的双眼中几乎要透出杀意了，但她还是摘下了戒指和手镯，一边嘟囔着，一边把它们交给艾丽维娅，然后又交出自己的项链和那条宝石腰带。最后，她叹息一声，才从手上摘下那副手镯和四枚戒指用扁平锁链连接在一起的奇特首饰。"你也应该拿走这个。如果我要使用有史以来最强大的超法器，那么这件法器对我来说应该也没用了。但听好了，这件事过后你要把它们还给我。"说最后这句话时，她的口气相当凶狠。

"我又不是贼。"那个眼睛像鹰一样锐利的女人不以为然地回答着，将那件法器的四枚戒指分别戴在左手的手指上。奇怪的是，这件法器本来戴在奈妮薇的手上非常合适，而艾丽维娅的手虽然比奈妮薇的手更长，但戴上它也毫无困难。这两个女人似乎都对这件事感到有些惊讶。

这时兰德察觉到，她们两个似乎都从未想过他有可能会失败。兰德希望自己也能有这样的信心。但不管怎样，该做的事情，他必须去做。

“你要等上一整天吗，兰德？”奈妮薇问。这时艾丽维娅已经转身朝凯苏安走去，她的脚步甚至比来时还快。奈妮薇抚平斗篷，坐到一块像小凳子一样的灰色岩石上，将那只皮袋放到膝上，掀开它的皮封盖。

兰德盘腿坐在奈妮薇面前的地上，看着她拿出两支钥匙。那是两尊光滑洁白的雕像，大约有一尺高，两尊雕像各举着一颗清澈无比的水晶球。一尊雕像是一名身穿长袍、留着胡须的男人，奈妮薇将这尊雕像递给兰德。另一尊是穿长袍的女子，奈妮薇将它放在脚旁的地上。两尊雕像的面容都是那么宁静、坚强，闪烁着岁月积累的智慧之光。

“你必须让自己位于拥抱真源的边缘，”她一边对兰德说，一边不必要地抚弄着自己的裙摆，“然后我就能和你连结。”

兰德叹了口气，放下那尊男性雕像，也松开阳极力。咆哮的烈火和寒冰消失了，油腻秽恶的污染也随之流走，但他的生命似乎也萎缩了，整个世界变得苍白单调。他将双手放在身旁的地面上，准备对抗当他再次拥抱真源时会再次袭来的恶心感，但一种不同的晕眩感突然开始在他的脑袋里旋转。片刻之间，一张模糊的面孔充满他的视线，遮住奈妮薇的脸。那是一张男人的面孔，兰德仿佛觉得自己认识他。光明啊，在他捉住阳极力时，这似乎从未发生过……奈妮薇俯身看着他，脸上满是关注。

“开始吧！”兰德说道，然后他就透过那尊男性雕像向真源伸展过去。向真源伸展，但并不是真正捉住它，他将自己悬挂在边缘。火舌在舔噬他，寒风将冻结的沙砾吹进他的皮肤，无法忍受的痛苦让他想要嚎叫。奈妮薇迅速地吸了一口气。他知道，这只是短短的一瞬间，但他却觉得已经过去了几个小时……

阳极力流过他的身体，所有那些熔融的怒火和冰霜都在翻滚着，被所有那些污秽渗透，他却无法控制一丝一毫。他能看见阳极力从他身上流向奈妮薇，感觉到沸腾的能量流过身体，感觉到能够在瞬间将他摧毁的混乱多变的力量，仿佛湍急的潮汐，震撼的大地，但他却不能与之战斗，不能控制它，这本身就是一种痛苦。他忽然意识到，自己能感觉到奈妮薇，就像能感觉到明那样，但他能想到的只有阳极力。无法控制地穿越他的身体的洪流。

奈妮薇颤抖着吸了一口气。“你怎么能承受……这个？”她的声音变得沙哑干涩，“全都是混乱、愤怒和死亡。光明啊！现在，你必须竭尽全力控制这股力量，而我会……”他拼命地掌握住平衡，继续这场和阳极力永无尽头的战争。他按照她所说的去做，她却惊呼一声，全身颤栗了一下。“你应该等我……”她的声音开始很愤怒，但逐渐变得只是有些气恼，“好吧，至少我摆脱掉它了。干嘛这样瞪着我？我才是那个应该给她剥皮的人！”

“阴极力。”他惊讶地喃喃说道。这是如此的……不同。在阳极力的喧嚣之外，阴极力如同一条安静的河流，缓缓流淌。他探入水中。突然间，他开始和湍流作战，那些湍流要把他拉进去，漩涡要吞噬他。他愈用力抗争，那些湍流就愈强大。他试图控制阴极力只是一眨眼的时间，但他却觉得自己已经被那股力量淹没，被永远地冲走。奈妮薇警告过他必须做些什么，但她的告诫对他是那么陌生，直到现在，他才明白这些警告是什么意思。他努力强迫自己不要再和那些湍流战斗，那条河流立刻恢复了平静。

这是他遇到的第一个困难。抗争阳极力，同时又要顺从阴极力，但这也是他实现目标的第一把钥匙。真源男性的一半和女性的一半如此相似，却又如此截然不同。它们在共同推动时光之轮的时候相互吸引，又相互排斥，男性一半的污染在女性的一半中也有与之对应的孪生体。伊煞梅尔在他身上留下的伤口随着那污染脉动着，而帕登·范的黑刃留下的另一道伤口在用另一种邪恶攻击着前一个伤口，那是曾经杀死爱瑞荷的邪恶。

兰德笨拙地强迫自己放松力量，牵动陌生的阴极力的巨大力量，引导它按照自己的意愿流淌。他编织出一条管道，一端连接真源的男性一半，另一端指向不远处的那座城市。这条管道必须用洁净的阴极力编织。如果这条管道能够像他所希望的那样发挥作用，那么它就不能用被污染的阳极力构筑，否则当它开始吸出污染的时候，会立刻崩碎。他想象着它是一根管子，但它不是，编织形成的结构和他所预期的完全不同，仿佛阴极力有自己的意识。编织一次次回旋，最终构成的形态让他想到了一朵花。他没有看到任何奇伟的景象，没有宏伟的能流从天空倾泻而下。真源就在创生的核心，真源无处不在，即使是煞达罗苟斯。那条管道穿越了他无法想象的距离，它没有任何长度。那一定是一条管道，无论它的表象如何。如果它不是……

汲取阳极力，与它战斗，在致命的舞蹈中控制它，这是他所熟知的。他迫使它进入阴极力的花朵，让它在其中流淌。阳极力和阴极力，相似和不同，绝对无法混合。阳极力的洪流在自我挤压，远离周围的阴极力。阴极力从所有方向挤压它，将它向前推去，让它的流动愈来愈快。纯粹的阳极力，被污染包裹的纯粹的阳极力，碰触到了煞达罗苟斯。

兰德皱起眉。他错了吗？什么都没发生，除了……他肋侧的伤口跳动得更快了。在阳极力的烈火和冰风中，污染依旧在变幻、游荡着，但兰德注意到一个小小的扰动。如果他不是一直在竭力搜索这个变化，它很可能会从他的意识中滑过。一个无穷混沌中微小的扰动，但全部指向同一个方向。

“继续！”奈妮薇催促着。她的眼里放射出光芒，仿佛流入她体内的阴极力给她带来巨大的快乐。

兰德更加深入真源的两个半球，进一步加强那条管道，并迫使更多阳极力进入其中。他拼命汲取着至上力，直到再无法多取出一滴。他想要为这宏大的力量而吼叫，与这无穷的力量相比，他仿佛已经不复存在。一切皆为虚幻，只有至上力是真实的。他听到奈妮薇在呻吟，但与阳极力的致命战斗已经吞没了他。

爱萨摩挲着左手食指上的巨蛇戒，盯着那个她曾经宣誓效忠的男人。他坐在地上，面色严峻，双眼直视前方，却又好像根本看不见就坐在他面前的那个叫奈妮薇的野人。他们放射出太阳一样耀眼的光芒，但他可能依旧无法成功。爱萨能感觉到她做梦也想象不出的阴极力洪流从奈妮薇的身体穿过，就算是白塔中全部姐妹将力量加在一起，也只不过相当于这片汪洋大海中的一片波浪。她嫉妒那个野人，但她也明白，仅仅是这股阴极力带来的巨大喜悦就足以让她发疯。天气还很寒冷，但奈妮薇脸上已经滚下颗颗汗珠，她张开嘴唇，大睁着的眼睛只是无神地盯着转身真龙背后遥远的地方。

“恐怕很快就要开始了。”凯苏安高声说道。这名灰发两仪师将视线从兰德与奈妮薇身上移开，双手叉腰，犀利的目光将这座山丘的顶部扫视了一遍。“她们就算是在塔瓦隆也能感觉到，也许在世界的另一边也能感觉到。所有人，立刻就位。”

“来吧，爱萨。”梅瑞丝说道，阴极力的光晕突然出现在她身周。

爱萨让自己和这个面容严肃的姐妹连结在一起。但是，当梅瑞丝将她的殉道使护法加入到连结中时，她不禁打了个哆嗦。那个殉道使是一个皮肤黝黑的俊美男人，他手中的水晶剑闪耀着微弱的光芒，她能感觉到那种难以置信的暴烈力量，那一定是阳极力。即使是梅瑞丝控制着能流，阳极力的污秽感仍然让爱萨的肠胃搅在一起，那就像夏日阳光中一堆腐烂的粪便。梅瑞丝虽然性格刚强，但仍旧是一个可爱的女人，爱萨看到她像自己一样抿紧了嘴，她肯定也在努力不让自己呕吐出来。

在山丘顶上，众人已经按照凯苏安的指示组成连结。萨伦妮和珂丽勒和那个叫达莫的老人连结在一起。耐苏恩、柏黛恩和戴吉安连结了那个叫艾本的男孩。维林和库梅拉甚至和那个海民野人进行了连结。那个野人的确相当强大。凯苏安不会放过任何她能用得上的人。每一组人在完成连结后都离开了山丘，消失在不同方向的树林中。艾丽维娅，那个奇特的野人，她似乎只有名字，没有姓，只有她一个人向北大步走去，斗篷在她背后飘动，她全身都包裹在至上力的光晕之中。这个眼角已经有了鱼尾纹的女人拥有不可思议的强大力量，也是个极大的麻烦，如果能得到这个女人身上的特法器，爱萨情愿付出足够大的代价。

艾丽维娅和另外三组人为这座山丘提供了一个环形防御，但最强的防御力量还是在这座山丘上。必须不惜一切代价保护转生真龙，这个任务当然由凯苏安亲自承担了下来，而梅瑞丝的连结也留在了这里。凯苏安一定掌握着一件法器，她导引的阴极力比爱萨和梅瑞丝连结在一起时还要强大。但与凯兰铎吸纳的至上力相比，这点力量又相形见绌了。

爱萨瞥了转生真龙一眼，深吸一口气："梅瑞丝，我知道不应该这样问，但能流能够由我来控制吗？"

她本以为自己需要经过一番恳求才能达到目的，但那名高个子的绿宗两仪师只是犹豫了一下，就点点头，将控制权转移给她。梅瑞丝抿紧的嘴唇几乎立刻就放松了下来，虽然那并不是真正意义上的放松。被污秽包裹的火焰和寒冰在爱萨体内喷涌，她浑身止不住地颤抖着。无论要付出什么代价，必须让转生真龙坚持到最后战争。无论要付出什么代价。

巴麦林坐在大车上，沿着积雪的道路向崔蒙森缓缓前行。他心里一直惦记着"九戒指"旅店的老麦格林是不是能用让他满意的价格，买下身后的这些李子白兰地，不过他对此并没有很大的期待。老麦格林拿钱的手总是握得很紧，他的白兰地也不是非常好，而且现在已经是冬末了。也许老麦格林宁愿等到春天，那时就会有更好的白兰地供她收购了。突然间，他察觉到天空似乎变得非常明亮，几乎就像夏日的正午，而不是冬天的早晨。最奇怪的是，这种光亮似乎来自路旁的那座大坑，从城里来的工人们从去年就开始在这里挖掘了，据说这里有一座非常巨大的雕像，但他从来没想过要去亲眼见识一下。

虽然心里满是疑虑，但他还是勒住了他的矮母马妮萨，爬下大车，在雪地中一脚深一脚浅地来到那座大坑的边缘。那个坑足有三百尺深，最宽的地方差不多有三千尺，他不得不将双手挡在脸前，才能遮住坑底射出的耀眼强光。透过手指缝，他勉强能看到一颗正在发光的大球，就像是另一个太阳。巴麦林突然意识到，这一定和至上力有关。他没命地尖叫了一声，跌跌撞撞地踏着积雪，跑回他的大车前，爬了上去，揪住妮萨的缰绳，让它调转过来，一边还在糊里糊涂地用缰绳乱抽妮萨。他要回到农场去，躲在屋子里，自己喝掉那些白兰地，把所有那些白兰地全都喝掉。

提姆娜在沉思中悠闲地迈着步子，丝毫不去在意遍布整片山坡的休耕田地，只是偶尔会看一眼脚下的地面，以免被什么东西绊到。索马金是一座大岛，这里距离海边还很远，风中并没有海盐的气味，但让她烦恼的依旧是那些亚桑米亚尔，他们拒绝了水之道，而提姆娜正是被选中负责保护那些海民，让他们免于继续堕落的导师之一。现在这个工作变得非常困难，因为海民们全都处在一种躁动的状态中，他们都在传说他们的克拉莫已经到来。实际上，绝大多数海民都已经离开这座岛，就连那些一直尽量远离海洋，并对海民的行为苦恼不已的地方官员们，也都已经乘上他们找到的一切船只，出发去寻找那个克拉莫了。

一座未经开垦的山丘突然吸引了她的注意力，一只巨大的石雕手臂伸出到土层外面，掌中紧握着一颗足有一座房子那样大、无比清澈的水晶球。而现在，那颗水晶球正如同夏天的烈日般放射出无比明亮的光辉。

一切关于亚桑米亚尔的思绪都从提姆娜的脑子里消失了，她拢起斗篷，坐在地上，微笑着想到她也许见证了预言的实现，幻影时代的终结。

“如果你真的是使徒，那么我将侍奉你。”辛黛恩面前这个留胡子的男人犹疑地说道。但这并不是辛黛恩想听到的。

辛黛恩能感觉到那场巨变，鸿涛般的阴极力被吸引到一个点上，就如同天空中一座熊熊燃烧的火炬。这个世界上任何能够导引的女人都能感觉到它，清楚地看到它的所在。看来，他已经找到一个能够使用另一把钥匙的女人。辛黛恩本来要将他带到暗主面前，带到创世主面前！她本来打算与他分享权柄，让他在她的身边统治这个世界。而他却拒绝了她的爱，拒绝了她！

和那个正在改变世界的事件相比，她面前这个仍然在胡言乱语的傻瓜已经不重要了。她也没时间确认他是否值得信任，所以她更不能留下这个人，任由他继续胡言乱语下去。她几乎已经感觉到莫瑞笛的手正在抚摸封锢着她的灵魂的柯索弗拉。一道剃刀般锋利的风之力能流将那个男人的胡子削为两半，又割掉了他的脑袋。另一股风之力将那具尸体向后退去，以免喷出的鲜血沾染她的衣衫。没有等尸体和那颗头倒落在地上，她已经打开通道。那个凝聚无穷阴极力的地方正在召唤她。

她走进了一片连绵起伏的丘陵林地，树下零星分布着一片片积雪，光秃秃的枝干上垂挂着一根根棕褐色的粗壮藤蔓。她不知道那个火炬将她引到了什么地方，不过这没关系，火炬就在南边不远处闪耀着辉煌的光芒。如此强大的阴极力，足以让整片大陆化为粉末。他就在那里，还有那个掌握着另一把钥匙的女人，那原本应该属于她的钥匙。是他背叛了她！想到这里，辛黛恩开始导引至上力，谨慎地为他编织出一张死亡之网。

凯苏安从未见过的闪电从无云的天空中射下，不是锯齿状的光带，而是银蓝色的长枪，径自射向凯苏安所在的山丘顶端。但凯苏安编织并倒置的护盾将它们挡住，让它们在凯苏安头顶上方五十尺的高度爆炸，发出震耳欲聋的雷鸣。护盾之中的空气也随之发出哔啵的爆裂声。凯苏安的头发微微飘立而起，如果没有悬挂在她发髻上的那只伯劳鸟形的法器，她的这道护盾肯定早已崩溃了。

握在她手中的细金链上悬挂着另一只黄金小鸟，那是一只燕子，现在那只燕子仿佛振翅欲飞。“那边，”她朝燕子要飞往的方向指了一下。可惜的是，她无法确定那股导引的至上力距离这里有多远，进行导引的是男人还是女人，她只能确定方向。凯苏安希望自己不要出任何……差错，那里也有她的人，但这种攻击性的导引无疑代表着敌人的出现。

她的话刚一出口，北边的森林中立刻有一团火焰腾空而起，然后又是第二团、第三团火焰。烈火的爆炸逐步向北推进。凯兰铎在年轻的佳哈手中也仿佛在喷发出一股股火舌。令凯苏安惊讶的是，从爱萨专注的表情和她紧握裙摆的双手来看，她才是这个连结的导引者。

梅瑞丝一只手握住那个男孩的黑发，温柔地晃了晃他的头，喃喃地说道：“稳住，我的漂亮男孩。哦，稳住，我可爱又强壮的男孩。”佳哈朝她微笑着，那真是一种令人销魂的微笑。

凯苏安微微摇头。想要理解每一名姐妹和她的护法间的关系是非常困难的，尤其是在绿宗之中。但她现在没时间去探查梅瑞丝和她的男孩们之间都发生过什么。

她真正的注意力始终都在另一个男孩身上。奈妮薇在摇晃，因为阴极力洪流带来的迷醉而呻吟，但兰德始终像山岩一样端坐在地上，只有汗水不停地从他的脸上滚落。他的眼睛中空无一物，如同一双抛光的蓝宝石。他是否知道自己身边都发生了什么事？

那只燕子又在拉动她手中的金链。“那边。”她一边说，一边指往煞达罗苛斯的方向。

兰德已经无法再看到奈妮薇了，他什么都看不见，什么都感觉不到。他在泅渡火焰的海洋，在攀登坍塌的冰峰，污染如同海潮涌动，竭力想把他冲走，如果他在某一瞬间失去控制，他就会被彻底卷进那条管道里。但更可怕的是，虽然污染的狂潮正在源源不断地涌入那朵奇异的花中，但真源男性一半的污染似乎丝毫没有减少。那就像一层油脂的薄膜漂浮在水上，如果你不碰触水面，甚至根本无法察觉到那层薄膜。但男性的真源完全被它包裹在其中，仿佛那污秽本身就是一片无尽的海洋。他必须坚持住，他别无选择。但他要坚持多久？他还能坚持多久？

狄芒德走出通道，思忖着能否斩断兰德·亚瑟改变真源的编织。现在他已身处煞达罗苟斯之中。彻底而突然地斩断那个编织，这样做还能杀死兰德·亚瑟，或者至少斩断他导引的能力。当他确认那把钥匙的位置时，就已经明白兰德·亚瑟的企图。他丝毫不介意承认兰德·亚瑟的计划相当漂亮，不过这也是一个疯狂而危险的计划。路斯·瑟林一直都是一个极具才华的策划者，只不过他不算是最优秀的，至少狄芒德自信会比他更优秀。

但他看了一眼遍布瓦砾的街道，立刻改变了主意。在他身边有一座塌陷了一半的白色圆顶，最高处距离地面仍然有两百尺。根据太阳的位置判断，现在上午应该已经过去了一半，但这座破碎的圆顶下面却漆黑如同午夜。这座城市正在……颤栗，他能清晰地感觉到脚下地面的抖动。

树林中迸发出猛烈的火焰，大量阳极力的爆炸将树木抛上天空，裹挟着一团团烈火朝他扑来。不过他已经编织出信道，他从信道中一跃而过，通道随即消失，然后他开始以最快的速度在这片被藤蔓缠绕的树林中奔跑。积雪陷住他的双脚，藏在泥土中的石块将他绊倒，但这些都没能减慢他的速度。为了谨慎起见，他已经倒置了自己的编织。而现在，他只能庆幸自己曾经是一名军人。他仍然在奔跑，爆炸声如同他预料的在他背后响起。他知道，新的一串爆炸直指他刚刚关闭通道的地方，就像第一串爆炸指向废墟中他所在的位置一样。不过，现在他已经远离了那些爆炸，它们不再有危险了。他没有减慢速度，而是转身朝那把钥匙的方向跑去。正在涌过那把钥匙的强大阳极力，如同在天空中画出一个清晰的箭头，指出兰德·亚瑟的所在。

除非是有人在这个该诅咒的时代发现某种新的异能，否则兰德·亚瑟一定是有一件特法器，能够侦察到男性的导引。当那场所谓的大崩毁发生时，他已经被封印在煞妖谷。根据他现在的了解，在那场动荡中，所有知道该如何制造特法器的女人都竭力想要制造出这样的特法器。在战争中，敌人总是会采取你意料之外的行动，而你必须及时展开反制手段。狄芒德一直都擅长于战争。首先，他需要靠近目标。他忽然发现右前方出现了人影，便急忙隐身在一棵粗大的灰色树干后面。一个只有鬓角还留着几缕白发的秃头老人一瘸一拐地走在两名女子中间，两个女人之中一个生得野性而又美丽，另一个则是一副随时都有可能昏厥的样子。他们在这片树林里做什么？他们是谁？是兰德·亚瑟的朋友，或者只是在错误的时间出现在错误地点的旅人？狄芒德犹豫着是否要杀掉他们。使用至上力可能会警告兰德·亚瑟，所以他决定等待他们走过去。那名老者的头不断地转来转去，似乎正在搜索着什么，但狄芒德很怀疑这种老头子到底能看得清什么。

突然间，那名老者停下脚步，朝狄芒德的方向伸出手，一张阳极力的大网猛地向他扑来。狄芒德只能仓促招架。那张网重重地击打在他编织出的结界上，力量远远超乎他的想象，即便他自己全力发动攻击，力量可能也不过如此。那个步履蹒跚的老人是殉道使！那两个女人之中至少有一个是这个时代所谓的两仪师，而且他们一定进行了连结。

狄芒德竭力想要发动反击，打垮他们，但那个老人毫不停顿地向他挥出一张又一张网。他能做的只有全力抵挡。当那些网击中他旁边的树干时，那些树干就会被火焰包裹，或者彻底被炸成碎片。他是一位将军，一位伟大的将军，将军不是冲锋在第一线的士兵！他怒吼一声，开始在熊熊的林火和猛烈的爆炸中撤退，一步步远离那把钥匙。那个老头迟早会疲惫，然后他就能去杀死兰德·亚瑟。他衷心地希望其他人不会抢在他前面将兰德·亚瑟杀死！

裙摆绊住了辛黛恩的膝盖，让她发出一连串的咒骂。她已经逃离她的第三个通道，爆炸声又在逼近那个通道所在的地方响起。这一次，她终于明白为什么爆炸始终对她紧追不放。埋在雪中的藤蔓和树桩不停地揪扯着她的双脚，但她只能拼命地奔跑。她痛恨树林！已经来到这里的并不止她一个人，别的地方同样出现了喷涌的火焰。阴极力在数个地方同时被导引，同样充满了暴烈的杀意，她开始向暗主祈祷，祈祷自己能第一个赶到路斯·瑟林面前。她意识到，自己要亲手杀死他，所以她必须靠他更近一些。

奥森加蜷缩在一棵横倒的树干后面喘息着，还没能从全速奔跑后的疲惫中恢复过来。他伪装成柯朗已经有几个月的时间了，但黑塔的训练并没有让他喜欢上任何体力活动。刚才的爆炸差点要了他的命，而现在远处又传来了爆炸声。他小心地抬起头，越过树干向远处望去，当然，他并不期望一块木头能够保护他。他不是军人，从不曾真正涉足战场，他的技艺和天赋都属于另一个范畴。兽魔人就是他制造出来的，他还从兽魔人的血液中繁衍出了魔达奥，以及其他许多曾经在这个世界上肆虐横行、让他声名卓著的怪物。那只钥匙闪耀着阳极力的光芒，但他也能感觉到周围的各个方向上都有阳极力被导引。

他本来预料其他使徒会在他之前赶到这里，他希望他们能够抢先完成这个任务，但他们显然还没成功。兰德·亚瑟的身边显然有殉道使。根据刚才指向他的爆炸判断，那些殉道使应该还使用了凯兰铎。也许守卫兰德·亚瑟的还有一些被他驯服的，所谓的两仪师。

他再次伏低身子，咬住嘴唇。这片树林是个非常危险的地方，危险到超乎他的预期，一位天才不该被浪费在这里。但他害怕莫瑞笛，那个人从一开始就让他感到害怕。在他们被封入孔隙之前，莫瑞笛就已经因为权力而发了疯，在重获自由之后，他似乎已经以为自己就是暗主了。如果他现在逃跑，莫瑞笛一定会发现，并杀死他。更可怕的是，如果兰德·亚瑟成功了，暗主也许会把他们两个都杀掉，还有奥森加也难逃一死。他不在乎别人的生死，但他非常在意自己的生命。他并不善于根据太阳判断时间，不过现在肯定已经快中午了。终于，他从地面上站起来，掸掉衣服上的泥土，放弃了这个藏身之地，开始以他所想象的潜行方式从一棵树溜到另一棵树，慢慢朝钥匙靠近。也许能有人在他之前干掉兰德·亚瑟。如果他们都失败了，也许他能有机会当一次英雄。当然，前提是一定要谨慎。

维林看着左侧那个正在树林间穿行的人影，皱起了眉。一个在树林间行走的女人，身上缀满珠宝，华丽的礼服在不断变幻着颜色，有时甚至会变得完全透明！维林当然不会把她视作普通人。那个人影前进的速度并不快，但她的方向正是兰德所在的山丘。除非维林犯了大错，否则她一定是一名弃光魔使。

“我们就这样看着她吗？”纱罗急切地悄声说着。不能成为连结的主导让这名野人感到相当气恼，虽然她的力量也许比维林更强，但力量不能决定一切。而在树林中连续几个小时的跋涉，显然让她的脾气更糟了。

“我们必须采取行动。”库梅拉也低声说道。维林点点头。

“我只是在决定该怎么做。”一个屏障。这是她最终的决定，一名被俘的弃光魔使很可能会更加有用。

维林催动连结的全部能量，编织出屏障，却惊讶地看到它在那个女人身上被弹了回来。那个女人可能已经拥抱了阴极力，但她的身上并没有光晕。而且她极为强大！

但维林已经没时间进行思考了。那名金发女子转过身，开始导引。维林看不到那个人的编织，但她知道该在什么时候拼死一战。她已经走得太远，绝不能在这里死掉。

艾本用斗篷裹紧身体，心中希望着自己能更好地把寒冷隔绝在体外，他能够忽略掉单纯的寒冷，但对迎面吹来的冷风却无可奈何。现在太阳已经越过天顶,和他连结在一起的三位姐妹却任由寒风吹进她们的斗篷,而她们却可以全神贯注地观察周围的动静。戴吉安主导着这个连结,艾本觉得这是因为他是她的护法,但戴吉安只导引了很少的一点至上力。艾本觉得通过自己身体的阳极力只不过是一条几乎无法察觉的细流,除非必要,她依然不愿意面对他的阳极力。他帮她把兜帽戴好,她在兜帽里向他微笑。约缚中传来她的关爱,也同样有着他的爱意,用不了多久,他也许真的会爱上这个娇小的两仪师。

在艾本身后,阳极力的洪流几乎要淹没其他所有的导引,但艾本还是能感觉到不止一个人正在使用至上力。战斗已经全面展开,而现在他们四个依然只是在走来走去。不过实际上,艾本对此并不介意。他参加过杜麦的井的战斗,也和霄辰人打过仗,他知道,有趣的战争只会出现在书本上。让他气恼的是这个连结的主导权并不属于他。佳哈当然不会有主导权,即使梅瑞丝为了取乐而让他用鼻尖顶着一片饼干,他也会欣然从命。达莫就得到了连结的主导权。不管怎样,他只不过比达莫年轻几岁(也许不止几岁,达莫比他的父亲还要老),凯苏安不能因为这个就把他看成……

"请问能帮帮我吗?我似乎是迷路了,而且我的马也丢了。"一个女人从树后走出来,站在他们面前,她的身上连一件斗篷都没有。她的深绿色丝绸礼服裙领口开得非常低,让她高耸的胸部有一半都暴露在外面,波浪般的黑发映衬着一张美丽的面孔。当她微笑时,一双绿眼睛闪烁着动人的光彩。

"这可不是一个适合骑马的地方。"柏黛恩的语气中充满了怀疑。因为凯苏安任命戴吉安主导她们的连结,这名漂亮的绿宗姐妹显得相当不高兴,她一直没有放弃任何影响戴吉安决定的机会。

"我本来没打算跑到这里来的。"那个女人在说话时又朝他们靠近了一些,"看来你们全都是两仪师,还带着一个……马夫?你们是否知道这里到底发生了什么事?"

突然间,艾本感觉自己脸上的血液全都退回了心脏。他不可能有这种感觉!这个绿眼睛的女人惊讶地皱起眉,而他做了他唯一能做的事情。

"她在导引阳极力!"艾本高喊着,扑向那个女人。他感觉到戴吉安正在全力汲取至上力。

辛黛恩看到面前的那个女人,不由得放慢了脚步。那是一名高个子的金发女人,她站在百步之外的树林中,看着辛黛恩一步步靠近。使用至上力战斗的感觉不断从其他地方传过来,这让辛黛恩提高了警戒,同时心中也生出希望。这个女人只穿着朴素的羊毛长裙,身上却佩戴着只可能属于高阶贵族的珠宝。

阴极力强化了辛黛恩的视力，让她能看到对方眼周细微的鱼尾纹，她不是那种自称为两仪师的人。那她又是谁？为什么她会站在这里，仿佛要挡住自己的路？不过辛黛恩认为这并不重要。现在进行导引会暴露她的位置，不过她还有足够的时间。那只钥匙仍然如同火炬一样闪耀着，路斯·瑟林还活着。无论对面这个女人的目光有多么凶狠，一把匕首就能了结她。辛黛恩也想到她可能是那种所谓的野人，为了以防万一，她又为这个女人准备了一份小礼物——一张经过倒置的至上力之网。如果那个女人有幸看到这张网，也来不及采取任何行动。

阴极力的光晕突然出现在金发女人的身周。辛黛恩早已准备好的火球立刻脱手而出，她希望这颗小火球能够避开侦测，而它也足够烧穿那个女人的身体……

就在火球几乎要碰到金发女人的衣服时，火之力的编织崩散了。那个女人什么都没做，她的编织就这样散开了！辛黛恩从没听说过能够打碎至上力之网的特法器，但她想不到还有其他的可能性。那个女人已经向她发动反击，这让辛黛恩又一次感到震惊。她比辛黛恩被埃斐英和易斐英捉住之前更加强大！这不可能，不可能有如此强大的女人。她一定也有一件法器。震惊的心情在眨眼间便消失了。辛黛恩及时地切开了对方的能流。她不知道如何反转那些能流，这让她在这场战斗中更加不具优势。她要亲手杀死路斯·瑟林！被切断的能流返回到那个高大女人的身上，让她全身都为之颤抖。但就在她努力维持身体平衡的时候，已经开始再一次的导引。辛黛恩怒吼着，全力发动反击。大地在她们脚下颤抖。她一定要亲手杀死他！一定要！

这座高大的山丘和钥匙之间还有很长一段距离，但即使是在这里，魔格丁仍然能够清楚感觉到那强大的阴极力所放射出的耀眼光芒。她渴望着能在那股浩渺无尽的阴极力洪流中喝上一口，即使只是汲取其中的千分之一，也足以让她迷醉成狂。她渴望着导引，但这片树林不可能给她提供任何真正的掩蔽。她之所以会到这里来，也只是因为莫瑞笛的手中正握着她的柯索弗拉。她故意来迟了一些，只希望当她来到这里时，一切都已经结束。她习惯隐藏自己，习惯秘密行动。但她刚刚离开通道，就不得不全速逃离直扑而来的强猛爆炸。她看到这一大片树林中正在进行着不止一场战斗。阴极力和她感觉不到的阳极力所编织成的闪电和火焰，从下午的天空中不断落下、爆炸，燃烧的树林冒起大片黑烟，雷鸣般的爆裂声不断地震荡着她周围的空气。

有谁在战斗，谁还活着，谁已经死了，这些对她都已经不再重要。如果辛黛恩和古兰黛死在这里，也许她会更高兴一些。魔格丁可不会就这样贸然冲进战场。而更让魔格丁感到害怕的是，在光芒四射的钥匙另一边，树林中出现了一个巨大的黑色圆顶，就好像黑夜在这里化成实体。这时，那个圆顶的漆黑表面传过一阵波动，它升得更高，覆盖范围更加广大。无论那是什么，只有疯子才会靠近它。莫瑞笛不会知道她在这里做了什么，没有做什么。

魔格丁退到山丘背后，让山丘为她挡住那辉煌的钥匙和诡谲的圆顶。她坐下来，开始做最擅长的事情——躲藏在阴影中，静静观察，保护好自己的生命。

在脑海中，兰德发出疯狂的尖叫，他相信自己在和路斯·瑟林一同尖叫。但在巨大的轰鸣中，他听不到路斯·瑟林的声音。污染的海洋在他的身体中涌过，飞速地扑向阴极力的花朵，秽恶的巨涛要将他冲倒，污邪的烈风要将他扯碎。唯一让他知道自己还紧握着阳极力的就是这污染。阳极力有可能变幻、爆发、将他杀死，但他却完全无法知晓。腐烂的洪流淹没了一切。他用指甲抠住大地，让自己不被冲走。污染在移动，这是他现在唯一知道的。他必须坚持下去！

“你能告诉我什么，明？”深感疲惫的凯苏安仍然保持着站立的姿势。支撑如此强大的护盾度过一整天的时间，这对任何人来说都是一桩难以想象的艰辛任务。

这座山丘已经有很长一段时间没有再遭受过攻击了。实际上，现在凯苏安只能感觉到奈妮薇和那个男孩还在继续导引。爱萨仍然在围绕山顶一圈一圈地巡视着，也继续保持着与梅瑞丝和佳哈的连结。但除此之外，她似乎也无事可做了。佳哈坐在一块石头上，他臂弯里的凯兰铎闪烁着微弱的光芒。梅瑞丝坐在他身旁的地上，头枕着他的膝盖，而他正在梳理她的头发。

“明？”凯苏安催促道。

蜷缩在岩石地面上的女孩抬起头，愤怒地看着她。托马斯和毛德不得不将她和哈琳妮捆绑起来，以免她们制造麻烦。至少那些男人还有足够的理智，明白他们在这场战斗中无法起任何作用。哈琳妮同样是满面怒容。而整场战斗中，凯苏安不止一次不得不命令一个男人控制住明，防止她靠近兰德。在明试图用匕首对付他们之后，男人们又被迫取走明的武器。

“我知道他还活着，”那个女孩喃喃地说道，“我想，他受了伤。但如果我一直去想他受伤的事情，他就会感到痛苦。让我去看看他。”

“现在你只会碍事。”

凯苏安不再理会那个在挫败感中呻吟的女孩，她走过崎岖不平的地面，来到兰德和奈妮薇身边，但她并没有去看那两个人。即使在许多里以外，那个黑色的圆顶还是显得那么巨大，现在它至少有一千尺高了，而且还在继续膨胀。它的表面看上去就像黑色的硬钢，但下午的太阳照在它上面，却没有任何反光，而且就连它周围的空间似乎也随之黑暗下来。

兰德仍然保持着一开始时的坐姿，除了脸上流淌的汗水，他仿佛变成一尊没有动作也没有视觉的雕像。如果他像明说的那样，正在承受痛苦，从他的脸上并不能看到任何这样的迹象。如果他受了伤，凯苏安也不知道自己能为他做什么，自己又敢做什么。现在无论用什么方式打扰他，都有可能造成灾难性的后果。她又瞥了一眼那个膨胀速度愈来愈快的黑色圆顶，重重地喷了一下鼻息，也许一开始允许他这么做的时候，灾难性的后果就已经注定了。

奈妮薇呻吟了一声，从她的座位上滑落下来，她的衣服已经被汗水浸透，一缕缕头发贴在她的脸上。她的眼皮虚弱地翕动着，胸口剧烈地起伏，为了多吸进一些空气而张大了嘴。“不要了，”她呜咽着，“我受不了了。”

凯苏安犹豫着，她并不擅长处理这种情况。这个女孩无法离开连结，除非兰德放开她。不过，如果珂丹卡不存在像凯兰铎那样的缺陷，它就能保护奈妮薇，不会让她导引足以将自己摧毁的至上力。但现在她的躯体成为了一个管道，从中流过的阴极力，要远远超过白塔中全部两仪师使用白塔全部的法器和超法器能够导引的阴极力。让如此巨量的阴极力连续数个小时从身体中通过，光是体力的消耗就足够杀死她。凯苏安跪到女孩身边，将金燕子放到一旁，将女孩的头捧在手中，并削弱了护盾的强度。她的治疗能力相当普通，但她至少能为这个女孩消除一些疲劳，让她不至于中途累倒。但凯苏安也很担心头顶被削弱的护盾，所以她没有浪费任何时间，立刻开始了编织。

奥森加爬到山丘顶端，又趴在一棵树后，脸上露出得意的微笑。借助阳极力对视力的强化，他从这里能够清晰地看到那座山丘顶部的情形。那里的人比他预料中的还要少。一个女人正在那里缓步转着圈，不断扫视周围的树林，其他人都一动也不动。凯兰铎在佳哈手上闪着光，还有一个女人将头枕在他的膝盖上。奥森加还能看见另外两个女人，其中一个跪在另一个的身旁，但她们被一个男人的背影挡住了。奥森加不需要看那个男人的脸，就知道他是谁。钥匙就立在他身边的地上。在奥森加眼中，那只钥匙正放射出夺目的强光。在他的脑海中，钥匙的光辉已经遮蔽了太阳，遮蔽了一千个太阳。如果他有这样的力量，他能做些什么！想到要将它和兰德·亚瑟一同毁灭，奥森加感到非常可惜。

但只要兰德·亚瑟一死，他至少还能得到凯兰铎。使徒们现在连一件法器还没有，一旦得到那把水晶剑，即使是莫瑞笛也会畏惧他的力量。耐博力？只要奥森加摧毁了兰德·亚瑟，消除他做出的一切影响，他就会被任命为耐博力。他发出低沉的笑声，开始编织烈火。有谁会想到，今天的英雄竟然是他？

爱萨缓步前行，仔细观察着周围的森林丘陵，她忽然停下脚步，因为她刚刚从眼角捕捉到一丝闪动。她缓缓转过头，但并没有直视那座她察觉到有异常动静的山丘。对她来说，今天是非常困难的一天。在凯瑞安，当她被囚禁在艾伊尔人的帐篷中时，她明白了，让转生真龙坚持到最后战争是最重要的。如此明显的事实，她以前竟然没察觉到，这点让她震惊不已。现在她已经很清楚了，清楚得就像是那张男人的脸。阴极力让她能够看见那个男人躲藏在一棵树后面，探头探脑地向这里张望。今天，她被迫与使徒作战。如果她真的杀死使徒，暗主也一定会理解她的苦衷，而且柯朗只不过是一个殉道使。柯朗已经向她所在的山丘伸出手。她开始从佳哈手中的凯兰铎汲取尽可能多的至上力。在她看来，阳极力似乎很合适进行毁灭。一个巨大的火球包围了对面那座山丘，金色、红色和蓝色的火焰同时迸裂。当火球消失时，那座山丘被削平了五十尺。

魔格丁不确定自己为什么还要留在这里，现在距离日落应该已经不到两个小时，树林变得异常安静。除了钥匙，她已经感觉不到其他地方还有阴极力被导引。当然，可能仍然有人在导引少量的阴极力，但和刚才那种怒涛狂潮一样的至上力之战已经不可同日而语了。战斗结束了，其他使徒或者是死了，或者是逃走了。他们完全失败了，钥匙依旧在她的脑海中放射出光芒。珂丹卡以如此恐怖的强度被连续使用这么长时间，仍然完好无损，这实在是一件令人惊异的事情。

她趴伏在这个视线良好的制高点上，用双手撑住下巴，仔细地观察着那座巨大的圆顶。“黑”这个字已经无法再用来描述它，现在它已经不是能用任何语言来形容的了。与它相比，黑色也变成一种柔和苍白的颜色。现在那个半球形已经有两里高，如同一座顶住天空的山岳，它的周围弥漫着厚重的暗影，仿佛它吸走了空间里的最后一丝光。她不能理解，为什么自己竟然不感到害怕。那个东西也许会吞噬整个世界，或者将世界压成碎片。亚兰加曾经描述过这种可能性。如果这样的事情发生了，这个世界将不会再有任何安全的地方，不会再有任何可供蜘蛛藏匿的阴影。

突然有什么东西腾起在圆顶光滑的黑色表面，如同熊熊烈火，只不过那是比黑暗更黑的烈火。然后又是另一道火舌，第三道，第四道，圆顶完全陷入那种地狱中才会有的烈火中，仿佛有上万个沉雷同时炸裂。魔格丁尖叫着，紧紧捂住自己的耳朵。之后，一切声音都消失了，黑色圆顶在一瞬间坍塌了，缩成一个点，消失于无形。狂风咆哮，巨大的气流朝向圆顶消失后空无一物的空间，将趴在岩石地面上的魔格丁也向那里拖去。魔格丁伸开双手，拼命地想要捉住一切能固定住她的东西。她的身体撞在树干上，飞向空中，奇怪的是，她仍然不感到畏惧。她相信，如果自己能活过今天，她将再也不会感到畏惧了。

凯苏安任由那堆曾经是一件特法器的碎片落在地上，它们已经不能再称之为一尊女性雕像了。那张面孔仍然像刚才一样睿智而沉静，但它的身躯已经破碎成两段，而且有一侧熔化了，变成仿佛熔蜡般的流质。熔化的部分还包括那只高举水晶球的手臂，而水晶球变成了无数碎片。那尊男性雕像还是完整的。凯苏安已经将它收在自己的鞍囊里，凯兰铎也被妥善收藏起来，将这种诱惑留在显眼的山顶上并不是明智之举。煞达罗荀斯所在的地方现在变成一片巨大的深坑，一个完美的圆形大坑，在落日的余晖中，她能看见大坑较远一侧平展的斜坡。

岚牵着他有些跛的战马走上山坡，当他看到奈妮薇身上盖着斗篷，躺在地上时，他立刻丢下战马的缰绳。兰德躺在奈妮薇旁边，同样是身体从下巴以下的部位都被盖在斗篷里。明蜷缩在他身边，头枕在他的胸膛上，双眼紧闭，从她脸上微笑的表情判断，她并没有睡着。岚并没有看他们一眼，而是径自跑到奈妮薇身边，跪了下去，将奈妮薇的头温柔地抱在臂弯里。奈妮薇依旧是一动也不动，就和她身旁的那个男孩一样。

“他们只是昏过去了。”凯苏安对岚说，“珂丽勒说，最好让他们自己恢复过来。”珂丽勒无法预期这需要多长时间，达莫也不知道，但那个男孩肋侧的伤口依然没有改变，这一点，达莫已经预料到了。这实在是让凯苏安感到头痛的一件事。在更靠近山顶的地方，达莫正向不断发出呻吟的柏黛恩俯过身，手指在她身体上方摇动，编织出他奇特的治疗能流。最近这一个小时里，他一直都很忙碌。艾丽维娅仍然带着惊惶和好奇的表情挥动着自己的手臂，那只手臂刚刚断掉了，而且就连骨头都被烧焦了。萨伦妮脚步踉跄地走动着，但那只是因为过度疲惫的关系，她差点死在那片树林里。她的眼中至今都闪烁着那场劫难留下的痕迹。白宗姐妹很难适应这种事情。

并非所有的人都是如此幸运。维林和那个海民女人正坐在被斗篷盖住全身的库梅拉旁边，她们的嘴唇无声地翕动着，为库梅拉的灵魂祈祷。耐苏恩笨拙地抚慰着恸哭失声的戴吉安，她拥抱着艾本的尸体，像抱着一个婴儿一样轻轻摇晃着他。绿宗两仪师应该习惯这种事情。但凯苏安仍然不喜欢现在的结果。她失去了两个人，却只是让几个弃光魔使满身烧伤，还有一个黑塔叛徒死掉。

“它变得洁净了。”佳哈一遍又一遍地轻声说道。这一次，梅瑞丝坐在他身旁，将他的头放在自己的膝盖上。她的蓝眼睛像平时一样刚强，但她的手指在轻柔地抚弄他的头发。“它变得洁净了。”

凯苏安和梅瑞丝交换了一个眼神。达莫和佳哈说了同样的一件事，污染已经消失了。但有谁能确定，阳极力中没有留下任何污染的残余？梅瑞丝和这个男孩连结在一起的时候，已经感觉不到曾经有过的那种恶心和污秽。但这样就能确信阳极力彻底被净化了吗？对她们来说，阳极力是如此奇异，任何东西都有可能隐藏在这种疯狂的混乱之中。

“等其他护法返回时，我打算立刻离开此地。”凯苏安说道。有太多的问题她没有答案，但她现在有了兰德，她不打算再失去他。

夜幕降临。在这座山丘的顶上，寒风吹来尘土，覆盖住那些特法器的残片。山下不远的地方，就是煞达罗荀斯的坟墓，它敞开着，将希望交给了这个世界。在遥远的索马金，人们纷纷开始传说，幻影时代结束了。

（《寒冬之心》完，敬请期待《时光之轮 10：黎明的十字路口》）

名词解释

罪铐(a'dam)：这是霄辰人为了控制有导引能力的女子而制作的一种装置。它只能被使用在能够导引和经过训练之后能够导引的女子身上，对于不能导引的女人则没有任何作用。它能在两名女子之间建立一种连结。霄辰人制造的罪铐包含了一个项圈和一个手环，两者中间用银索连结，整套装置全都是用一种银白色的金属打制而成。不过现在也出现了项圈和手环之间没有实体连结的罪铐。有另一种只有一件的罪铐，据信能够让一个女人控制一个能够导引的男人。如果一名能够导引的男人和一名女子通过罪铐连结在一起，那么有可能的结果就是两者全部死亡。当一副罪铐佩戴在有导引能力的女子身上时，能够导引的男人只要碰它一下就会感觉到痛苦。

阿特拉(Altara)：风暴海沿岸的一个国家。但除了还有统一的国名之外，这个地方已经再没有任何统一可言。阿特拉人都认为自己只从属于某一座城镇或某一个乡村，应当向某一位领主效忠，而阿特拉人只是他们一个次要的身份。很少有贵族会向国王纳税，对于国王的各种命令也都是敷衍了事。阿特拉的现任统治者是泰琳·青泰拉女王，她出身于密索巴家族。和她以前的历代阿特拉国王一样，她只能算是这片土地上最有力量的贵族之一，甚至可能还算不上是最有力的贵族。劲风王座所代表的权力微不足道，有许多强力贵族在能够得到它的时候却会对它嗤之以鼻。阿特拉现在的旗帜上绣着两头金色老虎，旗帜底色是各四道相间的红色与蓝色。密索巴家族的徽章是交叠在一起的绿色锚和剑。

阿玛迪西亚(Amadicia)：一个位于迷雾山脉以南的国家，在塔拉朋和阿特拉之间，它的首都阿玛多是圣光之子的大本营。在这个国家里，圣光之子领袖指挥官的实际权力比国王更大。任何有导引能力的人在阿玛迪西亚都是非法的，根据阿玛迪西亚的法律，这样的人会遭到囚禁，并被流放，但实际上这样的人经常会因为"拒捕"而被杀死。阿玛迪西亚的旗帜图案是一片蓝底色上，一株红色的蓟草上有一颗银色的六角星。

安多(Andor)：一个富裕的国家，在地图上，它的版图从迷雾山脉一直延伸到艾瑞尼河。但连续几代安多女王能够控制的范围都没有达到曼埃瑟兰河以西的地方。

法器(angreal)：这种从传说纪元遗留下来的宝物，可以让任何能够导引至上力的人在无人帮助下安全掌控比平常更多的至上力。一些法器只能女性使用，而另一些则只能男性使用。有谣传说，存在能够同时被女性和男性使用的法器。它们的制造方法久已失传，现存的法器极为稀少。

殉道使(Asha'man)：(一)古代语中指"卫士"或"守护者"，其中带有强烈的捍卫真理和正义的含意。(二)一批转生真龙追随者的自我称谓。这些男人前往现在被称作黑塔的地方，学习导引。虽然导引对于男性而言危险重重，但这些男人之中有许多仍然梦寐以求地想要操控至上力。也有一些人留在黑塔只是因为他们通过了掌握至上力的测试，所以他们必须在被至上力杀死之前学会控制至上力。他们接受的训练不仅只是使用至上力，还包括剑术和徒手搏击。殉道使穿着纯黑色的安多风格高领制服，根据掌握至上力的程度分为三个等级：最低一级是士兵；第二级是献心士，献心士的外衣领子上别着一枚银制剑徽作为标记；最高一级才是殉道使，他们的衣领一侧别着剑徽，另一侧别着一枚涂金红色珐琅釉的龙形徽章。两仪师为了避免过快掌握至上力而产生的危险，往往会尽量延长训练期，但殉道使从一开始就全力加快训练速度，特别是在利用至上力作为武器的方面。他们所有的日常工作和杂务都要用至上力完成，这导致了和白塔截然不同的结果。在白塔中，每一起初阶生意外死亡或毁断的案例都会被胆战心惊地谈论许多年；而相当数量的殉道使士兵会在黑塔的训练中死亡或毁断。殉道使的出现以及他们和转生真龙的关系让两仪师们开始重新评估驯御的必要性，不过许多两仪师完全没有改变她们的观点。虽然有许多女人，其中也包括许多妻子在得知她们的男人开始导引之后都逃走了，但黑塔仍然有许多有妇之夫。他们就像护法被约缚于两仪师那样和他们的妻子建立了一种连结。同样是这种约缚，最近已经用于约缚被俘的两仪师。

凯瑞安（Cairhien）：紧靠世界之脊的国家，同时这也是它首都的名字。名叫凯瑞安的这座都城和许多其他的城镇、村庄，在艾伊尔战争期间遭到大肆劫掠并被焚毁。在那场战争以后，世界之脊附近的许多农场被凯瑞安人抛弃，导致凯瑞安现在需要进口大量谷物以满足国内的食品需要。盖崔安国王遭到刺杀（新纪 998 年）使凯瑞安爆发了争夺太阳王位的内战，谷物进口由此中断，引发了大范围的饥荒。凯瑞安的首都凯瑞安城在被人们称作“第二次艾伊尔战争”的时间里遭到沙度艾伊尔的围攻，而兰德·亚瑟率领的艾伊尔军队击溃了沙度艾伊尔，为凯瑞安城解了围，并在随后采取各种赈灾手段，拯救了这座城市。虽然现在大部分凯瑞安贵族都已经向兰德·亚瑟宣誓效忠，同时凯瑞安城中也进驻了许多向兰德立下效忠誓言的提尔贵族，但在这样一个权力游戏已经升华为艺术的国家，任何一名贵族都在时刻为自己的利益谋划着。凯瑞安的旗帜是一片天蓝色的背景上有一轮放射出许多道光芒的金色太阳。

罪奴（damane）：这是古代语中“负铐者”的意思，霄辰人用这个名词称呼那些能够导引，并且用罪铐加以控制的女人。在霄辰全境，年轻女子们每年都要接受测试，直到她们成长到天生的导引能力可以自然表露的年纪。就像能够导引的年轻男性一样（这样的男性都将被处以死刑），罪奴的名字将从家谱和户口记录中剔除，就如同他们是从未出现过的人。能够导引却没有戴上罪铐成为罪奴的女人被称为马拉斯达曼尼，古代语中“必须负铐者”的意思。

梦行者（dreamwalker）：艾伊尔人对于能够进入特·雅兰·瑞奥德世界的女人们的称呼。这些女人还能解释梦境，并在人们的梦中对人们说话。两仪师也使用这个名称，不过她们所指的是梦卜者，而且她们很少使用这个名词。

天空之拳（Fists of Heaven）：霄辰步兵的一支，骑乘被称为“巨雷肯”的飞兽投入战场。因为巨雷肯承载力量的限制，所以他们无论男女，只装备轻型盔甲和武器，而且个子都很矮小，但他们被认为是霄辰军队中最强悍的战士。他们的作战方式基本上是奇袭，在敌人后方发动袭击。让士兵迅速投入战场上的关键点是他们最大的优势。

奉义徒（gai'shain）：在古代语中，这个词的意思是“在战斗中誓守和平”。一名在战斗中被其他艾伊尔俘虏的艾伊尔人依照节义的要求，要在一年零一天的时间里恭敬地侍奉俘虏他的人。在此期间，他不能触碰武器，不能做任何与暴力有关的事。智者、铁匠、十岁以下的孩子和有十岁以下孩子要抚养的女人不能被当作奉义徒。自从艾伊尔人知道自己的祖先曾经奉行叶之道以后，许多奉义徒在一年又一天之后仍然拒绝脱下白袍。另外，虽然律法一般严格的传统规定不奉行节义的人不能成为奉义徒，但沙度艾伊尔已经开始强迫凯瑞安人和其他战争中的俘虏穿上奉义徒的白袍；而且许多沙度艾伊尔相信，因为这些人不奉行节义，所以不需要让他们在一年又一天之后脱下白袍。

伊利安(Illian)：这是风暴海旁的繁荣海港城市，也是伊利安国的首都。伊利安自古就是提尔的敌人，它的旗帜是绿色的旗面上绣着九只金色的蜜蜂。

节义(ji'e'toh)：在古代语中，这个词的意思是"荣誉和义务"，或者是"荣誉和责任"。它是一种伴随着艾伊尔生活的复杂符号，大概要用整整一书架的卷册才能解释清楚。举例而言：在战斗中取得荣誉的方法有许多种，杀戮获得的荣誉最小，因为任何人都可以杀戮；能获得最多荣誉的办法是徒手触碰到一个武装的，而且是活着的敌人，同时又没有造成任何伤害；在这两种方法之间的方法是让敌人成为奉义徒。或者另举一个例子：羞耻在节义的概念中也有许多层次，其中许多层次比疼痛、受伤，甚至是死亡更可怕。再举一例：义，或者可以被称之为"义务"，同样有许多层次，但即使是最小的义也必须严格遵循。艾伊尔人即使蒙受羞耻，也不能违背义。对于外人而言，遵循义务就不像艾伊尔人那么重要了。

家人(Kin)：即使在两千年以前的兽魔人战争时期(约灭纪 1000 至 1350 年)，白塔仍然在继续它的律法，驱逐无法通过试炼的女子。这些女子中有一部分在战乱中害怕回到家去，便逃到了巴莱斯塔(靠近今天的艾博达)躲避战火。她们自称为家人，一直隐藏在暗中，并为其他被白塔驱逐的女子提供荫庇。随着她们不断与离开白塔的女子取得联系，在她们的联系范围里也逐渐包括了从白塔逃亡的人。为了永远不再有人知道她们，家人开始接纳白塔的逃亡者，但她们会竭尽全力不让这些女孩对家人有任何了解，直到她们确信两仪师不会再追缉她们。毕竟，所有人都知道，白塔的逃亡者迟早都会被白塔捉回去。家人知道，除非她们绝对秘密地保留这些逃亡者，否则家人本身也会遭到严厉的惩罚。家人不知道的是，白塔的两仪师几乎从一开始就知道她们的存在，只是因为忙于应对兽魔人战争，无暇处理这个秘密组织。当兽魔人战争结束的时候，白塔意识到扼杀家人也许并不是最好的选择。在这以前，无论白塔如何宣传，实际上大批的逃亡者确实能逃离白塔的追捕。但当家人开始帮助逃亡者的时候，白塔便确切地知道了逃亡者会逃向何处，就能捉住十分之九的逃亡者了。家人为了隐秘自己的存在和人数，便在巴莱斯塔(以及后来的艾博达)四处移居。从不在一个地方停留超过十年，以免有人注意到她们衰老的速度远远慢于常人。正因为家人如此低调，所以白塔相信家人的规模很小。为了利用家人作为诱捕逃亡者的陷阱，白塔决定继续保留家人，而不像处置历史上其他类似的团体那样。维持家人存在的这个秘密，只有正式的两仪师才知道。家人没有律法，但她们会奉行一部分初阶生和见习生的纪律，并为了保护自己的秘密而建立了一些规矩，她们对团体内所有成员严格地实行这些纪律和规则，可能家人从一开始就是这样。最近，两仪师和家人开始建立起公开的联系，但只有屈指可数的一些两仪师知道这件事，而这些两仪师因此也遭遇了不少震惊，比如家人的数量是两仪师的两倍，有一些家人比兽魔人战争以来最长寿的两仪师还要年长上百岁。家人组织的公开化，对于两仪师和家人自身而言会产生什么样的效果，现在仍然无法完全明了。

连结(Linking)：能够导引的女人将她们各自的至上力能流融合在一起的能力。虽然这种能流的强度要弱于她们各自能流总量的简单加合，但它能够被引领连结的人完全操控，所以效能精确和强大很多。没有女人的参与，男人无法融合彼此的至上力；而没有男人的参与，最多只能有十三名女人共同连结在一起。只要在这个连结的环中增加一名男人，连结的女人就可以增加到二十六人。两名男人的参与可以让连结的女人增加到三十四人。但最多只能有六名男人和六十六名女人同时参与到一个连结里。参与一个连结的女人不一定必须有那么多，但除了一男一女进行的连结之外，其他连结中的女性人数至少要比男性多一个。在大多数连结中，男人或者女人都可以控制这个连结，但在最大的七十二人连结和少于十三人的两性混合连结中，占据主导地位的必须是一名男性。虽然男人的导引能力一般都比女性更为强大，但一个连结中男性和女性的数量愈接近，这个连结相对的力量也就愈大。

姐妹、兄弟(near-sister，near-broher)：艾伊尔亲属关系的称谓，它们指称像首姐妹或首兄弟一样亲密的朋友。姐妹经常会正式接受彼此为首姐妹，为此，她们会请智者为她们主持精细的接纳仪式。这以后，其他艾伊尔人就会将她们视为亲生姐妹。兄弟之间则几乎从不这样做。

先知(Prophet)：即自称为圣龙先知(Prophet of the Lord Dragon)的马希玛·达加。这名曾经的夏纳士兵在经历过一系列变故之后，相信自己受到了启示，他的使命就是四处传播转生真龙的讯息。他坚信，现在最重要的事情就是明白转生真龙是光明化身，要为响应转生真龙的号召做好准备。他和他的追随者们会使用一切手段强迫其他人歌颂转生真龙的荣光。他抛弃了自己的名字，只以“先知”自称，在海丹和阿玛迪西亚的许多地区造成了严重的混乱，现在那些地区大多处在他的控制之下。

超法器(sa'angreal)：一种极为稀少的宝物，可以让至上力导引者在无人帮助下安全掌控更多的力量。超法器基本的概念和法器类似，但是威力要强大很多。超法器的至上力增幅和法器比起来，就如同持法器者和空手的导引者相比一样。这是传说时代流传下来的物品，制造它们的方法早已失传。就像法器一样，有分别为男性和女性所专用的超法器。超法器所遗留下来的数量屈指可数，远远少于法器。

海民(Sea Folk)：更确切的称呼是亚桑米亚尔(Atha'an Miere)——海之一族。他们居住在爱瑞斯洋和暴风海中的小岛上。不过他们大部分的时间都远离家园，驾着船只在海上航行，而且他们不喜欢前往任何远离海洋的地方。陆地上居住的人们对于他们所知甚少，所以他们被披上了一层神秘的面纱，而且衍生出许多充满幻想的故事。大多数的海上贸易都是通过海民的船只来进行的，大陆国家船只的航速和载货量都无法与海民船相比。海港城市的居民都知道，海民制定契约的手腕和对于契约的重视程度甚至要超过阿拉多曼人。亚桑米亚尔严格地遵循着他们的等级制度，但这其中又有一些令人惊讶的变动性，这一切都是因为海上严峻且随时可能出现危险的生活环境。亚桑米亚尔被分为诸多部族，规模有大有小，每一个部族由一名波涛主妇率领。波涛主妇的下一级是领航长，她们是部族所属每艘船上的船长。波涛主妇拥有巨大的权威，由十二位部族中资历最深的领航长推选出来，这十二位领航长被称为部族的十二首。而亚桑米亚尔的诸船主妇也可以下令免除某个部族的波涛主妇。诸船主妇的权威是任何陆上的国王都无法比拟的，每一名诸船主妇都是经由十二位资历最深的波涛主妇一致同意后被选出，并终身担任此职。这十二位波涛主妇被称为亚桑米亚尔的十二首（“十二首”这个词可以用来称谓任何海民团体中资历最深的十二位波涛主妇或者是领航长）。锋刃主人的职位由一名男人担任，他有可能是诸船主妇的丈夫，也有可能不是，他的责任是保卫海民，并进行贸易。在他的下面是诸船主妇的掌剑手，领航长的管货员，他们的职责都是类似的。而在他们职责以外，他们只能作为他们所效忠女人的代表行使权力，船只航行的目标和时间只能由领航长决定。不过既然贸易和财政权力完全掌握在这些男人的手上，所以他们在一切行动上通常都会密切合作。所有海民船只，无论多么小，都会有一名寻风手，每一名波涛主妇身边也会有一名寻风手。寻风手都是女人，她们几乎都能导引，而且擅长于编织风之力，亚桑米亚尔称此为操控天气。诸船主妇的寻风手有着超越波涛主妇寻风手的权力，后者的权力自然也高过本部族领航长的寻风手。海民的一个特异之处是所有人必须从最低等阶做起，通过自己的努力逐渐上升。除了诸船主妇以外，任何人都有可能被他的上级贬斥到更低等阶，甚至一直贬斥到最低等阶。

海民阶层：海民的统治者是亚桑米亚尔的大船主，大船主寻风手和剑士宰辅佐她统领海民。在他们之下是各部族的波涛主妇，以她们的寻风手和剑士宰作为辅佐。大船主寻风手统领所有波涛主妇的寻风手。波涛主妇寻风手对于各自部族内的所有寻风手拥有权力。同样的，剑士宰统领全部掌剑手，而掌剑手有权指挥各自部族内的管货员，所有这些权位在海民之中都不是世袭的。大船主由亚桑米亚尔十二首选出，这十二个人都是部族波涛主妇之中最年长者。部族波涛主妇由本部族最年长的十二名领航长选出，这十二名领航长只是被称为十二首，这个称号也被用来指称一切场合中最资深的十二位领航长。十二首拥有选举权，也可以投票贬黜她们选举出的领导者。实际上，除了大船主之外的任何人都有可能被降职，甚至一直被贬职到甲板船员，如果他犯有渎职、怯懦或任何其他罪行。如果波涛主妇或大船主死亡，她们的寻风手将不得不辅佐一名低阶船主的时候，她自己的位阶也会降低。

霄辰（Seanchan）：（一）亚图·鹰翼多年前派遣大军横渡爱瑞斯洋，霄辰人就是那支大军的后代。他们已经征服了爱瑞斯洋对面的土地，相信任何能够导引的女人必须被严格掌控，任何能够导引的男人都必须被杀死，这样对于其他人才是安全的。（二）霄辰人所来自的大陆名称。

觅真者（Seekers for Truth）：隶属于霄辰皇族的一个警察/密探组织。虽然这个组织的大部分成员都是霄辰皇族的奴隶财产，但他们拥有广泛的权力，即使是一名皇之血脉（霄辰贵族）也会因为未能回答觅真者的质问或者是未能妥善配合觅真者的行动而遭到逮捕。至于这些逮捕的条件，完全由觅真者自己决定，而这样的案件会直接由女皇做出最终判决。

姐妹妻子（sister-wife）：一种艾伊尔亲属关系的称谓。有准姐妹或首姐妹关系的艾伊尔女子在发现她们爱着同一个男人，或者只是不想让一个男人干扰她们的关系时，她们会双双嫁给那个男人，由此成为姐妹妻子。爱着同一个男人的两名女子有时也会先探询能否成为姐妹，并被对方承认为首姐妹，由此踏上成为姐妹妻子的第一步。面对这种情况的艾伊尔男人可以选择与这两个女人结婚，或者不与她们之中的任何人结婚。如果他的妻子决定了接纳某人为姐妹妻子，他就必须有第二个妻子了。

侍圣者(so'jhin)：古代语，它最贴切的翻译是“低微者之中的高位者”，但它还有“天空和低谷”和其他几种可能的意思。侍圣者被霄辰人用来称谓世袭的高阶仆人，他们是达科维，是财产，但他们也拥有相当大的权威，甚至经常会掌握实际的权力。就连皇之血脉在女皇家族的侍圣者身边也会放轻脚步，以平等的身份和女皇侍圣者交谈。

静断(stilling)：这是由两仪师执行，封闭女性导引能力的行为，遭到静断的女性依旧可以感应到真源，却无法触碰到它。在原则上，遭受静断的女人需要先接受审讯，并被判以罪行。最后一次这样的判罪发生在新纪 859 年。受到静断的两仪师非常罕见，初阶生们都会被要求记住她们的名字和罪行。如果有女性在导引时因为异常的事故而失去了导引能力，这种情况被称为“毁断”，而人们一般也会笼统地用“静断”来称呼这种情况。无论静断是以何种原因发生的，遭受静断的女人都不会活得太久，她们似乎失去了生存的欲望。想要活下去的女人，就必须找到某种东西能替代失去的至上力。人们一直相信静断的后果是无法挽回的，但最近有新的治疗手段可以治愈静断，只是被治愈的人导引能力会大打折扣。也许这其中仍然有需要探索并解决的问题。

罪奴主(sul'dam)：霄辰词汇中“控索者”的意思，霄辰人用这个词称呼那些有能力通过罪铐控制能导引女子的女人。霄辰全境的年轻女子从某一个年岁开始，都要在每一年相同的时候接受测试，以确定是否可以成为罪奴或罪奴主。罪奴主在霄辰人中是一个相当荣耀的地位，而被发现的罪奴主数量总要比罪奴数量多许多。只有极少的人知道，所谓罪奴主其实是可以通过训练而获得导引能力的女人。

塔拉朋(Tarabon)：爱瑞斯洋沿岸的国家，首都是坦其克(Tanchico)，曾经是一个贸易极度繁荣的国家，以小地毯、染料和照明者行会制造的焰火而著称。现在这个国家正在穷于应付与阿拉多曼和国内发誓效忠转生真龙的人们的战争，国家的状况已经完全因为战火而毁坏了，所以很少有讯息从那里传出来。

时轴(ta'veren)：时光之轮围绕着某个人，将他身旁人的命运，甚至是所有人的命运都以他为核心编织成命运之网。这样的编织很难被理解，而且它让许多本来极不可能的事情成为了现实，比如孩童从百尺高的地方落下，却毫发无伤。而且这种编织往往会在一个地区内造成普遍的效果。有些人在时轴的影响下，会说出或做出本来绝无可能的事情。有些时候，这种效果甚至会直接影响到历史本身。而人们相信这也是时轴出现的原因——改变历史，重新恢复时光之轮转动的平衡。

特·雅兰·瑞奥德(Tel'aran'rhiod)：古代语中“看不见的世界”，或者是“梦之世界”的意思，这个世界只能在梦中被偶然瞥见。古代人相信，它环绕着所有可能的世界，并弥散在这些世界的缝隙之中。有许多人曾经在梦中偶然的瞬间进入这个世界，但很少有人能凭自己的意愿进入这里。有一些特法器最近被发现能够让使用者拥有这种能力。和其他的梦不一样，生灵在梦之世界里遭遇的事情是真实的，在这里受的伤在醒来时依然存在；在这个世界里死去，就永远也无法醒来了。

见习生(the Accepted)：接受训练将要成为两仪师的年轻女人，她们已经到达了一定的能力水平，也接受过相当的测试。一般情况下，从初阶生晋升为见习生需要五到十年的时间。束缚见习生的规矩比初阶生的要少，她们可以有条件地选择自己的学习地点。一名见习生有佩戴巨蛇戒的权利，但只能在她左手的无名指上。当一名见习生晋升为两仪师的时候，她可以选择所属的宗派，并拥有披戴披肩的权利。这时，她可以将巨蛇戒戴在任何一根手指头上，如果情况特殊，她们甚至可以将巨蛇戒藏起来。

弃光魔使(the Forsake)：这是史上十三名最强的两仪师在舍弃光明、投身暗帝以换取永生不死之后所获得的称号。他们对自己的称谓是“中选使徒”。根据传说和零碎的史料片段显示，他们在暗帝再度被封印的时候也跟着一起遭到囚禁，但他们的名号至今依旧会被拿来吓唬不乖的小孩。他们是：阿极罗(Aginor)、亚斯莫丁(Asmodean)、巴萨摩(Balthamel)、拜拉奥(Be'lal)、狄芒德(Demandred)、古兰黛(Graendal)、伊刹梅尔(Ishamael)、兰飞儿(Lanfear)、麦萨那(Mesaana)、魔格丁(Moghedien)、雷文(Rahvin)、沙马奥(Sammael)和色墨海格(Semirhage)。虽然世人相信在暗影之战中只有他们背弃了光明，但实际上背弃光明的并不仅仅是他们，这十三名两仪师只是所有光明的叛徒中位阶最高的。自从他们在封印中醒来以后，他们的数量已经缩减了。一些最近与弃光魔使打过交道的人相信，男性弃光魔使中只有狄芒德还活着，女性中则只有古兰黛、麦煞那、魔格丁和色墨海格还活着。但最近发生的一些诡异事件表明或者暗帝已经遴选出新的弃光魔使，或者墓穴主人通过某种手段，唤回了已死的人物，而这两名重新被赋予肉体的弃光魔使被称为奥森加和亚兰加。最近，一个自称为莫瑞笛的男人出现了，他也许是另一个被暗帝从墓穴中唤醒的已死弃光魔使。还有一个自称为辛黛恩的女子可能也是这种人。亚兰加本是一个男人，却作为一个女人被唤醒，所以莫瑞笛和辛黛恩这些名字可能只是一种身份的掩饰。这些还需要更多的信息才能明了。

三誓(Three Oaths)：获得见习生晋升为两仪师时必须立下的誓言。她们要手持誓言之杖说出这三个誓言，誓言之杖是一件特法器，它可以确保誓言的实践。三誓的内容是：(一)绝不说虚妄之言；(二)不为男人制造武器，让他去攻杀别人；(三)除了对抗暗黑之友和暗影生物，或者是在危急关头保护自己、护法和其他两仪师的生命之外，不将至上力当作武器使用。以前的两仪师并不需要立下这样的誓言，但自从世界崩毁以来，剧烈改变的世界让三誓成为两仪师必须遵从的条规。其中第二个誓言因为至上力战争而最先被立下。对于第一个誓言，两仪师们经常用有技巧的说辞迂回过去。人们一般认为后两个誓言是不会被违反的。

真源(True Source)：推动宇宙运转的力量，它也推动了时光之轮的转动。真源可以分为阳极和阴极，它们彼此相生相克，生生不息。只有男性可以导引阳极力，阴极力则是专属于女性的。在疯狂之年代，阳极力遭到了暗帝的污染。

护法(Warder)：约缚于一名两仪师的战士。约缚是一种必须通过至上力才能完成的仪式。通过约缚，护法可以获得快速疗伤的能力，同时也可以在不眠不休、不吃不喝的状况下长时间地进行长途跋涉。同时，护法还可以在很远的距离就感应到暗帝所造成的污染。只要护法还活着，不论相隔多远，与他约缚的两仪师都可以感知到他。当他死亡时，两仪师也可以在同一瞬间知道他是怎么死的。不过，约缚并无法告诉两仪师护法的距离或是方向。大多数宗派相信两仪师必须要有一名护法，但红宗两仪师拒绝约缚任何护法，绿宗则是想要多少名护法就约缚多少名。就道德层面来说，护法必须要自愿接受约缚才行，但也曾经发生过强迫约缚的案例。两仪师可以从约缚中获得什么则是不传之秘。众所周知，历史上护法一直都是男人，但最近有一位女子接受了约缚，也显示出这种约缚在女性身上与在男性身上的许多不同。

野人（wilder）：自然掌握至上力的女人，她们在未经训练的情况下通过了只有四分之一存活机会的导引关键点。这样的女人一般都会自动建立屏障，不让自己了解自己能做些什么，也封闭了自己的力量。但如果屏障被打破，野人会成为最强大的导引者。这个词经常被用来贬损这种状态的人。

编 后 记

亲爱的“龙之人众”们，请允许我这样称呼你们。在《时光之轮》系列书稿的交流中，在活动的互动中，在微博和QQ群的对话中，我觉得仿佛和你们相识已久——也许是在第三个纪元，连神话也已经消失的年代？并且，经历了2011年上海书展的时光之轮Cosplay秀后，我更加感动于你们对时光之轮的喜爱、支持与付出。没有你们，就没有时光之轮光彩夺目的今天：没有第一张时轮全彩大地图，没有第一批精关卡贴，没有第一次笑声不断的书友会，没有第一套特别受读者欢迎的时光之轮徽章，也没有大大方方穿在身上、在书展进行“导购”的真龙衫，更没有令人难忘的时光之轮广播剧与令人惊喜的视频……

罗伯特·乔丹怎么会想到，他为之付出毕生心血的奇幻巨著，在遥远的东方之国，演绎了这么多的精彩瞬间，留下了那么多的难忘回忆，联系了许多原本陌生的阅读者。因为因缘，也因为对奇幻，对充满想象力与激情世界的向往与热情，大家聚集到了一起。从《时光之轮》到《冰与火之歌》，从《魔戒》到《龙枪》，从《哈利·波特》到《刺客正传》的世界，再到智慧与想象交织的科幻世界，这里对人生的思考何曾逊色于任何一部严肃的世界名著？这里优美的描述何曾失色于任何一本充满诗意的散文？这里对友情、责任、成长、牺牲、爱情、公正、和平、罪恶的考量，也不输给任何一位满怀对世界的热爱的哲学家。也许有的语言华丽一些，有的表达婉转一些，有的结构复杂一些，有的战斗直接一些，但只要你知道判断，只要你怀着一颗探索的心，只要你保持独立思考的精神和人格，它们就是上等的营养品，滋润心灵，抚慰人生，锻炼勇气，培养正义。它们的写作者，都怀着无比严肃的悲悯之心进行创作，期待出现史诗般流传的作品。当然，有的人做到了，有的人还在继续努力中。

此刻，2011年接近尾声的时候，我们还不能忘记今年奇幻影视剧的火热。7月，《哈利·波特》的最后“半集”在无数叹息声中画上了圆满的句号；而HBO美剧《权力的游戏》的热播，引发了奇幻迷们对冰与火之歌第五部的热切盼望；与此同时，2011年犹在准备中的时轮电影和“时轮”续写者布兰登·山德森的最后一本时光之轮大结局的故事一样，牵动着遍布世界的四千多万“龙之人众”们的心……

这不是一个缺乏物质的世界，但是想象力与庄重感，责任感与使命感，道德感与牺牲精神，在丰富的物质中越来越匮乏。因其如此，我更加珍惜时光之轮。从《世界之眼》到《匕首之路》，我的阅读体会随着乔丹对故事的敷衍开来而一次次改变，必须承认，并不是所有的改变我都喜欢，但这就是乔丹构造的世界，它如此宏大，必须囊括更多的真实，美好与丑陋，忠诚与背叛，倔强与善变，享乐与责任，成长与冷酷，贪婪与野心，静悄悄的权力争夺与时刻对自由的向往……在无数交织的对比与并列中，我看见光明在黑暗中凸显，我对生活的热情被燃起而不是被浇灭。

一个故事，能让全球无数读者追逐二十年，那只有一个原因，就是源于作品本身。时光之轮，这是一部注定要流传久远的奇幻经典，饱含着极为丰富、深刻的生命体验和深邃、博大的解读空间。

最后，我想说的是，亲爱的"龙之人众"们，当一本书经过许多必须的环节而诞生时，也一定还有很多方面需要继续改进，因为出版是永远有遗憾的工作，但我们一直在尽力将内容的差错率降低，将方便读者的工作做细，希望这套每卷都超过60万字的巨著，能成为中国畅销书出版中最不敷衍的奇幻作品之一，这也是在《时光之轮》研讨会上很多专家读过此书后的共同感受：你们"是用做学术著作的认真态度来做奇幻小说"。

感谢译者李镭出色的翻译和尽心负责的合作态度，在《时光之轮》研讨会上，他的翻译能力得到了翻译界前辈们的一致称赞；感谢为本书的编辑和宣传付出心血的吴旭倩、李霆、苗伸、姚岚、谈心、张晨、倪俊、宋莎莎、刘皓滢、杨懿晶、鲍振宇、高莹、房紫云、艾春鹏、莉暮等人，他们所展现的卓越的个人能力让人叹服；感谢"龙骑士城堡"这一中国奇幻界的标志性网站，为《时光之轮》提供了良好的沟通平台；感谢《时光之轮》官方QQ书友群(86571871)上的众多朋友，他们是当之无愧的坚强后盾和智囊团。

时光之轮旋转不息，因缘之中有你有我。

让我们继续出发，去《时光之轮》的世界里体验另一种人生和历险吧！

附：《时光之轮》网络世界的森林版图——

*时光之轮官方博客：http://blog.sina.com.cn/wheeloftime

*时光之轮百度贴吧：

http://tieba.baidu.com/f?kw=%CA%B1%B9%E2%D6%AE%C2%D6

*时光之轮豆瓣小组：http://www.douban.com/group/wheeloftime/

*时光之轮人人小组：http://xiaozu.renren.com/xiaozu/200739?home

*时光之轮人人网主页：http://page.renren.com/600634826

*时光之轮官方QQ书友群：86571871

*时光之轮官方周边淘宝店：http://shop66172134.taobao.com/

* 时光之轮龙骑士城堡据点：http：//www.cndkc.net/bbs/forum-45-1.html
* 时光之轮官方微博：http：//weibo.com/wheeloftime(时光之轮)
* 时光之轮译者微博：http：//weibo.com/1683513523(时光李镭)
* 时光之轮编辑微博：http：//weibo.com/shujianghu(东方刘琼)

欢迎来《时光之轮》的网络森林里旅行……